Lefteris Bakirikas ∞ Sofia
* 15. Okt. 1844 Kalónero   * 1. Mai 1849 Smyrna
† 25. Aug. 1917 Smyrna   † 15. Sept. 1922 Smyrna

as
*nella«   Jannis Georgiadis ∞ Despina Bakirikas ——— Erol Bulut
00 Smyrna   genannt »Herr Talk«   * 1. Mai 1877 Smyrna   * 18. Sept. 1875
no Potamiá   * 14. Jan. 1844 Kalónero † 10. Okt. 1974 Áno Potamiá   Konstantinopel
                   † 27. Jan. 1900 Smyrna   † 27. Mai 1952
                                                                       Istanbul

Vasso Rellas   ∞ Jannis Georgiadis
* 30. Sept. 1922   genannt »Die Hasenscharte«
Türkei/Griechenland?   * 17. Aug. 1895 Smyrna
† 25. März 2004   † 19. Jan. 1950 Áno Potamiá
Áno Potamiá

W0029501

–Agneta Thunell   ∞ Jannis Georgiadis
* 10. Juni 1945 Tollarp   * 6. Jan. 1943 Áno Potamiá
† 28. Dez. 2008 Lund

Jannoula Georgiadis
genannt »Mátia mou«
* 31. Dez. 1968 Lund
† 21. Nov. 1969 Zagreb

Aris Fioretos

DER LETZTE GRIECHE

Roman

Aus dem Schwedischen
von Paul Berf

Carl Hanser Verlag

Die schwedische Originalausgabe erschien 2009
unter dem Titel *Den siste greken* bei Norstedts in Stockholm.

3 4 5   15 14 13 12 11

ISBN 978-3-446-23633-2
© Aris Fioretos 2009
Alle Rechte der deutschen Ausgabe
© Carl Hanser Verlag München 2011
Satz: Gaby Michel, Hamburg
Druck und Bindung: CPI – Ebner & Spiegel, Ulm
Printed in Germany

VORWORT

Kostas Kezdoglou starb am 6. Februar dieses Jahres in der Universitätsklinik von Lund. Ein Leben in der Gesellschaft Prince Denmarks forderte Tribut. Als seine Schwester Efi die Hinterlassenschaft durchsah, stieß sie auf einen Kasten, den ihr Bruder etwa zu der Zeit von seiner Frau bekommen hatte, zu der dieses Buch enden wird. Er war aus unbehandeltem Fichtenholz, zwanzig Zentimeter breit, fünfundzwanzig tief und ungefähr halb so hoch. Auf einem Post-it standen mein Name und meine Telefonnummer sowie die Aufforderung, zu tun, was in meinen Augen »für den Inhalt das Beste« sei. Wenige Tage später hob ich den Deckel ab und erblickte hunderte dicht gedrängter, gelber Karteikarten. Die oberste Linie war weinfarben wie die Furche in einem Handteller, die übrigen dreizehn hellgrau wie die Innenseite des Himmels. Manche waren vollgekritzelt, andere fast leer. Reichte der Platz auf einer Karteikarte für ein Thema nicht aus, hatte der Autor mehrere benutzt. Folglich gab es zahlreiche Päckchen, die von Büroklammern oder Gummiringen zusammengehalten wurden. Ganz oben stand im Allgemeinen eine Überschrift, die einem die Orientierung erleichterte.

In Absprache mit Efi reifte der Entschluss, dass ich versuchen sollte, das Manuskript zu veröffentlichen. Allem Anschein nach betrachtete ihr Bruder es als vollendet. Ich habe sprachliche Fehler berichtigt, die typisch für eingewanderte Griechen sind, stilistische Eigenarten dagegen bewahrt. Die Anordnung der Karten ist ebenfalls unangetastet geblieben, obwohl ich mich versucht fühlte, sie neu zu sortieren, um die Darstellung direkter zu machen. Ich nehme an, Kezdoglou wollte zeigen, dass Chronologien relativ sind. Die redaktionelle Arbeit wurde in seinem alten Arbeitszimmer erledigt, wo auch diese Zeilen an einem Tag zu Papier gebracht werden, der eigentlich sein Geburtstag ist. Gleichwohl wird der Text nicht ohne Zweifel veröffentlicht, die ich im Folgenden offenlegen möchte. Doch ehe dies geschieht, muss der Hintergrund skizziert werden, denn sonst riskiert dieses »Sachbuch«, merkwürdiger zu wirken, als es ist.

Wir schreiben das Jahr 1922. In Smyrna hört man Schreie und zersplitterndes Glas, durchgehende Pferde und etwas, was Theaterdonner sein könnte, aber keiner ist. Da der Autor in Kürze selbst schildern wird, was sich abspielte, als die griechische Minderheit von Atatürks Truppen vertrieben wurde, möchte ich den Ereignissen nicht vorgreifen, muss aber erwähnen, dass seine Großmutter auf einen der Todesmärsche gezwungen wurde. Eleni wurde in jenem Herbst achtunddreißig und marschierte mit den Griechen und den Tieren, die in Kolonnen aus der wahnsinnigen Stadt auszogen. Viele kamen um, andere verschwanden. Im Spätherbst gelang es ihr, nach Zypern überzusetzen. Zum Schutz gegen die steife Brise trug sie einen bestickten Wintermantel, unter den Arm geklemmt hielt sie einen Stapel Fotografien, einen krümeligen Lippenstift und den selbst fabrizierten Rückspiegel des Austin ihrer Familie. Sie war tapfer, sie war untröstlich, sie hatte kurz zuvor den Ehemann und zwei ihrer drei Kinder verloren.

Nach einigen Monaten in der Stadt, die von den Griechen Ammóchostos und von anderen Famagusta genannt wurde, ging Eleni an Bord eines Frachters, der nach Thessaloniki auslief. In den folgenden Jahren fühlte sie sich wie eine Spinne ohne Beine. Ihre Gedanken kreisten ausschließlich um die Verlorenen, sie war krank vor Sehnsucht nach ihnen. Später sollte sie einen Witwer mit eigenen Kindern kennenlernen und erneut eine Familie gründen. In der ersten Zeit erschien ihr der bloße Gedanke an eine neue Existenz jedoch als Verrat. »Phantomschmerz« pflegte sie jedem zu sagen, der ihr zuhören wollte, »ich bestehe ganz und gar aus dieser jämmerlichen Sache.« Erst als der Witwer – ein Briefträger aus einem Dorf in den Bergen – das Hauptpostamt besuchte, in dem sie Arbeit gefunden hatte, spürte man eine Veränderung. Und nach Ereignissen, die besser andere schildern sollten, begann sie, ihre Erinnerungen an eine Welt aufzuzeichnen, die zum Ausland geworden war.

Mit der Zeit wuchsen die Stapel alter Briefumschläge und Telegramme, auf denen sie schrieb. Wenn sie sich früherer Bekannter entsann, musste sie herausfinden, wer deren Eltern gewesen waren, was wiederum Fragen nach der Herkunft der Familie aufwarf, nach Ereignissen, Geheimnissen und verwischten, fast unsichtbaren Abdrücken in der Geschichte. Die Erkenntnis, dass kein Mensch eine Insel, kein Vorgang isoliert war, bildete eine Quelle der Hoffnung, doch ebenso der Verzweiflung. Obwohl Eleni sich über ihre Fortschritte freute, musste sie doch erkennen, dass die Aufgabe, allein die Erinnerung an alle verlorenen Landsleute zu retten, ihre Kräfte überstieg. Nach der Flucht hatten sich ihre Freundinnen in Patras und Piräus, aber auch an so fernen Orten wie Fulda, Toronto und Melbourne niedergelassen. Als sie ihre Fühler ausstreckte, boten einige von ihnen Hilfe an. Ein Tipp führte zum nächsten, ein Hinweis zu einem anderen. Binnen weniger Monate erschufen die Frauen eine mit Gassen, Boulevards und Plätzen ausgestattete Miniaturwelt. Hier und da sah man Baugerüste und an einigen Stellen fehlte noch das eine oder andere Stockwerk, aber davon ließ man sich nicht beirren. Im Laufe eines Sommers mit Weintrauben in Kastaniengröße arbeitete Eleni die Antwortbriefe zu Lexikonartikeln um, die sie zwölfmal kopierte und passend zur Tabakernte bei einer Schneiderin im Nachbardorf binden ließ. Als die Bauern die Felder abflämmten, versandte sie die Schrift in sämtliche Himmelsrichtungen. Es war der erste Teil der *Enzyklopädie der Auslandsgriechen*, »herausgegeben« in Neochóri im Spätherbst 1928.

Als die Freundinnen sich in das Ergebnis ihrer mühevollen Arbeit vertieften, entdeckten sie, dass weitere Gestalten darauf warteten, einen Namen und ein Gesicht zu bekommen. Weniger erfreulich war, dass Eleni Verbrieftes und Vermutetes nicht getrennt hatte. Sie erkannten, dass der Traum von einer wiedererschaffenen Gemeinschaft mit all ihren Geheimnissen und Gefühlen für Gebetsrufer sowie Zirkusartisten genau dies bleiben würde: eine Traumwelt. Nicht, weil es ihnen an Hingabe oder Geduld gefehlt hätte, sondern weil die Aufgabe an sich unmöglich war. Die Weigerung, auch nur eine einzige Erinnerung verloren zu geben, drohte das Unterfangen von innen heraus zu sprengen. Wenn ihre Kollegin keine zeitliche Grenze zog, nicht zwischen Gerüchten und Fakten unterschied und es versäumte, die Zeugenaussagen zu überprüfen, würde diese Welt im Laufe der Zeit derart seltsame Proportionen annehmen, dass mehr als ein Atlas erforderlich wäre, um sie zu schultern. Außerdem konnte niemand sicher sein, dass das Erschaffene ein Tempel und kein Müllhaufen war. Nach einem erregten Briefwechsel in den Jahren 1929–30 einigte man sich deshalb auf »neue Spielregeln«, wie Athanassia Osborn in Astoria, New York, die Sache mit amerikanischer Direktheit ausdrückte.

Vier Jahre später wurde der erste Band nochmals verlegt, diesmal halb so dick, aber doppelt so zuverlässig. Hatten sie zunächst nur Wunschvorstellungen und Phantasien gesammelt, die Griechen aus Smyrna betrafen, gingen die Freundinnen – die sich inzwischen die »Gehilfinnen Clios« nannten – nunmehr dazu über, sich auf Fakten über alle Arten von Landsleuten in der Diaspora zu konzentrieren. Der Smyrniot war trotz allem nur eine von vielen Spielarten dessen, was ein Grieche sein konnte. Das entscheidende Problem waren nicht die breiten Avenuen durch die Geschichte mit ihrem Wirrwarr aus Stichstraßen und Sackgassen, sondern die Hoffnungen, die auf ihnen reisten. »Jeder Grieche«, heißt es in Osborns überarbeitetem Vorwort (man hört die promovierte Ethnologin), »bildet eine Komplikation des Griechischen. Uns spornt keine große Idee an, sondern eine kleine Hoffnung: dass die Ausnahme den Landsmann bestätigt. Alles andere wäre eine Katastrophe, wofür wir in diesem kurzen, grauen Jahrhundert genügend Beispiele gesehen haben.«

Geduldig nahm man die Gerüchte und Erinnerungen, aus denen ein Mensch in den Gedanken anderer Menschen besteht, unter die Lupe. Wüste Vermutungen und beschönigende Umschreibungen wurden aussortiert, bis ausschließlich solche Informationen übrig blieben, die von unabhängigen Quellen bestätigt wurden. »Die Dichtkunst ist für die Griechen seit jeher Gift gewesen«, erläuterte Doktor Osborn, wenn sie eine unbestätigte Aussage strich. »Lasst uns lieber zu wenig, als zu viel aufnehmen.« Das Material musste gesichert werden, solange die Zeugen noch lebten, denn wenn Leute nicht starben, weil sie Griechen waren, sondern aus anderen Gründen, bestand die Gefahr, dass sich die Erinnerungen nicht bestätigen ließen, so schön oder schmerzlich sie auch erscheinen mochten. Andererseits durfte kein Artikel veröffentlicht werden, bevor der Gegenstand der Aufmerksamkeit das Zeitliche gesegnet hatte, denn ein Grieche war »noch in letzter Sekunde für eine Überraschung gut«. Sobald der Stoff vorlag, wurde eine Reinschrift angefertigt und in regelmäßigen Abständen, wenn man genügend Geld gesammelt hatte, erschien in der Diaspora Press ein neuer Band.

Gibt es noch Leser, denen diese fadengebundenen Drucksachen in flexiblen Umschlägen in die Hände gefallen sind? Wenn ja, dann wissen sie, dass die Gehilfinnen gegen allerlei widrige Umstände ankämpfen mussten: Brände, Weltkriege, Schwindsucht, Poesie, vorzeitiges Ableben, Diktaturen… und einiges mehr. Zum Beispiel Blei verschiedener Art – nicht zuletzt die Typen, die für den Satz der Bücher benutzt wurden. Der Briefträger starb, als der sechste Band in Druck gegangen war. Daraufhin erschienen keine weiteren Teile, weil die Doppelwitwe nicht wusste, worum sie mehr trauern sollte: um das Land, das sie hatte verlassen müssen, oder um den wankenden Brückenkopf im neuen. Die Freundinnen schrieben ihr inständig bittende Briefe, jedoch vergebens, und machten nach ein paar Jahren auf eigene Faust weiter. Später sollten Elenis Enkelkinder daran zurückdenken, wie ihre *jiajiá* nachmittags am Sekretär apathisch über ihren Wintermantel strich

9

und sich nicht sicher war, ob sie die Zeit oder die Zeit sie überlebt hatte. Manchmal ging Kostas – benannt nach seinem Großvater mütterlicherseits und Autor der folgenden Seiten – zu ihr, vor allem als er älter wurde und sich in der Schule unterfordert fühlte. Dann nahm Eleni, die eigentlich nur seine Stiefgroßmutter war, ihn mit in eine Vergangenheit, die ihrer Ansicht nach ebenso die seine war wie die ihre. Sie erzählte von Trauer und Verwirrung, sie schilderte Jubel und Staunen, und sie fragte, ob ein Grieche wohl jemals »diese jämmerliche Sache« loswerden würde. Als ihr Enkelkind später das Land verließ, nahm sie die Arbeit schließlich doch wieder auf. Kurz darauf starb sie.

Ich habe mich so ausführlich bei dieser Vorgeschichte aufgehalten, weil ich glaube, dass sie zur Erhellung von Kezdoglous Supplement beiträgt. Nachdem seine Frau Agneta am 28. Dezember des Vorjahrs an Brustkrebs gestorben war, muss er gespürt haben, dass auch seine Lebensuhr ablief. Mag sein, dass er kein ganzes Leben schildert. Trotzdem enthält der Kiefernholzkasten ein einzigartiges Schicksal, dargestellt anhand weniger, aber prägender, auf mehrere Generationen verteilter Ereignisse. Wenn er über eine andere Person berichtet, heißt dies allerdings noch lange nicht, dass er deshalb unparteiisch ist. Jedenfalls kann ich mich des Eindrucks nicht erwehren, dass er sich im Porträt seines Helden spiegelt, obwohl ein Historiker eigentlich als Erstes lernen sollte, einen angemessenen Abstand zu seinem Gegenstand zu halten.

Kezdoglou scheint sich die Sichtweise des Porträtierten zu eigen gemacht zu haben: Menschen bestehen aus anderen Menschen. Der einzige Weg, ihnen gerecht zu werden, liegt darin, sich nicht auf die nackten Tatsachen und ein Futteral aus Haut, Knochen und ein paar inneren Organen zu beschränken. Sein Vorsatz erscheint sympathisch, lässt aber auch Zweifel aufkommen. Warum gibt er die dichterischen Freiheiten nicht zu? Warum lässt er die Lebensbeschreibung zwischen Fakt und Vermutung changieren, ohne zu sagen, worum es sich jeweils handelt? An einer Stelle behauptet er, seine Angaben basierten auf Zeitungsausschnitten oder persönlichen Gesprächen, trotzdem verbirgt er seine Quellen hinter Pseudonymen und behandelt Betrachtungen, die nicht auf Gewährsleute zurückgeführt werden, als Zugeständnisse an das menschliche Bedürfnis nach Lokalkolorit. Ein anderes Mal lehnt er sich an eine Wand aus Vermutungen. Dialoge sind mit Vorsicht zu genießen, und nur weil er von sich in der dritten Person spricht – wahrscheinlich, um den neutralen Ton eines Nachschlagewerks nachzuahmen –, verschwindet die persönliche Gestaltung doch nicht. Das Arrangement mit den Karteikarten deutet sogar an, dass Kezdoglou sich, vermutlich aus Unzufriedenheit mit dem kärglichen Proviant des Lebens (den Fakten), die Freiheit genommen hat, eine romanähnliche Handlung zu erschaffen. Denn welchen Sinn sollen die Passagen über Eiskunstlauf und Krocket sonst haben, um nur zwei Dinge zu nennen, an denen die Hauptperson ein unkompliziertes Vergnügen fand, deren lose Enden jedoch zu einem Faden verwoben werden, dessen Farbe, wie das Buch uns glauben lassen will, die gleiche ist wie die einer Falte in einem Handteller?

Es ist erfreulich, dass uns der Autor zu einigen jener Glücks- und Unglücksorte mitnimmt, die es in jedem Leben gibt. Es ist erfreulich, dass er Orte und Gestalten, die leicht vergessen werden, sowohl in der Phantasie als auch in Makedonien präsentiert. Aber für jemanden, der seine Schrift unter die Lupe nehmen möchte, für jemanden, der sie nutzen will, um ein Schicksal des 20. Jahrhunderts besser zu verstehen, erweist sich sein Bericht als aufreizend unförmig – wortreich in Situationen, in denen ein Adjektiv gereicht hätte, stumm in Momenten, in denen ein Lexikon vonnöten gewesen wäre. Ich habe das Gefühl, Kezdoglou plagte ein »überaus« schlechtes Gewissen. Es fragt sich, warum. Und es fragt sich, warum er trotz der Ereignisse, die der Drucklegung dessen vorausgingen, was 1969 der letzte Band der Enzyklopädie werden sollte – als sein Freund eine unerwartete Entdeckung machte und auf einem Hinterhof in Südschweden eine Bücherverbrennung improvisierte –, warum er trotz dieses »Zwischenfalls in Lund«, wie er in handverlesenen Kreisen genannt werden sollte, beschloss, zur

Bühne seiner Niederlage zurückzukehren. Nachdem ich das Material lektoriert habe, drängt sich mir nur eine Antwort auf: Er bemüht sich um eine Rehabilitierung. Für wen, muss der Leser selbst entscheiden.

Wenn ich nun ein letztes Mal die Finger über die Karteikarten wandern lasse, vom 19. Jahrhundert der Vorgeschichte mit seinen verrußten Nischen bis zum hellen Wohnzimmer von heute, sticht mir die Unzuverlässigkeit des Berichtenden ins Auge. Seltsamerweise erfüllt sie mich mit Zärtlichkeit – für die Eishockeyspieler von Tollarps IK mit ihren überdimensionierten Trikots und ihrer tabakfarbenen Spucke, für die frei erfundenen Jungs, die unsere Hauptperson in ihrem Zimmer neben der Ölheizung besuchten, für die Mutter mit der perfekten Frisur und den wohlriechenden Achselhöhlen, und natürlich für ihren Mann, der beim Anblick der Panzer, die durch Athens Straßen rollten, ausrief:»Das ist der schwärzeste Freitag in der Geschichte des Monats April« – ja, für jeden Voll-, Halb- oder Viertelgriechen an jenen Orten, an denen sich die nun folgenden Szenen abspielen, aber auch für die Mücken, Kühlschränke und Kissenbezüge der Vergangenheit, für deren Ziegen, Streichhölzer und Zehndrachmenmünzen, für jene »liebreizende Bäckerstochter«, die vor hundert Jahren einen tauben Liebhaber traurig machte, der Geschichte jedoch einen Dienst erwies, sowie für jenen anonymen Gentleman, der zweihundert Jahre zuvor sein Shandyglas abstellte und das Krocketspiel erfand. Und natürlich für das Mysterium mit pomadisierten Haaren: Jannis Georgiadis. Denn so lautet der Name des Helden in unserem Kasten…

Aber jetzt klinge ich schon fast wie Kezdoglou. Möge er in Frieden ruhen. Zwei Dinge noch. Vermutlich bin ich jener Anton Florinos (*1960), der gelegentlich erwähnt wird. Als mir die Karteikarten in die Hände fielen, war ich jedoch unsicher, ob dies ein Wesen mit Haut und Hämoglobin war. Ehrlich gesagt weiß ich bis heute nicht, was ich denken soll. Obwohl mich diese Ungewissheit inzwischen weniger stört. Wie Jannis sagte, als ich ihn auf dem

Handy erreichte, er es aber ablehnte, das Material in Augenschein zu nehmen: Jeder Mensch muss selbst entscheiden, wie er andere in Erinnerung behalten möchte. Versteht es sich nicht von selbst, dass die Erinnerungen sich wie Textilien um einen nackten Körper schmiegen, der nirgends fest ist? In veränderlichen Formen gebundenes Wasser: Vermutlich ist keiner von uns viel mehr. An einer Stelle wird der Porträtierte zum »schwedischen Herakles« ernannt. Das wäre ein schöner Titel für ein Buch. Aber nicht für dieses. Im Übrigen frage ich mich, was die Gehilfinnen Clios gesagt hätten, wenn ihnen zu Ohren gekommen wäre, dass er noch lebt, während der Porträtist bereits tot ist. Wenn ich hiermit endgültig den Deckel schließe, fällt es schwer, sich nicht zweier Zeilen zu entsinnen, die Kezdoglou zitiert: *Ein Fremder daheim, ein Fremder fernab, / Ein Fremder noch hier im Paradies.* Treffen diese Worte vielleicht eher auf den Autor zu, der nun in seinem gänzlich anders dimensionierten Holzkasten ruht? Eine weitere Zeile aus dem gleichen Werk drängt sich auf: *Komm, obgleich zu spät, mein frommes Heldenlied...*

Aris Fioretos
Sparta, 2009

Jannis Georgiadis, *1943

Neues Supplement zur *Enzyklopädie der*

Auslandsgriechen, erschienen bei Diaspora

Press (Neochóri; Neochóri; Toronto;

Astoria, New York; Melbourne; Salisbury,

Rhodesia; Plowdiw; Fulda; Gelsenkirchen;

Tirana; Marseille; Lund), 1928–1969,

12 Bände

Jeder sei auf seine Art ein Grieche…
Goethe

DIE ZEITRECHNUNG BEGINNT. Auch Sachbücher benötigen einen Helden. In diesem heißt er Jannis Georgiadis und ist der Sohn eines Bauern aus Áno Potamiá. Das Dorf liegt im Norden Griechenlands, in fußläufiger Entfernung zur bulgarischen Grenze. Bei der letzten Volkszählung, durchgeführt anlässlich der Gründung der Former Yugoslav Republic of Macedonia, bestand die Ortschaft aus 149 Einwohnern mit ordnungsgemäßen Papieren, darunter zwei eingebürgerte Bulgaren. Jannis' Vater, 1922 aus Smyrna geflohen, war der Sohn des einzigen tauben Gebetsrufers in der Stadt. Letzteres wusste unser Held allerdings nicht. So wenig wie sein Vater oder Großvater, die nach griechischer Sitte ebenfalls den Vornamen Jannis trugen. Wohl aber seine Großmutter, Despina Georgiadis, geborene Bakirikas und Tochter eines Bäckers. Auch sie war 1922 geflohen. Auf einem Fahrrad. Insgeheim gehörte ihr Herz einem gewissen Erol Bulut, zumindest bis zu jenem Abend wenige Jahre vor der Jahrhundertwende, als sich die beiden hinter einer Moschee am Stadtrand trafen und man fast nur Zikaden hörte. Hinter dem Heiligtum geschahen Dinge, auf die wir zurückkommen werden. Kurz darauf wurde Erol religiös und entschied sich für ein Leben ohne Schweine, Schnaps und Frauen –»Griechinnen oder nicht«.

Wenn diese Herkunft verwirrend klingt, ist sie doch nichts gegen das, was das nächste Jahrhundert Menschen von nicht nur griechischer Abstammung antun sollte. In manchen Nachschlagewerken wird behauptet, das 20. Jahrhundert sei das goldene Zeitalter der Migration gewesen. Mag sein. Aber viel eher müssten die Chronisten von Blei sprechen – diesem kaum weniger fatalen, aber alltäglicheren Material, das in Röntgenschutzwesten, Autobatterien und manchen Arten von Kristallglas enthalten ist. In Rohren und Abgasen. Und in Gewehrkugeln. Das bleierne Zeitalter der Migration: So erscheint das Jahrhundert in *unserem* Rückspiegel. Dementsprechend wurden die Walachen umstandslos zu Rumänen oder Jugoslawen, von denen sich einige später, allerdings nicht grundlos, in Makedonier verwandelten. Auch in tote Makedonier. Eine Menge Bleikugeln. Oder nehmen Sie die Levantiner. Die meisten begannen als West- oder Südeuropäer, jedenfalls väterlicherseits, endeten jedoch in den Augen fast aller, inklusive ihrer Mütter, als regelrechte Araber. Ganz zu schweigen von dem, was den Galiziern und Zigeunern widerfuhr. Als das Jahrhundert mit diesen Völkern fertig war, blieben nicht einmal mehr ihre Namen. Auch dort jede Menge Bleikugeln. Und Abgase. Die Griechen blieben im Allgemeinen jedoch Griechen. Übrigens wird sich die Verwirrung mit der Zeit legen. Die Erinnerungen und Erinnerungen an Erinnerungen werden weiter Unordnung zwischen den Zeitformen schaffen, aber in welcher Biografie geschieht das nicht? Alle müssen damit leben, dass sich erzählte Geschichte von erlebter Geschichte unterscheidet. Das Wort »Biografie« kommt übrigens aus dem Griechischen und bedeutet »Lebensbeschreibung«.

Jetzt sind wir gleich fertig mit unserem Prolog. Auch dieses Wort stammt aus dem Griechischen und bedeutet »Vorwort«. So manches im vorliegenden Buch mag einem in diesem Stile ungewohnt erscheinen.

Dem Pass, den Jannis als Erwachsener in seiner Hemdtasche trug, manchmal auch, nachdem er abgelaufen war, lässt sich entnehmen, dass er Ioannis getauft wurde. Die Schreibweise ergab sich, weil die Schriftsprache von der gesprochenen Sprache abwich. Der Name wurde von Vater Lakis verkündet – einem strengen Geistlichen, dessen Haare im Nacken zu einem Dutt zusammengerollt waren –, und zwar an einem stürmischen Wintervormittag 1943. Unmittelbar darauf drückte er das schreiende Wesen ein drittes Mal in eine Mülltonne, die man saubergeschrubbt und mit

Wasser aus dem nahe gelegenen Fluss gefüllt hatte. Der Pate an seiner Seite versuchte die Behandlung abzumildern, aber der Pfarrer lachte nur. »Tut mir leid, Leonidas. Wenn der Junge zu unserem Volk gehören soll, muss er nochmal runter.« Als er das Kind schließlich zur allgemeinen Betrachtung hochhielt, trommelte der Regen auf die Dachziegel. Lächelnd hob er den Blick. »Auch wenn es die Engel zu Tränen rührt.«

Eine halbe Stunde später verließen die Dorfbewohner auf steinharten *boboniéres* kauend die Kirche. Einige von ihnen schüttelten den Kopf. Der alte Weinhändler, der Royalist war und die traditionelle Taufe in Schriftsprache vorzog, stöhnte: »Ich traue diesem Pfarrer nicht.« Er spuckte Bröckchen aus Mandeln und kandiertem Zucker aus. »Einmal Kommunist, immer Kommunist.« Der Lebensmittelhändler, der neben ihm ging, zuckte mit den Schultern. Er wusste, dass man den Neugeborenen ohnehin nur Jannakis nennen würde. Dieser Rufname hielt in einer Familie, in der die Männer immer denselben Vornamen trugen und sonst keiner gewusst hätte, wer gemeint war, die Generationen auseinander.

Seinen ersten Auftritt in der Geschichtsschreibung hatte Jannis, zumindest nach Angabe der *Enzyklopädie der Auslandsgriechen*, im braungelben Vereinstrikot des Tollarper Eishockeyvereins – dem mit den gekreuzten Schlägern auf der Brust. Im, wie sich herausstellen sollte, letzten Band des Nachschlagewerks wird eine Lokalzeitung vom Februar 1968 zitiert. Dort heißt es im Sportteil: »Ein junger Hellene, Tollarps hoffentlich letzte Neuverpflichtung, brachte mit einem auf dem Eis sitzend erzielten Tor die erste Partie der Saison in Schwung. 1-0? Kaum hatte Georgiadis einem seiner Mannschaftskameraden diese Frage gestellt, als auch schon ein Tumult ausbrach. Handschuhe flogen, Kinnschoner wurden aufgeknöpft, Helme holperten über das Eis. Das Chaos endete erst, als der Schiedsrichter die Pfeife aus dem Mund nahm und das Tor für regelkonform befand – ›im Gegensatz zu dieser Spielweise‹. Woraufhin er auf Tollarps ausländische Neuverpflichtung und anschließend auf die Strafbank zeigte. Das Urteil war hart, aber gerecht:

›Sperren, unerlaubter Check, technischer Fehler… Soll ich weitermachen?‹ Der Referee wäre dazu bereit gewesen, aber als er die Gesichter der Heimmannschaft sah, beließ er es dabei, hinzuzufügen: ›Fünf Minuten Strafe. Das Eigentor zählt. 0-1 für Nosaby.‹ Was übrigens auch das Endergebnis dieser ansonsten ereignislosen Partie war.«

Bisher unbekannte Dokumente belegen jedoch, dass sich Jannis' Eintritt in den verbrieften Teil der Geschichte ein knappes Jahr vorher ereignete, genauer gesagt am dritten Freitag im dritten Monat des keineswegs sorglosen Jahres 1967, viele Meilen von seinem geliebten Áno Potamiá entfernt. Und mit diesem Ereignis beginnt die Zeitrechnung in unserer Darstellung.

BIST DU GRIECHE? Am fraglichen Freitag saß Jannis in der Chirurgischen Praxis des Krankenhauses von Kristianstad. Der Name der Stadt sagt einem vielleicht nicht viel, aber damals war es ein wichtiger Ort. Es gab dort eine Garnison, einen Samstagsmarkt und einen Wasserturm aus Stahlbeton. Sowie einen gemeldeten Griechen. Der unbekannte Patient, der mit einem Pappkoffer und einem Streichholz im Mund gekommen war, blätterte in einer Illustrierten. Schwester Elsa stand, eine Strickjacke über den Schultern, hinter dem Tresen und musterte ihn. Als sie sich bei ihm erkundigte, ob er einen Termin habe, hatte er weder Anzeichen von Schmerz, noch von Eile gezeigt. Stattdessen hatte er verlegen gelächelt, das Streichholz vom einen Mundwinkel in den anderen verschoben und sich abgewandt – auch als sie zur Kaffeezeit eine auffallend freundliche, für den Patienten jedoch rätselhafte Miene aufgesetzt hatte. In der Hand hatte sie fragend eine Zimtschnecke gehalten.

Elsa Nord war seit vielen Jahren Krankenschwester, mit einem Lokalreporter verheiratet und daran gewöhnt, sich an die Vorschriften zu halten. Folglich ist eine Krankenakte erhalten geblieben, die uns, obgleich sie nie Verwendung fand, eine erste Personenbeschreibung des Fremden in dem Wartezimmer mit den tanggrünen Linoleumfliesen liefert.

ALTER: 24 Jahre

GRÖSSE: 1,78 m

GEWICHT: 67 kg

BRILLE: Nein

FRÜHERE ERKRANKUNGEN: Lungenentzündung

BERUF: Gastarbeiter?

– steht darin in der gepflegten Handschrift der Krankenschwester. Nicht viel, aber mehr, als man verlangen kann. Wir hätten hinzufügen können: plattfüßig, vermutlich Linkshänder und mit einem Robert Mitchum-Grübchen im Kinn. Unter BESONDERE BEFUNDE ergänzte die Krankenschwester jedoch:»Keine. Der Patient spricht allerdings mit starkem Akzent, so dass man es nicht genau weiß.« Das ist unser Mann. Das ist Jannis Georgiadis, auch Supergrieche, Himmelsstürmer und schwedischer Herakles genannt. Sehen Sie ihn sich an. Sehen Sie ihn sich so an, wie er uns zum ersten Mal in den Annalen entgegentritt: lächelnd, plattfüßig und muskulös. Obwohl er in der sterilen Umgebung ein wenig gestutzt wirkt, hat er die unbekümmerten Bewegungen eines Helden, den belastbaren Rücken eines Bauern. Spüren Sie die Ruhe seiner Hände. Spüren Sie den Hunger in seinem Blick. Das ist ein Vierundzwanzigjähriger mit einer Stimme wie aus Hufschlägen und Rauch. Es hat weniger auffällige Auftritte in der Geschichte gegeben – zum Beispiel um kurz nach fünf, als der Doktor auf den lautlosen Gummisohlen seiner Vagabonds das Wartezimmer betrat. Er trug ein kratzendes Hemd, eine Strickkrawatte und einen weißen Kittel mit Kugelschreiberstrichen an der Brusttasche. Während Schwester Elsa mit dem Rücken zu ihrem Chef die Kaffeekanne ausspülte, überflog dieser das Krankenblatt. Anschließend ging er zu dem unbekannten Patienten und sprach ihn in seiner Muttersprache an: *»Éllinas íse?«*

Jannis pflückte das Streichholz aus seinem Mund und lächelte zum ersten Mal an diesem Tag ungezwungen. »Ich bin Ioannis Georgiadis, Student von der Universität Bromölla.« Sein Schwedisch war zwar etwas unbeholfen, aber korrekt. Flüsternd fuhr er in seiner Landessprache fort: »Aber Sie können mich Jannis nennen, Herr Doktor. Ich bin nicht so feierlich.« In dieser vertraulichen Anrede lag das Geheimnis seiner Erfolge im Leben, über die später die Presse schreiben sollte. Sie weckte Beschützerinstinkte. So auch bei Manolis Florinos, der es in seiner Eigenschaft als Arzt ansonsten gewohnt war, dass ein kühles Stethoskop, auf eine aufgeregte Körperstelle gepresst, völlig ausreichte, um das grundlegende Bedürfnis eines Menschen nach Geborgenheit zu stillen.

Die Praxis schloss um kurz nach fünf, sobald sich der Arzt nach einer akuten Gallensteinoperation die Hände gewaschen hatte. Danach begleitete ihn der Patient, der nicht krank, sondern Grieche war, in das Dorf vor den Toren der Stadt, in dem Florinos mit Ehefrau und Söhnen lebte. Balslöv hieß der Ort. Der Name ist möglicherweise schon etwas bekannter? Hier wurde der Abschied zu einer Disziplin ausgerufen. (Auch darauf werden wir zurückkommen.) »Dienstwagen?« Jannis nickte zu einem schneebedeckten Ford Zodiac hin, der im Vorjahr gebraucht gekauft worden war, kurz danach steckte Manolis den Zündschlüssel ins Schloss. Als er sich ans Steuer setzte, reckte er sich und drückte die Beifahrertür auf, die sich nur von innen öffnen ließ. Sein Landsmann, der bereits mehrere Fahrstunden absolviert hatte, bevorzugte jedoch die Rückbank – »Mir wird beim Autofahren leicht schlecht« – und steckte sich ein neues Streichholz in den Mund.

Als die Männer eine Stunde später die Küche von Haus Seeblick betraten – der Wagen hatte zunächst nicht anspringen wollen, die Straße war teilweise alles andere als geräumt gewesen –, stellte der Gast seinen Koffer ab. Auf der Rückbank sitzend hatte er von einer Kindheitserinnerung erzählt. Nun wollte er sich von dem Gefühl befreien, er könnte dabei anders als sehr gebildet gewirkt haben. Nachdem er seine Schuhe ausgezogen hatte, ging er zu Lily, die an der Spüle Fleisch panierte. »Frau Doktor!« Manolis' Ehefrau, die nur Leuten, die sie nicht mochte, gestattete, sie »Frau Doktor« zu nennen, wunderte sich – allerdings nicht über den unerwarteten Besuch auf Strümpfen. Besuch bekam sie oft, auch unerwarteten. Einmal war ihr Gatte in Begleitung Ado von Reppes nach Hause gekommen. Ohne die Fasane abzulegen, die über seiner Schulter hingen, hatte der tweedgekleidete Kollege stehend, in argylekarierten Strümpfen und binnen exakt dreißig Minuten ihren Vorrat an Madeira geleert. Bei anderer Gelegenheit hatte sie mitten in der Nacht Geräusche gehört. Sie vergewisserte sich, dass ihr Mann nicht neben ihr lag, warf sich den Morgenmantel über und ging in die Küche hinunter, wo sie ihn in Gesellschaft des Dorfelektrikers fand. Die Männer standen mit Holzlöffeln in den Händen auf Küchenstühlen und kicherten wie Schulmädchen. Auf dem Fußboden krabbelten, ihre Scheren eigentümlich vor sich her schwingend, glänzende Flusskrebse. Heute brachte Manolis jedoch erstmals einen Landsmann mit nach Hause.

Dass es sich um einen Griechen handelte, hatte Lily erkannt, noch ehe sich der Gast vorstellte. Es genügte ihr, die braune Gabardinehose zu sehen, die Ton in Ton zu den Strümpfen, dem aufgeknöpften Hemd und der Jacke passte, die für diese Jahreszeit ungeeignet waren. Es genügten die Schuppen in den pomadisierten Haaren, die blauschwarzen Schatten auf den Wangen und die schlechte Armbanduhr, eventuell ein sowjetisches Fabrikat. Es genügte, den schwachen und feuchten Druck der kräftigen Hand zu spüren und die Jacke an den Schultern knarren zu hören, wie nur Lederimitate es können. Es genügte, den olivfarbenen Teint, die Schuhe an der Tür oder den Geruch männlichen Schweißes zu riechen. Im Grunde genügte schon ein Bruchteil von all dem, um Lily begreifen zu lassen, dass ihr Besucher Grieche war. Aber es genügte auch, die hilflose Zutraulichkeit in seinem Blick zu sehen.

»Lily«, sagte sie und gab ihm ihren Ellbogen. Von dem Fleischstück in ihrer Hand tropfte Eigelb herab. »Nenn mich Lily.«

EIN WAHRES HELDENKINN. Lily Florinos kam nicht umhin, das Grübchen zu bemerken, das die Natur mitten in Jannis' Kinn plaziert hatte. Da ihr Mann eine ähnliche Vertiefung besaß, wenngleich eine Nummer kleiner, war sie zudem nicht unempfänglich für ihren Charme. »Ein wahres Heldenkinn«, hatte sie gelacht, nachdem sie mit ihm einige Jahre zuvor in ihrer Heimatstadt Wien *She Couldn't Say No* mit Robert Mitchum in der Rolle als Doc Sellers gesehen hatte.

Für Jannis hatte das Grübchen allerdings weniger mit Helden oder Heilkunst, als mit seiner Kindheit zu tun. Zum ersten Mal bewusst wahrgenommen hatte er es im Alter von vier Jahren. An einem Sommertag kurz nach dem Krieg hatte er mit seinem Vater, der von allen außer seiner Familie »Die Hasenscharte« genannt wurde, die Ziegen gehütet. Zum Abend hin saßen sie am fast ausgetrockneten Fluss, unter einem Kastanienbaum, dessen Stamm so ausgehöhlt war, dass sich in ihm ein Kind verstecken konnte. In seinem Inneren sirrten die Mücken. In den Sträuchern und am Ufersaum schepperten die Tiere mit Glocken, die aus Sardinenbüchsen bestanden. Sein Vater schaute sich um. Er hatte beschlossen, die Naht einer alten Posttasche zu flicken, die er geschenkt bekommen hatte. Nun zwirnte er Schilfhalme zu Kordeln. Jannis war in das Studium von Wundschorf vertieft. Nach einiger Zeit begann sein Vater zu summen, und als noch etwas mehr Zeit verstrichen war, sang er ein Lied mit türkischem Einschlag. Es klang traurig und schön. Einige Minuten verstrichen, in denen er das Schilf durch die Löcher im Leder flocht. Dann ging er dazu über, das Geräusch der Zikaden nachzuahmen. Das klang noch schöner und noch trauriger und geschah mit solchem Geschick, dass der Sohn staunte. Laute dieser Art hatte er noch nie aus dem Mund eines Menschen gehört, am allerwenigsten aus dem seines Vaters. Ungläubig betrachtete er ihn. Sein Mund schien auf einmal voller Bogenstriche und Nerven und sonnenbeschienener Aluminiumfolie zu sein.

Der Junge hob eine Hand an die Lippen. Er fragte sich, was für ein Gefühl es sein mochte, zwei Gesichtshälften zu haben, die schief zusammengewachsen waren, und in der Mitte eine rostfarbene Scharte, die wulstig war wie ein Regenwurm. Als er sein Kinn berührte, schob er den Zeigefinger unwillkürlich in das Grübchen und presste es zwischen Daumen und Mittelfinger zusammen. Unwissentlich formten seine Finger damit die Geste, die der Pfarrer bei seiner Taufe gemacht hatte. Im gleichen Augenblick blickte sein Vater auf. Er sah seinen Sohn an und hörte auf, wie tausend Zikaden zu klingen. Die Stille zwischen ihnen schwoll an.

Diese drei Nichtigkeiten – der Blick, die Stille, +35°C – reichten aus, um den Vater fremder erscheinen zu lassen, als er war. Jannis fühlte, dass er nicht mehr nur aus harten Händen, einem buschigen Schnäuzer und zwei schiefen Gesichtshälften bestand, sondern auch aus Geheimnissen und Verstecken. Plötzlich war es, als enthielte der Körper Stellen mit einem hohen Gehalt an Lust und Schmerz. Er erkannte, dass sich hinter dem sonnenverbrannten Gesicht eine Welt verbarg, die er bis zu diesem Moment ganz selbstverständlich hingenommen hatte, die er geliebt und mit der er gestritten hatte, die jedoch nie das Interesse in ihm geweckt hatte, sie mit seinen Gedanken zu bewohnen. Verlegen stellte er sich, ohne eine Antwort zu erwarten, zum ersten Mal die Frage: Bin ich mehr als nur ich selbst? Der Vater hörte ihn nicht. Es ist im Übrigen durchaus denkbar, dass er seinen Sohn ausgelacht hätte, wenn er ihn denn gehört hätte. Nicht einmal der Schnurrbart hinderte Jannis daran, in die Mundhöhle zu blicken. Nein, keine Zikaden. Keine einzige.»Das ist alles, was übrig geblieben ist.« Was? Das Grübchen, das der Sohn befingerte.»Irgendwo müssen die Engel ja pissen können.« Mehr wollte der Vater ihm jedoch nicht verraten.»Man weiß nie, wie das mit der Vererbung ist.«

Jannis' Vater ahnte, dass ein solches Heldenkind nur väterlicherseits vererbt wird, sprach dies aber nicht aus. Die Person, die *er* Vater genannt hatte, besaß nämlich ein glattes Kinn, dessen fliehende Kieferpartie unter herabhängenden Ohrläppchen endete, die vage an einen Hund erinnerten. Keines dieser Kennzeichen wies der Mann, der Hasenscharte genannt wurde, oder später sein Sohn auf. Erol Bulut dagegen… Nun ja, Erol Bulut hatte ein Grübchen von der Größe eines Kraters in seinem Kinn, das mit der Zeit vom üppigen Bart eines Muezzins verdeckt wurde.

IN EINEM KISSENBEZUG. Das Grübchen im Kinn war es wohl nicht. Es könnte jedoch der Wirbel am Hinterkopf des Doktors gewesen sein oder auch die Bezüge der Autositze, die an die Innenseite eines Kissenbezugs denken ließen. Ehe er Florinos' Küche in Balslöv betrat, erzählte Jannis jedenfalls folgendes – zunächst sitzend, danach in halbliegender Position auf der Rückbank des Fords, der durch den schneewattierten Märzabend fuhr:

»An einem Sommertag befand ich mich unter einem Kastanienbaum. Das war auch früher schon vorgekommen, das Jahr spielt also keine Rolle. Wir beide wissen ja, dass sich nach dem Bürgerkrieg kaum etwas änderte, Herr Doktor. Zumindest in Griechenland nicht. Die gleiche Armut, die gleichen Gefängnisinseln, die gleiche teilnahmslose Sonne. Als Vater starb, musste ich die Tiere alleine hüten. Der alte Kastanienbaum wurde meine Lieblingsstelle. Dort pflegte ich an den Stamm gelehnt zu sitzen und zu denken, während die Tiere umherstreunten oder Wasser tranken. Eines Tages legte ich meinen Kissenbezug unter den Kopf. Ich verwahrte ein Stück Brot, ein paar Feigen und gesalzene Mandeln darin. Auch andere Dinge, wenn ich denn welche hatte. Die Mandeln drückten gegen meinen Hinterkopf. Genau hier.« Er zeigte auf die Stelle. »Wie üblich dachte ich mir Fragen aus. Das tat ich nach Vaters Tod oft. Fragen zu allem und nichts, Herr Doktor, und vielem dazwischen. Fußball, Wetter, Vaterland… Man hat nicht immer Zeit, in die Schule zu gehen, nicht wahr? Während ich eine Wolke beobachtete, die sich am Himmel ausdehnte wie Ringe auf dem Wasser, kam mir der Gedanke, dass es ein anderes Kind geben musste, das zur selben Zeit, aber an einem anderen Ort, das Gleiche machte. Ich war zehn oder elf und konnte mir nur vorstellen, dass es ein *pitsiríkos* war. In einer kurzen Hose wie ich und in einem der alten Hemden seines Vaters, barfüßig und mit kurzen Haaren. Der Herr Doktor erinnert sich bestimmt, wie griechische Jungen damals aussahen. Hat er vielleicht auch mit seinem Kopf auf einem Kissenbezug gelegen? Hat er sich auch gefragt, wo auf der Welt er sich befand? Und hatte er vielleicht auch seinen Vater verloren? Ja, in diese Richtung gingen meine Überlegungen. Wie der Herr Doktor hört, war ich ein richtiger Mückenschädel.«

Lächelnd rutschte Jannis auf der Rückbank nach unten. »Plötzlich verstummten die Zikaden. Bis zu diesem Moment waren sie mir gar nicht aufgefallen, aber die Stille nahm ich wahr, und in der Stille hörte ich die abwesenden Insekten. Das klingt komisch, aber so war es. Das Loch, das sich in der Wolke oben am Himmel geöffnet hatte, auf halbem Weg zur Sonne, schluckte alle Geräusche, bewahrte jedoch die Erinnerung an sie. Nein, ich kann es nicht anders ausdrücken. Ich dachte an Vater und alles, was ich ihm nie hatte sagen können. Ich dachte an die Jahre mit ihm und an die Jahre ohne ihn. Wegen dieses Lochs war ich bis zum Rand mit ihm gefüllt, daher war es wohl nicht weiter verwunderlich, dass die Welt erstarrte. Auf einmal rührte sich nichts mehr. Die ganze Welt sparte ihre Spucke. Oder sagen wir, hielt die Luft an. Und da machte es Klick. Hier drinnen. In meinem Kopf.« Er zeigte darauf. »Obwohl ich ein *pitsiríkos* war, begriff ich, dass die Welt jede Sekunde stehen bleiben könnte. Oder zerbrechen. Eine andere Form annehmen. Oder aufhören könnte. Und dass das einzige, wodurch ein Mensch überlebte, die Teile von ihm waren, die es in anderen gab. Ich spreche von dem Menschen, wie er wahrgenommen wird und in Erinnerung bleibt, nicht von Nieren oder Schädelknochen. Das verstehen Sie sicher, Herr Doktor. Sie haben ja studiert. Und während ich dem Schweigen der Zikaden lauschte, erkannte ich, dass ich etwas so erlebte, wie ich mich eines Tages daran erinnern würde. Genau so, Herr Doktor. Genau so.«

Manolis konzentrierte sich gerade auf den Straßenbelag und entgegnete nichts. Sein Fahrgast sah ihn im Rückspiegel die Zunge zwischen den Zähnen falten. Er drehte den Heizungsregler von MEDIUM auf MAXIMUM, aber die Windschutzscheibe blieb trotzdem beschlagen. Regelmäßig musste er mit dem Ärmel seines Mantels darüber reiben. »Ist das nicht phantastisch? Ich wurde Zeuge einer zukünftigen Erinnerung.« Nein, der Blick im Spiegel ließ sich nicht einfangen. Florinos war mit seinen Gedanken woanders. Er überlegte, ob im Kofferraum eine Schaufel oder Schneeketten lagen, ob der Reservekanister voll war und wie weit sie noch fahren mussten. Gedanken dieser Art. Momentan krochen sie Meter für Meter vorwärts. Es knirschte gutmütig unter den Reifen, obwohl man schon bald nicht mehr sehen können würde, ob sie noch der Landstraße folgten. Nach weiteren schwerelosen Minuten türmte sich vor ihnen jedoch ein Traktor auf. Gerettet. Die Lichtkegel, auf sie gerichtet, waren so groß wie Strandbälle, die Gabel gesenkt und riesig. Auf dem Dach ließ eine Lampe gelbes, irres Licht rotieren. Als die Fahrzeuge einander passierten, hob der Schneeräumer eine Hand zum Gruß. Es war Ingemar Nyberg, der Dorfelektriker. Augenblicklich wurde der Straßenbelag ebener, griffiger, fast leichtsinnig. »Gamó tin panajía, das ist ja heute ...« Jannis hörte sich an, als hätte er sich selbst bei einem Diebstahl oder bei etwas noch Schlimmerem überrascht, vielleicht einer Palastrevolution.

»Entschuldige, was hast du gesagt?« Mittlerweile fuhr Manolis ruhig und methodisch. Kurze Zeit später nahm er den Fuß vom Gas und manövrierte den Wagen über eine Eisenbahnlinie, die sich rechts und links im Nichts verlor. Sie hatten nur noch einen Kilometer zu fahren. »Ich sagte, die Erinnerung ist heute wiedergekehrt. Nach all den Jahren. Überraschend, Herr Doktor, das muss man schon sagen.« Der Fahrgast schüttelte den Kopf. »Manchmal frage ich mich, wo sie sind, wenn wir nicht an sie denken. Die Erinnerungen, meine ich. Wie dieses Loch im Himmel. Über zehn Jahre ist es fort gewesen. Hat es sich vielleicht in einem Kissenbezug versteckt gehalten?« Er gluckste leise.

Ehe die Männer aus dem Auto steigen – der eine in warmen Vagabonds mit Galoschen, der andere in dünnen Mouriadis ohne –, müssen wir dem Fahrer, Jahrgang 1931, ein wenig Aufmerksamkeit schenken. Was dachte er, als Jannis, zugleich hochtrabend und naiv, so redete? Ehrlich gesagt: nichts Besonderes. Der bisher einzige gemeldete Grieche in der Gemeinde Kristianstad sparte sich eine Antwort, weil ihm sein Landsmann sympathisch war. Ihm gefiel das unverstellte Vertrauen, die Neugier auf die Welt in all ihrer Schönheit und Verrücktheit, und so zog er es vor, seinem Fahrgast zu lauschen.

Während der Wagen mit schräg gestellten Vorderrädern und ausbrechendem Heck vom Bahnübergang hinunterrutschte, fuhr Jannis, durch das Schweigen ermuntert, fort, sich zu wundern. »Wenn ich an diesen anderen Jungen denke, wird mir klar, dass die Zeit auch für ihn stehen geblieben sein muss. Und wenn das so ist, hat er mit Sicherheit auch erkannt, dass… *Ópa, Herr Doktor!* Das war knapp.« Manolis drehte das Lenkrad erst in die eine, dann in die andere Richtung. Sie entgingen dem Schlagbaum und im nächsten Moment fanden die Räder wieder Halt. Als der Wagen erneut Fahrt aufnahm, lehnte Florinos sich vor. »Dieses verdammte Kondenswasser. Ich begreife nicht, was mit dem Gebläse los ist.« Er drehte an dem Regler. »Ach übrigens, du kannst mich Manolis nennen«, stöhnte er und lehnte sich zurück. Das Auto schaukelte kurz. »Hast du mal daran gedacht, dass ich vielleicht dein Doppelgänger war?«

Bei dem Gedanken schwindelte es Jannis. Er konnte nicht mehr alle Mücken im Kopf behalten, sondern setzte sich auf und machte einige athletische Bewegungen mit dem Nacken. Er war müde und hungrig, er fühlte sich nicht recht wohl. Es war alles ein bisschen viel auf einmal. Das meinte auch der Doktor, als sie auf die Schotterpiste bogen, die um das Grundstück von Haus Seeblick herumführte und die Nyberg kürzlich geräumt hatte. »Das war ein bisschen viel auf einmal.« Er tastete nach der Handbremse. Die knarrte. »Hast du Hunger?«

VERZEICHNIS FRÜHER MÜCKEN. Es folgen einige der Fragen –
»Mücken« genannt –, die sich Jannis nach dem Tod seines Vaters,
an einen Kastanienbaum gelehnt, ausdachte. Das Verlangen nach
Antworten sollte erst später und in weiter Ferne auftauchen und
auch nicht allen Fragen gelten. Angesichts der Fragen meinte seine
Großmutter, er trage den Kopf in den Wolken. »Pass auf, dass du
dich nicht stößt.« Dabei gluckste sie jedesmal so, dass ihr Busen
bebte wie ein Vogelnest. »Mein Himmelsstürmer…«

»Kann man die Zeit anfassen?«

»Findet wirklich die ganze Welt Platz im Kopf?«

»Wie viele Engel ergeben ein Kilo?«

»Hört man jemals auf, seinen Vater zu vermissen?« (Das war eine
der Fragen, bei denen Despina nicht kicherte, sondern sich an die
Brust griff.)

»Ist es denkbar, dass der Himmel ein Loch hat?«

»Was soll man tun, um sicher zu gehen, dass man existiert?«

»Warum schwingt Efi nicht die Hüften, wenn sie vorbeigeht?«
(Das war eine andere.)

»Kann man grundlos weinen?«

»Hat die Nacht Ränder?«

»Träumt Maja anders?«

»Wann bekommt man genug von allem, was man nicht hat?«

»Exakt wie groß ist ein Herz?«

Auf letztere Frage pflegte Despina zu antworten: »Stell dir die
Faust eines Mannes vor, die sich manchmal wie ein Spatz be-
nimmt.«

ÜBER WASSER UND ANDERE FRAGEN DES JÜNGSTEN TAGS
(TEIL EINS). Am Küchentisch in Balslöv – übrigens am gleichen
Abend, an dem Oberst Giorgos Papadopoulos nach einem Telefo-
nat mit dem kaugummikauenden Jack Maury den Hörer auflegte
und sagte: »Du hast Recht, Tzak. Jetzt reicht es bald« –, an diesem
Küchentisch mit Wachstuchtischdecke wiederholte Jannis die spä-

terhin geflügelten Worte:»Ich bin Student von der Universität Bromölla. Das liegt weiter weg, als man jedenfalls in Áno Potamiá glaubt.« Er machte eine verschwörerische Pause und aß ein wenig von seinem Schnitzel. Ein geübtes Auge wie Lilys hätte problemlos entdeckt, dass der Gast lieber einen Brotkanten als ein Messer in der rechten Hand gehalten hätte. Im Moment war sie jedoch damit beschäftigt, den Blick ihres Mannes zu suchen und ein Lachen zu ersticken. Bromölla hatte doch nicht einmal ein Gymnasium. »Ich mache eine Ausbildung zum Ingenieur.« Jannis spießte den letzten Tomatenschnitz auf. Zwischen den Bissen erläuterte er: »Sobald ich fertig studiert habe, werde ich die Gewässer in Makedonien revolutionieren.«

Die Wahrscheinlichkeit ist groß, dass unser Held ein geschätzter Student beispielsweise im Fach Mechanik des Wassers geworden wäre, wenn Gavril Avramidis in den sechziger Jahren noch an der Technischen Hochschule von Thessaloniki gelehrt hätte. Aber das tat er nicht. Und so war die Aussage mehr als eine nette Übertreibung, sie war ein Traum. Mit Ausnahme des Herbstes 1949 und einiger seltener Wochen in den folgenden Jahren hatte Jannis nie einen Fuß auf die Treppenstufen einer Schule gesetzt, geschweige denn zwischen die klappernden Bankreihen eines Hörsaals in irgendeiner höheren Lehranstalt. Im Übrigen war er trotz seiner Überlegungen zum Zustand der Zeit und der Beschaffenheit des Jenseits, ja vielleicht gerade wegen dieser Mücken, ein praktisch veranlagter Mensch. Er bevorzugte Gedanken, die Hand und Fuß und ein Robert Mitchum-Grübchen im Kinn hatten, und hatte kein Problem damit, Insekten totzuschlagen, die ihn belästigten. Das staubfreie Paradies der Abstraktionen, wie es in den Vorlesungssälen der Provinzhauptstadt ausgemalt wurde, war nicht seine Stärke. Für Jannis war die Welt weniger Reißbrettentwurf als Realität, auch wenn es daran in ihrer derzeitigen Version am meisten fehlte.

Dies war auch der Grund dafür, dass er davon träumte, Makedonien mit einer Kanalisation auszustatten. Sein Heimatdorf lag oben in den Bergen, dem Himmel so nah, dass manche Einwohner meinten, man könne sich die Stirn an ihm stoßen, und mit Ausnahme der Wintermonate war der Fluss Potamiá, der dem Ort seinen Namen gegeben hatte, nie tiefer als der Abstand zwischen Fußsohle und Kniescheibe eines Fünfjährigen. Im Übrigen war die Verwaltung in Thessaloniki für ihren Unwillen bekannt, die Bergdörfer mit Wasser zu versorgen, das als geostrategische Ressource betrachtet wurde. Die bulgarische Besatzung während des Kriegs war nicht vergessen, als ein Sack Reis die Frauen eine Nähmaschine und ein Dutzend Schweinefüße sie eine Woche nächtlicher Soldatenbesuche gekostet hatte. Um die nationale Sicherheit zu erhöhen, versuchten die Behörden, zwischen der Hafenstadt und den Geländefahrzeugen der Nachbararmee eine Pufferzone aus unwirtlichem Gelände zu erschaffen – was Makedonier, die mehr als fünfhundert Meter über dem Meeresspiegel wohnten, davon träumen ließ, so in den Ministerien aufzuräumen, wie ein gewisser Held dereinst in einem Stall unten auf dem Peloponnes getan hatte. Jannis war folglich nicht der einzige, der mit dem Gebet zu Bett ging:»Lieber Gott, lass mich wenigstens im Traum Herakles sein dürfen.«

So lange unser Held zurückdenken konnte, war in seiner Heimatregion mit Wasser gegeizt worden.»Lieber ein schmutziges Kind als ein trockener Hals«, lautete eine der gängigen Redensarten.»Spar deine Spucke, im Sommer wirst du sie noch brauchen«, eine andere. Bei Geschäften, die Liebe, Kuhhandel und verwandte Angelegenheiten betrafen, verkündeten die Einwohner gerne «Das war der letzte Tropfen« oder auch»Nicht einen Tropfen mehr«, wobei sie mit der Zunge schnalzten, um zu zeigen, dass sie beabsichtigen, ihre Spucke zu sparen, auch wenn diese weiß und trocken geworden war und in den Mundwinkeln klebte. Und während der elenden Kriegsjahre bot sich vielen die Gelegenheit zu wiederholen:»Ein Mensch lässt sich immer ersetzen, aber Wasser?« Wenn das Gegenüber trotzdem keine Vernunft annehmen wollte, fragte man rhetorisch:»Was ist? Hast du Haare in den Oh-

32

ren?« Unter diesen Umständen konnten die Bauern nur Tabak und Wortkargheit mit Aussicht auf Erfolg kultivieren, der Rest taugte bestenfalls für Mythen.

Einmal in der Woche tauchte ein schwarzgekleideter Mann mit einem Eselskarren auf. Am hinteren Ende baumelte ein rotes Rücklicht von einem der ersten Busse, die diese Berge in den zwanziger Jahren besucht hatten. Inzwischen lag das Fahrzeug – ein alter Scania-Vabis – verkohlt und skelettiert in einer Schlucht, nachdem es eine Zeit lang Flüchtlingen als Unterkunft gedient hatte. Wo das andere Rücklicht hingekommen war, wussten fast nur die Männer der näheren Umgebung. Normalerweise traf der Schwarzgekleidete so früh ein, dass er aus der Nacht und nicht aus dem Tal zu kommen schien. Wenig überraschend wurde er »Die Apokalypse« genannt. Er hatte einen alttestamentarischen Bart – nicht so sehr Hiob, eher Jesaja – und war stumm, wodurch sich der Eindruck noch verstärkte, dass er aus einem Reich jenseits des Fassbaren stammte. Wer verschlief, konnte dennoch mühelos ermitteln, welchen Weg das Gespann genommen hatte. Man brauchte bloß dem Rinnsal zu folgen, das sich durch den Kies schlängelte, den Anstieg zum oberen Teil des Dorfes hinauf, mit Kurven so sanft und dunkel wie die einer Blindschleiche, oder das Gejohle der Kinder zu hören. Auf der Ladefläche, im Schatten eines Dachs aus geflochtenen Maisblättern, lagen zwei eingewickelte Eisblöcke. Die Kinder versuchten das Wasser aufzuschlecken, das von dem Karren herablief. Manche legten sich kühn mit aufgerissenem Mund vor dem Gespann auf die Erde, aber die meisten sprangen auf und pressten ihre Lippen gegen die Decken. Der Eishändler ließ sie gewähren. Wer nicht riskieren wollte, sich zu vergiften, musste ohnehin eine der Flaschen mit destilliertem Wasser nehmen, die er ebenfalls verkaufte.

Aus den Decken stieg ein kühler Dampf auf, der die meisten Dorfbewohner mit feierlichem Ernst erfüllte. Wenn man das Ohr an die Decke presste, knisterte es darunter wie auf fremden Frequenzen. Vater Lakis, der einzige studierte Mensch des Orts, machte Scherze über ein mobiles Delphi. Er spürte eine Konkurrenz im Hinblick auf jenseitige Angelegenheiten. Obwohl der Einzug des Eises keine Seltenheit war, wurde er mit größerer Freude als Namenstage und Feiertage willkommen geheißen, weshalb jemand, der das Ereignis verschlief, in der Regel mit folgenden Worten geweckt wurde:»Raus aus den Federn! Der Jüngste Tag ist gekommen!«

UNBEKANNTE WELLENLÄNGE. Ein typisches Gespräch der damaligen Zeit hatte folgenden Wortlaut. Der Ort: Der »obere« Teil des Dorfs, Áno Áno Potamiá genannt. Die Apokalypse hat soeben den Karren neben einem Betonsockel geparkt, von dem man erst kürzlich ein Maschinengewehr abmontiert hatte. Die Zeit: Herbst 1949. Der Bürgerkrieg ist vorbei, aber versprengte Truppenteile der Demokratischen Armee halten sich noch in der Gegend auf. Personen: Ein sechsjähriger Junge aus dem Dorf, ein siebenjähriges Mädchen aus dem Nachbardorf, zu Besuch mit seiner Großmutter.

SECHSJÄHRIGER JUNGE: Du musst dein Ohr direkt an das Eis legen.

SIEBENJÄHRIGES MÄDCHEN *(lachend)*: Aber dann friert es doch fest!

SECHSJÄHRIGER JUNGE: Ach, stell dich nicht so an, Efi.

SIEBENJÄHRIGES MÄDCHEN: So?

SECHSJÄHRIGER JUNGE *(eifrig)*: Hörst du was?

SIEBENJÄHRIGES MÄDCHEN: Nein... Warte...

SECHSJÄHRIGER JUNGE: Was?

SIEBENJÄHRIGES MÄDCHEN *(ungläubig)*: Mücken?

ÜBER WASSER UND ANDERE FRAGEN DES JÜNGSTEN TAGS (TEIL ZWEI). Schon als Kind schmiedete Jannis Pläne, mit deren Hilfe er der Apokalypse zuvorkommen und den Zugang zu Wasser verbessern würde. Er bastelte Wünschelruten aus allerlei Holz – verdrehte Äste, klatschende Zweige, staubiges Unterholz – und ging in der näheren Umgebung auf Wasserjagd. Er stellte Konser-

vendosen auf, lud die Engel ein, in diese zu urinieren, und änderte
von Zeit zu Zeit die Standorte, weil er sich einbildete, ihr Muster
beeinflusse den Niederschlag. Würden zwölf Dosen, die sich zu
einer Schleife formten, nicht besser geeignet sein, die Engel gnädig zu stimmen, als ein Stern, der auf den Schultern der Soldaten
so eckig und geometrisch war? »Jetzt pisst schon«, murmelte er,
während er die Gefäße umstellte. Eine Zeit lang versuchte er, ein
Lasso um die Wolken zu werfen und sie an den Bäumen festzu-
zurren, um sie anschließend wie Ziegen melken zu können. Die
Dorfschneiderin, die sein Interesse für die Kollaboration zwischen
höheren Mächten und Wolken teilte, brachte ihm umständliche
Zauberformeln voller Spinnweben und Hühnerknochen bei. Und
kurz nachdem er seine Schullaufbahn begonnen und beendet
hatte, entwickelte er ein System aus Blechlöffeln, Zahnrädern, einer Fahrradkette, der Pedale einer Nähmaschine und reichlich
Stahldraht, mit Hilfe dessen er bis in die Tiefe des Meeresspiegels
zu bohren gedachte.

Er kam nicht weiter als eine Armlänge, dann wurden seine Pläne
von einem neuen Gesetz durchkreuzt. Die VERORDNUNG ZUR BE-
WAHRUNG DES WASSERS, ratifiziert in Thessaloniki und damals auch
in den Ministerien jenseits der Grenze viel diskutiert, wurde angenommen, als der Bürgerkrieg beendet war und das Land seine
natürlichen Reserven inventarisierte. Wie vieles im Griechenland
der fünfziger Jahre war sie nicht sonderlich demokratisch. Als der
Dorfgeistliche die Proklamation im Kaffeehaus verlas, seine Brille
ein Stück vor die Nase haltend und den runden Hut aus der Stirn
zurückgeschoben, war Jannis acht Jahre alt. Mittlerweile wusste
er fast alles darüber, was den Planeten blau färbte. Aber nicht einmal er hätte sich träumen lassen, was nun Gesetz wurde. Fortan,
hieß es in jener Mischung aus Pathos und Pedanterie, durch die
sich Bürokraten auf dem Balkan gerne hervortun, solle das Grund-
wasser als »ein Gut von zunächst staatlicher und dann himmli-
scher Bedeutung« betrachtet werden. Ausgüsse, Badewannen und
Springbrunnen, Kanäle und Kloaken – alles, was »diszipliniertes«

Wasser erfordere, unterstehe nunmehr dem mächtigen Amt für Hydrologie in der Themistokleosstraße.»Diszipliniert?«, fauchte einer der Männer im Kaffeehaus. Es war der Besitzer persönlich, Leonidas Stefanopoulos, ein Mann mit gelben Pupillen und zerfurchtem Gesicht, der nur wenige Wochen später sterben sollte. »Demnächst stecken sie auch noch den Regen ins Gefängnis.« Wer die Dreistigkeit besaß, einen Brunnen anlegen zu wollen, konnte die Erlaubnis dazu bei der nächstgelegenen Gendarmerie einholen, die einen knapp einstündigen Ritt bergabwärts in Neochóri lag. Anschließend musste er allerdings die Kosten für eine Inspektion tragen, die nur von staatlich geprüften Hydrologen durchgeführt werden durfte. Deren Besuche führten in aller Regel zu Meinungsverschiedenheiten, die zur Folge hatten, dass Hoffnungen »im Sande verliefen«. Letzteres war ein Fachbegriff, der bedeutete, dass Sandsäcke in den Brunnen entleert wurden – trotz der Geldscheine, die man gleichzeitig und möglicherweise aggressiver als nötig, in die Taschen der Hydrologen stopfte. Die Mehrzahl der Gebirgsbewohner blieb folglich weiter auf Regenschauer, Wasserläufe und den Eisverkäufer angewiesen, der die Gegend stets besuchte, als geschähe es zum letzten Mal.

In Jannis' Kindheit konnte man die Apokalypse noch auf den Straßen umherziehen sehen. Obwohl die Dorfbewohner Scherze über den Mann machten, der seinen Esel mit Mundgeräuschen antrieb, die längst jeder Bedeutung entbehrten, wagte es doch niemand, in seiner Gegenwart zu lästern. Dazu fürchtete man viel zu sehr, ihn zu verärgern. Mit Grauen und Misstrauen erzählte man sich immer noch von Achladochóri, einem Dorf auf der anderen Seite des Berges, wo einem verärgerten Notar herausgerutscht war:»Wir bezahlen nicht für gefrorene Eselspisse. Hast du Haare in den Ohren, Alter? Es stinkt zum Himmel, wenn es schmilzt.« Einen ganzen Sommer lang habe die Apokalypse sich daraufhin geweigert, den Ort zu besuchen (sicher nur ein Gerücht), außerdem hieß es, der Notar habe seine neugeborene Tochter in Ziegenmilch taufen lassen müssen und sei schließlich vor Scham gestorben (auch dies wohl nur ein Gerücht). Später wurde der schwarzgekleidete Mann durch einen Tankwagen ersetzt, und in den sechziger Jahren kamen die staubigen Lastendreiräder. Wenn sie mit mürrischen Fahrern in kurzärmligen Hemden und Ladeflächen, auf denen die Behälter bebten, in Makedonien ausschwärmten, klangen sie wie heisere Nähmaschinen. Auf die Art verlor das Wasser sowohl in flüssiger als auch in gefrorener Form nach und nach seine geostrategische Bedeutung. Mit der Zeit wagten manche Einwohner sogar, sich Kühlschränke anzuschaffen, ohne sie beim Amt für Hydrologie anzumelden. Dann wurde die »Operation Prometheus« durchgeführt. Und danach wurde alles wieder schlimmer, nicht nur in Áno Potamiá.

HIMMELSSTRASSE. Gründe für Jannis' Abschied von seinem Heimatdorf gab es viele, den Ausgangspunkt aber bildete ein Ereignis drei Jahre bevor er in den Überlandbus stieg. Mit launischen Winden und überraschenden Niederschlägen war es in jenem Jahr früh Herbst geworden. Eines Nachts stürzte im Stall der Familie das Dach ein. Die Tiere blieben unverletzt, allerdings wurde der Holzkühlschrank, den Jannis übernommen hatte, als der Kaffeehausbesitzer sich endlich einen aus Metall leisten konnte, beschädigt. Mörtel rann in reißenden Schmutzwasserbächen davon, die Plastikplane, die Jannis festnagelte, half nur bedingt. Seine Mutter behauptete, schuld an dem Unglück seien die Versuche ihres Sohns, die Niederschläge zu disziplinieren, und deutete an, der Kühlschrank habe bei den Wettergöttern den Geduldsfaden reißen lassen. Am Ende war er ihre Litaneien so leid, dass er die örtliche Wahrsagerin aufsuchte. Die alte Frau Poulias schüttelte den Kopf. Vermutlich »spielten« die höheren Mächte nur, obwohl es sicherlich nicht schaden könne, in alle vier Himmelsrichtungen zu spucken und Beschwörungsformeln zu murmeln. Da Jannis sich nicht auf seine Fähigkeit verlassen mochte, die Mutter oder die Götter gnädig zu stimmen, stellte er den Kühlschrank sicherheitshalber unter den Mandelbaum. Er wollte kein Risiko eingehen. Wenn die Dachbalken nicht wieder aufgerichtet und keine Dachziegel verlegt wurden, würden die Stallwände früher oder später nachgeben.

Deshalb saß er an diesem Freitagmorgen ausnahmsweise an dem filzbezogenen Tisch im *kafeníon* des Dorfs. Zu seiner Linken thronte Thanassis Tsoulas, der den Weinhandel seines Vaters übernommen hatte und in der näheren Umgebung Land aufkaufte. Ihm wurde eine politische Karriere prophezeit. Zu seiner Rechten saß *bárba* Pippis, der gerade Wasser in seinen Ouzo goss. Die Prozedur wurde mit der gleichen Umständlichkeit ausgeführt, die seine Kunden im Lebensmittelgeschäft meckern ließ, die Waren würden schon vergammeln, noch ehe der Alte kassiert habe. Ihnen gegenüber hielten die beiden Bulgaren des Dorfs abwechselnd die Karten. Eines Frühlingstages hatten sie mit irren Augen, aber wild entschlossen, auf dem Marktplatz gestanden. Wie es ihnen gelungen war, über die Grenze zu kommen, konnte sich niemand erklären, am allerwenigsten sie selbst. Wahrscheinlich hatten sie die Berge an einer Stelle überquert, an der dem Vernehmen nach selbst Ziegen nicht mehr weiterkamen. Seither wurden Vasil und Bogdan von Tsoulas, der als Einziger das nötige Geld hatte, um ihre Fertigkeiten zu nutzen, wie Vieh behandelt. Ihr Lohn reichte mit knapper Not für Lebensmittel und Zigaretten. Zum Ausgleich durften sie sich das Motorrad des Weinhändlers ausleihen, ein ehemaliges Militärfahrzeug, mit dem sie Ouzo und Tabak in ihr Heimatland schmuggelten. Ihrer Verzweiflung nach zu urteilen lief der Handel jedoch nicht so schwunghaft wie gewünscht, denn nun wollten die beiden ihr Einkommen mit den Karten erhöhen und verspielten es dabei. Irgendetwas in Jannis schreckte davor zurück, dem Blick dieser Männer zu begegnen – nicht weil sie anders waren, das waren sie abgesehen von Sprache und Zahnpflege nicht, sondern weil es schmerzlich war, das Zügellose in ihren Augen zu sehen. Tsoulas, der gegen Mitleid immun zu sein schien, meinte dagegen, mitgefangen, mitgehangen, das gelte auch, wenn man

38

Bulgare sei, während *bárba* Pippis keinen Ton über seine Lippen so dünn wie Piniennadeln brachte. Jannis selbst empfand Scham, was ausnahmsweise ein produktives Gefühl war an diesem Morgen, denn es hinderte ihn daran, zu überdenken, was er da eigentlich machte.

Es war kurz nach fünf. Die Männer spielten seit mittlerweile sechsunddreißig Stunden. Die Luft war metallisch, die Gesichter von Alkohol und Schlafmangel blass. Am Mittwoch hatte man mit frisch gedrehten Zigaretten und sauberen Hemden begonnen. Am Tag darauf hatte man erst eine Pause für ein Frühstück und danach für das Mittagessen und die Siesta weitere Pausen eingelegt. Bei letzterer verschwand einer der Bulgaren. Als er zurückkehrte – frisch rasiert, in einer Wolke aus Old Spice –, legte er eine Schachtel Zigaretten auf den Tisch und steckte gleichzeitig etwas in die Tasche seines Freundes. Die Mitspieler nahmen an, dass es sich um die letzten Geldreserven der Männer handelte. Wahrscheinlich hatten sie das Geld in einer Büchse in irgendeiner Felsspalte versteckt. Am Abend machte man erneut eine Pause, diesmal, weil Stella Stefanopoulos mit ihrem neugeborenen Kind ihren Bruder besuchte. Sie wohnte inzwischen in Achladochóri. Wer an den Säugling heran kam, kniff das Kind in die Wange und sprach Glückwünsche aus. Nur Jannis schwieg, vor allem als Stella durchblicken ließ, dass sie nicht verstand, warum er sich in einem Kaffeehaus befand und nicht bei Efi…

Die Zeit ging und verging und schließlich war es Viertel nach fünf. Von der summenden Neonröhre abgesehen herrschte Grabesstille. Jannis hatte verhältnismäßig sicher und vorsichtig gespielt und verhältnismäßig sicher und vorsichtig verloren. Trotzdem hatte er einen Rückstand von hundert Streichhölzern. Mit einem hohen Einsatz würde sich der Verlust ausgleichen lassen, mit einem echten Gewinn war nicht mehr zu rechnen. Obwohl schon zwanzig, dreißig Hölzchen die verrückten Hoffnungen aufwiegen würden, die ihn dazu verleitet hatten, an diesem Tisch Platz zu nehmen. Er wusste, dass sich das Wetter nicht bändigen ließ, aber mit einer ordentlichen Plane, finanziert durch einen passenden Spielgewinn, würde das vielleicht auch gar nicht nötig sein.

Vorsichtig hob er die Karten an. Seit Stella sich wieder aufgemacht hatte, war er zum ersten Mal überzeugt, das Richtige getan zu haben, indem er sitzen blieb. Er spürte, wie das Blut in seinen Adern bebte und zu kitzeln begann. Sein Brustkorb weitete sich, die Oberschenkelmuskeln spannten sich maskulin an. Pik sieben, Pik fünf, Kreuz zwei, Pik vier und... Pik sechs. Fast eine perfekte Straße. Mit etwas Beistand vom Glück, das anderweitig beschäftigt gewesen war, als er dreißig Streichhölzer mit nahezu todsicheren Karten verloren hatte, würde er die begehrenswerte acht bekommen. Jannis schob fünf Streichhölzer in die Mitte und bat um eine Karte. *Bárba* Pippis hielt drei Finger hoch, Vasil warf auf Anraten Bogdans alle Karten von sich und zeigte mit gespreizter Hand an, was die Männer brauchten. Tsoulas begnügte sich mit drei. Vermutlich hatte er genau wie der stumme Alte ein Paar auf der Hand. Jannis streckte die Arme über den Kopf. Seine Augen schmerzten, die Luft schien von einer Kuh wiedergekäut worden zu sein. Trotzdem fühlte er sich sicher, fast leichtsinnig: Sämtliche Fasern in seinem Körper verkündeten, dass er die Acht bekommen würde.

Vielleicht flößte der Alkohol ihm diesen Glauben ein, vielleicht auch Stella, die wehmütig gelächelt hatte, als er ihren Blick suchte. Auch wenn er normalerweise nicht trank, nippte er doch an seinem Ouzo, der regelmäßig aufgefüllt wurde. Ein paar Spritzer Wasser verwandelten die Flüssigkeit in eine weniger gefährliche Wolke. Inzwischen waren ansehnliche Mengen Alkohol in seinem Körper gelandet. Leichtfertige Träume schwammen auf der schimmernden Flüssigkeit. Aber Jannis konnte kaum damit rechnen, dass seine Inspiration ewig währte. Schon bald würden sich die Träume erneut in Gelatine verwandeln und er tun, was er tun wollte, seit Tsoulas ihm erklärt hatte, die makedonischen Berge lehrten ihre Bewohner, kein Erbarmen zu zeigen: die Knie an die Brust ziehen und sich in sich selbst kehren. Noch lag er jedoch zurück und konnte nur die Flucht nach vorn antreten, in die unkontrollierbare Welt hinein und in der Hoffnung, wieder den festen Boden unter den Füßen zu finden, den er anderthalb Tage zuvor aufgegeben hatte. Seit Stella sie wieder verlassen hatte, spielte er deshalb schroff und entschlossen, in Erwartung eines Blatts, das sich nur einstellen würde, wenn er den Erwartungen trotzte. Und nun schien es endlich da zu sein. Er benötigte nur noch eine Pik acht. Wie groß war das Risiko, dass ein anderer eine höhere Straße in einer Farbe bekommen würde? Mit Sicherheit kleiner, als dass jemand auf allen Assen saß. Er fächerte seine Karten auf und bekommen hatte er – Kreuz sieben. Auf der Uhr, die weiter getickt hatte, war es jetzt 5.23. Der Geist wankte, der Hals schmerzte. Zwei Siebenen waren kein starkes Paar, auch wenn Tsoulas mehrere Runden mit schlechteren Karten gewonnen hatte. Mit etwas Glück würde er einen Drilling bekommen. Die Wahrscheinlichkeit, die Pik acht zu erhalten, war sicherlich geringer. Jannis schielte zu dem Lebensmittelhändler hinüber, der einen knochigen Zeigefinger hochhielt. Er war alt und verschlagen, ein echter Spieler († 1973 an den Folgen einer nicht behandelten Parkinsonschen Krankheit). Wahrscheinlich hatte er zwei Paar auf der Hand. Von einem Ohr zum anderen grinsend machte Vasil das Victory-Zeichen. Hatte er einen Drilling? Oder etwa den Anfang einer Straße? Auch Tsoulas wünschte zwei neue Karten. Der Gesamteinsatz wuchs. *Bárba* Pippis lag einige Hölzer im Plus, die Bulgaren hatten zweihundert verloren, nur der Weinhändler schien gegen Niederlagen gefeit zu sein. Jannis schob die Hälfte der ihm verbliebenen Hölzer in die Mitte.»Eine, bitte.«

Während die anderen ihre Einsätze machten, studierte er ihre Gesichter. Tsoulas' war vor lauter Erfolg feist und aufgekratzt, die der Bulgaren waren abgezehrt im Stile von Heiligen oder Irren, während man *bárba* Pippis' benutzen konnte, um Schuhe neu zu besohlen. Jannis spreizte seinen Federschweif. Es war 5:29, als ihn ein unheilverkündendes Gefühl durchzuckte. Wenn er nun nicht gewann. Dann sah er Pik sieben, Pik sechs und Pik fünf ins Blickfeld gleiten, danach Pik vier... Als sein Daumen die letzte Karte freirieb, erkannte er, dass er noch ein Pik auf der Hand hielt. Und nicht irgendeins. Um 5.30 hatte er eine richtige Straße. Sie führte zwar nicht bis in den Himmel der Engel oder Asse, aber mit der Acht an der Spitze würde sein Blatt schwer zu schlagen sein. Die zwei Paare des alten Knackers schafften das ebenso wenig wie die Drillinge von Tsoulas oder den Bulgaren. Selbst wenn jeder von ihnen ein Haus bekam, hatte keiner ein besseres Blatt. Seine schwarze Straße würde ihm helfen, ein neues Dach zu decken. Die Acht an ihrer Spitze würde die Tiere seiner Familie geraume Zeit, vielleicht sogar bis in alle Ewigkeit schützen.

Jannis horchte in sich hinein, ob sein Gesicht die Erregung verriet. Er glaubte es nicht. Er war viel zu müde, um nervös zu wirken, und im Übrigen waren seine Mitspieler mit ihren Blättern beschäftigt. *Bárba* Pippis sann über seine Karten nach, als wäre er unfähig zu entscheiden, was sie darstellten, und richtete seinen wässrigen Blick anschließend nach vorn. Er sah niedergeschlagen aus. Tsoulas bat Stefanopoulos, der schräg hinter ihm saß und die Nacht hindurch abwechselnd geschnarcht und Fragen zu seiner Schwester beantwortet hatte, um eine neue Runde *kalamária*. Bedeutete die Bestellung, dass der mächtigste Mann des Dorfs am Ende doch unruhig geworden war? Versuchte er ein starkes Blatt zu verbergen oder nur zu bluffen? (An dieser Stelle erscheint es angebracht, das Gesicht des Weinhändlers zu beschreiben: Es war groß und rot und zwischen zwei Ohren wie Walnüsse gepresst. Die gewellten Haare verliehen ihm jedoch einen zwar weichen, aber männlichen Zug, der Frauen ins Auge zu stechen pflegte, und seine vollen Lippen waren unverkennbar sinnlich.) Vasil grimassierte und zischelte Bogdan etwas zu. Wie auf Kommando klopften sie mit ihren Gläsern auf den Tisch und leerten sie. Jannis ahnte, dass sie einen Drilling, vielleicht sogar ein Haus hatten und jegliche Vorsicht fahren lassen wollten. Er bedauerte, dass er die beiden ruinieren würde, aber kein Erfolg ohne Opfer. Der Moment war gekommen, in dem sich das Glück wenden würde.

Nun galt es, das Tempo herauszunehmen, bis die Konzentration der anderen nachließ und sie unvorsichtig wurden. Sonst würden die Einsätze zu schnell anziehen und er nicht mehr mithalten können. Vasil zündete sich eine Zigarette an und schob mit halb geschlossenen Augen zehn Hölzer nach vorn. Tsoulas bekam seine gebratenen Tintenfische, stopfte sich einen Tentakel in den Mund und erklärte, wobei das Ende zwischen glänzenden Lippen wippte, endlich komme Bewegung in die Sache. *Bárba* Pippis betrachtete den Rücken seiner Karten. Jede von ihnen schmückte der weiße Turm von Thessaloniki – eine massenhafte Wiederholung von Perfektion. Ruhig zählte er zehn Hölzer ab, dann nochmals zehn und schob sie in die Mitte. Genauso niedergeschlagen wie zuvor. Wenn man sehen wollte, waren nun zwanzig erforderlich. *»Gamó tin pána*…«* Tsoulas schluckte den Rest des Fluchs hinunter, wischte sich den Mund ab und ging mit. Die Bulgaren überlegten in einem Idiom voll harter Kanten und weicher Wölbungen. Man sah, dass Vasil setzen wollte. Er hatte diesen Jetzt-oder-nie-Blick, den Jannis im Zaum zu halten hoffte. Aber Bogdan nahm ihm die Karten aus der Hand und warf sie fort. Unser Held betrachtete die ihm verbliebenen Hölzer, unter denen sich ein alter Fleck ausbreitete. So lange er sie auch anstarrte, es waren nicht mehr als sieben. Irgendjemand murmelte etwas. Da hatte er das beste Blatt in anderthalb Tagen auf der Hand, und jetzt fehlte es ihm am…»Ich sagte«, wiederholte Tsoulas,»dass du dir jederzeit Geld leihen kannst.« Jannis blickte auf.»Mit welchem Pfand? Die Ziegen sind unverkäuflich. Die Hühner auch.« Das Gesicht des Weinhändlers war mittlerweile rosa und weiß, seine Ohren waren wirklich absurd klein.»Hühner? Ziegen? Nicht einmal unsere bulgarischen Freunde würden die Viecher bespringen wollen. Nein, mein Lieber, die darfst du behalten.« Er lachte melodisch.»Ich hatte an etwas anderes gedacht.«

Jannis sortierte seine Alternativen nach bestem Wissen und Gewissen. Wenn er passte, würde er hundertzehn Streichhölzer Verlust machen, ohne die Chance zu haben, sich das Verlorene zurückzuholen. Und ohne die Chance, ein neues Dach zu decken.

Wenn er sich von Tsoulas etwas lieh und nicht gewann, würde er hundertdreißig Verlust machen – und nicht nur das Dach, sondern auch seine Ehre an den einzigen Menschen im Dorf verlieren, dem er nichts schuldig sein wollte. Er überlegte. Die Tiere konnte er nicht setzen, der beschädigte Kühlschrank war nicht viel wert. »Der Stall?«, murmelte er plötzlich, von seiner eigenen Stimme überrumpelt. Der Weinhändler grunzte, er suchte gerade nach Zigaretten. »Ich habe gesagt, dass ich mir etwas leihe und den Stall dafür einsetze«, wiederholte Jannis, der seiner Stimme immer noch nicht traute. Im gleichen Moment erkannte er jedoch, was sie sagte, und dachte, dass er dabei war, etwas zu tun, was nicht sein durfte. Welcher kranke Dämon flüsterte ihm ein, das zu setzen, was er retten wollte? Welcher böse Geist verleitete ihn, auf Tsoulas zu hören? Zwar konnte er unterhalb des Felds einen neuen Stall bauen, wenn er den alten verlor – auch wenn dieser schräg sein müsste, da die Böschung abschüssig war. Aber er hatte weder das Recht noch die Mittel zu tun, was seine Stimme versprach. Nicht, wenn man bedachte, was zwischen ihm und dem Weinhändler vorgefallen war, nicht, wenn man an Efi dachte.

Als Jannis Tsoulas mit der Zigarette nesteln sah, die Bogdan ihm reichte, wusste er jedoch, dass er nicht verlieren würde. Worte wür den Worte bleiben. Jeder sah, der Dorfbonze versuchte zu überspielen, dass er schlechte Karten hatte. »Du meinst Petridis' alten Schuppen?«, sagte er, als der Tabak brannte. *Bárba* Pippis verzog die Lippen, die Bulgaren verstanden kein Wort. »Du liegst, wie viele, hundert, hundertzehn Streichhölzer hinten? Und zum Sehen brauchst du jetzt zwanzig. Bist du sicher, dass du nicht lieber dafür bezahlen solltest, die Bruchbude loszuwerden?« »Thanassis, allein das Land, auf dem er steht, ist schon mehr wert.« *»Entáxi, entáxi…«* Der Weinhändler hielt die Hände hoch. »Wenn *bárba* Pippis mit dem Darlehen einverstanden ist, werde ich dich nicht hindern. Du wirst schon wissen, was du tust. Aber das Feld ist inbegriffen.« »Das Feld?« »Das Feld.« Jannis war so müde und aufgewühlt und außer sich – kurzum: so wenig Jannis –, dass er bloß nicken konnte. Der Lebensmittelhändler zuckte mit den Schultern. »Du leihst dir diese Hölzchen hier also gegen Stall und Feld. Die Tiere darfst du behalten. Wir sind keine Blutsauger. Dann zeig uns mal deine Karten.«

Jannis spürte, dass sich die Erleichterung in seinem Körper wie Äther verflüchtigte. Das Risiko war so groß und irrsinnig, dass er einfach nicht verlieren konnte. In keinem Dorf, keinem Land und keiner Welt verlor man mit einer Straße wie dieser. Ein letztes Mal betrachtete er die hübsche Pikreihe, dann breitete er seinen Trauerflor auf dem Filz aus. »Zum Teufel auch«, zischte Tsoulas, der offenbar geglaubt hatte, dass Jannis bluffte. »Eine Straße in einer Farbe mit der Acht als höchster Karte. Die führt geradewegs zu unserem Herrgott, nehme ich an.« Er warf seine Karten von sich. »Nur ein Haus.« Bogdan seufzte und griff sich in den Schritt, Vasil sagte etwas Unverständliches. Auch wenn die Griechen ihre Sprache nicht verstanden, lasen sie doch die Resignation in den Gesichtern der Bulgaren. Langsam löste sich Jannis' Herz aus den Fugen. Es würde klappen, es würde klappen…

Dann merkten alle, dass noch ein Blatt ausstand. Nach und nach richteten sich die Blicke auf *bárba* Pippis. Stefanopoulos stand mit einem Handtuch in den Händen reglos hinter der Theke, draußen dämmerte es. Einzelne Hähne und Esel ließen sich vernehmen, ein Hund verjagte auf dem Marktplatz die letzten Gespenster. Der Lebensmittelhändler legte umständlich die Karten auf den Tisch. Noch lag der seriengefertigte Turm oben, dann drehte er sie um – aber so bedächtig, dass zwischen jeder Offenbarung ein Jahrhundert Platz fand. Herz acht. Herz neun. Herz zehn. Herz Bube… Mit jedem neuen Jahrhundert nahm Jannis' Übelkeit zu. Das konnte, das durfte nicht wahr sein. Entweder hatte der Alte auch eine Straße, und wenn dem so war, würde Jannis sich nie wieder auf Zufall oder Wahrscheinlichkeit verlassen, oder er hatte Schrottkarten und wollte ihn nur ärgern, indem er es spannend machte. Als Papastratos zur letzten Karte kam, legte er seine sehnige Hand darauf. Herz Dame, lieber Gott, lass es keine Herz Dame sein. Aber die

Mächte waren nicht auf Jannis' Seite, weder an diesem Morgen noch im späteren Leben. Der Lebensmittelhändler räusperte sich. »*Palikári mou*, du wirst wohl eine Weile deine Spucke sparen müssen« – was mindestens zehn Worte mehr waren, als man ihn jemals hatte sagen hören. Als er die Hand hob, lächelte die Herz Dame alle und keinen an.

Hier müssen wir uns ein einstürzendes Himmelreich, schwarzen, peitschenden Regen und heulende Dämonen in pikverzierten Trikots vorstellen, die durch den Spalt hinaus wirbeln, gejagt von Blondinen in herzförmigen Rüstungen. Denn das einzige, was man im Kaffeehaus von Stefanopoulos hörte, war das Klirren von Gläsern und Kaffeetassen, die der Besitzer einzusammeln begann. Es war 5:43, als er die Zigarrenkiste mit den Tentakeln in seinen neuen Kühlschrank zurückstellte, ein riesiges Metallding mit zierlichen Füßen, die Löwentatzen nachempfunden sein sollten.

Ein weiteres Jahrhundert verstrich, grau wie Blei. Schließlich erkundigte sich der Wirt, ob er die Unterkiefer der Männer vom Fußboden aufsammeln solle. Der Lebensmittelhändler gewann als Erster die Bewegungsfähigkeit zurück. Sachlich begann er, seinen Gewinn zu zählen. Die Bulgaren schauten sich um, vielleicht wussten sie nicht recht, wo sie waren. Der eine – der mit den Plomben aus Blech – ließ seine Finger knacken. Der andere sah nach, ob das, was sein Freund ihm in die Tasche gesteckt hatte, noch darin war. Anschließend gingen die beiden, ohne sich zu verabschieden und ohne die Tür zu schließen, und vom nächsten Tag an gehörten nicht nur ihre Muskeln Tsoulas. Der Weinhändler blieb sitzen. »*Jánni mou, Jánni mou«*, murmelte er, sein gewaltiges Haupt schüttelnd, »wo sollen deine Tiere denn jetzt schlafen?« Jannis selbst bestand aus einem einzigen großen und zerstörten Organ: dem Gehirn. In ihm gingen hunderte Pferde in tausende Richtungen durch. Die Übelkeit wallte aus den Gedärmen bis in den Hals hoch. Er wusste, wenn er sich nicht konzentrierte, würde er sich zum Klang von Walküren in gestrecktem Galopp übergeben. Er schlug sich auf die Wangen, als wollte er sich wecken, er presste die Knöchel auf den alten Fleck und stand auf. Nie wieder würde er sich auf gute Karten verlassen. Nie wieder würde er einen filzbezogenen Tisch besuchen. Es handelte sich übrigens um das Möbelstück, auf dem seine Großmutter in ihrer ersten Nacht im Dorf vierzig Jahre zuvor geschlafen hatte. Sein Vater im Übrigen auch.

Als es Jannis gelungen war, die Tür zu schließen, gab er sein Bestes, um Luft zu bekommen. Die Augen waren rot, die Kopfhaut juckte, die Kleider stanken. Er fühlte sich elend, gedemütigt, am Boden zerstört. Aber vor allem hatte er das Gefühl, in die falsche Welt hineingeboren worden zu sein. Zum falschen Zeitpunkt. Wie konnte er nur so ein Idiot sein? Hatte er wirklich geglaubt, er würde gewinnen? Und warum hatte er das Feld ausgerechnet in Tsoulas' Hände gelegt? Er schlug sich vor die Brust, um sich zu vergewissern, dass sie noch da war. Auf der anderen Seite des Marktplatzes hörte man Hufe klappern. Ein Mann verschwand mit Maultier und Gepäck seitwärts aus dem Dorf. In der Ferne röhrte Gourgouras' Traktor. Jannis' Gehirn war verwüstet. Nach einer Weile stellte die Morgenluft jedoch eine gewisse Ordnung her. So erkannte er, dass es Handlungen gab, die sich nicht ungeschehen machen ließen. So erkannte er, dass Dusel und Glück nichts mit dem Leben zu tun hatten. So erkannte er, dass er seine Scham herunterschlucken und sich bei seinen Freunden in Neochóri melden musste. Die Pokerpartie hatte ihn diese simple Wahrheit gelehrt: Straßen führten in zwei Richtungen.

WARUM DIE FREUNDE IN NEOCHÓRI? Das Nachbardorf lag dreihundert Meter niedriger über dem Meeresspiegel. Sowie sieben Kilometer entfernt. Dort gab es einen schweigsamen Postmeister, der überall behaart war, nur nicht auf dem Kopf. Die krausen Haare wuchsen ihm bis zu den Fingerknöcheln hinunter und zu den Schulterblättern hinauf, über die Fesseln rund und um die Hüftknochen, aus den Nasenlöchern und in die Ohrmuscheln. Wenn er sich morgens und nachmittags rasierte, immer zwei Mal, um auf der sicheren Seite zu sein, schimmerte die Haut bleiblass zwischen den Wirbeln in der Kragenöffnung und dem Rußrand entlang der Wangenknochen – als hätte er Wangen und Kinn sauber gepflügt, gegen die restliche Vegetation jedoch nichts ausrichten können.

Allen, auch ihm selbst, war es ein Rätsel, dass die engelsgleichen Locken, die seinen Kopf in der Jugend geziert hatten, schlagartig im Alter von zwanzig Jahre von einem Haarwuchs ersetzt wurden, über den seine Gattin niemals ein Wort verlor, den sie jedoch gelegentlich mit der flachen Hand streichelte, nachdem sie insgeheim auf ihre Finger gespuckt hatte, weil es sie beunruhigte, dass sich die wenigen übriggebliebenen Haare mit solch schändlicher Sinnlichkeit aufrichteten.

Soula wusste, dass Evangelos nicht nur ihr Cousin war, sondern auch ein wollüstiges Wesen mit Händen und Lippen, weicher als die Haut eines Pfirsichs. Aber sie fand, dass andere Frauen dies nicht unbedingt erfahren mussten. Sollten sie ruhig aus seinem kahlen Schädel, seiner Schwerhörigkeit und der zerstreuten Art die falschen Schlüsse ziehen. Sollten sie doch glauben, dass er eine Wünschelrute brauchte, um die feuchten Regionen zu finden. Wenn sie ihren Mann hinter dem mattglasigen Posthorn im Fenster, mit aufgeknöpftem Hemd und in Gedanken verloren, sah, lächelte sie in sich hinein. Ihr Liebesaffe wusste nicht, wie weich ihre Lenden allein schon davon wurden, ihn nur zu sehen. Es reichte, dass er aufblickte, um die Hitze in ihrem Unterleib entflammen und zur einzigen Sonne werden zu lassen, die diesen Namen verdient hatte.

Soulas' Liebe zu dem Mann, den sie in den vier Wänden des Schlafzimmers ihren »Liebesaffen« nannte, weil seine Hände die Fähigkeit hatten, überall gleichzeitig zu sein, diese wirklich allerorten gegenwärtige Liebe hatte dem Paar zwei Kinder geschenkt – das eine mit cherubimischen Locken auf einem Kopf mit ungewöhnlich großen Ohren und dem jünglinghaften Körper eines dänischen Prinzen, das andere mit vollkommen glatten und glänzenden Haaren, die auch auf der Innenseite der Waden wuchsen und von dem Mädchen entfernt wurden, zu welchem Zweck es unter größter Geheimhaltung Kirchenkerzen auf dem Herd schmolz. Kostas und Efi hießen die Kinder und waren zufällig Jannis' beste (einzige) Freunde im Nachbardorf. Mit ihnen war er zur Schule gegangen, so lange es währte, mit ihnen hatte er die Art Geheimnisse ausgetauscht, die einen Menschen auf der Schwelle zwischen Kinder- und Erwachsenenwelt beschäftigen, mit ihnen hatte er die einzige Frage diskutiert, die halbwüchsige Makedonier neben der Wehrpflicht und dem anderen Geschlecht interessierte: Sollte man bei Vieh und Tabak bleiben, nachdem man aus der Armee entlassen worden war, oder irgendwohin ziehen, wo es glänzende Autos und Stechuhren gab, die anderen Gesetzen als dem Wechsel der Jahreszeiten folgten?

Zunächst hatte Efi und später dann auch Kostas begonnen, regelmäßig den Bus aus den Bergen und in die Stadt zu nehmen. Und schon bald würden beide es für immer tun. Ihre Motive waren unterschiedlich – sie litt an chronischer Arthrose, er träumte von der Literatur –, aber das beeinflusste Jannis nicht. Wenn er der Postkarte Glauben schenken durfte, die Kostas ihm gezeigt hatte und die der Bruder ihres alten Lehrers aus einem Land geschickt hatte, das »so weit nördlich liegt, wie ein Grieche nur reisen kann und trotzdem noch in Sichtweite der Karte bleibt«, gab es dort eine schwer auszusprechende Stadt mit einer orthopädischen Klinik und Chirurgen, die wussten, was sie taten. Dorthin wollte die Schwester kurz nach Weihnachten reisen. Und eines Tages auch Kostas – sobald er die zwei Jahre in Uniform an der Grenze zur Türkei absolviert hatte. Nach den Stunden an jenem Tisch mit dem grünen Filz ahnte Jannis, dass er eines Tages gezwungen sein würde, ihnen zu folgen.

Bevor die Männer der Pokerrunde aufbrachen, hatte Tsoulas ihm eine Frist von zwei Wochen gegeben. Er brauche das Feld erst nach Neujahr. Jannis hatte gehört, dass Kostas Heimaturlaub hatte, und beschloss, ihn um Hilfe zu bitten. Mit etwas Glück würde der Freund ihm nicht nur Geld leihen, sondern auch mehr über das

Land erzählen können, in dem seine Schwester operiert werden sollte, wo es Stechuhren und ein dickes Kuvert am Ende der Woche gab, wo möglicherweise Schnee, aber niemals Kartenspiele Probleme bereiteten und die Länge der Sehnsucht nicht in Generationen gemessen wurde. Nach der Pokerrunde dämmerte ihm, dass es klug wäre, sich darauf vorzubereiten, das zu werden, was Griechen von nah und fern in diesem Jahrzehnt wurden: Gastarbeiter. (Ein Fachbegriff, heute kaum noch gebräuchlich.) Außerdem hatte ihm Stella zugeflüstert, er solle mit Efi sprechen, so lange es noch ging. »Es gibt nur eine Herzdame im Spiel.« Deshalb.

HARTE HÄNDE UND WEICHE. Am Abend des 17. März 1967 wusste Jannis noch nichts von dem Militärputsch, den Oberst Papadopoulos in einer Kaserne nördlich der Hauptstadt plante. So wenig wie seine Gastgeber. Um gebildet zu wirken, blieb er jedoch dabei, Student in Bromölla zu sein, einer Gemeinde im nordöstlichen Schonen, bekannt für die Herstellung von Sanitärporzellan. Manolis begegnete Lilys Blick und entblößte einen Eckzahn. Er selbst stammte von der Westküste des Peloponnes, wo es wenigstens genügend Wasser gab und man die nördlichen Landsleute ein wenig »phantastisch« fand.

Der Gast legte die Gabel weg, mit der er sein Kanalisationssystem demonstriert hatte. »Kinderträume« seufzte er heiter, als hätte er vor langer Zeit gelernt, über all die phantastischen Dinge im Dasein zu lachen. »Mit den Fragen, von denen ich erzählt habe, ist es das Gleiche. Aber jetzt sollen Sie sehen, Herr Doktor. Ein Kind kann verrückte Ideen haben, ein Erwachsener muss es ernst meinen.« Er schlug den Hemdsärmel hoch. Als er die Hand drehte, rutschte die Uhr am Unterarm herunter. Von der Welt, die er verlassen hatte, war etwas geblieben. »Die Zeit, Herr Doktor. Es ist immer noch mitten am Tag am… Moment.« Er zog das Portemonnaie aus der Gesäßtasche. Zwischen zwei Geldscheinen lag ein Zettel. Wie sich zeigte, stand so einiges darauf, unter anderem 6 фэъ in kyrillischer Schrift.»Das ist Russisch und bedeutet ›Februar‹. Aber Sie sind ein gebildeter Mann, Herr Doktor. Sie wissen das sicher schon.«Jannis lächelte großmütig.»Einen Tag zuvor habe ich Áno Potamiá verlassen. Dann Thessaloniki, Makedonien und Griechenland. Und das ist … siebenunddreißig Tage her.« Er dachte nach.»Großer Gott, fast so viel Zeit, wie man für die Trauer um einen Menschen braucht. Herr Doktor – und Sie Frau Doktor natürlich auch –, hier sehen Sie den Beweis.« Er streckte das Handgelenk vor.»Von dem Stein, mit dem ich die Zeit aufhielt. Ich habe geschworen, die Uhr erst reparieren zu lassen, wenn ich mein geliebtes Heimatdorf wiedersehe. Wann haben Sie vor, Ihr geliebtes Heimatdorf wiederzusehen, Herr Doktor?«

Lily Florinos, *née* Seitel 1936, war auch früher schon manchen enthusiastischen und, das soll nicht geleugnet werden, phantastischen Griechen begegnet. Aber das war in Wien gewesen, und es hatte sich um Studenten aus der griechischen Hauptstadt gehandelt, die ihre Gymnasialnoten für den Immatrikulationsantrag zumeist geschönt hatten. (Ein geliehener Bleisatz, ein frisches Stempelkissen und etwas Inspiration sind alles, was man benötigt, um im Nachhinein als Klassenprimus dazustehen.) Nun begegnete sie einem Landsmann ihres Gatten in Schweden, empfand jedoch weder Zweifel noch Befremden. Sondern Zärtlichkeit.

Zärtlichkeit, in Schweden? Unser Bericht wird noch phantastischere Dinge enthalten. Es ist jedenfalls nicht auszuschließen, dass Lilys Gefühl, das im Übrigen nicht frei von Bewunderung war, dazu führte, dass sie einverstanden war, als ihr Mann sie fragte, ob der Gast die Nacht im Keller verbringen könne. Es war ein heikles Thema. Als sie Manolis zwölf Jahre zuvor in Wien kennengelernt hatte – er ein schwarzbehemdeter Grieche mit Tuberkulose, sie eine Österreicherin mit einer Schwäche für abstrakte Muster und rauchigen Jazz –, besuchte sie noch die Kunstakademie der Stadt. Die Lehranstalt lag im britischen Sektor, zwei Häuserblocks von der Wohnung entfernt, in der unser hustender Grieche zur Untermiete bei Frau Prokupa wohnte, der Witwe eines verrückten Majors der Waffen-SS, der an einem der letzten Kriegstage umgekommen war.

Nach dem ungeplanten Umzug aus Europas Mitte sowie der Geburt von drei Söhnen, hatte Lily nicht einen Tag und kaum einen Gedanken an geometrische Farbtapeten oder jene schwarzweißen Mobiles verschwendet, die bei jener Ausstellung in einem weiß gekalkten Kellerraum unweit der Universität recht erfolgreich gewesen waren. Mit der Zeit bedrückte sie die Situation jedoch. Im Spätherbst 1966 versuchte sie die Sache mit einem neugeborenen Sohn auf dem Arm zur Sprache zu bringen. Der Moment hätte sicher besser gewählt sein können. Ihr Mann fand, er habe viel zu tun, nicht zuletzt, weil in Lund eine Stelle frei zu werden schien und er Qualifikationen sammeln musste, wenn sie dorthin zurückziehen wollten. Darüber hinaus war ein hungriges Kind wichtiger als alles andere. Kurzum: Er hörte nicht zu. Als die Söhne 2, 3 und 1 zwei Stunden später und in dieser Reihenfolge eingeschlafen waren, stritt sich das Ehepaar folglich zum ersten Mal seit einem grauenvollen Sonntag vor vielen Jahren. Da sie nicht erfahren, geschweige denn verschlagen waren, zankten sie sich nicht nach allen Regeln der Kunst, aber der Abend hatte dennoch einiges zu bieten – berauschende Getränke und gemeingefährliches Adrenalin eingeschlossen.

Gegen ein Uhr nachts machte Manolis eine übertriebene Bewegung mit seinem Adamsapfel, was bedeuten sollte, dass er den Ärger darüber, dass seine Frau Nachtdienste nicht genauso belastend fand wie Koliken, herunterschluckte. Die sicher nicht ganz aufrichtige Geste sollte verdeutlichen, dass sie gemeinsam eine Lösung anstreben wollten. Sie löschte die Küchenlampe, er rückte mit seinem Stuhl näher zu ihr heran. Eine Hand tastete nach dem Bauch seiner Frau. »Wir machen aus dem Hobbykeller ein Atelier und stellen ein Kindermädchen ein.« Lily gefiel die Dunkelheit zwar, aber es passte ihr nicht, manipuliert zu werden. »Das glaubst du doch selber nicht.« Manolis suchte hinter der frischen Dauerwelle nach einem Ohr. »Ich schwöre es«, flüsterte er und klopfte

auf den Bauch seiner Frau. »Sie da drin ist meine Zeugin.« »Sie?«
Lily stöhnte. »Kannst du mich nicht ein einziges Mal ernst nehmen?« Trotz ihrer Traurigkeit legte sie ihre Hand auf die ihres Mannes – ein von der Schwangerschaft kurz zuvor bedingter Reflex. Ein
Moment verging. Und noch einer. Dann sagte sie: »Meinst du damit, dass du es wieder versuchen willst?«

In seinem späteren Leben sollte Jannis oft auf die Epoche zurückkommen, die mit diesem ungeplanten Märzabend an einem
Küchentisch in Balslöv begann. Er betrachtete sie als einen Aufent-
halt in Eden, was zweifelsohne ein Missverständnis war. So behauptete er etwa: »Als ich im Paradies eintraf, herrschte Winter,
und meine Schuhe waren aus Leder und Eisen. Ich glitt mit langen Schrammen über das Eis. Plötzlich hatte ich Flügel bekommen.
Ich fühlte mich wie … wie … Wie Killi Krafstromm!« Die Aussprache war nicht perfekt, aber seine Bewunderung für den schwedischen Eiskunstläufer konnte niemandem entgehen. Nach diesem
Bekenntnis zog er mit dem Zeigefinger durch das Gras, über einen
Küchentisch oder einen polierten Holm, was später der Fall war,
nachdem er eine Ausbildung zum Sportlehrer absolviert und Per-
spektiven für sein Dasein gewonnen hatte. »Ich flog dahin wie ein
Engel, mit Flügeln, die über die Erde schleiften, geradewegs in den
Sonnenaufgang hinein!«

Verblüfft über sein unverdientes Glück verstummte er daraufhin. Nur manchmal fügte er hinzu: »Für Makedonien gab es danach keine Hoffnung mehr. Niemals hätte ich geglaubt, dass dieses
gefrorene Wasser mich festhalten würde. Aber damals fand ich,
dass es ein interessanteres Phänomen war als fließendes Wasser.
Also beschloss ich, bei Familie Florinos einzuziehen und möglichst
viel darüber zu lernen. Der Herr Doktor, Frau Lily und die Kinder …
Alle haben mir geholfen. Sogar meine schnarchende *mána*. Und
das war ein Glück.« Hierbei klopfte er mit den Knöcheln auf den
nächstgelegenen Holzgegenstand. Als er den Ausdruck »Holzkopf«
gelernt hatte, klopfte er sich auch an die Stirn. Jannis mochte Ironie, allerdings nur, wenn es sich um Selbstironie handelte. »Wenn

ich nach Áno Potamiá zurückgekehrt wäre, hätte mich mit Sicherheit das Militär gekrallt. Und das hätte übel ausgehen können. Das griechische Militär war bekannt für seine Krallen.« Er schüttelte den Kopf. »Besonders nach der Operation Prometheus.«

TSS, TSS. Der Grieche, der die Perlen betrachtete, die Lilys Wischlappen auf der gewachsten Tischdecke hinterließ – eine Galaxie im Taschenformat –, dieser mehr oder weniger Vollgrieche gab sein Bestes, die Katastrophe zu vergessen, die dazu geführt hatte, dass er sein Heimatdorf schließlich hatte verlassen müssen. Wäre es sein Wunsch gewesen, das Schweigen zu brechen, hätte er sich erkundigen können, ob Frau Florinos Hilfe benötigte. Oder eine weniger bedrückende Erinnerung wiedergeben können, zum Beispiel eine Begebenheit aus seinen Anfangswochen in Bromölla, als er seine ersten Fahrstunden nahm, während Kostas und Efi in der Fabrik arbeiteten, als er Zeitungen austrug und in freien Momenten die Schneeflocken vor dem Fenster zählte. Er hätte sogar die Frage stellen können, von der er gehofft hatte, dass Manolis sie spontan beantworten würde, als er selbst von Áno Potamiá erzählte. Aber erstens ließen der Wein und die unfreiwilligen Erinnerungen seine Zunge austrocknen; zweitens schien der Landsmann ihm nicht sagen zu wollen, wann er in *sein* geliebtes Heimatdorf zurückzukehren gedachte; und drittens ... drittens sah Lily ihren Mann mit nicht zu deutenden Augen an, woraufhin sie viertens die Hand ausstreckte. »Ich hoffe, dass man da unten schlafen kann. Bettzeug und Handtücher liegen auf dem Stuhl im Flur. Gute Nacht, Jannis.«

Während sich Stille einstellte, betrachtete der Gast die Perlen auf der Decke. Sie waren nicht identisch, den anderen jedoch trotzdem zum Verwechseln ähnlich. Schließlich sagte er: »Was wäre das Leben anderes als ein Schwarm von Ereignissen, Herr Doktor? Wenn es keinen Magneten gäbe, meine ich?« »Magneten?« Manolis hörte nicht zu. Die Notoperation des Personalchefs mit den Gallensteinen hatte Kraft gekostet, und nach dem Blick, den Lily ihm zugeworfen hatte, spürte er einen ersten Anflug von Kopfschmerzen nahen. Jetzt schaute er zu den Tellern in der Spüle. »Ja, jedenfalls habe ich das gehört. Ein Mensch besteht aus vielem. Nicht nur aus Armen, Beinen und Blutgefäßen, sondern auch aus Ereignissen. Und die sind wie die Eisenspäne in einer Werkstatt. Es ist nicht gesagt, dass ein Zusammenhang zwischen ihnen besteht – gäbe es da nicht den Magneten.« Als der Gast immer noch keine Antwort bekam, fuhr er fort: »Darf ich fragen, was im Leben des Herrn Doktors der Magnet ist?« Er sah seinen Gastgeber, der gerade aufstand, erwartungsvoll an. »Nein, Sie brauchen nicht als Erster zu antworten. Ich gebe gerne zu, dass der Magnet in meinem Leben Áno Potamiá heißt. Das Dorf ist mein Nullpunkt. Oder mein Nabel der Welt, falls Ihnen das lieber ist.« Manolis wusste nicht, was er sagen sollte. Aber das Schweigen war angenehm. Und draußen schneite es. Erst als er die Spülung der Toilette im Flur hörte – das langgezogene Gurgeln verschwand irgendwo im Innern des Hauses –, antwortete er: »Lily, denke ich. Und die Kinder natürlich.«

Jannis krempelte den Hemdsärmel herunter. »Aha, Sie meinen, dass ein Mensch den Magneten *in* sich tragen kann? Er muss nicht unbedingt außerhalb liegen – ist es das, was Sie meinen, Herr Doktor? Interessant. Sehr interessant sogar. Ich frage mich, was Kauder dazu meinen würde.« Er betrachtete die Schneeflocken. Ohne sagen zu können, warum es so war, wusste er, dass er sich auch an diesen Augenblick erinnern würde. Dann erläuterte er: »Als ich in Belgrad darauf wartete, in einen anderen Zug umzusteigen, unterhielt ich mich mit einem alten Serben oder vielleicht auch Russen. Kauder, Kauders oder so ähnlich. Er war Mechaniker, aber was für ein Griechisch er sprach! Vier Jahre in einer Werkstatt in Piräus. Er behauptete, er sei auf der Flucht vor dem Schicksal. Tss, tss, dachte ich. Wie soll man seinem Schicksal auf dem Balkan entfliehen können?«

Als Florinos nicht lachte, glättete Jannis den Zettel auf dem Tisch. »Wir saßen auf einer Bank und tauschten Gedanken aus. Kauder mit seinen Erinnerungen und ich mit meinem Mückenschädel. Interessante Dinge kamen zur Sprache. Zum Beispiel das mit dem Magneten. Er meinte, jedes Leben müsse einen haben. Sonst fehle einem ein Mittelpunkt und man zerbreche. Als ich fragte, ob es nicht auch ein Herz tue, wurde er verlegen. ›Eine Faust‹, murmelte er. ›Manchmal gut, manchmal nicht so gut.‹ Er schien zu glauben, dass er mich enttäuscht hatte, aber ich hätte ihn umarmen können. ›Dann sind wir vielleicht verwandt?‹ Das war als ein Scherz gemeint, denn was er gesagt hatte, erinnerte mich daran, was die Frauen daheim immer sagten. Obwohl ich ihm das nicht erzählte. Stattdessen fragte ich ihn, ob er glaube, dass wir uns wiedersehen würden. Daraufhin kniff er mich in die Wange und schrieb das hier.« Jannis schaute auf den Zettel. »Manche kyrillischen Buchstaben sollen offenbar griechische sein. Wie der hier, zum Beispiel.« Er zeigt mit seinem zerkauten Streichholz auf das ɸ. »Aber der sieht ja aus wie ein Apfel, den man auf einen Souvlakispieß gezogen hat. Der soll griechisch sein? Ich frage ja nur, Herr Doktor.«

Als er keine Antwort bekam, schüttelte er erneut den Kopf. »Ja, ja, tss, tss. Kauder hatte bestimmt auch Mücken im Kopf. Aber in einem Punkt hatte er Recht: Ohne einen Magneten wäre das Leben nur eine Werkstatt.« Er unterdrückte ein Gähnen. »Sie müssen entschuldigen, Herr Doktor. Es wird langsam Zeit, von Áno Potamiá zu träumen. Möglicherweise auch von Ziegen und von der Kanalisierung. Ein Magnet kann viele Dinge anziehen.«

DER LETZTE TROPFEN. Trotz dieser Aussichten kam Florinos' Gast spät ins Bett. Überraschenderweise band sich der Gastgeber eine Schürze um und nahm sich des schmutzigen Geschirrs an. Jannis blieb sitzen. Er dachte an Kostas und Efi, die ihm geraten hatten, einen studierten Eindruck zu machen. »Der Mann hat tausend Bücher gelesen, *matia mou*. Mindestens tausend.« Meinte Efi. Kostas sagte nichts. Nur:»Wenn du ihn bitten willst, dir bei der Arbeitserlaubnis zu helfen, reicht es nicht zu sagen, dass du aus

Áno Potamiá kommst. Da musst du schon mehr zu bieten haben.«
»Was redest du denn da?«, antwortete Jannis. »Er ist doch Grieche,
oder?« Während sein Gastgeber nun mit methodischen, fast melo-
dischen Bewegungen abspülte, dachte der Gast über die Stunden
in der Chirurgischen Praxis nach. Er hatte sich geschworen, nicht
zu gehen, ohne den Doktor getroffen zu haben, obwohl er nicht
wusste, wie er auf den fragenden Blick der Schwester reagieren
sollte und obwohl ihm war, als hätte ein Tier ein Loch in seinen
Bauch genagt. Die Begegnung war jedoch besser verlaufen, als er zu
hoffen gewagt hatte, und nun saß er – entgegen der Annahme seiner Freunde, entgegen seiner eigenen – in der Küche des Lands-
mannes.

Dennoch erkannte er, dass Kostas Recht hatte. Jannis mochte
seine Schwierigkeiten mit Buchstaben haben, aber dumm war er
nicht. Florinos hatte studiert. Jeder beliebige Grieche konnte sehen, dass die Auslandsjahre Dinge berührten, von denen die meisten noch nie gehört hatten. Vermutlich wusste er alles über den
menschlichen Körper, über die schwedischen Behörden und den
Kauf von Haus und Auto. Garantiert auch über das Alphabet. Nur
als Beispiel. Jannis dankte seinem glücklichen Stern – einem anonymen Planeten in einer unbekannten Konstellation –, dass er
gesagt hatte, er sei Student.

Mehr als fünf Wochen waren vergangen, seit er von seinem Heimatdorf Abschied genommen hatte. Am letzten Tag war er nach
der Siesta mit zerzausten Haaren und einem schmerzenden rechten Arm aufgewacht, weil er darauf gelegen hatte. Nach der Rasur
hatte er seine neue Gabardinehose angezogen. Ein paar lose Fäden
verrieten, dass Frau Poulias sie erst kürzlich geliefert hatte. Auf die
Hose folgten Strümpfe und Hemd, alle braun, sowie die Jacke aus
Lederimitat. Er glättete das pomadisierte Haar mit einem Kamm,
den die fehlenden Zinken aussehen ließen wie eine zahnlose *jiajiá*.
Mit einem Brotstück in der Hand, das er in die Lake des Fetakäses
getunkt hatte, ging er zum Marktplatz. Der Bus war gekommen.
Der Schaffner mit der zerknitterten Uniform und dem Ledergürtel

war nirgendwo zu sehen, aber der Fahrer lag ausgestreckt auf den Kunststoffsitzen ganz hinten, die Schuhe ordentlich auf dem Boden abgestellt, und hatte einen Arm über sein Gesicht gelegt. Er schnarchte leise, mit kleinen, lustvollen Grunzern.

Nachdem Jannis zurückgekehrt war, setzte er sich eine Weile in den Schuppen unterhalb von Tsoulas' Feld. Er hatte das Bedürfnis, sich zu sammeln. Machte er mit seiner Abreise womöglich doch einen Fehler? Dann aber erkannte er, dass es keine Alternative gab. Nach der Pokerrunde war es immer weiter bergab gegangen, und nun blieb ihm keine andere Wahl, als die Berge endgültig zu verlassen. Als er hinaufging, um sich zu verabschieden, entdeckte er, dass man seinen Koffer dorthin gestellt hatte, wo sonst immer Maja lag, in eine Vertiefung an der Hauswand, wo die Tiere ihr Fell abgewetzt hatten. Die Tür war verschlossen. Im Haus hörte er seine Mutter murmeln:»Das fehlte gerade noch. Erst verspielst du alles, was wir besitzen, und jetzt das. Wir haben nicht vor, dir Adieu zu sagen, Jannis. Ganz gleich, was du sagst. Nie im Leben.« Zwischen ihren Schluchzern scharrte die Ziege über den Erdfußboden. Der Sohn klopfte weiter an, gab nach einer Weile jedoch auf. Stattdessen presste er den Mund gegen das Schlüsselloch.»*Mána mou, Maía mou*, begreift ihr denn nicht? Ich möchte euch stolz machen.« Die Worte verschwanden in der Dunkelheit. Es gab nichts mehr zu sagen. Er hörte Vasso die Ziege streicheln und eines der Lieder summen, die sie auch ihm vorgesungen hatte. Diesmal machte ihn das Lied jedoch nicht traurig, nur entschlossen. Er wusste, dass es Dinge gab, die nur ein Jannis tun konnte. Wenn er im Dorf blieb, würde er so werden wie Nikos oder Elias oder Christos, mit denen er als Kind gespielt hatte – wortkarge Männer mit Augen wie die Rückseite von Löffeln. Das machten die Berge und die Entbehrungen mit den Leuten. Nach und nach kehrte sich ihr Blick nach innen. Die Zunge verwandelte sich in eine scheue, uralte Echse. Und am Ende vertrocknete sie. Man sehe sich nur *bárba* Pippis an.

Der Bus hupte. Ein letztes Mal presste Jannis das Ohr gegen die Tür. Seine Mutter hatte aufgehört zu singen, Maja mit den Hufen zu scharren. »Du willst uns stolz machen? Fällt dir nichts Besseres ein?« Vasso holte tief Luft. »Wir haben dir alles gegeben, was wir haben. Versuch nicht, uns auch noch unsere Traurigkeit zu nehmen.« Danach sagte sie etwas, was ihrem Sohn während vieler Nächte nördlich der Vergangenheit den Schlaf rauben sollte.

ÜBER FELDER UND HÄMOGLOBIN. Gegen Mitternacht waren die Teller gespült, die Flaschen weggeräumt. »Stolz«, platzte Jannis heraus. Manolis hängte gerade das Handtuch auf. »Was ist das? Wir Griechen reden ständig darüber. Als würde er in unseren Adern fließen. Da bin ich mir nicht so sicher. Sie wissen natürlich besser, Herr Doktor, wie es um die Blutgruppen eines Volks bestellt ist, aber gibt es das wirklich, das griechische Hämoglobin? Ich frage ja nur.« Er dachte nach. »Ich persönlich glaube, dass ein Hosenmatz [Jannis verwandte den Begriff *kolópedo*] einen Menschen wesentlich stolzer machen kann als ein *palikári* [tapferer Jüngling]. Finden Sie nicht, Herr Doktor? Ist es nicht recht und billig, das anzunehmen? Stolz muss man doch nicht selbst sein, man muss nur andere dazu bringen, Stolz zu empfinden.«

Plötzlich schallten aus der oberen Etage gellende Stimmen herab. »Ja, ich will leben, ich will sterben im Nooorden!« Unmittelbar darauf hörte man Lilys müde Stimme, woraufhin selbst gebastelte Eishockeytore zur Seite geschoben wurden und nackte Kinderfüße in unbekannte Zimmer eilten. »Ich dachte, die würden längst schlafen…« Manolis sah sich um. »*Kolópedo* hast du gesagt?« Jannis war zum Fenster gegangen. Jetzt wölbte er die Hände am Haaransatz. Unsicher, vielleicht verblüfft, sagte er, die Nase gegen das Glas gepresst: »Das ganze Weiß da draußen, Herr Doktor, sind das Ihre Felder?« »Wie bitte?« Florinos schob die Stühle an den Tisch. »Nein, nein. Das ist der See.«

SCHWEIGEPFLICHT. Der Doktor öffnete die Kellertür. Er überlegte, ob er seiner Frau von der Stelle erzählen sollte, die in Lund ausgeschrieben war. Auf der Treppe standen Gummistiefel aufgereiht wie Paare, die für etwas anstehen. »Herr Manolis, sehen wir, was sich morgen ergibt.« Jannis wartete mit dem Bettzeug in den Händen. »Möglicherweise nehme ich den Zug zurück nach Bromölla. Natürlich nur, wenn Sie keine Hilfe benötigen. Ich nehme an, dass hier keine Tiere gehütet werden müssen, aber ich bin auch in anderen Dingen ganz gut. Dieser See, zum Beispiel. Muss das Wasser vielleicht diszipliniert werden?«

Als sie in das terpentinduftende Atelier hinunter kamen, legte er die Laken ab. »Herr Doktor, was ich über den Kissenbezug gesagt habe… Das bleibt doch unter uns, nicht wahr? Sonst glaubt Frau Lily noch, mir schwirrt der Kopf.« Er testete die Bettcouch. Sie quietschte. Er lächelte. »Wie zu Hause.«

Manolis öffnete die Tür zum Heizungskeller – und schloss sie. »Schweigepflicht«, sagte er geistesabwesend. »Ärzte unterliegen der Schweigepflicht.«

FEDERN UND ETWAS KLEBEBAND. Als Jannis das Licht gelöscht hatte, verschränkte er die Hände im Nacken und lauschte der Dunkelheit. Er hatte das Gefühl, auf einem Schiff im Nichts zu schweben. Nach einiger Zeit drang das gleichmäßige Brummen der Heizung hinter der Wand in sein Bewusstsein. »Meine schnarchende *mána*…«, murmelte er zufrieden. Dann verstrichen einige Minuten, in denen er sich immer schwereloser fühlte, als bestünde er lediglich aus Federn und etwas Klebeband. Die Geräusche der Heizung waren so ruhig und friedvoll wie die Atemzüge seiner Mutter mit verstopfter Nase, nur gelegentlich unterbrochen von röchelnden Lauten. Vor allem letztere, die entstanden, wenn die Brennstoffpumpe ansprang, trugen dazu bei, dass er sich wie zu Hause fühlte.

Jeder Mensch kennt eine Reihe solcher Erfahrungen zwischen

abgebundener Nabelschnur und Herzversagen, die anderen kaum auffallen, aber entscheidend dafür sind, wie man sich selbst sieht. Man nehme beispielsweise das Schnarchen einer Mutter. Niemand, der gelernt hat, dazu einzuschlafen, vergisst, wer er war, als er im Dunkeln lauschte. Gleiches gilt für unerwiderte Liebe, Freundschaften, die niemals enden sollten, es eines Tages aber trotzdem tun, oder manche, aber nicht alle Albträume. Jedes Leben enthält Adressenlisten und Telefonbücher, auch wenn man das Alphabet nicht beherrscht, jeder sammelt Flüche und Rückschläge, und keiner bleibt von Schmerzen verschont. Aber wenn man die Augenblicke dazwischen nicht zählt, Momente des Müßiggangs und der Tristesse oder reinen, unverblümten Staunens, in denen einem nichts Besonderes oder alles Mögliche durchs Gehirn schießt und es erfüllt wird von den Unermesslichkeiten des Daseins oder nur von dem wohligen Gefühl zu sein, bleibt von einem Menschen nicht viel übrig. Dachte Jannis. Denken wir uns. Und deshalb hatte er vor seiner Abreise beschlossen, die Zeit anzuhalten.

Nachdem er gegen neun Uhr abends in Thessaloniki eingetroffen war, hatte er sich ein Zimmer in einem Hotel in Bahnhofsnähe genommen. Am nächsten Tag schlenderte er unrasiert und hungrig, aber dennoch aufgekratzt, fast leichtsinnig, umher. Er würde erst am Nachmittag in den Zug steigen müssen und hatte die Stadt nie zuvor besucht. Folglich war er zugleich traurig und froh. Traurig darüber, Áno Potamiá verlassen zu haben, froh, mit eigenen Augen jenen Ort erleben zu dürfen, den Vater Lakis»Makedoniens grünes Juwel« genannt hatte. Im Grunde war er doppelt froh, denn er freute sich auch, jetzt endlich zu wissen, was seine Kameraden gemeint hatten, wenn sie die eine Hand um den Zeigefinger der anderen schlossen und vor und zurück zogen – üblicherweise, wenn sie über Karamella sprachen, manchmal aber auch, wenn Efi und Stella vorbeigingen. Außerdem war er besorgt und erleichtert. Besorgt, weil die Nacht mit der blondierten Frau, die vor dem Hotel gestanden hatte, ihn mehr gekostet hatte als gedacht, erleichtert, weil in seinem Pass in der Hemdtasche eine Fahrkarte mit Sitzplatzreservierung lag, nebst einer Ansichtskarte aus Bromölla, die eine Luftaufnahme mit einem Kugelschreiberkreuzchen in der Gegend der Stiernhielmsgatan zeigte.

Kurz bevor Jannis an diesem letzten Morgen in seinem Heimatland aufstand, beschloss er, nicht noch mehr Geld auszugeben. Stattdessen lief er immer hungriger und überwältigt von allen Eindrücken durch die Straßen. Er studierte die Straßenfeger, die sich systematisch und koordiniert auf den Bürgersteigen voranarbeiteten. Er hörte die Rufe der Gemüsehändler und sah Geschäftsinhaber die Holzrollos zu ihren Läden hochschieben, bevor sie mit etwas, das wie hunderte Schlüssel klang, die Glastüren aufschlossen. Er sann über die meerblauen Stadtbusse nach, die aus den Depots gerollt kamen, und über die staubigen pistaziengrünen, die aus so fernen Orten wie Ioannina und Alexandroupolis eintrafen. Er betrachtete vor dem Odeon ein weiteres Mal das Plakat zu *La dolce vita* – ein dramatisches Arrangement aus blauem Rauch, rotem Samt und einer Reihe samthäutiger Elemente. Vor allem die blonde Mähne weckte sein Interesse, da sie ihn an die vergangene Nacht erinnerte. Als er den Frauen, die in wadenlangen Manchesterhosen und flachen Schuhen zu ihren Büros eilten, hinterher schaute, sah er allerdings keine Blondine, die auch nur annähernd so schön oder so gewagt war. Oder wenigstens echt. Er legte zwei Drachmen in die Hand eines zahnlosen Alten, der vor einer Statue des helmbewehrten, von Taubendreck bekleckerten Generals Kolokotronis saß und mit seiner anderen Hand in das Fell eines unfassbar schmutzigen Hundes fasste. Er studierte die Losnummern, die ein Kioskbesitzer neben den Zeitungen unter dem Dach aufhängte, und machte ein Gesicht, als hätte er um ein Haar den Hauptgewinn eingestrichen. Er überlegte, ob er vielleicht doch einen Friseur aufsuchen und sich rasieren lassen sollte, zählte dann jedoch die Münzen in seiner Tasche und beschloss, es bleiben zu lassen. Er setzte sich in ein Straßencafé und trank den Kaffeesatz, den ein früherer Gast zurückgelassen hatte. Als er merkte, dass ihn eine Frau einige Tische weiter verstohlen ansah, strich er sich mit den

Händen durchs Haar. In seiner engen Gabardinehose spürte er, was die nachnamenlose Dame im Hotel seine »Herrlichkeit« genannt hatte. Er spielte mit einer Streichholzschachtel, die auf dem Tisch lag, nahm eins heraus und steckte es sich in den Mund. Konnte es die gleiche Funktion erfüllen wie die Zigarette, die der Mann auf dem Filmplakat rauchte? Er erhob sich mit einem schiefen Lächeln, als wäre ihm in diesem Moment etwas eingefallen, und ging den gleichen Weg zurück, den er gekommen war, zu dem Fotoatelier neben dem Kiosk. Er sagte nein, als der Besitzer hinter der Ladentheke wissen wollte, ob er ein Passfoto benötige. Stattdessen zeigte er auf seine Armbanduhr – es war zehn nach zehn, plus eine Anzahl von Sekunden – und lächelte weiter, nachdem der kopfschüttelnde Fotograf die Uhr ausgebreitet und das Bild geschossen hatte, das der Fremde ihn in einen Briefumschlag zu stecken und Familie Georgiadis in Áno Potamiá zu schicken bat … Ja, Jannis sah und erlebte viel an diesem letzten Februarvormittag in seiner *patrída*.

Wenige Minuten vor zwölf setzte er sich auf eine Bank unweit eines weißen Turms. Beim Anblick des Meers, das zwischen knarrenden Fischkuttern glitzerte, und eines rostigen Schiffs, musste er an all die Dinge denken, die er zurückließ. Tränen schnürten ihm den Hals zu, die Hand, die den Koffer hielt, zitterte. Aber langsam verebbte die Unruhe, vielleicht war es auch Traurigkeit. Er ging zu einem Blumenbeet und scharrte mit dem Fuß in der rotbraunen Erde. Er fand einen Stein und füllte seine Lunge mit Hafenluft. (Dieselöl, vergammelter Fisch, Salzspritzer gegen den Pier.) Feierlich streifte er zum zweiten Mal an diesem Tag seine Poljot ab und breitete das Armband auf der Bank aus. Anschließend wischte er sich die Augen trocken, dachte an die letzten Worte seiner Mutter, ehe er zum Bus gegangen war, und presste die spitze Seite des Steins gegen das Zifferblatt. Als das Glas mit einem kranken Knirschen sprang, erklärte er, als wollte er sich einer Wahrheit vergewissern, die in unausweichlicher Veränderung begriffen war:»Ich heiße Jannis Georgiadis und ich komme aus Áno Potamiá.«

Es lässt sich nicht leugnen. Unser Held entspricht dieser griechischen Konvention: Er ist Fatalist. Die beschädigte Uhr – die er nun vom linken zum rechten Handgelenk verlegte – war sein Schibboleth, eine Rückfahrkarte in eine Zeit, die sonst unweigerlich verloren ginge. Seither waren siebenunddreißig Tage vergangen. Während die Mücken in seinem Kopf allmählich vom Brummen der Ölheizung verscheucht wurden, dachte Jannis, dass Haus Seeblick ihn an sein Heimatdorf erinnerte. Der Retsina, der Salat und die unbenutzten Messer … Die Stunden am Küchentisch eine Treppe höher hatten ihn veranlasst, Dinge zu erzählen, die er nicht einmal Efi anvertraut hatte. Als er sich an das Schnarchen seiner Mutter erinnerte, bildete er sich deshalb ein, wieder in seinem alten Bett zu liegen. Das einzige, woran er sich lieber nicht erinnerte, während er immer tiefer in den Schlaf glitt, war die *katastrofí*, die dazu geführt hatte, dass er sein Dorf verlassen musste. Stattdessen hob er in der Dunkelheit die Armbanduhr und klopfte mit dem Fingerknöchel gegen das beschädigte Zifferblatt. Man stelle sich seine Überraschung vor, als er den selbstleuchtenden Sekundenzeiger springen sah – nun ja, nicht viel, von siebzehn auf sechzehn Sekunden nach der vollen Minute. »Ich bin Áno Potamiá gerade ein Stückchen näher gerückt«, murmelte Jannis. Dann wurden seine Lider so schwer, mit kleinen unsichtbaren Kreuzen darauf, dass er sich umdrehte und die Hand unter das Kissen schob. Obwohl er nur aus Federn und etwas Klebeband bestand.

EIN ABENTEUERLICHES HERZ. Nach Jannis' Zweifeln an der Verwandtschaft gewisser Buchstaben dürfte es niemandem verborgen geblieben sein, dass er weder Lesen noch Schreiben sonderlich gut beherrschte. Eines Tages würde sich ihm das verfluchte Reich der Zeichen aber noch erschließen, dachte er. Denken wir uns. Und er behielt Recht: Nach gerade einmal einem halben Jahr in Balslöv lernte er in zwei Sprachen lesen und schreiben. Noch haben wir nicht ermittelt, wie es dazu kam, aber es kann ihm nicht schwer gefallen sein. Das einzige, was ihn daran gehindert hatte, sich das Alphabet in einem Alter anzueignen, in dem die meisten Menschen seine Geheimnisse erkundeten, die Freunde in Bromölla eingeschlossen, war die abgebrochene Schullaufbahn. Da dieses Scheitern ebenso selbstverschuldet war wie der Grund dafür, dass er sein Heimatdorf verließ, ergab er sich allerdings mit einem Gleichmut in die Buchstabenlosigkeit, die für andere eine Schmach gewesen wäre. Von seinen Vorfahren konnte als Einziger Erol Bulut lesen und schreiben. Ersteres bereits im Alter von fünf Jahren, letzteres mit sechs – ausschließlich arabische Schriftzeichen, versteht sich, denn das war vor Atatürks Modernisierungsreform. Das griechische Alphabet lernte er im Frühjahr 1894 – in erster Linie, um einer gewissen Despina Bakirikas parfümierte Briefe schreiben zu können, einem Mädchen, das machte, was türkische Jungs machten, und deshalb in dem Ruf stand, ein abenteuerliches Herz zu haben. Der Ausdruck war eine oft benutzte Umschreibung in einem Jahrhundert, das nicht so keusch war, wie es den Anschein haben mag, wenn man sich darauf beschränkt, die feierlichen Mienen und gestärkten Kragen auf sepiafarbenen Abzügen mit ihren gezackten Borten zu betrachten. Dass sich Jannis' Großmutter von ihrem Herzen hatte leiten lassen, entsprach gleichwohl weniger der Wahrheit, als die Leute annahmen, wenn sie das Mädchen mit einer praktischen Hose und einem Hemd à la d'Artagnan auf ihrem Enfield-Rad hinter den Jungen herfahren sahen. Sie begriff bloß nicht, warum Mädchen nicht tun dürfen sollten, was sie wollten.

Erol arbeitete für den Tausendkünstler des Stadtteils, den umtriebigen, aber nicht sonderlich lebenstüchtigen Stelios Vembas, der Briefe schrieb und Erbbaurechte kontrollierte, Salben und Tinkturen verkaufte, Werkzeuge und einfachere Apparate reparierte – ALLES VON SCHRIFTSTÜCKEN BIS ZU VELOZIPEDEN, wie es über seinem Büro in der oberen Etage hieß. Nach dem Konkurs in Hisarlik hatte er das Schild in den Austin der Familie gepackt und war immer noch stolz auf seine Talente, auch wenn er mittlerweile wesentlich mehr Zeit auf pneumatische Schläuche als auf Fernbriefe und Geschäftsklauseln verwandte. Seine Kombination aus Werkstatt und Schreibbüro lag übrigens auf dem Weg von Despinas Zuhause zur Bäckerei der Familie, unweit des berühmten Sporting Clubs der Stadt, weshalb das Mädchen dem Türken schon aufgefallen war, bevor er ihr Fahrrad reparieren sollte. Seine Briefe wurden allerdings von Sofia, der Mutter des Mädchens, verbrannt, die zwar nicht lesen konnte, ihren Inhalt aber dennoch verstand.

Despinas Herz wurde an jenem Frühlingstag abenteuerlich, an dem Erol einen Platten an ihrem Fahrrad flickte. Er war vor kurzem zweiundzwanzig geworden, sie siebzehn, und es bedurfte bloß einer übermenschlichen Anstrengung, um sie erkennen zu lassen, wie inhaltsschwer diese grünen Augen waren.»Sollen wir einen Ausflug machen?«, brachte er heraus. Unter seiner Brustbehaarung schlug ein täppischer Vogel mit den Flügeln. Um das Tier zu beruhigen, überprüfte er die Kette, die er eben erst geölt hatte. Sie produzierte einen sanft schnurrenden Ton – der perfekte Rosenkranz für ein mechanisches Zeitalter. Die Pedale mussten allerdings ein bisschen nachgezogen werden, was er tat. Despina betrachtete die langen Wimpern, die schöne, aber schmutzige Nase, die vollen Lippen. Auch wenn er nur fünf Worte gesprochen hatte, war sie ergriffen. Nie zuvor hatte ihr jemand solch einen Willen, solch eine rührende Hilflosigkeit gezeigt – am allerwenigsten ein tauber Türke. Den Kopf schief gelegt, artikulierte sie klar und deutlich.»Weißt du was? Ich weiß, wo die besten Mandeln wachsen.«

Eins führte zum anderen – heißer, staubiger Nachmittag, warme, schmutzige Finger, eiskaltes Quellwasser aus der gewaschenen und hohlen Hand eines Mechanikers. Und einige Wochen später hatte Despinas Mutter allen Grund, die Metapher ernst zu nehmen.»Ihr Herz ist viel zu abenteuerlich«, stöhnte sie in ihren Gebeten zu einem Ort über dem Lampenschirm.»Gütiger Himmel, der Junge scheint ja nett und harmlos zu sein, aber was ist, wenn sein Herz auch abenteuerlich ist? Das wird Lefteris umbringen.«In der anderen Betthälfte beschränkte sich ihr ahnungsloser Gatte darauf, sich über die Türken zu beklagen, die ungesäuertes Brot kauften.

Diese Litaneien endeten unweigerlich mit der Feststellung:»Aber sie kommen eben aus Anatolien, was kann man da schon erwarten. Feinschmecker? Nicht in tausend Jahren.«

Wenn Despina den wahren Erol beizeiten kennengelernt hätte – oder zumindest den Erol, der ihr alles andere als Harmlosigkeiten schrieb, während der Puls Blumen in seinen Adern austrieb: »Lass mich deine rote Schleife lösen, Liebste, und den Sack mit dem Mehl der Zukunft füllen!« oder »Meine Sehnsucht ist ein schwellendes Brot in deinem heißen Ofen, o liebreizende Bäckerstochter mit Kümmel auf der Oberlippe!« –, ist nicht gesagt, dass sie sich ihm so vorbehaltlos hingegeben hätte, wie sie es an einem Nachmittag hinter einer Moschee am Stadtrand tat, nachdem sie die Fahrräder gegen die Wand gelehnt hatten und außer Erols Atemzügen nur Zikaden zu hören waren. Diesmal blieben die Mandeln an den Zweigen.

Eine Art Ewigkeit verging. Und als sich die Freunde wieder auf die Fahrradsättel schwangen, herrschte eine so selbstverständliche Nähe zwischen ihnen, dass Despina wusste, sie enthielt mehr, als sie gerade getan hatten, und mehr, als sie selbst waren, und war dennoch nichts anderes als das: sie selbst. Die Reifen summten koordiniert, die Ketten schnurrten zur gleichen methodischen Melodie. Erol, der ihre Gedanken nicht lesen konnte, schlug vor, zum Hafen hinunter zu radeln. Nickend trat Despina energisch in die Pedale. Mit jedem Tritt steigerte sich das Gefühl der Verzückung, denn die Pedale vollbrachten gerade ihr kleines Mirakel: hinab ins Nichts, herauf aus dem Nichts, hinab ins Nichts, herauf aus dem Nichts. Sie lachte. Ihr war, als hätten Kette und Zahnräder etwas so Kompliziertes gelernt wie das Atmen. Zwanzig Minuten später saßen sie auf einer Treppe an der Kaikante, im Schutz von ein paar Ballen und einer zusammengerollten Trosse, die nach Tang und Rohöl roch. Der Türke zog eine Flasche mit lauwarmem Zitronensaft aus der Tasche. Sie befanden sich in einem Versteck, das nur für sie erfunden worden war, im Schutz der Zeit, vor sich die Welt. Es war kurz nach fünf, die Stadt erwachte allmählich zum Leben. In der Ferne hörte man einen Muezzin, schon bald war alles Wärme, Glück und säuerlicher Speichel.

Als Despina auch den letzten Schluck getrunken hatte, zog sie ihre Schuhe aus und setzte sich zwei Treppenstufen tiefer. Sie fühlte sich wund und unübersichtlich, sie schloss die Augen und ließ das Wasser zwischen den Zehen kitzeln. Es fiel ihr schwer, einen Temperaturunterschied festzustellen. Erst als sie mit den Fußsohlen plantschte, begriff sie, dass sie sich zum Teil in einem anderen Element befand. Während sie die bronzefarbene Wasserfläche betrachtete, wurde ihr schlagartig bewusst: Was geschehen war, würde sich niemals ungeschehen machen lassen. Es spielte keine Rolle, was als Nächstes passierte, sie und Erol befanden sich für immer auf der anderen Seite. Das Wissen darum machte sie warm und gewaltig, das Wissen brachte ihre Lippen dazu, sich zu einem Lächeln zu kräuseln, das vermutlich dümmlich aussah. Noch immer atmete alles in ihr und ringsum – auch das Wasser, dessen Oberfläche sich wie ein Brustkorb hob und senkte. Von nun an würde es den Fahrradmechaniker für alle Zeit in ihr und außerhalb von ihr geben.

Der Türke grunzte. Auf einem der Schiffe draußen am Pier ging gerade ein Matrose zur Reling, wo er umstandslos einen Eimer ausleerte. Kaum waren die Eierschalen und Fischgräten, der Reis und die matschigen Tomaten im Wasser gelandet, als sich auch schon Möwen auf die Abfälle stürzten. Der Mann wischte sich die Hände am Hemd ab und zündete sich eine Zigarette an. Zufrieden beobachtete er die Vögel beim Kriegspielen. Die Geräusche erreichten die Kaikante seltsam verzögert, vom heißen Nachmittag ummantelt. Als das Spektakel schließlich endete und die Möwen sich nach ein paar kreischenden Runden zerstreuten, warf der Mann die Kippe fort und verschwand im Schiffsrumpf. Wieder wurde alles still und dumpf, aber in gewisser Weise lebten die Geräusche und Bewegungen in der Luft weiter. Flügelschläge, dachte Despina und plantschte mit den Füßen, es war, als ruhte die Welt auf einem Bett aus Flügelschlägen.

Sie wandte sich um und wollte schon erzählen, dass das Universum wahrscheinlich von einem Paar riesiger Pedale in Gang gehalten wurde, die es atmen ließen, aber ihr Freund hatte die Augen geschlossen. Er schien zu schlafen. Als sie sein asiatisches Gesicht betrachtete, so rosig, aber ernst, so still und selbstverständlich, erkannte Despina, sie hätten auch noch warten können. Mit Erol hatte sie alle Zeit der Welt. Er war hier, um zu bleiben. Diese Gewissheit ließ sie lächeln, diesmal etwas weniger dümmlich. In Wahrheit fand Despina nämlich nicht die Leidenschaft des Türken, sondern seine Scheu anziehend. Im Gegensatz zu den Männern in der Bäckerei, die ihre schalen Witze über einer für alle, alle für einen rissen, wollte er nicht mehr nehmen, als er gab. Der verlegene Blick, die Schweigsamkeit und der kleidsame Schmutz auf den hohen Wangenknochen ... Als sie sein friedliches Gesicht und den Schweiß sah, der am Haaransatz glitzerte, vereinten sich zwei Dinge, die sogar in Smyrna selten waren: Liebe und Kontrolle.

An diesem Punkt müssen wir die Szene abbrechen, da es uns nicht gelungen ist, mehr aus den Depots der Geschichte auszugraben. Das meiste sind sicher ohnehin Mythen, weitergegeben zwei Generationen später und von Personen, die sich auch nur auf mündliche Überlieferung berufen können. Aber spätere Ereignisse legen die Vermutung nahe, dass Despina nicht mit dem rechnete, was hinter dem Heiligtum am Rande Smyrnas passiert war. Im Übrigen ist nicht gesagt, dass sie sich ihm so vorbehaltlos hingegeben hätte, wie sie es tat, wenn sie seine liebestollen Briefe gelesen hätte. Noch weniger sicher ist, dass sie sich zwei Monate später mit ihrem Freund im Le Pôle Nord, einem beliebten Café im Stadtzentrum, verabredet hätte. Die Bäckerstochter wunderte sich darüber, dass ihre Leisten schmerzten, und ärgerte sich nicht zu knapp, wenn sie beim Fahrradfahren außer Atem geriet. Die Hände unter dem Bauch gefaltet, den Blick überallhin, nur nicht auf die grünen Augen des Türken gerichtet – »blass wie Gras im Mai«, dachte sie verwirrt, »dass sie so weh tun können« –, versuchte sie ihm verständlich zu machen, welche Folgen die Begegnung hinter der Moschee gehabt hatte. Sie seufzte und stöhnte und machte ihren Bauch größer, als er war.

Aber ihr Freund konnte, oder wollte, nicht begreifen. Nicht einmal die vielsagenden Blicke, die Despina einer Gruppe mit Kindern wenige Tische weiter zuwarf, ließen den Groschen fallen. Dieses Unvermögen machte sie immer wütender. Sie konnte darin nichts anderes sehen als einen Mangel an Fürsorglichkeit, als Desinteresse und männliche Fahrlässigkeit. Nicht gewohnt, sich schutzlos zu fühlen, beschloss sie, die Situation zu verabscheuen. Der Mechaniker soll eine letzte Chance bekommen, dachte sie aufgebracht über ihre eigene Abenteuerlichkeit, aber dann war Schluss. So sehr sie die Ruhe in seinen Händen und die Stille in seinem Gesicht auch mochte, wollte sie in ihrem Leben doch von niemandem abhängig sein – auch nicht von einem Türken mit den grünsten Augen in der Geschichte der Menschheit. »Erol, wenn du nicht vorhast, etwas zu sagen, will ich dich auch nicht zwingen. Aber du könntest wenigstens *versuchen* zu verstehen…« Sie biss sich in die Lippe. »Ich werde langsam sprechen. Man weiß nie, es sind schon größere Wunder geschehen. Also, es ist so. Sogar der Mond, der über deinem Teil der Stadt scheint, wächst. Heute mag er eine Sichel sein, aber morgen haben wir dann einen Halbmond und übermorgen Vollmond. Und dann, mein Freund, werden keine Brote aus dem Ofen geholt. Wenn du verstehst, was ich meine.«

Wie immer hatte Despina mit plastischem Mund gesprochen, um das Gewicht einzelner Worte zu unterstreichen. Als sie jedoch Erols schlaffe Lippen sah, verließ sie der Mut. Sie leerte ihre Tasse in einem Zug und fauchte mit Kaffeesatz zwischen den Zähnen: »Ich meine, wenn du nicht kapierst, was hinter einer Moschee passieren kann, heißt es Gute Nacht. Begreif das doch, um Gottes Willen. Oder um Allahs, wenn dir das lieber ist. Bald werden neue Sterne geboren.« Sie warf eine Münze auf den Tisch und verließ das legendäre Kaffeehaus, das zwei Jahrzehnte später verwüstet wer-

70

den sollte. Erol starrte auf die einladenden Hüften in der engen Hose. Immer noch mit offenem Mund. (Wie gesagt: Er war taub.)

Am wenigsten gewiss ist allerdings, ob Despina nur zwei Monate später geheiratet hätte. Nach ihrem missglückten Rendezvous im Le Pôle Nord lag sie, geplagt von Moskitos und Östrogen, nächtelang wach. Am Morgen nach der, wie sie sich schwor, letzten schlaflosen Nacht ihres Lebens – hier irrte sie – trat sie das Betttuch von sich und beichtete ihrer Mutter. Sofia bekreuzigte sich und stieß zischende Laut aus, die wie »tss, tss« klangen. Sie war nicht abergläubischer als andere, konnte es sich jedoch nicht leisten, Voltaire zu spielen. Die Laute sollten den Teufel aus den Worten austreiben. Als Despina alles erzählt hatte, befeuchtete ihre Mutter einen Wattebausch mit Kampferspiritus und tupfte die Insektenstiche ab. Diese Maßnahme erlaubte es ihr, den Körper ihrer Tochter zu untersuchen. Sie überprüfte, ob das Mädchen ordentlich wuchs und seine Körperhygiene nicht vernachlässigte oder vielleicht irgendwo wund war, und versprach anschließend, sich Gedanken über das Geständnis ihres Kindes zu machen. Despina solle sich keine Sorgen machen, es reiche, wenn sie, Sofia, dies tue.

Am Abend saß Despinas Mutter im Schlafzimmer vor dem Spiegel. Sie hatte mit Eleni Vembas gesprochen, die drei Kinder hatte und nach der gelösten Verlobung ihrer ältesten Tochter wusste, wie abenteuerlich Herzen werden konnten. Die Ratschläge der Freundin waren klug gewesen, und Sofia kämmte sich mit nachdenklichen Bewegungen die Haare. Lefteris faltete das Überschlaglaken auseinander, das am Fußende lag. Während seine Gattin die silbrigen Haare in den Borsten betrachtete, ließ sie scheinbar zufällig die Bemerkung fallen, dass es nicht verkehrt wäre, wenn ihre Tochter einen verlässlichen Mann aus der Heimat ihres Gatten kennenlernte. Immerhin waren sie selbst auch nicht viel älter gewesen, als sie sich begegneten. Und im Übrigen hatte Eleni erwähnt, dass ihre Schwester – »Magda, weißt du« – ihren Mann – »Spiros, weißt du« – im Heimatdorf ihres Mannes gefunden hatte – »weißt du«. Lefteris legte sich gerade das Kissen zurecht, als ihm bewusst wurde, was seine Frau da eigentlich sagte. Er fühlte einen stolzen Wellenkamm unter dem Herzen schwellen. Seine Tochter war also im heiratsfähigen Alter. Wenn das so war, hatte Sofia Recht: Es *war* wichtig, seine Wurzeln zu ehren. Es wäre wirklich das Letzte, wenn Despina etwas mit einem dieser Fladenbrotesser anfinge. Wer wusste schon, welche Kreatur aus einer solchen Verbindung hervorgehen könnte? Auf dem Jahrmarkt hatte er die Kinder mit Schwänzen, die Männer mit Fischschuppen statt Haut und die Frauen mit Bart oder ohne Arme gesehen. Der reinste Zirkus Arnold. Die griechischen Jungen waren zwar auch nicht viel besser, aber sie kamen wenigstens nicht aus Anatolien, das für Lefteris ein weißer Fleck auf der Landkarte war, bevölkert von dreibeinigen Böcken und Hydren. Die Glücksgefühle angesichts des Vorschlags seiner Frau inspirierten ihn mehr als gewöhnlich. Im Grunde lag ihm schon eine Idee auf der Zunge, aber zwanzig Jahre Ehe hatten ihn gelehrt, auf Nummer sicher zu gehen, so dass er stattdessen – geheimnisvoll lächelnd – versprach, die Sache zu überschlafen. In dieser Nacht war es Sofias Los, wach zu liegen.

Am nächsten Tag kratzte sich ihr Mann die Brust. Dann verkündete er, der Schlaf habe ihm eine Eingebung beschert. Ein Jugendfreund, ein gewisser Jannis Georgiadis, halte sich gerade in der Stadt auf, um Vieh zu verkaufen. Er sei am Vortag in der Bäckerei gewesen, wo er die letzten Neuigkeiten von daheim erzählt habe. Die Männer stammten aus dem gleichen Dorf, einen Tagesritt nördlich von Smyrna. Im Gegensatz zu Lefteris war der Freund jedoch dort geblieben, aber ein Bauer mit festen Gewohnheiten war nicht das schlechteste, was der Herrgott zu bieten hatte, oder? Der Bäcker schob seine Füße in die Pantoffeln. Wenn Sofia einverstanden war, würde er ihn ermuntern, ein wenig länger in der Stadt zu bleiben. Übrigens, fügte er flüsternd hinzu, besitze der Freund nicht nur Tiere, sondern habe darüber hinaus einen Cousin, der in Konstantinopel reich geheiratet habe, und sei zudem bekannt als sterbenslangweiliger, aber rechtschaffener Bursche. Was spielte das Alter da schon für eine Rolle?

Der Besuch fand an einem Sonntag statt. Es wurde eine stille Angelegenheit mit Fliegen, die mit Puderzucker bestäubte *loukoúmia* umschwirrten, und langen Phasen des Schweigens bei flackernden Kerzen. Drei Personen spürten ihre Kleider kratzen und fragten sich, wie das bloß enden sollte. Nur die vierte zeigte Kostproben jener Art von Ängstlichkeit, die ihren Ausdruck in übertriebener Begeisterung findet. In der vorherigen Nacht war Lefteris an der Reihe gewesen, sich schlaflos in seinem Bett zu wälzen. Nachdem er Gebete und Stoßseufzer in einer Weise vermischt hatte, die Segen und Fluch ununterscheidbar machten, war er überzeugt, dass allein eine orthodoxe Ehe die Monde und Minarette aus dem Blut seiner Tochter vertreiben konnten. Seines Jugendfreunds war er sich noch nicht so sicher. Mit hochtrabenden Worten pries er dementsprechend das Heimatdorf. Gab es einen anderen Ort, an dem die Seidenraupen so groß waren? Wie der Daumen eines Schreiners nach dem Hammerschlag! Nur in Kalónero waren die Oliven wohl saftiger als Kirschen, die Sonnenblumenkerne salziger als Tränen, nicht wahr? Undenkbar, dass es woanders jemanden gab, der es so faustdick hinter den Ohren hatte wie ihr Pfarrer, der auch schon mal abends um halb elf zum Gottesdienst läuten ließ, nur weil es ihm Spaß machte zuzusehen, wenn sich die alten Frauen, schwarz gekleidet und gotteslüstern, wie Tauben sammelten. Oder denkt nur an die beiden Männer, die ihre Kräfte beim Armdrücken gemessen hatten, bis ein Knochen brach. Das war was anderes als die fein gekleideten Städter mit ihren weichen Handgelenken, die Lefteris mit Brezeln und Mandelteilchen versorgte. Ja, ja, auch mit Fladenbrot. Im Übrigen trat niemand die Weintrauben so geduldig wie der alte Skourtos. Stundenlang trabte er im Kreis, der Mann, wie ein Dromedar, mit hochgeschlagener Hose und den Händen auf dem Rücken, bis jemand ihn zwang, den Bottich zu verlassen, woraufhin er sich mit den Füßen aufstampfend fragte, wohin er sich nun wenden sollte. Ihr Dorf war voller seltsamer Geheimnisse, voll wildester Schönheit. »Nicht wahr, mein Freund?«

Der Gast hatte nach jeder dichterischen Freiheit genickt. Er war groß und schlank und so blass, dass sich Despina unweigerlich die Frage stellte, ob er aus Talk bestand. Woraus sich im Übrigen der Name ergeben sollte, unter dem sie im späteren Leben von ihm sprach – wenn es denn je dazu kam. Herr Talk. Jetzt rührte ihr zukünftiger Gatte kultiviert in seiner Kaffeetasse mit orientalischem Muster und blickte von Zeit zu Zeit nachdenklich zu den Gardinen, die sich vor dem Fenster bauschten. Als wollte er lieber gehen, dachte Lefteris und steigerte sich zu neuer Beredsamkeit.»Übrigens bist du an dem Tag geboren, an dem Ioannis Kolettis unser aller Sehnsucht in Worte gefasst hat. Mein Gott, unser Heimatdorf hat lange genug unter den Fladenbrotessern gelitten. Die Zeit ist reif für eine große Idee!« Despinas Vater spielte auf den früheren griechischen Premierminister an, übrigens walachischer Herkunft, der davon geträumt hatte, erneut ein Reich aufzubauen, das sich so weit erstreckte wie einst Byzanz.»Wer könnte besser geeignet sein, kommende Generationen aufzuziehen als ein Ioannis aus Kalónero, der noch dazu genauso alt ist wie Kolettis' Vision?«

Der Gast schwieg weiter, so dass die Lobeshymnen nach einer Weile versiegten. Aus reiner Mutlosigkeit hegte Lefteris allmählich den Verdacht, dass seine Worte die gegenteilige Wirkung hatten und den Freund vergraulten. Und dann… dann konnte er ebenso gut stumm bleiben. Er warf Sofia einen bekümmerten Blick zu, die mit leeren Augen zurücksah. Wie sollten sie es jetzt anstellen, die Tochter zu verheiraten? Fast alles deutete darauf hin, dass Herr Talk darüber nachdachte, ob er in Smyrna bleiben solle. Der Grund für die Einladung war ihm keineswegs entgangen, und während der Bäcker sich für ein Dorf in Rage redete, in dem er nicht mehr heimisch war, versuchte er seinerseits auszurechnen, wie weit der Verkauf des Viehs sowie die Mitgift reichen würden. Für eine Wohnung, ein Haus? Vielleicht mehr?

»Unglaublich«, fauchte Despina, als sie das Geschirr hinaustrug.»Das einzige, was es in diesem Kaff in Hülle und Fülle gibt, sind gottvergessene Kreaturen.« Die Mutter legte eine Hand auf Despinas Arm.»Vergessen kann eine Tugend sein. Es könnte nicht schaden, wenn du dich von Ahmed oder Mustafa oder wie er heißt verabschieden würdest…« Blitzschnell presste die Tochter den Zeigefinger auf Sofias Lippen. Sie war abergläubisch genug zu glauben, dass der Geliebte – genau wie die Toten nach alter smyrniotischer Sitte – verloren ging, wenn man seinen Namen aussprach. »Aha. Dann musst du ihn eben hier beerdigen.« Sofia rückte die Schleife auf dem Busen ihrer Tochter gerade. »Du siehst doch, dass Herr Georgiadis keiner Fliege etwas zuleide tun kann? Glaub mir, wenn du ein wenig älter geworden bist, wirst du diese Seite an einem Mann zu schätzen wissen.« Sie kehrte ins Wohnzimmer zurück. »Mutter…«, zischte Despina. Vergebens.

Einen Samstags- und einen Sonntagsbesuch später gab sie zu, dass Sofia Recht hatte. Der zukünftige Ehemann würde ihr nichts tun. Nicht einmal, wenn sie ihn darum bat. Als Sofia Lefteris kurz nach Neujahr davon in Kenntnis setzte, dass liebliche Musik entstanden war, obwohl man nichts als Dampfschiffe und Gebetsrufer gehört hatte, beschloss er folglich, seiner Gattin zu glauben und sogar ein wenig gerührt zu sein. »Er ist wie ein Bruder für mich«, erklärte er, während er die Kissen aufschlug. »Wir müssen der Vorsehung danken, dass er uns gerade jetzt besucht hat. Despina wird eine Mitgift bekommen, wie sie einer Bäckerstochter gebührt. Keiner daheim soll etwas anderes sagen können.« Jeder, der seinen Worten lauschte – seine Frau und Pavlos Vembas, der draußen in der Gasse spielte –, hörte, dass er den Tränen nahe war.

»Dann werde ich keiner gehören«, dachte Erol Bulut, als er einige Tage später die Anzeige las, die an den geteerten Telefonmasten klebte, die zu jener Zeit in den griechischen Stadtvierteln auftauchten. »Nur dem allmächtigen Allah.« Noch am selben Abend gab er seine Stelle bei dem Tausendkünstler auf, und zwei Tage später lieferte er das Fahrrad wieder ab, auf dem er wutentbrannt verschwunden war. Wie es einem tauben Türken gelang, Muezzin zu werden, ist jedoch eine andere Geschichte, die auf einem fernen Kontinent in einem anderen, sehr komplizierten Jahrhundert spielt.

Das letzte Halbjahr verbrachte Despina in der neu eingerichteten Wohnung über der Bäckerei, die das Paar als Mitgift bekommen hatte. Vor dem Fenster blühten und verblühten die Kirschbäume. Ein strenger armenischer Arzt hatte eine Diät aus Feigen und Ziegenmilch und ohne Fahrradfahren verordnet. Den Großteil ihrer Zeit widmete sie dementsprechend Aphrodite, Athanassia und den übrigen Freundinnen, die wissen wollten, wie man es anstellte, reich zu heiraten und ein Kind zu erwarten. Sie kochte und häkelte Strampelanzüge, die manchmal drei Ärmel, aber keine Beine hatten. Sie selbst trug eine Strickjacke und weite Leinenhosen, auch wenn ihr Gatte sie gelegentlich mit zerstreuten Händen berührte. Eines Morgens teilte er ihr mit, er habe vor, einen Verwandten in der Hauptstadt zu besuchen. Wortlos ging Despina in die Küche, wo sie sich Salz in die Augen streute. Ein Taschentuch gegen den Schmerz pressend erklärte sie, die Fürsorglichkeit ihres Mannes rühre sie. Aber wenn er den gesunden Cousin seiner kranken Ehefrau vorziehe, könne er ebenso gut in Konstantinopel bleiben. Wenn dem so sei, werde sie wieder zu ihren Eltern ziehen. Sie ertrage den Gedanken nicht, dort allein zu sein, wo er sie gelehrt habe, was es heiße, »nun ja, eine Frau« zu sein. (Laufende Nase, gerötete Tränensäcke, winzig kleine Füße, die tief zwischen den Organen traten.) Als ihr Mann diese Worte hörte, war er verunsichert, aber ehrlich gesagt auch erleichtert. »Das sagst du nur so.« Tröstend hielt er ihr den Löffel über den Tisch entgegen. »Iss etwas Joghurt. Der enthält genug Kalzium für zwei.«

Einige Monate später gebar Despina Georgiadis nach vier Stunden Wehen, die sich anfühlten wie zehn, einen hübschen und einigermaßen wohlgeratenen Sohn. Zur Zeit der Niederkunft hielt sich ihr Gatte immer noch in der Hauptstadt auf. Seinen Cousin traf er zum Tee, kurz bevor die Scheinwerfer, mit denen man die Ahmedmoschee illuminierte, eingeschaltet wurden und ihn an den Fortschritt glauben ließen. Die restliche Zeit verbrachte er in weniger hellen Vierteln, in denen die Wasserpfeifen nicht nur Tabak enthielten und der Anteil elternloser Jungen besonders groß war. Nachdem er sein Leben in einem Dorf ohne Automobile und Elektrizität verbracht hatte, begann er, Geschmack am Stadtleben zu finden – was er, erwartungsvoll auf einem Bett ausgestreckt, während der Holzventilator gemächlich an der Decke rotierte, in einem unbedachten Moment einem tschetschenischen Jüngling anvertraute. An der Wand hing ein Öldruck von einem Pfeife rauchenden Griechen auf der Krim. Zum ersten Mal in seinem Leben fühlte er sich wie ein Kosmopolit.

Als Sofia Lefteris davon unterrichtete, dass es so weit war, schlug dieser sich die Hände vor die Ohren. Die Luft wurde weiß. Möglich, dass er seiner Frau geglaubt hatte, als sie ihm von der lieblichen Musik erzählte, aber das war nun doch des Guten zu viel. Selbst ein Bäcker konnte zählen. Und wenn er es tat, kam er beim besten Willen nur auf sieben Finger. Eine Schwangerschaft ließ sich doch nicht beliebig verkürzen? Er schob ein neues Backblech in den Ofen und erklärte, ebenso dramatisch wie zuvor, dass er in der Bäckerei zu bleiben gedenke, bis die Frauen der Familie das Problem aus der Welt geschafft hätten. Sofia bekreuzigte sich. Wenn es hier jemanden gab, der Probleme gemacht hatte, war es ja wohl ihr Mann. Wer beklagte sich denn über die Kunden, die ungesäuertes Brot kauften? Wer duldete nicht einmal griechische Jungen in der Nähe seiner Tochter? Und wer hatte die grandiose Idee gehabt, diese Trantüte aus Kalónero einzuladen? Jetzt hatte es ganz den Anschein, als wäre der Schwiegersohn zu allem Überfluss in der Hauptstadt geblieben. »Wahrscheinlich will er für Kolettis die Strichjungen erobern.« Lefteris' Gesicht wurde immer roter. Er teilte alles mit seiner Frau, auch Schande, aber diesmal stand die Ehre seines Heimatdorfs auf dem Spiel. »Er und ich, wir sind wie Mehl und Wasser. Wie Mehl und Wasser. Ist es vielleicht zu viel von dir verlangt, das zu verstehen?« Seine Stimme zitterte vor Entrüstung. Sofia bekreuzigte sich nochmals. »Wie Mehl und Wasser? *Thée mou …*«

Kaum zu glauben, aber Herr Talk kehrte zurück – an einem Septembertag mit tief fliegenden Schwalben am Himmel. Als er un-

weit der armenischen Stadtviertel aus der Straßenbahn gestiegen
war und den Weg zurück in die Daphnestraße gefunden hatte,
wurde er von einer schlanken und geschminkten Ehefrau empfangen. Da sie ein Kleid trug, erkannte er sie nicht. Als wäre das noch
nicht genug, wirkte sie außerdem verblüfft, um nicht zu sagen erschrocken, ihn zu sehen. Vielleicht war es unter diesen Umständen
nicht weiter verwunderlich, dass ihre Reaktion sein sechsundfünf-
zigjähriges Herz zu einem abenteuerlichen Benehmen veranlasste.
Es sollte das erste und vorletzte Mal in seinem Leben sein, weshalb
wir die Bedeutung des Vorfalls nicht überbewerten wollen. Aber er
reichte aus, um ihn ahnen zu lassen, wie sich Traurigkeit anfühlt.
Despina war auf seinen Besuch nicht gefasst gewesen. Irgendwie
war es ihr gelungen, sich erfolgreich einzureden, ihre Ehe würde
verwehen wie Mehl, ohne jemals die Form anzunehmen, zu der sie
bestimmt war. Nun zeigten ihre geschminkten Lippen ein geküns-
teltes Lächeln. Während sie nach den passenden Worten suchte,
betrachtete sie ihren Mann mit einem Blick, den sie nicht schnell
genug im Griff hatte. Möglicherweise deswegen regten sich in diesem Moment in ihrem Gatten erstmals Zweifel. Tatsache ist jedenfalls, dass er nie wieder etwas als selbstverständlich hinnehmen
sollte. Nicht seine Frau. Nicht die Ehe. Nicht einmal sein eigenes
Fleisch und Blut.

Verantwortlich für diesen Blick war Despinas schlechtes Gewissen. Sie hatte heimlich eine Freundin gebeten, Kontakt zu dem-
dessen-Name-nicht-genannt-werden-durfte aufzunehmen. Als sie
die Tür öffnete, erwartete sie folglich einen reumütigen Türken mit
einem auf die Pantoffeln gerichteten Blick. Nun gab sie sich alle
Mühe, ihr Gesicht unter Kontrolle zu bekommen, und bat ihren
Gatten, einzutreten. Unmittelbar darauf kehrte sie mit einem Jungen zurück, der in Bäckereihandtücher gewickelt war und Talk auf
der Stirn zu haben schien. »Ein bisschen früh, oder?« Der frisch
gebackene Vater legte die eingepackte Fahrradpumpe mit ihrem
Griff aus Walnussholz weg, mit der er seine Frau hatte überraschen
wollen. »Das zeigt, dass er auf seinen Vater kommt und in die Welt

hinaus will«, meinte Athanassia, die versprochen hatte, auf das Kind aufzupassen, während Despina sich mit Bulut traf. Wie üblich hatte die Freundin auf fast alles eine Antwort. Sicherheitshalber kreuzte sie hinter ihrem Rücken die Finger. »Für manche kann das Abenteuer nicht schnell genug beginnen, meine ich. Wir wissen doch alle, dass die Zeit ein relatives Phänomen ist, Herr Georgiadis.« Der Vater, der weiter versuchte, mit dem Schmerz in seiner Brust zurechtzukommen, setzte sich. Es war eine lange Reise gewesen. »Ja, ja«, murmelte er hilflos. »Das glaube ich wohl.« Er suchte nach seinem Taschentuch, wiederholte die Worte, diesmal mit einem Fragezeichen, und wischte sich die Stirn trocken. Despina wandte den Blick zur Decke, ihr Sohn fing an zu schreien.

Als Athanassia mit dem Kind ins Schlafzimmer zurückgekehrt war, sortierte der Vater seine Eindrücke. Es waren viele und ungewohnte, aber es glückte ihm besser als erwartet. Nach einer Weile trommelte er mit manikürten Fingernägeln auf dem Tisch. »Sieh an, sieh an.« Die Pumpe lag eingepackt neben ihm. »Und was machen wir jetzt?« Trotz seiner gut gemeisterten Unsicherheit war er stolz. Herr Talk (*1844 in Kalónero, †1900 auf einem frisch gekehrten Bahnsteig in Smyrna), hatte nichts dagegen, seinen Beitrag zur Zukunft zu leisten. Auf eine abstrakte Art schmeichelte es ihm, dass sein vollgriechisches Blut in einem anderen Menschen weiterleben würde. Aber war sein Sohn nicht etwas zu schnell zur Welt gekommen? Konnte es trotz der Tatsache, dass die Zeit relativ war, zwischen Aussaat und Ernte nur sieben Monate dauern? Und was war eigentlich in der Hochzeitsnacht passiert? Alles war ihm so neu und ungewöhnlich erschienen, so fremd, dass er nicht mehr beschwören mochte, getan zu haben, was seine Frau behauptete – und was er später, mit größerer Ungezwungenheit, in Konstantinopel wiederholen sollte. Um seine Unsicherheit zu betäuben, entkorkte er die Ouzoflasche auf dem Tisch. »*Is ijían!*« Er stellte das Glas mit einem Knall ab. »Manchmal haben wir Männer es einfach eilig.« Es folgte ein anisduftendes Lachen. »Ach ja. Die hier ist für dich. Nochmals Prost.« Er schob die Pumpe hinüber, während die

Frauen den Trinkspruch wiederholten – Despina murmelnd, das Geschenk in der Hand, Athanassia laut und deutlich aus dem Schlafzimmer. Keine der beiden brachte es übers Herz, ihm zu erzählen, dass der Junge eine Hasenscharte hatte.

So unwahrscheinlich es klingen mag, der Vater entdeckte das Gebrechen erst zwei Wochen später. Genauer gesagt bei der Taufe seines Sohns. Und bei dieser Gelegenheit meinte er nur: »Eine Hasenscharte? So, so, schau an. Sein Gesicht sieht aus wie ein Kebab. Gibt es so etwas auf deiner Seite, Lefteris?« Der Bäcker beschränkte sich auf ein Schnauben. Auch der Geistliche, der seltsamere Taufen als diese erlebt hatte, zog es vor zu schweigen. Doch als er Stirn, Brust, Rücken, Hände, Füße, Ohren und Mund des Kinds mit Olivenöl salbte, flüsterte er sicherheitshalber: »Woher du auch kommen magst, kleiner Freund, von jetzt an bist du ein waschechter Grieche. Vergiss das nicht. Und mach deine Mutter stolz.«

EIN KEBAB. Wir befinden uns immer noch in der von Wintersonne durchfluteten Wohnung über Bakirikas' Bäckerei. Es ist ein Januarmorgen im Jahr 1900. Staubpartikel rotieren in der stillstehenden Luft, in der Ferne hört man eine Dampfpfeife. Ein britisches Kreuzfahrtschiff läuft gerade in den Hafen ein. Am Giebel im Vorraum ist das rußige Kreuz zu sehen, mit dem zwei Wochen zuvor das neue Jahrhundert gesegnet wurde. Ein Mann in Hemd und Unterwäsche schiebt ein paar Kleiderbügel zur Seite. Er sucht nach einem bestimmten Anzug. Seine Kniescheiben sind rot wie gerupfte Hühner, die dünnen Strümpfe werden an den Waden von Spangen hochgehalten. Während er etwas unsichtbaren Staub von seinem Jackett bürstet, erklärt er der Frau vor dem Spiegel, dass er beabsichtigt, seinen Cousin in Konstantinopel noch einmal zu besuchen. Die Szene ist so still und voller Ruhe wie jene, bei der sich das Paar fünf Jahre zuvor kennenlernte. Aber statt die Haare glattzukämmen, wie die Mutter es getan hatte, prüft Despina, ob sie noch einen Zopf tragen kann. Zu ihrem spiegelverkehrten Mann sagt sie: »Wegen uns brauchst du jedenfalls keine Rückfahrkarte zu lösen.« Eine opalgrüne Fliege krabbelt auf einer Flasche mit dem Etikett »4711«. Ihr Gatte stopft sich den kleinen Finger ins Ohr. »Ich verstehe nicht.« Was er tatsächlich nicht tut. Seine Gattin betrachtet das bleiche Gesicht, die schmalen Schultern, den bebenden Finger mit dem langen, gelben Nagel. Talk, nichts als Talk. »Ich weiß nicht, was du da drinnen zu finden glaubst, Jannis. Aber man kann nicht alles mit dem Kopf verstehen.«

Als ihr Gatte schließlich erkennt, was Despina meint, überkommt ihn eine seltene Lust, ihre Wange zu streicheln. Aber er unterlässt es. Stattdessen betrachtet er sie – mit blinzelnden Augen und nicht ohne väterliche Zärtlichkeit. »Wir sind wie Mehl und Mehl, *mátia mou*. Hier geht nichts auf. Obwohl, ein Kebab ist immerhin herausgekommen. Glaube mir, das macht einen Griechen stolz.«

LEKTION: GLÜCK. Unser Jannis, der immer noch in Familie Florinos' Keller schläft, war überzeugt, dass ein Mensch nicht nur durch die Gefühle und Ereignisse beschrieben werden sollte, die er erlebt, sondern auch durch die Personen, aus denen er besteht – ganz oder teilweise, manchmal oder stets. Sonst treten Phantomschmerzen auf. (Vergleiche hierzu »Diese Jämmerliche Sache«.) Er war nicht der erste, dem dieser Gedanke gekommen war. Aber seit er seinen Vater verloren und die Großmutter ihn zu trösten versucht hatte, indem sie ihm erzählte, was vorgefallen war, als ihr eigener Vater starb, stellte er sich vor, dass ein lebendiger Mensch nicht bei Nagelrändern oder Haarspitzen aufhörte. Mal endete er bei der Ader, die sich über den zwiebelförmigen Fußknöchel eines anderen Menschen schlängelte, mal in der klebrigen Falte hinter den Ohren eines weiteren. »Sieh mal«, hatte Despina zu dem Siebenjährigen gesagt und die Kiefer aufgesperrt. »Ich dachte, der Mund wäre da, um mir zu ermöglichen, von meinem Vater Abschied zu nehmen. Aber es stellte sich heraus, dass er wie dafür geschaffen war, deinen Vater an der Hand zu halten.« Daraufhin erzählte sie, als die Hasenscharte noch ein Kind gewesen sei, habe seine ganze Faust Platz in ihrem Mund gefunden. Die Großmutter meinte, es gebe Teile von Jannis, die in ähnlicher Weise mit Personen zusammengehörten, die geboren worden waren, bevor er selbst an einem Vormittag während der Besatzungszeit um ein Haar in einer Mülltonne ertrunken wäre, aber sie bezweifelte nicht eine Sekunde, dass er auch Organe in sich trug, die ihren rechtmäßigen Besitzer erst in ein oder zwei Generationen finden würden. Vielleicht sogar noch später.»Bis dahin kümmerst du dich um sie. Wie ich meinen Mund für deinen Vater aufhob. Vergiss das nicht. Menschen bestehen aus anderen Menschen.«

Ein Beleg muss reichen. Als Jannis im späteren Leben darüber nachdachte, was Despina gesagt hatte, reifte in ihm die Überzeugung, dass die Stellen, an denen sein Hals den Schultern begegnete, diese weichen Aushöhlungen gleich über dem Schlüsselbein, eines Tages ein anderes Wesen glücklich machen würden, weil sie wie geschaffen für dessen Gesicht waren. Sicherheitshalber probte er mit Maja. Augen, Nase, Maul – alles passte perfekt. Sogar die behaarten Wangenknochen. Das gab den Ausschlag. Die spiegelverkehrten Stellen gehörten nicht ihm, nicht wirklich, sondern jemanden, der noch nicht entstanden war, aber, wie die Ziege gezeigt hatte, kommen würde. Während unseres Besuchs in einem fernen Jahrhundert, den wir nun fortsetzen, bevor Jannis in seinem Balslöver Keller erwacht, wollen wir deshalb das Glück zu unserem Magneten ernennen. Denn trotz der Missgeschicke, die weder er noch wir leugnen können, halten wir zuerst und zu guter Letzt Ausschau nach ihm. Nach dem Glück. Genauer gesagt nach jenem besonderen Glück, das einem nur das Glück anderer schenken kann.

Siebenundsechzig Jahre bevor unser Held auf den Rücksitz eines gebrauchten Zodiacs sank, löste sein Großvater eine einfache Zugfahrkarte nach Konstantinopel. Die Winterkleider ließ er im Schrank hängen, ansonsten hatte er fast alles dabei, so auch das französische Etui unter dem Waschbecken. Nach ein paar Tagen entdeckte er, dass die Nagelschere fehlte, aber da war es zu spät. Dies ist das letzte, was wir von dem willenlosen Herrn Talk sehen werden. Eine schlanke Silhouette in einem limettengrünen Anzug, die sich mit der Fahrkarte in der einen Hand und dem Koffer in der anderen im Menschengewimmel auf dem Bahnsteig verliert. Genau in dem Moment, als das Licht anfängt, ihn zu durchdringen, so dass er vor unseren Augen zu Pulver zerfällt, setzt jemand an zu kehren. In der Ferne verkündet ein Zeitungsverkäufer die letzten Nachrichten vom Boxeraufstand.

Bei mindestens drei Gelegenheiten schlug Despinas Herz in den folgenden Jahren so heftig, dass sie an die Abschiedsworte ihres Ehemanns zurückdachte. Diese Augenblicke betrachtete sie als drei Lektionen in Sachen Glück. Der erste lässt sich auf einen schwülen Nachmittag im Spätsommer 1917 datieren, eine Woche nach dem Brand in Thessaloniki. In den Cafés wird diskutiert, wann Premierminister Venizelos endlich Kolettis' große Idee verwirklichen wird. Aber noch sind keine Kriegsschiffe zu sehen, und auf der Hafenpromenade spielen die Kinder mit Holzschwertern und Blechschilden. In den Fenstern glitzern tausend verrückte Sonnen – außer in Koriandrous Boutique, wo gestreifte Markisen stattdessen französische Waren davor schützen, früher als notwendig verramscht zu werden. Sicherheitshalber hat die junge Besitzerin, Madame Hélène Koriandrou-Barthez, die Innenseite der Fenster mit grünem Zelluloid bekleben lassen, weshalb die schweinchenrosa Negligees, die gepanzerten Büstenhalter und quastenverzierten Pantoffeln in algenreichem Aquariumwasser schwimmen. Gegen halb sechs, wenn der Abendhandel in Schwung kommt und die ausländischen Offiziere vor dem Heimaturlaub einkaufen gehen, kommt Despinas zweiundzwanzigjähriger Sohn in die Bäckerei. Er ist mager. Er ist hungrig. Er wird nicht mehr Jannakis genannt. Schweigsam wie immer, nimmt er sich eine der *koulloúria*, die in Stapeln auf der Ladentheke liegen. Während er kaut, überlegt er, ob er erzählen soll, dass Frau Koriandrou-Barthez eine Invasion vor dem Jahresende prophezeit hat. Das Innere der Kringel ist lauwarm, die Sesamkörner schmecken nach Ruß. Seine Mutter, die hinter der Theke steht, sieht ihm zu, ohne wirklich etwas zu sehen. Mechanisch reibt sie mit einem Handtuch auf und ab über das ärmellose Kleid, als wäre ein Fleck darauf. Als der Sohn geschluckt hat, flüstert sie mit Augen aus nassem Porzellan: »Großvater… Großvater ist tot.«

Lefteris Bakirikas sitzt auf der Bank in der rußigen Nische neben dem Ofen. Die Luke steht offen, die Kohle knistert kryptisch. Die Hasenscharte schließt die Ofentür mit dem Feuerhaken. Als er vor den Augen des Großvaters winkt, reagiert dieser nicht. Er lehnte sich vor. Auch jetzt nicht. Ein Stück des Gebisses, auf das der Bäcker so stolz gewesen war, dass er es beim Osteressen sämtlichen Gästen zeigte – aus Stahldraht und Perlmutt, glänzend auf seinem Handteller –, schiebt sich aus dem Mund wie ein unbekanntes Tier. Despina, die immer noch mit dem Handtuch reibt, erzählt, dass sie hörte, wie ein Blech zu Boden fiel. Überall liegt Teig, der sich der Form dessen angepasst hat, was er zufällig traf. Auch der Großvater ähnelte einem Teig. Er torkelte umher, während sie ihn vergeblich festzuhalten versuchte. Schließlich sackte er auf der Bank in sich zusammen. Als sie mit einem Glas Wasser zurückkehrte, schlug er sich auf die Brust und röchelte. Sie riss das Hemd auf, damit er Luft bekam. Aber sein Gesicht lief nur immer röter an. Eine Minute später war er tot.

Ihr Sohn legt ein Handtuch auf das Gesicht seines Großvaters. »Wir lassen ihn in Ruhe, Mutter.« Wegen seiner Hasenscharte spricht er undeutlich. »Ich komme später zurück.« Er führt Despina hinaus. In der Hand hält sie einen Hemdknopf mit dazugehörigem Fadenstummel. Sie gehen die Avenuen hinab, an Cafés und Geschäften und Menschen vorbei, die alle Zeit der Welt zu haben scheinen. Binnen weniger Jahre hat Smyrna das 19. Jahrhundert abgeschüttelt und ist eine moderne Stadt mit Straßenbahnen und Telefonmasten geworden. Federnde Automobile manövrieren zwischen Pferden und Fußgängern. Einzelne Fahrradfahrer rollen vorbei, ein herrenloser Hund schnüffelt am Straßenrand entlang. Als sie in die Daphnestraße einbiegen, ruft Vembas ihnen aus dem dunklen Inneren seiner Werkstatt etwas zu, aber die Hasenscharte winkt abwehrend. Sofia steht am Gartentor. »Thée mou«, ist alles, was sie sagt. »Mein Gott.« Der Sohn lässt den Arm seiner Mutter nicht los – nicht einmal, als sie sich aufs Sofa setzt. Erst als er glaubt, dass sie eingeschlafen ist, befreit er sich vorsichtig aus ihrem Griff. »Verlass mich nicht«, flüstert die Mutter klar, aber monoton, als wäre es nicht ihre eigene Stimme. »Habe ich dich jemals verlassen, Mutter? Ich will nur mal nach Großmutter sehen.« Und dann geschah, woran Despina zurückdenken sollte, als sie viele Jahre später unseren Jannis tröstete: Die Hasenscharte presst, fest, aber zärtlich, die Fingerknöchel auf ihren Mund. Als er gegangen ist, weiß sie, dass er ihr gehört.

HEIMAT UND HEIMAT. Das Haus in der Daphnestraße überlebte den September fünf Jahre später nicht. Unfähig, sich vom Sofa zu erheben, kam Sofia in den Flammen um. Zu diesem Zeitpunkt war sie sehr jung. Mit jedem Jahr, das seit dem Herzinfarkt ihres Mannes vergangen war, bewegte sie sich zwanzig Jahre zurück. Als die Verhandlungsdelegationen im Herbst 1918 in einem Eisenbahnwaggon im Wald von Compiègne die Dokumente unterzeichneten, war sie in ihren besten Jahren. Nach dem Frieden in Sèvres war sie niemals schwanger gewesen. Und bei ihrem Tod war sie kaum schulreif. »Mama, schlaf ein bisschen«, ermahnte die Tochter sie, wenn sie aus der Bäckerei heimkehrte. »Du weißt doch, dass man die Augen zumachen kann?« Woraufhin Sofia sie gehorsam zupresste, ausgestreckt, die Arme seitlich anliegend wie bei einer Puppe. »Wer in dieser Welt schläft«, erklärte sie, als handelte es sich bei den Worten um etwas, was sie auswendig gelernt hatte, »ist in der nächsten wach.« Ob sie das überhaupt noch sagen konnte, als das Haus verwüstet wurde, ist unsicher.

An einem warmen Septembertag mit ungünstigen Winden – man schreibt das Jahr 1922 – sperrten türkische Truppen die armenischen Stadtviertel ab. Sie waren in steifen Uniformen und mit blitzenden Säbeln zu Pferd eingefallen – hager, finster, entschlossen. Eine knappe Woche machten sie mit den Einwohnern, was sie wollten. Als sich der Wind schließlich in Richtung der christlichen Stadtteile drehte, steckten sie die Häuser in Brand. Da die Soldaten auf den Straßen Benzin verschüttet hatten, breitete sich das Feuer schnell und gierig aus. Despina und die Hasenscharte verriegelten gerade die Bäckerei, als sie den Theaterdonner-der-keiner-war näherkommen hörten. Die Luft knisterte, die Hitze nahm zu. Statt nach Hause zu eilen, suchten sie Schutz im Keller, wo sie nasse Taschentücher gegen Nase und Mund pressten und abwechselnd Wache hielten. Aber die gefürchteten Schläge gegen die Tür ertönten erst um sieben Uhr am nächsten Morgen, als sie sich schon in dem Glauben zu wiegen begannen, die Soldaten hätten sie vergessen. Mit einem matten Blick des Einvernehmens – müde Augen, rauchgerötete Augen – hoben sie Nudelholz und Brotmesser. Sie hatten nicht vor, sich kampflos zu ergeben. Als der Besucher rief: »I-ich bin… Ja, also i-ich bin e-es«, legte die Mutter jedoch ihre Waffe weg. »Das wurde aber auch Zeit«, stöhnte sie und stieg die Treppe hinauf. Vor der Tür stand Erol Bulut mit einem üppigen Bart und in der Kleidung eines Gebetsrufers. Die Luft war voll feinster Asche. Er atmete schwer, nachdem er von der Daphnestraße aus gerannt war. »D-Du hast recht«, erklärte er, tonlos, aber verständlich, als hätte ihre letzte Unterhaltung zwei Jahrzehnte zuvor niemals geendet. Despina zuckte mit den Schultern. Sie wusste nicht genau, was er meinte, wohl aber, dass er die Wahrheit sagte. »Es ist V-Vollmond, meine ich. Dein Gott versteckt sich gerade in ei-einem Kaninchenlo-och.«

Während General Noureddins Armee Smyrnas Straßen in ein Schlachtfeld verwandelte, ging Despinas Sohn mit einem Fez und einem fußlangen Gewand, die Erol Bulut ihm geliehen hatte, nach Hause. Wegen der Luft atmete er flach wie ein Vogel. Als er entdeckte, was im Rinnstein lag (Kleider, Ikonen mit ausgestochenen Augen und – konnte das wahr sein? – die Hand eines Menschen), beschleunigte er seine Schritte. Falls sich die falschen Leute für einen bartlosen Gebetsrufer interessieren sollten, würde es nur eine Minute dauern, bis mehr als bloß sein Gaumen gespalten war. In der Daphnestraße ragten verkohlte Balken vor einem tiefen Himmel kreuz und quer in die Höhe. Die Wände waren eingestürzt, stinkende Teppiche und Stroh schwelten. In der Luft schwebten Rußflocken, im Blumenbeet lag eine Küchenschublade mit Löffeln, in denen der Teil der Sonne, dem es gelungen war, sich durchzusetzen, wahllos schimmerte. Über dem Gartentor hing der Morgenmantel, den seine Großmutter zwei Jahre zuvor bekommen hatte. Er erkannte den Weidenast auf dem Rücken – ein bisschen Chinoiserie, als Sofia auf ihrem Weg zurück gerade in der Pubertät war. Die Gummireifen von Despinas Enfield waren weich wie Teer, die Pumpe, die an der Stange saß, heiß wie ein Brenneisen. Als er davonrollte, klebten Grus und Nadeln an den Rädern.

An der Kreuzung zur großen Avenue entdeckte er, dass das Treppengeländer zu Vembas' Büro in eine Etage führte, die nicht mehr existierte. Auch die Treppe war fort. Die Türen zur Werkstatt standen noch offen. In dieser lag alles herzlos durcheinander gewürfelt, aber der Austin der Familie glänzte mitten in diesem Chaos ohne eine einzige Schramme. Das Licht spiegelte sich in dem selbst fabrizierten Rückspiegel, auf den der Tausendkünstler so stolz gewesen war, dass er versucht hatte, ihn sich patentieren zu lassen. Die Hasenscharte wollte gerade rufen, als er ein Geräusch hörte. Hinter einem angesengten Holzstapel kauerte eines der Vembas-Kinder. Es schien der jüngste Sohn Pavlos zu sein. Sein Gesicht – Ruß, Rotz und Schrecken unordentlich verteilt – sagte mehr als alle Worte. Statt zur Bäckerei zurückzukehren, radelte er mit dem Jungen zum Hafen, wo sich tausende Menschen mit Koffern und Hühnerkäfigen drängten. Die einen kämpften um einen Platz auf einem der wenigen Schiffe, die anderen bekamen medizinische Hilfe bei Verbrennungen, Knochenbrüchen, Säbelhieben. Ein Geistlicher hielt ein Handtuch aufs Gesicht gepresst. Man hatte ihm den Bart abgeschnitten und die Nase fortgesäbelt. Vor den Lagerhallen auf dem hinteren Teil des Kais quollen in der Hitze die

Leichen auf. Auf dem Pier warf die Hasenscharte ein Brett ins Wasser und sprang mit dem widerspenstigen Kind hinterher. Etwa eine Stunde benötigten sie, um zur Vittore Immanuele hinauszuschwimmen, die vor dem Pier vor Anker lag. Ringsum schaukelte alles Mögliche: Stoffbündel, zermatschte Wassermelonen, verkohlte Äste, ein Pferd... Und Menschen natürlich. Ganze oder Teile von ihnen, lebendig oder weniger lebendig. Ein italienischer Matrose zog den Jungen an Bord, die Hasenscharte selbst winkte abwehrend, wendete das Brett und bewegte sich strampelnd fort. Mit kleinen methodischen Wirbeln kehrte er zum Kai zurück.

Als es ihm gelungen war, sich durch die Menschenmenge zu drängen, wurde er zu einem Umweg gezwungen. Er hörte, dass die türkischen Truppen sich – selig von Raki und Raserei – dem Hafen näherten. Auf verlassenen Seitenstraßen mit quer stehenden Autos und Viehwagen gelangte er zur Bäckerei. Er nahm die Abkürzung über den Hinterhof des Metzgers, auf dem sonst immer abgezogene Lämmer und Schweine hingen. Jetzt klirrten die Fleischerhaken verlassen, die Hühner waren fort. Als er sich durch die Hintertür schob, war der rätselhafte Besucher gegangen. Despina erklärte, sie liebe zwar das Wasser, das gegen die Kaikanten der Stadt schlage, weigere sich jedoch, ihre Füße hinein zu setzen, wenn es koche. »Aha«, erwiderte ihr Sohn, während er das klettenhafte Kleidungsstück auszog. »Hier können wir jedenfalls nicht bleiben, bis es sich abgekühlt hat.« Er erzählte, dass die Türken dabei waren, alle christlichen Männer zu sammeln; es ging schon das Gerücht, dass sie auf Todesmärsche ins Landesinnere gezwungen werden sollten. Während er sich umzog, tat seine Mutter etwas, was sie nicht erklären konnte – weder jetzt noch später, nicht einmal sich selbst. Sie hob eine der kleinen Cognacflaschen herunter, die auf den Regalbrettern einstaubten, kippte den Inhalt weg und wrang Buluts Gewand gründlich aus. Als das Gefäß halb voll war, band sie es an eine Schnur und hängte sich diese um den Hals. Jetzt war sie bereit, jetzt hatte sie ein paar Flügelschläge bewahrt, jetzt konnten sie fliehen. »Wir nehmen den Landweg nach Norden«, war das einzige, was ihr Sohn sagte, als er ihre Habseligkeiten in einen Kelim legte, der auf dem Fahrrad festgezurrt wurde.

Gemeinsam marschierten sie in einer jener kilometerlangen Kolonnen aus größtenteils griechischen Familien und Tieren, die im September 1922 die Stadt verließen. Viele kamen um, andere sanken zu Boden und weigerten sich weiterzugehen. Doch es wurden auch Kinder geboren – unter anderem ein Mädchen, das von Doktor Isidor Semfiris auf der Grenze zu Griechenland zur Welt gebracht wurde und aus verschiedenen Gründen noch ein Jahr namenlos bleiben sollte. Zwei Wochen später trafen die Flüchtlinge in einem Heimatland ein, in das keiner von ihnen je zuvor seinen Fuß gesetzt hatte. »Geliebter Erol, *Allah ismarladik*«, murmelte Despina, als sie die Grenze überquerten. Mehrere Wochen später ließ sich ihr Sohn vor einem verriegelten Kaffeehaus in einem noch unbekannten Dorf auf einen Stuhl fallen. »Meine *patrída* ist das jedenfalls nicht«, verkündete er matt. Die Füße waren schwarz, seine Sandalen stanken wie die Pest. Die Mutter antwortete nicht. Zu diesem Zeitpunkt hatten sich die Griechen, denen es gelungen war, den Weg nach Norden zu nehmen, auf Thrakien und Makedonien verteilt, und man hatte andere Sorgen als die Frage, wo man daheim war. Es gab staatliche Flüchtlingslager, aber Despina, die es satt hatte, dass man sich von außen in ihr Leben einmischte, erklärte, sie ziehe ein hungriges Dasein in Selbständigkeit einem als gemästetes Stück Vieh im Pferch vor. Deshalb wanderten sie und ihr Sohn in die Berge hinauf, bis die Straße endete. Während sie ihre geschwollenen Glieder massierte, stellte sie fest: »Das wird unsere neue Heimat sein. Hier werden wir wohnen.« Die Hasenscharte suchte die letzten Datteln heraus. Eine Katze strich am Fahrrad vorbei. »Heimat und Heimat«, erwiderte er und warf einen klebrigen Kern auf das Tier – das buckelte und pfeilschnell verschwand. Es war sechs Uhr morgens. Sie befanden sich in Áno Potamiá.

NEUE LANDSLEUTE. Das Paar, das mit den Köpfen auf einem Kaffeehaustisch einschlief, war viel zu müde, um sich nach einer besseren Schlafstatt umzuschauen. Die Tischplatte war übrigens aus grünem Filz und sollte eine untergeordnete Rolle in der weiteren Familiengeschichte spielen. Aber das wissen wir schon, denn nun verlassen wir den Nebel der Mythen und betreten festen Boden. So folgt an dieser Stelle denn auch eine Liste über Dorfbewohner, die für die Flüchtlinge wichtig werden sollten:

Der Kaffeehausbesitzer Leonidas Stefanopoulos mit den goldenen Pupillen und den Furchen im Gesicht. Bald wird er aufschließen und ihnen ein Dach über dem Kopf anbieten.

Zwei Maurer. Vater und Sohn. Mit Nachnamen Petridis.

Lakis Doxiadis, der momentan in Thessaloniki Landwirtschaft studiert, nach Problemen mit der Universitätsverwaltung jedoch das Priesterseminar in Ioannina besuchen wird. Als er einige Jahre später ins Dorf zurückkehrt, blau gekleidet und bartgeschmückt, fällt es ihm zu, alle Schreiben vorzulesen, welche die Einwohner erhalten – Schriftstücke von Behörden, Proklamationen der Besatzungsmacht und diverser Armeen, die von sich behaupten, für ein demokratisches Griechenland zu kämpfen. Wenige ahnen, dass der Geheimdienst Vater Lakis während des Kriegs ausnutzen wird. Und auch danach. Als Gegenleistung dafür, dass seine revolutionäre Vergangenheit zu keiner Gefängnisstrafe führt, verspricht der Geistliche, gefährliche Elemente im Auge zu behalten. Im Laufe der Zeit zwingt dieses Versprechen manche seiner Landsleute, nach Tirana, Plowdiw und an ähnliche Orte zu fliehen.

Die uralte Frau Poulias, eine Schneiderin und darüber hinaus Engelmacherin, die sich in Kürze eines neugeborenen, noch namenlosen Mädchens annehmen wird. (Die Mutter ist eine junge Tänzerin, die ebenfalls aus Smyrna geflohen ist, der Vater bis auf weiteres unbekannt.) Niemand rechnet damit, dass die Engelmacherin nach drei missglückten Eingriffen mit Alraunen und fauligem Wasser, Gefühle für das Kind entwickeln wird. Übrigens: Sie ist zudem Wahrsagerin.

Eine Wahrsagerin. Zeitlos.

Der Weinhändler Tsoulas, Vorname Panajotis, der Retsina verkauft, so bitter wie Petroleum, und selbst gebrannten Ouzo, der in
alte FIX-Flaschen abgefüllt wird. Letzterer schmeckt nach Schweiß
und Dampflokomotive. An der Wand hängt ein Foto des Königs.
Im Laufe der Zeit wird die Familie fünf Kinder bekommen – die
vier Töchter werden während der großen Hungersnot im Winter
1941–42 sterben, bei der sich das ganze Dorf in ein Grab verwandelt, der Sohn Thanassis dagegen wird überleben.

Der Lebensmittelhändler Spiros Papastratos, *bárba* Pippis genannt, der immer weniger sagt, je älter die Waren in seinen Regalen werden. Bei ihm gibt es Gewürze, Konserven unterschiedlicher
Art, vor allem glitschige Anchovis und gezuckerte Pfirsichhälften,
Mehl, Linsen, Bohnen, krümeliges *chalvá* und einiges, aber nicht
viel mehr. Auf dem Fußboden stehen Fässer mit gepökeltem Fisch
und Gläser mit eingelegtem Gemüse und Oliven. Sowie Säcke mit
Walnüssen und Mandeln. Die Waren stehen im Übrigen unter der
Aufsicht blasierter, schön schimmernder Fliegen.

Karamella, über die sich nur die Männer unterhalten. Mit Händen oder Hüften.

Karamellas neugeborene Tochter. Über die man erst sprechen
wird, nachdem sie ein neues Zuhause bekommen hat und getauft
worden ist.

Wer sein Kind in die Schule schicken will – und das sind nicht
viele –, kann die sieben Kilometer nach Neochóri hinunter gehen
oder mit dem Fahrrad fahren (fünfhundert Meter über dem Meeresspiegel). Ein Elternteil wird dies nach dem Bürgerkrieg ein halbes Jahr lang tun, danach jedoch nie wieder. Im Nachbardorf gibt
es nicht nur eine Schulklasse für Kinder von 6 bis 14 Jahren, einen
Gendarmen und einen Apotheker, dessen Sohn mit ungewöhnlich
üppigem Haarwuchs gesegnet ist, sondern auch eine Kombination
aus Notariat und Post, einen Allgemeinmediziner sowie einen kleinen Barbier, der auf einem Nachschlagewerk zu stehen pflegt, das
zu nichts anderem benutzt wird. Er ist übrigens gleichzeitig Her-

ausgeber der einzigen Zeitung im näheren Umkreis, *O Neochorítis*.
Das Postamt wird später Besuch von Eleni Vembas bekommen, die
nach Süden gezogen war, nachdem sie einen Mann und zwei Kinder beerdigt und nach dem jüngsten Sohn gesucht, ihn aber nicht
gefunden hat. Wir werden noch von ihr hören. Sowie von ihrem
Sohn. Er wurde später Friseur in Ipswich.

NICHT VIEL. Als Despina erwachte, lagen ein Gewitter sowie der
Geruch von frisch gebackenem Brot in der Luft. Für einen kurzen
Moment war sie verwirrt, dann aber erkannte sie, dass es keine Fla-
denbrote und auch keine Feuersbrünste waren. Daraufhin fühlte
sie sich schwer und müde und zerschlagen. Zum ersten Mal seit
Wochen hatte sie ungestört geschlafen, obwohl sie mit dem Kopf
auf einem Spieltisch gelegen hatte. Es waren keine wimmernden
Kinder oder Kranken zu hören gewesen, ebenso wenig war sie alle
zehn Minuten aus Angst vor jenen Skorpionen aus dem Schlaf
geschreckt, die zwar von allen erwähnt, aber nur von wenigen gesehen wurden. Jetzt spürte sie den Willen nachgeben und den
Körper zu dem zurückkehren, woraus er hauptsächlich bestand:
in veränderliche Formen gebundenes Wasser. Sie dachte, dass sie
Smyrna niemals wiedersehen würde. Sie dachte, dass ihr Leben
vorbei war. Sie dachte, dass etwas anderes begonnen hatte. Von
den hunderttausenden Griechen, die im Herbst 1922 aus der Türkei
vertrieben wurden, verteilten sich viele im Norden Griechenlands.
Andere setzten ihren Weg bis Thessaloniki oder noch weiter bis
Athen und Piräus fort, wo es mehr Arbeitsplätze gab, während wieder andere die Strapazen nicht überstanden, sondern in Straßengräben und Schluchten liegen blieben. Die Verluste wurden teilweise durch Geburten ausgeglichen. Ohne Menschen wie Doktor
Semfiris, der mit einem tschechischen Stethoskop um den Hals
von Sterbebett zu Entbindung eilte, wäre es jedoch niemals so gut
gegangen, wie es den Umständen entsprechend ging.

Despina dachte an ihre Mutter und schämte sich, weil sie nicht bei ihr gewesen war, als sie starb. Sie dachte an die Bäckerei, die sie nie wieder aufschließen würde, und an die Freundinnen, die sie verloren hatte. Sie dachte an die geliebte Hafenpromenade und dass sie nie mehr das Wasser gluckern hören würde. Sie dachte an Erol Bulut und alles, was seit jenem Abend hinter der Moschee geschehen und nicht geschehen war. Als sie in Gedanken sah, wie er mit dem Bart auf der Schulter und der Schürze eines Bäckers um die Taille davongeeilt war, konnte sie sich ein Lächeln nicht verkneifen. Mühsam stand sie an diesem ersten richtigen Morgen in ihrem neuen Heimatland auf und erblickte den Kaffeehausbesitzer. Wie lange er schon mit einem runden, geschwollenen Brot in der Hand in der Tür gestanden hatte, wusste sie nicht. Seine Gesichtszüge waren streng, ein wenig mürrisch, nicht schwer zu deuten. Lautlos, damit ihr Sohn nicht wach wurde, begleitete sie den Mann in sein Kaffeehaus. In der Küche hinter der Theke kochte Wasser. Obwohl Despina ahnte, dass sie gezwungen sein würde, das Geschenk zu vergelten, atmete sie auf. Wortlos reichte ihr der Besitzer ein Handtuch. Sie wischte sich den Schmutz aus dem Gesicht. Sie seifte ihren Hals, die Achselhöhlen und sogar das Geschlecht ein. Sie wusch sich die Haare, so gut es ging, schnitt sich die Fingernägel mit einer feinen Schere französischen Fabrikats und genoss es, die schwarzen Halbmonde in das trübe Wasser fallen zu sehen. Nachdem sie sich auch noch die Füße gewaschen hatte, massierte Despina sie mit einer Crème aus Sisalhanf ein, die neben dem schaumigen Seifenblock lag. Dem Bündel, das auf dem Fahrrad festgezurrt war, entnahm sie eine Flasche mit türkisblauem Etikett. Sie strich ein paar Tropfen hinter beide Ohren, dann weckte sie ihren Sohn. Die Hasenscharte lag mit offenem Mund auf dem Filztisch. Unter seiner Wange breitete sich ein großer Fleck aus.

Auch den Sohn verwirrte der Geruch von frischem Brot und aufziehendem Gewitter. Während er schläfrig überlegte, ob er den Bart stehen lassen sollte, der ihm gewachsen war, ging seine Mutter wieder zu dem Kaffeehausbesitzer hinein. Er saß an einem Tisch, der von getrockneten Sonnenblumenkernen bedeckt war, die er in kleine Papiertüten füllte. Sie sah in seinen Augen, was sie erwartet hatte – Arbeit, Misserfolge und Schmerz sowie ein vages, fast tierisches Aufblitzen von Hunger. Es war nicht viel, aber genug, um sie Mitleid mit dem Mann empfinden zu lassen. Ruhig erklärte sie, sie möge zwar ein abenteuerliches Herz haben, aber für eine alte Frau gebe es bessere Wege, für erwiesene Gastfreundschaft zu danken, als sie jüngere Freundinnen einschlagen würden. Sie tastete unter ihrem Kleid. Der Stoff roch nach Schweiß. Als sie den Mann wieder ansah, tat sie es mit festem Blick. »Das hier bedeutet mir mehr als alles andere, was ich dir schenken kann.«

Der Kaffeehausbesitzer sah sie mit glänzenden Pupillen hinter farblosen Wimpern an. Schließlich nahm er das Geschenk an. Wo sie einmal dabei war, flüsterte Despina dann noch die wenigen Worte, die sie aus der Bibel kannte und die der Priester zitiert hatte, als er sie traute: »Wenn ich mit Menschen- und mit Engelzungen redete, und hätte der Liebe nicht, so wäre ich ein tönend Erz oder eine klingende Schelle.« Der Mann hielt die Flasche gegen das Licht, das mit dem Inhalt spielte, Flügelschlägen aus Metall ähnlich. Wortlos steckte er sie in die Brusttasche und zog anschließend die Schürze bis über die Knie hoch. Seine Augen glänzten immer noch, aber jetzt sah sie keinen Hunger mehr in ihnen.

Von diesem Moment und bis zu Stefanopoulos' Tod bei einem angelegten Brand, hatten die Neuankömmlinge einen Beschützer im Dorf. Er sorgte dafür, dass sie Petridis' Nebenhaus zunächst bewohnen und später erwerben durften. Sowie den benachbarten Steinacker mit Mandelbäumen. So oft er konnte, ließ er die Hasenscharte im Kaffeehaus aushelfen und jedesmal stopfte er ihm Sonnenblumenkerne in die Tasche. Wenn er Despina im Dorf begegnete – sobald er eigene Kinder bekommen hatte, geschah dies immer seltener –, nannte er sie »unverwüstlich« und lächelte in sich gekehrt. Das Lächeln an diesem Oktobermorgen auf seinem Gesicht war von derselben Art. Stefanopoulos brach ein Stück Brot ab und erklärte, das Unwetter werde das Dorf bald erreichen. Er nickte zu den regenschweren Wolkenmassen hin. »Deine Heimatstadt mag erloschen sein«, sagte er zwischen den Bissen, »aber deine Augen werden immer brennen, unverwüstliche Smyrniotin.« Dann trat der Sohn aus der Küche. Seine Oberlippe zierte der struppige Schnurrbart, mit dem er viele Jahre später beerdigt werden sollte.

VIELE JAHRE SPÄTER. Jannis besaß nur wenige Erinnerungen an seinen Vater. Die zweitwichtigste hatte er Doktor Florinos im Auto nach Balslöv geschildert. Nun folgt die wichtigste. Sie erklärt, warum es so wenige Erinnerungen waren.

Eines Sonntags nach dem Bürgerkrieg hütete Jannis unterhalb des Dorfs am Fluss die Ziegen. Seit einiger Zeit mied er die Berge, weil Vater Lakis ihm gesagt hatte, es trieben sich Wölfe in der Gegend herum. Kurz vor Sonnenuntergang tauchten zehn Männer auf. Sie trugen ungepflegte Bärte, schmutzige Pelzmützen und glänzende Gürtel, die überkreuz auf der Brust lagen. Die Patronen erinnerten an die sorgsam aufgereihten Kerne in einer Melone. Die Männer waren zu Pferd und schienen jahrelang unterwegs gewesen zu sein. Sie sprachen von einem Ort näher dem Himmel als der Erde gelegen und wollten wissen, wie der Junge heiße und woher er komme. »Jannakis Georgiadis«, antwortete Jannis, der damals noch so genannt wurde. »Aus Áno Potamiá natürlich.« »Áno Potamiá?« Der Anführer spuckte aus. »Und wo liegt dieses gottvergessene Bordell, *kolópedo*?« Stumm zeigte der Hirte den Berghang hinauf, zu den Wäldchen, hinter denen das Dorf kauerte.

Jetzt lehnte sich ein anderer Mann vor. Jannis sah die gelben Zähne, über die sich der Schnurrbart vorwölbte wie eine pelzige Klippe. »Weißt du eigentlich, mit wem du es zu tun hast? Wir sind die letzten Soldaten der Demokratischen Armee. Wenn wir fort sind, schützt euch keiner mehr vor Van Fleet.« Sein knochiges Gesicht bestand vorwiegend aus Nase und Wangenknochen. Jetzt bekam Jannis wirklich Angst. Auch wenn er nur ein Kind war, hatte er doch schon einmal von dem amerikanischen General gehört, der Griechenland zu einem »Versuchslabor« im Kampf gegen die Kommunisten erklärt hatte. »Ich bin *kapetán* Phobos und das hier ist *kapetán* Deimos.« Der Mann prüfte die Klinge seines Messers. Völlig unnötig – der Junge war nicht schwer von Begriff – erläuterte er, alles Leben balanciere auf einer solchen Schneide. Dann senkte er die Stimme und fragte, erstaunlich freundlich, ob Jannis männliche Verwandte habe. »Nur Vater«, antwortete dieser mit Stimmbändern aus Gras. Für den Bruchteil einer Sekunde, der ihm vor allem in Erinnerung bleiben sollte, weil die Farbkombination so perfekt war – grau glänzende Augen, grau glänzender Bartwuchs, grau glänzender Mann, Ton in Ton –, ruhte das Kinn des Manns auf der Mähne des Pferds. Anschließend steckte er das Messer wieder ein. »Du kannst der Heiligen Jungfrau danken, dass wir deine Zunge nicht auf unser Brot schnetzeln. Deine Mutter, diese Hure, muss jemanden zum Reden haben. Aber wenn du irgendwem erzählst, dass du uns begegnet bist, werden wir nicht mehr so gutmütig sein. Wir haben euch während der Hungersnot zweiundvierzig geholfen. Wir haben euch während der Hungersnot dreiundvierzig geholfen. Wir haben euch sogar während der Hungersnot vierundvierzig geholfen. Trotzdem verratet ihr eure Landsleute an die Amerikaner. Heute Abend brauchst du nicht nach Hause zu gehen... Hurensöhne seid ihr – alle!« Die Männer rissen an ihren Zügeln. Jannis blieb alleine stehen, noch lange, nachdem sie mit Hufschlägen so hart wie Hagel verschwunden waren.

Erst als die Sonne unterging, kehrte er zum Dorf zurück. Er versuchte sich einzureden, er sei sich nicht sicher, was die Widerstandskämpfer gesagt hatten. *Kolópedo* nannte sein Vater ihn nur, wenn er die Feder im Bett seines Sohnes quietschen hörte. Verloren, vielleicht ängstlich, sang er vor sich hin: »Ich heiße Jannakis Georgiadis und ich komme aus Áno Potamiá. Ich heiße Jannakis Georgiadis undichkomme aus Ánopotamiá. Ichheiße Jannakigiadis unkomm ausánopotamiá...« Bei jeder Wiederholung dieser simplen, aber veränderlichen Wahrheit glitten die Worte weiter ineinander, bis ihm nicht mehr klar war, ob das, was er da sagte, der Wahrheit entsprach, oder ob es überhaupt Worte waren, die aus seinem Mund kamen. »Icheißejannakijadisunikommausánopotamjá … Icheiß-jannijiadisundichauspotamjá … Jannijisausotamja …«

An diesem Punkt angelangt dachte Jannis, dass die Soldaten ihn an Wölfe erinnerten, und gestand sich selbst ein: Sie hatten es ernst gemeint. Aber weil er müde und hungrig und gerade einmal sieben Jahre alt war, fiel es ihm schwer zu verstehen, warum der Bürgerkrieg, der im August geendet hatte, für diese Männer weiterging. Warum Van Fleet mit seinen Kaugummis und Zigaretten dem Land ein Leid antun wollte. Und warum das Dorf ein Bordell sein sollte. Er hatte kein Wasser mehr und das Brot und die Walnüsse, die seine Mutter ihm in den Kissenbezug gepackt hatte, waren aufgezehrt. Langsam verdrängte daher der Hunger die Angst und alles, was er über Marshall-Hilfe und Karamella wusste oder nicht wusste. Kaum war Áno Potamiá jedoch in Sichtweite gekommen, als seine Schritte erneut unzuverlässig wurden. Jetzt sah er den Rauch, der sich träge in den Himmel schlängelte. Wie Wurzeln, dachte er. Wie sieche, schwarze Wurzeln.

Die Ziegen waren bockig, so dass er sie mit Schlägen und Zurufen antreiben musste. Als sie näher kamen, stieg ihm Brandgeruch in die Nase und er hörte jammernde Rufe. Auf dem Marktplatz saßen mehrere Frauen sich wiegend, klagend und schluchzend auf der Erde. Männer lagen, seltsam groß und seltsam still, mit den Köpfen in ihren Schößen. Frau Petridis hatte sogar zwei Köpfe in ihrem Schoß. Aus den Fenstern von Stefanopoulos' *kafeníon* – wo die Dorfältesten unter der Leitung von Vater Lakis Vaterschaftsfragen, Grundstücksstreitigkeiten und andere Probleme lösten, die man zu wichtig fand, um sie einzelnen Dörflern zu überlassen – schlugen Flammen. »Als ich das sah, sparte ich meine Spucke«, erzählte Jannis viele Jahre später am Küchentisch von Familie Florinos in seinem erfundenen Eden. Er hätte genauso gut sagen können, er habe so still gestanden, dass man hätte meinen können, er wäre tot. Während einiger Minuten, wie Ewigkeiten lang, setzten bei ihm alle Reflexe aus. Es fragt sich, ob er noch atmete.

Es war das zweite Mal, dass Jannis erzählte, was an einem schönen Januarabend 1950 in Áno Potamiá geschah. Zum ersten Mal hatte er die Geschichte nachts einer Frau ohne Nachnamen in einem Hotel in Thessaloniki erzählt, bevor er den Zug nach Belgrad nahm und mit vierundzwanzigstündiger Verspätung nach München, Hamburg und Kopenhagen weiterreiste – mit dem Reiseziel »*Malmo, eden*«, wie auf der Fahrkarte mit der schlechten Druckerschwärze stand. Er wollte ihr, »Anna oder Evita oder wie du mich nennen willst«, beichten. Ehrlich gesagt wollte er sie auch beeindrucken. Aber statt ihm zuzuhören, tastete die Frau, die er »Anita« getauft hatte, in der Dunkelheit nach seinem Handgelenk, betrachtete die radiumgrünen Zeiger und konstatierte kühl: »Halb drei. Entweder du bezahlst mich dafür, dass ich mir deine Lebensgeschichte anhöre, oder ich gehe. Tragödien sind nicht umsonst.« Als sie sich, sachlich und gründlich, zwischen den Beinen gewaschen hatte, suchte sie nach ihren Kleidern und bat ihn, ihr beim Zumachen des Reißverschlusses am Rücken zu helfen. »Danke, mein Engel«, fügte sie hinzu, als er ihr seine Fahrkarte zeigte. »Aber was mich betrifft, muss das Paradies noch ein bisschen warten.«

Fünf Minuten später lag Jannis allein in der Dunkelheit und stimmte ihren harten, aber aufrichtigen Worten zu. Er wusste, dass er an jenem Januarabend am liebsten gestorben wäre. Jetzt schwor er sich, nie wieder zu erklären, warum es seine Schuld war, dass die letzten Soldaten der Demokratischen Armee auf ihrem Weg nach Albanien im Winter 1950 sechs Männer im Dorf töteten. Es war die Rache dafür, dass jemand den Regierungstruppen geholfen hatte, als diese die letzten Waffenverstecke der Widerstandskämpfer gesucht – und gefunden – hatten. Und er würde auch nie wieder erklären, warum er seit jenem Tag nicht mehr Jannakis genannt wurde.

O, RÄTSELHAFTESTES DORF. Noch schläft unser Held. Aber nicht mehr lange. Es ist sechs Uhr morgens, und schon bald wird er etwas träumen, was ihn aufwachen lässt. Bis dahin nutzen wir die Gelegenheit, das Dorf zu beschreiben, in dem er sich aufhält. Willkommen in einer hochinteressanten Ortschaft in der südschwedischen Provinz. Willkommen in dem friedlichen Weiler am Rövarlövsee, besungen mit den Worten:

Auf einer Ebene öde wie Papier
O, rätselhaftestes Dorf, liegst du.
In einer Welt voller Schwindel und Geschmier
Warst mein Abgrund und Himmel, o du.
Balslöv, der Träume Traum, tapfer bleibe ich hier,
Obwohl meine Kindheit in dir ging *perdu*.

Das Dorf unterscheidet sich nur wenig von dem Ort, den Jannis kürzlich verlassen hat. Auch hier gibt es Träume, Leidenschaften und hohe Cholesterinwerte. Auch hier findet man Gefallen an samthäutigen Schauspielerinnen mit schönen Füßen, und selbst die Einwohnerzahl ist in etwa gleich: 125 Personen nebst Haustieren. Eins soll allerdings nicht unerwähnt bleiben: Alle Einwohner über acht Jahren können lesen und schreiben und niemand leidet Hunger. Als sich zwei Monate vor dem neuen Jahr Schnee auf die Ortschaft legte, wohnten dort unter anderem folgende Menschen:

Elvira Gotthart, Lehrerin und Fahrradfahrerin, von Kindern und Eltern »Fräulein Gott« genannt

Dorfhändler Sven Nelson mit Hornbrille und gewellten Haaren, weißem Kittel und geblümter Krawatte, ein netter Kerl; mitsamt Familie

Gerda Nyberg, Witwe des kürzlich verstorbenen Schrotthändlers († an Prostatakrebs), mit ihrem Sohn Ingemar, einem ausgebildeten Elektriker, der während der Krankheit seines Vaters nach Hause gezogen war

Tore Ollén, künstlerisch begabter Schmied mit feuchten Händen, sowie seine Gattin Siv (geborene Karlsson) und das Hausmädchen Ragna (geboren mit geistiger Behinderung)

Jan Ollén, im Allgemeinen »Dreck-Janne« genannt, Tores älterer Bruder und Bewohner der Villa Natur; Erfinder, Weltraumforscher und Dichter (siehe obiges Gedicht) sowie Dorforiginal

Ado von Reppe, elegant gekleideter Freiherr, erfahrener Chirurg (Spezialist für Ellbogen und Hüftgelenke) und Vorsitzender im Sportverein Balslöv, mit seiner Gattin Alice, vier Kindern und einem Schäferhund namens Rex

Agneta Thunell, die nach Problemen daheim in Tollarp zu Verwandten im Dorf gezogen ist und derzeit als Kindermädchen für Familie Florinos arbeitet (werktags zwischen zehn und fünf, abends und am Wochenende nach Vereinbarung)

Stig und Aga Svensson, die kinderlosen Verwandten des Kindermädchens

Familie Florinos im Haus Seeblick

sowie – in Kürze – ein ausländischer ehemaliger Student.

Die restlichen Dorfbewohner sind auch wichtig, aber nicht für diese Geschichte. Die meisten von ihnen sind übrigens genau wie in Áno Potamiá Bauern.

Damit enden die Ähnlichkeiten jedoch. Nach Balslöv führten keine Tierpfade oder Schotterpisten, sondern eine asphaltierte Landstraße und glänzende Eisenbahnschienen, auf welche die Kinder gern Fünföremünzen legten. Wer von der Seeseite ankommen wollte, konnte an dem neuen Steg an der Badestelle anlegen. Jedes Haus verfügte über fließendes Wasser, und die meisten Toiletten waren mit Sanitätsporzellan aus Bromölla ausgestattet. Manche Haushalte besaßen Duschkabinen im Keller, und einer besaß sogar ein Bootshaus sowie einen Aussichtsturm. Mit Ausnahme von Dreck-Janne, der seit einem Vierteljahrhundert in seiner »Villa« mit Bootshaus aus Hartfaserplatten und einem Aussichtsturm aus Blech und Sperrholz wohnte, nutzten sämtliche Haushalte staatliche Elektrizität. In den meisten standen Telefone aus schwarzem Bakelit mit stoffüberzogenen Schnüren, die sich verdrehten. Außerdem gab es einen gut sortierten Dorfhandel, einen Schrottplatz, ein Bahnhofsgebäude für den Schienenbus, das auch als Postamt diente, sowie einen Sportplatz mit Umkleideräumen, die nach Schweiß, Gras und Liniment rochen. Der Sportplatz lag im Übrigen von Haus Seeblick aus auf der anderen Seite der Eisenbahnlinie.

Was können wir noch erzählen, ehe es dämmert und eine Brise wie ein Segenswunsch von dem See heranweht, der auch Rövaren genannt wird? Zum Beispiel, dass sämtliche Einwohner zu schlafen schienen, sogar der Besitzer von Villa Natur, der sich Zeitungspapier unter die Kleider gestopft hatte, und nun, eingewickelt in einen Flickenteppich, wie in einem Kokon ruhte. Vermutlich träumte Dreck-Janne von Schnecken und Schmetterlingen und fernen Planeten, während er sicher in seinem labyrinthischen Heim schlummerte. Ja, alle schliefen. Außer Tore Ollén. Wie üblich hatte der Schmied Probleme mit dem Einschlafen. Dabei hatte er nach den Spätnachrichten geduscht, warme Milch mit Wodka getrunken und einige Zeit an einem Bild gearbeitet, das eines Tages einen blühenden Krokus mit dickem Stengel darstellen sollte. Kurz vor Mitternacht hatte er das Licht gelöscht und sein Kissen zurechtgerückt. Doch das hatte wie gesagt nichts genützt. Als Manolis und Jannis eingeschlafen waren und zumindest letzterer von einer Ziege träumte, war Tore Ollén als Einziger im Dorf noch wach.

EIN PAAR WORTE ÜBER EMIGRATION. Ehe das Dorf wieder auf die Beine kommt, wollen wir kurz etwas über Emigration erzählen. Wenn ein Mensch erwacht, weil er träumt, dass er erwacht – zum Beispiel morgens um halb neun – ist er noch in der Gewalt des Traums. Die beiden Welten kommunizieren miteinander wie offene Gefäße. Wo das offenkundig Unmögliche aufhört und das beruhigend Wirkliche anfängt, lässt sich ebenso wenig sagen wie, warum Maja, von der man geträumt hat, einem weiter die Hand leckt – obwohl einem bewusst ist, dass man sich in einem fremden Keller in einem Land befindet, das über Waschbecken und Badewannen verfügt.

Im Grunde ist dies der einzige Weg für einen Traum, sich ins wache Leben hinüberzuretten. Die verwegenen Visionen, von denen wir anderen erzählen, sind im Vergleich dazu bloß Schund und Schatten. Ihre Bewegungsenergie zeitigt kaum Wirkung, ihre Schwerkraft gilt nicht mehr. Sie können uns bestenfalls zweideutigen Schutz vor einem allzu klaren Bewusstsein bieten. Ein Albtraum vermag uns zwar noch Stunden später zu erschüttern, aber dabei handelt es sich um Nachbeben in der Seele. Wir wissen, dass wir auf der sicheren Seite sind. Mit einem Traum, in dem wir träumen, dass wir wach sind, verhält es sich anders: Durch ihn erlangt das Geträumte Zutritt zu unserem wachen Leben. Für wenige Minuten ist alles ungewiss, alles offen. Keiner vermag zu sagen, wo die eine Welt endet und die andere beginnt, oder ob das Geträumte die Schwelle überschritten hat, ohne dass wir es bemerkt haben, und bleibt, wenn die Pforten zugleiten. Diese Geschöpfe des Schlafs sind die wirklich Heimatlosen. Wollen sie überleben, müssen sie sich vom Bewusstsein fernhalten. Trotzdem trocknen sie mit der Zeit aus wie angeschwemmte Quallen. Rettung gibt es für sie nur, falls wir in den wenigen Minuten, während derer die Welten ineinanderfließen, noch einmal einschlafen, denn dann können diese Kreaturen zu jenem Vergessen zurückkehren, das dem Schlafe eigen ist.

Diese Regel gilt auch für Ziegen. Insbesondere morgens um halb neun. Und wenn ihr Fell abgewetzte Stellen aufweist.

ARBEITSERLAUBNIS. »Er ist sicher kein Platon, kann aber trotzdem viel. Und was er nicht beherrscht, wird er bestimmt lernen.« Manolis kehrte mit einer Tasse Leitungswasser ins Schlafzimmer zurück. »Sogar das Alphabet…« Dem Radio entströmte blecherne Musik, ein kürzlich populär gewordener Schlager. Die Ecken der

Fensterscheiben wurden von Frostblumen geschmückt, das Sonnenlicht war in den Kristallen aufgesaugt worden wie Orangensaft.

Es waren einmal in einem fernen Land
ein Schweinehirt, ein cooler Typ,
und eine stolze Jungfrau und Prinzessin.
Eines schönen Tages trafen sie sich und er sagte …

Florinos presste zwei längliche Aspirin aus einem silbrigen Blister. Trocken und unnatürlich lagen sie auf der Zunge wie Miniatursarkophage. »Der Fusel, den sie im Alkoholladen verkaufen, hat das Zeug zum Raketenbrennstoff. Mein Kopf fühlt sich an wie ein schwarzes Loch.« Die Tabletten verwandelten alle *s* zu *th*. Er leerte die Tasse so nachlässig, dass Wasser auf seinen Bademantel tropfte. Seine Frau saß mit angezogenen Beinen im Bett. An den passenden Stellen brummte sie zustimmend. »Sollen wir ihn ein paar Tage bei uns wohnen lassen?« Jetzt hörte man die *s*-Laute wieder.

Lily, die gerade ihrer Mutter in Wien schrieb, hatte andere Dinge im Kopf, als das Atelier einem obdachlosen Griechen zu überlassen. Außerdem musste sie in einer Stunde das jüngste Kind stillen. Wo sich ihre älteren Söhne aufhielten, wusste sie nicht. Wenn er keinen Dienst hatte, war an den Wochenenden Manolis für sie zuständig. Ihr Mann wischte sich den Mund ab. Das grelle Winterlicht, die Schweißperlen, die am Haaransatz kitzelten, die Musik, die nicht aufhören wollte, das Gefühl, die Kopfschmerztabletten säßen noch in der Kehle – das alles, inklusive der fehlenden Aufmerksamkeit seiner Frau, setzte ihm zu. »Ich hätte nichts dagegen, ein bisschen Griechisch zu sprechen. Sonst trocknet meine Zunge noch aus.« Er versuchte sich zu erinnern, wann er sich zuletzt in seiner Muttersprache unterhalten hatte. Abgesehen von sporadischen Gesprächen über schlechte Telefonleitungen, musste dies während seiner Studienjahre in Wien gewesen sein. »Ich verspreche dir: Er zieht aus, sobald es mir gelungen ist, ihm eine Arbeitserlaubnis zu besorgen.« Manolis ging zum Radio –

Du bist ein Frechdachs, bekommst kein Gold
Aber ich will trommelommeln auf deinem Topf.

– und schaltete es aus. Die Stirn an die Fensterscheibe gepresst,
blieb er stehen. Das Glas war feucht, die Kühle angenehm. »Übrigens…« Nein, es war besser, ihr erst später von der ausgeschriebe-
nen Stelle zu erzählen. »Übrigens könnte er beim Schneeschaufeln
helfen. Hast du gesehen, wie viel diese Nacht dazugekommen ist?
Gamó tin panajía, dass ich den Wagen nicht reingefahren habe. Er
wird nie wieder anspringen.« (Entschuldigung, wir haben vergessen zu erzählen, was der Fluch bedeutet. Sagen wir, es geht in ihm
um maskuline Endungen und Jungfrauen.) Lily brummte erneut,
diesmal jedoch fragend. Manolis sah sie an. »Weißt du, die Kinder
werden ihn sicher mögen…« Letzteres gab den Ausschlag.

Als der Gast an diesem Samstag um kurz nach neun aus dem Keller kam – in einem aufgeknöpften Hemd, in Strümpfen, in guter
Verfassung –, saßen Florinos' älteste Söhne am Küchentisch. Die
Füße des jüngeren steckten in Gummistiefeln, die des älteren in
Mokassins. Misstrauisch beäugten sie den Fremdling, der mit muskulösen Gesten seine Haare glattzustreichen versuchte. Er setzte
sich auf den gleichen Stuhl wie am Vorabend und kratzte sich
unwillkürlich an der Hand. »Frühstück?« Methodisch bestrich er
zwei Brotscheiben mit Butter, belegte sie da und dort mit Wurst
und schnitt sich mit dem Brotmesser ein großes Stück Käse ab.
»Dafür gibt es den Käsehobel«, fauchte der Ältere. Der Jüngere
schlug die Füße gegeneinander. Er kaute mit knisterndem Mund.
Smacks und Milch. »Wie heißt du?«

Jannis schnitt sich noch ein Stück Käse ab. »Jannis. Und du?«
»Theodoros, natürlich. Aber ich werde Theo genannt.« »Anton«,
sagte der Ältere, der Antonis getauft war, aber ebenfalls die schwedische Form vorzog. »Dafür gibt es den Käsehobel«, wiederholte er.
»Wisst ihr was?« Der Gast wusste nicht recht, was ein Hobel sein
könnte. »Gibt Ziege im Keller.« »Gibt *was*?« Theo kicherte, sein
Bruder stieß ihn an. »Was denn für eine Ziege?«

Statt zu antworten betrachtete Jannis, amüsiert den Kopf schüttelnd, seine Finger, als gehörten sie ihm nicht. Nach dem Frühstück nahm er die Jungen mit ins Atelier hinunter. Anton ging wie zur Probe, Theos Füße quakten unbekümmert. Der Gast zeigte ihnen, wo Maja sich während einiger Minuten zwischen Schlafen und Wachen befunden hatte. »Gibt Ziege«, wiederholte er. Die Kinder, die es nicht gewohnt waren, dass man so mit ihnen sprach, hatten keine Ahnung, was sie darauf erwidern sollten. Stattdessen setzten sie sich auf die unterste Stufe, neben die neuen Stiefel ihres Vaters, die eine Nummer zu groß waren und bald den Besitzer wechseln würden. Schweigend sahen sie zu, während Jannis seine Habseligkeiten auspackte. Sein Koffer beinhaltete nicht viel, was sie davon abhielt, zu lachen. Die Kleidungsstücke wurden in einem Unterschrank verstaut. Als Letztes landete ein in Leinen eingebundenes und in ein langärmliges Unterhemd gewickeltes Buch auf dem Tisch.

Der Gast benötigte gerade einmal eine Viertelstunde, um sich häuslich einzurichten. Etwas länger brauchte er – einen knappen Tag –, um sich unentbehrlich zu machen, was an seiner Bereitschaft lag, alles kennenzulernen, was er nicht kannte, was nicht gerade wenig war, selbst wenn man von Käsehobeln und Buchstaben absah. Bis zum Mittagessen hatte er außerdem das Auto sowie den halben Weg um das Haus herum freigeschaufelt. Nach dem Essen räumte er die andere Hälfte der Strecke, bis zum Eisenbahnübergang, hinter dem sich der Sportplatz erstreckte. Die Wegstrecke war für einen diensthabenden Arzt mit einem mittelgroßen Fahrzeug nun wieder befahrbar. Am Abend behauptete der Gast nicht mehr, Student an der Universität Bromölla zu sein, beharrte jedoch darauf, die Kanalisation im nördlichen Makedonien verbessern zu wollen. »Diese Hände, sie werden alle stolz machen«, erklärte er, während er mit einer Stecknadel Löcher in seine Blasen stach. »Óch«, stöhnte er und schüttelte die Hand. »Tut schön weh. *Óch, óch.*«

Auf dem Schreibtisch lag Kümmerly und Freys *Großer Europa*

Autoatlas. Manolis hatte Jannis das Kartenwerk mit dem gelben Umschlag ausgeliehen, damit er nachschlagen konnte, wo er sich befand. (Die kurze Antwort lautete: auf der Grenze zwischen B2 und B3 auf Seite 50. Bromölla lag – ohne Alma Mater – mitten in B5.) Jetzt blätterte er zu den Seiten 144–145 vor. Damit sie nicht verschlugen, stellte er zwei Flaschen auf die oberen Ecken, Terpentin beziehungsweise Öl, auf den unteren Rand legte er seinen Leinenband. Anschließend erklärte er feierlich: »Ihr spart Spucke? *Né?* Ja? Phantastisch. Hier.« Er zeichnete einen Kreis. »Hier Ziege befindet sich jetzt. Am Nullpunkt.«

AUF DEN ERSTEN BLICK. Einige Tage später fiel die Temperatur auf minus zehn Grad. Es war noch früh, als Jannis die neuen Gummistiefel mit geriffelten Sohlen anzog, die Hosenbeine in den Schaft zwängte und die Gartenhandschuhe in die Schifferjacke stopfte, die ebenfalls von Doktor Florinos stammte. In der Garage fand er eine Schaufel und zwei Gegenstände, denen wir in Kürze unsere Aufmerksamkeit schenken wollen. Letztere hängte er sich übrigens um den Hals. In der Küche füllte er seine Taschen mit Proviant, dann zog er die Schirmmütze tiefer und schlich sich hinaus. Auf der Kappe stand in orangen Druckbuchstaben: GULF.

In der nächsten halben Stunde schaufelte er von der Rückseite des Hauses bis zum See einen Weg frei. Er arbeitete ruhig und methodisch, mit einem muskulösen Schwung in den Bewegungen. Als er den Bootssteg erreichte, bürstete er den Schnee fort, der sich auf den Schlitten der Familie gelegt hatte, setzte sich und atmete tief durch. Mit jeder Faser seines Körpers wusste er, dies war der richtige Moment. Er schob die Mütze auf seinem dampfenden Kopf hoch, er holte die Nusshörnchen mit Rosinen heraus. Mit jedem Bissen spürte er, wie sich sein Herz weitete und immer mehr von der brennenden Mischung aus Jubel und Milchsäure hineinließ. Nie zuvor hatte er eine solche Perfektion gesehen. Weiß und jungfräulich breitete sich vor seinen Augen der Rövaren aus, Kilometer auf Kilometer daunenweicher Pracht. Es fiel ihm schwer zu glauben, dass sich das Wasser unter der zehn Zentimeter dicken Schneeschicht und der sicherlich doppelt so dicken Eisdecke bewegte. Aber dort unten schwammen die Barsche in Wolljacken, die ihnen ihre Mütter gestrickt hatten. Behaupteten Florinos' Söhne.

Nach dem Schneeschaufeln am Tag nach seiner Ankunft hatten die Kinder ihn mit hinausgenommen. Jannis rutschte vorwärts, während Anton und Theo auf glänzenden Kufen kreuz und quer fuhren. Hier und da knackte das Eis, aber der Ältere versicherte ihm, dies sei nicht gefährlich. Das Eis werde nur dicker. »Von unten!«, rief der Jüngere, ehe er die Füße schräg stellte und eine Wolke aus Schneekristallen auf den Griechen spritzte. Zitternd und unsicher – Jannis traute dem Untergrund nicht – packte er Anton am Arm. Theo erzählte, dass Ingemar Nyberg im letzten Winter mit dem Traktor hinausgefahren war und ein Eishockeyfeld freigeräumt hatte – so stabil war das Eis, wie Asphalt –, während »Dreck-Janne« aus irgendeinem Grund, den keiner begriff, versuchte hatte, ihn zu verjagen. Etwa hundert Meter von der Badestelle entfernt sahen sie einen Mann auf einem Schemel. »Dreck-Janne?«, fragte Jannis erwartungsvoll. »Ach was, das ist nur Onkel Ado. Er pilkt.« Als Theo erkannte, dass der Grieche ihn nicht verstand, fuhr er fort: »Na schön, er angelt.« »Tss, Jannis vielleicht ist Ausländer, aber vielleicht nicht ist dumm.« Beim Lachen schmerzte die trockene Luft in seiner Brust. »Das doch ist Eis, da in der Mitte!«

»Komm, schau es dir an.« Die Kinder liefen zu dem Kollegen ihres Vaters. »Man bohrt einfach ein Loch!« Der Grieche weigerte sich immer noch, ihnen zu glauben. Als er jedoch das Werkzeug neben dem Loch sah, an dem von Reppe mit auf und ab ruckender Hand saß, studierte er es voller Bewunderung. Wenn ihm ein solcher Bohrer zur Verfügung gestanden hätte, wäre die Revolution schon vor langer Zeit nach Áno Potamiá gekommen. Aufgewühlt nahm er einen Schluck aus der Thermoskanne, die ihm der Freiherr reichte. Der Kaffee war dünn und schmeckte nach Alkohol. »Ich hab's!« Mit flinken Schlittschuhschritten glitt Anton zur Ba-

107

destelle. Hinter den Bäumen erblickte man schemenhaft das Gebäude aus Dachpappe und Hartfaserplatten, das von seinem Besitzer Villa Natur und von allen anderen Müllkippe genannt wurde. (Die einzige Ausnahme bildete der Lokalreporter Stig Nord, der ihm einen Artikel mit der Überschrift SUPERBAU! gewidmet hatte.) Der Junge formte mit den Füßen einen Pflug, zerrte am Reißverschluss und pinkelte neben das Schilf. »Ja!«, schrie sein Bruder. Als Jannis sie eingeholt hatte, lagen sie schon auf den Knien, die Hände beidseits der dampfenden Fläche aufgesetzt. »Da«, »Still…«, »Da!«, »Sei doch still.« Wenn sie sich still verhielten, erklärte Theo, würden sie die Fische in ihren Strickjacken vorbeischwimmen sehen. »Warum kannst du nicht einfach mal still sein?« Anton knuffte seinen Bruder so, dass der seinen Handschuh in den Urin setzte.

Jetzt war auch Jannis bereit. Feierlich zog er seine Stiefel aus und schob die Füße in die Schlittschuhe, die er im Heizungskeller gefunden hatte. Sie gehörten Manolis und waren unbenutzt. Sowie eine Nummer zu klein. Deshalb hatte er darauf verzichtet, Wollsocken anzuziehen, so dass sich seine Füße eiskalt und plump anfühlten, als er vom Schlitten herabglitt. Und auf der Stelle hinfiel. Umständlich bewegte er sich hinaus. Er war weiterhin überzeugt, dass dies der richtige Tag für seine ersten Eiskünste war, hatte jedoch nicht damit gerechnet, dass es so schwer sein würde, Schlittschuh zu laufen. Nach einigen schmerzenden Schritten fiel er erneut. Erstaunt über seinen Sturz stand er auf und fiel wieder hin. Eis war ein bedeutend eigensinnigeres Phänomen, als er angenommen hatte. Als Jannis noch eine Weile gefallen und wieder aufgestanden war, stellte er fest, dass es besser klappte, wenn er die Schoner abnahm. Danach bewegte er sich auf den See hinaus. Mal ging er, mal torkelte er stolz wie auf eingegipsten Beinen, und von Zeit zu Zeit wischte er sich den Schweiß aus der Stirn, wobei ihm der Puls mal hier, mal da im Körper pochte. Aber auch wenn seine Fußknöchel mit jedem neuen Schritt wunder wurden, auch wenn sein Kopf dampfte und die Handschuhe kalt waren, auch wenn die Knie, der Po und der Rücken schon bald nass wurden, breitete sich

die Freude immer weiter aus – bis in seine Finger und durch die
Beine bis in die schmerzenden Füße. Hundertfünfzig Meter weit
auf dem Eis drohte sie, seine Lunge platzen zu lassen. »Killi«,
stöhnte er und fiel, den Blick gen Himmel gerichtet, auf die Knie.
»Wenn du mich jetzt nur sehen könntest.«

Er kratzte mit dem Schoner, bis der Schnee verschwunden war
und das Eis nicht mehr glatter wurde. Hier und da sah man Luftblasen, die Weintrauben ähnelten. Als die Sonne an seinem dritten
Tag in Eden aufging, presste Jannis im selben Moment die Lippen
auf das gefrorene Wasser. Es war Liebe auf den ersten Blick.

AUSSENLÄNDER »Es heißt Aus- und nicht Außenländer. Nein
Aus- habe ich gesagt.« Später am gleichen Tag trat Anton gereizt
seine Wollsocken von den Füßen. Er fror, die Hose war klatschnass.
»Du kannst das Wort ja nachschlagen, wenn du mir nicht glaubst.
Ein Ausländer kommt aus dem Ausland. Vielleicht deshalb. Jedenfalls gibt es kein Außenland. Nicht einmal der Nordpol zählt,
obwohl der ganz aus Außenseite besteht.« Das Kind schälte sich
aus seiner Hose. »Weißt du was? Papa sagt, dass jeder Mensch außen aus zwei Quadratmetern Haut besteht.« Jannis erinnerte sich
an einen wuchtigen Baumstamm und vermisste ihn plötzlich
schmerzlich. »Wenn das so ist, alle Menschen vielleicht nicht sind
Ausländer«, sagte er, während er die steifen Finger des Jungen rieb.
»Aber alle Menschen sind Außenländer…« Seine Stimme war vor
Sehnsucht tonlos geworden.

EINIGE STELLEN MIT EINEM HOHEN GEHALT AN LUST
UND SCHMERZ. Mit der Sehnsucht verhält es sich so: Damit sie
entsteht, muss man etwas vermissen, und damit man etwas vermisst, bedarf es eines Verlusts – ob er nun wirklich ist oder eingebil-
det. Der Verlust muss mit den Augen anderer gemessen nicht groß
sein, entscheidend ist, was der sich Sehnende aus ihm macht. Ein

Sandhaufen kann zu einem Berg werden, eine Ziege für eine verlorene Zivilisation stehen. Wenn man bedenkt, dass der Ozean, dem die Menschheit entstieg – behaart, einfältig, beharrlich –, Millionen Jahre, nachdem die Reptilien sich den Schleim aus den Augen gewischt und sich in Säugetiere mit Zahnschmerzen und Fell verwandelt hatten, wenn man bedenkt, dass diese Ursuppe die gleiche Temperatur hatte wie unsere Körper heute und dass der Salz- und Phosphatgehalt immer noch der gleiche ist, dann ist die Evolution nicht nur eine Entwicklung zu sich stetig verfeinernden und verzweigenden Lebensformen, sondern auch ein riesiger Gedächtnisapparat. Jeder einzelne Schritt in der Evolution bedeutet einen Verlust, er wird getragen und gepflegt, auch wenn die Menschheit nichts davon wissen will. Aus jedem Blütenblatt, Nervenfaden und Wundschorf spricht Sehnsucht. Aus jeder Obstschale, jedem Schnurrhaar und Hühnerauge spricht Sehnsucht. Sogar aus der Gänsehaut spricht Sehnsucht.

Dachte Jannis. Denken wir uns. Denn auch unser Held, der Áno Potamiá verließ, weil er zu viel vermisste, was er nie gehabt hatte, war ein solcher Gedächtnisapparat. Bei näherem Hinsehen gehörten zu seinem Körper fünf, sechs Stellen, an denen der Lust- und Schmerzgehalt besonders hoch war. Wir wollen sie hier aufzeichnen. Es wird Zeit, die Voraussetzungen für das zu beschreiben, was später die »Disziplin des Abschieds« genannt werden sollte.

Die Fußsohlen (plantae pedis). Jannis' Füße sahen nicht aus wie die anderer Menschen, ihnen fehlte das Gewölbe. Will sagen: Er hatte Plattfüße. Das war nicht von Geburt an so. Wie die meisten Kinder hatte auch er fein geäderte und gewölbte Füßchen, als er mit einem Jahr über den Erdfußboden krabbelte oder im Bett der Eltern in den Schlaf gewiegt wurde. Der Vater kitzelte die Gewölbe mit seinem Schnurrbart, wenn der Kleine um drei Uhr nachts die Füße gegen sein Gesicht presste. Seine Mutter liebte es, sie zu küssen, wenn sie um fünf die Windeln wechselte. Und das Kind selbst kaute gedankenversunken auf den Zehen herum, während seine Eltern das Erforderliche taten, um wieder einzuschlafen.

Als Jannis zu einem späteren Zeitpunkt in seinem Leben im Freien spielte, sah jedoch ein Arzt – ein umherziehender Bulgare –, dass sich eine Dysfunktion herausbildete. Sie betraf jene Sehne, die *tibialis posterior* genannt wird. Wenn der Dreijährige die Füße belastete, wurde der Mittelfußknochen angehoben und der Vorderfuß nach außen gedrückt. Um die Anomalie zu kompensieren, wurde der hintere Teil des Fußes in die andere Richtung gezwungen, was die Belastung erhöhte. Weil Jannis mit einer verkürzten Achillessehne geboren war – ein spätes Erbe von Erol Bulut; nicht das einzige –, verschlimmerte sich die Situation. Immer öfter klagte er über Schmerzen, aber seine Eltern schenkten der Sache keine Beachtung. Ähnlich wie andere Erwachsene waren sie überzeugt, der Schmerz rühre daher, dass sie kein Geld hatten, um Schuhe zu kaufen. Es sollten noch ein paar Jahre vergehen, bis das Kind die Fußbekleidung seines Vaters erben konnte. Von April bis Oktober lief der Junge deshalb barfuß herum. Die restliche Zeit des Jahres wickelte seine Mutter die Füße in Stofffetzen, und wenn es richtig kalt wurde, durfte er sich die alten *tsaroúchia* seines Vaters leihen. Wenn man die lederverkleideten Holzschuhe mit Papier füllte, konnte er darin von morgens bis abends das Vieh hüten.

Biomechanisch äußerte sich die Fehlfunktion so, dass Jannis seine Füße mit einem leichten, aber plumpen Klatschen aufsetzte. Für Uneingeweihte sah das aus, als wäre er froh, sie wegstellen zu können. Wenn er später im Leben einem Binnensee entstieg und über einen frisch angelegten Zementweg lief, hinterließ er keine kurvigen Abdrücke wie andere Menschen, wässrige Gebilde, die etwas zugleich Zeitloses und Zerbrechliches an sich haben, sondern rechteckige Formen, die von einer sanften Kurve aus fünf immer kleineren Ovalen gekrönt wurden. Betrachtete er diese Spuren, empfand er stets eine hohe Konzentration aus Lust und Schmerz. Denn er entsann sich der Steine, auf denen er und Efi gehüpft waren, als sie eines Nachmittags den Potamiá in jenem Teil der Vergangenheit überquerten, der noch nicht abgeschlossen war.

Die linke Hand (manus sinister). Als Jannis vier war, gab seine Mutter ihm einen Stock. Vasso hatte ihn benutzt, um damit im Herdfeuer zu stochern – bis er verkohlt war und durch einen neuen ersetzt werden musste. Instinktiv griff er mit seiner linken Hand danach. Die Mutter schlug zu und hielt ihm den Stock noch einmal hin. Erneut griff Jannis mit der linken Hand danach, und erneut versetzte seine Mutter dieser einen Schlag. Erst beim fünften Versuch nahm er den Gegenstand mit der anderen Hand. Der Stock war dick, die Hand wurde rußig. Es war das erste Beispiel für einen bedingten Reflex in Jannis' Leben. Weitere sollten folgen – zum Beispiel drei Jahre später, als sich die Szene im Nachbardorf in ähnlicher Form wiederholte.

Für die Dauer eines halben Jahres, bis zu dem Besuch der fliehenden Partisanen, beförderte der Vater seinen Sohn auf dem Gepäckträger. Er benutzte immer noch das alte Enfield-Rad, mit dem er und Despina Smyrna verlassen hatten. Sie brauchten eine halbe Stunde bis Neochóri. Während dieser Monate in der Schule benutzte der Lehrer, ein gewisser Lazaros Nehemas mit Errol Flynn-Bärtchen und tätowiertem Unterarm, ein Lineal, um den neuen Schüler davon zu überzeugen, die Kreide in der richtigen Hand zu halten. Die richtige Hand war immer die rechte Hand. Zwar glaubte Nehemas nicht, dass linkshändige Kinder vom Teufel gezeugt worden waren. Das Erbe der Aufklärung wurde auch im Lehrerseminar von Larissa in Ehren gehalten, wo er ein Jahr zuvor sein Examen gemacht hatte. Aber er hegte den nicht sonderlich progressiven Verdacht, dass Linkshänder unnatürlich verzagt waren. Außer Jannis gab es nur noch ein anderes linkshändiges Kind in der Klasse. Es war der Sohn der Wäscherin, Dimitris Lekkas, der mit seiner Mutter allein lebte und, wenn man genau hinsah, tatsächlich ein bisschen die Hüften schwang. Laut Nehemas, der Truman bewunderte und sich als Demokrat betrachtete, musste die Verweichlichung bereits in einem frühen Stadium der kindlichen Entwicklung bekämpft werden, was nicht ohne das Zufügen von Schmerz, aber stets aus Fürsorglichkeit geschah. Im Unterschied zu Lekkas zeigte Jannis keinerlei Anzeichen einer unmännlichen Haltung oder unmotivierten Errötens. Der Junge sah jedoch immer nur stumm zu, wenn sein Banknachbar von der Tafel abmalte, was der Lehrer gezeichnet hatte. Wenige Wochen später war er plötzlich verschwunden und kehrte erst nach der Tabakernte zurück. Trotzdem war Nehemas sicher, sein Eingreifen würde zur Folge haben, dass der Junge fortan die rechte Hand benutzte, um sich die Zähne zu putzen – vorausgesetzt, sie hatten Zahnbürsten in Áno Potamiá, was er eher bezweifelte. Denn mittlerweile hielt der Junge die Kreide in der rechten Hand.

Natürlich hatten sie Zahnbürsten in Áno Potamiá. Auch Jannis. Genauer gesagt, eine von seinem Vater. Wenn er sich als Erwachsener die Zähne putzte, dachte er folglich zuerst an Nehemas und dann an die Fahrt nach Neochóri. Aber vor allem daran, wie sehr es ihm gefallen hatte, noch schlaftrunken die Arme um seinen Vater zu schlingen. Wenn er seinen Chlorodont-riechenden Mund gegen dessen Rückgrat presste – ein kleiner, tragbarer Eiswind –, spürte er den Körper unter dem Jackett in die Pedale treten, während sein Vater leise eines jener unverständlichen Lieder sang, die er als Kind gelernt hatte.

An dieser Stelle müssen wir eine Eigentümlichkeit erwähnen. Neurologen zufolge können sich Linkshänder unter Wasser schneller orientieren als Rechtshänder. Das Talent wird mit der Querverknüpfung des Gehirns erklärt, auf Grund deren die rechte Hälfte, die das räumliche Denken steuert, in direkter Verbindung zur linken Hand steht. Wie es um Jannis' räumliches Denken unter Wasser bestellt ist, werden wir später sehen. Schon jetzt können wir jedoch festhalten, dass an seiner Anpassungsfähigkeit nichts auszusetzen war.

Die rechte Handfläche (palma manus dexter). Jannis' Handflächen waren weder ungewöhnlich noch eigenartig, bloß einmalig. Als er acht war, bat Vasso ihn, zu Frau Poulias zu gehen. Sie hatte der Schneiderin, die für sie eine Art Ersatzmutter war, die alten Kleider ihres Mannes gegeben. Die schwarzen Stoffe sollten für sie umgenäht, die restlichen Kleidungsstücke für den Sohn geändert werden. Als Jannis Milch und Mandeln überreicht hatte, wusste er nicht mehr weiter. Es fiel ihm schwer, Frau Poulias *jiajiá* zu nennen. Ihre Augen waren zwar ungewöhnlich schön, aber auf einem Ohr saß andererseits eine Warze, aus der Haare wuchsen. Außerdem war sie so klein und knöchern, dass sie ihm irgendwie unwirklich vorkam. Nichts an ihr erinnerte ihn an seine Mutter. »Komm her, *mátia mou*. Lass mich deinen Mandelzweig sehen.«

Im nächsten Moment lag sein Ellbogen auf den Stoffen und die linke Hand in den kühlen Händen der Schneiderin. Sie roch nach Joghurt und Sandelholz. »Hab keine Angst. Ich habe an vielen Engeln Maß genommen, warum sollte ich es bei dir nicht können?« Als sie seine Finger gerade bog, begriff er, dass sie die Schicksalslinie meinte. Ab und zu murmelte sie etwas Unverständliches, einmal spuckte sie über die Schulter, ansonsten war sie still wie Schnee. Auch Jannis war still. Schließlich wurde er jedoch unruhig – und ungeduldig: unruhig, weil er sich sorgte, mit seiner Hand könnte etwas nicht stimmen, ungeduldig aus einem der zahllosen Gründe, aus denen Achtjährige nie mehr als eine Minute am Stück stillstehen konnten. »*Pféh*… Dein Zweig ist krummer als bei anderen. Und eines Tages wird er abgebrochen werden.« Die Wahrsagerin spannte die Handfläche, damit sie mit dem Fingernagel die weinrote Furche entlangfahren konnte. »Sieh mal hier. Schwer zu sagen, ob die Linie weitergeht oder von vorn anfängt. Aber du wirst schon merken, was von beidem passiert.« »Und wann merke ich das?« Der Junge fühlte sich nicht recht wohl in seiner Haut. »Auf der anderen Seite.« »Auf der anderen Seite von *was*?« Die Frau sah ihn immer noch an – streng, ruhig, fast feierlich. »Des Lebens? Des Unfalls? Ich weiß es nicht, *palikári mou*. Aber irgendetwas muss es wohl sein.« Der Junge wand sich unruhig. »Hast du deshalb ausgespuckt, Tante?« Frau Poulias vermied es, ihm zu antworten, aber da sie nicht lächelte, nahm er an, dass sie es ernst meinte. »Richte deiner Mutter aus, dass ich mit ihr sprechen will, ehe es zu spät ist.«

Später sollte Jannis seinen Freunden in Neochóri von der Schneiderin erzählen. Das muss an einem Tag im Sommer 1952 gewesen sein. Efi hatte noch nicht angefangen, sich die Beine zu wachsen, was sie nach ihrer ersten Operation im gleichen Jahr tun würde, und Kostas, der zwei Jahre älter war, hatte sich in irgendeine antike Sage vertieft, die er in den illustrierten Heften las, die der Apotheker jeden Freitag bekam. Die Hand schützend gegen die Sonne gehoben, blickte er von seiner Zeitschrift auf: »Mandelzweig?«

Efi nahm die Finger des Freundes und bog sie gerade. Seine weinrote Linie war ungewöhnlich kompliziert. Kaum war sie aus der Falte zwischen *pollex* und *index* entsprungen, als sie sich auch schon abwärts zu der Schwellung bog, die es dem Daumen erlaubt, mit den übrigen Fingern zu interagieren (*tenar* im Vokabular von Doktor Florinos, der »Venushügel« den Chiromantikern zufolge). Daraufhin begann sie, sich wahllos zu verzweigen, und es wurde geradezu unmöglich zu sagen, was Zweig und was Auswuchs war. Kostas kontrollierte seine eigene Furche – die Linie war schön gewölbt und ungebrochen –, während Efi ernst wurde. Über die Handfläche ihres Freunds gebeugt, dachte sie nach. Am Ende stöhnte sie gereizt. »Ich weiß nicht. Es sieht aus, als ginge die Linie hier weiter. Oder ist das vielleicht auch ein Auswuchs?« Ihr Blick ging von Jannis zu ihrem Bruder und kehrte wieder zu Jannis zurück. Dann wurde es ihr schlagartig klar: »*Panajía mou*, wo habe ich bloß meinen Kopf? Du magst vielleicht als Linkshänder geboren worden sein, aber mittlerweile schreibst du doch mit rechts!«

Während Kostas hinter seinem Comic grinste, erklärte Efi, die aktive Hand zeige, wohin man unterwegs sei, die passive dagegen, wo man gewesen sei. Ihr Freund, dem es nicht passte, dass man über ihn sprach, als wäre er der Mittelpunkt von etwas, sei es nun aktiv oder passiv, beugte den einen Daumen zum Unterarm. »Das kann ich auch«, meinte Kostas, der nicht einmal halb so weit kam. »Du musst wirklich aus allem einen Wettstreit machen«, stöhnte Efi. »Bitte, darf ich mir deine rechte Hand ansehen?« Aber als sie Jannis' *manus dexter* zu nehmen versuchte, vergrub er sie in der Hosentasche. »Mein Gott, können Jungen dumm sein.«

Die linke Kniescheibe (patella sinistra). Oder vielmehr die helle Verhärtung darunter in der Form eines Bassschlüssels. Damals hatte die Wunde eitergefüllt, gelblich und kränklich geschimmert. Seither wuchsen auf der rauhen Oberfläche keine Haare mehr. Der schneckenförmige Kringel war exakt zwölf Jahre plus ein paar Wochen alt, als Jannis in Balslöv eintraf, denn er war an dem Tag entstanden, der ihn zu einem Teenager machte. Aus Gründen, an die er sich nicht mehr erinnerte, hatte er mit seinen Kameraden hinter der Weinhandlung gespielt, zwischen den Holzkisten mit den leeren Flaschen, die gegen eine Wand gestapelt standen und auf den FIX-Lastwagen warteten. Thanassis schlug vor, eine der Kisten in den Teil des Dorfs mitzunehmen, der als der obere bezeichnet wurde, wo sie die Flaschen vor der Kirchenmauer aufreihen konnten. Kaum hatten die Kinder begonnen, Steine zu werfen, entdeckten sie, wenn einer einen Volltreffer landete und die Stelle traf, an der das Etikett saß und das Glas am dicksten war, explodierten die Behältnisse in einer Sternschnuppe aus braun getönten Splittern. Auch Treffer am Flaschenhals konnten hübsch sein. Während der Stein zwar den Winkel, aber kaum sein Tempo änderte und gegen die Wand schlug, dass der grauweiße Putz rauchte, schoss eine Scherbe – manchmal so groß, dass sie als Ring benutzt werden konnte, wenn man sie denn wiederfand – in einem hohen Bogen in die entgegengesetzte Richtung. Einmal fing das Glas dabei einen Strahl der Abendsonne ein, der sich mit dem braungrünen Farbton vermischte und wie ein kometenhafter Nachhall zurückgesandt wurde – ein nicht unvorteilhafter Effekt, den das Geburtstagskind, seltsam gerührt, bewunderte.

Die Spiegelung führte dazu, dass er den alten Tsoulas als Letzter entdeckte. Der Vater von Thanassis eilte schnaufend, mit einem Gesicht wie eine überreife Tomate, den Hang hinauf. Auf einem Fuß hüpfend zog er den Schuh vom anderen und lief humpelnd und gleichzeitig zielend weiter. Inzwischen war auch das Geburtstagskind aus seiner Trance erwacht und lief den Kameraden hinterher. Da er zugleich aber gespannt war, was mit dem Schuh geschehen würde, der durch die Luft flog, drehte er sich um – und stolperte. Statt sich mit den anderen hinter dem Sockel zu verbergen, auf dem im Krieg das Maschinengewehr der Regierungstruppen gestanden und ein Terrain ohne die geringste strategische Bedeutung bewacht hatte, taumelte er den steilen, von Gestrüpp und Disteln bewachsenen Hang hinunter, an dessen Fuß der Friedhof begann. Es dürfte ein Sturz von zehn, vielleicht auch zwölf Metern gewesen sein. Als er wieder zum Leben erwachte, lag er mit dem Kopf in Efis Schoß und konnte sein Bein nicht bewegen. Das Knie blutete stark, Efi summte ein ausländisches Lied. Aber er wusste, wo er sich befand, und war glücklich. Das Knie gegen die Rückseite des Grabsteins seines Vaters gedrückt, versuchte er in den Gesang der Freundin einzustimmen.

Die Lachgrübchen (Medizinischer Fachausdruck? Egal.) Bei Jannis saßen die Lachgrübchen symmetrisch einige Zentimeter unterhalb der Augen und beiderseits in gleicher Entfernung vom Nasenrücken. Als er mal wieder mit Efi an dem Kastanienbaum war, drehte er sich um und sah ihr in die Augen. Sie glänzten wie Oliven. Die Tochter des Postmeisters von Neochóri sagte kein Wort, begegnete nur, ruhig und unwiderstehlich, dem Blick des Dreizehnjährigen. Nach einer Weile spürte er die kribbelnden Mücken. Dennoch sah sie ihn weiter an, so unergründlich wie zuvor. Schließlich presste sie die Zeigefinger auf die Vertiefungen: »Ich wusste es… Sie passen perfekt.«

EIN WEITERER SCHWARM. Es folgen noch ein paar Mücken:
»Wie weit in einem anderen Menschen ende ich?«
»Ende ich jemals?«
»Warum hat Efi angefangen, beim Gehen die Hüften zu schwingen?« (Dies war eine jener Fragen, bei denen Despina sich an die Brust gefasst hätte, wenn sie ihr zu Ohren gekommen wären. Was jedoch niemals geschah. Übrigens sah man die Lachgrübchen, als Jannis fragte.)

»Weiß sie, wie sich mein Spatz fühlt?« (Despina: »*Óch, óch…*«)
»Kann Licht jubeln?«
»Die Augen haben doch keinen Grund?«

Und dann die bisher längste Frage in seinem dreizehnjährigen Leben:

»Wenn sie mich so ansieht, als hätte sie alle Zeit der Welt, und ihre Finger auf meine Wangen drückt, wenn es sich anfühlt, als würde sie mich aufschließen und die Oliven sich verkriechen wie zwei kleine Mäuse, wenn sie ihre Füße in meine Beine hineinsteckt, ihre Arme in meine schiebt und den Kopf dreht, bis sie durch den Hals geschlüpft ist und ihr Gesicht in meins eingepasst hat, ja, wenn sie es auf irgendeine mystische Weise so angestellt hat, dass sie viel mehr in mir als außerhalb von mir ist – wer lacht dann, sie oder ich, weil es im ganzen Körper kitzelt wie von Millionen verrückter Stiche?«

ERGÄNZUNG. Wenn wir es recht bedenken, müssen wir besagte Liste noch um einen Punkt ergänzen:

Die äußere Deckschicht des Körpers (epidermis). Eines Tages, auch er im unvollendeten Teil der Vergangenheit, spielte Jannis am Fluss Verstecken. Efi und Kostas waren wieder zu Besuch. Ohne sich etwas dabei zu denken, versteckte er sich in dem hohlen Kastanienbaum. Kostas, der lange und gründlich suchte, fand am Ende sämtliche Spielkameraden – Thanassis, Christos, Stella, Elio, seine Schwester… Alle außer Jannis, der wie vom Erdboden verschluckt war. Nicht einmal, als die anderen Kinder Kostas halfen, das Gebiet zu beiden Seiten des Flusses zu durchkämmen, gab er sich zu erkennen. Karamella trat aus ihrem Haus, schüttelte jedoch den Kopf. Erst als die Sonne hinter den Bergen verschwand und Efi rief, dass Jannis sich doch hoffentlich nichts getan habe, zwängte er sich lachend vor Glück und Schmerz aus dem Baum. Sein ganzer Körper war von Mückenstichen übersät.

NEIN, NEIN? »Wie ich sehe, gibt es einen neuen Mann im Haus.« Agneta Thunell hatte das Wochenende daheim in Tollarp verbracht. Jetzt schob sie die Schultern hoch, um sich zu kratzen, während sie mit den Händen nach den Besteckteilen suchte, die unter dem Schaum in der Spüle übriggeblieben waren. Durchs Fenster beobachtete sie den Fremdling, der tat, als fahre er den Zodiac. Nach einer Weile stieg er aus dem Auto und ging in die Hocke. Er schien die Winterreifen zu bestaunen. Das Kindermädchen ließ das Spülwasser ablaufen. Als sie sich zu Lily umdrehte, die den jüngsten Sohn fütterte, rümpfte sie die Nase. »Ich schätze, er ist Grieche.«

Agneta war in Tollarp mehreren Ausländern begegnet. Obwohl »begegnet« vielleicht etwas zu viel gesagt ist, wenngleich sie das Wort benutzte, als das Ehepaar Florinos sie kurz vor Weihnachten zu einem Bewerbungsgespräch mit anstrengenden Kindern und streikender Waschmaschine einlud. »Man begegnet ihnen ja ständig. Sie arbeiten alle in der Saftfabrik.« Sie nahm sich noch eins von den Vanillekipferln, die Lily aufgetragen hatte. Sie blieben am Gaumen kleben, schmeckten aber wie ein ganzer Haselnussstrauch. »Wenn sie im ICA einkaufen waren, wo ich gearbeitet habe, haben wir immer geraten, wo sie herkommen. Wenn einer ungesäuertes Brot haben wollte, war er Araber. Darauf könne man Gift nehmen, hat Berit gesagt. Die Italiener haben jedes Mal Tomaten gekauft. Und dann haben sie so gemacht, wenn sie meinten, sie wären frisch.« Drei bepuderte Fingerspitzen wurden zu einem gespitzten Mund gehoben. »Am wenigsten erfuhr man, wenn jemand nur Knoblauch kaufen wollte, denn den kauften alle.« Abgeleckte Finger, Lachen, plötzliche Unsicherheit. »Aber am schlimmsten war es, wenn die Ausländer mit einem ausgehen wollten. Wenn man nein gesagt hat, dann haben sie getan, als würden sie einen nicht verstehen. Ich musste doch an Bengt denken und auch noch an ein paar andere Dinge…« Agneta wurde nachdenklich, vielleicht auch, weil Manolis und Lily sich ansahen. »Ich werde mal hören, ob Ingemar sich die Waschmaschine anschauen kann«, entschuldigte sich der Doktor. »Könntest du Fräulein Thunell die Kinderzimmer zeigen?« Als die Frauen zu dem Geschrei im ersten Stock hinaufgingen, korrigierte das zukünftige Kindermädchen seine Aussage. Es gebe zwar viele Gastarbeiter in Tollarp, aber die Griechen seien wirklich ganz anders. Sie verstünden nämlich, dass ein Nein auch auf Schwedisch nein bedeute. »›Nein, nein‹, haben sie in dieser schönen Sprache gesagt, die sie sprechen.«

Jetzt trocknete sich Agneta die Hände ab. Bevor sie die Stelle bei der Familie Florinos antrat, hatte sie sich die Haare färben und zu einem Bienenkorb frisieren lassen, über den sie insgeheim froh war, weil die Frisur ihr das Gefühl gab, ein neues Leben begonnen zu haben – nach Bengt und all den Problemen. Sie kontrollierte den Heuhaufen auf ihrem Kopf und setzte sich an den Tisch: »Ich kann übernehmen.« Sie nahm Fläschchen und Kind in umgekehrter Reihenfolge. »Woher willst du wissen, dass er Grieche ist?«, erkundigte sich Lily mit einem Lächeln, das dem Kindermädchen entging. Durchs Fenster bat sie Jannis mit einer Geste, hereinzukommen. Als der Kellergast eine Minute später das Kind in die Wange zwackte, antwortete Agneta: »Was sonst?«

An dieser Stelle muss ein Geheimnis verraten werden. Beim Anblick Agnetas hörte der Spatz in Jannis' Brustkorb auf zu flattern. Zwar nur für ein paar Augenblicke, aber immerhin. Die Haare, die wie gesponnenes Licht waren, das eng anliegende Kleid und die helle Haut – alles erinnerte ihn an die Plakatfrau aus Thessaloniki. Was machte Anita Ekberg in Eden? Als der Vogel wieder anfing, mit den Flügeln zu schlagen, zwackte er das Kind deshalb fester in die Wange, als beabsichtigt. Es schrie auf und begann zu weinen. »*Né, né*«, war alles, was er herausbrachte.

DIE EISZEIT GEHT ZU ENDE. An den schneebedeckten Tagen bis Ostern kam es zu zahlreichen Begegnungen des Kellergasts mit dem Eis. Leider ist nur eine für die Nachwelt erhalten geblieben. Es handelt sich um einen unscharfen Schnappschuss, der mit

Lilys Leica in dem braunen Futteral aufgenommen wurde. Die von Rauhreif überzogenen Kolben und dolchähnlichen Blätter im Vordergrund deuten darauf hin, dass die Aufnahme heimlich gemacht wurde, möglicherweise von einem Kind. In der Mitte des Fotos, fünfzig Meter draußen auf dem Eis, lässt sich ein Rücken erkennen. Das ist unser Mann. Das ist unser Grieche. Er hat die Schlittschuhe zusammengepresst und die Hände in die Hüften gestemmt. Vielleicht wartet er darauf, dass die Sonne aufgehen wird, aber vermutlich versucht er bloß, das Gleichgewicht zu halten. Obwohl seine Pose einen unweigerlich an etwas erinnert…

Es ist die einzige Dokumentation von Jannis' Beziehung zum Eis, die wir in dem Schuhkarton gefunden haben, der uns zur Verfügung gestellt wurde. (Danke, Frau Doktor!) Dann aber kam ein stählern glänzender Tag Ende März, an dem die Natur gluckerte und klirrte. Wie üblich ging Balslövs zweiter Grieche morgens um kurz vor sieben zum See hinunter, fest entschlossen, sich des Vermächtnisses eines schwedischen Olympioniken würdig zu erweisen. Doch im Gegensatz zu früheren Gelegenheiten, bei denen er mit einigen kurzen, kraftvollen Schritten geradewegs in den Sonnenaufgang geglitten war, wurde er an diesem Morgen traurig. Wasser glitzerte grau zwischen Eisschollen. Die Schilfrohre, die bisher so steif wie Stiftstriche gewesen waren, ließen die Köpfe hängen. Jannis kehrte in den Keller zurück, wo er sich hinlegte und die Füße über die Bettkante baumeln ließ. Auf dem Fußboden bildeten sich Pfützen, die nach und nach die Form von Kontinenten annahmen. Einige Zeit später zog er die Schlittschuhe aus. Sie fielen. Plump und dumm. Die Eiszeit war vorbei.

DER ZAUBERER DES DURCHSICHTIGEN. An dieser Stelle müssen wir eine berechtigte Frage stellen: Wie kommt es, dass ein Grieche aus dem Norden Makedoniens von einem Eiskunstläufer und ausgebildeten Architekten aus Stockholm erfuhr, der mehrere olympische Medaillen gewann und an einem Apriltag 1938 in Potsdam an einer Blutvergiftung starb? Man würde annehmen, dass es nicht leicht ist, die Antwort in den Labyrinthen der Vergangenheit zu finden, doch diesmal geht es. Es lag an einer Großmutter. Und nicht an irgendeiner. Es lag an Despina Georgiadis.

Nach der Flucht aus Smyrna hatte sie getan, was sie konnte, um sich mit ihrer *patrída* auszusöhnen. Sie hatte lästige Zeichen eines Griechischs aussortiert, das in einem vielfältigen und komplizierten Kontakt mit dem Türkischen gestanden hatte, sie tat, als schmeckten die Oliven des Landes besser als die anatolischen, und wie jedermann hören konnte, hatte sie sich dialektale Ausdrücke angewöhnt. Für jemanden, der an der Ägäis aufgewachsen war, täglich eine Hand voll fremder Sprachen gehört hatte und nach wie vor gut gebackenes *börek*, armenische Rosenblätter-Marmelade und von einem *shochet* vorbereitetes Dillfleisch zu schätzen wusste, für jemanden, der im Alter von fünf Jahren Fahrrad gefahren war, mit sieben Fußball mit den Jungs aus dem Viertel gespielt hatte und mit vierzehn *boule* mit den Soldaten auf der Hafenpromenade, für jemanden, der sich wie ein Leibgardist am französischen Hof gekleidet und Männer veranlasst hatte, Brote zu kaufen, die sie gar nicht brauchten, und zwei Jahre später eine weiß gekalkte Mauer am Steißbein gespürt hatte, während ihr ein tauber Mechaniker irre Worte ins Ohr flüsterte, für diesen Menschen war es gleichwohl nicht leicht, in Áno Potamiá zurechtzukommen. Das Heimatland oben in den Bergen war alles, was das neue Ausland unten am Meer nie gewesen war.

In den Jahren nach ihrem Frühstück mit dem Kaffeehausbesitzer war Despina oft zu sehen. Mal bot sie den Bauern der näheren Umgebung die Dienste ihres Sohnes bei der Ernte an, mal entfernte sie Steine von dem kleinen Feld, das sie für den Eigenbedarf bepflanzten. Aber nur wenn der Frühlingswind den Mandelbaum gleichsam rosa wispern ließ, empfand sie ungetrübte Freude: Für ein paar Tage kam es ihr dann vor, als wäre Smyrna mitten im schmutzigen Heute ausgeschlagen. Im Laufe der Jahre verschwand sie dennoch aus dem Alltag. Wenn ihr Sohn mit der Hasenscharte gefragt wurde, wo seine Mutter sei, zuckte er mit den Schultern. »Zu Hause, natürlich. Wo sonst?« Was stimmte und doch nicht stimmte, denn Despina zog sich nach und nach aus der Welt zurück, zu der sie laut der letzten Volkszählung vor dem Krieg immer noch gehörte. Zu den anderen Frauen im Dorf hatte sie nur so viel Kontakt, wie die Konventionen es verlangten. »Diese schwarz gekleidete Miliz? Steht es schon so schlimm um mich?« Wenn etwas gekauft oder erledigt werden sollte, schickte sie ihren Sohn und später ihren Enkel. Außerdem mied sie alle Gottesdienste außer jenem zu Jahresanfang, bei dem der Priester das Kreuz in den Potamiá warf. Stattdessen verbrachte sie ihre Tage im Haus. Ihre Behausung bestand zwar nur aus vier Wänden und einer Reihe von Erinnerungen, die eine schiefer als die andere, aber im Gegensatz zu Stroh und Lehm, die sie vor den Niederschlägen schützten, schenkten die Früchte des Gedächtnisses ihr eine wundersame Freiheit in ungeahnten Gefilden. Na schön, nicht ganz so blumig ausgedrückt: Mit einer Schale Mandeln auf dem Schoß reiste Despina in der Vergangenheit.

Während sie die trockene Masse im Mund bearbeitete, fragte sie sich, was Áno Potamiá zu bieten hatte, das nicht von ihrer Heimatstadt übertroffen wurde, ob nun niedergebrannt oder nicht. Dort gab es auf den Bürgersteigen Fahrzeuge und Figuren, die die Nachbarkinder gezeichnet hatten. Dort gab es Pflaumen so weich wie Lippen, Feigen süßer als Zucker aus Aleppo, Granatäpfel, die den Speichel so rot färbten, dass er aussah wie Blut, wenn man die Stücke aus den Trennwänden ausspuckte. Dort gab es türkische Lieder und das Wasser entlang der Promenade, das wie Bronze glänzte, die gackernden Hühner des Nachbarn und die schrillenden Hupen der Automobile, wenn sie vor Xenopoulos' riesigem Kaufhaus parkten. Dort gab es schnelle Mücken in der Nacht und träge Fliegen am Tag, dort gab es Apparate mit zierlichen Kurbeln, Telefone genannt, und Gebetsrufer mit Fez und Vollbärten, hinter denen sich bisweilen bekannte Züge verbargen. Wenn das abenteuerliche Herz, über das sich ihre Eltern einst beklagt hatten, Despina in die

weite Welt hinausgeführt hatte, so führte es sie nun immer weiter
nach innen. 1928, 1935, 1944… Die Jahre vergingen und eine Reihe
bleigrauer Ereignisse trafen ein, aber mit der Zeit wurde sie Sofia
immer ähnlicher. Die Außenwelt ging sie nichts mehr an. Sie hatte
längst den Kampf gegen die Schmerzen in Hüften und Fußgelen-
ken verloren und saß lieber mit einer Decke auf den Beinen. Im Unterschied zu ihrer Mutter, die immer jünger geworden war, blieb
sie jedoch fünfundvierzig Jahre alt. Was bedeutete, dass sich ihre
Gedanken ungehindert in einer eingefrorenen Welt bewegten. Genauer gesagt in der Hafenstadt vor den Septembertagen 1922. Womit wir bei ihrer zweiten Lektion in Sachen Glück wären.

Gelegentlich schworen Dorfbewohner, die spät unterwegs waren, sie hätten eine *jiajiá* vorbeifahren gesehen – stattlich, stumm,
schemenhaft –, auf einem Fahrrad in der Nähe des Flusses, aber
über Berichte dieser Art wurde im Kaffeehaus bloß gelacht. Eine
Frau auf einem Fahrrad? In Áno Potamiá? Das wäre der letzte Tropfen. Im Übrigen kam es bloß selten vor. Eigentlich immer nur
dann, wenn nicht einmal die Reisen in die verrußten, aber gut mö-
blierten Nischen der Erinnerung ausreichten, um Despinas Sehnsucht zu stillen. Ihr Sohn schüttelte den Kopf, wenn er das am Stall
lehnende Fahrrad entdeckte und ihm die Indizien ins Auge sta-
chen, durch welche seine Mutter sich und ihre Eskapaden verriet:
der tiefer gestellte Sattel, die Zweige, die in den Speichen hängen
geblieben waren, der Lehm an den Rädern. Mit der Zeit erkannte er
jedoch, das einzige, was sie wirklich beruhigte, das einzige, was sie
in Zeit und Raum an Ort und Stelle hielt, waren Erinnerungen aus
den Wochen vor der Flucht. Denn dann, erklärte sie, während sie
sich mit dem ungezogenen Lächeln eines Schulmädchens die letzten Mandeln in den Mund stopfte, dann habe sie das Gefühl, das
Leben trage weiterhin Früchte.

Als Jannis geboren wurde, hatte die Hasenscharte zunächst andere Dinge im Kopf. Jedesmal, wenn ihn seine Mutter mit Fragen
zu locken versuchte wie:»Erinnerst du dich an Onkel Feridun, der
immer unsere Schuhe flickte?« Oder:»Wie war das eigentlich, als

ihr den Amerikanern im Sporting Club das Fußballspielen beigebracht habt?« Oder: »Diese Straße, die vom Brunnen aus rechts ab-
ging, gleich hinter der Werkstatt, wie hieß die noch gleich? Nein,
ich meine die Straße, die wir genommen haben, um den Soldaten
aus dem Weg zu gehen.« Oder: »Ich würde alles dafür geben, noch
einmal eine Tasse arabischen Mokka im Pôle Nord trinken zu dürfen – oder ein *matzo* mit Aprikosenmarmelade zu essen. Du nicht
auch?« Jedesmal wenn das geschah, antwortete er: »Du hast doch
gesagt, wir sind hier zu Hause. Dann hör endlich auf, ständig zu
verreisen.«

Trotzdem kam der Sohn Despina in den verwinkelten Gassen
der Zeit manchmal entgegen. In der Regel, wenn seine Frau mit
dem Kind eingeschlafen war, dessen schlaffer Mund einen er-
staunten Buchstaben um ihre wunde Brustwarze formte. Dann zog
er lautlos die Tür zu und schenkte sich ein Glas von Tsoulas' Fusel
ein. Während der Wein seinen Gaumen durchspülte, fragte er
seine Mutter, was sie hören wolle. Meistens antwortete sie bloß:
»Du weißt schon.« Anfangs erzählte er von Ausflügen und Entdeckungen und Spielkameraden, von Fußball spielenden Mädchen,
und Freunden, an deren Namen er sich zwar nicht mehr erinnerte,
die er jedoch mit den passenden Eigenschaften ausstattete. Später
beschrieb er, was die Leute sagten, als die griechische Flotte in den
Hafen einlief, was die Armenier, die den Verfolgungen entgangen
waren, zu flüstern versuchten, wenn sie vor Trauer unvorsichtig
wurden, oder was er getan hatte, als das Mehl während der Un-
ruhen rationiert war und sie das Brot mit Borke backen mussten.

Nur in seltenen Fällen, wenn ihn die Erinnerungen an Smyrna
im Stich ließen, sprach er von seinem Vater. Dabei begegnete er der
fernen Person, die ihm als ein Mann mit einem Strohhut in Erinnerung geblieben war, dessen schwarzes Band am Rand verblasst
war, mit untadeliger Höflichkeit. In der Regel hob der Vater seinen
Hut mit einem sachkundigen Ruck an der Krempe an und manchmal setzte er ihn seinem Sohn auf den Kopf, wo er herabsank wie
ein nach Pomade duftendes Soufflé. Wenn sich die Hasenscharte

bei diesen Erinnerungen aufhielt, stocherte Despina in ihren Zähnen und sagte nach einer Weile unweigerlich: »Genug der Worte über Herrn Talk.« Woraufhin er zu den Spielkameraden oder Großmutter Sofia zurückkehrte, die im Zwielicht der Erinnerung auf dem Sofa lag und sich mit einer Feder Luft zufächelte. Nur in Ausnahmefällen goss er sich noch etwas Fusel ein und erzählte von der Fahrt zum Hafen, bei der Vembas' Junge quer auf der Fahrradstange gesessen hatte. Wenn er zu den verängstigten Menschen auf dem Kai gelangte, stöhnte Despina auf, als ginge in ihrem Inneren etwas kaputt: »*Óch, óch, óch…*«

Schließlich versiegten die Erinnerungen jedoch. Vielleicht lag es daran, dass die Hasenscharte bei der Flucht jung gewesen war und keinen Vorteil darin gesehen hatte, weiterhin östlich der Zukunft zu leben. Vielleicht hatte es mit *unserem* Jannis zu tun, der in der Dunkelheit mit weit aufgesperrten Augen neben Vasso lag, die nach Rosinen und Rosmarin roch, und seinen Vater dazu brachte, sich schlagartig nach ihm zu sehnen wie der Anker nach dem Meeresgrund. Vielleicht war er es einfach leid, sich zu wiederholen. Tatsache ist jedenfalls, dass er anfing, sich Dinge auszudenken. Anfangs handelte es sich um unbedeutende Details – ein Aussehen, eine Äußerung, eine Geste, die nirgendwohin führte. Die Eigenschaften, mit denen er ehemalige Freunde ab und zu ausgerüstet hatte, erleichterten es ihm, glaubwürdige Phantasien zu erschaffen. So beschrieb er etwa den Rost auf der Klinge, die er benutzt hatte, als er angefangen hatte, sich zu rasieren, so überzeugend, dass seine Mutter vor Entsetzen die Hände gegen die Ohren schlug. Er erzählte von einem Huhn ihres Nachbarn, das nur ein Bein hatte und sich mit ausgebreiteten Flügeln bewegte, um die Balance zu halten. Er zeichnete die Besuche in der Lagerhalle im Hafen nach, wo der Zirkus Arnold seine Requisiten verwahrte, die von einem schweigsamen Armenier mit einem Schnäuzer, dick wie zwei Hanteln, bewacht wurden, er schilderte den langen Schaft jener Pfeife, die er einen orientalischen Griechen hatte rauchen sehen, und er verweilte so ausgiebig bei zwei Schutzblechen, die Vembas rot, blau und weiß lackiert hatte, dass seine Mutter behauptete, genau zu wissen, welcher französische Soldat sie bestellt hatte.

Mit der Zeit wurde er jedoch kühner. Und unvorsichtig. Eines Nachmittags, als es Vasso nicht gelingen wollte, ihren fiebernden Sohn zu trösten, setzte sich die Hasenscharte zu seiner Mutter. Während seine Frau von kleinen Lämmern und unberührten Wassern zu singen versuchte, erzählte er vom türkischen Schuster. Er erinnerte daran, wie Despina ihn einige Wochen vor der Flucht mit Sofias abgewetzten, aber gut gepflegten Schuhen zu ihm geschickt hatte. Onkel Feridun inspizierte diese und zeichnete mit Kreide Kreuze auf die Absätze. Die Hasenscharte wollte gerade fragen, wann er sie wieder abholen konnte, als ein neuer Kunde den Laden betrat. Der Mann stellte ein Paar Pantoffeln auf die Ladentheke, die wie kleine, gelbe Gondeln aussahen. Das Flechtwerk war an den Nähten gerissen. Er sagte etwas, was keiner verstand. Statt nachzufragen, legte der Schuster die Hände auf die Theke, lehnte sich vor und betrachtete erst den einen, dann den anderen Kunden. Die Augen wanderten hin und her wie die Ehrengardisten vor dem Dolmabahçe-Palast. Schließlich lachte er wie über einen Witz, den nur er verstand, schüttelte den Kopf und erklärte, die Hasenscharte könne am nächsten Abend wiederkommen. Erst da habe er entdeckt, dass der andere Kunde Gebetsrufer war. »Óch, óch…«, stöhnte Despina und schlug sich vor die Brust. Doch statt sich über ein inneres Organ zu beklagen, ging sie mit einem Lachen, das wie Kielwasser glitzerte, in die Küche. Als sie die Mandeln mit Limonade hinuntergespült hatte, sagte sie: »Ich weiß deine Lügen zu schätzen, das musst du mir glauben. Man kann die Vergangenheit auch mit erfundenen Erinnerungen bewahren. Aber bei Muezzins ist Schluss. Über die sprechen wir nicht. Erzähl mir lieber vom Hafen.«

Erst als Jannis auf der Welt war, interessierte sich seine Großmutter für etwas anderes als die Vergangenheit. Als sie den Säugling in Empfang nahm, den Vasso an einem schneidend kalten Januartag aus sich herauspresste, rief sie: »Mein Herz, mein Herz!« Die Nachgeburt folgte, nass und überrumpelnd, und unmittelbar darauf füllten sich die jungen Lungen mit Luft. Es ist unklar, ob ihr Ausruf sich auf das Kind oder eine spasmodische Faust bezog, die sich damals einem biblischen Alter näherte, aber als das Bündel aus Haut, Haaren und Blut etwas gewachsen war, bat sie die Hasenscharte nie wieder, ihr von früher zu erzählen. Außerdem machte sie keinen Unterschied zwischen ihrem Spatzen und dem Jungen, der mit der Zeit drahtig und stark werden und platte Füße bekommen sollte.

Die drahtige Stärke kam dem Jungen nicht ungelegen. Denn der harte Winter, der auf den schönen Januarabend folgte, an dem Jannis, sieben Jahre alt, zehn Partisanen auf dem Weg nach Albanien begegnet war, wütete so teuflisch, dass Vater Lakis sich gezwungen sah, Kreuze, Nullen und andere Zeichen zu benutzen, um den Überblick über die Toten im Kirchenbuch nicht zu verlieren. Mit einem bulgarischen Militärpelzmantel in dem Verschlag sitzend, den er als Büro benutzte, fragte er sich, ob er jemals wieder Hochzeiten oder Taufen verzeichnen würde. Im Kaffeehaus trugen die Männer Schals, die sie bis zu den Ohren hochwickelten und Pulloverärmel, die bis über die Fingerknöchel gezogen wurden. Zwischen steifen Fingern qualmten feuchte Zigaretten. Wer bei *bárba* Pippis einkaufen ging, musste seine Einkäufe unter der Matratze auftauen und auf Tsoulas Regalen waren die Flaschen von einer Frostschicht bedeckt.

Wenn die Dorfbewohner erwachten, waren ihre Körper aus Porzellan, über den Mündern schwebten harte Miniaturwolken. Im Gegensatz zu anderen Häusern, in denen man gemeinsam in einem großen Bett lag oder so viele und so dicke Mäntel besaß, dass es sich lohnte, im eigenen Bett liegen zu bleiben, teilte man sich bei Familie Georgiadis paarweise auf. Nach dem Tod der Hasenscharte weigerte sich Vasso jedoch, ihren Sohn bei der Schwiegermutter schlafen zu lassen. Ihre Haare waren immer noch schmutzig blond, ihre Augen aber wurden klein und stechend, als sie verkündete: »Er schreit vielleicht, aber er ist aus mir gekommen. Du kannst Maja nehmen, wenn du willst.« So kam es, dass Despina den Winter 1949–50 in Gesellschaft der neuen Ziege der Familie verbrachte. Auf die feuchte Schnauze, die sie morgens weckte, hätte sie wohl ebenso verzichten können, wie auf den herzzerreißenden Gestank, der erst Stunden später aus den Kleidern wich. Aber das Zicklein gab ihr ein Gefühl, gebraucht zu werden, wie es ihr ansonsten nur Jannis zu schenken vermochte, und wenn sie das Tier in einen Kelim wickelte, wurden die Laken nicht schmutzig. Ansonsten nannte sie den Jungen inzwischen *gidáki mou*.

Jannis hatte nichts dagegen, zu Großmutters »Zicklein« ernannt zu werden. Er wusste ja, dass Maja mit der Zeit zum wertvollsten Besitz der Familie werden würde. Wenn er sie an sich presste, wurde ihm warm, und an den kalten, klaren Tagen, an denen sie am Fluss entlanggingen und ihnen nichts anderes als Zeit zur Verfügung stand, trippelte sie vornehm zwischen den Steinen – Potamiás' Primadonna. Mehr konnte kein Mensch von einem Huftier verlangen.

Mitte Februar bekam er allerdings eine Lungenentzündung. Das Fieber stieg, der Hals brannte, und so musste seine Großmutter die Tiere hüten. Als sie zum Fluss kam, war dieser zugefroren. Maja lief auf das Eis hinaus, aber die Steine waren seifenglatt, die Oberfläche hatte sich in Glas verwandelt. Die Ziege stieß panische Laute aus und trat eine Wolke aus Sonnenlicht und Splittern hoch. Als Despina zurückkehrte, erzählte sie von Majas Panik, die damit geendet hatte, dass die Ziege sich auf das Eis gelegt hatte. »Plötzlich bildete sie sich offenbar ein zu sterben. Eine wahre Eisfürstin. Du armes Ding, es war ein bisschen kalt für einen Schwanengesang, nicht wahr?« Sie gab dem Tier einen Brotkanten, den es zwischen haarigen Kiefern zermahlte. »Bleib in Zukunft an Land. Du bist doch keine Olga Nikolajewa.« »Olga wer?« Jannis hatte einen Waschlappen auf der Stirn, den Despina jetzt durch ihre Hand ersetzte. »Óch, der reinste Topfdeckel.« Sie befeuchtete den Lappen. »Nur eine von Arnolds Nummern, *gidáki mou*. Aber der Schwede war eleganter. Er hätte Maja aufgefordert wie ein echter Prinz.« »Der Schwede?« »Killi Krafstromm.«

Als Despina den Waschlappen zurücklegte, erzählte sie, wie die

Hasenscharte sie nach dem Krieg überredet hatte, mit ihm in den Zirkus Arnold zu gehen. Schon als sie noch ein Kind war, hatte die Kompanie Gastspiele in ihrer Heimatstadt gegeben, aber nach Gallipoli und Verdun wirkten die Kunststücke altmodisch. Kein Mensch wollte noch Frauen mit Klumpfüßen und behaarten Gesichtern oder Szenen aus der Commedia del'arte sehen, die von Winzlingen aufgeführt wurden. Arnold Grigoriwitsch Arnold erkannte, dass seine Tage gezählt waren und entließ die bärtige Dame und die blödsinnigen Liliputaner. Stattdessen engagierte er zwei Tänzer aus dem Ballet in Feodossija und einen Hungerkünstler namens Heinz aus Bremerhaven. Gleichwohl bedurfte es noch eines Geistesblitzes, bis das Publikum in Massen herbeiströmte. Nach einem Besuch in Davos kehrte er mit fünf Italienern und einem Schweden zurück, allesamt mit Trikots und seltsamen Schuhen bekleidet. Fortan konnten sich die Einwohner entlang der Küste und später auch oben am Schwarzen Meer auf etwas freuen, was sie bestenfalls vom Hörensagen kannten: Gesang und Tanz auf dem Eis. Oder besser gesagt: Gesang und Tanz auf etwas, das *aussah* wie Eis.

Mit freundlicher Unterstützung eines Archivars der Nationalbibliothek in Istanbul ist es uns gelungen, einen Augenzeugenbericht aufzutreiben. Unter der merkwürdigen Schlagzeile FRIEDEN AUF DEM EIS verkündet eine von Smyrnas griechischen Zeitungen: »Zur Zeit gastiert Zirkus Arnold wieder einmal in unserer Stadt. Wie üblich reißt der ernste Davit Abderian am Eingang die Eintrittskarten ab. Der alte Schwertschlucker, der sich wie unzählige andere Armenier die Zunge abgebissen hat, verneigt sich mit stummer Würde. Als wir unsere Plätze eingenommen haben, warten wir auf die kurzbeinigen Lachnummern des Harlekins und Columbinas krummen Tanz. Doch sobald das Licht gelöscht worden ist und die Trommelwirbel verstummt sind, überrascht man uns mit einem neuen Programm! Zunächst heißt uns in einer Wolke aus Schnee Fräulein Karmen Rellas willkommen. Enthusiastisch erzählt diese bezaubernde Muse, ein herrliches türkisches Bonbon,

von den Heldentaten, deren Zeuge wir gleich werden dürfen. Und
wahrere Worte sind selten gesprochen worden. Denn als Fräulein
Rellas die Vorhänge weggezogen hat, wirbelt Olga Nikolajewa mit
Toma Burliuk durch den Raum, als wären sie zusammengenäht –
ein Bild für den Frieden, der kürzlich in Versailles geschlossen
wurde. Danach entführen uns fünf Herren aus Italien zu einigen
Höhepunkten in der Geschichte der Menschheit: die Verbrüde-
rung Russlands und Japans in Portsmouth 1905, der Friedens-
schluss in San Stefano dreißig Jahre zuvor, ja, wir dürfen sogar dem
Handschlag des Zaren und des Sultans 1856 in Paris zuschauen.
Anschließend führt Olga Nikolajewa einen Schwanengesang auf,
der einer Romanowa würdig gewesen wäre – als Hommage an das
Reich an den Ufern der Wolga. Doch die Sensation des Abends ist
Gillis Grafstrom. Von Scheinwerfern begleitet dreht er Pirouetten
im Nichts, entfaltet Girlanden, die schöner sind als die Blüten der
Phantasie und beendet seine Darbietung mit einer Ewigkeitsbewe-
gung von solcher Eleganz, dass sich das Publikum fragt: Ist dieser
Schwede mit Engeln verwandt? Verehrte Leser, er ist der Zauberer
des Durchsichtigen!«

So, so. Und was sah Despina, wenn sie in den Tunnel der ver-
schwundenen Jahre blickte? Sie sah einen Bühnenboden mit kräf-
tigem Seegras, in dem sich die rollschuhgetragenen Seejungfern
verfingen und verloren gingen, ehe sie als Friedenstauben wieder-
geboren wurden. Sie sah eine Freundin tapfer lächeln trotz des weißen Konfettis, das ihr der Ventilator ins Gesicht blies, den Arnolds
armenisches Faktotum bediente. Und sie sah einen schwedischen
Olympioniken mit Fertigkeiten brillieren, die kaum menschen-
möglich schienen. Bekleidet mit einem Trikot und auf Rollschu-
hen mit hohen Schäften aus ungarischem Leder vollführte dieser
Verwandte der Seraphim auf einer zehn Zentimeter dicken Glas-
scheibe, die in zwei Metern Höhe montiert war und mit Scheinwerfern von unten beleuchtet wurde, ein Kunststück nach dem
anderen. Vor allem bei der »Ewigkeitsbewegung« verschlug es den
Zuschauern den Atem. Die Hände in die Taille gestemmt, so dass

seine Arme Schlaufen bildeten, drehte er sich wie ein Derwisch des Nordens, schneller, immer schneller im Kreis, bis er sich in ein makellos gedrechseltes Stück Mensch verwandelte. »Er hat sich noch eine Ewigkeit weitergedreht. Dein Vater meinte, das Eis trage ihn wie die Luft einen Engel.« Despina seufzte. »Im Vergleich zu Killi sind die Cherubim in diesem Kaff hier Invaliden.« Sie dachte an ihren toten Sohn und fragte sich, wie die Ewigkeit ein Ende hatte finden können. *Panajía*, das Leben bestand aus Verlusten. Als der Kranke sie bat, weiterzusprechen, schüttelte sie still den Kopf und murmelte etwas, was ihr Enkel erst viele Jahre später verstehen sollte: »Warum muss ein Ereignis beendet sein, damit es uns möglich ist, davon zu erzählen? Ich frage ja nur. Warum?«

»Ich will auch kreiseln«, schnorchelte Jannis. Aus der Küche rief Vasso: »Hör auf, ihm Ammenmärchen zu erzählen. Hörst du nicht, dass er phantasiert?« »Jetzt geht das wieder los«, seufzte die Großmutter mit der Hand auf der Stirn des Jungen. Dann senkte sie die Stimme: »Ich werde dir mal was sagen: Das Eis geht nirgendwo hin.« Aber als Jannis eine Woche später zum Fluss hinunter kam, war Tauwetter und die Ziegen verstanden nicht, warum er weinte.

Das soll eine Lektion in Sachen Glück sein? Angesichts des Fotos in dem Schuhkarton sieht es ganz danach aus.

ALWAYS BE MINE. So wohlgeordnet einem die Vergangenheit im Rückblick auch erscheinen mag, enthalten die Erinnerungen an sie immer auch andere Erinnerungen. Hier folgt ein Beispiel dafür, was passiert, wenn diese ineinander fließen und die Zeitformen sich vermischen.

Kurz vor Ostern harkte Jannis in der Einfahrt Laub. Es war vermodert und schwer zu entfernen. Er summte vor sich hin. In der Luft schwebte zum ersten Mal seit langem etwas Mildes, fast Verheißungsvolles. Nach einer Weile sah er den ältesten Sohn der Familie Florinos auf den Eisenbahngleisen näherkommen. In der Hand hielt er einen Ast, der über die Schwellen hüpfte und sprang.

Seine Mütze hatte er in die Tasche gesteckt. Ab und zu holte er zu einem Tritt gegen einen der Steine zwischen den Schienen aus. Jannis betrachtete das Kind. Zu diesem Zeitpunkt war Anton sieben Jahre alt, schmächtig wie eine Weidenrute und Astronom. Er tauschte gerade den ersten Satz Zähne gegen den zweiten aus, wusste fast alles über die Milchstraße und konnte die Nationalhymne auswendig singen. (Momentan fand in Lilys Heimatstadt die Eishockey-WM statt. Wenn die Spieler mit dem Helm unter dem Arm wie Ritter aufgereiht standen und man über der fernen Spielfläche die Landesflagge hisste, wurde der Junge von Andacht übermannt.) Obwohl er noch nicht in die Schule ging, beherrschte er das Alphabet, drei von vier Grundrechenarten und konnte Schlittschuh laufen, was mehr war, als Jannis von sich hätte behaupten können. Außerdem war Anton Linkshänder und hatte Lachgrübchen, die denen des Gastarbeiters nicht unähnlich waren. Plattfüße hatte er allerdings nicht. Anton schlenderte den Bahndamm entlang, ein paar faustgroße Steine gerieten ins Rollen. Als er den Vollgriechen erblickte, der ihm zurief »Wie ist das Leben?«, ließ er den Ast fallen und holte etwas aus seiner Tasche. Er wirkte immer noch unzufrieden. Jannis fragte, was der Junge da habe. »Ach, nur einen Korken. Ich habe ihn von Onkel Nelson bekommen.« »Ach, gar nicht nur Korken.« Der Grieche griff nach seiner Jacke, die auf der Hecke lag. »Komm, wir gehen zu Ufer. Ich was erzähle.«

Jannis summte weiter vor sich hin. Florinos' Sohn erklärte, seine Eltern hätten ihn kürzlich gefragt, ob er sich vorstellen könne, umzuziehen, also nicht sofort, erst in einem Jahr. »Aus Eden?« Der Kellergast traute seinen Ohren nicht. Anton schüttelte den Kopf. »Nach Lund.« »Lund?« »Mm. Mama und Papa haben da gewohnt, bevor ich geboren wurde.« »Sicher?« Sie setzten sich auf den Schlitten am See. Zugvögel jagten über das spiegelblanke Wasser und wenn sie voreinander abdrehten, kräuselten ihre Flügelspitzen die Wasseroberfläche. Von Olléns zog der Geruch von Kohlrouladen herüber, in der Ferne hörte man eine Motorsäge.

Der Korken hatte Jannis an den Kühlschrank daheim erinnert. Er hatte ihn von Elio Stefanopoulos übernommen, beschädigt nach dem Brand, aber noch funktionstüchtig, zuvor war er mit Stella und Efi am Fluss gewesen. Stellas Tiere stolzierten mit schlanken, kräftigen Beinen, vornehm wie Hofdamen, zwischen den Felsen, Maja hielt sich wie üblich etwas abseits. Zwischen den Bäumen auf der anderen Seite erblickte man zuweilen Karamella. Jannis begann, mit einem Stock Figuren in den Sand zu zeichnen. Die Freunde rieten. Schmetterling? Brille? *BH?* »Nein, wartet, jetzt sehe ich, was das ist. Eine Schleife! Und das hier… O je, das müssen die Räder vom Karren der Apokalypse sein.« Efi strich sich, angeblich schaudernd, mit den Händen über die Arme. Der Eisverkäufer hatte wenige Wochen zuvor das Zeitliche gesegnet. Weil niemand wusste, woran er abgesehen vom Jüngsten Tag geglaubt hatte, beerdigte man ihn nicht auf dem Friedhof, sondern in einem Wäldchen oberhalb von Karamellas Haus, in dem sonst nur ungetaufte Kinder ihre letzte Ruhestätte fanden. Da der Eisverkäufer nie etwas gesagt hatte, konnte man laut Stella nicht einmal sicher sein, dass er Grieche gewesen war. Jannis tippte auf Bulgarien, während Efi Georgien vermutete. Stella selbst meinte, er sei Armenier gewesen. Dann berichtete sie von dem Kühlschrank im Kaffeehaus. Er war groß und kompakt und sah aus wie ein Geldschrank aus Holz. Ganz unten in ihm gab es eine Schublade aus Blei. Dort deponierte ihr Vater das Eis, das die Apokalypse lieferte, Blöcke so schwer wie Goldbarren und genauso wertvoll. An der einen Seite saß eine Klinke, auch sie aus Holz. Wenn man sie herabdrückte, schwang die Vorderseite auf und der Öffnung entströmte weißer Rauch.

»Wie vom Nordpol«, erläuterte Jannis. »Vom Nordpol?« Anton wusste nicht, was er denken sollte. »Ach was, ich nur bin phantastisch. Außenland, wir können sagen.« Der Junge wusste nach wie vor nicht, was er sagen sollte. Jannis erklärte, dass der Schrank inzwischen an dem Mandelbaum daheim stand und Trockenfutter für die Tiere enthielt. Aber als er noch in Stefanopoulos' Küche thronte, hatten zuunterst Orangina-Flaschen gelegen, die aussahen wie Glühbirnen und von Eiskristallen überzogen waren. Auf der Platte darüber gab es einige flache, französische Flaschen, die Heizkissen ähnelten, und aus deren heiß begehrten Korken die Kinder Figuren bastelten. Ganz oben lagen, in steifes Zeitungspapier verpackt, die Fleischstücke, und dahinter befand sich eine in ein Stofftuch gewickelte Zigarrenkiste. »Was war da drin?« »Oktopoden.« »Okto-was?« »Ein Kopf, acht Arme?« »Ach so, Tintenfische«, sagte Anton. »Warum denn das?«

Die Apokalypse hatte die Tiere mehrmals jährlich angeliefert. Laut Stella war das Eis geschmolzen, ehe der Eimer übergeben wurde, aber das kalte Wasser roch nach Meer und etwas anderem. Sehnsucht, vielleicht. Ihr Vater schnitt die Tentakel ab und reihte sie in einer Zigarrenkiste auf, die nur hervorgeholt wurde, wenn Herzen abenteuerlich waren. Wenn jemand kleine Steinchen in den Mund bekam, erklärte er, der Tintenfisch sei das einzige Tier, das den Abrieb des Lebens festhalte. Man dürfe keine Angst davor haben, dass einem die Plomben herausfielen, es bringe Glück, wenn man den Kies schlucke. Normalerweise briet Stellas Vater die Tentakel in etwas Öl und Oregano. Wenn sie langsam Farbe annahmen, drückte er eine halbe Zitrone aus und salzte und pfefferte das Ganze. Diese Tradition lebte auch nach seinem Tod weiter. Aber die Tintenfische, die ihr Bruder Elio bei dem Mann mit dem Tanklastwagen bestellte, schmeckten nicht annähernd so gut, möglicherweise, weil das Fahrzeug weniger Zeit benötigte, um den Weg in die Berge zu nehmen. Oder weil der neue Kühlschrank zu kalt war.

Der alte hatte noch etwas anderem Platz geboten, was kostbarer war als die Orangina-Flaschen, kostbarer als der französische Absinth und kostbarer als die Fleischstücke – ja, sogar kostbarer als die Zigarrenkiste und die Bleilade darunter. Anton sagte nichts. Ganz hinten hatte eine Reihe kleiner Fläschchen gestanden, die von ausbeulendem Eis überzogen waren. Früher hatten sie Cognac enthalten, aber Leonidas Stefanopoulos hatte sie ausgespült und die Etiketten entfernt. Stella zufolge enthielt eine von ihnen das Weihwasser von der Hochzeit ihrer Eltern und zwei andere das Wasser von den Taufen der Kinder. Ihr Vater hatte die Idee offenbar vor einer Myriade Jahren von einem Flüchtling übernommen. In einem weiteren Gefäß schwebte der gefrorene Schwanz eines Skorpions, zu einer ewigen Drohung aufgerichtet, in einem anderen schimmerte das Wasser, das der Partisanenführer Velouchiotis zum Kaffee nicht ausgetrunken hatte, als er eines Abends während der Besatzungszeit mit Vater Lakis diskutiert hatte, wo man die sowjetischen Waffen verstecken sollte. Wenn man genauer hinsah, konnte man noch immer den Kaffeesatz auf dem Grund erkennen. »Velo-was?« »Kein Fahrrad, Anton. Du fragen den Doktor, wer das ist.« Ein Fläschchen war nur halb gefüllt. Darin verwahrte der Kaffeehausbesitzer, was von dem Wolkenbruch 1949 übrig geblieben war. Und die letzte Flasche... »War natürlich leer.« Florinos' Sohn wurde langsam ungeduldig. Die Geschichte gefiel ihm, aber der Tonfall störte.

Jannis sagte nichts. Er dachte an Stellas Antwort, als Efi die gleiche Frage gestellt hatte: »Leer, natürlich. Keine Ahnung, was einmal in dieser letzten Flasche war. Aber es war die erste, die er damals von dem Flüchtling bekommen hatte.« Abschließend erklärte sie, ihr Vater habe offensichtlich ein Eismuseum mit den wichtigsten Ereignissen in seinem Leben eingerichtet. Die letzte Flasche – die also die erste war – habe sicher ein ganz besonderes Wasser enthalten, das bei einer ganz besonderen Gelegenheit benutzt worden sei. Wann, wusste Stella jedoch nicht zu sagen. Stattdessen rief sie nach ihren Tieren und fügte hinzu, ihr Bruder habe die Fläschchen bei der Übernahme des Kaffeehauses verschenkt. (»Wir brauchen den Platz für die Koteletts, Schwesterherz. Erinnerungen kauft kein Mensch.«) Efi stand auf, wie immer mit Mühe, und versuchte an der Figur entlang zu hüpfen, die Jannis in den Sand gezeichnet hatte. Während sie laut zählte, studierte er ihre zwiebelförmigen Fußknöchel. Sie schienen von einer sagenhaften Mechanik erfüllt zu sein, als wären sie Uhrwerke aus Knochen und Sehnen. Als sie bis zwölf gekommen war, blieb sie in der Mitte stehen. Langsam hatte sie sich umgewandt und zunächst Stella und dann ihn angesehen. Ihre Augen waren wie Asche. »Ich muss morgen nach Thessaloniki.« Daraufhin begann sie, in dieser Sprache zu singen, die er nicht beherrschte.

Von dieser Erinnerung erzählte Jannis Florinos' Sohn jedoch nichts. Stattdessen sang er weiter leise sein unverständliches Lied. »Abendessen«, erklärte Anton, als er den Ruf seines Kindermädchens durch das Küchenfenster hörte. »Weißt du was?« Er rutschte vom Schlitten herab. »Ich denke, ich behalte meinen Korken.« Aber unser Held hörte weder den Jungen noch das Kindermädchen. Stattdessen blickte er auf den Rövaren hinaus und fragte sich, was in ihm dort geschah, wo die Zeiten zusammenflossen, und wie es kam, dass die Zukunft sich ebenso gut in der Vergangenheit befinden konnte. Er dachte, dass man alles im Leben tun musste, als geschähe es zum letzten Mal, sonst verlor es an Bedeutung. Er dachte, dass der Abschied Disziplin erforderte. Er war sehr weit weg.

DER *OCH*-MENSCH. »Ich war ja nur ein Kind, als wir damals auf dem Schlitten saßen. Aber ich erinnere mich, als wäre es gestern gewesen, vielleicht auch, weil ich nicht verstand, worüber er sprach. Das Leben bestehe aus einer Menge verschiedener Ereignisse, behauptete er. Wenn man nicht Acht gebe, zerfalle es in seine einzelnen Bestandteile. So in der Art, wie üblich ein bisschen hochtrabend. Und dann sei man ein Mückenschädel, der nichts im Griff hatte. *[Pause]* ›Mückenschädel‹, fragst du? Das war nur so ein Ausdruck, den er benutzte. So wie ›Tss, Tss‹. Es galt, die Schmerzpunkte zu verbinden. ›Och‹ sagte er, stolz, dass er das schwedische Wort für ›und‹ gelernt hatte, und kniff mich in die Wange. Die ganze Welt bestand aus ›och‹. *[Neue Pause]* Du weißt, dass seine Großmutter sich immer an die Brust griff und ›óch‹ stöhnte, also ›ach‹ sagte, wenn sie die Fragen hörte, die ihm durch den Kopf gingen? Wenn ich es recht bedenke, glaube ich, dass Jannis ihr griechisches *óch* im schwedischen *och* gehört haben muss. Jede Verbindung war schön und vergänglich, also brannte sie und tat weh. Wie Mückenstiche. So habe ich jedenfalls oft an ihn gedacht. An den *Och*-Menschen.« (Aus einem Telefoninterview mit Anton Florinos im Januar 2009.)

KURZE UNTERBRECHUNG. »Hast du wirklich seine Erlaubnis? Ich meine, wenn du vorhast, einen biografischen Roman zu schreiben, musst du ihn da nicht erst um Erlaubnis bitten? So, so, ein Sachbuch? Nenn es, wie du willst. Ich habe jedenfalls nicht vor, über Jannis zu sprechen, ohne dass er es wünscht. Nein, ich finde nicht, dass das reicht. Nur weil es sich um einen Roman handelt – entschuldige, um ein *Sachbuch* – hat man noch lange kein Recht auf die Geschichten anderer Menschen. Im Übrigen habe ich immer gedacht, die Gehilfinnen Clios dürften kein Leben abhandeln, das noch weitergeht. Sind die Griechen nicht immer gut für… Also, ich habe gesagt, sind die Griechen nicht immer… Hallo? Hallo-o…« (Das gleiche Interview, nur etwas später.)

TINTE UND WATTE. Nach dem Abendessen an jenem Tag, an dem Jannis mit Familie Florinos' Sohn auf dem Schlitten gesessen hatte, erlebte Agneta etwas Ungewöhnliches. Der Himmel war finster und voller Wolken, wie in Wasser aufgelöste Tinte und Watte darauf. Irgendwo glitzerten Millionen unerforschte, eventuell bewohnte Planeten, jedoch nicht hier, nicht an diesem Himmelszelt, das oberhalb des Tiefdruckgebiets, das sich vor ein paar Tagen über das Land geschoben hatte, vermutlich weiterhin existierte. Die Florinos waren von Ado von Reppe zu einem Smokingdiner eingeladen worden, und Agneta hatte den älteren Kindern drei Märchen vorgelesen, obwohl die Frau des Doktors gemeint hatte, eins reiche völlig aus. Endlich schlief auch der jüngste in seinem Wagen mit den federnden Rädern, den sie sicherheitshalber weiter schaukelte, während sie vor dem lautlos flimmernden Fernsehapparat auf der Couch saß.

Mittlerweile hatte sie vier Monate bei der ausländischen Familie verbracht. Die neu gewonnene Distanz zu Bengt und den Problemen war eine Leistung, für die sie einen Orden verdient zu haben glaubte. Sie schätzte das Gefühl, gebraucht zu werden. Es gefiel ihr, nie zu wissen, was die Kinder sich als Nächstes einfallen lassen würden. In einem Moment war der Dschungel voller schnatternder Silberäffchen, im nächsten bebte die Erde von krampfhaftem Weinen. Während des Schlafanzugrituals schrie Theo: »He, sei vorsichtig mit meinem Körper! Es gibt ein Skelett in meinem Körper!«, und sie hätte ihn zu gerne in die Wange gekniffen, wie die Griechen es immer taten. Aber als sie seinen Blick und die Zahnreihe sah, hart wie Marmor beziehungsweise Feuerstein, ließ sie die Hand sinken und beschränkte sich stattdessen darauf, das Grübchen im Kinn des Jungen zu studieren, während er zu begreifen versuchte, welches Bein in welchen Ärmel gehörte. Dieser Augenblick reichte aus, um bei ihr das Gefühl auszulösen, das sie weder leugnen wollte noch konnte und das Bengt mit Pupillen wie Stecknadelköpfen und folgenden Worten beschrieben hatte – den letzten, ehe er die Wohnungstür so fest hinter ihrem gemeinsamen Leben zuknallte, dass man es bis in das Heim für schwererziehbare Jugendliche gehört haben musste, in dem er gesessen hatte: »Du musst verdammt nochmal immer deinen Willen durchsetzen. Warum zum Teufel musst du immer deinen Willen durchsetzen?«

Agneta leugnete nicht, dass Kinder eine Quelle für Überraschungen und Begeisterung sein konnten, zumindest bis die Pubertät die Drüsen anschwellen ließ und es immer einen Körperteil zu viel gab. Aber sie mochte auch nicht leugnen, dass für sie selbst viel zu wenig übrig blieb. In Gegenwart der Jungen kam es ihr manchmal plötzlich vor, als wäre nicht genügend Luft da, als verwandelte sie sich in die Hände und Ohren und Füße der beiden, und dann wurde sie jedesmal zu einer Geisel ihres eigenen Lebens. Im Übrigen würde sie mit Kindern den Gedanken an Tanzböden und zeitlosen Müßiggang in Badewannen voller französischem Badesalz aufgeben müssen. Über letzteres lächelte sie müde. Agneta hatte niemals französisches Badesalz benutzt, auch wenn Bengt das behauptete. »Ich hoffe, dein kaltes Herz ersäuft in dem ganzen französischen Salz« – sowie weitere Worte dieser Art. Warum mussten Männer Muskeln im Gehirn haben? Warum begriffen sie nicht, dass Agneta das gleiche Bedürfnis hatte, über sich selbst zu bestimmen, wie sie? Hätte sie ihnen mit Kind mehr bedeutet als ohne?

Als sie aufstand, um den Apparat auszuschalten, in dem gerade eine Galaxie in einen lautlosen Mixer getrieben wurde, hörte man die Treppe zur oberen Etage knarren. Anfangs dachte sie sich nichts dabei, aber als das Geräusch in Schritte überging, schloss sie die obersten Knöpfe ihrer Bluse. Sie hatte den Kragen eine Stunde zuvor, nach Fläschchen und Bäuerchen, geöffnet, weil nackte Haut an Wange und Ohr das Kind beruhigte. »*Signómi*, Fräulein Agneta«, sagte die griechische Silhouette, die jetzt in der Tür stand. »Entschuldigung, ich meine.«

Ein junger Mann und eine junge Frau, beide ohne Partner, allein um halb elf an einem vorzeitigen Frühjahrsabend... Es fällt nicht weiter schwer, sich vorzustellen, wohin solche Bedingungen führen können. Im aktuellen Fall geschah folgendes: Jannis betrat den Raum, Agneta entdeckte, dass er auf Strümpfen war. Sie sah, dass die Strümpfe dünn waren und aus dem Ausland stammten, er wusste, dass sie ungewaschen waren. »Ein Grieche er ist still wie Tintenfisch«, erklärte Jannis, ohne sich der Musterung bewusst zu sein, die Augen auf die Bücherregale gerichtet. Sie beobachtete ihn unsicher. Breite Schultern, schmale Taille, muskulöse Beine – und ein gabardinebekleideter Po, der sich sehr deutlich abzeichnete, als er einen der Bände herunterholte. Er drehte und wendete ihn, als erstaunte ihn sein Gewicht oder auch sein Aussehen. Er wog ihn in den Händen, woraufhin er sich verabschiedete – etwas übertrieben auf Zehenspitzen und weiterhin lächelnd. »Oktopodi, du weißt?« Agneta zuckte mit den Schultern. Ihr BH kratzte.

Warum ist diese Szene es wert, sich an sie zu erinnern? Weil das

Kindermädchen Zweifel beschlichen? Nein, nein, nicht daran, dass sie kein Kind wollte. Aber an dem anderen – dass sie den Männern mit Kind mehr bedeutete als ohne?

WIEGENLIED FÜR EINE ÖLHEIZUNG. Nach seinem Besuch in der Bibliothek machte Jannis Sit-ups – den Band mit allem zwischen *Mandel* und *Mysterium* an seine Brust gepresst –, bis sich seine Rückensehnen spannten wie ein Reisigbündel und der Bauch zu einem Block aus Säure geworden war. Während er der Ölheizung lauschte, beruhigte sich sein Puls unter dem Nachschlagewerk. In der Dunkelheit war er ganz er selbst und trotzdem Teil der Welt. In den hellen Stunden des Tages standen ihm Haut, Kleider, Gesten im Weg. Nicht einmal die neuen Worte, die er bei seinen Gesprächen mit den Kindern lernte, schienen ihm zu helfen, den Menschen in Schweden näher zu kommen. Er dachte an das Kindermädchen mit den schönen Haaren und den blassen Augen, das nicht begriffen hatte, dass er einen Witz machen wollte. Er dachte an die Söhne der Florinos, denen es manchmal peinlich zu sein schien, was er in gebrochenem Schwedisch zu erklären versuchte. Aber hier und jetzt, auf Grundwasserniveau, lösten sich die Grenzen auf. Balslöv hätte ebenso gut Áno Potamiá heißen können.

Leise, anfangs kaum hörbar, drangen Laute eher aus seiner Kehle als aus seinem Mund, eher aus der Lunge als aus seiner Kehle, eher aus dem Zwerchfell als aus seiner Lunge. Verloren in den Worten sang Jannis weiter, obwohl er nicht wusste, was sie bedeuteten. Ein paar Minuten später bewegte er sich durch die Wand (ein Ding der Unmöglichkeit: Messungen zufolge besteht sie aus dreißig Zentimetern Beton) und löste sich in der Dunkelheit des Heizungskellers auf. Wieder einige Minuten später vermochte er nicht mehr zu sagen, was außen und was innen war. Und schon bald war ihm, als befände er sich bei der Ölheizung, die sich in seinem Inneren befand.

Bésame,
Bésame mucho…

In den letzten Minuten vor dem Einschlafen schweiften seine Gedanken in viele unvereinbare Richtungen. Es folgt eine Auswahl dieser Überlegungen ohne Magnet:

»Harke«… Was für ein schönes Wort. Es klingt wie der Name eines Mädchens. Ich glaube, es hat Zöpfe. Ja, es hat mit Sicherheit Zöpfe. Und kommt aus Holland.

Mich ändern? Warum sollte ich mich ändern? Ich bin doch ohnehin nie nur ich selbst. Ich bin jemand, der mit einem Jungen auf einem Schlitten sitzt. Ich bin jemand, der mit dem Gesicht auf dem Zwerchfell eines anderen Menschen liegt. Ich bin jemand, der Majas Maul zusammenklemmt, damit sie das Medikament gegen Würmer schluckt. Ich bin sogar jemand, der sich in einer Bibliothek blamiert. Ich bin nicht nur ich selbst, sondern auch, wie alle anderen mich erleben. Ein Tintenfisch!

Ich würde gerne wissen, wer sich auf der Welt an mich erinnert. Ich frage mich, ob viele darunter sind, die ich nicht kenne. Ob sie sich an mich erinnern oder nicht erinnern wollen. Und was sie tun, wenn sie sich nicht an mich erinnern wollen. Ich selbst will mich an alle erinnern. Es gibt keinen Menschen, an den ich mich nicht erinnern wollen würde. Nicht einmal die Partisanen.

Vielleicht doch die Partisanen.

Für mich sind nicht die Augen eines Menschen der Mittelpunkt. Auch nicht der Mund. Nicht einmal der Nabel, selbst wenn er so groß ist wie die Saugnäpfe eines Tintenfischs. Für mich ist es das Zwerchfell. Das Zwerchfell ist der Himmel an einem Menschen. Der Meinung bin ich gewesen, seit ich Efis damals zittern sah wie hautfarbenes Wasser. Ich wollte es berühren, ganz leicht, und anschließend die Ringe betrachten, während ich den Geschmack auf meinen Lippen gekostet hätte. Danach wollte ich die drei Worte sagen. Aber stattdessen habe ich etwas anderes gesagt. Etwas, was ich nicht begreife.

Nach der Pokerrunde kam mir alles hoffnungslos vor – bis Kostas mir Geld lieh und ich einen neuen Stall bauen konnte. Wir standen in einer langen Reihe, eine Armlänge lag zwischen jedem von uns. Christos, Petros und Elio waren dabei. Und Kostas natürlich. Hat Efi auch mitgemacht? Nein, sie wollte ja nach Schweden. Aber Großmutter und die Bulgaren. Und ich selbst natürlich. Während Großmutter auf einem Stuhl saß und den Takt angab, nahm Christos einen Stein von dem Stapel auf der Ladefläche, schwenkte ihn hin und her und hievte ihn nach ein paar Worten über die heilige Jungfrau zu Petros, der ihn in Empfang nahm und ohne eine Bemerkung über die heilige Jungfrau an Stella weiterreichte, die etwas über den König sagte und ihn zu Kostas weiter hievte, der etwas über deutsche Tanten sagte und ihn zu Vasil weiter schwang, der etwas sagte, was keiner verstand und ihn zu Bogdan hievte, der auch etwas sagte, was keiner verstand, und ihn anschließend zu mir hievte, der ihn absetzte. So machten wir weiter – eine lange Reihe von Menschen, einen ganzen Vormittag lang – bis die Ladefläche leer war. Ich glaube nicht, dass ich jemals glücklicher gewesen bin als an dem Tag.

Nein, ich bin niemals glücklicher gewesen als an dem Tag.

Nach diesen Gedanken musste er seiner Müdigkeit Tribut zollen. In den letzten Minuten murmelte Jannis nur noch. Über diese Zeit gibt es nichts zu berichten. Bloß den Verdacht, dass er weniger Jannis und mehr Welt war als eine halbe Stunde zuvor – sowie das Murmeln, das an Agnetas Ohr drang, als sie kurz nach Mitternacht eine Hand auf die Klinke der Kellertür gelegt hatte. Sie hatte Mantel und Schal an und schob gerade ihre Füße in die Stiefel. Als Manolis mit gelöster Fliege und den Fingern im Portemonnaie zurückkehrte, wurde ihr klar, dass sie die Zeilen kannte, die aus dem Keller aufstiegen wie sanfter, sanfter Rauch:

Hold me, my darling, and say
That you always be mine –

UMGEGRABENE ERDE. Einige Tage später wollte Lily den Gemüsegarten umgraben. Jannis begleitete sie in die Garage, wo sie Spaten und Arbeitshandschuhe holten. Die Osterwoche hatte begonnen, und es herrschte milderes Wetter als seit vielen Jahren um diese Zeit. Den Winter über hatte das Stück Land unter einer Abdeckplane gelegen, die mit Steinen von den Eisenbahngleisen beschwert gewesen war. Jannis hatte sich nach dem Grund erkundigt. Nun erzählte ihm die Frau des Doktors, die Erde müsse geschützt werden. »Keiner kann über seinen eigenen Schatten springen.« »Schatten, kiría?« Sie erklärte ihm, dass dies nur eine Redensart war, die besagte, dass sie sich nicht verändert hatte: Lieber auf Nummer sicher gehen mit Abdeckplane als ein ruinierter Gemüsegarten ohne. Jannis entfernte die Steine und zog außerdem die u-förmigen Krampen heraus, die in den Boden gesteckt waren. An zwei Stellen hatte man Holzstäbe mit einer Art Kriegsbemalung benutzt. »Was das hier?« »Krocketstäbe. Wenn du… Nein, Krocket. Mach es so. Genau. Dann fasse ich hier an.« Gemeinsam falteten sie das Segeltuch zwei – drei – vier Mal. Alles, was die Frau des Doktors machte, war durchdacht. Sollte der Himmel eines Tages eingepackt werden müssen, ahnte er schon, wer sich der Aufgabe annehmen würde, ohne dass der Himmel Schaden nahm. Ihre Frisur saß perfekt und wenn er einmal näher bei ihr stand als gewöhnlich, wie jetzt, nahm er wahr, wie gut sie roch. Wie Minze.

Als Lily ins Haus zurückgekehrt war, sann Jannis über das braune Erdreich nach. Die Plane hatte so gründlich jede Feuchtigkeit ferngehalten, dass nicht einmal der Morast der letzten Wochen Wirkung gezeigt hatte. Kein Felsgrund, nur harter Humus. Hier und da sah man erfrorene Pflanzen mit papierartigen Blättern. Als er seinen Spaten in das Erdreich trieb, stieß er auf Widerstand: In fünfzehn Zentimeter Tiefe war der Boden noch gefroren. Diese paar Quadratmeter, dachte er und drückte mit dem Fuß. Diese Quadratmeter würden ausreichen, um eine Familie zu ernähren. Oder einen Vater zu beerdigen.

Mittlerweile lag der Abend mit den siechen Wurzeln so weit zurück, dass es sich nur noch anfühlte, als wäre es gestern gewesen und nicht eben erst. Da waren die Frauen, die mit den Köpfen der Männer im Schoß auf dem Marktplatz saßen. Da war Stefanopoulos, der von Fenster zu Fenster lief und in einer Sprache, die niemand verstand, abwechselnd brüllte und jammerte. Da waren die Flammen, die an dem Gebäude leckten und das Wasser in den Eimern, die Stefanopoulos trug – bis ein Balken herabfiel und er umkam. Da war die Ohnmacht, die wie Watte in der Luft lag und dazu führte, dass sich alle gleichsam mit Verzögerung bewegten. Da war Frau Petridis, die ihren Mann und ihren Sohn verloren hatte und sich von diesem Schlag nie mehr erholen sollte. Und da war Vater Lakis, der, eine Handfläche so groß wie ein Spatenblatt gegen die Stirn gepresst, an einem der Kaffeehaustische saß. »Was habe ich getan? O, was habe ich nur getan?« Die ihn hörten, nahmen an, dass er mit Gott sprach. Da war Vasso, die nicht so gut darin sein mochte, eine Mutter zu sein, aber dennoch die einzige blieb, die er hatte, und auch sie saß mit einem Kopf im Schoß – obgleich etwas weiter weg, kurz vor dem Dorfende. Da war sein Vater, dessen Kopf sie hielt und dem man erst in den Arm und dann in die Brust geschossen hatte. Und da war Jannis, der feststellen musste, dass er sich nicht bewegen konnte, als seine Mutter ihm zuwinkte. Die Zunge schrumpfte, die Augen erstarrten. Da waren die längsten Minuten in der achtjährigen Geschichte der Menschheit.

Es ist sinnlos, alle Informationen zu wiederholen, die der geneigte Leser im zwölften Band der *Enzyklopädie* finden kann. Es reicht festzuhalten, dass Jannis' Vater den Marktplatz erst erreicht hatte, als bereits eine Fackel durch das Fenster des Kaffeehauses geworfen und vier Dorfbewohner getötet worden waren. Weil er aus einer Richtung kam, mit der niemand gerechnet hatte, wurde er zunächst nicht bemerkt. Leise versuchte er sich rückwärts wieder aus dem Dorf zu stehlen, an Tsoulas' Geschäft vorbei und den Hang hinunter. Aber als er sich bereits in Sicherheit wähnte, stolperte er über ein Weinfass. Statt sich am Feuer zu wärmen, ritten die Partisanen zu dem am Boden liegenden Mann. Mit Bedacht,

145

fast friedfertig hoben sie ihre Gewehre an die Schultern, feuerten und verschwanden. Deshalb waren da auch die leeren Patronenhülsen und Hufspuren auf der Erde. Da waren die Ziegen, die ihre Mäuler auf die Brust des Vaters pressten, bis Jannis sich gezwungen sah, sie wegzutreten. Da war die Großmutter, die einfach zusammenbrach, als sie nach Hause kamen. Da waren die hässlichen Stunden hinterher mit heißem Wind und Hilflosigkeit. Und da waren die schwarzen Bänder, die Vasso, wortkarger denn je, an seine Hemden und Pullover nähte. Da war Vater Lakis, der versprach, ihnen beim Ausfüllen der Papiere zu helfen, die seiner Mutter einen Anspruch auf eine Rente garantieren würden. Da war die sowjetische Uhr seines Vaters, die ihm seine Großmutter schroff über die Hand streifte. Und da waren die Diskussionen darüber, ob der Junge weiter zur Schule gehen sollte oder nicht, woraufhin man beschloss, er solle es tun, wenn dafür genügend Zeit wäre. Aber vor allem war da das Grab. »Dein Junge ist jetzt der Mann im Haus«, sagte Despina zu Vasso mit einem Blick, in dem mehr als Mitleid lag. Sie drückte ihm den Spaten in die Hand. »Er muss dafür sorgen, dass dein Mann in Frieden ruhen darf.«

Frage: Wie beerdigt man einen Vater, wenn man gerade erst acht geworden und die Erde hart ist?

Antwort: Wir wissen es nicht. Aber Jannis schaffte es. Irgendwie. Als er viele Jahre und Kilometer weiter nördlich die Erde umgrub, kam ihm gleichwohl etwas anderes in den Sinn: Nach der Beerdigung hatte seine Großmutter nachts zu sprechen begonnen. Zur Einstimmung hörte man Vassos gierige Schnarcher (die klangen, als hätte sie den ganzen Tag darauf gewartet, die Welt zu verlassen und endlich für sich sein zu dürfen). »Dafür sind wir in dieses gottvergessene Kaff gekommen?«, murmelte Despina in der Dunkelheit. »Um meinen Sohn zu beerdigen?« Oder: »Verdammter Gott. Nicht einmal diese Fladenbrotesser haben es geschafft, aber du und deine Griechen. Wie konntet ihr mir so viel geben? Und mir noch mehr nehmen? *Óch*, bleib in deinem Loch, du feiges Kaninchen. Wir haben uns nichts zu sagen.« Oder: »Was die Männer betrifft, hast du mich nicht gerade glücklich gemacht. Erst nahmst du mir den Mechaniker, dann Vater und nun meinen Sohn. Wage es ja nicht, an den Jungen auch nur zu denken. Wenn du ihn bloß anhauchst, werde ich dich bis nach Afrika jagen, so alt ich auch sein mag. Du glaubst mir nicht? Ich nehme das Fahrrad.« Oder: »Nimm mich stattdessen, Gott. Ich mache nicht viel her, aber ich habe immer noch Hüften wie eine Kuh. Und meine Hände wissen, was sie tun. Lass Jannis in Ruhe. Hörst du mich? Lass Jannis in Ruhe.« Oder: » Auch wenn Vassos Plumpheit zum Steine erweichen ist, hat sie doch keiner Menschenseele jemals etwas zuleide getan. War es wirklich nötig, ihr meinen Sohn zu nehmen?« Oder: »*Óch*, es kommt mir vor, als wäre es gestern gewesen, als ich mir noch seine ganze Faust in den Mund stecken konnte. Jetzt kann ich es nicht einmal mehr versuchen.« Oder: »Erst die Türken, dann die Deutschen und die Bulgaren… Und jetzt die Griechen. Wen schickst du als Nächstes?« Als Jannis letzteres hörte, schrumpfte seine Zunge und er war unfähig zu schlucken.

Bei der Beerdigung starrte Despina Vater Lakis so an, dass er sein Weihrauchfass abstellte. Deshalb wurde zum ersten und letzten Mal in Áno Potamiá der Name des Toten nicht ausgesprochen. Als Jannis Erde auf den Sarg geschaufelt, Steine auf die Erde gelegt und auf die Aufforderung der Großmutter hin auch einen Mandelzweig dazwischen gepresst hatte, erklärte Vasso, sie wolle allein sein. Sie sank auf die Knie, legte die Hand auf das kalte Erdreich und blieb so im Nieselregen knien. Der Sohn sah seine Mutter an, dann hakte er sich bei der Großmutter ein und ging heim. Er hatte Blasen an den Händen, sagte aber nichts. Als er Despina ins Bett helfen wollte, presste sie ihre Stirn gegen seine. So blieben sie stehen, reglos auf dem Kelim, mit dem Menschen zwischen sich, den es nicht mehr gab. »Deine Mutter findet sicher, dass ich hart bin, aber in mir ist keine Bosheit.« Die Großmutter versuchte zu lächeln. Als ihr das nicht gelang, nahm sie seine Hände in ihre. Jannis blieb weiter stumm. »Weißt du, in Smyrna nannten wir die Toten niemals beim Namen. Wenn du willst, kannst du es tun, *mátia mou.*

Vasso auch. Hauptsache, ihr wisst, was ihr tut.« Sie drückte seine Hände lange und fest, als wollte sie sich vergewissern, dass er den Ernst in jedem einzelnen Wort erfasste. »Denn wenn du den Namen aussprichst, ist dein Vater nicht mehr an deiner Seite. Dann musst du alleine, ohne Begleiter, weitergehen. *Óch*, es gibt Leute, die behaupten, einmal ist kein Mal. Ich aber sage: Einmal kann einmal zu viel sein.«

BEGLEITER. Gelegentlich ahnt ein Mensch mehr, als er weiß. Weniger bekannt ist, dass auch das Gegenteil der Fall sein kann: Manchmal weiß er mehr, als er ahnt. Bei Jannis äußerte sich dieser Umstand wie folgt.

Die Zeit: Der Tag, an dem er den Gemüsegarten umgrub, nur etwas später. Der Ort: Eine Bibliothek, deren Bücher nach Sprachen sortiert waren. Personen: Ein siebenjähriger Junge, ein vierundzwanzigjähriger Mann und eine einunddreißigjährige Frau. Der Junge steht vor dem Abschnitt des Regals, in dem die Rücken nicht vergoldet sind. Er wird der schwedische Abschnitt genannt. Er ist Halbgrieche. Der Mann im Türrahmen ist Vollgrieche. Na ja, mehr oder weniger. Aber da er von den genauen Umständen seiner Abstammung bisher weder etwas weiß noch ahnt, sehen wir ihn so, wie er sich selbst sieht. Die Frau befindet sich woanders und ist eine Nullgriechin. Momentan halten sich folglich anderthalb von insgesamt drei möglichen Griechen in dem Zimmer im ersten Stock auf, in dem ansonsten noch ein volldeutscher Fernsehapparat der Marke Telefunken steht.

VOLLGRIECHE: *Ópa*, was du tust?

HALBGRIECHE: Ich suche ein Ding.

VOLLGRIECHE: Was für ein Ding?

HALBGRIECHE: Ein Ding.

VOLLGRIECHE: Ein Ding kann viele Dinge sein. Mehrzahl, du weißt?

HALBGRIECHE: Nicht das.

VOLLGRIECHE: *Entáxi.* Du brauchst Hilfe?

HALBGRIECHE: Wenn du den richtigen Band finden kannst. Er müsste hier stehen. *(Zeigt.)* Aber …

VOLLGRIECHE: *(stellt den Band zurück, den er sich geliehen hatte, flüstert)*: Du weißt, ich nicht kann … Ja, du weißt schon.

HALBGRIECHE *(erwidert nichts, weil er in diesem Augenblick findet, wonach er gesucht hat. Nimmt den Band, den der* VOLLGRIECHE *zurückgegeben hat, ruft kurze Zeit später aus)*: Sieh mal! *(Liest laut aus einem Lexikonartikel vor, verhaspelt sich.)* »Der Mars wird auch ›der rote Planet‹ genannt. Seine Farbe ist wahrscheinlich der Grund dafür, dass der Him … Himmelskörper nach dem römischen Kr … Kriegsgott benannt wurde, der im Übrigen auch mit der Zeit der Aus … Aussaat verknüpft wird.«

VOLLGRIECHE *(geht zu* HALBGRIECHE*)*: Warum du interessiert an Krieg? Warum das?

HALBGRIECHE: Deshalb.

VOLLGRIECHE: Warum ich gesagt. Deshalb keine Antwort.

HALBGRIECHE: Was ist der dritte Monat des Jahres? Siehst du.

VOLLGRIECHE *(misstrauisch lachend)*: Nur deshalb?

HALBGRIECHE: Ja. Und weil ich auf dem Weg zu von Reppes den Dreck-Janne getroffen habe. Er hat mir erzählt, dass der Planet im März am besten zu sehen ist. Ich darf ihn besuchen, wenn ich will. Er hat ein … Astroskop heißt das, glaube ich. Auf dem Dach.

NULLGRIECHIN *(aus der unteren Etage)*: Eeeessen!

VOLLGRIECHE: Du meinst den Phantastischen im Schilf?

HALBGRIECHE: Er ist nicht phantastisch. Nur anders. Schau hier. *(Zeigt, liest weiter.)* »Die beiden Monde des Mars, Phobos und Deimos, wurden 1877 entdeckt von …« Egal. »Die Namen entstammen der Mythologie. Phobos und Deimos waren dem Kriegsgott Ares (lateinisch: Mars) zugeordnet und seine Begl …« Mist, die schreiben vielleicht kompliziert. »Begleiter in der Schlacht.«

VOLLGRIECHE *(leise)*: *Kapetán* Aris? Der ist gewesen in Áno Potamiá. *Né, né.* Sehr bekannt. Velouchiotis, du weißt. Und später die anderen kamen. Weniger bekannt, leider.

HALBGRIECHE *(stellt das Nachschlagewerk zurück)*: Und wer ist jetzt phantastisch?

VOLLGRIECHE *(geht zum Fenster)*: Vielleicht phantastisch, mein Mars. Was du meinst, ich darf dich so nennen? Aber nicht phantastisch, wie du denkst. *(Erzählt von dem Partisanenführer, der Áno Potamiá eines Abends während der Besatzungszeit besucht hatte. Erwähnt eine ehemalige Cognacflasche in einem Kühlschrank. Sagt noch etwas, das kaum zu hören ist, etwas über Sonntage, die als Freitage verkleidet waren. Erhebt die Stimme)*: Und sie reiten davon. Schöner Abend. Ich nur nicht ahne, wer sie sind. Zu spät ich weiß.

NULLGRIECHIN *(mit der Hand auf dem Treppengeländer)*: Erde an obere Etage: Es gibt Essen. *(Kehrt in die Küche zurück. Stille senkt sich herab.)*

HALBGRIECHE *(sieht den* VOLLGRIECHEN *nachdenklich an)*: Du, das, was du nicht kannst… *(Kunstpause.)* Ich könnte es dir beibringen. Es ist kinderleicht.

KURZE ABHANDLUNG ÜBER DIE ZEIT N. A. (NACH ÁNO POTAMIÁ). Als Jannis einsah, dass die Schlittschuhe jetzt für längere Zeit an ihrem Haken in der Garage hängen bleiben würden, schlüpfte er in ein Paar praktisch unbenutzte Turnschuhe – auch sie von Doktor Florinos geliehen – und begann, auf der anderen Seite der Bahnlinie um den Sportplatz zu laufen. Vielleicht träumte er davon, mit der Fußballmannschaft des Dorfs trainieren zu dürfen, die für die neue Spielzeit Verstärkung benötigte und einen Aufruf an das schwarze Brett vor Nelsons Lebensmittelgeschäft geheftet hatte. Aber wahrscheinlich wollte er sich bloß bewegen. Er fühlte sich athletisch, er fühlte sich muskulös, er hatte jede Menge Energie. Während sich der Schweiß auf seinem Rücken ausbreitete, wurden seine Beine durch die Milchsäure immer steifer. Trotzdem war er von einem verwirrenden Glücksgefühl erfüllt. Jede neue Runde um den Fußballplatz schien ihn sich selber näher zu bringen. Er lief, dachte er, im Kreis. Er lief, dachte er, um eine unerreichbare Nabe einzukreisen. Auch wenn ihn jede neue Umrundung schneller atmen ließ, so dass er nach zwanzig Runden mit den Händen auf den Kniescheiben stehen blieb, während seine Lunge wie ein Blasebalg pumpte und aus seinem Mund Speichel mit dem Beigeschmack von Eisen sickerte, auch wenn man also nicht behaupten kann, dass er einen Mittelpunkt erreicht hatte, war Jannis verwirrenderweise glücklich. Denn er erkannte, dass der Körper sein eigenes Uhrwerk war.

Als er im Keller duschte, muss ihn diese Einsicht nachdenklich gemacht haben. Wann wusste ein Mensch, dass eine neue Zeitrechnung begonnen hatte? Die selbstverständliche Antwort lautete: hinterher. Nach einer Zeitmenge x spürte er, dass y anders war und blätterte durch z zurück. Wenn er nicht mehr weiterkam, befand er sich an dem Anfang, den das erste Blatt eines neuen Kalenders anzeigte. Dieser Tag 1 konnte glücklich oder unglücklich sein, selbst verschuldet oder unfreiwillig, aber bildete er wirklich den Ausgangspunkt? Nicht selten stellte sich heraus, dass der Kalender Vorsatzblätter enthielt, die den nummerierten vorausgingen. JAHRESKALENDER 1967 hatte beispielsweise in roten Druckbuchstaben auf dem Kalender in Familie Florinos' Küche gestanden. Und in feinen, ebenso roten Serifen auf dem nächsten Blatt: *Verband der schwedischen Lebensmittelerzeuger.* Diese Blätter waren kein Bestandteil der eigentlichen Zeitrechnung, sie waren ja nicht nummeriert, markierten als Vorsatz aber dennoch deren Bedingungen. Das meiste, was danach folgte, war so, wie es immer gewesen war, wie es immer sein sollte, nahm sich aber trotzdem frisch, roh, unbekannt aus. Von Zeit zu Zeit traf allerdings ein Ereignis ein, das es verdient hatte, mit besonderer Schärfe in Erinnerung zu bleiben. Deshalb waren manche Zahlen rot gefärbt wie Schöpfungstage in Miniaturausgabe. Und an diesem Punkt traten die Probleme auf, denn die roten Tage waren mit den Vorsatzblättern verwandt, die sich eigentlich außerhalb der Zeitrechnung befanden …

In Jannis' Fall saß die Erinnerung an den ersten neuen Tag am rechten Handgelenk. Dort zeigte ein zerbrochenes Uhrgehäuse fünf Minuten und etwa zwanzig Sekunden nach zwölf. Diesem Urknall war ein unvorhersehbares Ereignis nach dem anderen gefolgt. Die Nacht mit Kauders auf dem Bahnhof in Belgrad. Die Fahrstunden in Bromölla, bei denen er seinem Lehrer klar zu machen versucht hatte, dass Rückspiegel benötigt wurden, um in der Zeit zurückzublicken, und Jari Salonen lachend erwidert hatte, wenn er weiterfahre wie bisher, werde er mit Sicherheit mehr von der Gegenwart erleben, als ihm lieb sein konnte. Der lange Tag in der Chirurgischen Praxis in Kristianstad. Die kurzen Schlittschuhschritte auf dem Rövaren. Die erste Laufrunde um den Sportplatz, bei der er einen Pfad ausgetrampelt hatte, der mit jeder neuen Runde matschiger geworden war. Nicht einmal die Schwierigkeiten, die er mit der Grenzpolizei in Jugoslawien und Malmö hatte, oder die untätigen Tage am Küchentisch bei Efi und Kostas mochte er missen. Nein, wenn er an alles zurückdachte, was sich zugetragen hatte, seit die Zeiger auf der Poljot seines Vaters stehen geblieben waren, fühlte Jannis sich außer Stande, auch nur eine einzige Begebenheit auf Kosten einer anderen in den Vordergrund zu rücken. Kurzum: Er bekam Probleme mit der Zeitrechnung. Er hatte das Gefühl, dass alle Tage rot waren.

Nach dem Tod der Hasenscharte war er nicht mehr jeden Tag in die Schule gegangen – oder auch nur jede Woche, oder auch nur jeden Monat. Stattdessen hatte Vater Lakis ihn unterrichtet, wenn er denn dazu kam. Während dieser Stunden im Büro des Geistlichen lernte der Acht-, Neun- und später auch Zehnjährige vieles, was ihm Magister Nehemas aller Wahrscheinlichkeit nach niemals vermittelt hätte. Unter anderem, dass die Woche nicht aus irgendwelchen beliebigen Tagen bestand. Der erste Tag war der wichtigste, weil Gott an ihm Himmel und Erde erschuf. An diesem Sonntag war die Welt von Wasser bedeckt und klassenlos. Am zweiten Tag erschuf der Herr das Himmelsgewölbe. Die Kuppel trennte das Wasser unter dem Bollwerk vom Wasser darüber. Letzteres bestand aus Dampf und wurde von dem Geistlichen zum »Überbau« ernannt. Am dritten Tag sammelte Gott das untere

152

Wasser an einer Stelle. Land entstand und in der Folge auch Áno Potamiá. So machte der Herrr tagein, tagaus weiter, bis er zufrieden war und sich von seiner Schöpfung ausruhen konnte. Hierbei senkte Vater Lakis die Stimme. »Aus dieser perfekten Woche war der Teufel ausgeschlossen…« Den Leibhaftigen durfte Jannis sich vorstellen, wie es ihm beliebte. (Was er auch tat: Er hatte rote Augen und einen grauen Bart, trug sich kreuzende Patronengurte und roch nach Schießpulver.) Für manche war der Teufel das Kapital, für andere die Deutschen oder die Bulgaren und für Frau Poulias das Schicksal – »sicher ist nur eins: Er kommt von außen«. Wie die Amerikaner wartete er auf die richtige Gelegenheit, die Treuherzigen zu verderben. »Der achte Tag, *palikári mou*, das ist der Tag des Chaos und der Vertreibung.«

Mittlerweile war Jannis alt genug, um dem Priester nicht zu glauben, der geheimnisvoll gelächelt hatte, als sie sich über die sowjetische Uhr unterhielten, die der Junge nach dem Tod seines Vaters trug. Der Gedanke aber, dass die Namen der Tage willkürlich waren, ging ihm nicht mehr aus dem Sinn. Wie alle anderen wiederholte er sie Woche für Woche, so war es am einfachsten, wusste jedoch, dass es sich um Bezeichnungen handelte, die Vereinbarungen waren, und Ereignisse, die einander nicht untergeordnet werden konnten. Der Abschied von Áno Potamiá bewies dies. Seit er das Uhrgehäuse eingeschlagen hatte, bestand die Welt aus achten Tagen. Fortan ließ sich unmöglich annehmen, dass ein Dienstag tatsächlich auf einen Montag folgte. Und was besagte, dass ein Mittwoch ein *Mitt*woch war? Konnten manche Wochen nicht voller Montage sein, während andere alles außer Freitagen enthielten? Als Jannis seine Gedanken beim Mittagessen in Worte fasste, schlug er vor, dass man bestimmte Ereignisse als »so nahe, wie man einem Dienstag kommen kann, der keiner ist« betrachten sollte, während andere »typische Fälle von Donnerstag« waren. Für ihn persönlich war der Februar besonders reich an Samstagen gewesen, während im März zweieinhalb Sonntage pro Woche enthalten gewesen waren, wenn er richtig gezählt hatte. Diese Entdeckung, wahrlich verblüffend, erlaubte es ihm zudem, das Problem der Feiertage zu lösen. Es verhielt sich mitnichten so, dass manche Tage vornehmer waren als andere und deshalb rot. Auch in Bromölla enthielten die Tage Schaltknüppel und Schneeflocken und vieles andere, was er nicht zu vergessen wünschte. Aber sie waren ihrem Charakter nach verschieden. So wie die Trauer zwischen Herzschläge gepresst liegen oder die Freude zwischen klatschenden Händen leben konnte, so konnte ein Tag auch andere enthalten. War ein Tag besonders erinnerungswürdig und deshalb rot, handelte es sich unter Umständen um »einen doppelten Dienstag« oder »einen Mittwoch mit einer Prise Montag«.

Von dieser Darlegung der Zeit n. A. mag man halten, was man will. So kann man etwa wie Doktor Florinos nach dem Mittagessen erklären, sie sei nicht besonders praktisch. Oder man kann sich wie Lily die Mundwinkel mit der Serviette wischen und sagen, dass eine Woche ohne Tage mit Nachtdienst toll wäre. Man kann viel meinen und tun, aber man kann nicht leugnen, dass Jannis einem Geheimnis der Zeit auf die Spur gekommen war. Warum waren manche Erinnerungen so überwältigend, dass sie wie Ereignisse erschienen, die weiter atmeten, sich ernährten und acht Beine hatten? Unser Held hatte entdeckt, dass die Zeit, die ein Mensch durchlebte, ein Wirrwarr aus Gängen und Schlupflöchern enthielt, das den Kalendern fehlte. Auf diese Weise wurden Ereignisse miteinander verbunden, die Jahre und Länder voneinander entfernt lagen. Wenn er eine Begebenheit in Balslöv zu »einem unerwarteten Fall von Donnerstag mit deutlichen Einschlägen von Dienstag« ernannte, mochte dies bedeuten, dass der Tag etwas Lustvolles, aber Schmerzliches berührte, was er als Kind erlebt hatte. Oder umgekehrt: Eine Geschichte über Smyrna, die ihm seine Großmutter erzählt hatte, ohne dass er jemals ihre Bedeutung erfasst hätte, offenbarte ihre Bedeutung, als sie mit etwas verbunden wurde, was er bei Familie Florinos tat. Für Jannis bestand die Zeit aus Verdichtungen und Verdünnungen. Es erschien durchaus möglich, dass ein Jahrhundert 63 Jahre und ein anderes 128 Jahre lang war.

Die seltsamste Schlussfolgerung steht allerdings noch aus, und die zog er nach dem Mittagessen. Während Manolis in der Zeitung von gestern nach etwas Lesenswertem suchte und Lily den Tisch abdeckte, nahm Jannis den Kalender von der Wand. Auf einem Reklameblatt einige Blätter weiter sah man zwei brütende Hühner. Aus dem Mund des einen stieg eine eiförmige Sprechblase auf: »*Die schwedischen Lebensmittelhändler wissen, gut Ding will Weile haben.*« Was er nicht lesen konnte. Das andere Huhn antwortete: »*Frohe Ostern!*« Was er ebenso wenig lesen konnte, obwohl er erriet, was es bedeutete. Daraufhin geriet er ins Grübeln. Als er sich in den Keller zurückzog, fühlten sich die Treppenstufen unter seinen Fußsohlen so weich an, als wäre der Stein zu Wasser geworden, auf dem sich wandeln ließ. Auf seiner Bettcouch liegend erkannte er, es war nicht so, dass ein Ereignis niemals stattgefunden hatte. Ein toter Vater *war* ein toter Vater. Ein alter Freund *war* ein alter Freund. Ein surrender Kastanienbaum *war* ein surrender Kastanienbaum. Aber die Erinnerungen veränderten ihren Charakter. Was heißen müsste, dass es eine Verbindung zwischen einer bestimmten Begebenheit und anderen gab, zu denen es früher oder später kam. Wenn die Erinnerungen andere Erinnerungen enthielten, existierte demnach eine Zeit, in der die unterschiedlichen Zeitformen miteinander in Kontakt standen. Hier mochte sich die Zukunft längst erledigt haben, während die Vergangenheit noch darauf wartete, sich zu ereignen. Wer die Verluste verstehen wollte, aus denen das Leben bestand, musste die Zeit folglich kanalisieren. Man könnte auch sagen: Der Abschied verlangte eine Disziplin. Unglaublich. An diesem Tag erfand Jannis die Zeit nicht als Gefängnis, sondern als Freiheit.

ZWÖLF SONNTAGE IN EINEM. Zwei Tage nach dem Mittagessen mit der Familie Florinos stand Jannis erneut in der Küche – diesmal mit Blut bis zu den Ellbogen. Es war exakt 1934 Jahre nach Christi **, was Vater Lakis' Art war, die Wiederauferstehung Jesu im

Kirchenbuch zu notieren. Unter einem Handtuch ging ein Teig. Der Ofen war eingeschaltet, und auf dem Herd grollte der größte Topf, den er in den Schränken gefunden hatte. Er hob den Deckel ab und rührte im Gewitter. Ein Teil des roten Regens war bereits durch den Abfluss geflossen. In der Spüle schimmerte eine aufgequollene Zwiebel, die er in den Abfall beförderte. Sie dampfte. Jannis nieste.

Frühmorgens war Jannis wie üblich seine Runden gelaufen. Nachdem er den Fußballplatz mehrmals umrundet hatte, war er es leid gewesen und hatte beschlossen, an den Strafraumlinien und schließlich auch an der Mittellinie entlang zu laufen. Als er zum x-ten Mal den Kreis umrundete, den Ado von Reppe kürzlich mit Kreide nachgezogen hatte, und keuchend auf dem Anstoßpunkt stehen blieb, mit prallen Beinen, kam ihm seine Idee. Wie sahen Anstoßkreis und Mittellinie vom Himmel betrachtet aus? Richtig. Wie eine gezeichnete Version des Derwischs Killi. Er lächelte. Dann schlug er sich auf die Schenkel, füllte seine Lunge und beschloss, in einem Atemzug nach Hause zu sprinten.

Zwei Stunden später beendete die Familie Florinos ein aus Sachertorte bestehendes Frühstück. Nun strich sich der Kellergrieche mit rot verfärbten Nägeln durchs Haar. Nachdem er einen Blick mit Lily gewechselt hatte, erklärte er, er habe im Garten Eier versteckt. Doch, die Kinder hatten richtig gehört. Er reichte ihnen eine Skizze des Grundstücks. Es galt, die Eier zu finden und die Fundorte auf der Karte zu markieren. So machte man es in Griechenland. Wer die meisten Eier fand, gewann einen Preis. Theo schlug mit den Stiefeln gegen den Stuhl, Anton vertiefte sich augenblicklich in die Zeichnung. Da keiner Zeit hatte, sich umzuziehen, waren die beiden Schatzsucher, die in der folgenden Stunde den Garten auf den Kopf stellten, nur mit Schlafanzug und Bademantel bekleidet. Der jüngere lief zwar plan-, aber nicht erfolglos von der Garagenauffahrt zum Werkzeugschuppen und danach zum Gemüsegarten. Binnen einer Viertelstunde hatte er fünf rote, hart gekochte Eier gefunden, deren Positionen auf der Karte markiert wurden. Der Ältere feierte weniger Erfolge, ging dafür aber gründlicher zu Werke. Als Erstes durchkämmte er das Gelände am See. Ein Ei lag unter der Sitzfläche des Schlittens, die Spitze eines anderen ragte aus einem Maulwurfhügel. Danach arbeitete er sich die Wiese hinauf zum Haus zurück. Er untersuchte den Komposthaufen, nahm sich den Werkzeugschuppen ein zweites Mal vor und kontrollierte darüber hinaus die Hecke zu Olléns. Keine Eier. Nirgendwo Eier. Schließlich wandte er sich der Vorderseite des Hauses zu. Fahnenmast, Apfelbaum, nasse Hollywoodschaukel. Und fand einen dritten Schatz in einem Blumentopf.

Nach einer Viertelstunde hatten die Jungen acht, nein, neun Eier eingesammelt. Der jüngere fand sein sechstes am Gartentor. Die Schätze wurden in einen Korb gelegt, den Lily hielt. Weitere Eier konnten die beiden jedoch nicht finden. Widerwillig setzten sie sich auf die Küchentreppe. »Bist du sicher, dass es zwölf sind, Jannis?« »Eins, zwei, drei, vier…« »Hör auf, Theo. Bist du sicher, dass es zwölf sind, habe ich gefragt?« »Fünf, sechs…« »Hör auf, habe ich gesagt! Es sind immer noch nur neun.« Der Grieche stand breitbeinig und glücklich mit einem Zweitagebart, die Hände in den Taschen, vor den Kindern. »*Palikária mou*, ihr nicht seid so phantastisch, wie ich gedacht habe. Warum Karte? Denkt Karte. Warum Karte?« Das Streichholz wippte im Mundwinkel.

Anton schien etwas begriffen zu haben, denn er riss seinem Bruder die Zeichnung aus der Hand. Ungeduldig studierte er die Fundorte. Es war nicht leicht, ein Muster zu erkennen, aber… Moment. Sicherheitshalber ergänzte er die fehlenden Kreuze – und als er die Figur sah, begriff er auf einmal, wo sich ein weiteres Ei befinden musste. Wortlos verschwand er hinter der Hausecke. Als er zurückkehrte, hielt er triumphierend den zehnten Schatz in den Händen. Jetzt stand es nur noch 6:4 für seinen Bruder. Mit etwas Glück war noch ein Unentschieden möglich. Als Anton den Fundort einzeichnete, begriff auch Theo, dass die Kostbarkeiten an Stellen versteckt waren, die zusammen ein Muster bildeten. »Was soll das darstellen?« »Du bist zu klein«, erklärte sein Bruder. »Hör auf«, sagte

Theo. »Das ist ein Buchstabe, stimmt's?« »Ein Buchstabe?«, bluffte Jannis. »Und ob«, sagte der Junge und fuhr fort: »Wenn das so ist, müssen die letzten Eier hier liegen.« Er zeigte auf das Herz der Figur, die wie ein griechisches Φ aussah. »Das geht doch nicht, oder?« Anton sah den Griechen ratlos an. »Wenn da die letzten Eier liegen, dann liegen sie doch im Haus. Aber du hast versprochen, dass sie nur im Freien liegen. »Manchmal außer Haus auch ist im Haus.« »Unsinn, ich bin doch nicht blöd.« »Ich weiß es, ich weiß es!«, schrie Theo und rannte los.

Es zeigte sich, dass die letzten Eier auf der Rückbank des Autos lagen. »Das ist Pfusch! Entweder drinnen oder draußen. Nicht beides.« Anton stöhnte auf, als er sah, wie sein Bruder den Preis über seinen Kopf hob: einen riesigen Brotlaib mit Vertiefungen für die Eier. Passend dazu vertieften sich auch die Grübchen auf Jannis' Wangen. Er erkannte soeben, dass er etwas selbst für n. A. Ungewöhnliches erlebt hatte: zwölf Sonntage in einem. »Die ganze Welt besteht aus *och*, Anton.« Er legte den Arm um das Kind, das vor Wut immer noch kochte. »Vielleicht wir reden weiter über andere Buchstaben, nicht kyrillische?«

SANITÄRPORZELLAN. Am nächsten Sonntag, einem reinen und rosigen Sonntag ohne etwas anderes darin, löste Jannis eine Fahrkarte nach Bromölla. Die Geschwister Kezdoglou arbeiteten noch in den Ifö-Werken, die 1936 mit der Manufaktur von Toilettensitzen begonnen hatten und dreißig Jahre später zu Nordeuropas größtem Hersteller von Sanitärporzellan aufgestiegen waren. In den ersten Jahren wurden die Kalksteinvorkommen auf einer Insel im nahe gelegenen Ivösjön abgebaut, aber als Efi und Kostas den Umgang mit Waschbecken und Bidets erlernten, wurde das nötige Kaolin schon seit langem aus Großbritannien importiert. Als Jannis anklopfte, war Efi gerade dabei, die Kacheln rund um den Herd zu schrubben. BETTELN UND HAUSIEREN VERBOTEN, verkündete ein Metallschild an der Haustür. Der Briefeinwurf klapperte. »*Pana-*

jía…«, platzte Jannis heraus, als er den Wischlappen in ihrer Hand sah. Er zog seine Schuhe aus und folgte ihr in die Küche. »Reicht es dir nicht, dass du das die ganze Zeit in der Fabrik machen musst?« Lächelnd löste Efi den Knoten ihres Kopftuchs und schüttelte ihre Haare. Nachdem sie das Putzzeug weggestellt hatte, lehnte sie sich ins Wohnzimmer hinein. »Kostas, Jannis ist hier.« Ihr Bruder lächelte so zurückhaltend, wie er es immer getan hatte, und gab dem Freund einen Wangenkuss. Seine Schwester stellte eine Schale auf den Tisch, betrachtete die Männer und ging zufrieden weg. Nach der Operation in Kristianstad – bei der Doktor von Reppe, assistiert von Doktor Florinos, griechisches Blech durch amerikanisches Plastik ersetzt hatte – ging sie besser als je zuvor.

Kostas nahm eine Zigarette und setzte sich an den Küchentisch. Seine Sätze enthielten Worte wie »dieser Florinos« und »Arbeitserlaubnis« sowie Fragezeichen. Jannis biss in eine Olive. Es brannte an der Innenseite seiner Wange, wo sonst das Streichholz drückte. Dann erzählte er von seinem Landsmann in Eden. Kezdoglou merkte, dass sein Freund mal stolz, mal überwältigt war. Nach einer Weile zog Jannis sein Portemonnaie heraus und zeigte ihm einige Fotografien. Das schneidige Schifferjackett gehöre zu dem Doktor, erläuterte er, aber die Gestalt, die Kostas auf dem Eis sehe – dort – nein, dort – ja, das Bild sei ein bisschen unscharf, aber trotzdem – das sei er selbst. Um zu zeigen, dass er keine Witze machte, demonstrierte er, wie man Schlittschuh lief, und anschließend, wie man eine Pirouette drehte wie ein Derwisch. Auf einem anderen Foto sah man die ganze Familie mit Ausnahme Lilys. Jannis selbst stand neben ihnen, ins Bild gelehnt, leicht angewinkelt zu seinem neuen Universum. »Darf ich mal sehen.« Efi kehrte mit offenem Blusenkragen zurück. Sie rieb die Lippen aneinander. »Mm, nicht schlecht. Wer ist die Blondine?« »Nur das Kindermädchen.« Kostas schärfte den Blick und murmelte: »Was heißt hier nur.« »Ich laufe schon richtig gut«, erklärte Jannis, als er die Bilder wieder eingesteckt hatte. »Auf zwei Beinen oder sogar auf einem. Wenn ich gelernt habe, rückwärts zu laufen, muss Killi sich vorsehen.«

»*Óch, óch*«, sagte Efi mit gespielter Sorge. Sie kontrollierte die Kartoffeln auf dem Herd. An der Zärtlichkeit in ihrer Stimme war nichts auszusetzen.

Nach dem Essen machten sie und ihr Freund einen Spaziergang. Kostas blieb mit dem roten Prinzen aus dem Hause Dänemark daheim. Wie immer an den Wochenenden musste er lernen. Während sie zur Kreuzung hinunter gingen, erzählte sie, dass ihr Bruder noch ein Jahr bei Hermods Fernlehrinstitut absolvieren müsse. »Dann hat er das schwedische Abitur und braucht nicht mehr in der Fabrik zu schuften. Du ahnst nicht, wie langweilig es ist, Toilettensitze zu polieren!« Arm in Arm gingen sie durch die menschenleere Ortschaft. Efi energischer als Jannis. An der Würstchenbude verglichen zwei Jugendliche die Auspufftöpfe ihrer Mopeds. Zwei Mädchen saßen auf der Rückenlehne einer Bank. Ihre Lider waren hellblau, die Haare mit einer Zange gelockt, beide kauten eifrig Kaugummis. Die eine winkte, Efi winkte zurück. »Irma. Du weißt schon, Salonens Tochter.« Am Bahnhof fragte sie, ob ihr Freund gekommen sei, um zu bleiben. Die Jacke knarrte in den Achselhöhlen. »Ich denke, ich fahre heute Abend wieder nach Hause.« »Red keinen Unsinn!« Efi lachte, wurde jedoch unvermittelt ernst. »Das soll doch wohl ein Witz sein, oder?« Ihre Augen flackerten. »Bleib wenigstens über Nacht. Balslöv läuft dir nicht weg. Ich habe gedacht, ich mache uns heute Abend *moussaká*. Sieh mal, der erste Zug geht um 7.34.« Der Fahrplan war ein gelbes Ding mit einem geflügelten Rad in einer Ecke, auf dem eine Krone balancierte. »Im Übrigen ist man da zu Hause, wo man vermisst wird, wenn man fort ist. Hast du das etwa vergessen?« Sie schmiegte sich an Jannis. Ihm stieg der Duft ihres Parfums in die Nase. Sie machten sich auf den Rückweg. »Meinst du, die Frau des Doktors könnte Hilfe gebrauchen? Ich könnte auf die Kinder aufpassen und kochen. Ich bin mir ziemlich sicher, dass ich weniger kosten würde als diese Gans. Kostas will sowieso umziehen, sobald er fertig ist. Er möchte richtig studieren. In Lund. Und ohne ihn habe ich keine Lust, in diesem Kaff zu bleiben. Das heißt, wenn du nicht zurückkommst …

Du weißt, dass du immer bei uns wohnen kannst? Wir haben Platz. Warte, du kannst eigentlich gleich wieder einen Schlüssel bekommen. Ich hab ja noch deinen alten.«

Als ihr Freund weder auf ihre Worte noch auf die Hand reagierte, die sich in seine Jackentasche schob, verstummte Efi. Sie musste tapfer bleiben. Der Himmel war hellgrau mit lachsrosa und weiß gefärbten Striemen. Es begann zu nieseln, zunächst unmerklich, dann deutlicher. Sie strich ihre Haare unter den synthetischen Schal, schaute sich um, drehte sich mehrmals um die eigene Achse, geriet ins Taumeln und lachte. »Geht es so?« Aber was immer sie im Gesicht ihres Freunds suchen mochte, sie fand es nicht. »Jannis, jetzt sei doch nicht die ganze Zeit so ernst. Wir haben frei! Es regnet! Merkst du gar nicht, dass die Welt sich dreht?« Der konspirative Blick, den sie ihm zuwarf, war nicht echt, aber das einzige, was ihr noch blieb. »Weißt du was, ich frage mich, was diese Schweden am Wochenende treiben. Man sieht sie nie. Ich kann ja verstehen, dass sie in die Kirche gehen, aber warum verstecken sie sich die ganze restliche Zeit? *So* viel Sanitärporzellan gibt es nun auch nicht zu putzen, oder? Ich glaube jedenfalls nicht, dass sie bei Hermods studieren. Nein, ich bin mir sogar ziemlich sicher, dass sie nicht bei Hermods studieren.« Als ihr Freund immer noch nicht reagierte, zupfte sie ihn am Ärmel. »Du… Wenn es ein Problem gibt… Du weiß doch, dass du jederzeit mit Efi reden kannst?« Sie schluckte herunter, was immer ihr im Hals steckte. »Sieh mal, die Konditorei ist geöffnet. Komm!«

Der ehemalige Student der Universität Bromölla folgte der Gastarbeiterin, die mit der Hand auf dem Kopf zu Lundins hinein eilte. Er war traurig und fühlte sich nicht wohl in seiner Haut, vielleicht schämte er sich auch. Er hatte so lange von Efi geträumt und jetzt… In der Konditorei mit ihren Holzpaneelen und etwas Lauem in der Luft begutachtete er, kurzzeitig aufgetaut, das Sortiment hinter dem Glas. Seine Augen schweiften über Weizenkränze und Bisquits bis zu belegten Broten mit halbierten Fleischbällchen, geriffelten Scheiben Rote Beete und schlaffen Salatblättern. Als die

161

Dame hinter der Verkaufstheke – Schürze, Lockenwickler, flei-schige Arme – seinen Blick bei den Backwaren verharren sah, er-kundigte sie sich:»Darf es ein Apfelsinen-Spezial sein? Oder viel-leicht eine Prinzessinentorte? Feinstes Marzipan.«»Märzenpan?« »Ja, also das Grüne hier.« Sie zeigte darauf. Jannis schüttelte den Kopf. Er bat um»eine Sacher«. Die Frau lächelte nachsichtig –»Ich glaube, ich verstehe« – und deponierte eine cremige Schokoladen-torte in einer Pappschachtel, deren Wände sie hochklappte und ineinander hakte, als hätte sie nie etwas anderes getan. Als sie wie-der ins Freie traten, war der Regen stärker geworden. Jannis schützte die Schachtel mit seiner Jacke. Der Einkauf hatte ihm die Kraft zu-rückgegeben, die ihn bei dem Gedanken an Fernkurse und eine turbulente Vergangenheit (Liebe, Kartenspiel, alles kunterbunt durcheinander) verlassen hatte. Als sie die Treppen hochstiegen, verkündete er:»Ich möchte auch studieren.«»So, so, dann bin ich hier wohl die einzige, die findet, dass es wichtigere Dinge im Leben gibt?« Efi knöpfte ihren neuen Mantel auf, den ihr Freund mit kei-nem Wort erwähnt hatte. Als sie kurz darauf die Teller auf den Tisch stellte, hatte sie sich die steifen Lippen nachgezogen.»Du musst aufpassen, Kostas. Bald werdet ihr zwei Griechen an der Uni-versität sein.«

»Aha, dir reicht es also nicht, Gastarbeiter zu sein?« Ihr Bruder schüttelte eine neue Prince Denmark heraus.»Und was willst du pauken, wenn ich fragen darf?« Bewegung und Geometrie, dachte Jannis, während er beobachtete, wie sich der Rauch verflüchtigte. Bewegung und Geometrie waren vielleicht alles, was man benö-tigte. Er nickte zum Fenster hin, als läge die Antwort dahinter. »Sport, die Mechanik des Wassers, Geschichte… Die Auswahl ist groß. Ich weiß es noch nicht genau.« Seine Stimme verlor sich. »Aber ich denke, ich fange mit der Mechanik des Wassers an. Ja, und danach vielleicht Geschichte.« Wenn es uns in diesem Augen-blick möglich gewesen wäre, Kostas Kezdoglou mit Jannis' Augen zu sehen, hätten wir einen Kopf erblickt, dem etwas Gewichti-ges und schwer Zugängliches eigen war, als bestünde er aus unbekannten Mineralien oder komplizierten Rechenoperationen. Der Grund dafür war, dass er auf seinem Stuhl kippelte. Sein herablassender Blick wurde jedoch von den Augen aufgewogen. Braun und glänzend strahlten sie eine nicht unvorteilhafte Wärme aus. Die Ohren, die zwischen Locken hervorlugten, waren ungewöhnlich groß, das ließ sich nicht leugnen, und bogen sich außerdem nach vorn, wodurch der Eindruck entstand, dass er sich große Mühe gab zu lauschen, während die Nase wie die eines Adligen wirkte: groß und gerade. Die vollen Lippen hatte er von seiner Mutter Soula geerbt, und er fuhr gerne mit der Zunge darüber – vor allem, wenn er etwas sagen wollte. »Lass mich mal überlegen …« Er gab den Denker. »Ich kann mich nicht erinnern, dich am letzten Schultag gesehen zu haben. Aber ich war nach dem vielen Ouzo vielleicht schon ein bisschen weggetreten.« Das Stuhlbein schlug auf den Fußboden. »Wann willst du denn anfangen?«

Im Grunde meinte Kostas es gut. Wir wollen erklären, warum.

Ein halbes Jahr zuvor war ein Brief gekommen. Wie üblich schrieb die Großmutter verschnörkelte Buchstaben in der Manier alter Frauen. Und wie üblich erkundigte sie sich, wann die Geschwister heimkehren wollten, damit Efi heiraten und Kostas Nationaldichter werden konnte. Diesmal erzählte sie jedoch auch von dem Kameraden der beiden aus dem Nachbardorf. »Jannis Georgiadis hat uns kürzlich besucht. Ich habe ihn kaum wiedererkannt. Er ist ein schöner Grieche geworden, ein Prachtexemplar, und ist euch immer noch dankbar dafür, dass ihr ihm geholfen habt. Jetzt möchte er das Darlehen zurückzahlen. Aber mit welchem Geld?« Deswegen schrieb sie. »Jannis sagt, dass er den Wunsch hat, seine Familie stolz zu machen. Ich bin zu alt, um zu verstehen, warum das im Ausland geschehen muss. Aber ihr müsst ihm helfen, liebe Kinder. Es ist besser, er findet Arbeit, wo ihr seid, als sich dort zu verirren, wo ihn keiner kennt. Ich habe ihm mein Wort gegeben. Ihr wisst, was das bedeutet. Ein Kezdoglou hält, was er verspricht.«

Einige Wochen später gingen die Geschwister in der Mittagspause zum Bahnhof. »Noch mehr Bauern aus Makedonien, das hat den schwedischen Arbeitgebern gerade noch gefehlt...« Efi ärgerte sich über ihren Bruder. »Kannst du deine Meinung nicht für dich behalten, bis wir ihn getroffen haben? Du hast doch gesagt, er soll sich melden, wenn er Hilfe braucht.« Kostas ging schneller, er war trotz allem neugierig. Sie fanden ihren Freund auf einer Bank. Er war einen Zug früher angekommen als erwartet und schien in den Anblick seiner Armbanduhr versunken zu sein. Kezdoglou drehte den Kopf, um sich zu vergewissern, dass er richtig sah. Das tat er. Deshalb lachte er. »Tss, Jannis, wach auf. Der Jüngste Tag ist gekommen.« Als ihr Freund aufstand, sahen sie, dass er sich nicht verändert hatte. Da war die gleiche muskulöse Ruhe in seinen Bewegungen, da war der gleiche exakte Seitenscheitel. Da waren die gleichen schiefgetretenen Schuhe, der gleiche Rauch und die gleichen Hufschläge in der Stimme, als er sie begrüßte.

Sie gingen zu dem Restaurant neben der Feuerwache. Kostas setzte sich zu dem Neuankömmling. Während das Essen serviert wurde, rang Efi mit der Sonne, die darauf beharrte, in ihrem Inneren aufzugehen. Jannis mochte ein typischer Bauer aus Makedonien sein, wie ihr Bruder behauptete, dessen Hände von Spaten geformt waren und an dessen Füßen man den Neigungsgrad der Berge ablesen konnte. Aber jetzt war er weit weg von zu Hause, mit stolzen Zukunftsträumen im Herzen, und brauchte Hilfe. Ihre Hilfe. »Weißt du was?«, platzte sie heraus, während sie das Besteck gerade rückte. »In Schweden kommt man immer pünktlich! In den Geschäften verkaufen sie das Brot in Scheiben! Die Röcke sind hier so kurz!« Sie zeigte es ihm an sich selbst. »Man hält hier nie Siesta! Und alle ziehen im Flur die Schuhe aus!« »Kohlrübenpüree«, nickte Kostas blasiert in Richtung der Teller, die der Kellner abgestellt hatte. Sein Freund lächelte verwirrt zuerst den Bruder und dann die Schwester an. Als er die Gabel zum Mund führte, dachte er, dass er noch nie etwas so Widerwärtiges probiert hatte. »Im Flur?« Vergeblich versuchte er zu schlucken.

Trotz Kezdoglous Bemühungen fand Jannis keine Arbeit in der Fabrik. Die Bedingungen waren kürzlich geändert worden, und er benötigte zunächst eine Arbeitserlaubnis. Der Vorarbeiter, der sehr gewissenhaft war, wollte keinen Ärger mit den Behörden riskieren. Eine Woche lang trug Jannis stattdessen in der näheren Umgebung Zeitungen aus, aber nach der Beschwerde mehrer Abonnenten erklärte sein Ansprechpartner, man werde die Austeilung anderweitig regeln. Als Jari Salonen – der im Mietshaus der Geschwister im Erdgeschoss wohnte und die einzige Fahrschule in Bromölla betrieb – erkannte, dass der bisher letzte Ausländer des Orts weder Straßenschilder lesen konnte, noch wusste, wie ein Motor funktionierte, gab er ihm kostenlos ein paar Fahrstunden. Mehr konnte er jedoch nicht für ihn tun. Einige arbeitslose Wochen später packte Jannis seinen Koffer. Seine Freunde hatten getan, was sie konnten, und er war zu stolz, um ihnen noch länger zur Last zu fallen. Es wurde Zeit, eigenes Geld zu verdienen. Kostas fragte, wo er denn hin wolle, während Efi, die kein Auge zugemacht zu haben schien, von jenem Landsmann erzählte, der in Kristianstad im Krankenhaus arbeitete. »Wenn Doktor Florinos dir nicht helfen kann, dann kann es keiner.« Sie steckte ihm einen Geldschein in die Tasche und erklärte ihm, was zu tun sei. »Und wenn du die Arbeitserlaubnis dann hast, brauchst du nur noch Waschbecken zu polieren!«

Jetzt löschte Kostas seine Zigarette, indem er sie über den Rand des Aschenbechers rollen ließ. Er betrachtete seinen Freund zugleich mit Wärme und Distanz. »Die Mechanik des Wassers dürfte kein Problem sein.« Ein letzter Rauchfaden verließ seinen Mund. »Dazu muss man nur den Regen studieren. Von Sport habe ich keine Ahnung, obwohl das mit Sicherheit an irgendeiner Volkshochschule unterrichtet wird. Aber Geschichte…« Er hustete. »Was genau stellst du dir vor? Antike Geschichte, Geologiegeschichte, schwedische Geschichte?«

Jannis stocherte in dem Kuchenstück, das nicht einmal entfernt an die Torte erinnerte, die Lily Florinos gebacken hatte. »Du solltest besser als alle anderen wissen, was wir Griechen geleistet haben«, murrte er und erinnerte den Freund an das in der Schule Gelernte. »Wir haben Städte und Paläste erbaut, die Götter, die

Geometrie und die Olympischen Spiele erfunden. Wir sind neben den Juden und den Armeniern eines der ältesten Völker der Welt. Ich weiß nicht, wie es mit den Schweden ist, aber ich denke, ihr Hämoglobin ist etwas jünger. Wir haben über große Gebiete und eine Vielzahl von Völkern geherrscht. Laut Magister Nehemas sind wir sogar in Afrika gewesen. Jeder *kolópedo* weiß, dass der Nabel der Welt in Delphi liegt. Ohne uns würde es weder eine Akademie noch ein Amt für Hydrologie geben.« Die Wangengrübchen kamen zum Vorschein. »Denk an Sokrates und Solonos, denk an *kapetán* Aris und Lambrakis. Menschen wie sie haben uns in Zeiten gerettet, in denen die Osmanen uns zu Osmanen, die Deutschen zu Deutschen und viele andere zu vielem anderen machen wollten. Denk an die Bouzouki und die Bürokratie. Das sind nur einige von unseren Erfindungen. Und trotzdem. Trotz einer dreitausendjährigen Geschichte entleeren wir unsere Därme dort, wo nur das Vieh es tun sollte. Kannst du mir bitte erklären, warum?«

Kostas hatte die Schule mit den besten Noten abgeschlossen, vier Jahre in Folge in Neochóri den Lyrikpreis gewonnen, zuletzt mit einer »Elegie in Dur«, und im Postamt gearbeitet. Er hatte zwei Jahre beim Militär verbracht und ein weiteres halbes Jahr im Gefängnis, als herauskam, dass er während eines Heimaturlaubs an einer Friedensdemonstration in Thessaloniki teilgenommen hatte, bei der Gregoris Lambrakis von Rechtsextremisten angefahren wurde und fünf Tage später starb. Als man ihn schließlich entließ, hatte er heimlich jenes Z an die Wände des Dorfs gepinselt, das den Kampf für Frieden und Freiheit symbolisierte. Er hatte das Geld für die Fahrkarte nach Schweden als Hilfsarbeiter zusammengebracht, hatte in dem neuen Land gleichgesinnte Landsleute getroffen und inzwischen elf Fernkurse absolviert, unter anderem zwei in Geschichte (die schwedische Großmachtzeit und die Epoche der Nationalromantik). Er hatte in Griechenland ein Abschlusszeugnis bekommen und würde schon bald ein weiteres in Schweden erhalten. Kostas Kezdoglou war ein erfahrener Mann mit Zukunftsplänen. Die Antwort auf Jannis' Frage blieb er trotzdem schuldig.

»Kannst du mir bitte erklären, warum der Schmerz wie mit Messern in einem schneidet, wenn man eine zahnlose *jiajiá* in einem schwarzen Kleid, schwarzer Strickjacke, alles schwarz, zwischen den Hühnern fegen sieht, obwohl kein Mensch weiß, wozu das gut sein soll? Oder warum man mit allem außer den Augen weint, wenn sich eine Ziege unter einen Mandelbaum legt, statt an die Tür, wo sie sonst immer liegt, weil ihr Bauch voller Würmer ist und sie sich schämt? Kann mir vielleicht irgendwer erklären, warum jemand so dumm sein kann, sein einziges Hab und Gut zu verspielen, nur weil er wirklich nichts von dem zurücklassen will, was er niemals besaß? Ich glaube«, sagte Jannis und legte den Teelöffel weg, »ich glaube, Geschichte ist die Disziplin des Abschieds. Wenn du der Meinung bist, dass es wichtigere Dinge zu studieren gibt, musst du mir schon erklären, warum.«

Kostas wusste nach wie vor nicht, was er antworten sollte, war aber gegen seinen Willen gerührt. Die Disziplin des Abschieds? Er selbst hatte vor, seine Studien an der Universität fortzusetzen. Außerdem wollte er mit etwas fertig werden, was er nach diversen Fehlversuchen in der neuen Sprache zu schreiben beabsichtigte. Sein Buch sollte den Kampf zwischen Tugend und List im Lichte neuester sozialer Umwälzungen schildern. Obwohl er im Moment noch auf der Stelle trat, lag ihm die Zukunft zu Füßen. Sein Leben bestand nicht aus Abschied, sondern aus Willkommen. Jetzt hatte ihm sein Freund jedoch zu einer Idee verholfen, wie er weiterkommen konnte. Noch erschien sie ihm allerdings zu unausgereift, weshalb er sich an diesem Samstagnachmittag darauf beschränkte, zu antworten: »Als ich klein war, sagte meine Großmutter immer, die Erinnerung sei wie Wasser. Es laufe hierhin und dorthin und fülle jede Lücke im Dasein mit Bedeutung. Die Vergangenheit sei eine nie versiegende Quelle. Ich weiß nicht, wie du das siehst, Jannis, obwohl ich annehme, dass du der gleichen Meinung bist. Ich persönlich bevorzuge Bassins.« Kostas schnitt eine Grimasse. Er konnte einfach nicht anders: Wieder einmal hatte er einen Scherz über etwas gemacht, was er wirklich ernst nahm. Als er Efis

Blick sah, ergänzte er deshalb: »Ach was, ich versuche nur zu sagen, dass du vielleicht... Sport studieren solltest?«

Seine Schwester stöhnte. Sie wurde von Überdruss, Zärtlichkeit, Scham, Sehnsucht übermannt. Den Grund für ihre Zärtlichkeit können wir uns erschließen. Der Überdruss und die Scham galten den untätigen Sonntagen und den ständig gleichen Handgriffen in der Fabrik, aber auch dem Mangel an Freunden und dem Bedürfnis ihres Bruders, immer alles besser zu wissen. Ihre Sehnsucht galt natürlich Jannis, der zwar an dem neuen Küchentisch aus Hochdrucklaminat saß, aber dennoch so weit weg war. »Sanitärporzellan«, sagte der Gast schließlich. »Hätte es in Áno Potamiá Sanitärporzellan gegeben, wäre ich niemals hergekommen.« Er sah sich erstaunt um, als wäre er eben erst aufgewacht. Dann mussten alle drei laut lachen.

EXKURS ÜBER *CHILOPÍTES* UND DEN NUTZEN VON ÖL. Die Gehilfinnen Clios, jetzt sind sie an der Reihe.

Solange Kostas zurückdenken konnte, hatte seine Stiefgroßmutter ihre Tage über die nicht ganz unbekannte *Enzyklopädie über Auslandsgriechen* gebeugt verbracht. Auf fünf Kontinente verteilt widmeten sich elf weitere Frauen derselben Sache. Sie waren die Gehilfinnen Clios. Wir kommen gleich auf sie zu sprechen. Die Idee zu ihrem Werk entstand in den ersten Jahren im Exil. Nach der Flucht aus Smyrna, wo Eleni Vembas den größten Teil ihrer Familie verloren hatte, traf sie in Thessaloniki ein, als 1923 in Lausanne ein Friedensvertrag geschlossen wurde und Griechenland und die Türkei anschließend Minderheiten austauchten. Hinter ihr lag eine lange Wanderung, auf der Frauen schon für fünfundzwanzig amerikanische Cents verkauft wurden und elternlose Kinder von einem Tag auf den anderen verschwanden – »einfach so, als hätte es sie nie gegeben«. Nachdem sie ihren Ehering verkauft hatte, ergatterte sie einen Platz auf einem Schiff nach Zypern, und nachdem sie sich selbst im Hafen von Famagusta verkauft hatte, gelang es ihr, an Bord eines Frachters zu kommen, der Rohöl in ein Heimatland transportierte, das sie bislang nicht kannte. In Thessaloniki, das nach dem Brand von 1917 gerade wieder aufgebaut wurde, wohnten entfernte Verwandte ihres Mannes. Als die Passagiere am nächsten Morgen den weißen Turm und die Baugerüste aus dem Dunst auftauchen sahen, tanzten sie zwischen den Ölfässern. Eleni hingegen fühlte sich einfach nur krank. Mit jeder Rauchwolke, die dem Schornstein entwich, wurde sie eine Welle, einen Atemzug weiter von ihren Toten fortgetragen.

Die Verwandten wohnten in einem der neuen Wohnviertel, die am Stadtrand aus dem Boden gestampft wurden. Sie waren Elenis Mann zwar nie begegnet, er hätte ebenso gut mit den aus Georgien geflohenen Nachbarn verwandt sein können, aber man nahm sie auf. Fortan rührte Eleni mit der gleichen stoischen Traurigkeit Mörtel an, mit der sie auch Laken wusch und auf Kinder aufpasste. Sie säuberte alte Ziegelsteine, nähte und kochte. Auch wenn ihr dieses monotone Dasein gut tat, fühlte sie sich trotzdem fremd. Sie suchte Arbeit und bekam eine Stelle im Hauptpostamt. Schon bald widmete sie sich ganz der Aufgabe, Briefe zu sortieren, da ihr Ordnungssinn sogar den routinierterer Kollegen übertraf. Sie wollte es einfach nicht dulden, dass ein Schreiben verloren ging – so hoffnungslos unvollständig, so unleserlich die Adresse auch sein mochte. Einige Zeit später zog sie in eine *garzoniéra* in einem Neubau um, und da sie ansonsten nichts vorhatte, übernahm sie oft auch noch die Schichten ihrer Kollegen. Nachts holte sie zuweilen den Rückspiegel des Austin hervor. Schlaflos, aber hellsichtig starrte sie stundenlang hinein.

Nach einer Weile wurde Eleni befördert und in jenem Jahr, in dem die schwarzgelb gekleideten Spieler des örtlichen Fußballvereins ihre legendäre Siegesserie antraten, in deren Folge der Club zum ersten Mal Meister wurde, ernannte man sie zur stellvertretenden Leiterin der Expedition für unzustellbare Post. Viele Abende blieb sie in ihrem Büro, weil sie es nicht übers Herz brachte, die Briefe mit den unbekannten Adressaten bis zum nächsten Tag unangerührt liegen zu lassen. Wenn dann die Morgenschicht mit ihrem Geruch nach Kaffee und Zigaretten in den Kleidern ausrückte, war sie mit schiefem Lächeln immer noch da. »Dieser Schwerenöter hier hat zu guter Letzt doch noch nach Hause gefunden«, sagte sie dann etwa und zeigte auf einen Brief, mit dem niemand etwas hatte anfangen können. Oder: »Es gibt in Ladadika keinen Moises Bourlas mehr. Aber ich habe so ein Gefühl, dass wir einen Treffer landen, wenn wir mal in Haifa nachhören. Könntest du heute Vormittag telegrafieren? Ich regle den Rest dann nach der Siesta.«

So vergingen die Tage und die Nächte, wobei ihre Traurigkeit nicht nachließ. Erst als der Briefträger aus Neochóri die Expedition betrat, kam es zu einer spürbaren Veränderung. Die Sache sei die, erklärte der Mann und holte einen Brief aus der Innentasche seines Jacketts, dass er nun schon zum zweiten Mal den Auftrag bekommen habe, ein Schreiben an eine Person zuzustellen, die nicht existierte. Da es im Nachbardorf kein Postamt gab, der Empfang des Briefs jedoch persönlich quittiert werden musste, hatte man ihn an die Zweigstelle in Neochóri geschickt. Zwei Mal war der Mann daraufhin die sieben Kilometer nach Áno Potamiá gegangen und zwei Mal unverrichteter Dinge zurückgekehrt.

Wenn seine Augen nicht gewesen wären, hätte es damit gut sein können. Aber Eleni erkannte die Leere in ihnen. Sie studierte seine Hände, als er an dem Dokument nestelte, sie betrachtete seine Schultern, die verkümmerten Flügeln glichen, und begriff, dass auch er an Dieser Jämmerlichen Sache litt. »Ich werde sehen, was ich tun kann«, lächelte sie und legte das Schreiben in eine Mappe. Anschließend fügte sie etwas hinzu, was sogar sie selbst überraschte: »Sie haben doch sicher noch nichts gegessen, Herr Kezdoglou. Die Rückfahrt ist lang. Sollen wir in die Taverne auf der anderen Straßenseite gehen? Das Dillfleisch dort ist fast so gut wie in Smyrna.«

Während der Mahlzeit bestätigte sich ihr Verdacht. Konstantinos Kezdoglou, stolzer Vater von vier Kindern, hatte kürzlich seine Frau verloren, die an Diphterie gestorben war. Seine Gattin stammte aus Thessaloniki und weil der Notar auf vollständigen Papieren bestand, ehe er den Erbanspruch der Frau auf den Witwer übertragen konnte, hatte dieser den Bus in die Stadt genommen, um die Unterlagen zu besorgen. Etwas an der Art des Briefträgers ließ Eleni von ihrer Flucht erzählen – zum ersten Mal seit fünf Jahren. Nicht einmal ihre Verwandten hatten mehr als Bruchstücke erfahren, die sie selbst zusammenfügen mussten. Als sie zu sprechen begann, merkte sie, dass es ihr schwer fiel, wieder aufzuhören. Der Briefträger hörte ihr mit einem so nachdenklichen Lächeln zu, dass es nicht geheuchelt sein konnte. Erst Stunden später machte er verlegen Anstalten zu bezahlen. Wenn er sich nicht beeile, werde er den Bus verpassen. Als sie sich trennten, versprach Eleni ihm, sich um das Schreiben zu kümmern. »Das ist das mindeste, was ich tun kann, nachdem sie sich meinen Wasserfall angehört haben.«

Einige Wochen verstrichen, einige weitere gingen ins Land. Aber trotz eines imaginären Besens wollte es ihr einfach nicht gelingen, den Mann aus ihrem Gehirn zu fegen. Seltsamerweise hatte sie das Gefühl, zwei leere Räume müssten einander füllen können. Schließlich nahm sie all ihren Mut zusammen, lächelte heiter verzweifelt über ihr Vorhaben und erklärte ihrem Spiegelbild: »Irgendwann muss Schluss sein.«

Mittlerweile waren zwei Monate seit dem Besuch des Briefträgers vergangen. Eleni verstaute das unzustellbare Schreiben in ihrer Handtasche, schützte Kopfschmerzen vor und verließ das Büro. Doch statt heimzukehren, löste sie eine Busfahrkarte und fuhr nach Neochóri. Am Vortag hatte sie einen alten Rock kürzer gemacht. Sie wollte sich einreden, dass dies notwendig gewesen wäre, gestand sich auf der Fahrt jedoch den wahren Grund ein. Kurz bevor der Bus in das Dorf bog, suchte sie einen Lippenstift heraus, den sie seit fünf Jahren nicht mehr benutzt hatte. Sie spürte die trockenen Körnchen auf den Lippen und versuchte sie weg zu spucken, ohne dass die Zähne sich rot verfärbten. Nach einem Glas Wein in einer Taverne schob sie die Pforte zum Postamt auf. Sie hörte die Tür nicht mehr hinter sich zuschlagen, denn am Schalter stand Kezdoglou.

Wenn Eleni später von ihren Enkelkindern gefragt wurde, was sie veranlasst hatte, die *Enzyklopädie* zu beginnen, antwortete sie stets mit einer abwehrenden Gebärde. Auch wenn sie zufällig die Autorin des ersten Bands war, bildete eine gemeinsame Leidenschaft die Grundlage des Werks. Mit einem Blick auf den Briefträger, der gerade das Sonntagsessen verteilte, ergänzte sie, wenn überhaupt jemand Anspruch auf die ursprüngliche Idee erheben könne, so sei dies eine Person, die anonym bleiben müsse. »Lasst sie mich Clio nennen. Das ist nur ein Name, aber so ist es am besten. Meine Freundinnen und ich betrachten uns nur als ihre Gehilfinnen.« Konstantinos fühlte sich bei dem Thema sichtlich unwohl und versuchte jedesmal abzulenken, sobald es zur Sprache kam – was im Laufe der Zeit immer seltener der Fall war.

Mit seinem Unwohlsein verhielt es sich so. An jenem Abend, an dem Eleni im Dorf eintraf – ein Engel in einem schiefen Rock –, verkündete der Mann, dessen Leere sie als ihre eigene erkannt hatte, er wolle ein Geständnis ablegen. Es treffe zu, dass er versucht habe, den Brief abzuliefern, aber er habe darüber hinaus noch etwas anderes getan. Wenn es ihr ernst damit sei, den Adressaten zu finden, müsse er ihr erzählen, was er getan habe. Unübersehbar beschämt erklärte er, während der vierzig Tage nach dem Tod seiner Frau alles getan zu haben, was die Kirche verlangen könne. Eleni dürfe nichts anderes glauben. Allerdings habe er einen Fehler begangen, bevor seine Frau verstorben sei. In finsteren Momenten glaube er sogar, sie sei deshalb von ihm gegangen. Wenn er nicht bei seiner Frau wachte, musste er ihre Bettwäsche mit Lauge und Bimsstein schrubben, wenn er nicht seine Kinder betreute, kümmerte er sich um Heim und Herd. Dazwischen trug er die Post aus. Als er mit seiner alten Posttasche auf dem Rücken zum zweiten Mal nach Áno Potamiá hinaufgewandert war, hatte er jedoch seinen Fehler begangen. In einer Schlucht stand ein umgebauter Scania-Vabis, der ausschließlich von den Männern der Gegend besucht wurde, wenn Eleni verstand, was er meinte. Eleni verstand, was er meinte. Seltsam war nur, dass man behauptete, dort wohne die Adressatin des Briefes. Was jedoch nicht stimmte. Die Frau, mit der er sprach, beteuerte im Gegenteil, bereits beim ersten Mal die Wahrheit gesagt zu haben: In dem Bus gebe es niemanden dieses Namens. Dann hatte sie die Arme unter ihrem nylonbekleideten Busen verschränkt und den Briefträger mit sanften, aber bodenlosen Augen betrachtet. Wollte er ihr vielleicht sonst noch etwas zeigen? Kezdoglou drehte seine Tasche auf den Kopf und schüttelte. »Nein.« »Tss … Ich meinte etwas anderes. Ich weiß schon, was du mir zeigen willst.« Die Frau hatte die Hand ausgestreckt. Er, der jetzt sein ganzes Leben seiner kranken Frau widmete, fühlte sich plötzlich kraftlos, als sie die Tasche weglegte und ihn in den Bus geleitete. Oder vielleicht doch nicht kraftlos. Es war seltsam, aber als alle Kraft aus ihm wich, verhärteten sich gleichzeitig Monate der Mühe und Trauer, bis er anscheinend ganz und gar – »nun ja, aus dem bestand, wovon ich dachte, dass sie es wohl sehen könnte«.

Andere Männer in der näheren Umgebung besuchten den Bus so selbstverständlich, wie sie ihre Kinder schlugen oder die Kirche vernachlässigten. Aber Konstantinos war ein pflichtbewusster vierfacher Vater, der schon bald Witwer sein würde. Bei dem Gedanken an das nicht zugestellte Schreiben, das er in die Tasche geschoben hatte, drehte sich alles in ihm. Und in ihm drehte sich auch alles bei dem Gedanken an das, was er in dem Bus getan hatte. Nach seinem Besuch, bei dem er aus schierer Verlegenheit seine Posttasche vergessen hatte, wagte er es nicht, die Frau nochmals zu besuchen. Wenn Eleni es für richtig hielte, würde er sie nicht daran hindern, ihn beim Postchef in Thessaloniki anzuzeigen. Aber die stellvertretende Leiterin der Expedition für unzustellbare Post strich dem Sünder nur über die Fingerknöchel. Alles in allem nutzten Phantomglieder niemanden etwas. Seine verstorbene Frau hätte ihr sicher zugestimmt. Taktvoll erkundigte sie sich nach dem Bus und erfuhr den Namen der Inhaberin. Ohne dass Kezdoglou es ahnte, sollte seine Antwort gleichbedeutend mit dem Anfang der

Enzyklopädie werden, denn nach einem Besuch in besagter Schlucht beschloss Eleni, in Neochóri zu bleiben.

Noch im hohen Alter erinnerte sie sich an ihren Spaziergang nach Áno Potamiá. Die Vögel zwitscherten so laut, dass sie das Gefühl hatte, sich im Inneren einer Symphonie zu befinden. Der Schotter knirschte trocken und gleichsam ungerührt unter ihren Schuhen, die Sonne schäumte im Tal. Als sie den Fluss erreichte, trank sie von dem kalten Wasser. Es dauerte eine Weile, bis sie den Bus fand, aber kurz vor der Siesta entdeckte sie das pistaziengrüne Blech zwischen den Bäumen. Und fünf Minuten später stand sie der Bewohnerin von Angesicht zu Angesicht gegenüber.»Karmen, bist du das?«»Eleni Vembas«, sagte die Frau im Negligee. »Bist du das?«

Als Eleni zurückkehrte, erkundigte sich der Briefträger, wie es gelaufen war. »Oh, die Sache hat sich geklärt.« Mehr wollte sie nicht sagen, und Konstantinos nickte, dankbar für ihre Diskretion, erleichtert. Stattdessen erzählte sie ihm von der ehemaligen Tänzerin, die zur »Madame« der Gegend geworden war. Sie war die Tochter eines Kellners in einem berühmten Kaffeehaus in Smyrna und war als Muse der Geschichte aufgetreten, bis Arnold Grigoriwitsch gezwungen wurde, die Stadt zu verlassen. »Karmen sagt, der einzige Weg, die Leere zu füllen, bestehe darin, sich zu nehmen, was zur Hand ist. Männer, Gegenstände, Souvenirs. Wenn sie mit Worten umzugehen wüsste, würde sie bestimmt auch die nehmen.«

Die Arbeit an dem, was zum ersten Teil des Nachschlagewerks werden sollte, wuchs schneller, als Eleni gedacht hätte, und manchmal beschwerte sie sich darüber, wie klebrig die Früchte des Gedächtnisses sein konnten. Sie erinnerten einen an die *chilopítes* in ihrem neuen Heimatland: Was immer sie auch anstellte, sie klumpten im kochenden Wasser. Eine Erinnerung haftete an einer zweiten, die wiederum an einer dritten. Mit der Zeit begriff sie, dass ein einzelner Mensch niemals würde bewältigen können, was sie sich vorgenommen hatte – am allerwenigsten eine vierundvierzigjährige Frau, die kürzlich Mutter von vier Kindern geworden war, die sich erst noch daran gewöhnen mussten, sie *mána* zu nennen. Sie setzte sich mit früheren Freundinnen in Verbindung, und als sie die Frauen um Hilfe bat, zeigten sich mehrere von ihnen willig, Öl in ihr kochendes Hirn zu träufeln. So kam es, dass Eleni Vembas im Herbst 1928 das erste dünne, aber schon bald legendäre Heft der *Enzyklopädie der Auslandsgriechen* verschicken konnte.

Anfangs kontrollierte sie ihre eigenen Erinnerungen und die der anderen in Gesprächen mit der früheren Tänzerin, die einige Jahre später in ein Haus am Fluss zog. Im Laufe der Zeit wurden ihre Besuche jedoch seltener. Karamella hatte in jungen Jahren zwar die Muse der Geschichte gespielt, schien sich mittlerweile jedoch damit zufrieden zu geben, sich mit Männern und Dingen zu umgeben. »Wenn du es sagst«, antwortete sie regelmäßig, wenn Eleni einen entfernten Bekannten beschrieb. »Aber jetzt musst du gehen. Ich erwarte Besuch.« Im Übrigen beschlossen die Gehilfinnen Clios schon bald, sich mehr den Griechen als bloß den schiffbrüchigen Smyrnioten zu widmen. Trotz des Kriegs und anderer Entbehrungen erschien in regelmäßigen Abständen eine neue Veröffentlichung. Heute findet man diese Raritäten nur in gut sortierten Antiquariaten. Der zweite und dritte Band, in kleiner Auflage 1932 in Neochóri beziehungsweise 1937 in Toronto herausgegeben, wurden von Flüchtlingen gekauft, die etwas über Familie und Freunde lesen wollten. Band 4 ist nicht aufzutreiben, da Athanassia Osborn ihn in jener Woche herausgab, in der japanische Kampfflugzeuge über die Palmen bei Pearl Harbour hinweg strichen. In Astoria, New York, hatte man daraufhin andere Sorgen als Griechen im Exil, und die noch ungebundenen Bücher wurden als Packmaterial in den Kisten mit Hilfsgütern benutzt. Teil 5, den Aphrodite Tsianos in Melbourne lektorierte (nicht »Malborn«, wie im Impressum steht), war lange Zeit in Gleerups Buch- und Papierhandlung in Lund erhältlich, während die limitierte Auflage des sechsten Bandes, die man von dem wenigen vorhandenen Geld hatte drucken können, 1949 herausgegeben von Ourania Smythe-Johnston in Salisbury, Rhodesia, zerstört wurde, als die Lagerhalle abbrannte.

Dann starb Konstantinos Kezdoglou. Eleni, am Boden zerstört, zog zu ihrer Stieftochter Soula, wo sie teilnahmslos vor den Papierstapeln auf ihrem Sekretär saß, Anispastillen kauend, aber unfähig, den Stift zu heben, verloren in dem, was zu einer einzigen Leere geworden war. Ihre Kolleginnen diskutierten, ob sie weitermachen sollten, einigten sich jedoch darauf, zunächst abzuwarten. Früher oder später würde ihre Freundin sicher einsehen, dass man eigenes Leiden nur ertrug, indem man das anderer linderte. Leider kostete sie dieses Warten viele Leser. Die Generation, die nach dem Krieg aufwuchs, ging ihnen praktisch verloren. Als die Gehilfinnen Clios ihre Arbeit schließlich ohne Eleni wieder aufnahmen, merkten sie, dass die Leser sich nicht mehr zurechtfanden. Für den jungen Kostas, der zwei neue Bände zu seiner Konfirmation bekam, bildete das Nachschlagewerk ein Monument über die Mühen und Migränen älterer Landsleute. Wäre er gefragt worden, hätte er prophezeit, dass die Veröffentlichung auf natürlichem Wege enden würde. Auch »das goldene Jahrhundert der Migration«, über das seine Großmutter in ihrer Einleitung zum ersten Teil so schön geschrieben hatte, währte ja keine Ewigkeit. War sie selbst trotz ihrer Phantomschmerzen nicht ein stichhaltiger Beweis dafür, dass ein Mensch neue Wurzeln schlug?

Jannis und Efi schwiegen, als Kostas ihnen von den Gesprächen erzählte, die er mit seiner Großmutter geführt hatte, während die restliche Familie Mittagsschlaf hielt. Kostas wollte die Anstrengungen der Gehilfinnen nicht herabwürdigen, sie waren groß, sie waren phänomenal, und jeder Auslandsgrieche hatte es mit Sicherheit verdient, in Erinnerung zu bleiben. Aber gleichzeitig... Warum konnten sie keine lebenden Personen schildern? Zumindest in Ausnahmefällen? Sonst war dieses Nachschlagewerk doch der reinste Friedhof? Im Übrigen fand er, dass der Vorsatz fatal an Kolettis' große Idee erinnerte. Wenn die Gehilfinnen Clios wirklich konsequent sein wollten, mussten sie auch all jener Griechen gedenken, die von Griechen vertrieben worden waren. »Oder nehmt die Gastarbeiter. Keiner von ihnen hat Griechenland auf

Grund von Verfolgung verlassen. Trotzdem sind sie Opfer eines Staats, der nicht in der Lage ist, sich um seine Bürger zu kümmern.« Kostas schnitt eine Grimasse. »Clio scheint zu finden, dass die Schicksale von Menschen, die ohne Zwang ihr Land verlassen, nicht edel genug sind.« Er persönlich müsse gestehen, dass die Laute, die aus dieser Schrift aufstiegen, nicht wie Weckrufe für hellenische Vögel klangen, sich aus den Feuerstätten der Vergangenheit zu erheben, sondern eher wie erstickte Tränen und schwingende Weihrauchfässer. Eine solche Musik lasse sein Herz sinken wie ein Lot.

»Ein Lot? Wieso das?«

WIESO DAS? Es ist nicht ganz einfach, den Menschen zu beschreiben, der Jannis gegenüber saß. Dennoch müssen wir es versuchen. Es gibt in ihm etwas, das scheu und schwer zu fassen ist, nicht wie die Schlange, sondern wie der am Haken fixierte Wurm. Der zurückgelehnte Stuhl, Hermodskurse, Zigaretten und Dichtung… All das war Kostas' Art, sich zu winden, um seine Selbständigkeit zu verteidigen. Er brauchte seine Unabhängigkeit wie andere ihren Schlaf, er brauchte sein Gehirn wie andere ihr Bankfach. Im Gegensatz zu unserem Helden in diesem Kiefernholzkasten, der trotz aller Stolpersteine, die ihm in den Weg gelegt wurden, so unbekümmert blieb, trieb Kostas der Wille an, sich zu entfernen. Er wollte sich über die Marshall-Hilfe und die Lektionen in nationaler Erziehung erheben, er wollte flüchten und verschwinden. »Fort« lautete seine Parole. Wer weiß schon, warum? Manche Menschen sind einfach so. Sie suchen nicht den Weg zu, sondern fort von etwas. Sie wollen nicht ankommen, sondern abreisen.

Hatte das jemand in dem Klassenzimmer in Neochóri geahnt? Hätte sich Magister Nehemas vorstellen können, dass die sogenannte Leuchte der Klasse, die mehr über die Vergangenheit des Landes wusste als jeder andere und Gedichte deklamierte, wie Solonos es getan haben soll, mit spröder, aber fester Stimme, alle lobenden Worte als eine Qual und Noten als eine Demütigung empfand? Oder dass der Jüngling, der vor Ableistung seines Wehrdienstes in dem Postamt arbeitete, das zuerst von seinem Großvater und später von seinem Vater betreut wurde, und beim Frankieren der Briefe mit einer von einem Gummifingerhut gezierten Hand rauchte, der zur Provinzhauptstadt fuhr, um sich an den dortigen Protestaktionen zu beteiligen, die von den Pazifisten organisiert wurden, und sich später nachts aus dem Haus schlich, um kalkweiße Buchstaben an Wände zu pinseln – hatte jemand geahnt, dass dieser Jüngling kaum ein Jahr, nachdem Efi in ein schwedisches Krankenhaus aufgenommen worden war, den Bus aus den Bergen nehmen und nach einem Exodus, nicht unähnlich dem seiner Schwester, in Bromölla landen würde? Nein. Niemand. Niemals. Wir könnten sagen, dass es an den privaten Labyrinthen lag, die ältere Generationen seinen Schultern aufgebürdet hatten, bis er den Sinn für sich selbst verlor. Wir könnten behaupten, dass er rußige Nischen satt hatte und von hellen, praktischen Wohnzimmern träumte. Wir könnten sogar verkünden, dass seiner Überzeugung nach alles besser war, als an die Galeere der Erwartungen gekettet zu werden. Und nichts von all dem wäre gelogen. Aber die Wahrheit ist einfacher. Er erlebte es, als würde er sinken und seine Form verlieren. In dem Abschiedsbrief, den er in Neochóri neben den Tauchsieder legte, beschränkte er sich darauf, seinen Eltern mitzuteilen, dass er genug hatte.»Es tut mir leid, aber nachdem ich für den Frieden im Gefängnis gesessen habe, muss ich mich von griechischer Torheit erholen.«

Kostas war Pazifist, Kostas war Republikaner, Kostas gedachte sein Leben »internationaler Solidarität, bisher nicht katalogisierten Mythen, verblüffender Poesie zu widmen – ich weiß es nicht. Ich weiß nur, dass ich nicht in einem Land bleiben kann, in dem die Freiheit nur ein Wort ist. Versucht es so zu sehen: Als Auslandsgrieche werde ich vielleicht heimfinden.« Durch Herrn Nehemas' Vermittlung hatte seine Schwester vor einiger Zeit Kontakt zu dessen Bruder aufgenommen, der in Bromölla arbeitete und sich darum gekümmert hatte, dass sie endlich mit mehr als Schrauben-ziehern und -schlüsseln oder was immer im Krankenhaus von Thessaloniki benutzt wurde, operiert werden konnte. Jetzt plante Kostas, sie zu besuchen. Natürlich würde er den Kontakt nach Hause nicht abreißen lassen. Im Übrigen waren Efi und Iakov Nehemas nicht die einzigen Griechen in dem Ort. Es gab dort eine kleine, aber aktive Schar von Landsleuten mit Vereinslokal, Fahne und allem.

Mehr schrieb er abgesehen von seinem Namenszug nicht. Und im Grunde meinte er wohl nur die Hälfte von dem, was er sagte. Wahrscheinlich rechnete Kostas nicht damit, seine Schwester um-geben von Topfpflanzen und Krankenschwestern zu finden, die jede Frage mit einem inhaltslosen Lächeln quittierten. Und wahr-scheinlich sah er auch nicht voraus, dass die Solidarität, von der er träumte, oder die Erfahrungen, die er in dem neuen Land zu sam-meln hoffte, ihn mit der Zeit in einer Weise überwältigen würden, die ihm eine Rückkehr unmöglich machte. Aber als Iakov Nehe-mas starb, nachdem er in den letzten Wochen nur noch über *kezo blanko* hatte sprechen wollen, einen Platz, auf dem er gemeinsam mit tausenden anderer Männer, inklusive eines prominenten Pro-fessors für Hydrologie, von morgens bis abends gestanden haben soll, sowie darüber, wie viel ein gefälschter italienischer Pass einen *evréos* kosten kann, führte sein Tod zum ersten Lexikonartikel mit schwedischem Poststempel. Kostas wollte nämlich nicht riskieren, dass Nehemas' Leben zu der Sorte von Anekdoten verkam, mit de-nen die Griechen im Vereinslokal ihr Leben ausschmückten, son-dern zeichnete alles auf, was er gehört hatte, und schickte das Ma-terial ein.

Seine Fürsorge ließ die Gehilfinnen Clios, die ohne Eleni Vem-bas weitergearbeitet hatten, ernsthaft darüber diskutieren, ob man vielleicht doch auch Mitarbeiter des anderen Geschlechts zulassen sollte. »Er kann doch nichts für seine maskuline Endung. Lassen wir ihn Elenis Platz einnehmen. Wir brauchen frisches Blut«, meinte Doktor Osborn, die immer schon der Meinung gewesen war, dass dem Verbund etwas von einem Nähkränzchen anhaftete. Mary Fourlis in Toronto war da jedoch weniger sicher und Ourania Smythe-Johnston strikt dagegen. »Progressive Jugendliche haben in einem Vorhaben nichts zu suchen, das seinem Wesen nach konservativ ist«, erklärte letztere, die mit einem Mann in führender Position beim Geheimdienst verheiratet war. »Aber lassen wir ihn in diesem Sozialistenland ruhig Informationen sammeln. Für irgendwen können sie sicher von Nutzen sein.« Als Kostas gefragt wurde, ob er sich vorstellen könne, als Volontär zu arbeiten, antwortete er, das Angebot schmeichle ihm. Leider könne er jedoch nicht regelmäßig Bericht erstatten, geschweige denn seine Zukunft in der Vergangenheit verbringen. Der bestickte Wintermantel seiner Großmutter passe ihm einfach nicht. Übrigens lebe sie noch, weshalb er sich mit der geneigten Erlaubnis der Gehilfinnen weiter seinen lustigen privaten Träumen widmen werde.

Für Kostas schrieb man nie das Jahr 1922, 1941 oder 1965 – für ihn schrieb man immer das Jahr 1. In seinen Augen bedeuteten die Abenteuer früherer Smyrnioten bei lebensgefährlichen Busfahrten durch die argentinische Pampa, mit Sonnenbrillen auf der vorstehenden Nase und dreiundsechzig Dollar in der Tasche, ebenso viel wie die politische Botschaft auf der Rückseite einer arabischen Zigarettenschachtel. Oder das Schicksal, das eine Fahrradpumpe englischen Fabrikats in den Händen aufeinander folgender Besitzer ereilt haben mochte. Ebenso *viel*, nicht ebenso wenig. Er verstand nur zu gut, warum die Gehilfinnen keinen Schlaf fanden bei dem Gedanken an einen jungen Priester mit ausgestochenen Augen, an schreiende Kinder, die man in den Straßengraben geworfen hatte wie Säcke mit verfaultem Reis, oder an zwei jüdische Brüder, deren Familie erst in Konstantinopel und später hinter dem Bahnhof von Thessaloniki eine Messinggießerei besaßen. Aber da er nun einmal war, wie er war, blieb ihm unbegreiflich, warum sie nicht den gleichen Krampf aus rebellischer Trauer bei dem Gedanken an ähnliche Ereignisse im östlichen Transvaal 1901 oder in einer Schlucht vor den Toren Kiews vierzig Jahre später empfanden.

Kostas war in der Welt, in die er hineingeboren worden war, abwechselnd glücklich und unglücklich, so wie ihn alles aufheiterte und deprimierte, was er auf seiner Reise durch Europa sah – jäh abfallende jugoslawische Schluchten, eine Perlenkette aus deutschen Städten mit funktionalen Stadtzentren, Kilometer um Kilometer dichter schwedischer Wald –, obwohl er häufig in Tagträume versank und obwohl ihm von dem Slibowitz seines Abteilnachbarn schlecht wurde. Am Fenster sitzend dachte er, dass es keine Rolle spielte, wo oder wann er geboren war, er würde ohnehin immer gleichermaßen selig wie misstrauisch sein. Er fühlte sich genau wie damals, als er hingerissen die bulgarischen Zigeuner mit einem zahmen Bären hatte auftreten sehen und gleichzeitig verzagt an den morgigen Schultag gedacht hatte. Der Grund für sein Unbehagen war nicht, dass er weniger Familiensinn hatte als andere und sich über seinen Platz im Clan unsicher war oder darüber, was seine Großmutter im Licht der Petroleumlampe tat. Wäre er gefragt worden, hätte er geantwortet, dass sowohl er als auch Eleni Vembas Kezdoglous waren, nicht mehr und nicht weniger.

Anstrengend, launisch, überspannt… All das war Kostas. Und all das, dachten seine Eltern und später auch seine Schwester, würde vorübergehen, wenn seine Stimme sich endlich zwischen den Stimmbändern zurechtfand. Aber sie irrten sich. Der Rhythmus in seinem Inneren, der Klang in seinen Gedanken und Gefühlen, die spröde, gleichsam transparente Melodie, die er gelegentlich auffing, fast versehentlich und immer als eine Gnade, diese Tonfolge, die er in seinem Mund zu verbergen und mittels komplizierter Übungen zu Reim und Rhythmus mit seiner Zunge zu verschmelzen träumte, war der Grund für die Feindseligkeit. Er suchte seine Eigenart nicht in dem, worüber er sprach, sondern darin, wie er es formulierte. Die meisten Gehirne haben ihre Sonntage, seines durfte dagegen nicht einmal einen halben Feiertag erleben. Der Zustand konstanter Wachsamkeit, in dem er sich seit seinem dreizehnten Lebensjahr befand, war nicht nur qualvoll für ihn selbst, sondern auch für die meisten Menschen in seiner Nähe. Er war vor

Schüchternheit wie gelähmt und brachte kein Wort über die Lippen. Er errötete aus unerklärlichen Gründen oder geriet durch Nichtigkeiten derart in Rage, dass die Worte sich stauten, um dann auf einen Schlag zu zehnt oder zwölft herauszukommen. Wutschnaubend lief er vom einen Ende des Dorfs zum anderen, nur um zu entdecken, dass er völlig vergessen hatte, warum es solch eine unverzeihliche Sünde war, dass Efi die illustrierten Sagen, die sie sich ausgeliehen hatte, auf den Schreibtisch und nicht ins Bücherregal zurücklegte. Jede normale Handlung bekam eine so komplizierte Form, löste eine solche Menge an Assoziationen in seinem Gehirn aus, dass er nicht mehr zu tun vermochte, was er mehr als alles andere wollte, oder das Ganze aus schierer Nervosität vermasselte. Es war, wie seine Großmutter bemerkte, »das reinste Anstaltsverhalten«.

Als Kostas älter geworden war und über seine eigene Unmöglichkeit lachen konnte – »Ich war wie geschaffen für die Geheimpolizei, Jannis, nur die Paranoia fehlte« –, übertrieb er wiederum in umgekehrter Richtung. Weil er nur sehr wenig ernst nahm, aber frohen Mutes seine rechte Hand für das Recht anderer, dies zu tun, geopfert hätte, vermochte er bloß zu scherzen. Nur über einen Menschen riss er niemals Witze: den Gynäkologen und früheren Weitspringer Gregoris Lambrakis. Aber das Heiligste, all das, was nichts mit einer Suppenküche für Arbeitslose oder Friedenspolitik in einem Kalten Krieg zu tun hatte, war gleichzeitig das am wenigsten Selige unter und über dem Betrug, der Himmel genannt wurde. Bierce, Lautréamont und Kariotakis, der französische Waffenlieferant in Afrika und der tuberkulosekranke Junggeselle in Prag… Sie alle waren die »metaphysischen Hasardeure«, die sich selbst sahen, wie Kostas sich zu betrachten wünschte: mit anderen Augen.

Eines Vormittags besuchte er den Dorffriseur, der in Personalunion Redakteur von *O Neochorítis* mit einer Auflage von 100 Exemplaren und Erscheinungstag Freitag war. Der Mann hatte von den Gedichten gehört, die der Siebzehnjährige geschrieben und unvorsichtigerweise seinem Lehrer gezeigt hatte. Vom ersten Moment an störte der abgestandene Geruch im Redaktionsraum (ungewaschene Unterwäsche, saurer Joghurt) Kostas, weshalb er statt von den Gedichten zu erzählen, die er unter der Matratze liegen gelassen hatte, die Zitate erläuterte, aus denen sie seiner Ansicht nach bestanden, und zwar nicht nur teilweise, sondern ganz – Anleihen, mit denen Kostas einzig und allein Herrn Nehemas' Gelehrsamkeit hatte testen wollen, was es natürlich völlig unmöglich machte, eine dieser Fingerübungen jemals in welcher Form auch immer wiederzugeben. Am allerwenigsten auf Griechisch.

Nein, es war nicht leicht. Wieso wie ein Lot? Ja, mein Gott. Wieso ein Lot?

TOTSTELLREFLEX. In Bromölla saß Jannis immer noch regungslos am Küchentisch. Ein Blick ins Tierreich kann uns helfen zu verstehen, warum dies so war.

Wenn ein Tier, beispielsweise eine Ziege, Furcht empfindet, steht ihm eine begrenzte Zahl möglicher Reaktionen zur Verfügung, wobei sich unbedingte und bedingte Reflexe unterscheiden lassen. Beide Arten sind Teil dessen, was Verhaltensforscher das defensive System des Tiers nennen. Während Reaktionen der ersten Art jedoch so unmittelbar sind, dass sie einen integrierten Teil des neuroanatomischen Apparats bilden, lassen sich Reaktionen der zweiten Art nur mit Hinweis auf frühere Erfahrungen erklären. Mit anderen Worten: Die bedingten Reflexe setzen eine traumatische Vorgeschichte voraus. Die Reaktionen variieren abhängig vom Bedrohungsbild. Manche Tiere versuchen zu fliehen, während sich andere verstecken oder Ablenkungsmanöver praktizieren, die in manchen Fällen ausgesprochen kompliziert sein können. Allen Reaktionen gemeinsam ist jedoch, dass das Tier eine unausweichliche Angst empfindet. Diese tritt bei sämtlichen höheren Wirbeltieren auf, auch beim Menschen, und ist für deren Überlebensfähigkeit von entscheidender Bedeutung. Die Furcht ist also nichts, was die Tiere missen könnten. Im Gegenteil, sie schützt ein Tier vor gefährlichen Handlungen oder Situationen. Indem sie es davor bewahrt, unnötige Risiken einzugehen, minimiert diese Reaktion zudem die Gründe für zukünftige Furcht.

Dieses Phänomen – ein Typ von Angst, der zu weniger Angst führt und folglich eine Investition in eine sicherere Zukunft darstellt – bedeutet, dass die Tiere mit der Furcht umzugehen lernen. Die Furcht funktioniert anders als panische Angst, was sich anhand der Ziege studieren lässt. Ist sie beispielsweise in einer frühen Phase ihrer Entwicklung einmal dem Geruch eines Wolfs begegnet, wird sie instinktiv Plätze scheuen, an denen Urin, Haare oder Sekret die Gegenwart des Raubtiers ankündigen. Die Angst verfeinert ihren Überlebensinstinkt, so dass die Ziege mit der Zeit nicht mehr Panik, sondern Furcht empfindet, wenn sie annehmen muss, dass sich in ihrer Nähe Wölfe aufhalten. Sie hat gelernt, mit ihrer Angst zu leben. Manchmal schätzt das Tier die Bedrohung jedoch falsch ein. Dann werden die bedingten Mechanismen außer Kraft gesetzt, allein die unbedingten bleiben, und das Tier verspürt erneut Panik. Je stärker die Fluchtmöglichkeiten schwinden, desto wahrscheinlicher ist es, dass das Tier stehenbleibt, ohne zu atmen oder zu zwinkern. Nicht einmal die buschigen Ohren oder die knochigen Beine zittern. Die Ziege kennt nur den einen Wunsch, dass die Gefahr vorübergehen möge. Ihr ganzes Verhalten deutet darauf hin, dass sie tot ist. Zoologen sprechen in diesem Zusammenhang von einem »Totstellreflex«. Mit etwas Glück wird das Tier in Ruhe gelassen. Wenn dies geschieht, so kann es daraus eine eigentümliche Lehre ziehen: Fortan weiß es, wie der Tod angewandt werden muss, um das Leben zu retten.

Vieles deutet darauf hin, dass Jannis sich einer unausweichlichen Bedrohung ausgesetzt fühlte, als er in der Küche in der Stiernhielmsgatan, dritte Etage, ohne Aufzug, saß. Da dies nicht zum ersten Mal geschah, konnte er sich das Gefühl jedoch zu Nutze machen. Der Vorteil äußerte sich so: Er saß mucksmäuschenstill, bis die Gefahr vorüber war. Anschließend maskierte er seine Furcht mit einem Lachen.

MIMAKEL. Ob die Griechen, die Anfang der sechziger Jahre die Züge gen Norden nahmen, Panik oder Furcht empfanden oder im Gegenteil Erleichterung und Befreiung, muss von Fall zu Fall entschieden werden. Die Statistik zeigt nur, dass es acht von zehn in eines der Industriegebiete zog, die dem bundesdeutschen Arbeitgeberverband zufolge eine »magnetische« Anziehungskraft auf Gastarbeiter ausübten. An diesen Orten herrschten gute Voraussetzungen, um Geld in der Währung zu verdienen, die als die härteste auf der Welt galt. Seit die ersten Makedonier einige Jahre zuvor Arbeit in Stahlwerken und Gruben gefunden hatten, schickten sie Umschläge voller Geldscheine, Instamatic-Fotos und Ausrufezeichen nach Hause. Später folgten ihnen Verwandte und Bekannte nach – und zwar in solcher Zahl, dass sich manche Provinzverwaltung besorgt zeigte. »Wir hätten den Leuten in den Bergen eine Kanalisation geben sollen«, war ein Kommentar, den man damals häufig in den Korridoren des Amts für Hydrologie hörte. »Dann würden die Bauern heute ihr Sanitärporzellan polieren. Was machen wir jetzt?«

Die Bereitschaft, Auslandsgrieche zu werden, gab es auch in der Bevölkerung von Áno Potamiá, wo man laut Vater Lakis niemals Makedonier im Allgemeinen, sondern immer nur im Besonderen war. Nicht so Jannis. Abgesehen von ein paar Einwohnern Izmirs, die taub und plattfüßig waren, Krater im Kinn aufwiesen und Modernisierungsreformen wie die Trennung von Staat und Moschee überlebt hatten – statistisch gesehen können das nicht viele gewesen sein –, fehlte es ihm an Verwandten an anderen Orten auf der Welt. Und in seinem Heimatdorf handelte es sich genau genommen um eine Großmutter (*1877), eine Mutter (*1922) und eine Ziege (*1949). Soweit er wusste. Er hatte also keinen Grund zu glauben, dass sein Leben woanders besser sein würde. Eventuell für ihn selbst, aber wohl kaum für seine Familie. Und da wir inzwischen ahnen, dass Jannis sich als einen Menschen sah, der nicht bei Ellbogen oder Knien aufhörte, sondern sich unter der Haut anderer Menschen fortsetzte – wir werden in Kürze ein Beispiel anführen, das ein Zwerchfell einschließt –, wissen wir auch, dass er das Dorf nicht sich selbst zuliebe verließ. Im Übrigen hatte er niemals Briefe mit D-Mark-Scheinen oder Fotos von Verwandten bekommen, die mit Goldzahnlächeln und schäumendem Putzschwamm in der Hand neben einem Volkswagen standen. Warum Bromölla? Das ist leicht zu erklären. Es hatte mit den Geschwistern Kezdoglou zu tun. Aber warum ausgerechnet Efi und Kostas? Das hatte wiederum mit der Schule in Neochóri zu tun. Als die Hasenscharte an einem sonnigen Oktobermorgen 1949 die Tür zum Klassenzimmer öffnete und ebenso schnell wieder schloss, drehten sich die Kinder wie auf Kommando um. Der Sohn des Mannes, der diesseits der Türschwelle zurückgeblieben war, hielt einen Kissenbezug in der Hand. Herr Nehemas lächelte und fragte den Jungen, ob er Jannis Georgiadis heiße. Der Junge lächelte zwar bei jeder Wiederholung der Frage breiter, gab aber selbst beim dritten Mal keine Antwort. »Dann wollen wir mal hoffen, dass ich Recht habe.« Die Kinder kicherten, jemand ließ mit der Hand in der Achselhöhle künstlich einen fahren. »Kannst du mir denn wenigstens sagen, woher du kommst?« Fortgesetztes Schweigen. »Er kommt aus dem Kaff, das sieht man doch.« Das war Dimitris Lekkas. Erneutes Kichern sowie einzelne Pfiffe. »Welches Kaff, wenn ich bitten darf?« Nehemas' Blick schweifte über die Kinder, weil er nicht mitbekommen hatte, von wem die Worte gekommen waren. »Na, aus Áno Potamiá. Das Ende der Welt, könnte man sagen.«

Als der Lehrer den Sprecher identifiziert hatte, wandte er sich, diesmal mit den Händen auf dem Rücken, wieder seinem neuen Schüler zu. Ruhig, vielleicht unbewusst, ließ er ein Lineal gegen seine Handfläche klatschen. »Stimmt das? Kommst du aus Áno Potamiá?« Stummes Nicken, mehrere Lacher. »Ruhe im Klassenzimmer! Aha. Du kannst dich da drüben hinsetzen.« Er zeigte auf den Platz. »Dein Pultnachbar Kezdoglou wird nun seinen tapferen Versuch fortsetzen, uns darüber aufzuklären, was an der Tafel steht. Noch sind wir mit der nationalen Erziehung für heute nicht fertig.« Als Jannis durch den Raum ging, konnten alle sehen, dass ihm seine Schuhe mehrere Nummern zu groß waren. Er setzte sich neben den Schüler, der weiterhin stand, seine Hand auf das Pult gelegt hatte und mit heller, aber kraftvoller Stimme verkündete: »Alexander ist ein Held, Potamiá ein Fluss, die Zikade ein Tier. Griechenland ist unser Heimatland, der Tod unausweichlich.«

Nehemas dankte ihm, woraufhin die Klasse zu Rechenaufgaben überging. Jannis rückte etwas beiseite, als sein Pultnachbar sich setzte und die Ellbogen ausfuhr. Er sah zu, wie Kostas Kezdoglou seine Schiefertafel mit Zeichen füllte, die schrumpften, je näher sie dem rechten Rand kamen, machte selbst jedoch keinerlei Anstalten, eine Tafel auszupacken. Als die Schulstunde vorbei war, bat der Lehrer ihn, noch kurz zu bleiben. An das Lehrerpult gelehnt erklärte er dem Neuankömmling, er werde sich schon zurechtfinden. Er dürfe nichts darauf geben, was die anderen Kinder sagten. Dann teilte er dem Jungen mit, im Lehrerpult befinde sich zufällig noch eine Schiefertafel. Jannis wand sich. »Du sagst nicht viel, mein Freund. Wir wollen hoffen, dass es trotzdem gut gehen wird. Hier.« Nehemas gab ihm die Tafel. »Versuch nach der Pause, es den anderen nachzumachen.« Als er auf die Kreidestücke zeigte, die bei der Tafel lagen, schüttelte der Junge jedoch den Kopf und hielt den Kissenbezug hoch. Der Lehrer nahm an, dass er eigene Kreide besaß.

Kurz nach zwei schwärmten die Kinder aus dem Schulgebäude ins Freie. Die Hasenscharte stand auf der anderen Seite des Hofs, die Hände auf den Lenker gelegt. Jannis versuchte seinem Pultnachbar zuzuwinken, aber dieser eilte an ein paar Schulkameraden vorbei, die sich gegenseitig in die Seite knufften. Auch am nächsten Tag sagte Kostas nichts – nicht, als Jannis die Schiefertafel anwinkelte und ihm zu zeigen versuchte, was er gezeichnet hatte, nicht, als Jannis ihm frische Feigen und Walnüsse anbot, und auch nicht, als der Schatten des Lehrers auf ihr Pult fiel und er mit der einen Hand das linke Handgelenk des neuen Schülers festhielt, während er ihm mit der anderen einen Schlag auf die Knöchel versetzte. Stattdessen hinkte in der Pause ein Mädchen zu dem Jungen. Die meisten Kinder saßen im Schatten und aßen ihre Pausenbrote, während Nehemas mit einem Blechlöffel und Lebertran von einem Kind zum nächsten marschierte. Alle mussten schlucken, denn nur so würden sie so stark werden wie Spartaner. »Ich heiße Efi. Gib nichts auf den Lehrer. Das geht vorbei. Möchtest du?« Sie reichte ihm einen Orangenschnitz. »Mein Papa arbeitet auf dem Postamt. Was macht deiner?« Als Jannis nicht antwortete, fuhr sie fort: »Glaub mir. Schau. Keine blauen Flecken.« Sie hielt die linke Hand hoch. »Und jetzt schreibe ich mit der.« Die Orange tropfte. Dunkle Einschläge in staubigem Schotter.

Jeden Nachmittag wartete die Hasenscharte auf Jannis. Und jeden Nachmittag winkte Jannis erst Efi und dann Kostas zu, ehe er die Arme um die Taille seines Vaters schlang. Gegen Ende der zweiten Woche, als er gerade ein Ei schälte, kamen einige ältere Kinder zu ihm, darunter auch Thanassis Tsoulas, der Sohn des Weinhändlers. Er wirkte verlegen. »Jannis, die Jungs hier wollen wissen, was mit deinem Vater nicht stimmt…« »Er sieht aus, als hätte ihn seine *mána* ein bisschen schnell rausgequetscht«, ergänzte Lekkas. Er presste die Handteller gegen das Gesicht und schob sie in entgegengesetzte Richtungen, hin und her. »Ist das so üblich in eurem Kaff? Ich meine, sehen da alle so aus?« Diese Fragen waren keine Mücken. Als Jannis nicht antwortete, versiegte das Lachen. »Eh, *maláka*«, sagte ein dritter Junge und spuckte in den Staub. »Hast du deine Zunge verschluckt? Wir reden mit dir!« Lekkas stieß ihn an. Der letzte Rest Ei landete auf der Erde. »Was zum Teufel, sitzt du da etwa und mampfst Efis Essen?« Efi versuchte zu protestieren, aber keiner hörte ihr zu. Jannis hob den Kopf und schaute von Schulkamerad zu Schulkamerad, bis er sich nicht mehr sicher war, woher sie kamen. »Ist er vielleicht erkältet?«, sagte Efi. »Was?« »Sein Vater ist vielleicht erkältet, habe ich gesagt.« Sie fragte sich, wo ihr Bruder steckte. »Misch dich nicht ein, Efi. Das kann jeder sagen.« Als der neue Schüler aufstand, wich Lekkas einen Schritt zurück. »Jeder?« Jannis wischte die Krümel fort. »Kein Mensch ist jeder. Jeder Mensch ist jemand.«

Einen Monat später hatte die Hasenscharte einen Platten, danach sollte der Tabak geerntet werden und der Platz neben Kostas blieb verwaist. Als Nehemas verkündete, der neue Schüler werde erst nach der Ernte wiederkehren, ging Efi noch am selben Tag zu ihrer Großmutter, die an ihrem Sekretär saß. In regelmäßigen Abständen seufzte Eleni Vembas und verlor sich in Leere oder Gedanken (schwer zu sagen). Die Läden waren geschlossen, das Fenster stand offen, das Mückennetz zitterte. Über dem Stuhlrücken hing der Mantel, den sie früher über ihre schlafenden Töchter und kürzlich über ihren verstorbenen Briefträger gebreitet hatte.

»*Jiajiá?*« Das Mädchen zögerte.

»*Kardoúla mou?*« Der Großmutter fiel es schwer, sich von dem Gefühl zu befreien, dass eine ihrer eigenen Töchter in der Tür stand. O, Agathi, o, Irini. Wenn sie die Nasenspitze bedachte, die sich abwärts bog, als wollte sie tropfen, hätte es Irini sein können. Wenn sie den schief gelegten Kopf in Betracht zog, war es eher Agathi, die immer die nachdenklichere von beiden gewesen war. Wenn sie die Kinder von Soulas und Evangelos sah, dankte sie den höheren Mächten jedesmal dafür, dass sie den Bus in die Berge genommen hatte. Nichts von all dem, was sie hatte zurücklassen müssen – die Werkstatt, die Freunde, der Geruch von türkischem Jasmin und britischer Seife –, würde sie wiederbekommen. Ebenso wenig wie den Briefträger, der die Tür zu ihrem Herzen geöffnet hatte, ohne es zu merken. Aber mit den Kindern ihrer Stieftochter schlug der Stammbaum weiter aus. Was machte es da schon, dass die Äste gepfropft waren?

Nur wenige Tage vor Konstantinos' Tod war ein Brief mit einem englischen Poststempel eingetroffen. Eleni hatte zunächst gedacht, er käme vielleicht von einer Freundin, die umgezogen war. Doch als sie zu lesen begann, hatte sich ihr Magen wie in einem Krampf geschlossen. Ihre Hand zitterte so heftig, dass sie nach jeder Zeile pausieren musste. Und als sie schließlich zur Unterschrift gelangte, bebten ihre Lippen wie bei einem Kind. Immer und immer wieder las sie die letzten sechs Buchstaben. Jedesmal schlug dabei ihr Herz, als würde es mit Tränen und Trompeten gefüllt. Pavlos lebte, Pavlos lebte.

Efi setzte sich aufs Bett. »*Jiajiá* ... Weißt du was?«

Die Großmutter nahm sich eine neue Pastille. Sie würde nie vergessen, wie sie zu ihrer Nachbarin gegangen war, die gerade Wäsche aufhängte, um ihr zu erzählen von dem – »Mimakel?« Frau Habidis hatte Wäscheklammern zwischen den Zähnen. Als sie diese ausgespuckt hatte, bemerkte sie, unverblümt wie immer, dass wohl eher Elenis treue Gedanken Ergebnisse gezeitigt hätten. Ihr Sohn musste einen Band der *Enzyklopädie* gesehen und begriffen haben, wer sich hinter der Redaktionsadresse verbarg, und infolgedessen erkannt haben, dass er nicht der einzige Überlebende der Familie war.

»*Jiajiá*, habe ich gesagt ...«

Der einzige? Nein, keiner war der einzige. Mit Pavlos hatte Eleni ein Stück lebendige Geschichte zurückbekommen. Inzwischen glaubte sie jedoch beinahe, höhere Mächte hätten gefunden, dass dies zu viel des Glücks gewesen war. Denn nur wenige Tage später, noch ehe sie es geschafft hatte, den Brief zu beantworten, starb der Briefträger.

»*Jiajiá!*«

Die Großmutter drehte sich um. »Mein Herz, siehst du nicht, dass ich denke?« Ihr Enkelkind schlenkerte auf dem Bett sitzend mit den Beinen. »Ich glaube, ich bin verliebt.« »Mm, das hört sich doch gut an ...« Nach der Beerdigung hatte Eleni zurückgeschrieben. Sie hatte von ihrem neuen Leben erzählt, ihrer neuen Trauer, und Pavlos ermahnt, »alles zu erzählen. Wage es nicht, auch nur ein Detail auszulassen, hörst du? Nicht einmal, wenn es dir körperlich wehtut.« Wer war der Mensch, der ihn zum Hafen mitgenommen hatte? Wer war der Matrose, der ihn gerettet hatte? Wie bald würden sie sich sehen können?

»Von wegen! Jetzt ist er nämlich weg. Und Herr Nehemas sagt, es dauert *Wochen*, bis er wiederkommt.« Efi presste den Mund an das Ohr ihrer Großmutter. So schnell, dass die Worte übereinander stolperten, erzählte sie von dem Jungen, der auf dem Gepäckträger angekommen war, und von seinem Vater, der auf der anderen Straßenseite gewartet und auf die Frage, wie weit es bis zu dem Kaff war, so komisch geantwortet hatte. »Er hat durch die Nase gesprochen, *jiajiá*...«

»Sicher nur eine Erkältung. Du wirst sehen, wenn der Junge dich genauso gern hat, wie du ihn zu haben scheinst, kommt er zurück. Willst du eigentlich keinen Mittagsschlaf halten? Großmutter muss nachdenken.« Als ihr Enkelkind nicht ging, fügte sie hinzu: »Na schön. Wie heißt er?« »Wer?« »Dein Ritter auf dem Gepäckträger.« Erneut presste Efi den Mund an ihr Ohr. »Hm. Und mit Nachnamen?« Das Mädchen zuckte mit den Schultern. »Oh, mir tut das Herz so weh, *jiajiá*!« Eleni lachte. »*Éfi mou, kardoúla mou*...« Sie wollte erzählen, dass es einen Schmerz gab, gegen den man nichts tun konnte, einen Schmerz, der das einzige war, was einen weiter hoffen ließ, obwohl man es besser wusste, einen Schmerz, der so hart und bösartig war, dass man keine andere Wahl hatte, als sich mit ihm anzufreunden. Und dass man nur dann, wenn man sich mit Dieser Jämmerlichen Sache angefreundet hatte, herausfinden würde, dass sich die Trauer lohnte. Doch stattdessen drückte sie das Mädchen an sich. Sie roch abwechselnd Agathi und Irini – Schweiß, Kondensmilch und herrliche, siebeneinhalb Jahre alte Haare. »Ich finde, du solltest Kostas fragen, wie dein Freund mit Nachnamen heißt. Dann verspreche ich dir, wir gehen nach Áno Potamiá und besuchen ihn. Es ist lange her, dass ich dort war.« Sie erinnerte sich an ihre Besuche dort und überlegte, was sie eigentlich mit dem Schreiben gemacht hatte, das seine Adressatin nie erreicht hatte. Um zu verbergen, dass ihre Wangen bei dem Gedanken an das Bekenntnis des Briefträgers rot anliefen, legte sie sich den Mantel über die Schultern. »Lass deine Großmutter jetzt in Frieden. Gleich werden die anderen wach.«

Die alte Frau dachte an die Briefe, die sie an den Sohn in Ipswich geschickt hatte, und an die Ansichtskarten, auf denen er ihr geantwortet hatte. Pavlos wusste nicht, wer ihn in Smyrna zum Hafen mitgenommen hatte. Er war damals erst fünf oder sechs Jahre alt gewesen, entsann sich aber eines weißen Gewands und nahm an, dass es ein Türke gewesen war. Nach der Fahrt an Bord der Vittore Immanuele hatte er jahrelang bei einem Matrosen in Neapel gewohnt – bis Giuseppe kein Geld mehr hatte und ihn stattdessen zu Verwandten in England schickte, mit denen er sich allerdings nicht besonders gut verstanden hatte. Eleni gewann den Eindruck, dass ihr Sohn nur ungern über seine erste Zeit in dem neuen Land sprach. Schon bald war er jedoch in die Obhut einer Friseuse mit drei Töchtern gekommen, für die er wie ein Bruder werden sollte, und während der harten Jahre in den Dreißigern hatte er den Nachnamen dieser Frau angenommen, um leichter Arbeit zu finden. Eleni hatte Mühe, alles zu verstehen, was Pavlos schrieb. Sein Wortschatz bestand zum Teil aus Fremdwörtern und trotz seines geschickten Umgangs mit Kamm und Schere mangelte es seinem Satzbau nicht an Schönheitsfehlern. Am meisten störte sie jedoch, dass Paul Giggs zu ihr wie zu einer Fremden sprach. Sie hatte mit vielem gerechnet, aber nicht damit: ein Wiedersehen, das wie ein Abschied war.

Als Eleni die Lippen des Mädchens an ihrem Ohr kitzeln spürte, ahnte sie zum einen etwas Großes, zum anderen etwas Größeres. Auf Das Größere – das sie mit Versalien zu schreiben bevorzugte – bitten wir zurückkommen zu dürfen. Das Große trug den Nachnamen, den Efi ihr ins Ohr geflüstert hatte. »Wenn wir doch nur ein wenig öfter auf die jüngere Generation hören wollten«, erklärte Eleni zwei Wochen später, als sie und Despina einander umarmt hatten und der Junge mit der Hasenscharte, der mittlerweile ein Vater mit Hasenscharte war, erzählt hatte, wie er an einem ungewöhnlich heißen und ereignisreichen Septembertag in Smyrna zum Hafen geradelt war. Sein Bericht sollte Teil des Artikels werden, mit dem Eleni Vembas zur *Enzyklopädie* zurückkehrte.

NATIONALE ERZIEHUNG. In den Monaten, die Jannis auf fünf oder sechs Jahre verteilt in der Schule verbrachte, gelang es ihm unter anderem, folgendes Wissen zu erwerben (wir legen es einem etwa Zwölfjährigen in den Mund):

»Eins, zwei, drei, vier… So zählt man. Niemand braucht weiter als bis zehn zählen zu können. Danach wiederholt man einfach, was man getan hat, ein oder mehrere Male, allerdings mit anderen Namen für die Zahlen. Ein Haar wächst im Monat einen Zentimeter. Ein Jahr hat zwölf Monate. Also wächst jedes Haar pro Jahr zwölf Zentimeter. Wenn man sich die Haare schneiden lässt, subtrahiert man. Das Zeichen nennt man minus. Es sieht aus wie ein Haar. Wenn man das Gegenteil macht, legt man zwei oder mehr Haare überkreuz. Das nennt man dann Addition. Das Zeichen sieht anders aus. Nein, es ist nicht *so* ein Kreuz. Die Farbe des Himmels ist blau. Wenn die Farbe des Himmels nicht blau ist, dann sieht man nicht den Himmel, sondern die Wolken. Dann muss man die Wolken subtrahieren, damit der Himmel wieder sichtbar wird. Ist die Farbe schwarz und es ist nicht Nacht, muss man mehr als nur Wolken subtrahieren. Wissenschaftlich betrachtet funktioniert das so, dass Tropfen zur Erde fallen. Wenn sie lange genug gefallen sind, ist der Himmel nicht mehr schwarz, sondern grau. Dann reicht es, die Wolken zu subtrahieren, um ihn erneut blau werden zu lassen. Der Regen rinnt in die Erde, in die Blätter oder in den Bauch von Menschen. Wenn der Regen in die Erde rinnt, geht er verloren. Wenn der Regen in den Bauch von Menschen rinnt, verschwindet er in den Endungen, männlichen oder weiblichen. Aber wenn er in die Blätter rinnt, verdunstet er, und diese Dünste steigen auf. Dann weinen die Pflanzen, aber umgekehrt, aus Freude. Sieben ist übrigens eine schöne Zahl. Sie sieht aus wie eine Hacke. Die Woche hat sieben Tage. Das sind alle Finger einer Hand plus zwei. Jeder Tag ist auf die gleiche Art wichtig, so wie jeder Finger wichtig ist, wenn man die Erde umgraben will. Aber der Sonntag ist wichtiger als alle anderen. Er ist der Daumen unter den Tagen, denn an ihm ruhte Gott. Deshalb ruht man sich an diesem

Tag von der Hacke aus. Unser König heißt Paul I., Sohn von Konstantin I. und Sofia von Preußen. Er hat niemals eine Hacke in der Hand gehalten, ruht aber trotzdem nie. Schlaflosigkeit nennt man das. Unsere Königin heißt Frederika von Hannover. Sie kommt aus Deutschland. Sie ruht auch nie. Ehrgeiz nennt man das. Ihre Kinder heißen Sofia, Konstantin und Irene. Eines Tages wird Konstantin eins und eins zusammenzählen und Konstantin II. werden. Dann ist er unser König. Obwohl er nur ein Viertelgrieche ist, vielleicht noch weniger, zählt er als Vollgrieche. Die Geburt unserer Nation dauerte natürlich neun Jahre. Jedes Jahr war wie ein langer Monat. Unsere Nation hat acht Millionen Einwohner. Das sind viele, viele Male zehn Finger. Man könnte auch sagen: eine Myriade Male. Die meisten sind Vollgriechen. Griechenland hat sechzehn Millionen Einwohner, wenn man unsere Landsleute in der Sowjetunion, in Bulgarien, in der Tschechoslowakei, in Albanien, Deutschland, Schweden, in den USA, in Australien, Österreich, Kanada und einigen anderen Ländern mitzählt. Man muss die Landsleute in der Sowjetunion, in Bulgarien, in der Tschechoslowakei, in Albanien und einigen anderen Ländern mitzählen. Auch wenn sie keine Vollgriechen sind, so sind sie doch Griechen. Mit den Ländern sieht das anders aus. Nur weil Griechen in ihnen wohnen, sind sie noch lange nicht Griechenland. Von unseren Helden ist Jesus der wichtigste. Nach ihm kommen Herakles und Alexander der Große. Jesus entsagte allem Eigentum, Herakles vollbrachte zwölf Heldentaten und Alexander unterwarf Persien und Ägypten. Magister Nehemas sagt, dass Alexander die Namen aller seiner Soldaten kannte. Wenn das stimmt, konnte er mehr Haare über Kreuz legen als andere Makedonier. Vielleicht eine Myriade mal. Makedonier sind auch Griechen. Waschechte Griechen. Alexander war der erste waschechte Grieche. Er wurde nie getauft. Herakles auch nicht. Aber Jesus wurde von Ioannis getauft. Griechenland wurde am 25. März getauft.«

MAGISTER NEHEMAS' SIEBEN BEDINGUNGEN FÜR EINEN HELDEN. »Notiert euch folgende Punkte, Kinder, und lernt sie auswendig. Es gibt sieben Bedingungen für einen Helden. 1. Niemand wird als Held geboren. 2. Wer geboren wird, der stirbt auch. 3. Ein Held stirbt, während er Dinge tut, die nur er tun kann. 4. Ein Held wird folglich erst geboren, wenn er stirbt. 5. Wenn der Tod ausbleibt, ist der Held tragisch. 6. Tragische Helden sind auch Helden, aber nicht so sehr, denn sie bleiben nicht ewig Helden. 7. Keiner lebt ewig.«

GEDANKENAUSTAUSCH. Als der Magister vom größten aller Helden berichtet hatte, einem Halbgott, der eine Reihe von Großtaten vollbracht hatte und gestorben war, als ihm ein vergiftetes Kleidungsstück Haut und Fleisch von den Knochen gerissen hatte, zeigte einer der Schüler auf. Nehemas freute sich, weil es das erste Mal war, dass der Junge etwas sagen wollte.

SCHÜLER: Woher weiß ein Held, wann er sterben wird?

LEHRER: Wann er sterben wird? Das weiß er nie.

SCHÜLER: Und wenn er sterben will, aber nicht kann?

LEHRER: Nicht kann? Solche Helden gibt es nicht.

SCHÜLER: Aber wenn?

LEHRER: In dem Fall wird er wider Willen zum Helden. *(Denkt nach.)* Das wäre die größte Heldentat von allen. Und die letzte.

NULLPUNKT. Da wir uns schon in dem Klassenzimmer mit den kolorierten Karten und dem Landeswappen an der Wand aufhalten, wollen wir die Gelegenheit nutzen, um auch folgende Szene festzuhalten.

»Null?«

Es war die letzte Schulstunde der Woche und Nehemas ließ den Blick über die Klasse schweifen. »Kostas will wissen, was Null ist. Gibt es dazu eine Ansicht? Dimitris? Nicht? Aphrodite?« Neuerli-

195

ches Kopfschütteln. »Und Jannis?« Schulterzucken. »Bravo, in Áno Potamiá kennt man die Antwort. Null ist nichts. Aber ein Nichts«, lächelte der Lehrer geheimnisvoll, »das nicht immer nichts ist...« Nehemas sah sich nach einem Stück Kreide um.

»Lasst es mich euch erklären.« Die Kinder rutschten unruhig hin und her. »Die Null hat zwei Gesichter – oder zwei Seiten, wenn euch das lieber ist. Wie eine Münze. In ihrer Eigenschaft als Ordnungszahl ist Null die Zahl, die eins vorausgeht, aber selbst nicht zählt. Betrachtet beispielsweise den menschlichen Körper.« Er zog einen senkrechten Strich. »So sieht ein Mensch aus. Na ja, in etwa. Aber ohne die Null wäre er niemals entstanden.« Er zeichnete in der Mitte der Figur einen Ring. »Was ist das? Genau, Efi. Ein Nabel. Es ist der Anfang von allem, aber in sich selbst nichts. Oder richtiger: Ohne dieses Loch mitten im Bauch würde ein Mensch nicht als Mensch zählen. Jeder von uns mag eine Eins sein. Oder will jemand in der Klasse leugnen, dass er sich selbst als Nummer eins in seinem Leben sieht?« Nehemas hielt zur Illustration die Kreide hoch. »Dann sind wir uns einig. Die Welt ist voller Einsen. Trotzdem hat jeder von uns einen Nabel. Und jetzt kommt das Wichtige: Genauso müssen wir die Null betrachten. Will sagen: als Bedingung.«

Er blinzelte, als wollte er sich vergewissern, dass wenigstens ein Schüler in seiner Klasse verstand, was er sagte, dann zog er einen horizontalen Strich durch die Figur. »Das waren die Ordnungszahlen. Das hier ist etwas anderes. Nein, kein Zielfernrohr, Dimitris. In der Geometrie markiert die Null den Schnittpunkt zwischen zwei Ebenen – davor und dahinter, darüber und darunter.« Er zeigte es. »Ein solches Zeichen nennen die Mathematiker Nullpunkt oder auch Origo. Das Wort bedeutet ›Ursprung‹. Diese Null markiert, dass es ein Vor und Hinter und ein Unter und Über im Dasein gibt. Phantastisch, nicht wahr?« Nehemas sah die Kinder an, die müde, rastlos, desinteressiert waren. Er machte zwei schnelle Bewegungen. »Aber das hier müsst ihr vermeiden. Sonst ist es aus.« In der Tafelecke sah man ein Kreuz.

Jetzt schielte der Lehrer zur Uhr an der Wand. Noch fünf Minuten. »Für manche heißt der Nullpunkt vielleicht Áno Potamiá. Was meinst du, Jannis?« Vereinzeltes Kichern. »Einige von euch werden den Ursprung sicher anders nennen. Nein, ich dachte beispielsweise an Neochóri, Makedoniens eigenes kleines Sparta.« Er spielte auf die Fußballmannschaft des Dorfs an, die wegen ihrer Spielweise »Die Spartaner« genannt wurde. »Aber sowohl in der Geometrie als auch in der Geographie beginnt alles hier.« Nehemas presste den Finger auf den Schnittpunkt. »Ohne andere Punkte wäre der Ursprung jedoch wertlos. Nicht nur das Kaff wäre wertlos, sondern auch Neochóri. Sogar Sparta. Doch, glaubt mir. Ruhe. Ruhe, habe ich gesagt. Denkt nach. Wenn ihr keinen Nabel hättet, dann hättet ihr auch weder ein Herz noch Muskeln – oder den Kopf, den ihr bitte am Wochenende benutzen werdet.« Die Kinder stöhnten auf. »Oh doch, ihr werdet einen Aufsatz schreiben. Titel: ›Mein Nullpunkt‹. Zwei Fragen müssen beantwortet werden. Erstens: Was betrachte ich als den Mittelpunkt meines Lebens? Und zweitens: Warum?«

EIN ZWERCHFELL. Jannis schrieb am darauffolgenden Wochenende nichts. Der Winter rückte näher und die Felder mussten abgeflämmt werden. Doch obwohl er nicht in die Schule zurückkehrte, kannte er die Antworten auf die Fragen seines Lehrers. Für ihn konnte es keinen Zweifel daran geben, dass sein persönlicher Ursprung Áno Potamiá hieß – wie er Efi erklärte, als sie am nächsten Tag an der Innenseite der Kirchhofmauer lagen. Das Datum ist leicht festzustellen: der 5. November 1955. Denn nur wenige Tage später sollte die Freundin operiert werden, um anschließend ein Dreivierteljahr bettlägerig zu bleiben. Jetzt waren sie jedoch allein, lagen da, die Sonne schräg hinter sich, und hatten das Gefühl, die Ewigkeit hätte gerade begonnen. Sie hatten darüber gesprochen, was Efi schreiben wollte, sie hatten über die bevorstehende Operation gesprochen und was sie in zwei, zehn, hundert Jahren tun würden. Anschließend erkundigte sie sich, ob Jannis immer noch nach Wasser bohrte. »Manchmal«, antwortete er, stemmte jedoch die Ellbogen in die Erde. »Nein, das ist nicht wahr.« Dann schwieg er. Denn es war so: Wenn er zugab, dass Wunder erforderlich wären, um tiefer als eine Armlänge zu kommen, hatte er das Gefühl, das Kind zu verraten, das er einmal gewesen war.

Efi sagte nichts. Stattdessen zog sie ihre Bluse hoch und bat den Freund, sich hinzulegen. Ihre Bewegungen waren ruhig und abgeklärt, als könnte sie sich nicht vorstellen, dass er etwas anderes tun wollte. Ihr Bauch war von hunderten feiner, blasser, fast unsichtbarer Flaumhärchen bedeckt. Direkt unter dem Nabel kräuselte sich ein einsames schwarzes Haar. Es verstrich etwas Zeit. Jannis lag zwar unbequem auf einer Schulter und ohne sein Gewicht verlagert zu haben, aber unter ihm schlug ein Muskel Schläge größer als Sonnen. Er dachte an Trommeln und Erdbeben, er dachte an Pferde, deren Hufe Blumen lebendig begraben. Er befand sich mindestens im Himmel.

Schließlich drehte er den Körper, um eine neue Stellung zu finden. »Du kitzelst«, flüsterte Efi. »Nein, lieg still. Still, habe ich gesagt…« Die Schwere im Körper geschichtet wie glänzender Staub, strengte er sich an, nur Ohr und Berührung zu werden. Welch seltsamer Friede, welch stille Umwälzung. Nie zuvor hatte Jannis etwas Vergleichbares erlebt. Während er Efis Puls unter seiner Wange spürte, verfolgten ihre Augen eine träge Biene. Sie summte kurz über dem Erdboden, als fehlte ihr zu mehr die Kraft. Nach einer Weile stieß das Tier gegen ihren Arm, anschließend gegen ihre Schulter, drehte dann jedoch plötzlich ab und verschwand über die Mauer. »Jannis…« »Mm.« »Was glaubst du, was es wollte?« »Was?« »Das kleine Tier gerade.« »Du meinst, die Biene?« »Ja, was glaubst du…« Er drehte sich. »Wollte sie was?« Als Efi nicht antwortete, verlor er sich wieder in seinen Gedanken. Ohne erklären zu können, warum es so war, begriff er, was es hieß, mit einem Leinentuch vor der Nase zu liegen, das nach einer sagenhaften Mischung aus Seife und Kampfer roch. Es war eine Form von Nähe, wie er sie nie erlebt hatte, es war eine Nähe, die niemand für sich erzwingen konnte. Er erkannte, dass sie grenzenlos war, er erkannte, dass sie Abstand enthielt, und er erkannte, dass ihn das freute. Dieses Zwerchfell, nur dieses Zwerchfell. Aber in diesem Moment war es weiter als die Welt.

An den Schatten lasen sie ab, wie die Zeit verging. Efi erzählte von dem Schmerz in ihrer Hüfte und dass sie mit Freuden ein Jahr ihres Lebens dafür hergeben würde, hinterher normal gehen zu können. Jannis hatte Probleme, alles zu hören, was sie sagte, ein Ohr lag auf ihrer warmen Haut und ihre Hand auf dem anderen. »Also, ich habe gesagt«, wiederholte sie, »dass es Menschen gibt, die Wunder vollbringen müssen, aber du musst mich nur zum Bus begleiten.« »Sieh mal«, platzte Jannis heraus. »Hier liegt er ja!« Im Gras lag der Flaschenhals, der ein halbes Jahr zuvor abgeschlagen worden war. Er streifte das Glasstück auf ihren Finger. »Magister Nehemas kann sagen, was er will. Von jetzt an ist das hier der Nullpunkt.« Efi sagte nichts. Als sie zwei Minuten später immer noch schwieg, machte er eine unsichere Grimasse. Eigentlich hatte er vorgehabt, noch drei Worte zu sagen, beschloss stattdessen jedoch auszuspucken. Sie gingen zum Bus. Hatte er sie verletzt? Schließlich stieß er Efi in die Seite. »Du, das war doch nur Spaß.« Daraufhin blieb sie stehen – verwirrt, vielleicht auch wütend. Dann sagte sie: »Wenn du das Glück in diesen Augen nicht sehen kannst, musst du blind sein. Aber ich sehe ja, dass du nicht blind bist. Also, was stimmt mit dir nicht?«

KOMPLIKATIONEN. Der Grund dafür, dass es ein Dreivierteljahr dauerte, bis Jannis auf diese Frage antwortete und Efi, statt etwas zu erwidern, die Fingerspitzen in seine Lachgrübchen drückte (siehe frühere Karteikarten), dieser Grund hat viele Namen: Infektion, Thrombose, Staphylokokken, Urinretention – sowie, kurz bevor sie eigentlich schon entlassen werden sollte, aber stattdessen weitere zwei Monate im Krankenhaus bleiben musste: Lungenembolie.

Kurzum: Komplikationen. Als Folge eines Eingriffs, der nicht wie geplant verlief – (I) weil die Patientin in der Pubertät war und noch wuchs, was jedenfalls die Ärzte behaupteten, als die Familie sich beschwerte, (II) weil landwirtschaftliche Gerätschaften als chirurgische Instrumente benutzt worden waren oder (III) auf Grund der sanitären Verhältnisse, was ihrem Bruder beziehungsweise den Eltern plausibel erschien –, wurde die Behandlung einige Jahre später wiederholt. Als auch dieser Eingriff nicht das gewünschte Ergebnis brachte, obwohl die Patientin seit Jahren keinen Zentimeter mehr gewachsen war, wurde ein letzter Versuch unternommen: Nach dem Dreikönigsfest 1964 wurde im fernen Kristianstad eine Operation durchgeführt, woraufhin die Patientin ihren Stock wegwerfen konnte.

Aber dazu kam es erst zehn Jahre später. Jetzt ist immer noch jetzt. Oder vielmehr Spätsommer 1954. Als Efi nach ihrer ersten Operation zurückkehrte, fünf Kilo magerer, aber mit schulterlangem Haar und einer kleidsamen Röte auf den Wangen, nahm sie umgehend den Bus nach Áno Potamiá. Im Krankenhaus hatte sie an Jannis gedacht, wie andere Menschen an sich selbst denken. Jetzt wollte sie wissen, warum er sie nie besucht hatte, schließlich waren sie so gut wie verheiratet. In Begleitung Stellas ging sie zu Familie Georgiadis. Als sie den Freund Essensreste im Hühnerhof verteilen sah, begriff sie, dass es andere gab, die ihn mehr brauchten. Seltsamerweise bestärkte sie diese Einsicht nur in ihrer Überzeugung, dass ihr Herz richtig lag. Die Mädchen grüßten die Mutter, die Wäsche aufhängte, und die Großmutter, die im Bett lag. Dann bat Vasso die jungen Leute, zum Fluss hinunter zu gehen. Sie hatte das Waschbrett vergessen.

»Hast du an mich gedacht, als ich fort war?« Obwohl Stella weit vor ihnen ging, flüsterte Efi. »Natürlich...« Jannis hatte mittlerweile Flaum auf der Oberlippe, seine Stimme war dumpf und brüchig. »Das ist gut. Ich wollte dich das nur sagen hören. Erinnerst du dich hieran?« Sie hob die Hand mit dem Stock. Der abgeschlagene Flaschenhals blitzte an ihrem Finger grün und gelb. »Natürlich.« Ansonsten wirkte ihr Freund wie früher, nur grobschlächtiger. Sie erzählte von ihrem Krankenhausaufenthalt und Schmerzen und Infektionen. Von schlaflosen Patienten und zugigen Zimmern. Von ereignislosen Vormittagen und Nachmittagen und Abenden. Von den ersten Versuchen, im Park spazieren zu gehen, und der nachfolgenden Thrombose. Von den Briefen, die sie geschrieben, aber niemals abgeschickt hatte.»Du kannst dir nicht vorstellen, wie schwer es sein kann, die Zeit vergehen zu lassen.«

Als sie das Waschbrett gefunden hatten, bot Stella sich an, damit zurückzulaufen. Am anderen Ufer blinkte Karamellas Rücklicht an einem Haken. Die Fensterläden standen offen, Laken hingen aus dem Fenster. Efi dachte an das Bettzeug im Krankenhaus, Jannis dachte an nichts. Nach einer Weile zog sie ihre Sandalen aus und stand auf. Er streckte sich nach ihrem Stock, aber sie schüttelte den Kopf.»Ich will sehen, ob ich noch weiß, wie es geht.« Vorsichtig watete sie ins Wasser hinaus und stellte sich auf einen der sonnenwarmen Steine. Für einen Moment sah es aus, als verlöre sie das Gleichgewicht, aber sie machte einen Schritt zum nächsten Stein und gewann die Balance zurück. Als sie sich weiter in den Fluss hinaus bewegte, streifte Jannis seine Schuhe ab und folgte ihr. Er kreuzte Efis Spur, vermied es jedoch sorgsam, seine Füße dorthin zu setzen, wo sie gegangen war. Während sie weiter hinabging, flussabwärts, ging er schräg hinauf, flussaufwärts. Gelegentlich blieben sie stehen und kontrollierten, wie weit der andere gekommen war. Als sie schließlich das andere Ufer erreichten, befanden sie sich etwa zwanzig Meter voneinander entfernt. Die Steine glänzten nass. Die Spuren, die sie hinterlassen hatten, formten ein schiefes X.

Beide mussten an das Zeichen gedacht haben, dem man laut Magister Nehemas tunlichst aus dem Weg gehen sollte. Jedenfalls kehrten sie wie auf Kommando zurück. Diesmal hüpfte Jannis schräg hinab, flussabwärts, während Efi flussaufwärts, hinauf ging. Auf halbem Weg machten sie einen Schritt zurück und blieben stehen. Immer noch schweigend, gingen sie anschließend vorwärts, änderten die Richtung und kehrten zu ihren Ausgangspunkten zurück. Auf diese Weise formten ihre in der Sonne trocknenden Spuren keinen gefährlichen Buchstaben mehr, sondern ein eckiges und unerwartetes, aber trotzdem deutlich erkennbares Unendlichkeitszeichen, oder auch eine 8. Als sie ihre Schuhe wieder anzogen, blickte Efi auf den Fluss hinaus. »So lange ich lebe, werden mir die Steine nass in Erinnerung bleiben.«

Jannis sagte nichts. Er dachte an Derwische. Kurz bevor Stella zurückkehrte, fragte er jedoch: »Wirst du noch einmal operiert?« Efi winkte ihrer Freundin zu. »Meine Mutter glaubt, dass es davon nur noch schlimmer wird, aber mein Vater ist dafür. Ich weiß es nicht. Es kommt mir vor, als würde man eine Münze werfen.«

ENDLICH. Von da an galten Efi und Jannis als ein Paar. Ob sie sich selbst so sahen, ist trotz des abgeschlagenen Flaschenhalses und der Ewigkeitsbewegung weniger gewiss. Zwei Ereignisse können erklären, warum. Der Einfachheit halber wollen wir sie als zwei Seiten der gleichen Münze betrachten – genauer gesagt des Geldstücks, das Efi an einem Juliabend kurz vor ihrer zweiten Operation in der Hand hielt.

Es handelte sich um eine frisch gepresste Zehndrachmenmünze. Über der Wertangabe prangte das Landeswappen in stilisierter Form – und wurde von Efi im Licht einer einsamen Straßenlaterne studiert. Diesmal saßen sie und Jannis in einem Straßengraben vor Neochóri, bei der Transformatorenstation, an der man sich entscheiden konnte, entweder den Weg nach Áno Potamiá einzuschlagen oder bergabwärts zu gehen. Jannis war sechzehn, Efi vor kurzem siebzehn geworden. Ringsum hörte man Zikaden. Er wischte sich den Schweiß aus dem Nacken, sie dachte über das Landeswappen nach, das Nehemas in der Klasse kommentiert hatte. Nach der Stunde hatte Kostas gelacht und erklärt, man merke, dass der Lehrer Republikaner sei. Das Königshaus habe ihn nicht weiter interessiert, stattdessen habe er sich auf die mythologischen Gestalten konzentriert, die das Wappen flankierten, sowie auf die Bedeutung des hochtrabenden Wahlspruchs: »Meine Kraft ist die Liebe des Volkes.«

Das Motto des Königs sah man auf der Münze in Efis Hand nicht, die spiegelverkehrten Männer waren dagegen leicht zu erkennen. Beide trugen eine Keule in der einen Hand und lehnten sich mit dem anderen Ellbogen gegen den Schild. »Weißt du, wer das ist?« Jannis hatte noch nie darüber nachgedacht. Efi nahm den Geruch der Pfirsiche wahr, die sie gegessen hatten, sowie die Haare des Freundes an ihrer Wange. Als er das Bild eingehender betrachtet hatte, schüttelte er erneut den Kopf. Sie hörte ihn atmen – schwer, warm, männlich. Sie waren nur wenige Zentimeter voneinander entfernt. Endlich. Seit dem Besuch am Fluss hatte sie von dieser Nähe geträumt, sie hatte sich nach ihr gesehnt wie andere nach dem Himmel. Jetzt war ihr fast egal, was geschehen würde. Endlich war alles möglich. Nach einem trägen Nachmittag, den sie im Schatten der Obstbäume liegend verbracht hatten, ohne einander zu berühren, aber so nah, dass sich die Haare auf ihren Armen aufgerichtet hatten, schien endlich zu geschehen, wovon alle annahmen, dass es längst geschehen war. Efi drehte sich um und wollte etwas sagen, aber noch ehe sie aufblicken konnte, spürte sie Jannis' Zähne an ihren. Sie pressten sich gegen die Lippen, rutschten ab und bissen sie in die Zunge. Plötzlich bestand die Welt aus Hunger und Speichel. Sie ließ sich lachend, den Freund über sich, fallen. Endlich. Sie spürte das Gewicht, sie spürte die weiche Härte. Endlich. Sie dachte, dass sie schon immer zusammengehört hatten, aber erst jetzt wurde es wahr. Endlich, endlich. Es vergingen Minuten voller Eifer und zunehmender Atemnot. (Wir haben nicht vor, ins Detail zu gehen.) Dann schob Efi ihren Freund, sanft aber bestimmt, von sich. Lachend gestand sie ihm, dass sie keine Luft mehr bekam. Kaum hatte sie jedoch ihre Lunge gefüllt, als sie auch schon merkte, dass sie es nicht aushielt, und ließ seine gierigen Lippen erneut ihre finden.

Wieder fielen sie nach hinten und diesmal blieben sie liegen.

Wie lange wusste hinterher keiner zu sagen. Abgesehen vom Licht der Straßenlaterne wurde es in dieser Zeit stockfinster und ihre Hände arbeiteten zehn Jahre einer immer weniger kindlichen Sehnsucht ab. Irgendwann tat der Untergrund trotzdem so weh, dass Efi glücklich aufstöhnte: »Hilf mir auf, Jannis. Sonst geht meine Hüfte kaputt.« Sie zog das Gummiband vom Zopf, schüttelte ihr Haar aus und steckte es wieder hoch. Jannis, der zur Seite gerollt war, lag mit ausgestreckten Armen, als wollte er im Staub einen Engel machen. Efi war erhitzt und entrückt, sie begriff, dass etwas geschehen war, das ebenso lange währen würde wie die Nässe auf den Steinen.

Als sie sich von neuem über ihren Freund lehnte, erkannte sie jedoch, dass sie im Begriff war, einen Fehler zu machen. Es ist schwer zu sagen, was ihr diese Gewissheit gab. Aber diesmal begriff sie, dass sie nicht mit einem Lachen abtun können würde, wohin ihre Handlungen führten. Ein wichtiger Teil von ihr scherte sich nicht um die Folgen. Sie war so voll von Pfirsichen und elektrischem Licht und Zikaden, dass die Schmerzen in der Hüfte das letzte waren, wovor sie sich fürchtete. Doch auch wenn sie mittlerweile siebzehn war, und auch wenn sie dachte, dass sie tun konnte, was sie wollte, gab es auch noch eine andere Efi, die Tochter war, und als sie ihren Schatten sah, der sich auf Jannis' Gesicht legte, war es diese Efi, die nun zögerte.

Mittlerweile waren Jannis' Hände überall auf ihrem Körper – umschlossen ihre Taille und den Nacken, wo sie am empfindsamsten war, lagen aber auch auf Brüsten und Po. Das können unmöglich nur zwei Hände sein, dachte sie. Als sich die Finger eines der vielen Händepaare unter dem Stoff hochtasteten, hatte sie einen vagen Blutgeschmack im Mund – ihr Freund hatte sie gebissen – und sie wandte sich instinktiv ab. Aber die Hände schienen nicht zu verstehen, oder es handelte sich um ein neues Paar, das noch nicht zum Zug gekommen war. Eifrig machten sie weiter, und als ihr Freund sich an sie presste, spürte sie mehr als nur Hüftknochen. »M-um«, brachte sie heraus. Im Grunde brauchte Efi nur etwas Zeit, um zu verstehen, ob es das war, was sie tun wollte und sollte. Aber Jannis war mit etwas beschäftigt, was seinen Gürtel einbezog, unklar, was, und hörte sie nicht. Stattdessen presste er sich nun erneut an sie. Nach einer Weile schlossen sich seine Hände um ihre (es handelte sich trotz allem doch nur um zwei), zärtlich und nichts fordernd, aber dennoch mit einer Bestimmtheit in den Bewegungen, als hätten sie in diesem Leben nur einen einzigen Zweck, und führten sie anschließend nach unten, dorthin, wo er etwas mit seinem Gürtel gemacht hatte. »*Éfi, óch, Éfi mou…*« Er stöhnte. Und Efi? Genau. Sie sagte mit dem Teil von ihr, der noch Tochter war: »Ein anderes Mal, Jannis. Warte… Nein, bitte. Warte.« Freundlich schob sie seine Hände fort. »Ein anderes Mal, hörst du.«

Wir sollten das Paar an diesem Punkt eigentlich in Frieden lassen. Aber der Abend war noch nicht vorbei. Als Efi den Staub abgeklopft hatte, suchte sie nach einem passenden Gesichtsausdruck. Jannis war in der Hocke, als sie auf ihren Stock gestützt losging. Nachdem er den Gürtel zugezogen hatte, hob er die Münze auf und trottete ihr – innerlich erhitzt und finster – hinterher. Warum war Efi in Panik geraten? Er wollte ihr doch nichts tun, er wollte nur, was sie selbst wollte. Sie gingen die Landstraße zum Dorf zurück. Als sie in einem Kaffeehaus verschwand, folgte er ihr. Der Besitzer ließ gerade die Jalousien herab. Sie bestellte eine Limonade, korrigierte sich jedoch auf zwei, als sie ihren Freund erblickte. Jannis kam sich dumm vor. Er fühlte sich in dem grellen Neonlicht nicht wohl, das ihn im Eilverfahren abzuurteilen schien und vermutlich im nächsten Moment auf eine der Inseln verbannen würde. Überwältigt knallte er die Münze auf den Glastresen und schaute sich um, als befände er sich im falschen Film. Vielleicht auch im falschen Leben. Dann ging er.

Es wird wohl das Beste sein, binnen kurzem zur anderen Seite der Münze zurückzukehren.

DER SCHWÄRZESTE FREITAG IN DER GESCHICHTE DES MO-
NATS APRIL. »Ach, du lieber…« Während das Geräusch der
Münze, die auf den Glastresen schlug, noch in unseren Ohren wi-
derhallt, treffen in Haus Seeblick Besorgnis erregende Nachrichten ein. »Manolis, Jannis, kommt mal!« Die Männer eilten, gefolgt
von den Kindern, die im Flur Hockey gespielt hatten, die Treppe
hinauf. Jannis hob das jüngste hoch. Alle blieben auf der Schwelle
zur Bibliothek stehen, wo Lily, ein Bein unter sich gezogen, auf der
Couch saß. Auf dem Fernsehschirm sah man ein Bild Konstan-
tins II. – jung, feucht gekämmt, energisch. Dann wurde er durch
den Nachrichtensprecher abgelöst, der einen grauen Teint und
eine Brille hatte und nichts außer dem Kopf bewegte, als er auf
seine Blätter und in die Kamera blickte. Er artikulierte klar und
deutlich, und die Papiere enthielten Worte wie: »In der Nacht rollten Panzer in… Überraschung und Verwirrung… Wichtige Kom-
munikationszentralen wie das Rundfunk- und das Fernsehgebäude
wurden von der Außenwelt abgeschnitten, der Flughafen, Eisen-
bahn- und Busbahnhöfe, der Hafen von Piräus… Die Putschisten
versichern, dass internationale Interessen unberührt bleiben werden. Bisher unbestätigte Meldungen, denen zufolge hunderte von
Personen verhaftet worden sind, lassen jedoch vermuten… Haus-
arrest für Premierminister Kanellopoulos und Oppositionsführer
Papandreou… wichtige Politiker, Gewerkschaftsführer, Lehrer
und Studenten, sogar Angehörige des Militärs… Die Pferderenn-
bahn findet Verwendung als… Die Obristen, und hier bitte ich,
meine Aussprache zu entschuldigen« (ein Lächeln kräuselte seine
Lippen), »Stylianos Pattakos, George Papadopoulos und Nick
Mark-, nein, Makarezos soll das heißen…« Manolis seufzte. »…lie-
ßen verlautbaren, die Machtübernahme sei mit legalen Mitteln geschehen. Der amerikanische Botschafter Talbot erklärt…«

Während der Sprecher berichtete, was in der Nacht zum 21. April
1967 passiert war, wurden Bilder von Panzern gezeigt, die mit
schwingenden Antennen und gehobenen Rohren postiert standen. Autos krochen in kaum wahrnehmbarer Geschwindigkeit

vorbei, Militärpolizisten dirigierten den Verkehr mit weißen Handschuhen. Manolis sank auf die Couch, Anton legte sich, das Kinn in die Hände gestützt, auf den Bauch, Jannis und Theo blieben im Türrahmen stehen. »Neuesten, noch unbestätigten Berichten zufolge, hat Konstantin II.« – erneut Archivbilder des Staatsoberhaupts, diesmal einer unsichtbaren Menschenmenge zuwinkend – »die neue Regierung vereidigt. Wenn das zutrifft, annulliert dieser möglicherweise konstitutionelle Akt die Wahlen, die bald stattfinden sollten, und zwar Ende… Sollte sich diese Information bestätigen, haben wir es mit einer gesetzmäßigen Regierung zu tun.«

Ruhig legte der Sprecher das Blatt fort. Unter einer Manschette sah man flüchtig seine Uhr. Er griff nach einem neuen Blatt und blickte wieder in die Kamera. »Der Countdown zur Stunde Null hat begonnen. Während der Vorbereitungen zur Umstellung auf den Rechtsverkehr…« Lily streckte sich nach Manolis, aber ihr Mann verließ den Raum, ohne ihre Hand zu nehmen. Vor kurzem hatte er versucht, telefonisch Verwandte zu erreichen, jetzt wollte er es noch einmal probieren. Als er an dem Landsmann vorbeiging, der noch immer seinen Sohn auf dem Arm hielt, murmelte er: »Das ist der schwärzeste Freitag in der Geschichte des Monats April.« Lily sah Anton an, der seinen Bruder ansah, dem der Vater in die Wange kniff. Niemand sagte etwas außer Theo, der aufschrie.

Während all dies geschah, lockerte Botschafter Philip Talbot in Athen den Knoten seiner Krawatte. Er zog das Telefon näher zu sich heran und wählte eine der wenigen Nummern die in der griechischen Hauptstadt noch zu erreichen waren. Im Laufe des folgenden Gesprächs trommelte der Diplomat auffallend oft auf seiner Schreibtischunterlage. Der Hörer an seinem Ohr wurde heiß. Der dunkelrote Stein auf seinem Collegering – University of Illinois, Class of '36 – blitzte im Licht der Neonröhre. Um seine Wut im Zaum zu halten, legte er einige Büroklammern in einen Aschenbecher, rückte den Füllfederhalter mit zugehörigem Bergkristall aus Nordindien gerade und schob einen Zeigefinger unter den Hemdkragen. (Vor seiner Ernennung zum Botschafter hatte Talbot als Korrespondent auf dem indischen Subkontinent gearbeitet. Der Stift war ein Geschenk des damaligen Chefredakteurs des *New Indian Christian*.) Keine dieser Handlungen sollte jedoch Eingang in die Zusammenfassung des Gesprächs finden, die er verfasste, sobald er mit bleischweren Bewegungen den Hörer aufgelegt hatte. Jedes Wort betonend sagte er: »Aber denk doch an die Geschichte, Jack. Das bedeutet, die Demokratie zu vergewaltigen.« Der Diplomat fluchte nur deshalb nicht, weil er keine Ahnung hatte, ob das Gespräch aufgezeichnet wurde. (Das wurde es.)

Am anderen Ende der Leitung zog Jack Maury, Leiter des CIA-Büros in Athen, eine Grimasse, die man nicht hörte und die ebenso wenig ins Protokoll aufgenommen wurde. »Vergewaltigen, Phil?« Er faltete sich einen neuen Kaugummi in den Mund. Diesmal mit Zimtgeschmack. »Wie soll man denn eine Hure vergewaltigen können?«

EIN GEDÄCHTNISAPPARAT AUS DUROPLAST UND GUMMI-RINGEN. Auf einem Regalbrett in Antons Zimmer stand ein kleines Tonbandgerät aus rissigem Duroplast, das von Einweckgummiringen zusammengehalten wurde. Für Jannis war es kaum fassbar, dass die Spulen so viele verschiedene Geräusche speichern konnten. Aber schon wenige Tage, nachdem der Junge ihm gezeigt hatte, wie der Apparat funktionierte, hörten sie darauf den Wind, der während der Kundgebung zum 1. Mai in Kristianstad durch die Transparente strich, die vereinzelten Rufe auf Griechisch und das Geräusch von Schuhsohlen auf Kopfsteinpflaster, Entengeschnatter und das Tropfen perlenförmigen Wassers von feuchten Rudern, die dumpfen Tritte und Flüche vom Sportplatz auf der anderen Seite der Gleise, die Eisenbahnlinie, wenn sich der wummernde Schienenbus näherte, die Eisenbahnlinie, wenn sich der wummernde Schienenbus entfernte, nachdem er eine Münze plattgepresst hatte, die surrenden Räder von Fräulein Gotts Fahrrad und das Rucken der Kette, als sie bremste, um sich von dem jungen Dorfreporter interviewen zu lassen, ein neun Monate altes Kind mit Koliken, ein beruhigend summendes Kindermädchen, den Übergang vom ersten zum zweiten Gang, als Jannis eine Probefahrt machte, die Harke, die auf dem Rand der Schubkarre wippte, als er diese in die Garage rollte… Sogar das Geräusch der Ölheizung ist auf dem Band festgehalten, unmittelbar bevor eine fingierte Livereportage vom WM-Finale zwischen Schweden und der Sowjetunion begann.

Das Tonbandgerät war ein klobiges Ding, dessen Aufkleber geltend machte, dass es nach wie vor der CHIRURGIE KRISTIANSTAD gehörte. Das Mikrofon sah aus wie ein Rohrkolben. In der unteren Ecke saß ein Hebel, der in alle vier Himmelsrichtungen bewegt werden konnte. Wer zwischen den Aufnahmen genau hinhörte, konnte Manolis' monotone Stimme vernehmen: »…Schwellung als Folge ausgebliebenen Stuhlgangs… das rechte Ohr infiziert… drei Milliliter… Schwester Elsa kann ein Rezept für Hydrocortison *ad usum proprium* ausstellen. Ich unterschreibe es, bevor ich…« Das Gerät war lange im Krankenhaus benutzt, kurz vor Ostern jedoch durch ein kleines schwarzes Wunderwerk der Marke Philips ersetzt worden. Jetzt hob Jannis es in die Schubkarre. Die Verlängerungsschnur, die Ingemar Nyberg ihnen geliehen hatte, schlängelte sich aus dem Küchenfenster kommend die Böschung hinab. Sie reichte genau bis zu dem Schlitten, auf dem kurz darauf das erste Interview mit einem Kellergriechen geführt werden sollte. Angesichts der Fragen vermuten wir, dass sie in Absprache mit der Redaktionssekretärin, Frau Lily Florinos, formuliert wurden, die sich soeben hinten in den Schlitten setzte. Später besorgte sie folgende Niederschrift:

JUNGER REPORTER: Eins, zwei, eins zwei. Es ist 17.35 in Balslöv. Heute ist der 21. Mai. Papa ist in Lund und demonstriert. Aber wir haben das Glück, Ioannis Georgiadis zu treffen, einen anderen Griechen. Hallo, anderer Grieche! Beschreibe die Lage nach einem Monat. Fräulein Gott wusste nicht so viel…

EIN ANDERER GRIECHE: Die Lage? Knockout in zwei Stunden. Harte Schläge von Offiziers – man sagt so?

JUNGER REPORTER: Offizieren, glaube ich.

EIN ANDERER GRIECHE: Junta, wir können sagen. Was ihr Ziel? Das Land vor Invasion aus dem Osten schützen. Codename: Operation Prometheus.

JUNGER REPORTER: Was hat man gemacht?

EIN ANDERER GRIECHE: Dreitausend Soldaten. Nacht, Tanks, Überraschung. Tzack-tzack, sie nehmen TV-Haus ein, tzack-tzack, sie nehmen Parlament, Gericht, Flughafen ein... Syntagma und Omonia auch. Tzack-tzack, sie nehmen überall wichtig in Athen ein, ein bisschen in Patras, etwas weniger in Makedonien.

JUNGER REPORTER: Wie konnte dieser Putsch geheim gehalten werden? So große Truppeneinheiten zu mobilisieren kann nicht leicht gewesen sein.

EIN ANDERER GRIECHE: Soldaten, sie stecken in Kaserne im Norden Athens. Verschworene Truppe. Unbekannte, aber gut geölte Athleten. Spezialisten darin, »Aufruhr« niederzuschlagen. Manche, sie behaupten: Vielleicht Hilfe von fremder Macht.

JUNGER REPORTER: Amerika?

EIN ANDERER GRIECHE: Wer weiß? Ich nicht glaube, dass Amerika, es schwitzen muss im Mittelmeer. Amerika, es hat vieles andere, worin es schwitzt. Israel, Biafra, Vietnam als Beispiel. Obwohl der Herr Doktor, er glaubt anderes, Kostas, er auch. Du fragst sie, ja?

JUNGER REPORTER *(ins Mikrofon flüsternd)*: Die Meinungen unter den Auslandsgriechen gehen offenbar auseinander.

EIN ANDERER GRIECHE: Konstantin, er ist schwach. Seine *mána* sie sagt: »Unterschreib!« Der König, er unterschreibt. Tschüss Demokratie.

JUNGER REPORTER: Mit welchen Folgen?

EIN ANDERER GRIECHE: Wie meinst du? Tschüss, Demo... Aha, ich verstehe. Politiker, sie kommen ins Gefängnis. Jedenfalls, wenn sie wichtig sind. In Griechenland fast alle Politiker sind wichtig, also fast alle Politiker Gefängnis. Parteien und Organisationen, sie auch werden verboten. Freie Presse, sie ist nicht mehr so frei. Tausend Bürger, sie bekommen Heimbesuch. Man sagt so?

JUNGER REPORTER: Sie werden heimgesucht, glaube ich.

EIN ANDERER GRIECHE: *Né, né.* Myriaden von Griechen, sie werden heimgesucht. In der Nacht Türen, sie werden eingetreten. Väter, sie sagen:»Tschüss, Mütter«, Mütter, sie sagen:»Tschüss, Kinder«. Alte, Kranke, tzack-tzack, alle sie werden geschleift in Pyjamas – zu den Inseln natürlich. Besucher, sie zerschlagen Teller, Brillen, Porzellan. Auch anderes. Knochen als Beispiel.

JUNGER REPORTER: Beschreibe bitte eine der Inseln.

EIN ANDERER GRIECHE: Was es gibt da zu beschreiben? Immer die gleiche Hölle. Beispiel Jaros. Siebzehn Quadratkilometer Stein. Jaros, das ist Militärgebiet. Superverboten. Luft und Meer, sie sind abgesperrt. Sie überhaupt nicht sind wie in Bibel. Auf Jaros, es gibt Skorpione und Krankheiten und mindestens siebentausend Gefangene. Aber nicht eine Toilette. Wie die Gefangenen, sie ihre Därme entleeren? Viele, sie sind Frauen. Ein Teil Frauen, sie bald werden Mütter. Wie sie leeren ihre Bäuche? Sie wohnen in Block Ormos I. Da wohnen nur gefährliche Elemente. Keine losen, sondern gefährliche. Weißt du, was gefährliche…? *Né,* wie Skorpione. Nicht wie Mütter. Insgesamt acht Kasernen aus Beton. Vier, sie sind kleiner, zwei, sie sind mittel und zwei, sie sind groß. Diese winzig kleinen – wie sagt man? Du weiß schon: die winzig kleinen, in denen die Gefangenen wohnen?

JUNGER REPORTER: Zellen?

EIN ANDERER GRIECHE: *Né,* Zellen. Die Zellen, sie sind heiß wie Öfen im Sommer. Bestimmt sie sind nicht heiß wie Öfen im Winter. Um den Block, es gibt Wachtürme, Stacheldraht, Maschinengewehr. Und Kanone. Du vielleicht hast gesehen die Bilder von Fred?

JUNGER REPORTER: Für das Protokoll: Der Grieche, mit dem wir sprechen, meint Fred Ihrt, einen deutschen Journalisten, der sich kürzlich über das Überflugverbot hinweggesetzt hat. Drei Mal ist er auf Jaros herabgestoßen, um die Bilder zu machen, die vor kurzem im *Stern* veröffentlicht wurden. Unsere Assistentin hat die Ausgabe gekauft. Mama?

Undeutliche Bewegungen, Rascheln.

EIN ANDERER GRIECHE: Frau Lily kann sagen mehr über die Bilder. Nein? *Entáxi.* Die Kanone hier als Beispiel, sie wird benutzt, um Flugzeuge zu schießen. Die Kasernen hier, sie wurden in den fünfziger Jahren gebaut. Ich *pitsiríkos* damals, so wie du *pitsiríkos* heute. Man weiß, sie wurden gebaut für Sklaven unter der Diktatur. Zu jener Zeit gefährliche Elemente, sie sind lose. Entweder sie ziehen nach Albanien und Bulgarien oder sie landen auf Jaros, Leros, einer von diesen Inseln. Viele, sie sterben an TBC, natürlich. Und sie werden gefaltet.

JUNGER REPORTER: Du meinst, gefoltert?

EIN ANDERER GRIECHE: Kein Unterschied. Körper, er ist Körper, Schlagstock, er ist Schlagstock. Das einzige, was die Gefangen essen, ist Mistfraß.

JUNGER REPORTER: Was ist mit Wasser?

EIN ANDERER GRIECHE: Du meinst ernst? Ha, ha. Wasser es nicht gibt! Wasser sogenanntes, es kommt mit Tankschiff von Piräus. Wasser sogenanntes, es ist lauwarm und braun und muss gekocht werden. Oder nicht, Frau Lily? In Griechenland, Wasser es ist immer sogenanntes.

JUNGER REPORTER *(halb abgewandt)*: Die Schnur, Mama. *Die Schnur,* habe ich gesagt. *(Wieder ins Mikrofon.)* Wie sieht es mit der allgemeinen Gesundheit aus? Gibt es dazu Informationen? Amnesty meint in einem Bericht…

EIN ANDERER GRIECHE: Hölle, natürlich. Gefangene, sie haben Probleme. Herz, Asthma, Diabetes. Sehnsucht nach Hause, Sehnsucht fort. Gefangene, sie müssen Medikamente haben. Gefangene, sie bekommen keine Medikamente. Sie bekommen braunes Wasser. Andere, sie bekommen gebrochene Beine. Vor den Kasernen es gibt Wohnungen für Wächter und Zelte. Da es gibt frisches Essen. Aber es nicht benutzt wird für Gefangene. Gefangene, sie kaufen Essen. Mit was? Goldzähnen? Gefangene, sie bekommen siebzehn Drachmen pro Tag. Das reicht für eine Schachtel Assos. Zelte, sie sind für Gefangene, sie nicht sind waschechte gefährliche Elemente. Als Beispiel Leute, die Witze über die Junta erzählen. Oder lachen, wenn Witze über die Junta einer erzählt.

JUNGER REPORTER: Und die Wachposten?

EIN ANDERER GRIECHE: Jungen vom Land. Arm, ängstlich, aber auch Raufbolde natürlich. Manche sie sind bestimmt Königin Frederikas Bastarde.

JUNGER REPORTER: Bastarde?

EIN ANDERER GRIECHE: Du nie gehört? Spezialmänner unserer deutschen *mána*. Wachposten, sie sind vier-, vielleicht fünfhundert. Zwischen Wachposten ihre Häuser und den Gefangenen ihr Lager gibt es Stacheldraht. Rundherum Meer. Gefangene, sie wohin sollen? Wachposten, sie was tun können? Keiner, er kann schwimmen gehen. Langweilig. Karten spielen? Langweilig, langweilig. Gefangene schlagen? Weniger langweilig. Auf die Art Wachposten, sie vertreiben sich die Zeit. Die Bastarde, sie sind Experten darin, sich die Zeit zu vertreiben. Tzack-tzack. Die Zeit, sie rennt.

Knistern. Jemand verschiebt ein Mikrofon. Anschließend eine entfernte Stimme: Nein, nach unten. *Dann:* klick. *Als das Band weiterläuft, hört man die Stimmen deutlicher, und die Enten, die im Hintergrund geschnattert hatten, sind verstummt.*

EIN ANDERER GRIECHE: Ja, ja, *palikári mou*, du es sagst. Warum Mädchen, sie dürfen nicht haben Minirock? Warum Mädchen, sie dürfen nicht haben Schminke? Was ist verkehrt an jungen Leuten mit langen Haaren? Die Unmoral, sie sitzt dort? Oder im gelben U-Boot?

JUNGER REPORTER: Was? *(Flüstern im Hintergrund, dann wieder ins Mikrofon.)* Mama sagt, dass dies eine Anspielung auf die Beatles ist. Warte... *(Erneutes Flüstern.)* Okay. Nur noch eine Frage. Wir wollen bald essen. Hatte man Angst, dass die Linke die Wahlen im Frühjahr gewinnen würde?

EIN ANDERER GRIECHE: Das sie sagen. Aber die Sowjetunion, sie kommt direkt angerannt, wenn Vater Lakis, er die Kommunisten wählt? Amerikas sechste Flotte, sie schläft viele Jahre in Harfen von Piräus. Ja, gut, dann eben im Hafen. Die Sowjetunion, sie kommt nur deshalb angerannt? Ich nicht glaube. Die Jahre vor dem Putsch, sie waren unbezogen. Demonstrationen, Streiks, Mord. Lambrakis, er als Beispiel wurde angefahren von Lastwagen. Kostas, er meint, am Steuer, da sitzen Bastarde. Lambrakis, er stirbt im Krankenhaus fünf Tage später. Auch viele Regierungen. Der König und das Parlament, die sind Feinde. Als Papandreou, er ist Ministerpräsident, er bekommt Probleme mit Garaoufalias. Ah, an den Namen man sich erinnert. Petros Garaoufalias. Verteidigungsminister sogenannter. Besitzt FIX-Brauerei. Seine Frau, sie ist Hofdame. Garaoufalias also, er ist Mann der Armee und der Finanzen. Aber vor allem des Königs. Garaoufalias, er nur hört auf Konstantin. Garaoufalias, er am Ende sagt nein zu Papandreou laut. Deshalb Scheidung von König und Parlament. Papandreou, er versucht zu versetzen Offiziere. Aber Offiziere, sie erfinden Putsch in Makedonien. »Bedrohung aus Osten«... In Makedonien! Konstantin, er immer noch denkt, er die Kontrolle hat. Konstantin, er glaubt falsch. Arbeitslosigkeit, Hoffnungsfort.

JUNGER REPORTER: Hoffnungs-was?

EIN ANDERER GRIECHE: Hoffnungsfort? Du weißt schon... Hoffnung, sie hüpft weg. Deshalb viele Griechen, sie wollten Einwanderer werden vor dem Putsch.

JUNGER REPORTER: Du meinst Auswanderer?

EIN ANDERER GRIECHE: Einwanderer, Auswanderer, das Gleiche. Keiner nur ist das eine. »Und«, du erinnerst dich? Man nicht weiß, wann das Militär, es kommt. Viele glauben Frage der Zeit, reisen nach Fulda, nach Malmö, sie werden Einwanderer und Auswanderer...

JUNGER REPORTER: Wie du?

EIN ANDERER GRIECHE: Ja, wie ich. Aber eher Kostas als Beispiel.

JUNGER REPORTER: Ich verstehe.

EIN ANDERER GRIECHE: Kostas, er ist mein bester Freund, du weißt?

JUNGER REPORTER: Ist er ein gefährliches Element?

EIN ANDERER GRIECHE: Kostas? Ha, ha. Loses Element, vielleicht, Ja, ein loses.

JUNGER REPORTER: Und du? Bist du gefährlich?

EIN ANDERER GRIECHE: Jannis? Jannis, er ist nur Jannis. Jannis, er ist kein *éroas*.

JUNGER REPORTER: Was? *(Murmeln im Hintergrund.)* Aha. Du meinst Held?

EIN ANDERER GRIECHE: Held? Jannis? Jannis, er ist Grieche.

JUNGER REPORTER *(denkt nach)*: Ich glaube, das reicht. Oder gibt es noch etwas, was du über den schwärzesten Freitag in der Geschichte des Monats April sagen möchtest?

EIN ANDERER GRIECHE: Ich nicht glaube, dass es mehr Platz gibt für Freitag im Kalender. Alle Freitage, sie sind aus.

JUNGER REPORTER: Liebe Zuhörer, Sie hörten Jannis Georgiadis, einen von vielen Griechen, die über die Entwicklung in ihrem Heimatland beunruhigt sind. Wir teilen ihre Sorge, unsere Zuhörer sicher auch.

NACH EIGENER REZEPTUR. Wenn jemand auf die Idee gekommen wäre, jenen Auslandsgriechen zu fragen, dessen Stimme man ab und zu auf dem Band hörte, in den Übergängen zwischen den Aufnahmen, so hätte er erläutern können, dass ein Rezept *Formula magistralis* (»nach eigener Rezeptur«) aus fünf Teilen besteht. Diese sind: (1) *invocatio*, Anrufung eines beschützenden Gottes, in dessen Namen die Medizin genommen werden soll, sowie die Aufforderung *recipe* (Nehme!«); (2) *praescriptio* oder *ordinatio*, Verordnung bezüglich Zutaten, Menge und zuweilen auch Details die einleitende Zubereitungsweise betreffend; (3) *subscriptio*, Nachschrift hinsichtlich der endgültigen Zubereitung einer bestimmten Arzneimittelform, Lieferung, Verpackung, etc.; (4) *signatura*, Anweisung an den Patienten, wie das Medikament verabreicht werden soll sowie (5) *inscriptio,* Datierung und namentliche Unterschrift eines approbierten Arztes. Die Punkte 1-3 werden stets auf Latein geschrieben, die übrigen können auch in einer anderen Sprache, beispielsweise Schwedisch, verfasst werden.

Gegen»Hoffnungsfort« hätte Doktor Florinos beispielsweise verordnen können:

In nomen Clionis, recipe:

a) *Memoriae div. in part.* [*dividiantur in partes* = soll in Teile aufgeteilt werden]

b) *Fiducia q.s.* [*quantum satis* = so viel wie erforderlich]

c) *Aqua macedoniae destillata.*

M. f. liq. Con. 100 ml [*Misce! Fiat liquor concentratus* = »Mische! Ergibt konzentrierte Flüssigkeit für eine Menge von 100 Millilitern«]

Einzunehmen oral bei Bedarf.

iter. [*itererur* = kann erneuert werden]

Balslöv, den 21. 5. 1967.

Dr. med. M. F.

[Stempel]

Warum die Erinnerungen gestückelt werden müssen? Geteilter Schmerz ist gelinderter Schmerz.

EINE HANDVOLL GLÜCK. Zwei Tage später explodierte die Natur in jungem, dichtem Grün. Selbst die Luft schien zu blühen. Es war eine Liebeserklärung, meinte Jannis, der bei genauerem Nachdenken zu dem Schluss kam, dass er persönlich folgendes liebte:

1) Áno Potamiá;

2) barfuß in frisch geschnittenem Gras zu sitzen (»Gras wir nicht haben in Áno Potamiá. In Áno Potamiá wir nur haben Kies und Nadeln von Pinienbäumen. Myriaden von Kies, Myriaden Nadeln von den Pinienbäumen. Die Sonne, die ist schuld. Alles sie trocknet kaputt. Gras, es ist schwedische Erfindung. Ich liebe Gras. Auch

Schweden ein bisschen. Obwohl Gras, es vielleicht ist besser zu lieben. Wenn man trainiert Nacktfuß, meine ich.« Er trat den Fußball in die Hecke des Nachbarn, worauf sich die Kinder, die barfuß an seiner Seite saßen, ansahen und anschließend den Kopf schüttelten.);

3) das Geräusch seiner schnarchenden *mána*;

4) auf einem Streichholz zu kauen, bis es nach Zellulose schmeckte;

5) Kanalisationssysteme zu entwickeln (»Du kannst werden Vizepräsident in Schwedisch-makedonischer Wassergesellschaft, Mars. Aber erst wir müssen üben, dann wir revolutionieren.«);

6) alle Kartenspiele außer Poker, sowie

7) schwedische Frauen, nicht unbedingt blond.

Mit einer Ausnahme sollte Jannis letztere allerdings nur aus der Ferne lieben.

EINE AUSNAHME. Wie war das jetzt eigentlich mit dem Kindermädchen? Ihre Frisur, einer Glocke aus gesponnenem Zucker gleich, die sie aus einer Illustrierten kopiert hatte und über die Jannis nachsann, seit er erkannt hatte, dass die Familie Florinos keinen Filmstar angestellt hatte – dieses glänzende Monument von einer Frisur hatte den gleichen roggenblonden Ton wie die Haare der Frau auf dem Plakat vor dem Odeon in Thessaloniki. Im Badezimmer bei Aga und Stig Svensson befanden sich jedoch Utensilien, die bezüglich des Ursprungs Fragen aufwarfen. Wir wollen Anton alias Mars an einem Nachmittag mit Pollen in der Luft dorthin begleiten.

Als Florinos' Sohn erzählte, dass sich die frisch gegründete Schwedisch-makedonische Wassergesellschaft nach Aufträgen in der näheren Umgebung umsehe, erklärte Agneta, der Mann ihrer Tante besitze eine Dampfmaschine, die er nicht mehr benutze. Sie könne an diverse Fahrzeuge angeschlossen werden, zum Beispiel Lokomotiven und Traktoren. Ob sie eventuell etwas für die Gesellschaft sei? Jetzt ging sie mit dem Jungen die Dorfstraße hinab. Nach einer Stunde mit Onkel Stig, der eine Zeitung ausgebreitet und die Mechanik erklärt hatte, während er diese mit gemächlicher Fürsorglichkeit putzte, entschuldigte sich der Junge jedoch. Er suchte das Badezimmer auf, in dem der Duschvorhang noch feucht war und der flauschige Teppich von einem prächtigen Fußabdruck geziert wurde. Die Dampfmaschine würde der Gesellschaft keine große Hilfe sein. Nachdem er sich die Hände gewaschen hatte, betrachtete er die Flaschen, die mit Etiketten wie *Peroxid* und *Tönungsmittel* auf der Fensterbank standen. Am Regler des Heizkörpers hing eine Haube aus durchsichtigem Plastik, in einer Tasse standen buschige Pinsel, eingewickelt in Stanniol und einen Gefrierbeutel. Die Pigmente auf dem Boden der Tasse sahen aus wie eine Miniatursonne und leuchteten so hartnäckig, dass auch unbedeutendere Dinge anfingen, Schatten zu werfen.

Als der Vizepräsident dem Präsidenten am Abend erklärte, die Dampfmaschine werde ihnen bei den Vorbereitungen zur Kanalisierung Makedoniens nicht nützlich sein, erwähnte er auch seine Funde im Badezimmer. Danach konnte sein Chef folgende Schatten beobachten:

I. Agnetas Unterarme, vor allem, wenn sie am Küchentisch sitzend die platte Nivea-Dose öffnete und sich die Hände einrieb;

II. Agnetas Nacken, vor allem, wenn sie den Kopf im Licht vom Fenster drehte und ein paar stoppelige Haare über dem Kragen ihrer Bluse sichtbar wurden, ehe sie wie Ameisenpfade unter dem Heuhaufen verschwanden; sowie

III. Agnetas Achselhöhlen, vor allem, wenn sie sich in der Vorratskammer nach etwas streckte und ihr ärmelloses Kleid die geheimnisvolle Vertiefung für einen kurzen Moment in den Abdruck eines Igels verwandelte.

Auch wenn diese Indizien keine Konsequenzen für die Wasserversorgung in Makedonien hatten, sollten sie doch entscheidende Bedeutung für die Ereignisse in Haus Seeblick bekommen. An jenem Abend, an dem der Vizepräsident von seinen Funden berichtete, schüttelte Jannis allerdings nur den Kopf: »Was ich kann sagen, Mars *mou?* Agneta, sie bestimmt ist Ausnahme.« Er schob das Streichholz vom einen Mundwinkel zum anderen. Dann lächelte er. »Vielleicht außen Schwedin, innen Griechin?«

LEBENSRETTUNG EINES HELDEN. Im Juni wurde das Wasser im Rövaren so warm, dass auch die Dorfbewohner ein kühles Bad wagten – das heißt, alle bis auf einen Vollgriechen, der darüber nachdenken musste, ob er das Angebot annehmen sollte, Ortsvorsitzender im Schwedischen Komitee für die griechische Demokratie zu werden. Als Jannis seinen Landsmann auf der Veranda verließ – der Kiesweg buckelte regelmäßig unter den Holzschuhen –, entdeckte er Anton und Theo unten am Steg. Die Kinder drehten sich um, aber statt ihm zuzuwinken, schnitten sie Grimassen. »Was mit diesen Dingern ist verkehrt?«, wollte der Grieche wissen, als er auf die federnden Holzbretter trat. In seinen Händen hielt er zwei orange Schwimmwesten. »Doktor Manolis, er sagt, ihr müsst vorsichtig sein.« »Aber ich kann schwimmen!« Der Ältere blinzelte so, dass die Lücke zwischen den Zähnen zum Vorschein kam. Er war bereits braun gebrannt. »Ich auch.« Der Jüngere zog eifrig, aber wenig überzeugend nickend an seiner Badehose.

Nach einer interessanten Diskussion über die Frage, was die Vorder- beziehungsweise Rückseite war, zog Theo die Schwimmweste an. Anton wartete noch ab. Sein Bruder hatte kaum die Riemen festgezogen, als Jannis sich auch schon bedrohlich gab. »Ich bin gefährliches Element!« Er beugte sich vor wie ein Ringer, stieß olympische Laute aus und stampfte mit den Füßen auf. Krachend trat er durch das morsche Holz. Theo sprang ins Wasser – schreiend, weil seine Schwimmweste plötzlich ein unerwartetes Eigenleben führte. Sein Bruder warf die andere in den See und taumelte rückwärts. Der Athlet zog den Fuß aus dem Loch. Er blutete, ließ sich aber nichts anmerken. »Pass auf, ich gesagt. Ich bin gefährlich!« Sie fixierten einander, beide zeigten ihre Lachgrübchen.

Dann scharrte der Grieche mit dem Fuß, senkte den Kopf und bewegte sich wie eine Kreuzung aus Stier und Krabbe weiter hinaus. Das hätte er nicht tun sollen. Der Junge machte einen Schritt zur Seite und plötzlich trat der Grieche ins Nichts – bevor er ins Wasser klatschte. Schreie, Lachen, Spritzer. Und eine Stimme: »Schnell! Her mit der Schwammjacke, *palikarí*!« »Schwimmweste, heißt das.« »*Entáxi*, Schwimmweste. Du jetzt hilfst mir an Land, ja!«

STICH. Einige Tage später schloss Jannis einen Pakt: Für jedes neue Wort, das Anton ihn lehrte, würde er dem Kind ein griechisches beibringen. Die Vereinbarung hatte den Segen des Vaters, dem es trotz aller Bemühungen mit Stiften und Rezeptblöcken nicht gelungen war, seinen Söhnen mehr als ein paar rudimentäre Begriffe seiner Landessprache zu vermitteln. Möglicherweise rührten seine Schwierigkeiten daher, dass er an dienstfreien Wochenenden beim Aufwachen mit den Gedanken bestenfalls woanders war. Andererseits könnte es aber auch an den Lehrmitteln gelegen haben, die in seinen Augen reaktionär, um nicht zu sagen undemokratisch waren. »So reden nur Pfaffen und Feldwebel.« Jannis war die Rettung. Er mochte Probleme mit dem Alphabet haben, was ihn jedoch nicht daran hinderte, ein Idiom zu sprechen, das von ländlichem Ernst geprägt und frei von jenem Mischmasch aus Kirche und Kasernenhof war, das laut Doktor Florinos die Lehrmittel kennzeichnete, die er bei Gleerups in Lund besorgt hatte.

Das erste Wort, das Jannis nach »Schwimmweste« lernte, war »Schlawiner«, was mit *alítis* quittiert wurde. Die Worte waren keine direkten Übersetzungen, standen sich jedoch nahe genug, um in ähnlichen Zusammenhängen benutzt zu werden – zum Beispiel, wenn man *kolitsína* auf der Veranda spielte, während das Kindermädchen, das Hilfe beim Strecken der Wäsche benötigte, an die rissige Wand gelehnt auf das Ende der Partie wartete. (*Kolitsína* wurde übrigens mit »krakelieren« vergolten. Hier tendierte die Schnittmenge gegen Null.)

»Du Schlawiner, ich weiß dass du die beste Zehn auf der Hand hast.«

»Spiel, *palikári mou*, spiel.«

»Na schön. König.«

»Jannis…«

»Moment, Agneta. Ein Grieche, er muss denken. Sieben!«

»Ha ha. Die beste Zehn schnappt sich die Sieben und die Drei.«

»*Ton alíti*…«

TAUZIEHEN. Eine Viertelstunde später stand das Kindermädchen mit dem Griechen, der fertig gedacht hatte, im Garten. Lachend hielt jeder von ihnen ein Ende des Lakens, das sie hoch fliegen ließen und wieder herabzogen. In der einen Sekunde bildete sich eine Kuppel, in der nächsten ein Bassin. Anton saß darunter und spürte die rhythmische Luft seltsame Dinge mit seinen Haaren anstellen. Es roch abwechselnd nach Gras und Persil. »So ist es gut«, verkündete Agneta nach einer Weile. Das muss reichen.« Sie raffte das Kopfende zusammen. »Und jetzt machst du es so. Genau. Und dann – so!« Plötzlich zog sie ruckartig, und zwar so fest und unerwartet, dass Jannis nach vorn stolperte. Als er das Gleichgewicht wiedergefunden hatte, pfiff er bewundernd durch die Zähne, schob anschließend einen Fuß nach hinten und zog ebenfalls. Als sich das Betttuch hin und her schob, hörte Anton es knarren. Keiner schien nachgeben zu wollen. Erst machte Agneta einen Schritt auf Jannis zu, dann er auf sie. Schließlich spannten beide zurückgelehnt den Rücken an und hielten die Fäuste in Nabelhöhe, als wollten sie ein Pferd zähmen. Das Kindermädchen rief: »Stopp, stopp, ich kann nicht mehr!« Sie lachte, der Grieche auch. Anton hörte, dass ihr Lachen anders klang als vorher.

ÜBERALL. Als die Wäsche auf der Leine hing, pflückte Agneta eine Pusteblume, die sie an ihren Mund hob. »Willst du mal was Hübsches sehen?« Lächelnd pustete sie. Flaumhärchen wirbelten durch die laue Luft. »Plötzlich sind sie nirgendwo.« Jannis betrachtete Agneta verwundert, schüttelte den Kopf und pflückte eine neue Blume. Anschließend füllte er seine Lunge und blies. »Überall, Agneta *mou*. Überall.« Seine Stimme war dumpf und warm, der Wäschekorb in den Händen des Kindermädchens knirschte. »Na schön, dann eben überall. Flaumhärchen eben.«

EIN TELEFONAT. Es folgt ein Telefonat am gleichen Abend. (Sowie ein unausgesprochener Gedanke.)

»Hast du schon deine Arbeitserlaubnis? Aha, ich verstehe. Gib nicht auf. Florinos weiß bestimmt, was er tut. Vielleicht überprüfen die Behörden ja nur, dass du keine politische Gefahr darstellst? Die Mühlen der Ämter mahlen garantiert. Bei uns hat es... Warte mal. *[Rascheln im Hörer.]* Drei? Waren es wirklich nur drei? *[Erneutes Rascheln.]* Efi behauptet, dass es bei uns drei Monate gedauert hat. Ich hätte schwören können, dass es acht oder vierzehn waren. Aber das spielt keine Rolle. Am Ende kam jedenfalls der Bescheid. Er lag auf dem Postamt! Man brauchte ihn nur abzuholen. Unglaublich. Zu Hause hätte ein Ausländer ein Jahr von Ministerium zu Ministerium rennen, einen Haufen Schmiergelder bezahlen und hunderte Stempel sammeln müssen. Und nicht einmal dann hätte er sicher sein können, dass eine Polizeikontrolle seine Papiere akzeptieren würde. Hier braucht man nur zur Post zu gehen und seinen Pass zu zeigen. *Royaume de Grèce*. Dann unterschreibt man und ist praktisch ein Schwede. Ich weiß, ich übertreibe. Aber du verstehst, was ich meine. Wenn du deine Arbeitserlaubnis bekommen hast, gibt es nicht mehr viel, was dich von Tante Gelb und Onkel Blau trennt. Dann musst du dir nur noch *Schwedisch für Ausländer* kaufen und pauken. Nein, das Buch, das ich dir gezeigt habe. Gunnar Rosén, du erinnerst dich? Und wenn du ›Hallo‹ und ›Tschüss‹ sagen gelernt hast, ist die Zeit reif, dich mit den Jugoslawen um die Jobs zu prügeln. Der Gewinner darf neun Stunden Sanitärporzellan polieren und bekommt acht Stunden bezahlt. Mittagessen und Pausen werden abgezogen, sogar der Gang auf die Toilette. Aber die Lohntüte kommt jede Woche, und keiner erhebt irgendeine Abgabe dafür. Dann kannst du mir das Geld zurückzahlen, wenn du unbedingt willst. Ich verspreche dir: Wenn du das nächste Mal mit den Behörden zu tun hast, wird es um eine Trauung oder eine Taufe gehen.«

»Ich bin nicht wie du, Kostas. Ich bin ein einfacher Grieche. Warum sollte ich hier bleiben?«

(Der unausgesprochene Gedanke: »Wegen Efi?«)

SCHAM. Es ist nicht ganz leicht zu sagen, was geschah und was nicht geschah, bis Efi und Jannis sich in Bromölla wiedersahen. Jedenfalls hatten die beiden Freunde größere Probleme, ein Paar zu werden, als Stella und andere angenommen hatten – trotz oder vielleicht auch wegen der Vorgänge im Straßengraben. Zum Teil lag es sicher an den sieben Kilometern und dreihundert Höhenmetern, die sie trennten, zum Teil daran, dass der eine arbeiten musste, während die andere in die Schule ging oder anfing, in der Apotheke auszuhelfen. Aber vor allem lag es an den Operationen. Die erste fand 1955 statt, nur zwei Tage nachdem Jannis den Flaschenhals über Efis Finger gestreift hatte. Der zweite Eingriff wurde vier Jahre später durchgeführt, etwa einen Monat, nachdem sich die Freunde Gedanken über eine frisch geprägte Zehndrachmenmünze gemacht hatten. Waren sie bei der ersten Gelegenheit noch zu jung gewesen, um zu wissen, was Menschen miteinander anstellen können, wussten bei der zweiten beide, was passieren konnte. Aber diesmal ließ Jannis' Übereifer Efi zögern, und Efis Zögern machte ihn ratlos. Als sie schließlich nach Schweden reiste, schien alles aus zu sein.

Die Folgen von Jannis' Eifer sind einfach zu beschreiben. Nachdem er die Münze mit dem Bild des Königs auf den Glastresen gelegt hatte, marschierte er nach Hause. Die Sommernacht war warm wie Samt. Der Mond half ihm ein wenig bei der Orientierung, aber er stolperte mehrmals und wäre einmal fast in eine Schlucht gestürzt. Als er schließlich das Gesicht im Kissen vergrub, war es ein Durcheinander aus Rotz und Schweiß. Sein Hemd war nass und staubig und klebte ihm am Leib, die Tolle, die er vor seinem Treffen mit Efi so sorgsam mit Pomade traktiert hatte, klebte in der Stirn wie ein zertrampelter Eidechsenschwanz. Obwohl er sich am Boden zerstört fühlte, schmerzte das Glied an seinem Bauch – gefüllt mit Lust oder vielleicht auch Frustration. Er fluchte über Efi, er fluchte über sich selbst. Was meinte sie mit ein anderes Mal? Als die Hitze hochgewallt war und er endlich ihre Brüste an seinem offenen Hemd gefühlt hatte, war er sicher gewesen, dass es das war, was sie wollte und was er wollte und wonach sie beide sich sehnten. Hatten sich die Härchen auf ihrem Unterarm etwa nicht an seinen gerieben, als sie unter den Pfirsichbäumen gegangen waren? Hatte sie nicht den Saft zwischen seinen Fingern aufgeleckt, als er ihr die Frucht wie einem Stück Vieh hingehalten hatte? Hatte sie etwa nicht den Vorschlag gemacht, das Dorf zu verlassen und auf der Landstraße spazieren zu gehen? Hatte sie sich nicht bei der Transformatorenstation mit der Münze in der Hand hingesetzt und es unglaublich wichtig gefunden, ausgerechnet dort und in diesem Moment über die Figur zu diskutieren, die in zwei Exemplaren das Landeswappen flankierte? Denn es war doch Herakles gewesen, den man dort sah, der Gott, der von Schafen bis Prinzessinnen alles besprang?

Jannis verstand die Welt nicht mehr. Er verstand nicht, was Efi gewollt hatte, er verstand nicht, was sie nicht gewollt hatte, und am allerwenigsten verstand er, warum sie nicht gewollt hatte, was sie gewollt hatte. Aber er spürte die Ohnmacht heranschleichen und wölbte unwillkürlich die Hand um sein Geschlecht, als wolle er ein unbekanntes Tier schützen. Dann schluchzte er – still und kläglich in das Kissen, das nach Kümmel roch.

So war Jannis' Scham: schlicht. Efis Scham ist schwerer zu be-schreiben. Nachdem sie ihre Limonade getrunken hatte, ging sie nach Hause und schloss sich im Badezimmer ein. Sie wusch sich lange und gründlich und kämmte sich anschließend die Haare, bis sie sich elektrisch aufluden und von allein zur Bürste wanderten. Sie murmelte, dass sie nicht wie andere Mädchen war, noch nicht, das Gesicht im Spiegel machte allerdings keine Miene, sie verste-hen zu wollen. Dann cremte sie sich die Hände ein und setzte sich auf einen Hocker. Eine Ewigkeit verging. Als sie schließlich die Badezimmertür aufschloss, legte sie sich, die Knöchel einer Hand gegen die Zähne gepresst, aufs Bett. Immer noch angezogen, im-mer noch verloren. Alles roch nach Creme und Verzweiflung.

Erst am nächsten Morgen rührte sie sich wieder. Als Efi hörte, wie ihr Bruder die Mutter fragte, was denn mit seiner Schwester los sei, schrie sie jedoch, die anderen sollten sie gefälligst ausschlafen lassen. Eine Stunde später zog sie sich um. Sie war steif und lang-sam, fühlte sich aber dennoch gestärkt. Eigenartig. Während sie Mutter und Bruder lauschte, hatte sie die Ereignisse des Vortags Re-vue passieren lassen – als wären diese nur zu verstehen, wenn man jede Feder und Spirale auseinander nahm. Sie prüfte ihr Herz, ob-wohl das nicht notwendig war, sie dachte über die noch unberühr-ten Teile ihres Körpers nach, obgleich sie wusste, was sie mit jeder Drüse und jedem Nerv wollten. Und dann traf sie eine Entschei-dung, die im Laufe der Nacht gereift war. Sollten Priester und El-tern doch sagen, was sie wollten, die Ärzte im Übrigen auch. Ihr war klar geworden, was sie zu tun hatte.

All dies erfüllte sie nicht mit Scham, sondern bloß mit Hoffnung. Die Scham stellte sich erst später ein – nach den Handlungen, die ihrem Entschluss folgten. Obwohl Efi Jannis ratlos gemacht hatte, wusste sie, was sie von ihm hielt (viel) und was sie mit ihm ma-chen wollte (alles). Er hatte nur nicht begriffen, dass ihr Zögern keine Frage der Erziehung, sondern der Zeit war. Demnächst würde sie ins Krankenhaus kommen, und sie wollte sich bei einer Unter-suchung nicht schämen müssen. Aber nach ihrer Entlassung aus der Klinik würde sie ihren Plan in die Tat umsetzen. Und wenn er Wirklichkeit geworden war, stand ihnen beiden nichts mehr im Weg. Nicht jetzt, niemals. Glaubte Efi. Wie wir wissen. In Wahrheit waren es gerade diese Vorsätze, die sie mit Scham erfüllen sollten. Fortsetzung folgt.

FORTSETZUNG FOLGT. Als Efi nach der zweiten Operation heimkehrte, dauerte es nicht lange, bis die Leute anfingen zu reden. Schon bald machten Anspielungen die Runde, und spätestens im April des folgenden Jahres wurden derbe, aber herzliche Witze ausgetauscht.

Es folgen die Fakten.

Im Herbst 1959 war Panajiotis Tsoulas gestorben, wahrscheinlich an den Folgen zu hohen Blutdrucks, gegen den er die Tabletten hätte nehmen sollen, die unangerührt im Badezimmerschrank lagen. Die Familie ließ den Priester aus Neochóri kommen, da man einen Royalisten nicht von einem früheren Revolutionär beerdigen lassen wollte. Danach übernahm sein Sohn Thanassis das Geschäft. Auf einem umgebauten Militärmotorrad, einem schwarzen und öligen Ding mit BSA-Doppelmotoren, fuhr er zwischen den Tavernen und Weingütern der näheren Umgebung hin und her. Auch die Gendarmeriestationen bekamen Besuch. Sobald er die nötigen Kontakte geknüpft hatte, handelte er die Verträge mit den Lieferanten in Thessaloniki neu aus. So konnte er der FIX-Brauerei binnen weniger Monate einen besseren Vertrieb in den Bergen und den Winzern direkten Zugang zu den besten Trauben anbieten. Er hatte die ersten Schritte auf einer Karriereleiter getan, die ihn zum Bürgermeister machen sollte.

Bei einem seiner Besuche in der Provinzhauptstadt begleitete ihn Stella. Sie wollte ihre Freundin besuchen, und da der Weinhändler nichts dagegen hatte, ein Paar Arme um seine Taille zu spüren, bot er ihr an, sie mitzunehmen. Später besuchte er Efi dann allein, ausgerüstet mit einer Schweizer Motorradbrille aus Gummi, die mit einem elastischen Band versehen war. Es war ihm nicht entgangen, dass alle in Jannis und Efi ein Paar sahen. Als die Rekonvaleszentin ihn jedoch fragte, ob er denn neben seinen »Geschäften« auch noch Zeit für anderes habe, erkannte er, dass sie weniger ein Paar waren, als manche annahmen. Bei seinem dritten Besuch brachte er deshalb Blumen mit, beim vierten eine Tafel Schokolade und beim fünften Mal fragte er, ob sie Lust habe, eine Spritztour mit dem Motorrad zu machen. »Wir könnten zum Hafen hinunter fahren, eine Konditorei besuchen, was immer dir Spaß macht…«

Efi hatte auf diesen Vorschlag gewartet. Tatsächlich war er ein Teil ihres Plans. Trotzdem war sie nervös. Als sie, statt die Arme um Tsoulas zu legen, ihre Hände auf seinen Hüften plazierte, achtete sie darauf, mit den Innenseiten der Knie nicht gegen ihn zu stoßen. Außerdem bat sie ihn, nicht zu schnell zu fahren, wodurch das Paar, das da durch die Stadt rollte, jeder auf seinem Sattel sitzend, stoisch wirkte – sie mit den Fingern auf dem Saum seiner Jacke, er die Händen um die Motorradgriffe geschlossen, als führen sie über Eierschalen. Als sie den Hafen erreichten, half Tsoulas ihr herunter. Niemand, der die beiden beobachtete, konnte entscheiden, ob sie nun Freunde oder Geliebte waren. Die Szene wiederholte sich, jedesmal mit größerer Selbstverständlichkeit, und als Efi entlassen wurde, kehrte sie, die Arme um die Taille des Weinhändlers geschlungen, auf dem Motorrad heim. Schmetterlinge und Pollen wirbelten durch die Luft. Trotz der überraschenden Beförderungsart sagte sie beim Absteigen nichts, woraufhin sich die ersten Augenbrauen hoben. Fortan sah man das Motorrad immer öfter nach Neochóri fahren.

Eines Abends im April – aber warum sollen wir nicht das genaue Datum nennen? Kostas feierte in einer Taverne gerade seinen Geburtstag, so dass es der erste Tag des Monats gewesen sein muss – entdeckte man das Motorrad neben einem Feld. Der Mann, dem es ins Auge fiel, fasste den Motor an (noch warm), beschloss jedoch, lieber weiterzueilen, als er in der Dunkelheit halb erstickte Geräusche vernahm. Kostas seinerseits nahm an, dass seine Schwester die Feier verlassen hatte, weil sie die Gespräche über Poesie und Politik leid war. Aber schon bald lächelten ihn die Kunden auf dem Postamt unbegreiflich an. Als sie bemerkten, Efi könne ja das Motorrad nehmen, wenn sie ihn in der Kaserne an der türkischen Grenze besuchen wolle, ahnte er, dass sie etwas wussten, wovon er noch nichts ahnte.

Im gleichen Frühjahr hatte Jannis etwas bei dem Weinhändler zu erledigen. Wie üblich roch es dort nach vergorenen Trauben und Petroleum. Tsoulas füllte gerade Ouzo aus einem Kanister ab. Als die Flasche voll war, spuckte er auf den Korken und drückte ihn hinein. Er schob das Behältnis dem Kunden zu, der grinste, als er entdeckte, wer eingetreten war. »Ich nehme an, du hast ihr die ganze Herrlichkeit gegeben«, sagte der Mann. »Über so etwas würde ich nicht einmal am 1. April einen Scherz machen.« »Scherz?« Jannis wusste nicht, wovon die Männer sprachen. Der andere Kunde gab vor zu hinken, als er das Geschäft verließ. »Am besten fragst du unseren Jesus hier. Thanassis weiß alles darüber, wie man die Lahmen heilt.« Jannis wandte sich um. »Welche Lahmen, Thanassis?«

Als sich die Anspielungen mit der Zeit häuften, erkannte er, dass man sich über ihn lustig machte. Auf den Feldern behaupteten die Bauern, wer sich nicht rechtzeitig an den herrlichen Gaben labe, müsse sich eben mit Fallobst begnügen. Im Übrigen sei die Zeit der Wunder noch nicht vorbei. Tsoulas habe jemanden aus dem Nachbardorf wieder gehen gemacht. Abwarten, es dauere sicher nicht mehr lange, dann würde er Wasser in Wein verwandeln. Für einen solchen *palikári* gebe es keine Grenzen. Jetzt begriff Jannis, dass es um Efi ging. Aber wen sollte er um Rat fragen? Bestimmt nicht Tsoulas, der in nur einem Jahr der Weinhandlung seines Vaters zu neuer Blüte verholfen hatte und dank neuer Freunde unter den Gendarmen vom Wehrdienst befreit worden war.

Als es wärmer wurde, trug der Weinhändler auf seinen Touren nicht mehr die Lederjacke, hatte aber weiterhin, getreu seiner Gewohnheit, die Motorradbrille auf. Diese schob er sich in die Stirn, als er eines Abends vor einer Gruppe von Dorfbewohnern bremste, die von den Feldern heimkehrten. Die Sonne blitzte im Glas, die Gummiränder hatten einen Abdruck auf seinem Gesicht hinterlassen. Die Männer versammelten sich um die Maschine, nur Jannis hielt sich fern. »Wie laufen die Geschäfte?«, erkundigte sich ein Erntehelfer. »Die Geschäfte? Jetzt ist Wochenende, da geht's ums Vergnügen.« Tsoulas kratzte sich scheinbar zufällig im Schritt. »Hast du etwa vor, noch mehr Wunder zu vollbringen?«, wollte ein anderer wissen. »Was tut man nicht alles für unsere Freunde in Neochóri?« Als er seine Brille justierte und das Motorrad antrat, sah der Weinhändler Jannis selbstgefällig an. Aber das Knattern wollte das Lachen der Männer einfach nicht übertönen. Die Scham, dachte Jannis. Wenn er nichts unternahm, würde sie ihn überleben.

»MESSER«. Als Jannis begriff, was keiner ihm gegenüber offen aussprechen wollte, wandte er sich ab, machte Umwege, ließ sich nichts anmerken. Als auch das nicht half, reagierte er traurig, niedergeschlagen, verzweifelt. Am Ende kochte er jedoch über.

Ein Jahr nach seinem letzten Besuch kehrte er nach Neochóri zurück. Er hatte sich gründlich vorbereitet und überprüft, dass das Motorrad bei seinem Aufbruch vor der Weinhandlung stand. Als er in das Nachbardorf kam, kontrollierte er in den Schaufensterscheiben sein Aussehen, ohne den Kopf zu sehr in deren Richtung zu drehen. Er trug saubere Kleider und hatte sich rasiert, seine Stirn wurde von einer sorgsam gekämmten Welle geschmückt. Trotzdem kam er sich idiotisch vor. Aber auch wenn er wusste, dass er sich eifersüchtig verhielt, vermochte er sein rußgeschwärztes Herz nicht zu beruhigen. Mit jedem Schaufenster, in dem er seine Silhouette zwischen Brettern und zusammengerollten Wasserschläuchen, goldglänzenden Ölkanistern und Plastiksandalen im Sonderangebot erblickte, wurde er verbitterter, und als er schließlich den Marktplatz erreichte, an dem die Apotheke lag, kam es ihm vor, als hätte er ein Anrecht auf Efi wie auf ein Tier.

Hinterher schämte er sich so in Grund und Boden, dass er sich weigerte, jemals wieder einen Fuß in das Nachbardorf zu setzen. An diesem Juniabend aber spürte er, wie sich sein Nacken straffte und seine Schenkel spannten. Er würde sie bitten, ihm reinen Wein einzuschenken. Wenn sie die Gerüchte abstritt, würde er ihr glauben, da konnten die Leute reden, was sie wollten. Wenn sie aber schwieg, oder noch schlimmer: Wenn sie Ausflüchte vorbrachte, um ihn zu schonen, würde er wortlos gehen. Was dann geschehen würde, war eine Sache zwischen ihm und Tsoulas.

Als Jannis den Marktplatz erreichte, entdeckte er Efi – und zu seiner Verblüffung auch den Weinhändler. Die beiden saßen unter einer Platane und hatten jeder ein »U-Boot« vor sich, einen Klumpen Vanillezucker in einem Glas Wasser. Plötzlich war es, als füllten sich seine Augen mit krankem Blut. »Tsoulas!«, schrie er und warf einen Stuhl um. Es war ihm unmöglich, die Fäuste aus seiner Stimme herauszuhalten. »Tsoulas, habe ich gesagt!« Jannis bahnte sich seinen Weg zu dem Tisch, von dem der Weinhändler nun aufstand. »Ah, Georgiadis. Auch unterwegs, wie ich sehe. Eine gute Idee, eine gute Idee.« Als Tsoulas ihn auf seiner irren Pilgerfahrt zu seiner privaten *panajía* einen weiteren Stuhl umkippen sah, wich er jedoch einige Schritte zurück. »*Òpa.* Wer wird es denn so eilig haben?« Zwei Männer an einem Nachbartisch standen auf, einer von ihnen flüsterte hörbar: »*Machéria...*« Aber Jannis hörte ihn nicht. Er befand sich woanders, bestimmt nicht in seinem Körper, und ehe er Gelegenheit hatte, sich zu besinnen, stand er zitternd vor überschüssigem Adrenalin vor dem Weinhändler. Sein Herz konnte kaum größer sein als eine Kastanie, der Rest war Krampf, Trauer und Muskeln. »Oh, Jannis, du bist es?« Efi nestelte verwirrt an ihrer Halskette. Aber das hörte er nicht. Auch nicht, dass sie meinte, Kostas würde ihn sicher gerne sprechen, bevor er einrücke. Stattdessen hob er die Hand. Während Tsoulas' Lippen gleichzeitig einen Laut herausbrachten, als wollte er eine Katze anlocken, landeten Jannis' Knöchel auf seinem Kinn. Der Schlag war so hart, dass der Weinhändler zwischen die Stühle hinter ihm kippte.

Jetzt ließen sich die anderen Gäste mit anfeuernden Rufen und Pfiffen vernehmen. Ein Mann stand sogar auf und applaudierte. »Aber… Was… Jannis?«, stammelte Efi. Sie wünschte sich weit weg. »Verdammter Idiot«, sagte Tsoulas näselnd und versuchte, wieder auf die Beine zu kommen. Er testete, ob sein Kinn noch dort saß, wo es hingehörte. Das tat es. Aus den Mundwinkeln sickerte dagegen Blut. Er spuckte aus. »Du verdammter Idiot.« Doch auch das hörte Jannis nicht, denn nun hämmerte er mit der flachen Hand so auf den Kaffeehaustisch, dass die U-Boote untergingen. »Hier. Trink, bis du kotzt.« Dann zog er seine Hose hoch und ging. Im Wasser auf dem Tisch glänzte eine Zehndrachmenmünze mit dem König im stoischen Profil.

EIN BÜNDEL GELDSCHEINE. In den Jahren vor dem Tag, an dem Jannis den pistaziengrünen Bus enterte, den Kopf gegen die Fensterscheibe lehnte und den Regen betrachtete, der die Straße hinabströmte, die ihn an der Transformatorenstation vorbei und die Berghänge hinunter in die Ebene und die rußige, trubelige Welt brachte – während dieser Jahre besuchte er Neochóri nicht. Erst nach der Pokerrunde bei Stefanopoulos sah er sich gezwungen, seinen Stolz zu überwinden und die Freunde im Nachbardorf um Hilfe zu bitten. Auf Umwegen hatte er erfahren, dass Efi ein drittes Mal operiert werden sollte, diesmal jedoch im Ausland, und in einem sorgsam verborgenen Teil seiner selbst hoffte er, mehr zu erfahren. Nach dem Wirbel in dem Lokal hatten die Leute sich das Maul zerrissen. Am Ende hörten sie jedoch auf, sich über ihn lustig zu machen. Manche legten sogar den Arm um ihn und erklärten, sie hätten auch nicht anders gehandelt. Der eigentliche Grund dafür war, dass Efi und Tsoulas sich nicht mehr trafen. Mit der Zeit begriff es selbst Jannis. So erkundigte sich Stella, ob er nicht »trotz allem« nach Neochóri mitkommen wolle, und eines Abends kehrte Christos Gourgouras aus dem Nachbardorf zurück, wo er Insektenvernichtungsmittel gekauft hatte, und teilte ihm mit, Efi habe ihn in der Apotheke bedient. Anschließend legte er den Arm um Jannis und machte besagte Bemerkung.

Das deutlichste Zeichen, dass die beiden kein Paar mehr waren, lieferte der Weinhändler jedoch selbst: Mittlerweile donnerte er mit der Tochter des früheren Notars von Achladochóri auf dem Sozius durchs Dorf. Alles deutete darauf hin, dass er stolz, vielleicht sogar glücklich war. Nach einer Weile versöhnten sich die Männer deshalb zumindest so weit, dass sie wieder miteinander redeten. Dann kamen die Stunden am Spieltisch. Und danach blieb Jannis keine andere Wahl, als seinen Stolz herunterzuschlucken und sich mit Kezdoglou in Verbindung zu setzen. Jannis rief vom einzigen Telefon im Dorf aus an. Kostas war auf Heimaturlaub und versprach zu sehen, was er tun konnte. Ehe er in die Kaserne zurückkehrte, kam er zu Besuch. Umstandslos stopfte er seinem Freund ein Bündel Geldscheine in die Hemdtasche. »Zahl es zurück, wenn du kannst.« Dann schlug der die Hemdsärmel hoch und fragte, ob er sonst noch etwas tun könne, bevor er an die Front zurückkehren müsse.

Das konnte er.

EIN VENTIL... Bevor das Schicksal, oder was auch immer, beschloss, aus der Hauptperson auf diesen Karteikarten mehr als einen Menschen zu machen, gab es für Jannis nur wenige Orte, an denen er sich aufhalten konnte. Genau genommen konnte er sich wie die übrigen Männer im Dorf an drei Stellen befinden: auf den Feldern, zu Hause bei den Frauen, in Stefanopoulos' *kafeníon* oder bei Karamella. Der eine oder andere kommt vielleicht auf vier, aber in Wahrheit zählten allein die drei erstgenannten. Und von diesen drei Stellen entschieden sich fast alle Männer fast immer für das Kaffeehaus. Zumindest im Winter. So auch Jannis.

Als er die Tür zu Stefanopoulos aufschob, schlug ihm der Geruch feuchter Kleidung entgegen. Normalerweise setzte er sich an einen der Tische, an denen man ein Brettspiel oder Karten spielte und bestellte einen *skéto*. Während dieser Momente mit ungezuckertem Kaffee empfand er große Ruhe. Hinter einem der Männer sitzend, verfolgte er das Spiel und lauschte den Gesprächen. Wäre er darauf angesprochen worden, hätte er geantwortet, dass er sich praktisch überall in dem Lokal aufhielt – unter der abgewetzten Uniform des Busschaffners, in den geschäftigen Händen des Kaffeehausbesitzers, unter der Mütze, die *bárba* Pippis sich in die Stirn geschoben hatte… Es gab Männer, die immer schwiegen, und Männer, die nicht aufhören konnten zu reden. Nur wenn Vater Lakis eintrat, verstummten alle, sogar das Grammofon. Inzwischen kannte Jannis sämtliche Lieder auf Elios' Schallplatten auswendig, sogar die, auf der ein spanischer Sänger so wehrlos sang, dass die meisten Männer an die einzige Stelle im Dorf dachten, die nicht zählte.

Während dieser Abende… Wochen… Monate… fand im Kaffeehaus von Áno Potamiá ein Ausgleich statt. Zur Winterzeit wurde die Ortschaft, die für das Einwohnermeldewesen von Belang war, von Fluss und Kirche begrenzt. Die zahlreichen Kränkungen, große und kleine, die vielen Anschuldigungen, unbegründet oder nicht, die verletzten Gefühle und die Proben gedankenlosen Hochmuts, von denen die meisten Bergdörfer lebten, oft wider Willen, hätten mit Sicherheit zu dem führen müssen, was man *machéria*, »Messer«, nannte. Aber da es das Kaffeehaus gab, kochte das böse Blut nur selten über. Dank des einen oder anderen Winks oder Fluchs gelang es den Männern meistens, die Blase platzen zu lassen, in der sie lebten. Die Gaststätte war gleichzeitig ein Konzentrat all dessen, worüber im Dorf getuschelt wurde, und das wichtigste Ventil. (Nein, Karamella zählte hierbei nicht.) Auf diese Weise glich sich der Druck langsam aus, und wenn Stefanopoulos Ende Februar die Tische wieder hinausstellte, murmelte der eine oder andere Gast für sich: »Auch wenn er auf seinem Daumen sitzt, werde ich ihm die Hand geben«, »*Pféh*, das war nun doch nicht der letzte Tropfen« und anderes in diesem Stil.

Der einzige, der den Ausgleich erschwerte, war Vater Lakis. Seit er zwei Monate nach dem Bürgerkrieg sein Gesicht in den Händen begraben hatte, war er merklich gealtert. Noch lagen seine Haare zusammengerollt im Nacken, aber genau wie der Bart, der den Priesterkragen verdeckte, waren sie inzwischen schmutziggrau. Die grobschlächtigen Hände waren immer noch kräftig, die Fingernägel nach wie vor eingerissen, aber der Geistliche bot nicht mehr seine Hilfe an, wenn ein Haus gebaut oder ein Schaf geschlachtet werden sollte. Das Kaffeehaus besuchte er allerdings noch, wo er sich wie üblich an dem Tisch direkt neben der Theke niederließ. Mit umständlichen Bewegungen fischte er seine Brille aus der Brusttasche unter der Tunika. Ohne zu fragen, stellte Elio ihm eine Karaffe und ein Glas hin, gefolgt von einem Teller mit Gurkenscheiben und silbrigen Sardinen mit Zahnstochern darin, die der Mann der Kirche niemals anrührte. Vor ihm lagen die Briefe und Postsendungen, die seit seinem letzten Besuch gekommen waren. »Gourgouras, Christos…« Vater Lakis spülte sich den Gottesdienst aus dem Mund.

»*Parón*«, rief der einzige Traktorbesitzer des Dorfs. »Anwesend.«

»Nadina schreibt dir mal wieder. Sie sind nach Milwaukee gezogen. Deine Schwester hat auch diesen Sommer nicht vor, nach Hause zu kommen. Für Vyronas läuft es gut. Er nennt sich mittlerweile Byron und hat von Italienern ein Restaurant übernommen. Aber alles, was sie verdienen, stecken sie in die Ausstattung. Eine Sodamaschine. Einen *Toaster*, was immer das ist. Sogar eine elektrische Gefriertruhe. Das wäre doch was, nicht wahr, Elio?« Der Priester sah sich nach dem Kaffeehausbesitzer um. »Dein Schwager behauptet, dass sie neue Maschinen anschaffen müssen, wenn ihre Kunden nicht zu den Chinesen auf der anderen Straßenseite gehen sollen. Nadina kann bloß fünfzig Dollar entbehren. Gepresste Scheine, ohne eine Falte. Gourgouras…«

»Ja, Vater?«

»Soll unser Herr fünf, oder sagen wir zehn Dollar bekommen als Zeichen für die Stärke deines Herzens?«

»Verdammt, Vater…«

»Gourgouras?«

»Nichts, Vater. Ich spare meine Spucke.«

»Der Herr weiß das zu schätzen.« Neuerliches Ausspülen. Der Alkohol betäubte den Schmerz in einem faulen Zahn. Er gab Elio einen Wink, die Karaffe aufzufüllen.

»Tsampanidis, Petros.«

»*Parón*, Vater.«

»Ob du es nun glaubst oder nicht, du brauchst deine Spucke nicht mehr zu sparen. Dein Antrag ist bewilligt worden. Du bekommst deinen Brunnen. Ein gewisser Nikiforos Chrysantemos im Amt für Hydrologie, ich sehe gerade, dass er stellvertretender Leiter der Abteilung für Landwirtschaft ist, meint, dass man unter den gegebenen Umständen, bla, bla, Auswanderung, Wirtschaftskrise, bla, bla, deinen Antrag befürwortet. Bitteschön.« Erneutes Ausspülen.

»Georgiadis, Ioannis.«

Was? Jannis stellte seine Tasse ab. »Vater?«

»Es geht wohl nicht anders. Du musst nach Neochóri. Alle Männer zwischen achtzehn und dreiundzwanzig Jahren sollen sich dort melden. Warum hast du das nicht schon gemacht? Das ist das zweite Anschreiben, *levéndi mou*. Ich kann mich nicht erinnern, das erste gesehen zu haben.« Keine Antwort. Stattdessen ein Seufzer sowie gründliches Ausspülen. »Das Vaterland ruft. Oder was davon übrig ist.«

»Aber Vater…«

»Ich weiß, Jannis. Manchmal machen sie eine Ausnahme. Allerdings nur, wenn du hingehst. Nicht wahr, Thanassis?« Der Weinhändler nickte stumm. Dann legte der Priester seine Brille fort. »Ich glaube, das war alles, meine Herren.« Er rieb sich mit rheumatischen Knöcheln die Augen. Im Grunde war er das Leben und alles, was es nicht enthielt, leid: Weltfrieden, Zahnärzte, eine anstän-

235

dige Pension... Besonders leid war er jedoch alles, was es enthielt: begriffsstutzige Bauern, verschlagene Bauern, nachtragende Bauern. Das Lokal war still, Vater Lakis ebenfalls. Er wusste, dass die Männer wussten, dass er wusste, dass sie wussten, was nun kommen würde. Tatsächlich war dieses Wissen das sicherste Zeichen für ein geschlossenes System. »Noch eins, bevor ich es vergesse...« Er stand vom Tisch auf, ließ seinen bleigrauen Hut jedoch umgedreht liegen. »Ich werde den Türken besuchen.« Was eine beschönigende Umschreibung des Panoramas war, das einem auf der Toilette geboten wurde: Durch das Loch im Fußboden sah man zehn Meter tief in eine Schlucht. »Wer unsere Madame in letzter Zeit nicht konsultiert hat, kann edlen Herzens nach Hause gehen. Von euch anderen erwartet der Herr ein Almosen. So bleiben Karamellas Freunde auch die Freunde der Kirche.«

... UND EIN U-BOOT. Eine Woche nach Vater Lakis' Verkündigung stand Jannis zum Klang der Ziegenglocken auf. Er rasierte sich gründlich, legte den Seitenscheitel bei elf Uhr auf seinen Kopf und ging anschließend zu Despina. »Großmutter, woher weiß man, ob ein Herz noch abenteuerlich ist?« Die alte Frau drehte sich um. Ihre dunklen Augen glänzten. Ein Äderchen war geplatzt und hatte ein feines Netz über den einen Augapfel gespannt.

»Deins oder das eines anderen?«

»Meins, das eines anderen, ich weiß es nicht.«

»Dadurch weiß man es, Jannis. Nur dadurch.«

Anschließend ging er die sieben Kilometer nach Neochóri hinunter. Die Straße war feucht, überzogen von den geriffelten Spuren des Busses und den halbmondförmigen Vertiefungen der Maultiere. Im Tal breitete sich Nebel aus, auf den Feldern hingen die Früchte unreif und grün. Er nahm die Brücke über den Fluss. Das Wasser war einen Meter tief. Die flachen Steine glitzerten am Grund wie in einer unbekannten Sprache. Am Ufer hockte mit hochgeschlagenen Ärmeln über die Wäsche gebeugt Karamella.

Als sie winkte, konnte Jannis sich des Eindrucks nicht erwehren, dass die Geste männlich wirkte. Auf der anderen Seite ging er zum Ufer hinunter, machte eine hohle Hand und füllte seinen Mund mit nachgelassenem Winter.

Eine Dreiviertelstunde später erreichte er Neochóri. Kinder gingen mit Schnüren um Bücher und Hefte zur Schule. Eine *jiajiá* schrubbte die Treppenstufen zu einem Haus, auf dem man ein verwischtes *Z* sah, zwei Männer auf Mopeds mit tuckernden Motoren unterhielten sich. Der Lebensmittelhändler stellte Plastikkanister und eine verblichene Luftmatratze hinaus, die in den vier oder fünf Jahren, die sie an dem Schaufenster lehnte, keinen Käufer gefunden hatte. In dem Kaffeehaus am Marktplatz wischte ein Kellner die Tische mit einem Lappen sauber. Unter der Markise an der Tür saß, ein Bein über das andere geschlagen, ein älterer Herr. Auf seinem Schoß lag *O Neochorítis*, geknickt und angewinkelt. Bezüglich der Größe sah die Zeitung aus wie ein Fahrplan.

Jannis kaufte sich eine Brezel, die er vor der Bäckerei stehend aß. Dann ging er zur Apotheke, aber sie war noch geschlossen. Aus verschiedenen Gründen war er nervös, weshalb er zu dem Lokal zurückkehrte. Der Zeitungsleser saß noch an seinem Platz. Als der Kellner kam, bestellte Jannis ein U-Boot, was er nicht beabsichtigt hatte, bevor er gefragt wurde. Er zog die Einberufung aus der Tasche, wusste nicht, wie oft er das schon getan hatte, und musterte die Stempel. Der Kellner bekam sein Geld und begann, die Stühle gerade zu rücken. Jannis führte den Löffel zum Mund, wo die weiße Masse weich wurde und sich mit Speichel vermischte. Es zog in den Zähnen. Er wusste nicht mehr, wo oder wann er davon gehört hatte, aber es hieß, der Kellner habe einen Vater, der seine Familie verlassen hatte, als er erfuhr, dass der Sohn ein uneheliches Kind war. Seither hatte man nichts mehr von ihm gehört. Es ging das Gerücht, die wieder verheiratete Mutter, die während des Kriegs sexuelle Dienste gegen Lebensmittel getauscht hatte, nehme inzwischen Hormone. Jannis überlegte, wie alt eine Frau werden konnte, ehe sie aufhörte zu gebären. Fünfundvierzig? Fünfzig? Konnte sie mit Hilfe von Hormonen vielleicht noch Kinder bekommen, auch wenn sie schon zahnlos, schwarz gekleidet, vergessen war?

Um halb zehn betrat er die Gendarmerie. Die Uniform des Mannes hinter dem Tresen war um die Schulter mit einem geflochtenen Silberband besetzt. Er hieß Dimitris Lekkas und war einmal der beste Fußballspieler von Neochóri gewesen. »Du hast dir Zeit gelassen…« Jannis zuckte mit den Schultern. Der Gendarm studierte mit der Sorgfalt des Begriffsstutzigen diverse Dokumente, dann verschwand er im Hinterzimmer. Er wackelte noch immer mit den Hüften. Es vergingen zwei Minuten, es vergingen zehn. Am Eingang saß eine Frau, die den Besucher mit leeren Augen anstierte. Die Finger auf ihrem Stock zitterten, als erinnerte sie sich an ein Klavierstück. Als Jannis grüßte, blinzelte sie nur. Der frühere Schulkamerad kehrte zurück und sagte etwas, was den Besucher erkennen ließ, dass die Frau seine Mutter sein musste. Durch die Tür sah man einen Mann hinter Stapeln von Mappen. An der Wand hing ein Foto des Königs. Gegenwärtig ruhte ein Streifen kalter Sonne auf seinem Gesicht.

»Warum kommst du erst jetzt?« Der Mann blickte nicht auf, als der angehende Soldat eintrat. Jannis erzählte von dem Stall, den er gebaut hatte. »Wenn das Vaterland ruft, kommt man sofort.« Er erklärte, die Arbeit sei hart und das Wetter ungünstig gewesen, vermied es jedoch zu fragen, wie man sich irgendwo einfinden konnte, wenn man unfähig war, die Einberufung zu lesen – oder zu sagen, dass er sich geschworen hatte, dieses Dorf nie wieder zu betreten. »Stürme, Felder, Schuppen… Hast du noch mehr Entschuldigungen auf Lager? Wie wäre es mit Schwindsucht? Syphilis? Einem Trauerfall in der Familie?« Der Mann suchte nach seinen Zigaretten. An der Decke klebte ein untätiger Ventilator, an der Wand hingen ein Holzkreuz und eine Ikone.

Jannis wurde immer übler. Der Gendarm steckte sich eine an. »Georgiadis, Ioannis. Du hättest längst hier sein sollen.« Seine Stimme verhärtete sich. »Wenn du nicht gekommen wärst, hätten wir die Geheimpolizei geschickt.« Rauch kringelte aus seiner Nase.

Dann drückte er die Zigarette überraschend aus und stempelte einige Papiere. Als er aufblickte, verwandelte sich die Vanille in Jannis' Bauch in schepperndes Blech. Gleich würde er sich übergeben. Aber der Gendarm sagte nur: »Sei froh, dass du Tsoulas kennst. Sonst hätten wir dich in einen zweijährigen Urlaub in Uniform geschickt.«

ROTES LICHT. Nach der Gendarmerie kehrte Jannis zur Apotheke zurück. Er kaufte eine Flasche 4711 für seine Großmutter und verblüffte sich selbst mit der Frage, ob man etwas von Efi in Schweden gehört habe. Da das Personal den Kopf schüttelte, beschloss er, Karamella zu konsultieren. Vermutlich ergab sich sein Entschluss aus der eigentümlichen Leichtigkeit, die ihn erfüllte, als er erkannte, dass man ihn von der Wehrpflicht befreit hatte. Zumindest reichte seine Verblüffung aus, um den Heimweg zu verkürzen – eine stolpernde Rückkehr, halb laufend, halb gehend, mit kochendem Brustkorb und unklaren Gefühlen in den Leisten. Je näher er Áno Potamiá kam, desto deutlicher nahmen seine Gefühle jedoch Gestalt an. Man könnte auch sagen: Schritt für Schritt verwandelte sich Jannis in ein U-Boot.

Als Kind war er mit den anderen Jungen am Fluss entlang geschlichen, wobei sie im Flüsterton darüber gesprochen hatten, ob die rote Laterne neben der Tür tatsächlich einen Zwilling hatte, wie im Kaffeehaus behauptet wurde. Besonders Wagemutige schlichen sich bis zu den Fenstern. Im Allgemeinen kehrten sie mit erhitzten Gesichtern und zugeschnürten Kehlen zurück. Wenn weniger waghalsige Kameraden Fragen stellten, konnten sie nur mit affektiertem Stöhnen antworten. Keiner von ihnen wurde Zeuge von etwas Unanständigem, geschweige denn Verbotenem. Dafür gab es zahlreiche Gründe, aber vor allem den, dass die Madame des Dorfs vorsichtig war. Wenn sie Besuch hatte, schloss sie stets die Fensterläden – ein praktisches, allseits geschätztes Signal unter den Familienoberhäuptern, die in der Dunkelheit die Zypressen inspizierten – und zog zudem einen Vorhang vor. Nur Besucher, die das Haus von innen gesehen hatten, wussten daher, dass man sich darin nicht nur Liebesspielen widmete. Für manche waren diese nicht einmal das wichtigste. Zu den Eingeweihten gehörten größere Teile der männlichen Bevölkerung über achtzehn, Vater Lakis eingeschlossen, der es einst – als sein Handgelenk noch von einer sowjetischen Uhr geziert wurde – hilfreich gefunden hatte, zu ermitteln, worüber man in den Wintermonaten bei Stefanopoulos lächelte.

Jannis dagegen nicht. Bis jetzt jedenfalls nicht. Als er sich an diesem Tag dem Haus näherte, wusste er also nicht, was ihn erwartete. Die Läden klapperten einträchtig im Wind, auf der Wäscheleine flatterten Laken und Unterröcke. Er wollte gerade anklopfen, als er durchs Fenster eine Stimme hörte: »Es ist offen. Ich habe auf dich gewartet.« Die Replik gehörte zu Karamellas Standardrepertoire – neben Phrasen wie »Du hast doch hoffentlich deine Spucke für mich gespart?« und »Komm und hol dir deine *boboniéres*«. Diesmal war sie jedoch von Fürsorglichkeit erwärmt. Aber auch das wusste Jannis nicht. Über den Wäschehaufen am Fluss gebeugt, hatte sich die Madame des Dorfs Gedanken über die Gestalt gemacht, die über die Brücke gegangen war, und überlegt, dass sie mal mit Jannis sprechen sollte. Es geschah selten, dass sie mütterliche Gefühle entwickelte, für Vassos Sohn machte sie jedoch eine Ausnahme.

Als Jannis eintrat, fiel sein Blick als Erstes auf einen Wandteppich, der eine Hafenpromenade mit Schiffen, Häuserdächern und Minaretten zeigte, als Zweites auf eine Frau, deren Augen in einer Weise blau und farblos waren wie sonst nur wässrige Milch. Amüsiert, fast gedankenverloren, schlug sie die Kissen auf, die sie aus dem Fenster gehängt hatte, legte sie auf ein Ruhelager mit einem Betthimmel aus Mückennetz und zog die Läden zu. Karamella trug einen rosa Morgenmantel mit Borte und Pantoffeln mit Troddeln. Als sie die Vorhänge schloss, lächelte sie. »Irgendwann muss ja das erste Mal sein.« Jannis sank auf einen Stuhl, die plastikbezogene Sitzfläche klagte. Es hing ein Duft in der Luft, den er nicht einordnen konnte. Das also war der Raum, den jeder Mann im Kaffeehaus kannte, über den aber niemand sprach. Er hatte ihn sich anders vorgestellt. Hier gab es keine Federboa, die um einen Spiegel drapiert war, kein durchgelegenes Bett, das mit rotem Seidenüberwurf und fleckigen Laken Boudoir spielte. Stattdessen standen an einer Wand Regale voller Schuhkartons und Schmuckgegenstände. Er sah ein Stethoskop, eine Fahrradpumpe und kleine Cognacflaschen. Die übrigen Wände waren mit Webarbeiten verkleidet, deren Zweck wohl darin bestand, im Winter die Kälte draußen zu halten, auf denen aber auch Szenen mit gewickelten Kindern im Schilf, Pfauen und Reitern mit schrägstehenden Augen und zierlichen, über die Köpfe erhobenen Säbeln zu sehen waren.

An manchen Stellen hingen auf den Wandteppichen gerahmte Fotografien. Sie waren vergilbt und zeigten fast ausnahmslos ernste Menschen in steifen Kleidern und mit etwas Unergründlichem im Blick. Die einzige Ausnahme bildeten die Aufnahmen direkt neben ihm. Auf der einen sah man eine junge Frau mit weißen Flecken im Gesicht und etwas, das einer Schriftrolle glich, unter dem Arm, auf der anderen einen Mann in hellen Knickerbockern und dunklen Schlittschuhen mit hohen Stiefelschäften. Er setzte unter freiem Himmel zu einer Ewigkeitsbewegung in Form einer Acht an. »Das Bild wurde in Davos aufgenommen«, erläuterte die Gastgeberin. Als Jannis' Augen weiterwanderten, erkannte er, dass es in dem Raum keine einzige Ikone gab. Neben einem Tisch mit einem Spitzendeckchen lag ein Überseekoffer mit rissigen Lederriemen. Zwei Stühle flankierten ein emailliertes Gefäß auf einem Dreifuß aus Holz. Neben der Petroleumlampe im Fenster entdeckte er ein weiteres Foto: Darauf sah man eine junge Frau, von Fahrrädern umgeben. Aus unerklärlichen Gründen fühlte er sich ertappt. Während er seine lehmverschmierten Schuhe betrachtete, spürte er seine Kräfte versiegen. Hatten sie zuvor ein U-Boot geformt, kehrten sie nunmehr in den Bauch zurück, wo sie ausflockten und sich in eine flaumige Wolke verwandelten. Er suchte nach der Tüte aus der Apotheke. »Tut mir leid. Ich muss gehen.«

»Das hat sie auch gesagt...« Karamella, die seinen Rundgang verfolgt hatte, studierte das letzte Foto. »Ich habe Despina oft besucht, als ihr Junge klein war. Also dein Vater. Er konnte singen wie kein anderer. Tausend Zikaden in diesem Kebab.« Die Frau hielt inne. »Kaum zu glauben, was? Aber ich bin auch mal jung gewesen.« Sie betrachtete Jannis, dem gleichzeitig heiß und kalt war. Sein Vater? »Nach der Flucht kam er regelmäßig vorbei, um mich um Erinnerungen zu bitten, die er seiner Mutter erzählen konnte. Manchmal gab ich ihm sogar Sachen, die ich gesammelt hatte. Weißt du, der eine Gast zahlt vielleicht lieber mit einer Uhr, der nächste mit einer Posttasche. Das Leben ist voller wertvoller Gegenstände.« Sie zeigte auf die Dinge im Raum. »Es gefällt mir, sie Bedürftigen zu schenken.« Sie setzte sich. »Dein Vater war sogar am Tage seines Todes hier. Wäre er doch nur ein bisschen länger geblieben. Aber nein, als bei Stefanopoulos das Feuer ausbrach, musste er gehen. ›Nicht noch ein Brand‹, hat er gesagt.« Karamella zog den Morgenmantel zu. »Schau nicht so erschrocken. Auch deine Großmutter ist hier gewesen. Wenn sie nicht schlafen konnte, kam sie mit dem Fahrrad. Aber nachdem die Hasenscharte gestorben war, fehlte ihr dazu die Kraft. Wie geht es ihr?«

Als Jannis nicht in der Lage war, ihr zu antworten, strich die Madame des Dorfs über die Decke. »Despina wollte vor allem über alte Zeiten sprechen. Wir haben uns stundenlang unterhalten. Aber wenn der Morgen graute, sagte sie jedesmal: ›Jetzt muss ich gehen. Wirklich, sonst wird es übel enden.‹ Schließlich habe ich sie gefragt, ob sie glaubte, sie wäre ein Vampir. Weißt du, was sie mir geantwortet hat?« Die Frau betrachtete ihren Besucher mit einer Mütterlichkeit, die so gar nicht zu dem passte, was er mit dem Rücklicht verband. »›Wenn sie und sie und er und er wieder unter uns wären‹, sagte sie und zeigte zu den Bildern hin, ›hätte ich nichts dagegen.‹ Bevor ich das gehört habe, dachte ich wie Vembas: Die Lebenden müssen die Toten retten. Das habe ich immer gesagt: Die Lebenden müssen die Toten retten. Doch deine Großmutter brachte mich auf die Frage, ob es nicht eher umgekehrt ist. Ernähren wir uns möglicherweise von den Toten?«

Der Besucher ging zur Tür. Seine Schuhe erschienen ihm schwerer als je zuvor, als hätten sie Bleisohlen. Karamella erkundigte sich, wann sie ihn wiedersehen würde. »Manchmal«, erwiderte Jannis, »ist einmal einmal zu viel.«

MEIN GOTT (I). Mit der radelnden Smyrniotin verhielt es sich so: Nach dem Tod der Hasenscharte verlor sie jegliche Lust, sich zu sehnen, jegliche Lust zu leben. Trotzdem existierte sie weiter. »Frage mich nicht wie, *gidáki mou*, aber man kann mich anscheinend nicht um die Ecke bringen. Dabei gebe ich mein Bestes.« Das stimmte natürlich nicht, obwohl Despina alles tat, um ihrer Familie nicht zur Last zu fallen. Ab und zu fegte sie zwischen den Hühnern, aber die meiste Zeit lag sie auf dem Bett und lauschte dem Geräusch des Eises, das unter dem Kühlschrank vor ihrem Fenster schmolz. Sie behauptete, es erinnere sie an das Wasser, das in Smyrna gegen die Kaimauer gluckerte. Jannis lachte über ihre Hirngespinste. Erst als er später neben einer Ölheizung wohnte, ahnte er, was sie gehört hatte.

In den Jahren nach jenem schönen Januarabend 1950, an dem zehn Widerstandskämpfer nach Albanien flohen, zog Despina sich immer mehr von der Welt zurück. Als Jannis von seiner Pokerrunde heimkehrte, entdeckte er jedoch, dass verborgen und bewahrt unter allem Gerümpel in ihrem Gehirn, noch Kraft in ihr war. Als Vasso hörte, was passiert war, brach sie zusammen und weigerte sich, auch nur ein einziges Wort zu sagen, während seine Großmutter aus dem Bett aufstand und ihre Handflächen gegen seine Wangen presste. »Mein Gott, das war doch nur Petridis' Schuppen. Jetzt bauen wir etwas Eigenes.«

Als er gegen Abend wach wurde, wischte Despina gerade den Küchentisch ab und stellte ein Glas Zitronensaft darauf. Dann begann sie, auf einem Blatt Papier zu zeichnen. Jannis ging hinaus, um seine Blase zu erleichtern. Es war kalt, es war Dezember, die Sterne gingen auf. Wie Wintersprossen, dachte er. Als er ins Haus zurückkehrte, hatte er das Gefühl, dass ihnen das Feld nicht mehr gehörte. Schon bald würde Tsoulas mit seinen Bulgaren kommen. Warum nicht tun, was die Großmutter vorschlug? Während er seine Limonade trank, lehnte Despina sich vor und zurück, sagte etwas, was er nicht hörte, sah ihn verschmitzt an und klopfte schließlich mit dem Zeigefinger auf die Zeichnung, als telegrafierte sie der Nachwelt. »So«, verkündete sie, »so wird es aussehen.«

Abgesehen von ein paar Winkeln behielt sie Recht. In den Tagen nach jenem Gespräch, in dem Kostas versprochen hatte, ihm Geld zu leihen, rodete Jannis den Hang, entfernte Steine und fällte eine kranke Zypresse. Als er die Säge am Stamm ansetzte, warf sie zweimal kräftig zitternd ihre braunen Nadeln ab. Mit der Zeichnung seiner Großmutter in der Hand schritt er daraufhin ab, was ihr neuer Stall, Werkzeugschuppen und Hühnerhof in einem werden sollte. Er grub und schachtete aus. Er goss ein Fundament aus Zement. Er sammelte Bambusrohre und Schilf. Er kaufte Hühnerdraht bei Gourgouras und kehrte mit Kalkfarbe aus Achladochóri zurück. Er lieh sich diverse praktische Werkzeuge von diversen praktisch veranlagten Dorfbewohnern und bestellte für das letzte versprochene Geld anständiges Fensterglas. Er wuchtete Tür- und Fensterrahmen aus dem Schuppen hinter der Kirche, den Vater Lakis früher als Büro benutzt hatte. Er werde die Ohren steif halten, erklärte er, und begann, von dem Priester ermutigt, auch die Steinwände einzureißen.

Am gleichen Tag wie Kostas kam Gourgouras mit seinem Traktor. Daraufhin wanderten die Steine vom einen Freund zum anderen, bis die Ladefläche leer war und die neuen Wände standen. Es dauerte noch ein paar Tage, sie abzudichten und zu verstärken, dann mussten die Dachpappe verlegt und Fenster und Türen eingepasst werden, der Zementboden verputzt und gestrichen, die Innenwände verputzt und gestrichen und die Außenwände grob verputzt und gestrichen werden. Doch dann war Jannis fertig, an dem Abend, bevor Tsoulas mit Bogdan und Vasil kam, und sogar Vasso, die ihr Möglichstes getan hatte, um die Atmosphäre zu vergiften,

244

freute sich. Als er mit seiner Mutter hinunterging, damit sie sein Werk mit eigenen Augen begutachten konnte, platzte sie heraus: »Jetzt fehlt nur noch das Himmelreich.«

Das folgen sollte. Wahrhaftig. Ungelogen.

DAS HIMMELREICH. Die Gespräche mit Jannis waren Vater Lakis noch im hohen Alter ein Bedürfnis. Nach wie vor vermittelte er zwischen Nachbarn, traute Erwachsene und taufte Kinder – am häufigsten eins von Gourgouras, dessen Ehefrau er im Verdacht hatte, schwanger auf die Welt gekommen zu sein und aller Wahrscheinlichkeit nach dereinst auch schwanger zu sterben. Aber niemand schien Vater Lakis' Interesse für Über- und Unterbau, Himmel und Humus zu teilen. Je älter Vassos Junge wurde, desto weniger Zeit hatte er allerdings, sich mit dem Priester zu unterhalten. Der Tabak musste geerntet und zum Trocknen ausgelegt, die Walnüsse mussten heruntergeschüttelt und eingesammelt, Gräben ausgehoben und Vieh geschlachtet werden – und dann landeten auch noch ein Stall und ein Feld bei Stefanopoulos als Einsatz auf dem Tisch, weshalb für die klassenlose Gesellschaft oder hydrologische Unternehmungen erst recht keine Zeit mehr blieb.

Als der Geistliche das neue Bauwerk erblickte, ging er sofort ein Buch holen, das er gefunden hatte, als man sein Büro in die Nische hinter dem Altar verlegte. Es würde ihn freuen, wenn es Verwendung finden könne, sagte er und erläuterte, dass Professor Gavril Avramidis' *Handbuch der Hydrologie. Über die edle Kunst der Bewässerung, erweitert durch einen antike Quellen enthaltenden Exkurs* (Athen, 1934), lange Zeit Pflichtlektüre für angehende Diplomlandwirte an der Technischen Hochschule von Thessaloniki gewesen war, wo Vater Lakis als junger Mann sein Studium begonnen hatte. Was er nicht erzählte, war, dass er in jenen Jahren vor dem Besuch des Priesterseminars in linken Zellen mitgearbeitet hatte, die verschlüsselte Telegramme aus Moskau und der Estremadura empfingen. Später sollte ihm die Geheimpolizei drohen, seine Aktivitäten zu enthüllen, falls der frisch geweihte Geistliche keine Informationen über die Dorfbewohner lieferte. Das Buch war das letzte, was ihn noch an seine engagierte Jugend erinnerte.

Heute gilt es als veraltet und ist durch modernere Schriften wie Radcliffs »fundamentalhydrologische« Studie *Theory of Water* (Ann Arbor, 1969) ersetzt worden, worin die Problematik der Bewässerung auch aus soziokulturellem Blickwinkel beleuchtet wird. Aber das wusste Jannis nicht, als er auf seine Ellbogen gestützt versuchte, die Diagramme in Avramidis' Buch zu deuten. Trotz allerhand Missverständnissen erkannte er schon bald den Nutzen, den ein Studium der Methoden zur Entwässerung haben konnte. Im Unterschied zu dem gelehrten Mann mit Spitzbart und dicker Brille, den Major Prokupa 1944 in einer Kiesgrube nahe Thessaloniki erschoss, kniend, die Hände über dem Ansatz zu einer Glatze gefaltet, bis zuletzt schweigend, hatte er beispielsweise geglaubt, dass eine mit entsprechender Kühnheit durchgeführte Kanalisierung Wasser über kürzere Strecken auch aufwärts fließen lassen könnte.

Fortan traf man Jannis nicht im Kaffeehaus und nicht am Küchentisch, nicht bei Vater Lakis und nicht bei Karamella an, sondern außer Haus. Mit einem von einer Schnur zusammengehaltenen Reissack bekleidet, in den er Löcher für Arme und Kopf geschnitten hatte, experimentierte er mit Gräben und Rinnen. Er ähnele einem Büßer, flüsterte Bogdan Vasil zu, als die beiden ihn zwischen den Bäumen auftauchen sahen. Die Männer im Kaffeehaus nahmen an, dass Jannis ein neues Abwassersystem anlegte, und seufzten demonstrativ, während Elio Stefanopoulos vermutete, dass er eine Technik zum Auffangen von Regenwasser entwickelte, die ihm eines schönen Tages den Nobelpreis einbringen würde. Mit anderen Worten: Keiner wusste, was er da trieb.

Erst als sich ein Tier der Familie in die Schlucht verirrte, in der, überwuchert von Unterholz und Unkraut, ein ausgebrannter Scania-Vabis lag, machte Jannis jene Entdeckung, die nicht nur in seinem eigenen Leben so viel verändern sollte. Es muss im März oder

April 1964 gewesen sein. (Die Tabellen in dem Band *Populäres Lehrbuch der Metallurgie*, auf den uns Tore Ollén freundlicherweise hingewiesen hat, ermöglichen es uns zu berechnen, wie viel Zeit die Folgen des Fundes benötigten, um ihre volle Wirkung zu entfalten.) Als er die Ziege Maja aus dem Wrack lockte, fiel Jannis' Blick auf den Auspuff und die schmalen Leitungen, die das Fahrzeug angetrieben hatten. Noch am gleichen Tag kehrte er mit Werkzeug zurück. Den Abend verbrachte er damit, alle brauchbaren Teile zu entfernen, die größtenteils aus Blei und nach vierzig Jahren in den Bergen für Autofahrten ungeeignet waren. Er stemmte die Motorhaube los und schraubte den Dachgepäckträger ab, der einst Kartons, Hühnerkäfige und mindestens einen Überseekoffer transportiert hatte.

Den Sommer über arbeitete er wie ein Besessener. Er räumte den Werkzeugschuppen leer. Die Wände dichtete er ab, das Dach wurde neu verlegt und bekam eine Trichterform, die geteert wurde. Der Fahrersitz aus dem Bus wurde mit Stoff verkleidet. Danach wurde den Frauen seiner Familie der Zutritt untersagt. Die Bulgaren machten Umwege, weil sie keinen Kontakt mit jemandem wünschten, dessen Mückenschädel womöglich ansteckend war. Nur der Eisenwarenhändler in Achladochóri, der ihm Gummihammer und Schweißbrenner lieh, schaute vorbei, hatte in der Armee jedoch schlimmere Dinge gesehen und behielt für sich, welcher Anblick sich ihm bot. Folglich konnte Jannis in aller Ruhe den komplizierten Traum umsetzen, der an seinen Abenden in Avramidis' Gesellschaft konkrete Gestalt angenommen hatte. Passend zu den Hundstagen war das Werk vollbracht, und im Oktober rief Despina mit mädchenhafter Verzückung: »Jetzt können die Engel loslegen!«

Was machte die Smyrniotin so selig? Was hatte ihr Enkel an dem Hang zustande gebracht? Und warum sagte Vasso »tss«, als die Schwiegermutter behauptete, ihre dritte Lektion in Sachen Glück zu erleben? Lasst uns nähertreten. Wir befinden uns unter den Wolken auf 41° 13' 08'' N, 23° 35' 35'' O.

Als wieder Stürme aufzogen, wurde der Regen von dem trichterförmigen Dach aufgefangen und durch ein dickes, aber verdecktes Rohr zu einer aus einer Motorhaube hergestellten Zisterne geleitet. In dem früheren Werkzeugschuppen war eine Badewanne in die Erde eingelassen worden. Sie war unterarmtief, ausgekleidet mit plattgehämmertem Blei und an den Rändern mit korkenverschlossenen Löchern versehen. Am ehesten ähnelte sie einem überdimensionierten Zwerchfell, von dessen einer Ecke eine Rinne durch die Hauswand ins Freie und in einen Trog für die Tiere führte. Wenn der Regen den Behälter füllte, stieg das Wasser durch den zunehmenden Druck in den Leitungen und ließ nach und nach die Korken aus den Löchern fliegen. Die Flüssigkeit, die in dem schimmernden Becken murmelte, konnte sogar erwärmt werden, da Jannis im Anschluss an die Zisterne einen primitiven Ofen angelegt hatte. Normalerweise reichte es jedoch aus, wenn sich das Wasser auf natürlichem Weg durch die Sonne erwärmte, die sich auch zur Winterzeit zeigte. Die Erdwärme tat ihr übriges. Auf diese Weise bekam Áno Potamiá sein erstes Badehaus.

Avramidis lächelte bestimmt kurzsichtig im Himmel. Jannis hatte einen Weg gefunden, das Wasser den Gesetzen der Schwerkraft trotzen zu lassen und mit der mangelhaften Hygiene der Dorfbewohner Geld zu verdienen. Als Despina ihren Körper zum ersten Mal in die Wanne herabsenkte, die Korken herauszog und das Regenwasser perlend bis zu den grauen Achselhöhlen steigen ließ, war ihre Freude groß genug, um an Levitation zu glauben. »Engelpisse, reinste Engelpisse!« Der Konstrukteur selbst war nicht im gleichen Maße überzeugt, dass sich die Schwerkraft mit solch einfachen Tricks übertölpeln lassen würde. Als er sie jedoch durch die Bretterwände jubeln hörte, rief er: »Du befindest dich am Nullpunkt, Großmutter.«

Verzeihung, es ist unser Fehler, wenn keiner diesen Ort findet. Wir hätten schreiben sollen: 00° 00' 00'' n/s, 00° 00' 00'' o/w.

DER GLEICHE GRIECHE? Als die Gerüchte Neochóri erreichten, wurden sie auf einmal riesig und diffus, wie in Wolken gewickelte Geheimnisse. Mehrere Leute, die von sich behaupteten, mit dem Bauherrn gesprochen zu haben, gaben an, er suche seinesgleichen. Als sie gebeten wurden, das Wunderwerk bei einer Partie *távli* zu beschreiben, antworteten sie allerdings ausweichend etwas über Nobelpreise oder dichteten Turbinen hinzu, die selbst bei den Gutgläubigsten Zweifel an den Informationen aufkommen ließen. »Ich habe ja gesagt, er ist phantastisch. Du bist dran.« Besonnenere Menschen schätzten, dass das Badehaus die richtige Antwort auf die Bulletins aus der Themistokleousstraße waren, ein Akt des Trotzes Behörden gegenüber, die glaubten, sie könnten mit Makedoniern spielen wie Kinder mit Spielzeug. Wieder andere befürchteten, dass es sich um genau die Sorte Dummheiten handelte, für die selbsternannte Genies bekannt waren. Wenn man nicht aufpasste, würde die Hoffnung auf eine kommunale Kanalisation bei der nächsten Sitzung im Amt für Hydrologie im Sande verlaufen.

Die Gerüchte erreichten auch das Postamt, in dem Kostas nach seiner Entlassung aus dem Wehrdient wieder Briefe und Wechsel bearbeitete. Er fand, es klang, wie es in der Schule stets geklungen hatte. Wie üblich wussten sie alle nicht, wovon sie sprachen, wenn sie über Jannis sprachen. Als er die Sache im Gespräch mit seiner Großmutter erwähnte, ermunterte sie ihn zu einem Besuch. »Es kann nicht schaden, die Sache selbst in Augenschein zu nehmen. Diese Georgiadis sind wie Kastanien: außen stachlig und abweisend, innen weich und wohlschmeckend.« Kostas hätte es nicht mit Sicherheit behaupten wollen, aber es kam ihm vor, als habe die Großmutter mehr im Sinn, als dass er sich nur ansah, was der Freund mit seiner Hände Arbeit erschaffen hatte.

Einige Tage später trank er einen *skéto* bei Stefanopoulos, der lachend erklärte, er müsse sich schon selbst ein Bild von der Weltsensation machen. Als er am Lebensmittelgeschäft vorbeikam, beugte sich der Inhaber mit stummer Würde über seine Konserven. Auch er hatte nichts zu sagen. Tsoulas hockte in einem Weinfass, das er mit einem Gummihammer flickte. Er wand sich heraus und grüßte. »Wer zum Teufel hätte gedacht, dass er so umtriebig werden würde, als ihm der uniformierte Urlaub erspart blieb?« Wenige Minuten später streiften die Tabakpflanzen Kostas, und kurz darauf schob er die Gartenpforte zum Anwesen seines Freundes auf. Das Teerdach glänzte zwischen den Bäumen.

Der Anblick rührte an etwas in seinem Inneren. Verwirrt, vielleicht auch beschämt, kratzte er sich hinter den Ohren. Die Falte klebte. Der Grund für sein Zögern war ein Gedanke, mit dem er nicht gerechnet hatte. Bis zu diesem Augenblick hätte er ihn sogar heißblütig verneint oder kaltblütig abgetan oder kleingläubig mit einem Lachen quittiert. Aber jetzt wurde er von ihm überwältigt. Jenseits aller Unterschiede, so lautete sein Gedanke, gab es etwas, das er mit Jannis teilte. Nach dem Wehrdienst wollte er in einer Welt deutlich und unersetzlich werden, in der alles ständig anfing, während sein Freund in einer Welt aufgehen und sich vermehren zu wollen schien, die fortwährend aufhörte. Wo der eine danach strebte, Neuland zu betreten, suchte sich der andere immer mehr in Vertrautes zu vertiefen, als wollte er der letzte sein, der es verließ. Gleichwohl gab es etwas, was sie beide verband, und diese unbegreifliche Verknüpfung, diese unwahrscheinliche Verkettung, ließ Kostas weitergehen. Waren die Freunde womöglich wie die doppelte Ausgabe von Herakles auf den Münzen des Landes? Wenn es in seinen Ohren nicht so absurd geklungen hätte, dann hätte er gesagt, dass Jannis und er die linke beziehungsweise rechte Seite des gleichen Griechen zu sein schienen. Der eine war alles Gewesene, der andere alles, was noch werden konnte.

Es ist möglich, dass wir die Gründe dafür, dass Kezdoglou an die Tür klopfte, nachträglich konstruieren. Aber *dass* er klopfte, ist zumindest eine Tatsache. Ebenso, dass er eintrat.

Vasso saß am Küchentisch, wo sie kleine Steinchen aus einer Schüssel mit Bohnen sortierte. Die Haare waren frisch gewaschen, das Kleid sauber. Despina lag im Zimmer dahinter, einen Arm über das Gesicht gelegt und einen Eimer am Fußende, der von einem

Handtuch bedeckt war. Als Kostas hereinkam, murmelte sie, ohne von den Fliegen zu ahnen, die über ihre Brust krabbelten: »Gib mir ein bisschen Fladenbrot und Limonade, *mátia mou*.« Er schaute sich unsicher um. »Beruhige dich, *mána*«, rief Vasso aus der Küche. »Du bekommst schon noch etwas zu essen.« »*Óch, óch…*«, stöhnte die Greisin, während ihre Hand ins Leere tastete. »Das ist hier das reinste Gefängnis.« Der Gast tätschelte verlegen die Decke und wich rückwärts aus dem Zimmer.

Jannis' Mutter erklärte, Despina müsse sich häufig übergeben. Seit einiger Zeit verliere sie leicht das Gleichgewicht und scheine nicht mehr zu wissen, wann Tag und wann Nacht war. Einzig Bohnensuppe helfe, zumindest gegen die Krämpfe – sowie die Bäder, die sie in der Wanne nehme, die Jannis angelegt hatte. Vasso selbst wusch sich lieber im Fluss, wie sie es immer getan hatte, aber wenn Kostas… »Fladenbrot und Limonade«, stöhnte die Frau im Nebenzimmer, »ist das zu viel verlangt?« Die Schwiegertochter stellte die Schüssel weg. »*Mána*, wann wirst du endlich begreifen, dass wir hier kein Fladenbrot essen?« Sie lächelte entschuldigend, als sie die Tür zuzog. »Einen Schluck Fanta?« Die Flasche klebte an der Plastiktischdecke.

Während auf dem Herd die Bohnen kochten, klapperten und weich wurden, erzählte Vasso, dass Tsoulas bei den kommenden Wahlen kandidieren wolle. Elio Stefanopoulos hatte endlich eine Frau gefunden. Seine Schwester Stella erwartete mit ihrem Mann aus Achladochóri wieder ein Kind. Und Gourgouras hatte den zehnten oder elften Nachkömmling bekommen, sie wusste es nicht so genau. Als Jannis eine halbe Stunde später kam, hängte er seine Jacke auf und grüßte Kostas, als hätten sie sich erst gestern gesehen. Die Jacke war übrigens aus Kunstleder und schien neu zu sein. Beim Mittagessen musterte er den Freund mit einer Miene, die dieser als heitere Geheimnistuerei auffasste. Noch könne er das Darlehen nicht zurückzahlen, erzählte Jannis, aber er habe Pläne für das Badehaus. Wenn Kostas sich nur noch ein bisschen in Geduld übe, würden sie bald im Geld schwimmen.

251

Nach dem Essen traten die Männer in die Novembersonne hinaus. Das Badehaus glänzte wie ein schwarzes Juwel. Kostas wurde von einem Gefühl überwältigt, das nicht im Körper heimisch zu sein schien. Jahre voller Fehlschläge und Irritationen wurden auf einmal fortgespült. Es kam ihm vor, als hätte sich das Gedicht, das er zu schreiben träumte, plötzlich materialisiert. Er betrachtete die Steine und die lackierten Bretter, er atmete den strengen Geruch von Teer ein. In einem Fenster hing ein Plastiktuch, das in der Brise flatterte – wie ein Vorhang zum Geheimnis. Jannis verscheuchte ein paar Hühner, zog die Tür zum ehemaligen Werkzeugschuppen auf und sagte: »Willkommen im Himmelreich.«

Der Fahrersitz, der in einen Ruhestuhl verwandelt worden war, das Panoramafenster mit seinem Plastikvorhang, die Badewanne aus plattgehämmertem Blei… Alles zeugte von Sorgfalt. Nichts schien dem Zufall überlassen worden zu sein, trotzdem wirkte nichts gezwungen. Jannis hatte offenbar einen Weg gefunden, den Gegenständen eine andere und tiefere Funktion als ihre ursprüngliche zu entlocken. Kostas erkannte, dass sein Freund ihn etwas lehrte: Literatur konnte aus allem Möglichen zusammengesetzt werden, so lange es – er zögerte, verlegen wegen eines Pulses von 90 Schlägen in der Minute – mit Liebe geschah. Den hörte der Bauherr glücklicherweise nicht, sondern erläuterte, wie sich das Regenwasser in der Zisterne sammelte und durch die Leitungen hob, wie es erwärmt wurde und der Druck stieg. Es war ihm anzumerken, dass er stolz war. Kostas setzte sich auf den Wannenrand und strich über das Metall. Er hörte zu, stellte Fragen und erzählte schließlich, nach einer Kunstpause, dass er nach dem Wehrdienst von seinem Heimatland genug habe. Jannis müsse ihm das Darlehen wirklich nicht zurückzahlen. Laut Efi wuchsen in Schweden die Geldscheine an den Bäumen.

»Efi?«

»Ja, es war ihr Geld.« Er erklärte, die letzte Operation sei erfolgreich gewesen. »Beim dritten Mal wird alles gut, glaube ich.« Endlich konnte seine Schwester gehen wie jeder andere. Sicherheitshalber stand sie unter Beobachtung, da die Prothesen manchmal auch noch nach Monaten abgestoßen wurden. Aber sie verdiente bereits Geld in einer Fabrik. Wenn Kostas sich beeilte, würde sie ihm helfen, einen Job zu finden, bevor sie sich einen Mann suchte. Auffordernd wurde eine Augenbraue gehoben.

Leider war Efis Bruder nicht so empfänglich für die Gemütsverfassung seines Freundes wie sie. Deshalb entdeckte er erst spät, dass Jannis stehen geblieben und verstummt war. Es verging einige Zeit, in der Kostas nach etwas suchte, was er noch sagen konnte. Schließlich drückte Jannis die Tür auf und erklärte, wenn das so sei, werde er ihn zum Bus begleiten. Er wolle ihn nicht daran hindern, das Land zu verlassen. Als Kezdoglou einige Tage später abreiste, fragte er sich, ob sie sich wiedersehen würden. Und ob seine Schwester ihm jemals verzeihen würde, was er Jannis erzählt hatte. Er glaubte es kaum. Doch eines Vormittags saß Jannis dann auf einer Bank vor dem Bahnhof von Bromölla. Zu Kostas' großer Überraschung. Und Efis noch größerer Freude.

OPERATION DUFTWASSER. Einige Monate nach besagter Szene vor dem Bahnhof besuchte Agneta Thunell den Keller von Haus Seeblick. Es war einer jener Freitage, die kein Freitag, sondern ein Donnerstag mit etwas Dienstag darin waren. Sie hatte sich die Haare mit Festiger besprüht und ihre Lippen rot geschminkt. Sie sahen zugleich wie Kirschen und wie Schnecken aus. Da Lily nach Kristianstad gefahren war, um ihren Mann abzuholen, hatte sie sich außerdem etwas Eau-de-Cologne aus dem Badezimmerschrank geliehen – nicht das Wasser, das die Dame des Hauses benutzte, das traute sie sich nicht, sondern aus der Flasche mit dem blauen Etikett, die Lilys Mutter bei einem Besuch stehen gelassen hatte. Jetzt strich sie ihr Kleid glatt. Die Hüftknochen zeichneten sich darunter ab wie spiegelverkehrte Bassschlüssel. Sie hatte feste Schuhe angezogen und war zu etwas wild entschlossen, dessen sie sich keineswegs sicher war. Jannis lag auf dem Bett und hatte die Hände im Nacken verschränkt. Die Lampe war zur Wand gerichtet, so dass ihr Licht einen angewinkelten Fleck bildete. Er trug das Hemd, in dem Agneta ihn früher am Tag bereits gesehen hatte. Sein Bauch hob und senkte sich still, auf dem Tisch lag ein aufgeschlagenes Schreibheft. Sie nahm an, dass Anton im Keller gezeichnet hatte. »Hm-m…« Keine Antwort. In einer Ecke standen mehrere Bilder zur Wand gedreht. Die braungrauen Rückseiten mit kleinen Holzkeilen in den Ecken, erinnerten sie an die Unterseiten der Perücken ihrer Mutter. »Hallo?«

Der Grieche wandte sich lautlos um, setzte sich ebenso lautlos auf und stellte seine Füße beidseits des Leinenbands ab, der auf dem Fußboden lag. Auch das lautlos. Eine Katze, dachte sie, er bewegt sich wie eine Katze. »Ich wollte nur etwas fragen…« Agneta wurde unsicher. Jannis lauschte so geduldig, dass sie vergaß, was sie ihn eigentlich hatte fragen wollen. Die Sache lief gar nicht, wie sie sich das vorgestellt hatte. Sie zählte drei Vertiefungen in seinem Gesicht, weich und symmetrisch, aber irgendwie auch brutal. Selbst das, erkannte sie, gefiel ihr – und zwar mehr, als sie zugeben wollte. Sie sah auf den Stuhl und breitete die Hände aus. »Könntest du vielleicht… Ja, du weißt… Damit man sich setzen kann?«

Lächelnd nahm der Grieche die Kleider und schaute sich um. Da er nicht wusste, wohin mit seinen Kleidungsstücken, deponierte er sie wieder auf dem Stuhl und patschte mit einer Hand auf die Bettcouch. »Sitz hier, Fräulein Agneta. Grieche nicht ein gefährliches Element.« Sie setzte sich auf die Bettkante, die Beine hielt sie ausgestreckt und zusammengepresst. Die Vorderkappen ihrer Schuhe glänzten. Gefährliches Element? Am besten sagte sie nichts. Als sie den Fußball unter dem Tisch entdeckte, konnte sie sich dann aber doch nicht zurückhalten. »Da ist er ja! Theo und ich haben wie verrückt nach ihm gesucht.« Jannis betrachtete den Ball, den er auf seine Laufrunde um den Sportplatz mitgenommen hatte. Er roch nach Mann. Sie spürte die stickige Wärme der Decke. Nach nichts anderem als nach Mann. »Wie verrückt?«

254

Auch seine dumpfe Stimme machte seltsame Dinge mit ihr. »Ach, nichts.« Jetzt musste es gut sein, Berit würde sie auslachen. »Ich habe am Samstag Geburtstag. Ich werde zweiundzwanzig. Und möchte feiern. Sicher, auch mit den Kindern. Aber dann, am Abend… Im Volksgarten, weißt du…« Sie befand sich nur eine Armlänge von ihm entfernt. Ihre Finger berührten sich. Hatte sie zu viel Eau-de-Cologne genommen? »Also, wenn man sich an seinem Geburtstag wie eine Prinzessin fühlen will, braucht man einen Schweinehirten… Äh, einen Kavalier, meine ich.«

Jetzt stieg Jannis der Duft in die Nase. 4711. Er entsann sich, wie seine Großmutter mit dem Stöpsel hinter ihre Ohren getupft hatte, als er ihr die Flasche aus der Apotheke in Neochóri überreichte, wodurch seine Gedanken in andere Bahnen als die beabsichtigten gelenkt wurden. Das konnte das Kindermädchen der Florinos naturgemäß nicht ahnen, aber als der Grieche aufstand, war ihr klar, dass sie die angestrebte Wirkung verfehlt hatte. »Bravo«, sagte er. »Wir machen Fest mit Kindern im Garten. Agneta, sie vielleicht auch lädt Herr und Frau Agneta? Zu Hause wir laden immer ein alle Leute. Sogar Hirten und andere Bauern.« Jannis lachte, weil er glaubte, die Anspielung verstanden zu haben. Er schob seine Füße in die Holzschuhe und ging die Treppe hoch. Das Kindermädchen fuhr mit dem Zeigefinger an der Unterseite ihrer Augen entlang, dann griff sie nach dem Ball. Ob Ingemar Nyberg vielleicht Lust hatte, sie zu begleiten?

Das Fest wenige Tage später wurde ein voller Erfolg: riesige Sonne, makelloser Himmel, eine Veranda mit weißen Stühlen und ein Tisch mit Plastikdecke. Ein Kindermädchen und zwei Jungen in weißen Hemden. Ein Makedonier mit pomadisiertem Haar, ohne eine Andeutung von Bartstoppeln, auch er im weißen Hemd. Eine Torte mit Kerzen. Kaffee, Orangensaft, Cointreau. Geschenke. Auch von Stig und Aga Svensson, die sich auf ihren Stühlen nicht zu rühren wagten. Danach, sieben Uhr abends: ein hellblauer Volvo Amazon mit einem Elektriker am Lenker. Ein Makedonier, der Hände schüttelt und gleichzeitig unerwartete Verschiebungen in der Brust erlebt. Gespräch über Fahrstunden. Ein Makedonier, der die Tür hinter einem Kindermädchen zuschlägt. Ein Kindermädchen, das die Scheibe herunterkurbelt. Ein Makedonier, der »Bravo, Agneta!« ruft, als der Volvo auf die Straße rollt. Kies, der unter Reifen knirscht. Ein Makedonier, der plötzlich Abschied nimmt von weißen Hemden und seine schnarchende *mána* aufsucht. Ja, und ein makelloser Himmel. Aber das sagten wir ja schon. Halb acht an einem Juniabend 1967.

Es ist zu spät für Erklärungen. Obwohl wir vielleicht erwähnen sollten, dass Jannis erst in diesem Moment begriff, was ein »Kavalier« war.

TON ALÍTI. Am nächsten Morgen entdeckte Theo die Schubkarre am See, die Harke lag im Gras, die Stiefel spielten Hab acht, doch der Kellergast, der seinen Tag stets mit Harken begann, hatte sich in Luft aufgelöst. Während die Familie auf der Veranda das Frühstück beendete, folgte Theo den nassen Spuren, die den Kiesweg hinauf, in die Garage hinunter und ins Haus hinein führten. Dort fand er Jannis mit nacktem Oberkörper und einem Handtuch über den Schultern vor dem Rasierspiegel stehend. An einem Haken tropfte eine Schwimmweste. Als Theo zur Veranda zurückkehrte, erzählte er, der Verschwundene sei zwar nicht mehr verschwunden, verhalte sich aber verdächtig. Die Brüder verabredeten, am nächsten Tag früher aufzustehen.

Der Wecker schrillte kurz vor sechs. Nachdem sie sich angezogen hatten, schlichen sie hinaus. Sie versteckten sich unter dem Pferdeschlitten, hinter den Brettern, die neben den Kufen aufgestapelt lagen, die so rostig waren, dass sie allmählich zerbröselten. Theo war hungrig, sein Bruder studierte die Ameisen, die zwischen den Dielen hin und her flitzten. Schließlich hörte man Geräusche. Jemand ging mit federnder Schubkarre auf dem Kiesweg. Als Jannis in Sichtweite kam, entdeckten die beiden, dass seine Beine nackt waren. Die Schienbeine waren von schwarzen, krausen Haaren bedeckt, die seine Haut bleich wie Teig aussehen ließen. Theo wollte rufen, als er sah, was in der Karre lag, aber Anton bleckte die Zähne. Jannis trug ein Hemd sowie eine eng sitzende Badehose mit offen baumelnder Schnalle. Er steckte die Hand unter den Bund und rückte etwas zurecht. Während er die Schnalle verschloss – zwei yin- und yangförmige Metallscheiben, die seitlich ineinander geschoben wurden –, stieg er aus den Holzschuhen. Pfeifend nahm er die Schwimmweste aus der Schubkarre und ging zum Wasser.

Es war Viertel nach sechs, als ein orangefarbener Gegenstand in den See wirbelte. Nachdem er ein paar sportliche Dehnübungen ausgeführt hatte, tauchte Jannis umstandslos in das zwölf Grad kalte Wasser. »Er. Kann. Tauchen«, stammelte Theo. »Mal sehen, ob er auch schwimmen kann«, zischte Anton. Es vergingen einige Sekunden, dann sah man einen Helm aus glänzenden Haaren auf dem See. Mit ein paar schnellen Zügen, nicht ohne Stil, hatte er die Weste erreicht. Jannis bewegte sich so, dass sie unter seiner Brust landete, und begann anschließend zu kraulen – ruhig und methodisch, immer weiter hinaus. »*Ton alíti*«, stöhnte der Ältere.

HOCHGEKREMPELTE ÄRMEL. Zwei Tage später näherte sich Ingemar Nyberg mit Anhänger und Staubwolke. Statt vor der Garage stehen zu bleiben, fuhr der Traktor jedoch die Böschung hinunter. Seine Räder hinterließen breite braune Spuren in dem spülmittelgrünen Gras. Am Ufer schwang Jannis sich von der Ladefläche, krempelte die Ärmel hoch und begann abzuladen. Die steifen Zementsäcke qualmten im Sonnenlicht, die Spaten und Eimer sahen mit ihren grauen Verhärtungen geologisch aus. Er dirigierte den Elektriker, der die Ladefläche schräg stellte. Sand und Kies rutschten herab und verwandelten sich in einen puddingförmigen Hügel. Theo hatte vor langer Zeit vergessen, den Mund zu schließen. Anton lächelte geheimnisvoll. In der Hand hielt er das Schreibheft, das Agneta im Keller gesehen hatte. Auf Befragen hätte er berichten können, dass Manolis das Angebot der Schwedisch-makedonischen Wassergesellschaft angenommen hatte, den Steg durch eine verlässlichere Konstruktion zu ersetzen. Zwar würde die Familie in einem Jahr umziehen, aber warum sollte man bis dahin ohne dieses Wunderwerk leben? Daraufhin hatte die Geschäftsführung der Gesellschaft das Vorgehen mit Nyberg erörtert, der zum Transportchef ernannt worden war.

An den folgenden Tagen schufteten die Männer von Kaffee und Teilchen bis Bier und *chilopítes*. Anfangs liefen die Kinder noch Werkzeug holen, aber schon bald beschränkten sie sich darauf, das Bauvorhaben ein-, zweimal täglich zu inspizieren. Agneta stand Lily bei der Essenszubereitung zur Seite und bekam darüber hinaus Hilfe von Efi Kezdoglou, die am ersten Nachmittag unverhofft in hochhackigen Schuhen und mit frisch frisiertem Haar eintraf. Ihr Bruder hatte beschlossen, mit Hermods daheim zu bleiben, vielleicht auch, weil er wusste, dass seine Schwester alleine fahren wollte. Efi wurde von den Ereignissen überrumpelt, bemühte sich jedoch redlich, sich anzupassen. Sie trug Essen und Flaschen mit einer Würde zum Ufer, von der sie annahm, dass ihre Gastgeberin sie von ihr erwartete, inklusive eines Lachens, das umso schriller wurde, je näher sie dem Wasser kam, aber schon am nächsten Morgen trug sie Lilys Slacks und alte Holzschuhe. Allerdings schminkte sie sich weiter, und eventuell mehr als die Situation erfordert hätte. Anton und Theo wirkten verunsichert. Efi war nett und Griechin und undurchschaubar, kniff ihnen aber ständig in die Wange. Agneta behelligte niemanden. Sie wusste, was zu tun war, wenn Nyberg um die Maurerkelle bat. Sie arbeitete, ohne zu kichern. Sie war nicht schuld, wenn die Brüder blaue Flecken hatten.

Als Efi am zweiten Morgen den Keller inspizierte, legte sie die Hände auf beide Seiten der Wand, die Jannis von seiner *mána* trennte. Manchmal, sagte sie, sei ein liebgewonnener Mensch näher als man glaube – »dreißig Zentimeter höchstens, würde ich schätzen« – und trat zu ihm. Sie hatte Recht: Es war kaum Platz für ein Schullineal zwischen den Freunden. Aber ehe Jannis zu diesem Umstand Stellung beziehen konnte, hörte man Rufe. Der Elektriker war mit einem Steinblock auf der Schaufel eingetroffen. Wortlos eilte Jannis aus dem Haus. Efi ließ sich auf die Bettcouch fallen. Sie hatte das Gefühl, dass der Freund ihr aus dem Weg ging. Unten am See dirigierte Jannis mit übertriebenen Gesten den Traktor. Mit einiger Mühe gelang es, den Block ins Wasser zu kippen. Das Erdreich bebte und klagte, dann fand der Stein mit blubberndem Murmeln seinen Platz. Anschließend pendelte der Traktor zwischen Haus Seeblick und der Feldsteinmauer, die der Lebensmittelhändler des Dorfs nicht mehr benötigte. Efi wurde immer missmutiger. Lily auch. Es würde Wochen dauern, bis der Rasen sich erholt hatte.

Am dritten Tag zog Jannis Schnüre entlang der Wasserlinie, maß und kontrollierte. Nach dem Mittagessen rührten er und Nyberg mit vielen Litern Rövare Zement an, danach wurde die Masse zwischen die Bretter gegossen, die sie hochkant in verschiedenen Formationen plaziert hatten. Als es am vierten Tag Abend wurde, konnten die Bauherren die ersten Schritte auf einer zwei Meter breiten und fünfzehn Meter langen Promenade machen, die sich vom Schilf auf der einen Seite bis zu Olléns Hecke auf der anderen erstreckte. Parallel zum Wasser hatte Jannis in regelmäßigen Abständen Bierflaschen in den Zement gedrückt. Sie schimmerten in grünspanartigen und olivbraunen Farbtönen. Als die Kinder die Baustelle besuchten, entdeckten sie in einer Ecke der Plattform einen gezeichneten Mann mit den Händen in den Taschen. Der Kellergrieche, der mit einem grauen Krocketstab in der Hand in seinem Liegestuhl saß, hüllte sich in vornehmes Schweigen.

Der fünfte Tag war ein Mittwoch mit Sonne, Wind und unerwartetem Ärger, weil Tore Ollén mal wieder betrunken antrat. Jannis stand das Wasser bis zum Nabel, während Nyberg zeigte, wie die Steinblöcke befestigt werden mussten, und der Schmied Zement von einem langen Spaten zu kippen versuchte, den er beharrlich falsch hielt. Weitere Dorfbewohner mussten hinzugerufen werden, die über Ollén lachten und in die Hände spuckten. Als Agneta und Efi am Abend den Tisch abdeckten, erklärte die Griechin, sie bräuchten nicht zu spülen, so sauber seien die Teller. In dieser

Nacht schlief selbst der Schmied tief und fest. Am sechsten Tag trieb Jannis entlang einer Konstruktion, die immer deutlichere Züge eines Piers angenommen hatte, Eisenstangen in den Grund. Bretter wurden befestigt, Zement und Steine Schicht für Schicht übereinander gelegt. Auf dem See schaukelte mit Strohhut und amerikanischem Collegepullover in einer Jolle sitzend Ado von Reppe. Von Zeit zu Zeit gab er dem »Supergriechen« Anweisungen, der es jedoch vorzog, Tomaten auf den Ohren zu haben. Im Übrigen stand Nyberg am Ufer, und der wusste, was er tat, nachdem er drüben an der Badestelle den neuen Steg angelegt hatte. Wollte der Freiherr etwa behaupten, dieser habe im vergangenen Winter Risse bekommen? Nicht. Na also.

Am Abend trug Jannis Tisch und Stühle von der Veranda nach unten. Efi und Agneta deckten wortlos den Tisch. Schüsseln und Platten wurden geholt, Kerzenständer und Zahnstocher hingestellt. Sogar die in Blei gefassten Kristallgläser fanden Verwendung. Efi sprühte mit Lilys Haarspray, um die Mücken fernzuhalten, Agneta blieb weiterhin stumm. Gemeinsam zogen Nyberg und Ollén eine Kiste mit klirrenden Flaschen aus dem Wasser. Es stellte sich heraus, dass der Schmied den Inhalt bereits um die Hälfte dezimiert hatte. Dann wurden der Doktor und seine Familie gerufen. Während des Abendessens erklärte Efi, Jannis habe auch früher schon Wunder vollbracht. Sie erwähnte seine Versuche, in Makedonien eine Kanalisation einzuführen, und erzählte von dem Wunderwerk, dass seiner Großmutter ein neues Leben geschenkt hatte. Während sie sprach, wandte sie den ganzen Körper und ihre halbe Aufmerksamkeit Nyberg zu. Agneta, die auf der anderen Seite saß, sorgte dafür, dass der Elektriker ihr Knie an seinem Oberschenkel spürte, aber auch ihre Augen tasteten nach dem Kellergriechen. Tore Ollén lachte gerade über etwas, was Jannis erzählte. Manolis strich sich müde über die Bartstoppeln und murmelte, manchmal müssten Träume eine Generation überspringen, um Wirklichkeit zu werden. »Kristianstad natürlich!«, platzte der Schmied betrunken heraus. »Aber die letzte Mücke muss ich auf-

passen. Oder antworten nein. Doch. Nein. Ich antworte nein.«
Jannis schüttelte mitleidig den Kopf, dann rief er Anton hinzu, der
erklärte, die Frage lasse sich unmöglich beantworten. Lily kratzte
ihre Erdbeeren in Theos Schale.

Am siebten Tag wurde vom Haus bis zum See ein Zementweg verlegt. Danach wurden die Flaschen entlang des Wassers entfernt
und Eisenstangen in die Löcher eingepasst. Nachdem der Zement
steif geworden war, schraubte Nyberg Bretter daran, die in einer
Farbe gebeizt worden waren, die »braun wie Scheiße ist, anders
man kann es nicht sagen«, so jedenfalls Jannis, als er zufrieden an
dem Geländer ruckelte. Der Elektriker lachte. »Du bist unglaublich, mein Freund.« Dann befestigte er die neue Leiter an dem Steg.
Tore Ollén spendierte Ouzo und meinte, er schmecke wie Wodka
mit Lakritz. Jannis fiel auf die Knie und formte seine Hand zu einer
Schöpfkelle. »Tss«, flüsterte Theo, als er den Griechen die Promenade mit algengrünem Wasser taufen sah. »*Néa Smýrni*«, murmelte
Jannis leise.

ZWEI ARTEN VON SCHWEIGEN. Es gibt mindestens ebenso
viele Arten von Schweigen, wie es Luftblasen in diesem Bauwerk
gibt. Aus gegebenem Anlass folgen hier zwei.

Die erste: Efi mit benutzten Tellern in der Hand, Kristallgläser
am Rand festhaltend. Porzellan klappert, Flüssigkeiten verschiedener Art schwappen. »Jannis, weißt du, er hat Gedanken – die ganze
Zeit Gedanken. Wie studieren, Stall bauen, kanalisieren, wenn er
nach Hause kommt. Zum Beispiel. Andere Beispiele auch. Mücken,
die ganze Zeit Mücken!« Lachend stellt sie das Geschirr auf die
Spüle. Agneta sagt nichts. »Du weißt, dass er nicht in Schweden
bleiben will? Er hat Pläne zu Hause. Zu Hause ist da, wo man ihn
vermisst. Zu Hause ist da, wo man nicht ist Gastarbeiter. Aber das
Militär macht, dass er extra lange hier bleiben muss. Es ist phantastisch, dass Doktor Florinos ihm kann helfen, sich so lange aufzu-
halten.« Efi hält inne, sucht einen Weg, etwas zu formulieren, wo-

für Worte nicht gemacht zu sein scheinen. Sie streicht eine Haarsträhne hinter ihr Ohr zurück. »Jannis ich kenne mein ganzes Leben, weißt du. Wir sind Freunde zu Hause. Als Kind er niemals etwas sagt, aber ich sehe, was er denkt. Wir sind Freunde im Ernst. Nein, nicht Freunde so. Ihr auch seid Freunde im Ernst?« Sie dreht an einem der Gläser, sieht zum Fenster hinaus. »Oder ihr seid Freunde so?«

Die zweite Art: Agneta mit einer ungewohnten Zigarette in der Hand, stumm.

GESPRÄCH ÜBER TRAURIGKEIT. Der Ort: Neu-Smyrna. Die Zeit: kurz nach neun Uhr am Mittsommerabend. Das Wetter: ein klarer, aber sich verdunkelnder Himmel, Kriebelmücken. Personen: ein Grieche und zwei schwedische Jungs. Übrige Personen: woanders. Vielleicht fährt einer die Besucherin nach Bromölla, vielleicht bringt die andere gerade ein einjähriges Kind zu Bett. Der Grieche erzählt von seiner Großmutter und sagt, dass ihr Spatz sicher abenteuerlich werden würde, wenn sie diese Hafenpromenade sehen könnte. Im Transistorradio auf dem Tisch schildert ein dänischer Journalist die gelben Mauern und grünen Metalltore des Athener Averoff-Gefängnisses. Nach dem Bericht über den Besuch beim Oppositionsführer, der auf Druck ausländischer Regierungen eventuell freigelassen werden soll, schaltet der Grieche aus und steckt sich ein Streichholz in den Mund.

EIN KIND: Warum kaust du immer auf Streichhölzern herum? Das sind doch keine Zahnstocher?

EIN GRIECHE *(mit halbvollem Glas in der Hand)*: Helden rauchen nicht.

EIN ANDERES KIND: Aber du trinkst. Tun Helden das denn?

DER GLEICHE GRIECHE *(mit leerem Glas in der Hand)*: Manchmal Helden, sie sind nicht Helden, sondern nur traurig.

ZAHNSTOCHER. Es folgt, warum nicht, ein Kapitel über Zahnstocher.

Ein Zahnstocher ist ein kurzer Gegenstand, der meist an einem oder beiden Enden spitz zuläuft. In der Regel ist er aus Holz, gelegentlich auch aus Plastik. Die Zahnstocher aus Gold, die vermögende Griechen vor tausenden von Jahren benutzten, waren wahrscheinlich nicht besser als die Knochenspäne und Zypressennadeln, die ärmere Leute zu allen Zeiten benutzt haben. Weniger geeignet sind jedoch andere Metallgegenstände: Haarnadeln, Sicherheitsnadeln, Büroklammern. Ein Zahnstocher wird verwandt, um Essensreste zu entfernen, die zwischen den Zähnen oder in lästigen Zahnkronen hängengeblieben sind, aber auch, um den Zahnschmelz zu polieren und das Zahnfleisch zu massieren. Letztere Behandlung wirkt Zahnstein entgegen und beugt Zahnausfall vor. König Agathokles von Syrakus starb, als er sich einen Zahnstocher in den Mund steckte, der mit Gift eingerieben war. Im Mittelalter gingen junge Frauen mit Zahnstochern im Mund, um sich vor unerwünschten Küssen zu schützen. Um die Jahrhundertwende schafften sich kosmopolitische Männer Etuis an, in denen sie eine Nagelschere und eine Feile für den Nagel des kleinen Fingers sowie den obligatorischen Zahnstocher verwahrten. Während mehrerer finsterer Jahre einige Jahrzehnte später kam es in Mode, einen Zahnstocher aus Knochen aus einem schwarzen Futteral zu ziehen, das in der Innentasche der Uniform getragen wurde. Das Futteral zierten zwei stilisierte Blitze. Wer naiv genug war, sich zu erkundigen, ob der Zahnstocher aus Elfenbein war, bekam ein derbes Lachen zur Antwort. »Das hätte Gavril nicht gerne gehört!« A. Kauders, Herausgeber der *Waldwirtschaftsbibliographie* (Zagreb, 1949) soll den einzigen wissenschaftlichen Artikel über die Herstellung von Holzzahnstochern verfasst haben. In vielen Kulturen kommt nach Beendigung des Essens ein Behältnis mit Zahnstochern auf den Tisch. In manchen Anstandsbüchern wird dies jedoch als Unsitte betrachtet. Ihnen zufolge reicht es nicht, den Zahnstocher und eine Hand vor den Mund zu halten, will man Reste von *mo-*

schári oder *gemistés* entfernen, man muss vielmehr die gesellige Runde verlassen. Sollte sich ein anderer bei Tisch derselben Beschäftigung widmen, ist es diesen Handbüchern zufolge angebracht, sich zu empfehlen – eine indirekte Rüge. In bestimmten Fällen kann auch ein Streichholz als Zahnstocher dienen, zum Beispiel aus ästhetischen Gründen (Gabin, Mastroianni) oder gelegentlich auch zu meditativen Zwecken (Georgiadis). Schließlich soll nicht unerwähnt bleiben, dass es Menschen gibt, die Gefallen daran finden, farbige Streichhölzer auf Kartonplatten zu kleben. Einige dieser Bilder gestalten abstrakte Muster, während andere eine Fregatte mit schwellenden Segeln, ein Haus mit Fahnenstange und Zaun oder einen Krokus im Profil darstellen.

Letztgenanntes Kunstwerk hing beim Nachbarn im Flur an der Wand, als Jannis am nächsten Abend anklopfte.

DAS MÜCKENBUCH. »Das hier«, sagte der Schmied und hielt das zusammengerollte Heft hoch, »das hier ist verdammt nochmal Poesie. Danke fürs Ausleihen. Schreibst du die selbst?« Er ließ sich in einen eiförmigen Sessel fallen, als hätte er nicht vor, sich jemals wieder aus ihm zu erheben. Mit dem Heft zeigte er auf den Zwillingssessel. Ollén wirkte inspiriert, Jannis kam sich dumm vor, als er ebenfalls Platz nahm. Er dachte: Ich bin in einen modernen Toilettensitz gerutscht. Er versuchte, sich aufzusetzen und auf dem Rand zu balancieren, was jedoch nicht ganz leicht war, weil die Knie gegen den Glastisch schlugen. »Anton hilft. Ich noch nicht so gut bin im Buchstaben von Schwedisch.« Der Schmied kratzte sich an seinen Ekzemen. »›Das Mückenbuch‹… Verdammt, das sollte mein Bruder hören. Du gefällst mir.« Mechanisch bewegte er die Hand auf und ab, in der er das Heft hielt, dann schlug er sich auf die Knie. »Bin ich eigentlich bescheuert, hier sitzen wir herum und haben nichts zu trinken. Was möchtest du haben? Es gibt Wodka und Wodka. Und Wasser.« Er grinste. »Finnisch und schwedisch. Das Wasser stammt zu hundert Prozent aus dem Rövaren.«

Ehe Jannis antworten konnte, füllte der Schmied auch schon Gläser mit Koskenkorva, ergänzt um einen Spritzer Rövaren. Man konnte die Flüssigkeiten sogar unterscheiden. »Na denn Prost.« Ollén spülte genüsslich seinen Mund aus und zog anschließend an den Hosenbeinen. Der blaue Overall war zu weit hoch gerutscht. »Ohne die Kunst wüsste ich nicht, was ich im Urlaub machen sollte. Manche laufen, andere schreiben oder machen Spaziergänge. Einige machen alles, was ich verstehen kann. Ich selbst halte mich an das hier.« Er füllte die Gläser auf. »Und an die Bilder. Hier kannst du ein paar sehen. Siv hängt regelmäßig neue auf.« Die Bilder an den Wänden waren in verschiedenen Formaten, aber ausnahmslos aus gefärbten Streichhölzern gefertigt. Jannis überlegte, ob der Schmied ihm das Heft wohl jemals zurückgeben würde. »Na denn Prost, mein Lieber«, sagte Ollén und betrachtete ihn mit glasigen Augen. Erneut rollte er das Mückenbuch zusammen. Wieder machte er diese Bewegung.

Die Männer leerten ihre Gläser. Von da an hatte Jannis den Eindruck, nichts anderes zu tun, als das Glas an die Lippen zu heben und wieder abzusetzen. Seine Gedanken wurden rasch zäher als gewünscht, und er hatte schon bald das Gefühl, unter Wasser zu sprechen. Der Rausch machte ihn träge und täppisch, der Gastgeber wurde laut und fahrlässig. Einmal brachte er einen Toast auf Siv aus, die den klugen Entschluss gefasst hatte, Verwandte zu besuchen, bei anderer Gelegenheit erklärte er, für seinen Bruder, den verrückten Kauz, alles getan zu haben, was in seiner Macht stehe. »Aber dem ist nicht mehr zu helfen. Als Vater ertrank, ist in seinem Kopf was kaputt gegangen.« Bei einer dritten Gelegenheit schälte er sich aus dem Sessel, um eines der Bilder zu zeigen, das einen Athleten darstellte. Ollén behauptete, der muskulöse Streichholzjüngling habe eine Vorlage und kniff die Augen in einer Weise zusammen, die verschwörerisch wirken sollte. »Was meinst du, wer das ist, Kamerad?« Trotz des Schnapses, der seinen Kopf mit einer Mischung aus Grus und Gelee füllte, entdeckte Jannis, dass der Schmied den Arm um seine Schulter gelegt hatte und ihn offenbar nicht mehr loslassen wollte. Der Alkohol ließ ihn vor und zurück schwanken, dumm und selig, während er wie in Zeitlupe wiederholte: »Du – wer – das – ist, Kamerad?« Ollén lachte dermaßen, dass er husten musste.

Ein vergessbares Spektakel.

Wenn man die Zeichnungen in dem Heft überblätterte, das der Grieche eine Flasche und zwei Stunden später zurückbekam, standen einige der Fragen darin, die von den beiden Männern bei der Einweihung der Strandpromenade erörtert worden waren – alle in Antons Handschrift:

»Ist es dir lieber, wenn Eden in Schweden oder in Griechenland liegt?«

»Spielt das eine Rolle?«

»Kann man sich an die Zukunft erinnern?«

»Woher weißt du das?«

»Ist der Schmerz das einzige, was schneller ist, als das Licht?«

»Wärst du bereit, nur jeden zweiten Tag zu leben, wenn das deine Lebensdauer verdoppeln würde?«

»Wann hast du zuletzt deinen Namen vergessen?«

»Kann man von einer verpassten Gelegenheit eine Gänsehaut bekommen?«

»Müssen Jahrhunderte wirklich hundert Jahre lang sein?«

»Und wenn manche nur siebzig dauern, geht das dann auch?«

»Kann ein gutes Gewissen unglücklich sein?«

»Kann ein schlechtes glücklich sein?«

»Wo kommen die Träume hin, die nicht zu Ende geträumt wurden?«

»Wer ist der Gott des Vermissens?«

»Warum versöhnen wir uns nur durch Verständnis?«

»Ein Mensch kann ›wir‹ sagen, aber warum kann ein Volk nicht ›ich‹ sagen?«

»In welchem Geräusch würdest du wohnen wollen?«

»Was muss man anstellen, um noch einmal geboren zu werden?«

»Gibt es etwas Wichtigeres als Stolz?«

»Was siehst du, wenn du die Augen schließt?«

»Ist da Ziege«, sagte Jannis, als sich der Schmied, mit der Hand auf der Klinke stehend, ohne die Tür zu öffnen, Gedanken über die letzte Frage machte. Inzwischen fiel es beiden schwer, sich auf den Beinen zu halten. »Na, Prost Mahlzeit«, polterte Ollén. »Fällt dir da gar nichts Schöneres ein?« Indem er seine letzten Kräfte mobilisierte, gelang es dem Gast, seine Hand auf die des Gastgebers zu legen und die Tür aufzudrücken. »Aber ist da Ziege, wenn ich Augen schließe.« Er nahm Maß mit dem Fuß. »Schikaden«, stöhnte er alkoholisiert und trat Luft.

»Schikaden?«

»Das Geräusch, in dem ich wohnen will.«

REVISION DER EWIGKEIT. Es war ein später Junitag, das Licht wunderschön, die Kriebelmücken im Delirium. Jannis war mit dem Rasen auf der Seeseite fast fertig, als er die Kinder in der Garage verschwinden sah. Ruhig und methodisch, mit aufgeknöpftem Hemd, arbeitete er weiter. In seinem Brusthaar glänzten Schweißperlen, an den Holzschuhen klebte Gras. Als er fertig war, hakte er den Fangkorb aus. Während er den Inhalt auf den Komposthaufen schüttete, kehrten die Jungen zurück. Der eine trug etwas, was kurzen Eishockeyschlägern ähnelte, der andere Metallbögen und Kugeln. Als Jannis den Rasenmäher rückwärts hinter sich herzog, zur Garage hinauf, ließ dieser ein bezauberndes Schnattern hören. Einzelne Gräser wirbelten im Abendlicht, in der Ferne ertönte erneut eine Motorsäge.

Sobald er sich gewaschen hatte, ging er zu den Kindern hinunter. Ihn trieb die Neugier, er war sorglos. Im Gras lagen vier Schläger aus lackiertem Holz. Jeder war mit einem farbigen Band versehen – rot, blau, gelb, grün – das der Farbe der Kugeln entsprach. Anton stieß einen Stock mit Kriegsbemalung in die Erde, holte einen Schläger und rammte ihn damit noch etwas tiefer hinein.

Zwanzig Meter entfernt machte Theo das Gleiche. Der Kellergast erkannte die Ausrüstung, von der Lily ihm erzählt hatte. Nun würde er sehen dürfen, wie das Spiel ging. Die Jungen teilten die Metallbögen unter sich auf. Zwei landeten vor dem jeweiligen Stock, so dass sie einen Tunnel bildeten, einer wurde einige Meter weiter rechts beziehungsweise links positioniert, und schließlich wurden zwei Metallbögen in der Mitte so überkreuz aufgestellt, dass sie wie ein Haus oder eine Drehtür aussahen.

Alles zusammen ergab, erkannte Jannis, ein geometrisches Muster. Auf einmal war er sehr aufmerksam, sehr wach. Sein Herz fühlte sich jung und muskulös – ein kerniges Stück Holz. Seine Schritte wurden trotz der Holzschuhe geschmeidig, seine Lunge schmerzte angenehm, als der Geruch gemähten Grases durch seinen Brustkorb schnellte. Dennoch schien das Glücksgefühl, das ihn an diesem Abend überwältigte, aus größerer Entfernung zu kommen, nicht von der Rasenfläche am Rövaren, sondern aus einer Gegend voller nasser Steine und Sonnenuntergänge. Es schimmerte im Zwerchfell. Seltsam. Er wirkte frisch verliebt in die Ewigkeit.

Die Partie, die nach dem Auslosen begann, gestaltete sich wie folgt. Rote Kugel: Theo. Blaue Kugel: Jannis. Gelbe Kugel: Anton. Es war vielleicht gar nicht so schlecht, als Letzter an der Reihe zu sein, dachte Gelb, weil er seinen Mitspielern dann den größten strategischen Schaden zufügen konnte. Die Wirklichkeit wollte es jedoch anders. Rot hatte nämlich, was Gelb als Anfängerglück identifizierte. Lässig fand er den Weg durch den ersten Tunnel und mit den beiden Extraschlägen gelang es ihm, auch Tor Nummer drei zu durchqueren. Jetzt hatte er das Recht zu »krocketieren«, was noch nie so früh passiert war. Aber irgendwann, dachte Gelb gönnerhaft, musste eben auch sein Bruder lernen, mit dieser banalen Form der Kausalität von Schläger und Kugel umzugehen. Rots Glück war jedoch nichts gegen das von Blau. Mit einem ebenso lässig gezielten wie präzise durchgeführten Schlag schoss er durch den Tunnel und brachte sich in eine perfekte Ausgangsposition für das nächste Tor, durch das die Kugel rollte. Mit dem so gewonnenen Extraschlag kam er auch noch durch die Krone in der Mitte und bis zum nächsten Bogen. Er pfiff, als er sich über die Kugel beugte, doch dann verließ ihn das Glück. Als Gelb schließlich an der Reihe war, lag Blau schräg vor Bogen Nummer fünf, in einem perfekten Winkel zum nächsten Tor.

Gelb kam weiter als Rot, aber nicht so weit wie Blau, woraufhin die Partie einen unerwarteten Verlauf nahm. Während die Kriebelmücken im pelzartigen Licht schwebten, wurden helle *Ticks* von schweren *Tocks* abgelöst, freudige Rufe von ärgerlichem Stöhnen. Einmal sprang Rot vor Glück in die Höhe, ein anderes Mal lag Gelb mit seinem Schläger der Länge nach auf der Erde. Als Blau die Krone in umgekehrter Richtung passiert hatte, stieß er, unabsichtlich, auf – und gegen – Gelb. Rot erklärte, nun dürfe er wählen: Entweder schlug er Gelb in eine ungünstige Richtung oder er bekam einen Extraschlag. Blau gab sich nachdenklich. »Ich krock-, nein, ich krakeliere wohl.« »Was?« »Ja also, mache weiter.« Was er auch tat – und zwar die ganze Strecke bis zu dem ersten Stab, den er mit einem Schlag in Reserve umrundete. Mit dem Extraschlag konnte er sich in Reichweite von Rot und Gelb plazieren. Zwei Minuten später berührte er Gelb zum zweiten Mal. Und entschied sich zum zweiten Mal für »krakelieren«. Kurz darauf traf er den Stab. Die Sensation war perfekt. Blau hatte gewonnen.

Später am Abend analysierte Jannis die Partie Schlag für Schlag. Es war ihm, als gäbe es in dem Gewirr aus *Tick* und *Tock* und dem Gewicht und den denkbaren Routen der Kugeln und den Schlägerköpfen und dem Widerstand des Untergrunds und den Toren und Winkeln, als gäbe es in der allgemeinen Ordnung, dergemäß sich Körper im Raum bewegten, etwas, zu dem er vorstoßen musste, ein Geheimnis, das größer war als andere. Wenn es im Keller nicht so dunkel gewesen wäre, könnten wir uns die Auswirkungen dieser Gedanken auf seine Wangen ausmalen. Mittlerweile hatte er das Gefühl-einer-neuen-Ewigkeit im Brustkorb lokalisiert. Dort sind zärtliche Gefühle ja traditionell beheimatet, kein Wunder also, dass er sich nun fragte, ob die Zeit aus Anfang oder Ende gemacht war. Jeder Tag enthält seinen Anteil an Mückenstichen, Verblüffung und gekochtem, in säuerliche Weinblätter eingewickeltem Reis, dachte er, Winzigkeiten in der Myriade Dinge, von denen mein Leben voll ist, ohne zu platzen. Aber die Zeit... Ich frage mich wirklich, woraus sie besteht. Wir müssen an dieser Stelle improvisieren, aber etwas in der Art könnte er durchaus gedacht und sich gefragt haben, ob das, was wir Zeit nennen, sich durch das bewegt, was wir Raum und Körper nennen, oder ob das, was wir Raum und Körper nennen, sich durch das bewegt, was wir Zeit nennen. Begann alles in jedem Moment noch einmal von vorn? Oder endete es ständig? Waren die Schläge, die Blau von einem Tor zum nächsten brachten, eine Serie von Anfängen, die so dicht aufeinander folgten, dass sie den Eindruck einer Fortsetzung hervorriefen? Oder waren sie im Gegenteil kurze Momente des Erlöschens, in denen die Zeit immer wieder starb? Wer, dachte Jannis, denken wir uns, vermag zu sagen, ob ein Augenblick ein Krocketieren oder ein Krakelieren ist?

Pféh. Unser Held war von dem berührt worden, was Frau Poulias das Schicksal genannt hatte. Es streckte seine lieblich duftende Hand aus, oder was immer es benutzte, um einen Menschen anzurühren, und folgte mit einem Finger der weinroten Falte. Es ist zu früh, aus dieser Geste Schlüsse zu ziehen, aber eins können wir schon jetzt festhalten. Auch wenn Jannis nicht zu sagen vermochte, ob die Zeit aus *tick* oder *tock* gemacht war, ahnte er doch etwas, was seine Lachgrübchen tiefer werden ließ: Sie zeichneten Muster.

SUPERBAU! Nach Mittsommer begannen mit lärmenden Transistorradios und enthusiastisch herausgeschütteler Sonnenmilch die Industrieferien, aber nur eine Woche später war es mit der Herrlichkeit bereits wieder vorbei. Von da an regnete es ununterbrochen aus schweren Wolken, denen die Kraft zum Weiterziehen fehlte. Schon bald waren die Straßen voller kühlschrankweißer Wohnwagen und PKWs mit Fahrrädern und Koffern auf dem Dach. Alle wollten zu Campingplätzen mit besserem Wetter. Einzelne Traktoren und Lastwagen mit ausländischen TIR-Schildern behinderten allerdings die Sicht. Hinter den Scheibenwischern bekamen die Reisenden immer schlechtere Laune. Die wachsende Gereiztheit ließ sich an Bremslichtern und versuchten Überholmanövern ablesen. In Ermangelung von Neuigkeiten zum Wetter berichtete der Rundfunk über die Tet-Offensive, den ungezwungenen Lebensstil der Jugend und die Folgen des Militärputsches in Griechenland, das ein Kommentator als das zweitärmste Land Europas bezeichnete. Trotz Hagelkörnern in der Größe von Golfbällen im westlichen Teil des Landes und Niederschlägen bis zu den Kniescheiben im östlichen sank die Zahl der Toten im Vergleich zum Vorjahr, in erster Linie dank effektiverer Verkehrsüberwachung. Niemand wagte sich auszumalen, wie es anlässlich der Umstellung von Links- auf Rechtsverkehr im September aussehen würde. Was die Griechen betraf, so redete sich der engagierte Moderator die Zahlen schön. »Letztes Jahr sind 30 000 Hellenen eingewandert, das ist nicht mehr als eine Kleinstadt. Wir haben dieses Jahr doch sicher noch Platz für ein weiteres Kristianstad?«

Am ersten Montag im Juli bat der neue Generaldirektor der Staatlichen Gesundheitsbehörde das Personal, ihn zu duzen. Die Maßnahme stieß in breiten Schichten der Bevölkerung auf offene Ohren. Nach dem erfolgreichen Russell-Tribunal hatten viele Jugendliche beschlossen, den Demokratisierungsprozess zu beschleunigen, weshalb sich einige von ihnen zwischen den nassen Armeeparkas wiederfanden, die Geld für das Schwedische Komitee für Griechenlands Demokratie sammelten. Neun Monate später sank das Durchschnittsalter der Erstgebärenden auf dreiundzwanzig Jahre. Am Monatsende wurde kolportiert, ein neuer Film mit Anita Ekberg werde bald in die Kinos kommen, und am letzten Tag der Industrieferien – einem unerwartet sonnigen, wenn auch windigen Sonntag – entdeckten zwei Einwohner Simrishamns endlich

»Mr X«, jene anonyme Person, deren schwarzes Profil mit jedem Tag wuchs, an dem es den Lesern des Boulevardblatts *Kvällsposten* nicht gelang, sie zu enttarnen. Inzwischen war das Profil, das gewöhnlich auf der Titelseite abgedruckt wurde, von einer Frontalansicht mitten in der Zeitung ersetzt worden. Am Nachmittag saß »das flüchtigste X des Sommers« mit der aufgeschlagenen Zeitung vor sich in einem Straßencafé – und erwies sich überraschend als eine Frau mit Pagenschnitt und unsichtbarer Büste. Am letzten Tag des Monats lautete die Schlagzeile deshalb: ER WAR EINE SIE!

Während dieser ganzen Zeit pflegte Jannis den Garten so akribisch, dass er »eben war wie ein Green«, wie Ado von Reppe an einem regenfreien Nachmittag mit einem Cocktail in der einen und einem schwingenden Schläger in der anderen Hand bemerkte, während Tore Ollén sich – mit einem vom Schnaps erhitzten Gesicht über seine Kugel gebeugt – auf die Tore konzentrierte, die sich vor seinen Augen verdoppelten. Außerdem erntete Jannis mit Lily kleine, aber aromatische Tomaten, schwamm mit seiner Taucherbrille auch dann noch rund um den Steg, wenn es regnete und der See eine Gänsehaut bekam, und begleitete gelegentlich in einem weißen Hemd und mit der Jacke auf den Schultern Agneta nach Hause. Wenn sein Arm den des Kindermädchens berührte, durchströmte diese eine unerwartete Welle der Sehnsucht. Sie hatte auf weitere Aktionen mit Duftwasser verzichtet. Auch wenn seine Gesellschaft ihr schmeichelte, war sie sich doch nicht sicher, ob sie an gefährlichen Elementen interessiert war. Kaum mehr als ein halbes Jahr war vergangen, seit Bengt die Tür hinter sich zugeschlagen hatte, und Agneta wollte auf eigenen Beinen stehen, ehe sie jemandem in die Arme fiel. Wenn das Lederimitat sie berührte, verspürte sie jedoch eine wehmütige Zusammengehörigkeit mit Efi und begann zu überlegen, ob sie und der Grieche vielleicht doch Freunde »so« werden könnten… Ansonsten verbrachte Jannis seine Nachmittage im Keller. In diesen Stunden wurden keine Besuche empfangen, aber es lagen Wundertaten in der Luft, fand Manolis, wenn sein Landsmann zusammen mit Anton die Treppe heraufkam. Lily ahnte, was dort unten vorging, sagte aber nichts. Als Theo nach dem Abendessen mitkommen wollte, um zu sehen, welche neuen Bauwerke geplant wurden, lehnte die Geschäftsführung dies jedoch ab. »Wir spielen nur Svensson«, entschuldigte sich Jannis. »Du kapierst ja sowieso nichts«, meinte Anton.

Als eines Tages hilfloser Sonnenschein zwischen Regenschauern flackerte, fand am Bahnübergang eine wichtige Begegnung statt. Jannis hatte gerade das Gras auf dem Sportplatz geschnitten – wofür ihm der Vereinsvorsitzende zehn Kronen gegeben hatte – und wollte im See schwimmen gehen, als er parallel zu den Gleisen eine schwarzgekleidete Gestalt näherkommen sah. Sie trug einen Schlapphut aus Filz. Abgesehen von Haarsträhnen konnte man darunter nur eine spitze Nase erkennen. Der Mann hatte den Blick gesenkt und die Schultern hochgezogen, als hätte er beschlossen, die Welt auf seinem Weg von einer fremden Dimension zur nächsten möglichst unbeschadet zu durchqueren. Ab und zu ging er in die Hocke und steckte etwas in eine Papiertüte. Neugierig wartete Jannis, bis der Fremde den Bahnübergang erreichte, was eine regenfreie Minute später geschah.

Der Mann erinnerte ihn an die Apokalypse. Bei dem Gedanken erkannte er, dass es sich um *o trelós* handeln musste, der hinter dem Schilf in der Nähe der Badestelle wohnte. Wie hieß er noch? »Druck-, nein Dreck- irgendwas… »Dreck-Janne!« Jan Ollén, 67 Jahre alt, blickte auf. Im Gegensatz zu dem Eisverkäufer auf den Straßen von Jannis' Kindheit konnte er sowohl hören, als auch sprechen. Sein Gesicht war hager, der Schnurrbart gelb und ungepflegt. Jannis streckte die Hand aus. »Ich bin Grieche.« Statt den Gruß zu erwidern, hielt ihm der Bruder des Schmieds die Tüte hin. In ihr krochen Schnecken in alle Richtungen und Ecken, zum Teil übereinander. Manche waren schwarz und rauh, andere grün und weiß mit einem geriffelten Gehäuse auf dem Rücken. Einige kauerten in ihren Schneckenhäusern, während andere, fleischig und glänzend, schleimige Spuren auf der Pappe hinterließen. »Geheimnisse«, erklärte Jannis, als er die Tüte zurückgab. »Die Natur ist voll

273

davon.« Dreck-Janne schob den Hut in seiner Stirn zurück. Er schielte, er brummte zustimmend. »Das hast du schön gesagt.«

Einige Stunden später justierte der Grieche den Sattel auf Antons Fahrrad und fuhr, die Knie ragten abwechselnd bis zur jeweiligen Achselhöhle, zur Badestelle. Die Kinder hatten ihn vor der Villa Natur gewarnt, aber es war leicht zu durchschauen gewesen, dass sie den Mr X des Dorfs noch nie besucht hatten. Im Übrigen fand er die Ähnlichkeiten mit dem Eisverkäufer seiner Kindheit frappierend. Es war sechs Uhr, als er die Klingel fand, die an einer Birke hinter dem Badehaus hing. Er drückte, es klackte, das Gartentor glitt auf, und er setzte seinen Weg auf einem feuchten Pfad fort. Hier und da lagen Bretter, um den Weg leichter begehbar zu machen. Nach etwa fünfzig Metern wurde der Erdboden wieder fest. Er gelangte zu einem weiteren Zaun, diesmal gezimmert. Dahinter öffnete sich ein Hof – hinter dem sich die Villa Natur von einem marmeladefarbenen Himmel abhob.

Jannis schnappte nach Luft. Das Gebäude war zugleich Festung und Kartenhaus, Palast und Müllkippe. Das war etwas anderes als ein Badehaus. Oder eine Hafenpromenade. Die zwei Teile der Villa waren durch einen Steg verbunden und schienen plan- aber nicht gedankenlos errichtet worden zu sein – organisch und einfühlsam, sobald man wieder neues Material gefunden hatte. Mal schien das Haus in sich zusammenzufallen, mal schoss es in die Höhe. An zwei Stellen hatte man Gebäudeflügel und Türme um Bäume herum errichtet. Das Dach bestand aus Hartfaserplatten und Dachpappe, hier und da sah man Erker, die Wände waren rostrot mit kräftigen weißen Fugen. In den Fenstern des ersten und zweiten Stocks schimmerten derzeit – Moment – neunzehn Sonnen. Und auf dem Dach des größeren Gebäudes, auf einer Plattform mit einem Geländer aus Messingrohren, erblickte man ein Sternteleskop. Dort saß jetzt der Hausherr und trat auf einem Fahrrad ohne Räder so in die Pedale, dass seine ganze Schöpfung vibrierte. »Sieh da. Fremde.«

Die Villa bebte weiter, bis Dreck-Janne herunterkam. Er zog eine

Tür auf, worauf sie geradewegs in ein abgewracktes Wohnzimmer gelangten. In einer Ecke stand ein Eimer voller Stofffetzen, in einer anderen ein Kamin, aus dem Äste ragten. Die Decke war niedrig, die Fenster schief, die Wände aus Pappe. An manchen Stellen hatte der Bauherr mit Zeitungspapier tapeziert. Der Fußboden federte, als sie an einem Schlafzimmer vorbei und durch einen Korridor zu einem Salon gingen. Dreck-Janne zeigte auf ein durchgesessenes Sofa, er selbst setzte sich auf einen Stuhl unter einem Bild von König Oscar II. Auf dem Tisch neben ihm lag ein halb gegessenes Käsebrot. Der Gestank war so greifbar, dass Jannis annahm, er würde jeden Moment Beine bekommen. Instinktiv berührte er möglichst wenig. Die Villa Natur war das genaue Gegenteil von dem Haus, in dessen Keller er wohnte. Bei den Florinos war alles sauber und durchdacht, hier schien alles in Auflösung begriffen zu sein. *O trelós* lebte in einer Welt aus ausrangierten Dingen. Der Gast konnte sich keinen einzigen dieser Gegenstände im Hause seines Landsmanns vorstellen – nicht einmal das Nachschlagewerk auf dem Tisch oder das Porträt des schwedischen Königs. »Dem da«, sagte Dreck-Janne und nickte nachdenklich, »dem haben mein Bruder und ich mal zugeprostet. Mit Preiselbeersaft. Wir waren noch Buben. So groß.« Er zeigte die Höhe mit einer schmutzigen Hand an. »Das war vor Vaters Tod.«

Der Besucher wusste zwar nicht, was »Buben« waren, riet aber richtig. Erneut dachte er an die Apokalypse. Stellen wir uns vor: Der Eisverkäufer hätte sich vermutlich als lieber Kerl erwiesen, wenn sich die *pitsiríki* des Dorfs wie Menschen und nicht wie Paviane benommen hätten. Als Jannis sich an die Schimpfworte erinnerte, wurde er traurig. Er betrachtete die Wälzer und den gesammelten Krimskrams. Könnte man nicht genauso gut sagen, dass sie davor bewahrt worden waren, verloren zu gehen? Zu Dreck-Janne gelangten die Dinge, wenn sie aus dem Dasein aussortiert wurden, hier trafen sie ein, um zu überleben. Aus Gründen, die er später nur schwer hätte erklären können, brachte ihn dieser Gedanke darauf, von Karamella zu erzählen. Einmal in Schwung gekommen, berichtete er auch noch von dem Badehaus, das er eigenhändig aus den Teilen eines Busses errichtet hatte. Er sprach über seine Schwierigkeiten mit dem Dach, den Leitungen und der Badewanne. Doch als alles an Ort und Stelle gewesen war, inklusive seiner Großmutter, hatte die Konstruktion funktioniert. Einen nach dem anderen hatte Despina die Korken herausgezogen. Der Schwerkraft trotzend war das aufgefangene Regenwasser gestiegen und hatte ihren gichtbrüchigen Körper bedeckt. »Zu einem Frauenzimmer würde ich nicht nein sagen, aber ein Badehaus brauche ich nicht«, murrte der Gastgeber. »Ich habe den Rövaren.« Er kratzte sich an der Wange. »Obwohl Blei… Ich glaube nicht, dass das so gut für die Nerven ist.«

Jannis, der diese Bemerkung nicht verstand, erklärte lieber, die Villa Natur sei im Vergleich zum Himmelreich ein wahres Wunderwerk. Es war nicht sicher, dass Dreck-Janne ihn verstand, aber er nickte zustimmend zu den Gedanken über die ausrangierten Dinge der Welt und vielleicht auch zu der Überlegung, dass man sich eines jeden annehmen sollte, als sähe man es zum letzten Mal. Welche Ansicht er selbst vertrat, ist weniger gewiss. Der Mann, der Balslöv in einem Gedicht als den Ort verewigt hatte, an dem seine Kindheit Schiffbruch erlitt, lallte. Erst als er auf Umlaufbahnen zu sprechen kam und den Zeigefinger in die Luft stieß, als wollte er sie punktieren, begriff der Besucher immerhin, dass er den Blick heben sollte. An der Decke erblickte er ein plumpes Fresko. Dreck-Janne hatte auf die durchhängenden Sperrholzplatten ein Sternensystem gemalt – eine irre Galaxie mit bunten Planeten und schwarzen, stockfleckigen Löchern. Die meisten Himmelskörper waren weiß, aber einige waren auch blau und gelb und einer war mit Falu-Rot gemalt worden. Unter diesen stellte sich nun der Gastgeber. »Hier fängt alles an.« Er zog den Hut, als wäre er in der Kirche. »Und hier endet es. In diesem Kraftfeld.« Die Arme seitlich ausgestreckt, sah er seinen Gast mit freundlichen und wässrigen, komplett wahnsinnigen Augen an. Dann meinte er, bald sei es wieder so weit. In ein paar Wochen werde der rote Planet in »Opposition« stehen, was bedeute, dass man die Bauwerke mit bloßem Auge erkennen könne. »Es gibt da oben sogar Kanäle und Kathedralen.« Er nickte verschwörerisch. »Die grünen Männchen sind fleißig. Vermehren sich wie die Karnickel. Wenn unsere Planeten nicht gegenläufige Schwerkräfte besäßen, könnten wir uns gegenseitig besuchen. Aber ich arbeite daran.«

Er nickte glaubensstark. Wie gesagt. *O trelós.*

Als wir vor kurzem in dem Schuhkarton suchten, der uns zur Verfügung gestellt wurde, fanden wir einige Fotos, die uns behilflich gewesen sind, diese Szene zu rekonstruieren. Die Bilder zeigen das Dorforiginal, wie es zum Zeitpunkt von Jannis' Besuch ausgesehen haben dürfte. Auf einem Bild sitzt er auf seinem Fahrrad auf dem Dach und tritt emsig in die Pedale, um die Atmosphäre aufzuladen. Ein anderes zeigt ihn bei dem Porträt des alten Königs. Konzentriert blättert Ollén in einer Schrift. Sie sieht aus wie seine alte Gedichtsammlung, aber vielleicht bilden wir uns das auch nur ein. Auf beiden Fotos ist er hager und gewitzt und scheint sich von Sinn und Verstand verabschiedet zu haben. Die letzte Aufnahme zeigt ihn jedoch lässig vor seiner Schöpfung stehend, mit einer Hand auf dem Zaun und geballtem Nebel in den Augen. Wir ziehen es vor, ihn so zu sehen, in sich gekehrt lächelnd, als er von unserem Helden Abschied nimmt.

ZWEI UND DREIUNDZWANZIG, ZWEI UND VIERUNDZWANZIG, ZWEI UND FÜNFUNDZWANZIG ... Am ersten August atmete ganz Balslöv an der frischen Luft – außer Jannis, der sich unter der Oberfläche des Rövaren aufhielt. Die Augen starr auf einen Wasserläufer gerichtet, der einen Meter über ihm hüpfte, versuchte er eine dunkle Form zu fixieren, die am Himmel zu schweben schien. Um sein Fußgelenk hatte er eine Schnur gebunden, deren anderes Ende er um einen Steinblock geschlungen hatte, der wenige Wochen zuvor an diese Stelle gelangt war und ihn nun am Aufsteigen hinderte.

Gibt es an einem Spätsommertag, an dem sich das Wasser auf neunzehn Grad erwärmt hat und Zugvögel das einzige sind, was man am Himmel sieht, nichts Besseres zu tun? Sähe man genauer hin, würde man entdecken, dass Jannis die Arme vor der Brust verschränkt hatte. Es zog in seiner Lunge – aber nicht unangenehm, nur so, als würde sie sich dehnen. Schwerelos schwebten Algen im Wasser, wie ein Eidotter schimmerte zu seiner Rechten die Sonne. Wenn ihre Strahlen die Wasseroberfläche durchstießen und in einem steileren Winkel abwärts gefiltert wurden, färbten sie sich hellgrün. Der warme Farbton erinnerte ihn an etwas, aber es wollte ihm nicht einfallen, an was. Es klang, als sprächen dort oben Stimmen, obwohl es genauso gut das Wasser sein mochte, das gegen den Zement gluckerte. Sicher war er sich bloß, dass es angenehm war, wo er sich befand. Abgesehen von der Luft in seiner Lunge gab es nichts, was ihn von seiner Umgebung unterschied. Er war tiefer in sich selbst versunken als je zuvor. Alles in und um ihn herum war in veränderlichen Formen gebundenes Wasser – eine sanfte und unmerkliche Verlängerung von Armen, Beinen und aufwärts strebenden Haaren, ein großer und schwebender, fast durchsichtiger Raum, der sich in Myriaden Richtungen mit ihm selbst als durchlässigem Mittelpunkt fortsetzte. Als er sich seitlich drehte, spürte er, dass sich die Haare auf Armen und Beinen gleichsam verzögert bewegten.

Nun wurde es allerdings enger in seinem Brustkorb, und ein Teil des Drucks verlagerte sich in den Schädel. Das Blut stieg ihm ins Gesicht. Die Augen tränten, die Wimpern wurden strohig. Vergeblich versuchte er zu zwinkern. Sicherheitshalber kniff er die Augen zusammen und kämpfte darum, an etwas anderes zu denken, etwas Beruhigendes, schwer zu sagen, an was, eventuell daran, dass er sich niemals hätte vorstellen können, eines Tages umgeben von Algen senkrecht im Wasser zu stehen. Weiter konnte man sich von Áno Potamiá nicht entfernen. Nur ein Jahr zuvor war alles Sonne und Staub und eine ausgedörrte Mundhöhle gewesen. Und jetzt? Weite, wundersame Kühle.

Jannis wusste nicht, wie viel Zeit vergangen war. Eine Minute? Vielleicht drei? Er begann zu zählen, konnte sich aber nicht konzentrieren. Ein Lufthauch entfuhr ihm, die Blase stieg auf und verlor sich an der Oberfläche. Das gab den Ausschlag. Als er sich bückte, ließ er die restliche Luft in wohldosierten Stößen aus den Nasenlöchern sickern. Es kitzelte, als zöge ihm jemand gezwirntes Seidenpapier aus der Nase. Er löste den Knoten, stieß sich mit den Zehen ab und streckte den Rücken. »Zwei und dreiundzwanzig, zwei und vierundzwanzig, zwei und fünfundzwanzig…« hörte er Anton zählen, als er aus dem Wasser schoss. »Rekord!«, schrie Theo, der bäuchlings auf dem Steg gelegen und das pomadisierte Haar betrachtet hatte, das friedlich in der Tiefe wehte.

»Marzipan!«, sagte Jannis, dem eingefallen war, woran ihn die Farbe erinnert hatte.

DIESES KLEINE TIER. Jannis hatte immer geglaubt, dass er es erkennen würde, wenn es kam – dieses kleine Tier, von dem wir sprachen. Wo, wann, wer – nichts von all dem wusste er. Vielleicht in Poltava, vielleicht in Kalkutta. Wenn er in Florinos' Atlas blätterte, konnte er sich viele Orte vorstellen, an denen es sein mochte. Ebenso wenig wusste er zu sagen, wann es geschehen würde. Der morgige Tag erschien genauso wahrscheinlich wie ein bewölkter Tag in zwei Jahren oder ein kalter Vormittag in sieben. Am allerwenigsten wusste er mittlerweile jedoch, zu wem er die drei Worte sagen würde, die dazu gehörten.

Stella war nach Achladochóri gezogen, hatte ihre goldbraunen Augen und schmalen Lippen mitgenommen, geheiratet, Kinder bekommen. Der Gedanke freute ihn. Als sie sich vor dem ersten Kind zum letzten Mal getroffen hatten, war sie im siebten Monat schwanger gewesen und hatte im Kaffeehaus ihres Bruders hinter der Theke geächzt. Die Hände, die ihn bedienten, waren rot und rauh, die Stimme, mit der sie ihn grüßte, von etwas erfüllt gewesen, das mit ihm nichts zu tun hatte. Sie bestand ganz aus Schwere,

Warten und Geschäften. Und nichts von dem, was sie am Abend seiner letzten Pokerrunde gesagt hatte, änderte etwas an diesem Eindruck. Dann war da noch Anita in dem Hotelzimmer in Thessaloniki gewesen. Obwohl sie nicht zählte. Für sie war die Liebe nur eine vorübergehende geistige Verwirrung. »Und wenn man das kapiert hat«, erklärte sie, während er den Reißverschluss an ihrem Hohlkreuz hochzog, »kann sie medikamentiert werden.« .

Und Efi? Mit ihr hatte er zusammengehalten wie Pech und Piniennadel. Sie gehörten so selbstverständlich zusammen, dass sie schon ein Paar gewesen waren, bevor sie eins werden konnten. Erst gab es die Spiele und Einfälle, später die Gespräche, die gemeinsamen Geheimnisse und das Zwerchfell, auf dem er gelegen hatte. Alles sprach dafür, dass das kleine Tier unter ihrer vibrierenden Haut zu Hause war. Aber nach ihrer Operation war sie zunächst sechs Monate und nach neuerlichen Untersuchungen weitere drei Monate bettlägerig gewesen. Darauf folgten die Jahre, in denen er arbeiten musste und sie weiter zur Schule ging. Ihre wenigen Begegnungen waren von Gegenlicht und Verlegenheit geprägt gewesen. Von einer Oberlippe mit Flaum. Gewachsten Beinen. Einem Schatten von Haut in einem Blusenausschnitt. Aber auch von Leseschwierigkeiten. Muskelkater. Und freundlichem Interesse, das sich in Verständnislosigkeit verwandelte, als das, was eine Aufforderung gewesen war, als Ironie gedeutet wurde. Sowie weiteren Entdeckungen dieser Art, wie sie Menschen in dem Alter machen. Dann kam jener Abend, an dem Efi eine mythologische Gestalt auf einer Zehndrachmenmünze studierte, und ein Eifer und eine Hitze in Haut und Händen, die er nicht stoppen konnte. Schließlich kam der Abend, an dem er mit Gewitter im Körper den Berg hinuntergegangen war.

Obwohl Jannis wusste, dass er sich falsch verhalten hatte – Efi bestimmte selbst über ihr Leben, und er brauchte nicht lange, um zu erkennen, dass Tsoulas darin keine Rolle spielte –, konnte er nicht verhindern, dass das Gefühl von Scham in ihn eindrang. Es legte sich wie Staub auf die Flügel in seiner Brust, der Spatz wurde

280

bleischwer. Er erinnerte sich nur ungern an diese Phase, weil er das Gefühl hatte, sie in einer Welt aus wässriger Suppe und verschwitzten Kleidern verbracht zu haben. Letztendlich hatte er jedoch keine Alternative mehr und reiste nach Bromölla mit dem Gefühl, auf dem Rückweg zu etwas zu sein, das er verlassen hatte. Während er einen Arzt mit einer weißen Mütze auf dem Kopf und einer qualmenden Schublade vor dem Bauch betrachtete, den er erst später als Würstchenverkäufer identifizierte, schlummerte er warm und wohlig mit dem Gedanken ein, dass es so weit vom Nullpunkt entfernt Leben gab. Wie erwartet war ihm an den ersten Tagen dann auch, als würde der Spatz vor Glück explodieren. Efi war alles, woran er sich nicht erinnerte, was ihm aber jetzt Freude machte. Lachen. Aufmerksamkeit. Frau. Plötzlich schien seine Vergangenheit die Zukunft enthalten zu können. Doch schon bald flaute der Brustkorb ab. Er sah und erlebte so viel Neues in dem fremden Land, dass er immer ratloser wurde. Jannis war überrascht, Jannis war traurig. Jetzt, da keine Tsoulas-Partikel die Atmosphäre verschmutzten, gab es eigentlich nichts mehr, was sie daran hinderte, ein Paar zu werden. Aber ganz gleich, wie er es auch anstellte, irgendetwas sperrte sich, wenn er versuchte, jene wunderbare Nervosität wiederzubeleben, vielleicht waren es nur die Rippen, und jedesmal blieb er unsicher, wie es aussah – das Tier, dem man so viele Namen gab.

Eines Abends, als Kostas zu Freunden gegangen war, saßen sie in der Küche. Wie er selbst tat auch Efi, als wäre alles, wie es sein sollte. Aber entweder konnte sie sich schlechter verstellen oder sie ertrug es einfach nicht mehr, Schneeflocken zu zählen. Jedenfalls sagte sie schließlich: »Ich habe gedacht, du würdest mich nach der zweiten Operation besuchen…« Es war das erste Mal, dass sie Jannis gegenüber erwähnte, was passiert war – oder vielmehr: was nicht passiert war. Pause, verlegenes Lachen. »Das war dumm von mir. Im Grunde wusste ich ja, dass du keine Zeit hattest. Aber manchmal denkt man eben nicht so. Manchmal hält man sich für den Mittelpunkt der Welt.«

Er sann über den Nachthimmel nach. (Eine dunkle und sommersprossige Angelegenheit.) Er begutachtete die Fensterscheibe. (Eine saubere und uninteressante Sache.) Er betrachtete sein Spiegelbild. (Ein blasser und ratloser Typ.) Etwas später räusperte sich Efi. Diesmal war ihre Stimme leiser. Jannis begriff, dass sie so klang, wenn sie mit sich selbst sprach. »Es hat niemals einen anderen gegeben als dich... Das ist traurig, aber wahr. Du bist der einzige, Jannis. Ich habe dich vermisst, bis mir davon ganz schwindlig wurde. Frag Kostas, wenn du mir nicht glaubst.«

Das Spiegelbild blieb ausdruckslos sitzen. Schließlich sagte Jannis: »Und Tsoulas?«

»Tsoulas?« Efi schaute sich um. Ihre Stimme klang, als fiele es ihr schwer, den Namen einzuordnen. »Ach, Tsoulas...« Sie lachte resigniert. »Hast du immer noch nicht begriffen, was mit ihm war?« Sie kämpfte gegen etwas an – vielleicht Tränen, vielleicht Erinnerungen, vielleicht auch nur gegen das hoffnungslose Unterfangen, Worte für etwas zu finden, was lieber ohne auskommen sollte. Sie suchte nach einem Taschentuch, das sie nicht fand. Die Tränen waren dick und schutzlos, als sie ihre Wangen herabliefen. Schließlich stand er mit einer Serviette in der Hand auf – aber da schrie sie: »Wenn du mich anrührst, gehe ich kaputt!« Danach sackte sie in sich zusammen.

Draußen fielen große weiße Asteriske.

Nach einer Weile sagte Efi, das Gesicht weiter dem Küchentisch zugewandt, sie sei verrückt gewesen. Heute verstehe sie sich selbst nicht mehr. Aber damals, zu Hause, habe sie mit Jannis nicht tun wollen, was sie sich doch mehr als alles andere gewünscht habe. Alle sagten, beim ersten Mal tue es weh. Wie würde es dann wohl für jemanden mit ihrem Becken sein? Schmerzen sollten nichts mit ihnen beiden zu tun haben. Als der Weinhändler sie im Pflegeheim besuchte, hatte sie ihm angesehen, dass er sich für sie interessierte, und daraufhin ihren Plan in die Tat umgesetzt. Begriff Jannis denn immer noch nicht? Sie hatte es nur so deichseln wollen, dass ihr erstes Mal nicht zugleich ihr letztes Mal sein würde. Er war immer noch der einzige Mann in ihrem Leben. Efi schluckte schwer. »Hasst du mich jetzt?« Ihre Augen wirkten wie feuchte Asche. Während Tränen auf den Laminatboden fielen, schluchzte sie: »Jetzt kannst du mit mir machen, was du willst. Wirklich alles, was du willst.«

Endlich begriff Jannis. Dass er Bromölla verlassen musste.

PELZBEKLEIDETE SONNE IN MINIATURAUSGABE. Jeder Mensch erfindet die Liebe auf seine Weise, und wir haben keine Lust, Jannis' Version in Frage zu stellen. Im Übrigen nehmen sich die Handlungen, die mit ihr einhergehen, in den Augen anderer immer ebenso selbstverständlich wie unvernünftig aus. Aber wir wissen, dass er im Zug nach Kristianstad am nächsten Morgen nicht mehr zu sagen vermochte, wann sie kommen würde, die Biene, von der er wusste, dass sie eines Tages die Innenseite seines Rückgrats hochkrabbeln und ihn kitzeln würde wie eine pelzbekleidete Sonne in Miniaturausgabe. Er jagte ihr nicht hinterher, denn wie konnte er so etwas jagen? Er wusste nur, dass sie kommen würde, er wusste es so sicher, wie er den Geschmack seiner eigenen Zunge kannte. Und wenn sie dann schließlich da war, würde er die drei Worte aussprechen. Anschließend würde das hellrote, sich schnell verdunkelnde, schon bald blaugraue Gewitter, das sich in seinem Körper staute, endlich einen Weg aus ihm heraus finden.

EINE SPÄTERHIN HISTORISCHE PARTIE KROCKET. Im August kamen die Geschwister Kezdoglou zu Besuch. »Bezahlter Urlaub, Jannis!« Efi lachte traurig. Sie hatte den Gedanken aufgegeben, sich in Gegenwart des Freundes zu verstellen. »Du verpasst wirklich etwas.« Mit einem angedeuteten Knicks überreichte sie eine Platte mit selbst gemachten Baklava. Kostas verneigte sich und überreichte Blumen. Er rechnete damit, bis zum Winter das Abitur zu machen, und deutete über seinen gelockten Haaren eine unsichtbare Studentenmütze an. Lily trug die Platte zum See hinunter und entschuldigte sich, Manolis zeigte auf die Stühle, während er von der kürzlich erbauten Hafenpromenade erzählte. Anschließend wollte er alles über Kostas' Zeit in Lambrakis' Jugendorganisation wissen und ob er etwas von Papandreou gehört habe. Glaubte er, dass der inhaftierte Politiker in Stockholm unterrichten werde, wie er gerüchteweise gehört hatte? Doktor Florinos hatte es zwar abgelehnt, Ortsvorsitzender im Schwedischen Komitee für die Demokratie Griechenlands zu werden, aber falls Kostas Interesse hatte … Oder jemanden kannte, der welches haben könnte?

Das Sonnenlicht lag wie eine Fettschicht auf dem Wasser. Am anderen Ufer blitzte etwas auf – vielleicht das Stanniolpapier um ein belegtes Brot. Enten glitten ins Schilf und durch das Schilf wieder hinaus, Insekten pulsierten im Schatten neben dem Schlitten. Im nächsten Moment kehrte Lily mit den Blumen in einer Vase, Tassen und Backwerk zurück – schwedischem und griechischem. Efis Baklava wurden unter der Frischhaltefolie weich. Der Gastgeber nahm sich ein Stück, das sich erst nicht vom Teller und dann nicht aus den Plomben lösen wollte. Der einzige Weg, es loszuwerden, bestand darin, sich ein weiteres Stück zu nehmen, was er auch tat. Während er die süße Masse bearbeitete, erzählte er von seinem Bruder in Piräus. Dieser war Offizier der Reserve und im Gegensatz zu Manolis nicht als Republikaner bekannt. Jetzt sollte er einberufen werden. Aber obwohl der Bruder Konstantin II. bewunderte und in umgebauten Hühnerkäfigen auf dem Dach seines Mietshauses Jagdhunde hielt, war er trotzdem kein Anhänger der Junta. »Wenn dieser Clown« – da die Gäste Florinos falsch verstanden, fügen wir schnell hinzu, dass er den König meinte –, »wenn dieser Clown einen Gegenputsch versucht, landet mein Bruder auf einer der Inseln.«

Als Jannis erläuterte, wie er und die Geschwister Kezdoglou sich kennengelernt hatten, sah er, die Hände in den Achselhöhlen verstaut, nur Manolis an. Seine Unterarme mit den hervortretenden Adern waren eigentümlich unbehaart. Der Gürtel steckte im innersten Loch, die braune Gabardinehose war ohne Bügelfalten. Efi dachte, dass ihr Herz für immer aus warmem Gelee bestehen würde. Kostas suchte nach einer Prince Denmark, bekam von Lily eine Kent und lehnte sich zurück, neugierig darauf, was sein Freund erzählen würde. Beim Zuhören betrachtete er die breiten Schultern, das gekämmte Haar, die kräftigen Schenkel. Trotz des Größenunterschieds fiel es ihm nicht weiter schwer, den Jungen wiederzuerkennen, der neben ihm die Schulbank gedrückt hatte. Er war vergrößert, vergröbert, zum Mann geworden – das war alles. Vielleicht lag in den Bewegungen jetzt ein selbstverständlicheres Gewicht, und die Stimme hatte sich mit Unwetter und etwas anderem vermischt, aber seinen kindlichen Ernst hatte er nicht verloren. Kostas erinnerte sich an die umständliche Beschreibung, die der Klassenkamerad einst von seinem Heimatdorf gegeben hatte, als wäre es der Nabel der Welt, und die er nun dem gebildeten Landsmann gegenüber mit überraschender Selbstironie wiederholte. Tiere, Tabakpflanzen, Konservendosen – alles hatte er aufzugreifen versucht, während er in dem zugigen Klassenzimmer gestanden hatte, als begänne mit der Mittagspause der Jüngste Tag und als bliebe alles, was er vergaß, vor den Pforten zu einem Land zurück, in dem Ziegenmilch in den Straßengräben floss und die Häuser aus Honigkuchen waren. Kostas erstaunte diese Fähigkeit, sich von der Welt rühren zu lassen und zu ihr zu sprechen, Efi schmolz weiter dahin. »Und du hast den Poesiepreis in Neochóri gewonnen, nicht wahr? Fünf Mal? Sieben Mal? Ich frage ja nur.«

»Viermal, Herr Florinos. Nur viermal.« Kezdoglou wand sich, Manolis bleckte die Zähne. Jannis erklärte, sein Freund werde sicher eines seiner Werke deklamieren, wenn man ihn darum bitte. Elegien in Dur, Studien zur Flugtechnik von Vögeln und den komplizierten Motorengeräuschen von Autos… Wovon in diesen Texten nicht alles die Rede gewesen war. Übrigens hatte Kostas jede Hausaufgabe auswendig gekonnt. Er las antike Texte, wusste alles über Kolokotronis und Rigas Feraios und war ein Experte darin, die Vergangenheit in Jahreszahlen, Namen und Ereignisse zu zerlegen. Genau wie Herr Nehemas es ihnen in der Schule beigebracht hatte. Aber das war auch nicht weiter verwunderlich. Immerhin war seine Großmutter eine von Clios Gehilfinnen und… Als Jannis das Erstaunen seines Gastgebers sah, erläuterte er, dass die Großmutter zu dem berühmten Club der Historikerinnen gehörte. Vielleicht würde der Herr Doktor selbst Gegenstand eines zukünftigen Artikels werden? Oder eines seiner Kinder? Das glaubte Florinos nicht und wandte sich an Kezdoglou. »Aber wie wäre es mit unserem Supergriechen hier?«

»Wenn er will…« Man sah, dass Kostas ein anderes Gesprächsthema vorgezogen hätte. Verlegen angesichts der Dinge, die Jannis erzählt hatte, aber unfähig, ihn zu unterbrechen, wackelte er mit seinem Holzschuh. Der Freund bemerkte seine Qual und drückte seine Kniescheiben, als wollte er die Kraft in den Beinen prüfen. Anschließend erklärte er breit lächelnd: »Geht nicht! Erst muss ich den Erdball auf meinen Schultern tragen. Fräulein Gott zur wahren orthodoxen Kirche bekehren. So viele Tore schießen wie Ulf Sterner. Bis zur Badestelle und zurück schwimmen. Fünfhundert Rasen schneiden. Und dafür sorgen, dass Áno Potamiá Sanitärporzellan bekommt. Sie sehen, Herr Doktor, es wird einiges verlangt, ehe die Gehilfinnen Clios einen gutheißen.« Er wandte seine Lachgrübchen erst Efi, danach Lily und Manolis zu. »Nur richtige Helden werden in die *Enzyklopädie* aufgenommen. Ich bin schon zufrieden, wenn ich eine Ziege glücklich machen kann, und das reicht nicht. Das begreift ja wirklich jeder *kolópedo*.«

»Was ist denn das?«, fragte Kostas, der genug von dem Thema hatte. Er zeigte auf die Tore im Gras. »Krocket.« »Was?« Kezdoglou lächelte abwehrend seiner Schwester zu, die ihre Hand auf seinen Arm gelegt hatte. »Krocket, natürlich!« Jannis stand auf. Nach den Partien des Sommers handhabe er den Schläger mit beachtlicher Geschicklichkeit. Nicht genug, dass er wusste, wie man den Fuß am besten positionierte, wenn man einen Widersacher fortschlug – bloß Amateure glaubten, dass man den ganzen Schuh auf die Kugel setzte; die Kinder hatten ihn gelehrt, wie man den vorderen Teil auf der Kugel und die Ferse auf dem Erdboden plazierte – darüber hinaus hatte er auch trainiert, mit wohldosierter Kraft und Präzision zu schlagen, wobei seine Hände kurz über der Farbmarkierung auf dem Stiel lagen. »Wenn du willst, können wir spielen...« Er hob eine Kugel auf und begann, scheinbar gleichgültig, damit zu jonglieren.

Kostas suchte in seinen Taschen nach etwas. Der Freund sei sicher so gut, dass sein Geschick einen Lexikonartikel verdiene, und im Übrigen sähe es so aus, als seien die Bälle schwer. Erneut versuchte Efi, etwas zu sagen. »Bälle?« Jannis lachte. »Nein, mein Lieber. Das sind Kugeln. Und die hier benutzt man, um sie zu schlagen. Es ist wie Eishockey, nur auf Gras.« Als sein Freund nicht reagierte, fügte er hinzu: »Oder stell dir Herakles mit einem Schläger vor, wenn dir das lieber ist.« Er setzte zu einem Schlag an, hielt dann jedoch inne. Ihm war soeben eine Idee gekommen (nennen wir sie »entscheidend«). Als Efis Bruder immer noch nicht reagierte, flüsterte sie Manolis etwas zu, der daraufhin die Stirn runzelte. Lily deckte die Baklava mit einer Serviette ab. »Wir können ja eine Wette abschließen...« Jannis klang sorglos. »Um was? Einen Platz in der Geschichte?« Kostas drückte seine Zigarette aus, der Supergrieche überlegte. »Hm. Was meinen Sie, Herr Doktor, sollen wir um einen Platz in der Geschichte spielen?«

Als Manolis nickte und aufstand, rief Lily: »Wartet!« Während sie lief, um die Kamera zu holen, hielt Jannis den anderen drei Streichhölzer unterschiedlicher Länge hin. Er ging als erster Grieche an den Start, Kostas als letzter. Bei ihrer Rückkehr erkundigte sich Lily, ob die Männer schon angefangen hätten. Ihr Mann schüttelte den Kopf, während Jannis seinem Freund zeigte, wie man einen korrekten Schlag ausführte. Auf dem Foto, das eine Woche später entwickelt wurde, sieht man die drei Griechen, wie die Geschichte sich ihrer erinnern wird, in flauschiges Nachmittagslicht getaucht. Manolis trägt das gestreifte Frotteepolohemd, das ihm bereits eine Nummer zu klein geworden ist. Er schiebt einen Ellbogen nach hinten und wendet das Profil von der Linse ab, als würde er von einem Insekt belästigt. Der Schläger in seiner Hand ist übrigens blau. Kostas lächelt zurückhaltend und hat die Hände vornehm auf seinem gelben Schläger drapiert. Er hat die Ärmel hochgeschoben und ist mit einer weiten Jeans und weißen Holzschuhen bekleidet. In seinem Blick scheint eine gewisse Verlegenheit zu liegen. Wie so oft ist er sich seiner selbst bewusst. Jannis steht in die entgegengesetzte Richtung gewandt, sein strahlend weißes Hemd steckt in der Hose. Die Ärmel hat er bis zum Bizeps hochgekrempelt. Seine Taille ist rank und schlank, und es fällt nicht weiter schwer, sich die Muskulatur unter dem Baumwollstoff vorzustellen. Unter der Hose trägt er übrigens eine Badehose, die er noch nicht zum Schwimmen benutzt hat. Über der geöffneten Hand, die keinen Schläger hält, sieht man das Armband einer Uhr. Schade, dass wir das Zifferblatt nicht erkennen können. Auf dem anderen Arm schlängeln sich die Adern prall und wurmartig, ehe sie in der Armbeuge verschwinden.

Da die Sonne tief steht – es sollte der letzte warme Tag des Sommers sein –, werfen Manolis und Kostas lange Schatten auf unseren Helden. Es fällt einem schwer, sie nicht als Omen zu deuten. Das schräg einfallende Licht lässt sein halbes, scharf geschnittenes Antlitz im Dunkeln. Auch das mag ein Omen sein. Nur eine Woche später wird er Balslöv verlassen. Nase und Lippen scheinen aus Licht geschnitzt zu sein. Der Seitenscheitel sitzt, wo er immer gesessen hat, bei elf Uhr auf dem Schädel. Zwischen den Augenbrauen tritt eine Furche zutage, in der sich das Grübchen am Kinn wiederholt – eines der Geheimnisse der Natur. Einem aufmerksamen Betrachter wird zudem auffallen, dass Jannis seinen Schläger in der linken Hand hält. Herrn Nehemas' Lineal ist nur noch eine verblasste Erinnerung. Jeder sieht, er wartet bloß darauf, dass die Aufnahme gemacht wird, damit die Partie endlich beginnen kann. Zu seinen Füßen liegt eine Kugel. Er wirkt siegessicher.

Kaum hatte die Kamera die drei Gestalten auf das platte, aber beständige Zelluloid gebannt, als Rot auch schon zielte und durch den ersten Tunnel rollte. Kurz streckte Jannis den Rücken und war sich der Blicke seiner Mitspieler bewusst, in Gedanken jedoch schon vier oder fünf Tore weiter. Vielleicht erklärt dies, was im nächsten Moment geschah. Trotz zwei Extraschlägen bekam er unerwartete Probleme. Nach dem ersten Schlag landete seine Kugel hinter dem nächsten Bogen, wodurch er gezwungen war, den zweiten zu nutzen, um in eine vorteilhaftere Position zu kommen – was ebensowenig gelang. Das war enttäuschend, denn seit Wochen war er jeweils beim ersten Durchgang durch die Krone gerollt. Wenn er an die Partien mit den Kindern dachte, war er dennoch zuversichtlich. Efi betrachtete ihn mit Augen, die er nicht deuten konnte. Sicherheitshalber erwiderte er ihr Lächeln brüderlich. Gleich würde er wieder an der Reihe sein und die anderen staunen, die Kugel würde rollen, wie sie es immer getan hatte – schnurgerade, wie von einem Magneten angezogen. Irgendetwas sagt uns, dass Rot es sogar begrüßte, dass seine Spieleröffnung nicht stärker ausgefallen war. Auf die Art blieb es den Mitspielern erspart, mehr als unbedingt nötig enttäuscht zu werden.

Manolis faltete die Zunge zwischen den Zähnen, zielte und schlug. Ohne weiteres rollte seine Kugel durch die ersten Tore. Nachdem sie auch durch das dritte gerollt war, überlegte er, ob er Rot aus der Bahn schlagen sollte, beschloss jedoch weiterzumachen – bis er die Krone erreichte. Weiter kam er allerdings nicht. »*Ópa*, Herr Doktor. Fast bis nach Lund!« Blau lachte, als Rot ihm versicherte, wie hervorragend die Position war. »Ich weiß nicht. Bis Tollarp vielleicht. Weiter bin ich wohl nicht gekommen.« Wenn Blau wollte, konnte Rot ihn durch die Krone krocketieren, wenn er wieder an der Reihe war, was sicher in wenigen Augenblicken der Fall sein würde. Gelb gab vor, überhaupt nicht zuzuhören. Stattdessen hielt er den Schläger ungewöhnlich tief und zielte dann so unsicher, dass Jannis überzeugt war, er würde der einzige Grieche sein, der aus eigener Kraft zum Ausgangspunkt zurückkehren konnte.

Dann schlug Gelb. Zu Rots Erstaunen schlug er hart und sauber und gerade. Noch während die Kugel rollte, marschierte er zu der

289

Stelle, an der sie nach seinen Berechnungen liegen bleiben würde. Mit einem genauso harten und sauberen Schlag, geometrisch in seiner Verknappung, schoss Gelb auch durch den dritten Bogen und traf Rot mit einem zufriedenen *Tock*. Nach kurzer Bedenkzeit justierte Kostas den Fuß so, dass der Schuhabsatz im Gras saß und die Sohle die Kugel berührte. Unmittelbar darauf schoss Rot pfeilschnell über die Rasenfläche und in die Hecke des Nachbarn. (»Krakelieren, du kannst auch krakelieren.«) Anschließend rollte Gelb weiter Richtung Krone, traf Blau, der mit Hilfe dieses Schwungs durch das Portal rollte, unterließ es, ihn sonstwohin zu befördern *(»Entáxi«)*, setzte selbst seinen Weg durch das Drehkreuz fort, zielte auf das nächste schräg gestellte Tor, passierte auch dieses, wenn auch mit etwas Glück, und bewegte sich danach, lässig seinen Schläger schwingend wie seine Arbeitskollegen, die ihm das Spiel in den Pausen in Bromölla beigebracht hatten, zu Tunnel Nummer zwei. Er traf den gestreiften Stab, kehrte durch den Tunnel zurück, rollte mit einem Extraschlag durch den nächsten Bogen, durchquerte mühelos die Krone in umgekehrter Richtung, setzte seinen Weg zum nächsten Tor fort, ließ den Tunnel hinter sich, umrundete den Startstab und machte anschließend Jagd auf seine Gegenspieler. Nur zwei Minuten später war die Partie Geschichte. Weder Rot noch Blau kamen dazu, die Gesetze für die Bewegungen von Körpern im Raum zu erproben, ehe die gelbe Kugel ruhig und langsam auf den Startstab zurollte – den sie mit einem friedlichen, leichten Zittern berührte.

»Ton alíti…«, murmelte der Doktor. Lily, die nicht dazu gekommen war, die Leica zu heben, hob stattdessen die Hand zum Mund. Efi lächelte wehmütig, niemandem zugewandt. In dem Teil ihres Herzens, der nicht dahingeschmolzen war, wünschte sie sich nach Afrika.

Nachdem Blau anschließend den zweiten Platz belegt hatte, ging Gelb mit ausgestreckter Hand von einem Spieler zum anderen. Rot wandte ihm jedoch den Rücken zu, weil er nach seiner Kugel suchen musste, die erneut in Olléns Hecke gelandet war.

Als er sie fand, schlug er so unmotiviert wuchtig dagegen, dass sie wild hoppelnd über den Rasen und in den Komposthaufen schoss. »*Gamó tin*…« Er ging über den Rasen und machte sich erneut auf die Suche. Als er die Kugel nicht fand, stöhnte er und kehrte mit dem Schläger auf der Schulter zum Tisch zurück. Kostas, der erst in die eine und dann in die andere Richtung gegangen war, begegnete ihm auf halbem Weg. Beide waren in Bewegung, weshalb es ihrem Händedruck an Kraft und vielleicht auch Überzeugung mangelte. »Nächstes Mal bist du der erste Grieche.« Kezdoglou versuchte freundlich zu klingen, aber Jannis hörte ihn nicht. Er war schon unterwegs zum Steg, streckte die Arme über den Kopf und tauchte in einem perfekten Bogen in das zwanzig Grad warme Wasser ein. In diesem Moment hatte er zum ersten Mal das Leben hinter sich und die Unsterblichkeit vor Augen. Alles, dachte er, während zwei Luftströme die Nasenlöcher verließen, wirklich alles war phantastisch.

REVOLUTION MAN KANN SAGEN. Es folgt ein weiteres Gespräch, das wir auf den Spulen gefunden haben, die uns Anton Florinos freundlicherweise geliehen hat. Der Zeitpunkt ist schwer zu bestimmen, den Geräuschen im Hintergrund nach zu urteilen befinden wir uns jedoch im Atelier neben dem Heizungskeller.

REPORTER: Nochmals Hallo, anderer Grieche. Du hast gesagt, es ist nicht das Kartenspiel gewesen, weshalb du Áno Potamiá verlassen musstest. Vielleicht kannst du… *(Verstummt.)* Nicht? Du willst über die Gründe nicht sprechen? Okay. Kannst du denn wenigstens die Folgen beschreiben?

EIN ANDERER GRIECHE: Katastrophe, Mars *mou*. *(Pause.)* Im November, bald ein Jahr her. *(Neue Pause.)* Wie üblich ich wache früh auf. Das Feuer, das ist tot, das Zimmer, das ist kalt. Ich ziehe eine Hose an die Beine, während ich liege weiter im Bett. Den dicken Pullover auch. Dann bin ich die Schuhe angezogen.

REPORTER: Hast du nichts gemerkt?

EIN ANDERER GRIECHE: Gar nichts.

REPORTER: Wirklich nicht?

EIN ANDERER GRIECHE: Gourgouras' Traktor hört man, die Plastikfolie im Fenster vom Badehaus, es flattert, ein Esel, er schreit. Alles das ist, wie es immer ist. Warte, eine Sache, sie nicht ist, wie sie immer ist. Es riecht braun.

REPORTER: Du meinst, nach Scheiße?

EIN ANDERER GRIECHE: Mm. Ich merke, dass es braun riecht, obwohl ich schon es weiß. Also ich habe braun geträumt. Und jetzt ich denke: *katastrofí.*

REPORTER: Du hast etwas geahnt. Warum?

EIN ANDERER GRIECHE: Ich habe doch braun geträumt. Ich nicht weiß warum, aber ich träumte ein Loch im Himmel. Ich wache fast auf von Donnerplosion, obwohl ich beschließen, dass sie ist Teil von dem Traum. Als ich erwache, es stinkt. Nicht wie im Stall. Wie im Schlachthof. Du weißt schon, wenn der Schlachter, er den Tieren den Hals abnehmen will, die Tiere machen groß.

REPORTER:Und dann hast du verstanden?

EIN ANDERER GRIECHE: Ja, ich war ja nicht beim Türken im Traum. Ich gehe zum Eimer hinaus. Immer der Deckel, der liegt darauf. Das Futter, das darf nicht nass werden. Aber diesmal der Deckel, der liegt nicht darauf. Ich nehme die Schöpfkelle und ich will Körner werfen. Nur ein Problem. Voller Würmer. Dick wie Finger.

REPORTER: Igitt. Was hast du da gedacht?

EIN ANDERER GRIECHE: Gedacht? Das nicht ist wahr.

REPORTER: Du hast deinen Augen nicht getraut?

EIN ANDERER GRIECHE: Tss, Mars. Augen, sie sind mir, nur im Traum sie erfinden. Aber mein Bauch, der tut weh, als ich sehe, dass die Tiere, die ihre Därme entleert haben. Braun innen, braun außen. Es spielt keine Rolle. Braun überall.

REPORTER: Und da hast du begriffen…

EIN ANDERER GRIECHE: Ja. Darmerbrechen.

REPORTER: Durchfall?

EIN ANDERER GRIECHE: Revolution man kann sagen.

DER TOD IST SO IDIOTISCH. Jetzt fehlt nicht mehr viel vom Sommer 1967. Fast nur ein Abend, an dem Lily die Tür öffnete und rief, es sei jemand für Jannis am Telefon. Als der Kellergast hochgekommen war, hob er im Flur den Hörer ab. Man hörte Flüstern. Für einen Moment dachte er, dass sich Zikaden zwischen den Leitungen drängelten, dann begriff er, es waren seine Freunde in Bromölla, die miteinander sprachen. Efi schaffte es kaum, ihn zu fragen, wie es ihm ging, als ihre Stimme auch schon brach. Zwischen Rotz und Schluchzen erzählte sie, dass ihre Großmutter gestorben war. »Aber das haben wir erst vorgestern erfahren.«

Als die Eltern der Geschwister eine Woche zuvor nach der Siesta aufgewacht waren, ging der Vater in die Küche. Während Evangelos die Auberginen, die sie abends essen wollten, drückte und an ihnen roch, rief er nach seiner Stiefschwiegermutter. Nach dem Mittagessen war sie wie üblich in ihr Zimmer geschlurft. Ob sie auch eine Tasse Kaffee wolle? Als er die Frage wiederholte, aber nach wie vor keine Antwort bekam, sah er nach. Er fand Eleni Vembas mit dem Wintermantel zugedeckt auf dem Bett. Dem Arzt zufolge, den sie riefen, war ihr Herz aus einem der zahllosen unnötigen Gründe stehen geblieben, aus denen Herzen stehen bleiben.

»Und heute ist ein Brief von ihr gekommen, Jannis. Kannst du dir das vorstellen? Ich habe so gezittert, dass ich mich hinsetzen musste. Ich wollte ihn gar nicht öffnen, aber Kostas riss ihn mir aus der Hand und tat es. Auch die Toten haben ein Recht zu sprechen…« Jannis hörte ihren Bruder im Hintergrund protestieren, dann schien der Hörer mehrmals hin und her zu gehen. Es musste eng sein in der Stiernhielmsgatan, denn unmittelbar darauf schlug die Wohnungstür zu. Laut Efi, die nun mit klarer, aber zittriger Stimme sprach, enthielt der Brief ihrer Großmutter keine Wünsche. »Trotzdem kam es einem vor, als würde *jiajiá* von, uh… von der anderen Seite schreiben, uh, huh, hu…« Während sie sich schneuzte, dachte Jannis, dass es sich mit dem Brief verhielt wie mit den Sternen: Was man sah, waren nur noch Erinnerungen. Aber Efi konnte seine Gedanken nicht lesen. Oder die anderer.

Stattdessen erklärte sie, die Geschwister hätten sich gestritten, deshalb rufe sie an. Kostas wolle um jeden Preis zur Beerdigung nach Hause reisen. Wenn es die Großmutter nicht gegeben hätte, meinte er, wäre er nie auf die Idee gekommen, über das Geräusch von Autos oder die Motorik von Vögeln zu schreiben. Aber die Schwester hatte ihm verboten zu reisen, weil sie überzeugt war, dass der Geheimdienst ihn dann festnehmen würde, obwohl er schon im Gefängnis gesessen hatte. Vielleicht gerade deshalb. Stattdessen wollte sie selbst fahren. »Ich weiß nicht, wann ich zurückkomme, *Jannáki mou*. Ich habe eine Woche frei bekommen. Aber ich möchte, dass du weißt, ich komme zurück, weil du... Weil ich... Weil... Ach, vergiss es.« Sie schneuzte sich wieder. »Der Tod ist so idiotisch, so verdammt idiotisch.«

Jannis blieb im Flur sitzen. Es tutete regelmäßig im Hörer, dann ging das Signal in einen langen Ton über, der erst abbrach, als er den Zeigefinger auf die Gabel legte. Er starrte weiter das Bakelit an, als könnte es jeden Moment erneut in Tränen ausbrechen. Die Löcher erinnerten an einen Duschkopf. Danach dachte er an Mücken.

MEIN GOTT (II). Wir befinden uns wieder im Keller, vor einem Notizheft. Es ist der letzte Nachmittag im August. Diesmal ist die Tür abgeschlossen.

DER LEHRER: Und dann zwei Punkte darüber. Ja genau. So...
Plötzlich bricht dem Schüler die Bleistiftspitze ab.
DER SCHÜLER: *Gamó tin!*
DER LEHRER: Das macht nichts, es sieht trotzdem aus wie ein ö. *(Blickt vom Heft auf.)* Was bedeutet das eigentlich, was du und Papa dauernd sagt?
DER SCHÜLER: Du meinst *gamó tin panajía?*
DER LEHRER: Mm.
DER SCHÜLER *(denkt nach, lächelt, schont das Kind)*: »Mein Gott«, man kann sagen.

DER LEHRER: Aha. *(Schlägt eine andere Seite des Hefts auf.)* Kannst du lesen, was hier steht?

DER SCHÜLER: Du weißt, dass...

DER LEHRER: Was steht da?

DER SCHÜLER *(leise)*: Mein Gott, Mars. Du weißt, das ist schwer.

DER LEHRER: Musst du umziehen?

DER SCHÜLER: Aber das musst du doch auch.

DER LEHRER: Hier steht: »Musst du umziehen?« *(Pause.)* Ja, in einem Jahr. In einem Jahr kann viel passieren.

DER SCHÜLER: Mm. Iberaus viel.

DER TAG H. Vor seinem Abschied von Áno Potamiá hatte nichts Jannis daran glauben lassen, dass das Leben aus entscheidenden Ereignissen bestand. Ehe der Zug Thessaloniki verließ, war jeder Augenblick den anderen zum Verwechseln ähnlich und es wert gewesen, gefeiert zu werden – flaumige Feigen, die zwischen den Zähnen klebten, Walnüsse in einem Kissenbezug, Dinge dieser Art. Er schätzte das Leben, weil so viel darin geschah, aber fast nichts passierte. Während der Jahre, die ein Mensch atmete, aß und seinen Körper in verschiedenen Funktionen benutzte, wechselten die Dekorationen, Menschen betraten die Bühne und gingen von ihr ab. Aber die großen Erlebnisse, von denen es hieß, sie veränderten das Leben, waren so selten, dass er sie an den Fingern einer Hand abzählen konnte. Das Geheimnis des Lebens war im Gegenteil, dass es andauerte. Wer wusste schon, wann es wirklich begann? Oder endete? So hatte Jannis' Leben beispielsweise im Januar 1943 begonnen. Als er Vassos' mit Flüssigkeit gefüllten Bauch verließ, als Frau Poulias die Nabelschnur abband, während sie rußige Reime murmelte, und Despina das Bündel aus Fleisch und Panik hochhielt, fing es mit ihm an. Obwohl es mittlerweile genauso zutreffend war, dass es am 6. Februar 1967 auf einer Hafenbank in der Provinzhauptstadt mit ihm angefangen hatte, als er einen Stein auf das Zifferblatt der Uhr seines Vaters presste, während Möwen krakeelten und seine Lunge sich mit Salz und Diesel füllte.

Nach diesem Augenblick wusste er, das Leben schritt nicht nur voran, einem unbekannten Tag nach dem anderen entgegen, denn ebenso richtig war, dass es rückwärts weiterging – trotz der Jahre, die vergangen, und der Handlungen, die abgeschlossen waren. Es setzte sich zum Beispiel bis zu jenem Abend fort, an dem sein Vater von der Posttasche aufgeblickt hatte und seinen Blick so lange festhielt, dass der Abstand zwischen ihnen größer wurde als alles, was bis dahin in der Welt Platz gefunden hatte. Und es setzte sich weiter fort bis zu einem heißen Sommernachmittag im durchgelegenen Bett der Eltern, bis zu einem Austausch von Flüssigkeiten zwischen Laken, die nach Seife und Erde rochen. Es setzte es sich fort bis zu jenem Morgen, an dem Vasso den schnurrbärtigen Flüchtling auf einem der Felder gesehen, sich bekreuzigt und gedacht hatte, *panaji̱a mou*, egal wer, bloß nicht der, aber in einem Teil ihrer selbst, an dem sie nichts ändern konnte, wusste, er würde es sein, nur die Hasenscharte würde mit ihr um den Altar laufen, während die Trauzeugen Kränze über ihre Köpfe zu halten versuchten.

Tatsache war, dachte Jannis, dass er auch jenseits dieser Tage andauerte und man in mehrere Richtungen gleichzeitig geboren wurde und sich entwickelte, vorwärts und rückwärts, und manchmal sogar seitwärts. Das Leben war wie ein Gewässer, das in alle Richtungen expandierte. Ein Tag wurde zum nächsten gelegt und dort gelagert, wohin die Zeit gelangte, nachdem sie stattgefunden hatte, eine schwerelose, stetig wachsende Ansammlung von Nichtigkeiten, die den meisten trist und in ihrer Einförmigkeit womöglich erdrückend erscheinen würde – wenn sie denn an sie dächten. Was sie aber niemals taten. Stattdessen machten sie weiter, wie sie es immer getan hatten, rasierten sich und kämmten sich die Haare, pflügten Äcker, besohlten Schuhe, flickten andere Menschen, oder besser, legten Verbände an, klebten Pflaster, wo es passend erschien und verordneten Medikamente, all das, wozu Ärzte ausgebildet waren, oder sie schritten ihre engen Zellen ab, versuchten braunes

Wasser auf Gaskochern abzukochen und mit gebrochenen Fingern zu überleben, und manche liefen sicherlich auch Schlittschuh und krocketierten, schaufelten Schnee, bereiteten Obstsalat zu, tanzten … Die meisten Menschen glaubten, dass sie sich ausschließlich vorwärts weiterbewegten und das von dem, was sie erlebt hatten, nicht mehr hängen blieb als der Sand in den Augen beim Erwachen. Doch all diese normalen, begehrenswerten Augenblicke, die dahin gingen, lebten weiter. Dank des Gedächtnisses erwachten sie zu neuem Leben und verwandelten sich fortwährend und in tausend Richtungen wie ein riesiges Koordinatensystem, und aus diesem ganzen See von Möglichkeiten bestand ein Mensch. Dachte Jannis. Denken wir uns. Sicher, gelegentlich kam es vor, dass ein Mensch ein entscheidendes Ereignis oder eine Einsicht hinzugewann, das wollte er nicht leugnen. So mochte er beispielsweise sagen: »Ich habe eine Dummheit begangen, die ich besser nicht begangen hätte.« Oder: »Ich habe in den letzten Jahren in Schweden gelebt.« Oder: »Ich habe beim Krocket verloren.« Aber nicht einmal diese abgeschlossenen Handlungen hörten von einer Sekunde zur nächsten auf. Niemand ließ einen Freund oder ein Dorf ohne Ankündigung zurück. Niemand trat eine Reise an, ohne sie vorzubereiten. Nein. Das Wunderbare am Leben war, dass es weiterging – jetzt, bald und vor vielen Jahren.

Jannis vermochte nicht zu sagen, wann er den Entschluss gefasst hatte, Áno Potamiá zu verlassen. Es war nach und nach passiert, wie das Wasser in den Konservendosen gestiegen war. Lange blieben die Gefäße leer, oder er drehte sie um und schüttelte einen toten Käfer und sechs lose Beine heraus. Eines Morgens sah er es auf dem Boden jedoch glitzern, und von da an ging es schnell: Von einer Woche zur nächsten schwoll der Inhalt an, erst um einen, dann um mehrere Daumenbreiten, und als er am Monatsende seine Runde machte, sah er, dass sich die Oberfläche von Rand zu Rand leicht wölbte. Daraufhin reichte es, die Membran mit einer Zypressennadel zu berühren, um die Spannung reißen und das Wasser überlaufen zu lassen. So ähnlich, dachte er, denken wir uns, war es mit den Ereignissen im Leben: Alles wurde gesammelt, aber irgendwann riss die Spannung. Und dann stand man vor einem entscheidenden Augenblick, einem Gedenktag, und in manchen Fällen vor einer Katastrophe. Die Zypressennadel konnte aus einer Herzdame oder braunem Regen bestehen, einer Nacht in einem Hotel mit einer blondierten Frau, der Arbeitserlaubnis, die Doktor Florinos ihm beschafft hatte, oder dem Versprechen einer Anstellung auf Probe bei einer Saftfabrik in Tollarp. Und dann, nur dann, begriff man, die Oberflächenspannung war gerissen.

Dienstag, Mittwoch, Donnerstag, Juni, Juli, August, 1965, 1966, 1967... So sah das Leben aus. Lauter Übergänge. Erst wenn man seine Erlebnisse anderen vermittelte, verwandelten sie sich. Denn wenn man ein Ereignis wiedergab, wie Jannis es am ersten Abend auf dem Weg nach Balslöv getan hatte, verwandelte sich das Leben in eine Geschichte. Und Geschichten, das wusste er, bestanden aus lauter entscheidenden Augenblicken: Herzinfarkten, Militärputschen und Blitzeinschlägen, seltener aus dem Parfümtropfen hinter einem frisch gewaschenen Ohr, struppigen Ziegen oder quakenden Gummistiefeln, und praktisch nie aus nichtigen Anlässen zur Freude oder stechender Scham, trockenen, hilflosen Winden oder heißen Nächten so eng wie Schuhkartons. Geschichten waren das, was übrigblieb, wenn man das Leben entfernt hatte. Sie verwandelten Zufälle in Furchen auf dem Handteller.

Falls jemand gerade Fanfarenstöße hören sollte, mag es daran liegen, dass Jannis in diesem Moment erkannte, was Despina ihm zu erklären versucht hatte, als er fieberglühend weinte, weil er nicht zum Fluss hatte mitkommen können. Etwas musste erst verschwinden, damit man davon erzählen konnte. Das Dasein war aus Verlusten gefertigt. Diese Einsicht ließ ihn eine immer größere Unruhe empfinden, je weiter sich der Sommer in seinem ersten Jahr am Rand der Landkarte dem Ende zuneigte. Mit Anton hatte er darüber gesprochen, was sich in der Nacht zum 3. September ereignen würde, einem Sonntag, der sogar für Balslöver Verhältnisse ungewöhnlich war, wo die Nächte ansonsten eher dem Leben glichen und weniger dem Gedichteten, denn zwischen ein und sechs Uhr morgens war auch hier jeglicher private Autoverkehr verboten.

Man hört also Fanfarenstöße. Aber aus welchem Anlass? Die Antwort stand auf jeden Stall und Hausgiebel geschrieben, an dem man ein rhombenförmiges Schild montiert hatte, in dessen schwarzer, sechseckiger Mitte ein gelbes *H* prangte. Der Buchstabe war kursiv gesetzt, als wollte man auf diese Weise unterstreichen, dass er sich rechts, oder auf schwedisch: *höger* hielt. An strategischen Stellen wie Tankstellen und Ambulanzen, in Schulen und Verwaltungsgebäuden gab es Plakate und Informationsblätter, die den gleichen Buchstaben zeigten. Diesmal war er jedoch blau auf weißem Grund und nicht kursiv und hatte sich in eine Straßenkreuzung verwandelt, auf der sich ein zielstrebiger Pfeil vom linken Bein zum rechten Arm schlängelte. Darunter wurde sicherheitshalber das Datum wiederholt, an dem eine ganze Nation zu etwas überging, was die meisten Länder bereits hatten: Rechtsverkehr. In dieser letzten Nacht in Balslöv, das ahnte Jannis, würde die Oberflächenspannung reißen… Um dem ganzen die Form einer Geschichte zu geben.

Am früheren Abend hatte er ferngesehen. Zum letzten Mal wurde das Thema in einer Diskussionssendung durchgekaut. Ließ es sich, wollte ein Diskussionsteilnehmer linker Gesinnung wissen, tatsächlich rechtfertigen, dass über dreißigtausend Polizisten und Angehörige des Militärs eingesetzt wurden, um den Ablauf zu überwachen? Im Gegenteil, konterte ein bürgerlicher Oberstudienrat (weißes Hemd, Strickkrawatte, zusammengepresste Knie), es hatten doch mehr als hunderttausend Freiwillige ihre Hilfe angeboten – Schulkinder, Mitglieder von Interessenverbänden, Rentner. Zeigte diese Bereitschaft nicht, dass die Reform in breiten Schichten der Gesellschaft verankert war? Man merkte, dass es den Männern schwer fiel, einander zu duzen, denn sie vermieden die Anredeform tunlichst, auch wenn dies zu umständlichen Satzgebilden führte. »Statistisch gesehen«, hier erhaschte man einen

299

Hauch von Ironie hinter der Brille des Oberstudienrats, »statistisch gesehen muss davon ausgegangen werden, dass sich unter den Menschen auf der Straße sogar Unholde und Banditen befinden.« »Das beweist doch nur, was ich sage«, entgegnete sein Kontrahent. »Die Umstellung fördert die Kriminalität und ist möglicherweise selbst ein Verbrechen – gegen den Volkswillen!« Er verschränkte die Arme vor der Brust. »Wissen Sie eigentlich«, sagte der Moderator verbindlich (Polohemd, kleinkariertes Jackett), »dass zur Stunde neunzehntausend Fußgängerüberwege bewacht werden?« Er wandte sich der Kamera zu. »Da bleibt einem die Spucke weg.«

In der Nacht folgte Jannis dem Countdown liegend, mit einem Transistorradio auf dem Bauch. Er dachte daran, dass er niemals mehr die Gelegenheit haben würde, auf der linken Straßenseite zu fahren, wenn er seinen Führerschein bekam. Aber die blechernen Stimmen und die Musik machten seine Lider schwer, und als der Radiomoderator gerade erklärte, Schweden erlebe soeben die letzten Minuten der alten Verkehrsordnung, schlummerte er ein. So kam es, dass er beim Herunterzählen von zehn bis null nicht dabei war, sondern bis Viertel nach fünf traumlos schlief. Erst als Rock-Boris den letzten Refrain seines Sommerhits *Halt dich rechts, Svensson* sang, wachte er wieder auf. Während diverse Radiostimmen dem Land zu der Umstellung gratulierten, tastete er nach seinen Holzschuhen. Er spürte, dass etwas geschehen war, auch wenn er nicht hätte sagen können, was.

In der Bibliothek im ersten Stock flimmerte im Licht des Morgengrauens ein Telefunkenapparat. Anton lag noch auf der Couch, seine Augen waren schmal wie Münzschlitze. Er hatte einen ernsten Moderator gesehen, der die Ereignisse der Nacht zusammenfasste, als der Sendebetrieb wieder aufgenommen wurde, und berichtete, der erste Rechtsfahrer des Landes sei schon gestern in Schonen gesichtet worden, wo ein »Ausländer unter Alkoholeinfluss« einen Lastwagen dort fuhr, wo noch die falsche Straßenseite war. Er hatte gesehen, wie das Parlamentsgebäude, »schläfrig abwartend«, des einzigartigen Augenblicks harrte, er hatte eine

300

Stimme erklären hören, dass es eine Minute vor fünf war, und er war dem Sekundenzeiger gefolgt, der rund um das milchige Zifferblatt tickte – bis die Frau von der Zeitansage verkündete, es sei 5.00.00 und der große Pfeil, der auf sieben zeigte, sich spiegel- und gespenstergleich nach rechts wandte und stattdessen auf fünf zeigte. Als Jannis eintrat, sah er die Autos in Luleå wieder rollen, einen Kreisverkehr in Göteborg zum Leben erwachen und das Gewirr auf der Kungsgatan in der Hauptstadt brasilianische Dimensionen annehmen. »So fühlt es sich also an, rechts zu fahren... Also ich finde, man fühlt sich richtig gut dabei«, verkündete die körperlose Stimme.

Der Grieche schaltete den Fernseher aus. »Komm, wir müssen nach der Welt sehen.« Während der Teil der Bevölkerung, der nicht auf den Straßen feierte, in den eigenen oder anderer Leute Betten schlief, spazierten sie durch das Dorf. Als sie die große Kreuzung erreichten, inspizierten sie die neu aufgestellten Schilder. Sie waren noch in schwarze Müllsäcke gehüllt, während die alten binnen weniger Minuten lebensgefährlich geworden waren. Anton überquerte die frischen weißen Striche und ging zum nächstgelegenen Schild. Er passte auf, dass keine Autos kamen, dann winkte er Jannis zu sich, der mit ausgestreckten Armen auf ihn zukam. Schnell und athletisch hob er das Kind auf seine Schultern und verteilte das Gewicht mit einem Ausfallschritt. In den folgenden Minuten stülpte die 2,30 Meter hohe Gestalt die Müllsäcke von der einen Schilderart auf die andere. Anschließend hob die untere Hälfte der Gestalt die obere herunter, und fortan würde das Abbiegen nach Balslöv keine Todesopfer fordern müssen.

Wäre dies die einzige Revolution der Nacht gewesen, hätten wir getrost weiterschlafen können. Kurz bevor sich aus nördlicher Richtung zwei Scheinwerfer näherten, zeigte Jannis jedoch auf die drei unangetastet gebliebenen Schilder. »Krr-«, verkündete er mit seliger Grimasse. »Krr-istianstad 7 km...« Er lachte über die Abkürzung, die klang, als bisse er sich in die Zunge. »Toll-«, fuhr er anschließend fort. »Tollarp 27,4 km.« Auch das Kommazeichen berei-

301

tete Probleme. Dann zeigte er auf das letzte Schild, strahlend wie die Sonne, die in diesem Augenblick hätte aufgehen sollen. »Baalslöv, Ba-a-als-löööv!« Die Arme ausgestreckt, bog er ins Dorf ab wie ein betrunkener Engel. Anton lief ihm johlend hinterher. »Habe ich's dir nicht gesagt? Das war doch gar nicht so schwer, oder? O nein, halt dich rechts, Svensson! Halt dich…« Der Engel mit den Holzschuhen fuhr soeben in den Straßengraben.

SVENSSON. Nach dem Mittagessen am selben Tag packte Jannis Kleider und Avramidis in den Koffer, rasierte sich und drückte Lilys Hand so lange und ausgiebig, dass sie »O Jannis« herausplatzte und ihn umarmte. Als sie seine Schultern losließ – der Gast würde seinen Abschied mit dem Duft von Deodorant und Babypuder verbinden – bat er darum, das jüngste Kind halten zu dürfen. Er hob es aus dem Wagen und spielte mit den Zehen, als wären es Rosinen. »Vielleicht ich nehme Ziegenkind mit?« Agneta zog mit wehmütigem Blick das Rollo herunter. In der Tür verwüstete der ehemalige Kellergast Theos Mittelscheitel. Niemand wusste, wo sich sein älterer Bruder aufhielt. Die Familie begleitete Jannis hinaus, wo Manolis das Gepäck im Kofferraum verstaute. Als er den Deckel zuschlug, schaukelte der Wagen kurz. Der Doktor klimperte mit Münzen in der Tasche. »Theo hat da was für dich, wir hoffen, dass es dir von Nutzen sein wird.« Ernst wie eine Kirchenkerze stand sein Sohn, die Hände hinter dem Rücken verborgen. Dann überreichte er einen Umschlag, den Jannis ungeöffnet in die Hemdtasche steckte. Daraufhin schlug sich der Grieche verschwörerisch vor die Brust und schaute sich um. Alle fragten sich, wo Anton steckte. Erst als Manolis den Zündschlüssel drehte, kam der Junge um die Hausecke gerannt. Er lief zu der heruntergekurbelten Scheibe und legte etwas auf die Stiefel im Schoß des Reisenden. »Das hier… ist… von mir.« Das Sprechen schien ihm Mühe zu breiten. »Tschüss, Svensson.«

ALLES, WAS EIN MANN BRAUCHT. Durch Doktor Florinos' Vermittlung hatte Jannis eine Stelle in der Önos-Saftfabrik bekommen. In seiner Hemdtasche lag neben einer Arbeitserlaubnis auch der Name des Personalchefs in Tollarp, dessen Gallensteine – groß wie Reiskörner – ein halbes Jahr zuvor entfernt worden waren. Die Adresse, unter der er ein möbliertes Zimmer mietete, lautete: bei Greta Granqvist, Blomstervägen 10. In dem schmutziggelben Backsteinhaus unweit des Freilufteishockeyplatzes verfügte Jannis über ein Zimmer im Dachgeschoss. Seine Vermieterin war aktives Mitglied der Kirchengemeinde und eine gute Freundin von Agnetas Mutter, die den Kontakt vermittelt hatte. Außerdem war sie Witwe und mochte Kreuzworträtsel. Letzteres führte dazu, dass sie mit ihrem Untermieter viel zu bereden hatte, der von allem, was das Alphabet enthielt, nie genug bekommen konnte. Wenn sie nicht »weißes Porzellanmöbel für hygienische Zwecke, senkrecht, acht Buchstaben, beginnt mit *T*« diskutierten, oder sich über den Namen von »Stiernhielms einheimischer Ausländer, der erste Held in unserer Literatur, waagerecht, acht Buchstaben, *Her* am Anfang« stritten, unterhielten sie sich über Thunells Mädchen. Die Vermieterin trug ihre Haare in einem Netz und stellte ihm jeden Sonntagmorgen ein Tablett mit Kaffee, belegten Broten und einer Kirschpraline vor die Tür. »Sie findet, dass ich Vitamine brauche«, lachte Jannis, als er seinen Arbeitskollegen von der Schokolade erzählte.

Nachdem sie das Frühstück gemacht hatte, das es ihr ermöglichte, einen Essenszuschlag zu verlangen, bereitete sich Frau Granqvist auf die Kirche vor: weiße Schuhe, lange Handschuhe, die bessere der beiden Zahnprothesen. Wenn sie die Haustür zuzog, war ihr Haar in einer Plastikhaube verpackt. Bei dem Gedanken daran, was sie für Agnetas Griechen tat, war sie stets besonders kirchlich gestimmt. Was spielte es da schon für eine Rolle, wenn er nicht wusste, dass Stiernhielms Werk *Der schwedische Herkules* hieß. Eine halbe Stunde später sang sie mit voller Stimme im Gemeindeheim – einer der Gründe dafür, dass Bertil Granqvist († an den Folgen falscher Insulinbehandlung) sich in sie verliebt hatte –, während der Mieter tat, was er an den Sonntagen immer tat: Er kratzte die Marmelade von den Broten, warf die Praline weg und widmete sich seinen Gymnastikübungen. Diese bestanden aus explosiven Sit-ups mit den Händen an den Ohren, gefolgt von schnellen Liegestützen auf einer beziehungsweise auf zwei Händen, und wurden, begleitet vom Quäken des Radios auf dem Nachttisch mit seinen fetten Beinen aus gedrechselter Eiche, mit diversen Dehnübungen abgeschlossen. Auf dem Tisch stand ansonsten Antons Geschenk: ein »Außenländer« aus einem gefundenen Korken, einer Stecknadel und ein paar Streichhölzern, der auf Schlittschuhen aus Schwefel balancierte. Wenn Jannis die Figur betrachtete, dachte er jedesmal, dass auch Gillis Grafström auf etwas gestützt begonnen haben musste.

Der Sonntag war aber auch aus anderen Gründen etwas Besonderes, denn an diesem Vormittag hatte er die Erlaubnis, sein wöchentliches Bad zu nehmen. Nach den Gymnastikübungen ging er mit einem Badehandtuch um die Hüften die Treppe hinunter und verschwand hinter der Tür mit der Milchglasscheibe. Auf seinem Handtuch stand diagonal in Druckbuchstaben: JANSSONS HERRENKONFEKTIONSGESCHÄFT. Man konnte sehen, wie sich die Hälfte der Aufschrift drehte und über dem Po unleserlich wurde. Auf der Rück- oder momentanen Innenseite wurde verkündet: ALLES, WAS EIN MANN BRAUCHT. Letzteres war zu Bertil Granqvists Lebzeiten ein Dauerwitz gewesen. An den Wochenenden war er aus dem Badezimmer gekommen, wie der Herr ihn erschaffen hatte, das Handtuch, das Jannis trug, um die Schultern gelegt und ein Verkäufergrinsen im Gesicht. »Ist das nicht alles, was ein Mann braucht?« Bei dem Anblick rutschte Greta ins Bett hinab, bis die obere Zahnreihe gegen den Rand der Decke drückte. »Mmm«, antwortete sie, woraufhin sie die Prothese herausnahm und das Nachthemd abstreifte. Nach dreiundzwanzig größtenteils glücklichen und vollkommen kinderlosen Ehejahren wurde sie Kirchgängerin. Endlich fand die Prothese auch an Sonntagen Verwendung.

Als Jannis das Wasser betrachtete, das durch sein Brusthaar

schwappte, ahnte er nicht, was sich hinter der Tür zum Schlafzimmer, an der Frau Granqvists Morgenmantel hing, regelmäßig abgespielt hatte. Aber es wäre falsch zu verschweigen, dass er über das Badetuch nachgrübelte, dessen Text er von dort, wo er mit dem Nacken auf dem Emaillerand lag, lesen konnte. Unter der Oberfläche wiegte sich unbekümmert seine maskuline Endung. Bei einer Kontrolle erwies sich der Haarwuchs ringsum als weich und dicht. Es passierte nichts, als Jannis sich wusch, weil er in Gedanken bei dem großen Metallbottich mit der Aufschrift ORANGE war, in dem Glycerin, Stärke und Pomeranzen zu einer zähflüssigen Masse eingekocht wurden. Aber als er seine Aufmerksamkeit den Mitarbeiterinnen zuwandte, die sich in schlecht sitzenden Kitteln über das Gefäß beugten, mit riesigen Kellen rührten und unfreiwillig die Stoffe um die Hüften spannen ließen, kam seiner Endung unleugbar eine gewachsene Bedeutung zu.

Während er sich wusch, bestätigte er folglich die berühmteste Annahme der Hydraulik. »Wird ein Körper in Flüssigkeit gesenkt, so wird er von einer Auftriebskraft beeinflusst, die der Gewichtskraft des verdrängten Wassers entspricht«, heißt es ja in der Schrift *Über schwimmende Körper*, die Avramidis im Vorwort zu seinem Meilenstein der Wasserlehre zitiert. Wir könnten auch sagen: Je fester er die Gedanken in den Griff zu bekommen suchte, die er mit dem Anblick von Branka Pasics und Doris Jönssons Hüften verband, ebenso ahnungslos wie ausgeklügelt über die beißende Marmelade gebeugt, desto deutlicher wurde die Auftriebskraft beeinflusst. Die Situation ließ sich auch dadurch nicht unbedingt leichter in den Griff bekommen, dass sich eine der Kolleginnen in seinen Gedanken in eine blonde Schauspielerin mit schwingenden Hüften und nackten Füßen verwandelte. Das Badewasser schwappte gegen die Schlüsselbeine – zunächst still, dann merklicher, fast aufgewühlt. Die Seifenmembran, die in dem bleistiftgrauen Herbstlicht so hübsch changiert hatte, wurde von der Faust durchstoßen, mit welcher der Badende ein unbändiges Pronomen herabzudrücken versuchte, und die Efi einmal seine aktive Hand genannt hatte. »Da, da, da…«, stöhnte er, während er immer tiefer in die Wanne sank. Es klang, als wollte er einen Hund anweisen, Sitz zu machen.

»Halle-luuu-*ja*!«, platzte Greta Granqvist zur gleichen Zeit mit einem befriedigenden Vibrato in der Stimme heraus, während sich die übrigen Gemeindemitglieder in die Bankreihen setzten und in ihrem Badezimmer im Blomstervägen geschah, was geschehen musste.

ZEHN LITER MARMELADE. Im November kam dann endlich das kleine Tier. Es erwies sich als eine Biene größeren und trägeren Modells, die Jannis' Rückgrat mit etwas hochsummte, was sich wie ein Propeller anfühlte. Eigentlich hätte sie gemeinsam mit den übrigen Bienen im Stock hocken müssen, wenn sie den bevorstehenden Winter überleben wollte. Doch das Tier hatte sich trotz unterkühltem Regen und Einsamkeit nicht unterkriegen lassen, und deshalb stellte sich die Liebe in seinem Leben so spät und unvermutet ein wie das meiste n. A. Es gibt jedoch eine Zeugin der Überraschung, so dass wir sie auf einen Mittwoch mit ungeahnt viel Dienstag darin datieren können. Oder wie auch immer Jannis die Sache ausgedrückt hätte. Laut ICA-Kalender schrieb man jedenfalls den 8. November.

Kurz vor sechs Uhr abends betrat unser – und schon bald nicht mehr nur unser – Held das Geschäft, in dem Agneta Thunell soeben einige Kupfermünzen in ihre Geldbörse legte. Sie hatte eine Woche frei, während Lily Florinos mit den Kindern Verwandte in Piräus besuchte, und war losgeeilt, um kurz vor Ladenschluss Fleischwurst zu kaufen. Jannis bemerkte das Kindermädchen nicht, als er zu der Kasse mit Hygieneartikeln auf der einen und Katzenfutter auf der anderen Seite ging, denn er hatte anderes im Sinn. Und in den Händen. Nach einem Herbst voller unbeholfener Blicke auf die irgendwie viereckige Kassiererin – wobei sich Dialoge entwickelt hatten von »Hast du Zündzweige?« »Zündzweige?«

306

»Ja, du weißt schon, was ich meine«, bis zu »Hast du Zeit?« »Zeit?« »Ja, du weißt schon, was ich meine« – hatte er sich für eine direktere Vorgehensweise entschieden. Jetzt stellte er einen Zehnlitereimer Marmelade auf den Tresen. Die beiden Frauen sahen erst den Eimer, dann den Griechen, danach einander an. Anschließend brachen sie in ein Gelächter aus, das kein Ende nehmen wollte. Von dieser Reaktion verwirrt, wollte Jannis gerade sein Geschenk verteidigen, als er entdeckte, wer vor ihm stand – und daraufhin passierte Eigenartiges: Sein Rückgrat schrumpfte und dehnte sich, beides zugleich, und ließ eine müde und dankbare Biene herein.

Halleluja.

Die Tatsache, dass Berit Jansson augenblicklich aus seinen Gedanken verschwand, die stattdessen ganz von Agneta Thunell erfüllt wurden (Arme, Beine, Fleischwurst), diese Tatsache lässt sich physiologisch erklären. Aber im Moment war Jannis besorgt, und um die Faust zu beruhigen, die plötzlich gegen den engen Brustkorb pochte und pochte, erklärte er, der Eimer komme aus der Fabrik. Damit nicht genug. Unerwartet inspiriert erzählte er, es handele sich um ein Präsent für Frau Granqvist. So, so, meinte Agneta und sah die Kassiererin an. So sei es ganz bestimmt, denn Tante Greta habe einen guten Geschmack. Wahrscheinlich fasste der Grieche ihren Blick falsch auf, denn mit wesentlich größerer Vertraulichkeit, als er sich unter anderen Umständen zugetraut hätte, zog er das angekaute Streichholz aus dem Mund und fragte seine zukünftige Frau, ob sie mit ihm zu Abend essen wolle. Die Kassiererin hatte die Gastarbeiter im Ort kommen und gehen sehen und hätte es nie für möglich gehalten, dass sich jemand auf einen Flirt mit einem von ihnen einlassen könnte. Nun bemerkte sie jedoch den Glanz in den Augen ihrer Freundin, nun hörte sie die dumpfe Stimme des Ausländers, nun erkannte sie, dass sie Zeugin eines historischen Augenblicks war. »Marmelade?« fragte Agneta.

Das Abendessen wenige Tage später fiel weniger denkwürdig aus. Danach wurden das Kindermädchen und der Gastarbeiter jedoch mit einer Schnelligkeit ein Paar, die selbst die Menschen in Tollarp erstaunte, wo eine Beziehung nach einem Besuch bei der jeweiligen Familie als bestätigt galt. Nach einer Reihe von Affären mit jüngeren Männern im Ort, deren letzte zu einer Verlobung geführt hatte, die einige Wochen vor ihrem Eintreffen in Balslöv gelöst worden war, verspürte Agneta mütterliche Instinkte. Das Gefühl war neu, gestand sie, als sie sich Lily anvertraute, aber nicht unangenehm. Hatte die Frau Doktor das Gleiche empfunden, als sie ihrem Griechen begegnet war? Amüsiert merkte Agneta, dass es ihr nicht nur gefiel, erfahrener zu sein als Jannis, sondern auch zu zeigen, wie man sich dabei verhielt – nicht wie ihre früheren Freunde, die alle Welt immer an ihre Fähigkeiten erinnern mussten, sondern durch Freundlichkeit, Schweigen, Würde. Aber es gefiel ihr auch, den Geschichten aus Áno Potamiá und den Träumen von Áno Potamiá und den Plänen für Áno Potamiá zu lauschen, von denen Jannis in einem immer verständlicheren Schwedisch berichtete. Ganz zu schweigen von dem Gefühl »überwältigt« zu werden, womit sie das Gewicht meinte, das sie spürte, wenn der Grieche seinen Schenkel auf ihren legte.

Unser – und nicht mehr nur unser – Held fühlte sich seinerseits von dem zugleich Entfliehenden und Entgegenkommenden in Agneta angezogen. Es gefiel ihm, dass sie keine Geheimnisse hatte, und es gefiel ihm, dass sie doch welche zu haben schien. Es gefiel ihm, dass sie die Nase rümpfte, wenn sie erklärte, die Holzmesser seien für die Butter, oder dass schwedische Frauen ihren Männern manchmal tatsächlich Strümpfe kauften, und gelegentlich tat er etwas wider besseres Wissen, nur um sie die Nase rümpfen zu sehen. Es gefiel ihm, dass sie ihn in erlesenen Momenten »mein Supergrieche« nannte, und es gefiel ihm, dass sie seine Aussprache mit der Stimme einer Lehrerin korrigierte. Es gefiel ihm, in ihrer Gegenwart sein Waschbrett zu pflegen (ein neues Wort, dass er benutzte, wann immer er konnte, bis Agneta meinte, *so* viele Muskeln gebe es nun auch nicht zu polieren), und er dachte gerne und lange darüber nach, wie ihre Söhne aussehen würden (Griechen mit Waschbrettern, allesamt). Letzteres betrachtete er übrigens als

308

seine »Mission« – aber in diesem Punkt wurden seine Hoffnungen enttäuscht.

Wenn Jannis sich an den Wochenenden bereit machte, sein Körpergewicht zu verlagern, schob das Kindermädchen seinen kitzelnden Schenkel freundlich, aber bestimmt fort und drehte sich zum Nachttisch um. Agneta mochte es, überwältigt zu werden, keine Frage, doch dies durfte nicht ohne Schutz geschehen. Sie hatte ein Geheimnis, das sie nicht einmal ihrem Gastarbeiter anzuvertrauen gedachte: Nach allem, was sie mit Bengt durchgemacht hatte, wollte sie auf gar keinen Fall wieder schwanger werden. Deshalb streifte sie – kundig – sachlich – fast routiniert – ein öliges Gummifutteral über Jannis' Glied. Dann spreizte sie die Beine und wartete mit genüsslicher Ungeduld darauf, überwältigt zu werden. Der Grieche seinerseits lernte mit der Zeit, die ganze Herrlichkeit in die Umhüllung zu entleeren, die er im Übrigen mit einem Lachen, das Stolz erahnen ließ, »Herrn Durex« nannte. Dabei dachte er jedesmal, dass die Schwedinnen genauso waren, wie Kauder behauptet hatte: frei und keusch. Für ihn stand fest, wenn sie erst einmal geheiratet hatten, würde Agneta nur noch ersteres sein.

O, Jannis, o Jannis Georgiadis…

INTERVIEW MIT DER LIEBSTEN. »Damals arbeitete ich noch bei Doktor Florinos, aber es wurde allmählich Zeit, mir etwas anderes zu suchen. Die Familie wollte bald nach Lund umziehen. Übrigens war ich schon zweiundzwanzig und hatte noch keine Berufsausbildung. Ich hatte keine Lust, von einem Mann abhängig zu sein. An den Wochenenden fuhr ich heim, nach Tollarp, um mich mit Freunden zu treffen. In Balslöv gab es nur Tante Aga, und die Kinder natürlich. Meine beste Freundin hieß Berit. Sie arbeitete noch immer im ICA. Ab und zu kamen Ausländer aus der Saftfabrik herein und wollten Dinge kaufen, die es nicht gab. Wenn sie ihnen dann erklärte, dass kein Knoblauch mehr da war oder es niemals ungesäuertes Brot gegeben hatte, zog sie jedesmal eine Grimasse.

Und wie sie rochen. Also, ehrlich gesagt mochte Berit die Leute nicht besonders. Bevor ich die Stelle bei der Familie Florinos antrat, dachte ich wohl wie sie: Niemals einen Gastarbeiter, niemals werde ich mit einem Gastarbeiter gehen.

Im November hatte ich eine Woche frei. Frau Lily wollte mit den Kindern verreisen. Berit meinte, wir könnten nach Kristianstad fahren und mal wieder in den Volkspark gehen. ›Komm mit, das macht Spaß. Und die Musik ist so gut.‹ Seit meinem Geburtstag war ich nicht mehr ausgegangen. Ich wollte schon gerne mitkommen, aber ich wusste, dass Mutter Ärger machen würde. ›Da sind nur schlechte Menschen‹, sagte sie immer, sobald ich in ein Restaurant oder sonstwohin gehen wollte. ›Warum konntest du nicht bei Bengt bleiben?‹ Bengt war mein erster Verlobter. Eines Tages beschloss er, die Buchhalterin in der Spedition, in der er nach seiner Entlassung Arbeit gefunden hatte, lieber zu mögen als mich. Und das, obwohl ich ein Kind erwartete, das *er* haben wollte, nicht ich. Ich war also nun wirklich nicht für den Schlamassel verantwortlich. Ich weinte ziemlich viel in jenem Herbst, bevor ich bei der Familie Florinos anfing, auch wenn ich später, als ich mich für eine Abtreibung entschieden hatte, nur noch dankbar war, dass Bengt mich verlassen hatte. Er hatte nie gewusst, wer ich wirklich war. Berit machte mir den Vorschlag, bei ihr zu übernachten. ›Jetzt muss Schluss sein mit dem Trübsal blasen, du weinst ja, dass das Wasser im Fluss Helge steigt.‹ Wenn ich bei ihr übernachtete, konnten wir zum Park fahren, ohne dass Mutter etwas davon erfuhr. Am Mittwoch kam dann Jannis ins Geschäft. O nein, dachte Berit, wie sie mir später erzählte, als sie ihn sah, nicht der schon wieder. Er war ihr vorher schon aufgefallen. Er kam immer allein, und sie hatte bemerkt, wie er sie anstarrte. Diesmal hielt er einen Eimer Marmelade in der Hand. Die hatte er bestimmt in der Fabrik geklaut. Sie war ganz schön baff, als sich herausstellte, dass wir uns kannten. Dass er der Supergrieche aus Balslöv war.

Jannis verlor so die Fassung, dass wir lachen mussten, auch wenn das nicht besonders nett von uns war. Aber dann biss ich mir auf die Zunge. Da stand er nun, mit seinen Augen und Schultern und dem Zehnliterbehälter, und ich sah, wie verlegen er war. Ehe ich mich versah, fragte er, ob ich mit ihm zu Abend essen wolle. ›Marmelade?‹, erkundigte ich mich. Das machte ihn wohl ein bisschen traurig, denn jetzt wollte er bezahlen. Berit merkte es und versuchte nett zu sein und fragte, wie er heiße. Sie sei bestimmt die einzige, die nicht alle kenne. Das sei übrigens ihr Name, meinte sie und zeigte auf ihr Namensschild. ›Jannis Svensson‹, sagte Jannis und legte die Hand auf seine Brusttasche, als wollte er einen Eid ablegen. Er lachte so, dass wir alle lachten, aber diesmal gutmütiger. Er sei Grieche, fuhr er fort. Auf Schwedisch werde aus seinem Namen ›Janne‹. Aha, wird Berit wohl gedacht haben, bloß nicht noch so ein Gastarbeiter, der sich aufspielt. Aber der hier, der keineswegs scherzte, streckte die Hand aus. Damit hatte sie nicht gerechnet. Er war sehr höflich und verbeugte sich. In ihren Augen verhielt er sich seltsam für einen Ausländer. Jannis sagte, er werde nach Hause zu Frau Granqvist gehen und ihr die Marmelade schenken. Er sprach besser Schwedisch als in meiner Erinnerung. Und dann hatte er diese Stimme, von der man weiche Knie bekam. Wie Hufschläge und Rauch, dachte ich. Wenn alle Männer solche Stimmen hätten, gäbe es noch Hoffnung für die Menschheit. Ehe er ging, sagte er noch, er freue sich darauf, zu ›soupieren‹. Berit starrte ihn nur an, weshalb ich schnell nickte, um ihn loszuwerden.

Als Jannis gegangen war, meinte Berit, ich solle mich hüten, mit dem Gastarbeiter einen saufen zu gehen, oder was er da gesagt habe. Sie drohte mir mit dem Finger wie einem Kind. Wahrscheinlich merkte sie, dass ich mir die Sache ernsthaft überlegte. Aber als ich von Balslöv erzählte, fand sie, es gebe nichts zu diskutieren. Der Volkspark laufe uns ja nicht davon, wenn ich etwas Besseres vorhätte. Sie wackelte mit den Hüften. ›Nie im Leben‹, sagte ich. ›Das tue ich niemals.‹ Obwohl ich einen Lachanfall bekam, als sie weiter die Hüften schwang wie eine liebestolle Ente. Und an dem Wochenende tat ich es. Ging ich mit ihm aus, meine ich. Jannis holte mich bei Berit ab. ›Entschuldigung, Fräulein‹, sagte er, als er klingelte – ohne Blumen, aber trotzdem. Sie muss gedacht haben: Ich hör wohl nicht richtig. ›Als wir uns letztlich sahen, ich hatte nicht die Gelegenheit, so gut Hallo zu sagen. Ioannis Georgiadis, Fräulein. Sehr erfreut, Fräulein.‹ Fast wie der Herr Doktor. Berit kicherte. Sie hätte bestimmt nichts dagegen gehabt, selbst mit ihm zu soupieren. Jannis war schick angezogen. Schwarzer Anzug, gewichste Schuhe, die Haare glänzten wie ein Helm. Er sah aus, als müsste er zu einer Beerdigung. Er winkelte den Arm an. Was sollte ich denn tun, also habe ich mich bei ihm eingehakt. Ich glaube, er hat mich in Mattssons Speisesaal eingeladen. Ein anderes Restaurant gab es zu der Zeit ja nicht. Ja, so war es. Ihn sollte ich also heiraten…

Nach dem Essen machte er einen Diener und gab mir die Hand – versuchte gar nicht erst, mich zu küssen oder so. Das war ich nicht gewöhnt. Ohne darüber nachzudenken, waren wir statt zu Berit zu mir nach Hause gegangen. Es war halb zwölf, als ich endlich aufschloss. Mutter stand im Flur. Vater schlief schon, aber dem wäre es ohnehin egal gewesen. ›Was hast du gemacht, Agneta? Wer war das?‹ Ich sagte: ›Mutter, wenn ich dir erzähle, dass ich mit einem Gastarbeiter ausgegangen bin…‹ Sie wäre fast aus den Latschen gekippt. ›Mit einem Gastarbeiter? Ich hör ja wohl nicht richtig!‹ Ich antwortete nur: ›Beruhige dich, Mutter. Mit deinen Ohren ist alles in Ordnung. Er war nett und wir haben nur soupiert. Es ist Jannis, du weißt schon. Tante Gretas Grieche. Aber ich gehe ja wieder zurück nach Balslöv, du brauchst dir also keine Sorgen zu machen.‹ Ich wusste allerdings nicht, dass Berit ihm eine Woche später im Geschäft begegnen und sagen würde, dass ich den Abend nett gefunden hätte. Für so was hat man eben seine Freunde. Sie sorgte dafür, dass wir uns ein paar Wochenenden später wiedersahen – und zwar mit ihr. ›Du brauchst eine Anstandsdame.‹ Diesmal trug Jannis einen anderen Anzug. Blau, glaube ich. Nicht hell, aber auch nicht dunkel. Meerblau. Und steif wie Papier. Den Anzug kombinierte er mit einem weißen Nylonhemd und einer grauen Krawatte. Da schau her, dachte ich. Damit hatte ich nicht gerechnet. Ich war wirklich beeindruckt.

Berit hatte sich ein Auto geliehen. Jannis wollte fahren, durfte aber nicht, als er gestand, dass er keinen Führerschein hatte. ›Noch nicht, Berit! Noch nicht!‹ Wir fuhren zum Volkspark, denn an dem Tag sollte Svante Thuresson zusammen mit Lill Lindfors auftreten und die wollte ich für keine Marmelade in der Welt verpassen. Ab und zu schielte ich zu Jannis hinüber. Er saß reglos da und sah nach vorn wie in der Kirche. Einmal ertappte er mich und lächelte so warm, dass ich dachte, ich würde schmelzen. Wir aßen und versuchten, zu der Musik zu tanzen. Sie sangen so schön, du weißt schon, dieses Lied vom Schweinehirten und der Prinzessin. Ich dachte: Irgendwie ist Jannis viel mehr als nur nett. Fühlt es sich so an, endlich gesehen zu werden? Manchmal war er aber auch hilflos. Zum Beispiel, als wir unser Essen bestellten. Das einzige, was er kannte, waren Fleischbällchen – und zu denen wollte er Wein trinken! Das Restaurant hatte Sorten, von denen er noch nie gehört hatte, und als die Kellnerin sich daraufhin erkundigte, ob er einen roten oder einen weißen haben wollte, antwortete er nur: ›Ja, bitte.‹ Ich weiß nicht, ob er den Unterschied kannte… Anschließend schwieg er. Als wir wieder tanzten, dachte ich, dass er sich bestimmt ziemlich gut bewegen würde, wenn ihm nur jemand die Schritte beibrächte. ›Unter seinem Anzug ist er wie eine Katze‹ flüsterte Berit, nachdem sie einmal mit ihm getanzt hatte. ›Wenn du nicht aufpasst, kann auch ich eine Katze sein.‹ Sie drückte ihre Zigarette aus und kratzte mit den Fingernägeln. Ich lachte und bat sie, still zu sein. Aber aus irgendeinem Grund konnte ich nicht vergessen, was sie gesagt hatte.

Auf dem Heimweg erklärte Jannis, er wolle uns die Sterne zeigen. Berit meinte, die hätte sie schon gesehen, aber wir hielten trotzdem mitten im Nirgendwo an. Berit tat, als bekäme sie Kopfschmerzen und blieb im Auto. Ich konnte mich kaum ernsthalten, als Jannis ihr eine Kopfschmerztablette geben wollte. Oder als wir auf den Acker hinausgingen. Es roch nach Gülle und die Absätze blieben im Lehm stecken. In der Dunkelheit muhten Kühe. Ich wusste ja, was kommen würde, und der Ort war nun wirklich nicht besonders romantisch. Aber er versuchte gar nicht, mich zu küssen, sondern nahm nur meine Hand, wie vorher, als er mich auf die Tanzfläche geführt hatte, und zeigte mit meinem Finger auf Sterne, die er bei ihren griechischen Namen nannte. Er sagte, es gebe bestimmt eine andere Frau im Kosmos – er meint sicher auf der Erde, dachte ich –, die im selben Augenblick dieselben Planeten ansah. Ob ich daran schon einmal gedacht hätte? Nein, das konnte ich nun wirklich nicht behaupten. Aber der Gedanke war schon ein bisschen romantisch. Als wir nach Hause kamen, sagte er: ›Es hat mich iberaus gefreut.‹ Jannis sagte immer *iberaus*. Das Ü fiel ihm schwer. Ich weiß nicht wieso, aber das scheint vielen Griechen so zu gehen. ›Ich will iberaus gern dich wiedersehen.‹ Ein richtiger Kavalier. Das meinte Berit auch, als wir am nächsten Morgen am Küchentisch saßen und rauchten. Ja, und dann habe ich ihn geküsst. Einfach so. Mitten auf dem Acker.

Mutter wollte keinen Gastarbeiter treffen – obwohl er bei Doktor Florinos gewohnt hatte, in den sie doch so vernarrt war, dabei hatte sie nur einmal mit ihm telefoniert. Vater sagte nichts. Wie üblich wagte er es nicht, ihr zu widersprechen. Aber unsere Nachbarin, Frau Larsson, die im Gemeindehaus von ihm gehört hatte, sagte, ich müsse ihn unbedingt mit nach Hause bringen. ›Weißt du, was du machst? Beim nächsten Mal tust du so, als würdest du mit dem Fuß umknicken, dann muss er dir helfen.‹ ›Frau Larsson‹, fragte ich, ›ist das wirklich eine gute Idee? Das kauft er mir doch niemals ab.‹ Weißt du, was sie geantwortet hat? ›Wer hat gesagt, dass er dir glauben muss?‹ Ich erinnere mich noch, wie wir nach Hause gingen, als ich das nächste Mal in Tollarp war. Einen Arm auf seinen gestützt, versuchte ich zu humpeln, so gut es eben ging. Das erste, was Mutter sah, als sie die Tür öffnete, war Jannis. Sie muss am Fenster gewartet haben. Ich dachte: Jetzt fällt sie in Ohnmacht. Aber sie sagte nur: ›Guten Abend‹. Und er antwortete, sehr galant: ›Guten Abend, Frau Thunell, ich bin Grieche. Ich heiße so und so.‹ Mutter musterte ihn vom Scheitel bis zur Sohle, bekam aber keinen Ton über die Lippen. Dann kam Frau Larsson ins Treppenhaus und sagte: ›Wie schön, Agneta, deinem Fuß geht es ja schon wieder viel besser.‹ Falls Jannis bis dahin nicht begriffen hatte, dass ich nur spielte, verstand er es in dem Moment.

Von dem Tag an kam er selbst dann zu Besuch, wenn ich in Balslöv war. Sprach mit Vater über Motoren, versuchte Mutter für Kreuzworträtsel zu erwärmen. Ab und zu kochte er auch. Vor allem griechische Gerichte. Mutter und Vater trauten ihren Augen nicht. Was für ein Gastarbeiter! Das hätten sie niemals für möglich gehalten. ›Wann kommt Jannis und kocht uns was?‹, fragten sie. Sie aßen es nicht, sie verschlangen seine Mahlzeiten. *Moussaká, keftédes, gemistés*... Ein paar Wochen später konnte Mutter nicht länger verbergen, wie glücklich sie war, also sagte sie, es werde sicher trotz allem gut gehen. ›Tante Mutter‹, nannte er sie. Jedesmal kniff er sie in die Wange. Auch das war sie nicht gewohnt.«

FORTSETZUNG DES INTERVIEWS MIT DER LIEBSTEN. »Wenn wir schon über ihn sprechen, könntest du bitte auch noch folgendes festhalten. Ich will es gesagt haben, damit keiner etwas anderes glaubt. Nachher haben sich die Leute ja ganz schön das Maul zerrissen. Über meine Hartherzigkeit und so. Aber... Es ist so. Im Grunde war es seltsam. Er kam aus einer Welt, die viel älter und viel einfacher war als die, in der ich lebte. Ich meine: Seinen ersten Toaster hat er bei meinen Eltern gesehen! Er dachte, es wäre ein Apparat zum Vorwärmen von Tellern. Die Florinos hatten keinen. Zusammen mit mir aß er seine erste Banane. Ich fragte ihn, wo er die letzten fünfzehn Jahre gewesen war. ›Auf einem anderen Planeten‹, antwortete er – und kratzte sich unter dem Arm wie ein Affe. Dann lachte er natürlich. Jannis lachte immer. Er war so fürsorglich, dass ich endlich das Gefühl hatte, gesehen zu werden. Damals tat mir das Herz weh, wenn ich an die Jahre dachte, die wir einander nicht gekannt hatten. Ich war erst zweiundzwanzig, aber wenn ich mir vorstellte, dass er während dieser ganzen Zeit alles getan hatte, was er konnte, um... Alles getan hatte... Na, du verstehst, einen solchen… Ich weiß nicht, wie ich es nennen soll. Einen solchen *Hunger* hatte ich noch bei keinem anderen Menschen erlebt. Keiner der Männer in Tollarp war so. Sie waren nicht neugierig und bescheiden und trotzdem bärenstark. Jannis kam gleichsam aus der Zukunft. Das klingt dumm, wenn man bedenkt, dass Makedonien vielleicht nicht das war, was der Rest der Welt anstrebte. Aber wenn ich mir überlege, wie es mit ihm war, empfand ich es so: Jannis gehörte die Zukunft. Obwohl er keine Ahnung hatte, was ein Toaster war. In Balslöv war ich unsicher gewesen, aber in Tollarp ahnte ich, dass ich ihn mehr haben wollte als ›nur so‹. Da konnte Mutter sagen, was sie wollte. Was sie auch tat. Nach *chilopítes* und *melitzánes* sagte sie, Jannis sei der richtige. Jannis und kein anderer. Er sei mein Liebster.«

Erneute Pause.

»Gibst du mir bitte die Medikamente. Da hinten auf dem Tisch. Und das Wasser.«

EIN HEIKLES KAPITEL, VIELLEICHT AUCH ZWEI. Im Laufe des Herbstes verbesserte Jannis seine Sprachkenntnisse, während bei Frau Granqvist im Flur die Kuckucksuhr tickte und sie leise sprechend, aber koordiniert, gemeinsam Kreuzworträtsel lösten. Wenn seine Vermieterin ihm gestattete, die Wellenlänge am Radio zu ändern, verfolgte er, was in seinem Heimatland geschah, und das Fehlende ergänzte Doktor Florinos in den Gesprächen, die Jannis in der Telefonzelle gegenüber der Fabrik mit ihm führte. Jetzt, da er endlich auch dem theoretischen Unterricht folgen konnte, nahm er wieder Fahrstunden, und als die Temperaturen sanken und man Eis machte, ging er am Eishockeyplatz vorbei. Aber zu der Zeit hatte er gelernt, was ein Toaster war, und war mit seinen Gedanken woanders, so dass er erst nach Weihnachten all seinen Mut zusammennahm und einen der Spieler, die mit dick eingepackten Armen über der Bande hingen, fragte, ob er mitmachen und »ein bisschen pucken« könne. Das Ergebnis dürfte bekannt sein.

Die einzigen Zeiten in Tollarp, über die wir nichts wissen, sind die Agneta-losen Tage vor ihrer Begegnung im ICA an jenem Novembertag. Wir gehen jedoch davon aus, dass Jannis sich einsam fühlte. Er vermisste griechisch sprechende Gesellschaft und war unsicher, ob er jemals wieder eine Ziege würde an sich drücken dürfen. Am letzten Wochenende mit Sonne – eine in Stanniol gehüllte Feuersbrunst – fuhr er deshalb nach Bromölla, obwohl er befürchtete, dass sein Besuch für Efi schmerzlich sein könnte. Die Bäume entlang der Eisenbahnlinie waren rot, orange, gelb. Zwischen den Stämmen sah man kalte Seen und silbrige Wasserläufe. Der Reisende im Waggon zweiter Klasse kam nicht umhin, an die siedende Masse zu denken, die er mit einem Netz auf den Haaren zu überwachen pflegte. Als er ausstieg, erklärte er deshalb: »Um diese Jahreszeit ist der Wald die reinste Marmelade.« Kostas, der im Bahnhofskiosk Zigaretten gekauft hatte, wusste nicht recht, was er damit meinte, deutete seine Behauptung jedoch so, dass sein Freund seit ihrer letzten Begegnung schwedischer geworden war. Dieser Eindruck verstärkte sich noch, als sie an der Konditorei vorbeikamen, wo Jannis Zimtschnecken und Punschrollen kaufte und erläuterte, was Marzipan war. Das *I*-Tüpfelchen kam, zumindest im lateinischen Alphabet, als sie in die Straße bogen, in der die Geschwister wohnten, und er verkündete: »Die spinnen in diesem Land hier. Es gibt Kreuzworträtsel, die behaupten, dass Stiernhielms *palikári* Her-*ku*-les heißt! Tss, was verstehen die Schweden schon von Helden?« Kostas, der sich gerade einen dänischen Prinzen ansteckte, sah ihn an – und hatte eine entscheidende Idee. (Darüber demnächst mehr.)

Da die Freunde Griechisch sprachen, können Jannis' neu erworbene Fertigkeiten im Satzbau nicht die Erklärung für die Kühle sein, die sich nach dem Mittagessen einstellte. Wir kommen nun zu einem heiklen Kapitel, vielleicht auch zweien, und es wird das Beste sein, die Worte auf die Goldwaage zu legen. Nachdem sie die letzten Neuigkeiten diskutiert hatten, die Efi mitgebracht hatte, erklärte ihr Bruder, er habe ein Problem. Wenn es stimme, was seine

Schwester da erzähle, habe er im Gegensatz zu Jannis nicht die Absicht, jemals wieder nach Griechenland zurückzukehren. »Heimat‹, soll das eine Zelle auf Jaros sein?« Seit die Griechen begonnen hatten, sich selbst zu vertreiben, hatte das Wort für Kostas jede Bedeutung verloren. »Der Geheimdienst weiß, dass ich mit Lambrakis protestiert habe, also bin ich jetzt ein politischer Flüchtling, ohne dass mich jemand danach gefragt hat. Ich fühle mich wie Hamlet.« Er zündete sich eine neue Zigarette an. »Grieche sein oder nicht sein, das ist hier die Frage.«

Aber die Lage im Heimatland war nicht der einzige Grund zur Sorge. Nach der Beerdigung der Großmutter hatte Efi ein Paket erhalten, das in säuberlicher Druckschrift an ihren Bruder adressiert war. Im Begleitbrief sprach Athanassia Osborn (*1891 in Smyrna, †1974 im Astoria General Hospital, New York) im Namen der Gehilfinnen Clios Kostas ihr Beileid aus. »Ihre Eltern gestatteten mir, die letzten Wochen an Elenis Seite zu verbringen. Ehe sie von uns ging, unterhielten wir uns über Sie. Sie sprach es niemals offen aus, aber ich ahnte, was sie meinte, wenn sie von ›dem Größeren‹ sprach. Das sind Sie, Herr Kezdoglou! Der Gedanke, dass Sie das Projekt eines Tages fortführen könnten, ließ Eleni Diese Jämmerliche Sache abschütteln. Sie hätten sie sehen sollen. In den letzten Wochen war sie wie ausgewechselt: jung, lustig, beharrlich. Sie sortierte ihre Papiere und überraschte mich damit, dass sie mir erzählte, wie alles angefangen hatte. Clio war kürzlich gestorben und die jüngere Generation sollte die Vergangenheit in geordneter Form übernehmen dürfen. Sie suchte sogar einen Brief heraus, der nicht ausgetragen worden war, und meinte, es sei nie zu spät, den Adressaten zu finden. Hätte Eleni doch noch ein bisschen länger leben dürfen! Seit Chryssoula in Plowdiw gestorben ist, sind wir nicht mehr besonders viele. Dimitra wohnt immer noch in Fulda, Margarita in Gelsenkirchen. Aber sie werden allmählich alt und bringen alles durcheinander. Und Ariadne ist schwerkrank, seit sie in Tirana mit Bleisatz gearbeitet hat. Im Grunde bin ich als Einzige übrig, seit Hélène in Marseille behauptet, sie fühle sich wie eine

Französin. Wer soll die Arbeit weiterführen, wenn meine Kräfte schwinden? Wer soll die letzten Griechen retten? Ihre Eltern sind in dem Land verwurzelt, in dem Sie geboren wurden. Aber Sie, Konstantin Kezdoglou (*1. 4. 1940 in Neochóri), Sie haben nicht nur junges Blut, sondern sind darüber hinaus ein Auslandsgrieche geworden. Sie verstehen etwas davon, Dinge zu vermissen. Sie wissen, wie man mit Dieser Jämmerlichen Sache umgeht. Denken Sie an den Wintermantel Ihrer Großmutter! Verleiht er Ihrer Sehnsucht keine Flügel?«

Athanassia Osborn erklärte, sie könne sich keinen geeigneteren Nachfolger als ihn vorstellen – aber nur, wenn Kostas sich an die Regeln halte: Ausschließlich belegbare Fakten durften Eingang in das Werk finden. Die Dichtung war wie eh und je Gift für die Griechen. Sie wusste, dass er seiner Großmutter geholfen hatte, als er noch zur Schule ging – ein Exkurs hier, eine Änderung da –, und nun bat sie ihn, seine musischen Talente zu zähmen, damit sie in den Dienst Clios gestellt werden könnten. Warum nicht einen Traktat darüber verfassen, wie die junge Generation den Auslandsgriechen sah? »Sie haben einen ungewöhnlichen Blickwinkel, an dem wir gern Anteil nehmen würden. Sicher haben Sie auch Freunde, die ihnen zur Hand gehen können.« Da die Eltern von den kühnen Träumen erzählt hatten, die Kostas hegte, ahnte Osborn jedoch, dass die Chancen nicht eben glänzend standen. Falls er Bedenkzeit benötige, könne er dann in der Zwischenzeit vielleicht eine Firma finden, die bereit wäre, den neuen Band gegen ein geringes Entgelt zu drucken? »Nehmen Sie den Inhalt dieser Postsendung als Zeichen meines Gottvertrauens. Wer in die Vergangenheit schaut, wird eines Tages feststellen, dass sie den Blick erwidert.«

»Ein klarer Fall von Erpressung«, murmelte Kezdoglou und hielt den rostigen Rückspiegel hoch, der in dem Paket gelegen hatte. »Großmutter wird ja wohl kaum zurückwinken, nur weil ich in dieses Ding schaue, nicht wahr? Souvenirs, das sind nur Souvenirs. Ich blicke lieber nach vorn.« Jannis seufzte. »Kostas, jeder Autofahrer weiß, dass man zurückschauen muss, wenn man vorwärts kommen will. Im Übrigen: Hier gibt es niemanden, der sich an uns erinnert. Niemanden, niemanden.« Als Jannis die zweifelnde Miene seines Freundes sah, wurde seine Stimme heiser. »Du denkst, dass alle genauso gut ohne die Vergangenheit auskommen wie du. Aber es gibt Menschen, die das nicht können. Es gibt Menschen, die von der Straße abkommen würden.«

Jannis griff nach dem Manuskript des zwölften Teils der *Enzyklopädie*, das mitgeschickt worden war. Noch fiel es ihm leichter, lateinische Schriftzeichen zu dechiffrieren als griechische, die mit ihren Punkten und Strichen Orientierungsprobleme schufen, wenn er versuchte, die Zeitungen eines seiner Arbeitskollegen zu lesen. Aber in den meisten Fällen gelang es ihm, bis zum Ende eines Satzes zu gelangen, woraufhin er überwältigter Zeuge wurde, wie sich eine neue, aber dennoch vertraute Welt aus den Buchstaben erhob und Jasmin und Eselkot ausdünstete. Mit einem frischen Streichholz im Mund setzte er sich ins Wohnzimmer. »Dann wollen wir mal sehen, welche Auslandsgriechen die Gehilfinnen diesmal retten möchten.« Kostas, der noch nichts von den Fortschritten seines Freundes wusste, brummte. Er ahnte, dass der Wintermantel Jannis trotz seiner Muskeln besser stehen würde als ihm selbst.

Während Efi das Geschirr spülte, versuchte sie zu verstehen, was die Männer sagten. Ab und zu schnappte sie ein paar Äußerungen auf, vor allem von ihrem Bruder, aber das Porzellan klirrte, und mit der Zeit begann sie, über anderes nachzudenken. Zum Beispiel, ob sie sich eine Stelle in Tollarp suchen konnte, ohne sich zum Gespött der Leute zu machen. Zum Beispiel, ob sie Jannis erzählen sollte, dass er trotz allem doch nicht der einzige Grieche war, weil es da einen griechischen Mann aus Serres gab, der in der Fabrik arbeitete. Zum Beispiel, dass dieser Kollege erst gestern versucht hatte, sie einzuladen. Nachdem sie ihren Lippenstift nachgezogen hatte, kehrte sie mit Kaffee und Gebäck zurück. Sie spürte die Veränderung sofort: Trotz Zentralheizung herrschten nur noch wenige Plusgrade. Jannis las so konzentriert, dass er mutterseelenallein auf der Welt zu sein schien. Seine Lippen bewegten sich und manchmal stach die Zungenspitze heraus. Wäre der Temperatursturz nicht gewesen, hätte Efi den neuen Fertigkeiten ihres Freundes applaudiert. Ihr Bruder stand am Schreibtisch, eine Hand auf den Kasten gelegt, in dem er seine privaten Träume verwahrte. Die Geste wirkte beschützend, beinahe ängstlich. Mehr denn je ähnelte er einem dänischen Prinzen. Abgesehen vom Ohr wäre sein Profil einer Münze würdig gewesen. Fehlte nur noch, dass der Kasten ein Totenschädel war. Als er schließlich ihrem Blick begegnete, hob er die Augenbrauen, wie um nichts sagen zu müssen.

»Das…« Jetzt entdeckte auch Jannis Efi. »Das kann man doch nicht machen?« Seine Schultern waren hilflos, sein Blick ebenso. Kostas, der begriff, dass es seinem Freund auch ohne Abschlusszeugnis gelungen war, den letzten Artikel zu lesen, nahm die Tasse an, die seine Schwester ihm reichte. »Offensichtlich geht es mit losen Elementen sehr wohl.« Er klopfte mit dem Löffel gegen die Untertasse, der Kaffee schmeckte bitter. Die Tasse abstellend, erklärte er, der Artikel sei von seiner Großmutter begonnen, aber von Osborn beendet worden. Als Eleni Vembas gestorben war, hatte ihre Kollegin den Bus nach Áno Potamiá genommen, wo sie die männlichen Dorfbewohner befragt hatte. Sie hatte auch mit Jannis' Mutter gesprochen, den Zusammenhang erkannt und ihr ein vierzig Jahre altes Schreiben überreicht, das ihre von Doktor Isidor Semfiris ausgestellte Geburtsurkunde enthielt. So war nach und nach ein Porträt der einzigen Madame im Dorf entstanden – einer Frau, die kürzlich nach einem risikoreichen Leben verschieden war, das mit Tanzkünsten in Smyrna begonnen hatte und während der ersten Jahre im neuen Heimatland in einem ausgedienten Transportmittel gefristet wurde. »Karmen Rellas, später besser bekannt als ›Karamella‹, las Jannis laut, »›soll am 29. Februar 1900 geboren worden sein, was angesichts der Tatsache, dass 1900 kein Schaltjahr war, als ein Beispiel griechischer Dichtkunst betrachtet werden muss. Ehe sie 22 Jahre später Mutter einer Tochter wurde, an einem Herbsttag an der Grenze zu Griechenland, hatte sie Verhältnisse mit mehreren Ausländern, weshalb man den Vater der Tochter sicherheitshalber als unbekannt betrachten sollte. Handelte es sich eventuell sogar um eine Jungferngeburt?«« Madame? Mutter? Jungferngeburt? Jannis schüttelte den Kopf. »Mein Gott…«

Er dachte an Vasso, die immer die Engelmacherin als ihre *mána* behandelt hatte. Aber wenn die Gehilfinnen Clios Recht hatten, war nicht Frau Poulias, sondern die Frau, mit der er auf dem Heimweg von Neochóri gesprochen hatte, seine… Moment. Großmutter. Nein, das war zu viel. Bei dem Gedanken an eine solche Abstammung wurde ihm schwindlig. Er hob den Blick. Der glitt ab, flackerte und glitt wieder ab, ruhte schließlich jedoch auf Efi. Seine Augen waren Abgründe. Sie verstand, dass sie ihm nicht helfen konnte, eine Vergangenheit zu verarbeiten, die ihn in diesem Moment neu erfand. Kein Rettungsring, keine Worte würden reichen. Weder jetzt noch jemals. Wahrscheinlich würde Jannis ganz froh sein, wenn sie mit dem Mann aus Serres ausging. Als sie ihm den Kaffee reichte, war es, als nähme sie Abschied. Der Freund leerte die Tasse so mechanisch, dass der Inhalt auch kochender Asphalt hätte sein können, ohne dass etwas passiert wäre. Dann ging er in den Flur, wo er versuchte, sich gleichzeitig die Schuhe zuzubinden und seine Jacke anzuziehen. »Tss«, war alles, was er herausbrachte, als sie ihm bei dem Ärmel half, in dem er sich verheddert hatte. »Tss…« Jannis wich rückwärts ins Treppenhaus zurück, aber bevor er ging, zeigte er noch auf die Tür und sagte etwas, worüber die Geschwister in den kommenden Jahren noch oft diskutieren sollten. »Lose Elemente, Efi, richte deinem Bruder aus, dass damit etwas anderes gemeint ist.«

Es ist doch nur ein Kapitel geworden. Zu dem zweiten werden wir später kommen müssen.

RETTUNGSRING. Und Agneta? Konnte sie Jannis helfen? Fraglich. Oder? Vielleicht doch.

Trotz allem anderen, was Jannis während seines Aufenthalts in Balslöv beschäftigte, war er sich der Anziehungskraft von 55 Kilo Weiblichkeit, verteilt auf 172 Zentimeter und gekrönt von gesponnenem Licht, durchaus bewusst gewesen. Möglicherweise handelte es sich um eine begrenzte Zugkraft, gehemmt von der Ungewissheit darüber, was die fast gasflammenblauen Augen sahen, und von einer Hilflosigkeit bezüglich der Regeln, die zwischen den Menschen in dem neuen Land galten. Aber es ließ ihn nicht kalt, wenn Agneta in seiner Nähe war. Er erinnerte sich an das Kinoplakat vor dem Odeon, und als er gelernt hatte, was ein »Kavalier« war, verfluchte er seine Begriffsstutzigkeit. Dieser Fluch war jedoch von heilsamer Art, da er zur Folge hatte, dass er bei seinen Gesprächen mit Frau Granqvist mehr an das Kindermädchen der Familie Florinos dachte, als er es sonst getan hätte, was zu einem stetig steigendem Unterdruck in seiner Seele führte – oder wo Phänomene dieser Art bei Griechen auftreten mögen. Wir können also davon ausgehen, dass in seinen Gedanken einige Kilo Agneta gewesen sein müssen, als die Kirchgänger acht Häuserblocks entfernt ihr »Halleluja!« sangen.

Es fragt sich jedoch, was Jannis später dachte, als er um halb drei in der Nacht das Lehrbuch für den Kfz-Führerschein weglegte, nachdem er mit diesem auf dem Bauch eingeschlafen war, in den Kleidern auf dem Stuhl wühlte und das Passfoto der Verlobten fand, das er neben dem Zettel in seinem Portemonnaie verwahrte. Vermutlich dachte er, dass er bisher niemals in der Nacht gelebt hatte, sondern nur an den Tagen. Vermutlich dachte er, dass die Ungewissheit die seltsame Fähigkeit besaß, nachts größer zu werden. Vermutlich dachte er, dass er Fakten schätzte, diese harten, flachen Gegenstände, die an die Steine in Potamiá erinnerten, und dass auch sie nachts größer wurden, aber statt ihn zu belasten, ihn von einem Ufer zum anderen trugen. Und vermutlich dachte er, dass die Liebe ein solches Faktum war.

In dieser Weise, als Tatsache, hatte Jannis Frauen nie gekannt. Als er das abgegriffene Bild betrachtete, auf dem Agneta mit ihrem Polokragen, ihren Geheimnissen und allem anderen Platz fand, fiel es ihm deshalb schwer zu glauben, dass sie nicht alles sein sollte, was er sich wünschte. Er suchte jemanden, der ihn brauchte, jemanden, der seine Gedanken im gleichen Moment hörte und verstand wie er selbst, weder früher noch später, sondern gleichzeitig, im Gegensatz zu Efi jedoch fremd blieb, und darum verlockend, und darum rätselhaft. Er suchte jemanden, der begriff, das Beste am Menschsein war, dass man wuchs, indem man in anderen verstreut wurde, nicht schrumpfte, und dass der sicherste Zufluchtsort einer war, der einen nicht verbarg. Er suchte jemanden, der sich seines Triebs zu existieren erinnerte, auch wenn er selbst es nicht tat, jemanden, der in der Lage war zu erklären, dass die Trauer um das, was man verloren hatte, und die Trauer um das, was man niemals hatte, zwei verschiedene, aber gleichermaßen unausweichliche Dinge waren, jemanden, der flüstern und ihn mit kühlen Handflächen streicheln und ihn flüsternd und streichelnd umschließen konnte wie honigfarbener Rauch, wenn die Ungewissheit um sich griff und das Herz zu einer verdammten Geisterstadt wurde. Mit anderen Worten: Jannis war wie Makedonier früher und heute und wahrscheinlich auch in Zukunft.

»Viele von uns fühlen sich eingeschlossen«, mag er dem Passfoto zugeflüstert haben, »aber es gibt keine Wände, nur unterschiedlich gefaltete Haut, durch die in jedem Augenblick des Lebens und auch danach Millionen Partikel wie Flaumhärchen ziehen. In Wahrheit sind wir überall ein bisschen.« Wahrscheinlich dachte Jannis an die Pusteblumen, auf die er und Agneta geblasen hatten. Denn er suchte jemanden, der die Flaumhärchen tragen konnte, aus denen er gemacht war, und dessen Flaumhärchen er selbst tragen konnte und wollte und sicher auch musste, jemanden, der begriff, da war kein Unterschied, Flaumhärchen waren eben Flaumhärchen, jemanden, der Wind sein konnte und musste und deshalb auch sein wollte, oder was immer sie von einer Stelle an eine andere trug, vorwärts oder rückwärts in der Zeit, das spielte keine Rolle, oder vielleicht doch eher vorwärts, wenn er es recht bedachte, am liebsten vorwärts, weil alles immer weiterging, das war doch sein Auftrag, kaum zu glauben, aber es ging weiter vorwärts – wider Erwarten und entgegen allen Befürchtungen reisten sie durch Wände, die keine waren, und Tage und Nächte, die keine waren, und Häute, die keine waren, oder zumindest nicht, was Häute zu sein pflegten, will sagen Behälter, sondern reisten einfach, machten einfach immer weiter, vorwärts und in die Zeit hinein, in der die Flaumhärchen sich vermischten und zu anderen Häuten wurden, die auch keine Hindernisse waren.

Meinte Jannis. Meinen wir. Denn auf diese hochtrabende Art suchte er. Und fand: Agneta. Und deshalb schrieben wir oben, dass es fraglich war, ob sie ihm helfen konnte. Aber vielleicht schon. Ein Rettungsring rettet einen Menschen ja auch, obwohl er inwendig leer ist. Vielleicht gerade deshalb.

KAUDERS ZETTEL. Jetzt wollen wir erzählen, was auf dem Zettel stand, den Jannis auf dem Belgrader Bahnhof bekommen hatte. In säuberlichen Großbuchstaben hatte Kauder, oder wie er hieß, notiert: DIE LIEBE IST EIN KOMPASS, DER REST NATIONALISMUS. Unter dem Datum hatte er ergänzt: GLAUBE ICH JEDENFALLS. Nachdem Jannis Branka Pasic gebeten hatte, ihm die kyrillische Schrift zu übersetzen, holte er den Zettel nicht mehr aus seinem Portemonnaie, sondern begnügte sich damit, auf seine Gesäßtasche zu klopfen, wenn er den Inhalt wiedergab.

MISSION. Nachdem seine Fertigkeiten auf Schuhen aus Leder und Stahl für Tollarps Eishockeyclub nicht ganz so nützlich gewesen waren, wie unser Held gehofft hatte, beschloss er, sie auf eigene Faust zu kultivieren – und zwar jeden Sonntagnachmittag während der Stunde für die Öffentlichkeit. Während farbenfrohe Kinder und monochrome Eltern zum Klang blecherner Musik im Kreis liefen, hakte er das Eishockeytor los und beschrieb mit ihm als Stütze kurze, korrekte Rückwärtsschritte. Der Mann, der eben erst das Eis gemacht hatte, versuchte ihn davon abzuhalten, Löcher hineinzukratzen, während Agneta dort, wo sie mit ihrer dampfenden Blaubeersuppe stand, errötete und sich alle Mühe gab, zu überhören, was die Leute an der Bande sagten. Nur wenige Wochen später, als Jannis nach Beendigung des Schleudertrainings die Fahrprüfung bestanden hatte, benötigte er weder Tor noch Schläger als Stütze. Mittlerweile machte er koordinierte Bewegungen mit Knien und Hüften und bewegte sich elegant gegen den Uhrzeigersinn. Wahrscheinlich lag es an diesen Fortschritten, dass er sich ein halbes Jahr später für die einzige Ausbildung interessierte, für die seine in der Schule in Neochóri erworbenen Kenntnisse ausreichten: ein kostenloser Kurs in Sportkunde, den die medizinische Fakultät der Universität Lund für die Allgemeinheit anbot.

Aber das passierte im Herbst 1968. Noch war es gerade einmal März des gleichen Jahres, und noch haben Jannis und Agneta weder geheiratet, noch sind sie zusammengezogen oder in ihrem ersten und letzten gemeinsamen Auto gefahren, einem gebrauchten Saab, und noch sollte es dauern, bis ihre Tochter Jane, auch Jannoula genannt, geboren wurde.

Jane? Jannoula? Wie konnte das Paar ein Kind bekommen, wenn Agneta ihr Geheimnis vor allen bewahrte, auch vor ihrem Freund? Ganz einfach. An dem Tag, als Jannis zum letzten Mal das Tor loshakte, sollte abends Herr Durex erneut ein Gastspiel im Tollarper Dachgeschoss geben. Anders als sonst stoppte der Grieche seine Freundin jedoch und drehte sich selbst zur Seite. Verschwörerisch dem Korkmännchen auf dem Nachttisch zulächelnd, holte er ein eigenes Kondom heraus. Zu früherer Stunde hatte er die glänzende Hülle präpariert, indem er mit der Stecknadel, die stützend im Rücken des Außenländers saß, ein Loch in das Reservoir gestochen hatte. Es war winzig und unsichtbar, aber trotzdem groß genug für einen Sturm aus Flaumhärchen. Als er die Schutzhülle übergestreift hatte, sandte er ein Stoßgebet zu dem unwahrscheinlichen Gott, der über Pusteblumenbällchen und Makedonier herrschte, und leitete die letzte Phase seiner Mission ein.

ÜBER DAS ZAUDERN ANGESICHTS DES ZAUDERNS, UND WELCHE FOLGEN DAS ZAUDERN ANGESICHTS DES ZAU-DERNS HABEN KANN. Als Agneta eine klassische Anzahl Wochen später überlegte, warum ihre Regel ausblieb – auf dem harten Sitz im Schienenbus, am Küchentisch bei der Familie Florinos, in Jannis' schmalem Bett – tat sie etwas, was sie möglicherweise besser gelassen hätte. Sie vertraute sich anderen an. Zunächst Berit, und einige Wochen später Jannis. Ihre Freundin bemerkte, Kavaliere gebe es nicht wie Sand am Meer, und riet ihr zu tun, was jede Frau in ihrer Situation getan hätte. »Nutze die Chance, bevor er abhaut.« Sie umarmte das verheulte Kindermädchen. »Aber sag mir ruhig Bescheid. Wenn du keine Flaumhärchen mehr mischen willst oder wie ihr das nennt, übernehme ich ihn gern.« Ihre Bereitwilligkeit verunsicherte Agneta. Noch zog sie es vor, ihrem Freund nichts zu sagen, obwohl sie nicht anders konnte, als ihn mit gequältem Blick anzusehen, wenn sie bei ihren Arbeitgebern anrief und ihnen mitteilte, dass ihr übel war. Jannis ahnte, dass seine Mission ein voller Erfolg gewesen war, und schaffte es, seinen wildgewordenen Spatz so erfolgreich im Zaum zu halten, dass er nur milde und makedonisch lächelte, als wäre nichts passiert. Stattdessen bereitete er *rizógalo* zu, spülte und putzte und überraschte Agneta eines Abends mit neuen Frotteesocken am Fußende des Betts. Er holte die Sachen, die sie zu Hause vergaß, er achtete darauf, dass ihre Mutter das Medikament gegen Thrombosen nahm und ihr Vater jemanden hatte, mit dem er sich über Lastwagen und Bagger unterhalten konnte. Er lief zum Kiosk, wenn die Sehnsucht nach Lakritz übermächtig wurde, und strich über ihre Fingerknöchel, wenn sie ihn einfach nur neben sich haben wollte. Auch wenn er mit keiner Miene verriet, dass er begriff, was vorging, war er fast alles, was sich eine Frau in Tollarp wünschen konnte. Jedenfalls von einem Griechen. Was Agneta zu der Vermutung veranlasste, dass es eben doch Männer gab, die sie sahen. Nur eins tat Jannis nicht, und deshalb zögerte sie immer noch. Er begriff nicht, warum sie nicht glücklich sein konnte. Und das, sollte sie dem Menschen anvertrauen, der ihr in ihrem späteren Leben am nächsten stand, war der Grund, warum sie ihm nichts von ihrem Zaudern erzählte, als sie an jenem Abend mit der Hand des Freunds auf ihrem Bauch erklärte, dass auf Gummis offenbar nicht in allen Lebenslagen Verlass war.

Mit etwas Abstand betrachtet war ihr Wankelmut ein kompliziertes Wesen. Es handelte sich ja nicht um ein einfaches Zaudern, sondern um ein Zaudern angesichts des Zauderns, wobei die eine Art beschämt über die andere war, die wiederum der ersten Vorwürfe machte. Komplikationen dieser Art neigen dazu, Teufelskreise zu bilden, was zur Folge hatte, dass die neunte Woche kam und ging, ohne dass man im Blomstervägen eine Entscheidung getroffen hätte. Gleiches galt für die zehnte. Seit einiger Zeit verlangte Frau Granqvist einen Nachtzuschlag für den weiblichen Gast im Zimmer. Aber das war auch schon alles. Sie konnte nichts dagegen tun, dass die Binden unangerührt im Regal lagen, oder die restlichen Kondome, die Jannis sicherheitshalber punktiert hatte, nun jedoch unbenutzt in eine leere Milchtüte gestopft wurden, oder dagegen, dass der eine Mieter auf dem Fußboden des Dachgeschosses auf und ab ging, während der andere schlief. Auch die elfte, zwölfte und dreizehnte Woche vergingen. Und mit jedem neuen Montag, an dem sich Agneta darauf vorbereitete, den Schienenbus zu nehmen, fiel es ihr ein bisschen schwerer, die Treppen hinunterzugehen. »Nein«, stöhnte sie an einem dieser Morgen so verbissen, dass ihr Freund sie fragte, ob er nicht Doktor Florinos bitten sollte, sie ins Krankenhaus mitzunehmen. »Das hier ist kein Sonntag mit Freitag darin. Das ist nur ein alter, stinknormaler Montag. Und das hier ist deine alte, stinknormale Thunell: fett, hässlich und verdammt.«

Jannis gab sich alle Mühe, nicht zu lachen, denn in Wahrheit sah Agneta sehr attraktiv aus – vielleicht in Folge von Make-up und frisch gebügelter Bluse, womit sie versuchte, sich für sich selbst erträglich zu machen –, so dass er einfach an Lill Lindfors denken musste, als diese am Ende des Konzerts den ärmellosen Arm zur Decke des Volksparks gestreckt hatte, woraufhin ausnahmslos jeder sehen konnte, dass sie sich rasierte. Möglicherweise dachte ein entlegener Teil seines Gehirns sogar an jene Frau, die in Thessaloniki vor dem Bahnhof gestanden und sich erkundigt hatte, ob er die ganze Nacht allein verbringen wolle. Jedenfalls hatte seine Freundin etwas gleichzeitig Künstliches und Magnetisches an sich, was die Herrlichkeit groß machte. Möglicherweise war diese in sich gekehrte, gleichwohl jedoch unübersehbare Freude verantwortlich dafür, dass es Agneta schwer fiel, über ihr Zaudern zu sprechen. Je länger sie wartete, desto schwieriger wurde es jedenfalls. Nachdem sie Jannis eines Abends erzählt hatte, dass Herr D. einen im Regen stehen ließ, wenn ein Wolkenbruch niederging, konnte sie ihm keine Vorwürfe machen, wenn er das Ohr auf ihren Bauch legte und mit der Zunge Geräusche fabrizierte, die wie Heuschrecken klangen – und aus diesem Grund verschwand auch das Zaudern vor dem Zaudern. Genau genommen löste es sich in einem diffusen Wohlbefinden auf, das nur eine ferne Verzweiflung erahnen ließ. Folglich antwortete Agneta am Ende auf eine Frage, die ihr Freund zwar nie gestellt hatte, für die jedoch jede seiner Bewegungen, jedes neu erlernte Wort ein Beleg war: »Mm, sollen wir vielleicht heiraten?«

Zu diesem Zeitpunkt – bis dahin war es ein Maitag ohne Eigenschaften gewesen – hatte Jannis mehrere Fortschritte gemacht. Zum Beispiel beim Kochen von Kompott, beim Rückenschwimmen sowie bei Straßenschildern, rückwärts einparken und Postsortierung. Er schickte Ansichtskarten an Vater Lakis und ermahnte ihn, sie kreativ zu lesen. »Machen Sie die Damen stolz, Vater, und erfinden Sie alles, wofür ich in diesem Feld keinen Platz habe.« Zweimal in der Woche besuchte er das Hallenbad, wo er in enger Badehose und mit insektenartiger Schwimmbrille eine Bahn nach der anderen absolvierte, bis etwas Eigenartiges geschah: Er schwitzte im Wasser. Er lernte die Anteile Stärke und Waldbeeren in den großen Zylindern im Gleichgewicht zu halten, er lernte neue Flüche und die Bezeichnungen für unbekannte Motorteile von Sture Thunell, der freundlicherweise die Haube seines Saabs in der Garage öffnete, und versuchte heimlich, lieferbare Exemplare der *Enzyklopädie* zu bestellen.

Die Verbform namens Konjunktiv hatte er allerdings noch nicht gelernt. Darüber hinaus hatte er auch keine Fortschritte in der Frage gemacht, wie Menschen Macht über andere erlangen, ein womöglich noch größeres Mysterium. Als Jannis an diesem nicht mehr eigenschaftslosen Maitag hörte, was er hören wollte, spürte er deshalb sehnig und stark Jubel in seinem Körper aufsteigen. »Unglaublich… Unglaublich…« Er schüttelte den Kopf, als traute er seinen Ohren nicht. »Ein Dienstag mit nur Dienstag darin.«

ETWAS GEHT UNWIDERRUFLICH KAPUTT. Als Agneta erkannte, dass ihr Freund nicht sah, wie unsicher sie noch immer war, beschloss sie zu schweigen. Danach blieb allein das ursprüngliche Zaudern zurück, ein namenloses Wesen aus Unruhe und Selbstvorwürfen. So tief war Jannis niemals vorgedrungen, und sie bezweifelte, dass er es jemals tun würde. Wer würde das wollen? Nicht einmal sie selbst wollte dort hinab, wo alles hässlich, träge und irgendwie sehr wenig Mensch war. Nichts ahnend von diesen Gedankengängen, half ihr der Verlobte ins Bett. Er legte sich auf die Seite, so dass sein Unterarm zu ihrem Kissen wurde und meinte, dass er sie nach Balslöv begleiten wolle. Nein, er finde nicht, dass es bis zum Wochenende Zeit habe. Nein, am Telefon könne man unmöglich darüber sprechen. Diese Neuigkeiten waren viel zu groß, sie waren phantastisch. Wie wäre es, wenn sie anschließend nach Bromölla weiterführen? Agneta drehte sich um. Sie wollte nicht vorgezeigt, sondern umsorgt werden. Konnte sie nicht einfach auf seinem Arm liegen und bloß da sein? »Das sind deine Freunde«, sagte sie und rümpfte die Nase. »Wir sehen sie auf der Hochzeit.« Tapfer schob Jannis seine Knie in die Kniekehlen der Verlobten. »Okay. Du erzählst es den Florinos, aber du versprichst mir, sie von mir zu grüßen, ja? Und sagen, dass alle Leute, sie kommen auf unsere Hochzeit? Keine Entschuldigung wird absolviert.« »Akzeptiert«, stöhnte Agneta, nicht ohne Zärtlichkeit. Während die Atemzüge seiner Braut langsam flacher und so regelmäßig wie Glockenschläge wurden, beschloss Jannis, der vergeblich versucht hatte, in seiner Nähe den Klang einer schnarchenden Ölheizung zu vernehmen, auf sein freitägliches Schwimmtraining zu verzichten. Wenn er die Mittagspause durcharbeitete, konnte er den Drei-Uhr-Bus nach Kristianstad und von dort aus den Zug nehmen. Mit etwas Glück würde er zur allwöchentlichen Folge der Fernsehserie über eine englische Großfamilie zurück sein, die seit einem halben Jahr lief und der Agneta mit dem einzigen in ihrem Leben, was an religiösen Eifer erinnerte, die Treue hielt.

Die Fahrt dauerte nicht länger als sonst, aber für den Griechen, der in der Garnisonsstadt umstieg, war es, als reise er nach Bombay statt Bromölla. Als der Zug durch die zartgrüne Landschaft fuhr, ertappte er sich dabei, das Rattern gegen die Schienen zu zählen. Warum hörte man es einmal pro Sekunde? Warum nicht drei oder fünfzehn Mal? Als er kurz nach fünf ankam, machte er sich im Laufschritt auf den Weg. In der Stiernhielmsgatan nahm er immer zwei Stufen auf einmal. Aber als er den Klingelknopf drückte, der über der Klinke zur Tür im dritten Stock montiert war, öffnete ihm niemand. Er wartete, klingelte, wurde ungeduldig und klingelte nochmals. Der kraftlose Klingelton hatte etwas Demütigendes, also klopfte er stattdessen an. Eigentlich hatte er seine Neuigkeiten verpackt und mit Schleife präsentieren wollen, aber die abgeschlossene Tür ärgerte ihn, und als er einsah, dass niemand zu Hause war, beschloss er, etwas zu tun, was er lieber gelassen hätte.

Was im Einzelnen geschah, als er den Ersatzschlüssel heraussuchte und aufschloss, wissen wir nicht. Aber als Jannis am Abend in den Blomstervägen zurückkehrte, steckte er nur kurz den Kopf ins Wohnzimmer, wo Agneta gebannt vor dem Fernseher saß, grüßte und verschwand dann die Treppe hinauf. »Je furchtbarer du dich innerlich fühlst«, erklärte soeben eine der tweedgekleideten Hauptpersonen, während sie ihren Krocketschläger fortlegte und zu einer Freundin ging, die ein Spitzentaschentuch an die Lippen presste, »desto besser musst du aussehen«. Oben im Zimmer wälzte er sich auf dem Bett. Er dachte nach. Das klappte nicht. Er versuchte, an gar nichts zu denken. Das klappte auch nicht. Nach einer Weile ging er wieder hinunter und setzte sich in den Sessel, den Greta Granqvist kurz zuvor verlassen hatte. Er war noch warm. Doch es war genauso schwer wie vorher, Kontakt zu Agneta zu bekommen, weshalb Jannis, als er entdeckte, dass er zehn Minuten auf den Fernsehschirm gestarrt hatte, ohne der Handlung folgen zu können, erklärte, er werde noch ein wenig hinausgehen. Auch das hörte seine Verlobte nicht.

Während des Spaziergangs dachte er über Freundschaft, Magnete und drei Monate alte Embryonen nach sowie darüber, ob sie mehr aus Wasser als aus Gewebe bestanden. Er dachte an die Tage, die er Ellbogen an Ellbogen in einer Schulbank verbracht hatte. Er erinnerte sich an die Hilfe, die er bekommen hatte, als er den Stall baute. Er entsann sich der Fahrt durch Europa, und ihm wurde klar, dass er weder der erste noch der letzte war, der Eden verlassen hatte. Er lächelte traurig über Kezdoglous Beschreibung eines *evréos*, der in einem schwedischen Altersheim über sephardischen Käse gesprochen hatte. Er zog die Nase hoch. Und erkannte bei dem Gedanken an Efi, dass er sich schämte. Schließlich stand er vor der Saftfabrik. Resolut öffnete er die Tür zur Telefonzelle, die sofort wieder zuschlug. Um seine Beine strich ein kühler Frühlingswind, der ihm das Gefühl gab, einen Rock zu tragen. Er würde um Verzeihung bitten. Efi hatte ihm einen Schlüssel gegeben, und eigentlich hatte er nur warten wollen, bis die beiden zurückkamen. Dann hatte er jedoch in einem Hermods-Heft geblättert. Eine geraume Zeit war vergangen, und am Ende hatte er befürchtet, seinen Zug zu verpassen. Und eine Dummheit begangen. Wenn es Kostas nicht zu viel Mühe bereitete, könnte er doch bitte das Passfoto zurückschicken, das unter dem Ersatzschlüssel in der Küche lag? Es wäre sicher besser, wenn Jannis es Efi persönlich mitteilen würde.

Doch der Freund hatte das Bild bereits ausgiebig bewundert, das auf der Rückseite wie folgt beschriftet war: »Das ist die Mutter des nächsten Georgiadis.« (Die Aufnahme befindet sich noch in unserem Besitz, falls jemand es nachprüfen möchte.) »Phantastisch!«, rief er deshalb aus. Er klang großmütig, er klang fröhlich, war aber wohl vor allem erleichtert, dass sie wieder miteinander sprachen. Dann wandte er sich vom Hörer ab. »Komm, Efi! Rede mit dem Mann, der das Glück erfunden hat. Das ist sicher das größte Ereignis, seit Ktesibios seine Wasserorgel gebaut hat.« Jannis konnte die Schwester im Hintergrund hören. Obwohl er nicht verstand, was sie sagte, wusste er, dass in diesem Moment etwas unwiderruflich kaputt ging. Der Tonfall machte es ihm klar: Während er selbst sich überall ein bisschen befand, war Efi nirgendwo mehr.

Als er zu Granqvists zurückkehrte, wünschte er sich, ein Rattern wäre auf ein Jahrhundert gekommen und nicht auf eine Sekunde. Erneut fiel er in den Sessel in dem Wohnzimmer mit den Topfpflanzen und idiotischen Bildern an den Wänden. Er überlegte, dass der Abschied die einzige Disziplin war, die er niemals beherrschen würde.

Noch ahnte Jannis nicht, wie lange es dauern würde, bis er die Geschwister wiedersah – nein, das stimmt nicht: Er sah nur ein Familienmitglied –, und in der Zwischenzeit sollte sich vieles ereignen. Nicht nur Hochzeiten und Geburten. Und nicht nur Todesfälle. Auch Agneta konnte das nicht ahnen. Stattdessen schaltete sie die Deckenlampe an und aus und wieder an. »Wach auf, mein Supergrieche. Zeit, ins Bett zu gehen.« Als sie die Treppe hinaufstiegen – sie hatte den Zeigefinger in seine Faust gesteckt –, ergänzte sie lächelnd: »Ich glaube, heute Abend kommen wir ohne Herrn D. aus, was meinst du?« Agneta hatte beschlossen, sich wie eine Lady zu benehmen.

GESUNDES UNWISSEN. Der Sommer ging in Schüben weiter. Der halbe Juni war verregnet, während der Juli etwas Frühlingshaftes hatte. An Mittsommer war es genauso kalt wie an Pfingsten, während die weißgekleideten Herren, die im Mai ausgebuht worden waren, als sie gegen Rhodesien spielten, zwei Monate später unter einer Hitzewelle litten, die der Rundfunkreporter ein wenig unglücklich als afrikanisch bezeichnete. Trotz der unsicheren Zeiten verdichtete sich die Vegetation, bis sie feucht wirkte – was im August der Fall war, als der Planet erneut in einen solchen Winkel zur Sonne gelangte, dass man die Trainingsanzugjacken heraussuchte und es zuweilen mitten am Tag zu nieseln anfing, bis es aufklarte und die Mähdrescher ihre klappernde Arbeit erneut aufnahmen, während die Abenddämmerung so zart und lang wurde, wie es nur geschieht, wenn etwas endet.

Für Jannis und Agneta endete nichts. Oder besser gesagt: Vieles endete – aber um von neuem zu beginnen, »diesmal richtig«, wie die Verlobte sich selbst zu versichern suchte, während sie mit einem Gesichtsausdruck, der sie nicht wirklich zu überzeugen vermochte, vor dem Badezimmerspiegel stand. Sie, die sich nicht gesellschaftlich engagierte, ließ sich das Haar kurz schneiden, färbte es nicht mehr und begann, mehr als bloß den Lokalteil zu lesen. Dass Veränderungen in der Luft lagen, ließ sie über eine Ausbildung zur Krankenschwester nachdenken, um die sie sich vor ihrer Beziehung zu Bengt schon einmal beworben hatte. Sie besorgte sich neue Anmeldeformulare und sprach mit Doktor Florinos über Puls und Blutsenkung. Wenn sie Lily mit den Kindern half, holte sie Ratschläge zu Koliken und noch nicht voll ausgebildeten Tränenkanälen ein, sie übernahm alte Kleider und erfuhr, dass es um die Kontinenz nach der Entbindung recht bescheiden bestellt sein konnte. Wenn sie am Freitagabend nach Hause kam, wollte sie sich nur noch ausruhen – am liebsten mit dem Arm ihres Verlobten unter dem Ohr. Ohne etwas sagen zu müssen.

Jannis kochte Kompott, hielt sich über die Veränderungen in seinem Heimatland auf dem Laufenden und verbrachte die freien

Stunden damit, für die bevorstehende Führerscheinprüfung zu lernen – sowie an Behörden zu schreiben. Die Arbeitserlaubnis, bei deren Beschaffung ein Beamter mit entzündetem Blinddarm behilflich gewesen war, hatte es ihm ermöglicht, Kezdoglou das Darlehen zurückzuzahlen und Bertil Granqvists alte Anzüge zu einem Schnäppchenpreis zu übernehmen. Nach kleineren Änderungen passten sie ihm erstaunlich gut. Mittlerweile konnte er einmal im Monat einen dünnen Briefumschlag nach Hause schicken. Vor der Hochzeit am 17. August musste allerdings noch »Klarheit über Ihren Status geschaffen werden«, wie der Notar im Standesamt von Kristianstad sich in einem Schreiben ausdrückte. Man nannte es »Prüfung der Ehefähigkeit«, und auch marmeladekochende Gastarbeiter mussten sich dem Verfahren unterziehen, insbesondere, wenn Grund zu der Annahme bestand, dass sie heiraten wollten, um eine neue Staatsbürgerschaft zu erlangen. Der Adressat wurde aufgefordert, seine Geburtsurkunde und ein polizeiliches Führungszeugnis vorzulegen. Ohne dass Agneta etwas davon erfuhr, setzte nun eine umständliche Korrespondenz mit Vater Lakis sowie mit der Botschaft in Stockholm ein, wo Beamte der einen Sorte gerade gegen Beamte der anderen ausgetauscht wurden. Manolis, der die gleiche Prozedur zehn Jahre zuvor durchlaufen hatte, riet Jannis, nicht mehr als nötig zu erzählen – nichts über Zukunftspläne, nichts über zu erwartende Kinder, nichts darüber, dass seine befristete Arbeitserlaubnis sich schon bald in ein wertloses Stück Papier verwandeln würde. »Gesundes Unwissen hat noch keinem geschadet.« Während Jannis den Münzfernsprecher mit weiteren Geldstücken fütterte, erläuterte der Landsmann, man könne die Behörden daheim auch im Nachhinein noch über die Vermählung informieren. Das Kind war schließlich nicht weniger Grieche, nur weil es im Ausland geboren wurde.

Die Hochzeit fiel dementsprechend aus – eine bescheidene Angelegenheit mit Wolken, die sich abwechselnd in den hohen Fenstern des Reihenhauses spiegelten. Man könnte von einem Samstag ohne etwas darin sprechen. Berit Jansson und Manolis Florinos waren die Trauzeugen. Wie vereinbart gab es ein Mittagessen im Stadthotel, wo der Doktor ein Zimmer für die frisch Vermählten reserviert hatte. Das Gespräch kreiste um das Problem, der Braut den Trauring über den von der Schwangerschaft geschwollenen Finger zu streifen. Das Paar wurde erst gegen halb acht mit dem Bus in Tollarp zurückerwartet, wo nach dem Reglement, das für Flusskrebsessen in Frau Granqvists Garten galt, gefeiert werden sollte.

Sechs Stunden nach dem Mittagessen schrie Theo, der an der Bushaltestelle Ausschau gehalten hatte: »Sie kommen!« und rauschte durchs Gartentor. Berit trug gerade eine Schüssel mit dampfenden Kartoffeln auf, Lily rückte die Papierservietten auf dem Tisch unter der Eiche gerade. Greta Granqvist saß mit einem Drink in der einen Hand und der anderen auf dem Kinderwagen, in dem das jüngste Kind der Familie Florinos schlief, in der Laube. Sie war beseelt vom Ernst der Stunde und dem Geld, das Jannis ihr aufgedrängt hatte. Und vom Alkohol. Die beschlagene Brille wies den Fingerabdruck eines Zweijährigen auf, und ihr schien nicht bewusst zu sein, dass an ihrer Bluse ein Knopf aufgegangen war, was jedem, der wollte, erlaubte, einen Blick auf die weiße Spitze ihres BHs zu erhaschen. Aus der Küche schallte Lachen. Dort versuchten Doris und Branka die Krebse zu bändigen, die Ingemar Nyberg auf den Fußboden gekippt hatte. Auf dem Herd kochte Wasser in riesigen Töpfen, die sie sich in der Fabrik geliehen hatten. Diverse Freunde und Angetraute – alle in sauberen Hemden und mit schmalen Gürteln – versuchten sich vergeblich nützlich zu machen. Als Nyberg auf die Küchentreppe trat, sich eine Zigarette ansteckte und sagte: »Jungs, wo ist der Schnaps?«, entspannten sie sich endlich. Er nickte zu dem Tisch unter den Bäumen hin. Hinter Blumen und Flaschen saßen Sture und Märit Thunell, letztere in einem chemisch gereinigten Kleid, und trauten ihren Augen nicht. Jemand hatte bunte Glühbirnen aufgehängt, die spastisch blinkten. Jemand anderes – möglicherweise ein Gastarbeiter – hatte Lametta in die Zweige gehängt. »Das geht zu weit«, meinte Märit und versuchte das Lametta herunterzuholen. Balslövs Elektriker knuffte Tollarps Metzger den Ellbogen in die Seite. Beide grinsten.

Zwei Minuten später hielt Anton das Tor auf, damit das Brautpaar eintreten konnte. Jannis trug den dunkelblauen Anzug, in dem er den Volkspark besucht hatte, während Agneta diesmal festlichere Kleidung gewählt hatte. Von der Rede, die Doktor Florinos kurz darauf hielt – neben Märit Thunell stehend, die ihre körnige Mascara fortzwinkerte –, sollte unserem Helden in späteren Jahren nichts in Erinnerung bleiben. Und von dem restlichen Tag nur:

(1) was Agneta, auf dem Hotelbett liegend, die Hände unter den Bauch gelegt, mit den Augen nach seinen Augen tastend, zu ihm gesagt hatte. »Sieh mich an. Versprichst du mir, dass ein Kind nicht eins zu viel sein wird?«;

(2) das schöne Keramikgefäß aus Piräus, das die Familie Florinos dem Paar zur Hochzeit schenkte;

(3) die leeren Plätze, auf denen Kostas und Efi hätten sitzen sollen;

(4) wie seine Ehefrau verzweifelt nach dem Ohrring suchte, den sie hatte ins Gras fallen lassen und nie wiederfinden würde (ein schnell verlorenes Geschenk der Freunde in Bromölla);

(5) wie Berit aus vollem Hals sang, während sie zur Musik des Plattenspielers auf der Fensterbank tanzte (»Trommelommeln! Trommelommeln!«);

(6) die beiden Küsse, die Märit ihm gab, als er sich verabschiedete und sie ihn zunächst anstarrte, ihm dann aber lachend in die Wange kniff und seinen Gruß erwiderte; sowie

(7) Sture Thunell, der kurz bevor er ging, den Arm um den Bräutigam legte. »Du kannst auch meine Perle haben. Sie wird dich was kosten, aber du kannst sie haben.« Als er das verblüffte Gesicht seines Schwiegersohnes sah, ergänzte er: »Nein, verdammt. Ich meine den Saab.«

Die Hochzeitsfeier gestaltete sich nicht, wie Jannis sie sich vorgestellt hatte. Als er endlich im Bett lag, versuchte er zu hören, ob seine Frau schlief. Vielleicht stimmte es, dass kein Mensch darunter litt, nicht alles und jedes zu wissen. Möglicherweise wurde man nur durch gesundes Unwissen glücklich. Er war nicht der Richtige, das zu beurteilen. Für den Fall, dass es stimmte, hatte er nicht die Absicht, seine Frau zu wecken und ihr mitzuteilen, dass dieser Augustsamstag für seinen Geschmack doch ein bisschen viel Freitag enthalten hatte. So sehr sie auch gefeiert hatten, war er nie von dem Gefühl erfüllt gewesen, wirklich anwesend zu sein. Er hatte den anderen automatisch zugeprostet, gelacht, bis ihm die Wangen schmerzten, unter dem Tisch Agnetas Hand gedrückt, die seinen Händedruck erwidert hatte, ohne ihn anzusehen. Florinos' Kinder schienen vor allem spielen zu wollen. Frau Lily hörte zu und lächelte darüber, was die Leute daheim seiner Meinung nach sagen würden, wenn sie die Neuigkeiten erfuhren. »Maja? Warum hast du uns nie erzählt, dass du eine Schwester hast?« Und wenn er zu Stavros und Vangelis hinübersah, hoben seine Arbeitskollegen jedesmal die Gläser und lachten in einer Weise, die mehr Wohlwollen andeutete, als technisch möglich war.

Doris und Branka fuhren fort, sich in kleinen Spiegeln zu betrachten, die sie anschließend in ihren Handtaschen aus echtem Leder verwahrten. Als Nyberg und der Metzger die Stühle zur Seite schoben und den Rasen in eine Tanzfläche verwandelten, nahm Frau Granqvist ihn zur Seite. »Du bist ein guter Junge, Jannis. Hier hast du es zurück. Na schön, wenn du darauf bestehst. Dann sagen wir eben die Hälfte.« Unmittelbar darauf forderte der Elektriker sie auf, und sie meinte, er tanze so gut wie Bertil in jungen Jahren. Anschließend wollte die Vermieterin jedoch mit Jannis tanzen, und während sie sich zu »Yellow Submarine« gegenseitig auf die Füße traten, steckte sie die Hand in die ehemalige Jackettasche ihres verblichenen Gatten und glaubte, das Geld, das sie zurückgegeben hatte, herausfischen zu können, ohne dass der Bräutigam es merkte. Gegen zwei trug Doktor Florinos die Kinder zum Auto und konnte sich nur mit dem Ellbogen verabschieden. Lily saß bereits auf der Rückbank und winkte müde. Als die frisch Vermählten in ihr Zimmer hinaufgehen wollten, lag die Vermieterin außer Gefecht auf der Couch. Jannis wollte ihr ins Bett helfen, aber Agneta meinte, sie könne sich ebenso gut da erholen, wo sie mit einer Hand unter dem Kinn wie ein uraltes Kind lag. Als sie Greta die Schuhe auszogen, war sie so friedlich in ihren Traum vertieft, dass sie keinem Menschen mehr ähnelte, den er kannte.

In dieser Nacht, oder vielmehr gegen Morgen, schloss er die Augen und hoffte, eine rauhe Zunge würde ihn wachlecken.

NEIN, NICHT WIE EIN HUND. Von den vielen Gesprächen, die nach der Hochzeit in Granqvists Küche geführt wurden, wählen wir als einziges das folgende aus:

»Liebst du mich?« Agneta sitzt mit einer Tasse in den Händen am Tisch. Sie pustet auf die heiße Milch, Jannis betrachtet den Putz an der Decke. »Sieh mich an, wenn ich mit dir spreche. Ich habe dich was gefragt.«

»Das ich habe gehört.« Der Putz ist rissig.

»Und?« Wenn er nicht antworten will, wird sie eben warten. Nach einer Weile sagt sie trotzdem: »Würdest du sagen, dass du mich liebst?«

»Was du findest, ich soll tun?« Auch der Linoleumboden ist rissig.

»Du könntest zum Beispiel meine Frage beantworten. Wenn das nicht zu viel verlangt ist, meine ich. Warum sind wir verheiratet, wenn du mich nicht liebst?«

»Das bedeutet, ich jetzt muss etwas sagen?« Er fragt sich, wie viel es wohl kosten würde, einen neuen Fußboden zu verlegen.

»Liebst du mich oder liebst du mich nicht?«

»Wenn ich daran denke, was wir gerade gemacht haben, ich nicht würde sagen, ich dich nicht liebe…«

»Das ist keine Antwort«, sagt Agneta, der auffällt, dass ihr Mann den Konjunktiv gelernt hat. »Ja oder nein?«

»Ja oder nein?« Jannis greift nach der Tasse auf dem Tisch. Bestimmt tausend Kronen. Er bläst, die Haut löst sich und faltet sich an einer Seite. Er riecht noch den Duft seiner Frau an den Fingern. Seltsam, denkt er. Es ist, als gäbe es zwei Agnetas: die harte vor ihm, die weiche im Bett.

»Ich habe gesagt, dass ich gerne eine Ausbildung zur Krankenschwester machen würde, sobald das Kind da ist. Ist das so schwer zu verstehen? Du weißt, dass ich nicht mehr in Balslöv arbeiten kann, wenn die Florinos umgezogen sind. Aber während ich die Ausbildung mache, muss sich jemand um unser Kind kümmern. Und jetzt möchte ich von dir wissen, warum du mir nicht eine einfache Frage beantworten kannst. Sieh mich an, habe ich gesagt. Liebst du mich? Oder liebst du mich nicht?«

Vielleicht kann Jannis wirklich nicht antworten. Wahrscheinlicher ist jedoch, dass er nicht will. Nachdem er sich verbrannt und geschluckt hat – die Milchhaut klebt an seiner Oberlippe – murmelt er: »Ich finde es besser, wenn du auf meinem Arm liegst, als woanders. Iberaus besser.«

»Was heißt denn woanders?«

»Ja, also nicht auf meinem Arm.«

»Meinst du vielleicht auf dem Fußboden? Wie ein Hund?«

Jannis will seine Frau nicht verletzen. Aber er findet, dass die Antwort, die sie von ihm fordert, nichts damit zu tun haben soll, ob er zu einem Umzug bereit ist, damit sie ihre Ausbildung beginnen kann. Die drei Worte, die sie hören will, sind einzigartig. Oder, nein, das sind sie natürlich nicht. Aber für jeden Mund gibt es einen Morgen oder Abend – oder wie jetzt: eine Nacht –, an dem sie zum ersten Mal ausgesprochen werden. Will sagen: zum ersten Mal, als wäre es das letzte Mal. (O, Jannis Georgiadis.) Ein einziges Mal haben sie ihm so auf der Zunge gelegen, weich und flauschig, aber dennoch bebend und spitz, eher Bienen als Mücken, als er mit seinem Ohr auf einem Zwerchfell lag und es für so richtig hielt, sie auszusprechen, dass er bereit gewesen wäre, sie dafür anschließend für immer aus seinem Wortschatz zu streichen. Aber dann kam es nicht dazu. Und seit jenem Augenblick weiß er, wenn sie ihm jemals über die Lippen kommen sollen, muss es in dieser Weise ge-

340

schehen. Die Leute können sagen, was sie wollen, sie können die Worte hundert oder tausend Mal aussprechen, wenn ihnen danach ist, dazu hat er keine Meinung, aber für ihn muss es jedesmal sein, als wäre es das letzte Mal. Sonst verschleißen sich die Worte und am Ende summen keine Bienen mehr in ihnen.

Deshalb gibt Jannis keine Antwort, obwohl er nichts gegen Agneta hat. Im Gegenteil. Er tut alles, was eine Frau mit Recht von einem Mann erwarten kann, der sie liebt. Vielleicht sogar noch mehr. »Nein«, sagt er und sieht seine Frau an. »Nicht wie ein Hund. Eher wie eine Ziege.«

ANGESCHOSSENER PLANET. Im Oktober geriet das Sonnensystem aus dem Gleichgewicht. Agneta arbeitete seit neuestem nicht mehr als Kindermädchen in Balslöv, konnte aber nicht alles mitnehmen, was sie bei Tante Aga angesammelt hatte. Deshalb verließ Jannis die Saftfabrik an einem Tag in der Monatsmitte früher als sonst. Als er in seinem ehemaligen Eden eintraf, beschloss er, an der Eisenbahnlinie entlang zum Haus Seeblick zu gehen. Er hatte reichlich Zeit, der Zug zurück ging erst am Abend. Er zählte die Schwellen und überlegte, dass er erst anderthalb Jahre zuvor und, abgesehen von seinem Koffer, mit leeren Händen angekommen war. Jetzt war er verheiratet, konnte mühelos die Schilder an Nybergs Schrottplatz lesen, und in weniger als zwei Monaten würde es ein Wesen geben, das sie Jannakis nennen konnten.

Als er über diese und andere Fakten nachdachte, fiel es ihm schwer, an einen Zufall zu glauben. Hatte etwa eine riesige Hand ein Loch in den Himmel gestoßen und Wesen und Werkzeuge neu verteilt? War die gleiche Hand vielleicht mit dem Fingernagel an einer Furche in der Zeit entlanggefahren, um zu zeigen, wie zwingend ein Ereignis auf das andere folgte? Oder gab es etwas im Inneren jedes Geschehens, was dafür sorgte, dass es zu verwandten Ereignissen hingezogen wurde, ein inneres Angelblei, das andere anzog, bis sie gemeinsam das Geschehene an Ort und Stelle hiel-

341

ten? Wie ein Magnet? Unmöglich. Eine Überraschung war doch keine Überraschung mehr, wenn man sie herbeiführte? Ein wenig unvermittelt schweiften seine Gedanken zu der Frage ab, ob ihr Kind auch den Namen seines Großvaters mütterlicherseits tragen würde. Jannis Sture Georgiadis? Er lächelte. Warum nicht.

Als er das Haus erreichte, blieb er auf dem Bahndamm stehen. Familie Florinos war ausgezogen. Die Fenster, die man hinter den Bäumen mit ihren Runen aus Ästen sah, waren dunkel, die Leine am Fahnenmast schlug beherrscht. Er ging vom Bahndamm hinunter. Der Rasen auf der Rückseite war nicht geschnitten, entlang der Hecke vermoderten Blätter. Einige leuchteten im Komposthaufen noch rot. Sein Blick wanderte weiter, zur Hafenpromenade, die nass und nackt glänzte, dann die Böschung hinauf und durch den wildwüchsigen Gemüsegarten zurück zum Haus. Er wollte schon wieder gehen, als er einen Pfiff hörte. Im nächsten Moment zwängte sich, von der einen zur anderen Kotelette grinsend, Tore Ollén durch die Hecke. In der Hand hielt er eine Harke, die nervös über die Erde holperte. »Sieh einer an«, sagte er und lehnte das Werkzeug an einen Baum. »Ein Fremder.«

Jannis lächelte. »Kannst du sagen, Tore. Kannst du sagen.«

Die Männer musterten einander. Der eine erkundigte sich, wie es in der Saftfabrik lief, der andere danach, wie der Bruder unter den Deckenfresken in seiner Villa zurechtkam. Ersterer vermied es, nach Frau und Kind zu fragen, letzterer, sich nach den zukünftigen Nachbarn zu erkundigen. Beide begriffen, dass es gesundes Unwissen gab. Als die Verlegenheit ihnen gebot, das Gespräch zu beenden, beschloss Jannis zu kontrollieren, ob nicht doch eine Krocketkugel in dem Komposthaufen lag. Der Rasen war rutschig und lehmig. Die Schuhe schmatzten, er spürte einen Absatz nachgeben. Als er den Haufen erreichte, fiel es ihm nicht sonderlich schwer, die Kugel zwischen Blättern und Zweigen auszumachen. Er polierte sie, so gut es eben ging. »Muss sich verirrt haben«, sagte Ollén und begann zu harken.

Ja, dachte Jannis, ein Schwerpunkt kann sich verschieben. Als er mit dem angeschossenen Planeten in der Hand durchs Dorf ging, fühlte er sich unerwartet beschwingt, fast schwerelos. Manchmal war nicht mehr als ein Stoß erforderlich, um Himmelskörper aus ihrer Bahn zu werfen. Nachdem er angeklopft und die Tür zu seinen neuen Verwandten geöffnet hatte, fast in einer einzigen Bewegung, zog er sich im Flur die Schuhe aus und sagte zu Agneta, die gerade ein Haarpflegemittel in ihre Handtasche legte: »Wir ziehen um, Krankenschwester.« Seine Frau betrachtete verständnislos die Kugel in der Hand ihres Mannes, dann schüttelte sie still den Kopf. Jannis klopfte lächelnd auf seine Gesäßtasche, obwohl auch das bloß Kopfschütteln auslöste.

WASCHECHT. An einem feuchtkalten Abend im November klingelte es bei Familie Florinos in Lund an der Tür. Davor stand ein frisch verheirateter Makedonier in einer Jacke mit vier Eigenschaften: nass, glänzend, silbrig, schwarz. Na gut, fünf: Sie knirschte immer noch. In der Hand hielt er eine Tüte. Als er sich auf die neue Couch im Wohnzimmer fallen gelassen hatte – Grastapeten, Mahagonitisch, Polster so tief wie ein platter Fußball –, zog er aus seiner fleckigen Hose einen Schlüsselbund. Doch, Frau Lily sah richtig. Jannis und Agneta hatten im westlichen Teil der Stadt eine Wohnung gemietet. Im Moment war er dabei, die Wände zu streichen. Seine Frau hatte die Farben ausgewählt und sich dabei von der Frau Doktor inspirieren lassen: zitronengelber Flur, schwimmwestenfarbenes Schlafzimmer, ein Wohnzimmer irgendwo zwischen Stachelbeere und Spülmittel. Nur die Ecke, in der das Gitterbettchen stehen sollte, war noch nicht gestrichen worden. Jannis hatte allerdings schon ein paar Liter Maihimmel gekauft, da er ahnte, was Agneta nicht sagen wollte. Sobald die Wände trocken waren, würde der Umzugswagen kommen und anschließend die Gattin mit Bauch und Zulassungsbescheid folgen. »Wir haben nicht viele Pläne, *kiría* Lily. Warum wir also nicht da wohnen, wo Agneta, sie Krankenschwester werden kann? Mm. Achter Monat.«

343

Bei dem Gedanken an Jannakis lächelte er maihimmelblau. Dann zog er sein Portemonnaie heraus, suchte zwischen Zetteln und Fotografien und zeigte seinen neuen Führerschein, ausgestellt und laminiert in Kristianstad. Stolz deutete er auf das Foto des Mannes mit dem Robert Mitchum-Grübchen. Als eines der Kinder in der Tür auftauchte, rief er: »Psst, Mars. Jannis, er hat ein Geschenk.« Rasch stopfte er sich die Plastiktüte unter den Pullover. Anton setzte den Finger dorthin, wo eigentlich der Nabel gewesen wäre. »Warte, du wirst sehen.« Der Grieche zog das Geschenk heraus. »Der Nullpunkt, der ist verlegt worden.« Keiner begriff, wovon er sprach. Oder weshalb er lächelte.

Ein paar Tage später bekam er Besuch von dem jungen Astronomen. Es folgt ein Wortwechsel. Schauplatz ist eine Zweizimmerwohnung in dem neuen Wohnviertel, das die Stadtplaner Delphi getauft haben. Noch wird in den Straßen emsig gebaut, vor allem für Studenten aus dem Ausland. Das neue Zuhause ist mit Wasser beider Art und einer Zentralheizung ausgestattet. An der Decke brennt eine nackte Glühbirne, in einer Ecke liegt eine Matratze mit Betttuch und Kissen. Der Grieche steht mit nacktem Oberkörper auf einer Leiter. Er streicht eine Leiste zum zweiten Mal grün. Auf dem einzigen Küchenstuhl sitzt der Junge und erzählt vom Himmelsgewölbe. Er hat gerade das nötige Geld für ein Sternteleskop zusammengespart und ist fest davon überzeugt, dass er unbekannte Planeten entdecken wird, die sich als bewohnt erweisen werden. Über der Rückenlehne hängt ein Hemd.

JUNGE *(sieht in der Hemdtasche nach)*: Warum läufst du mit deinem Pass herum?

GRIECHE *(listig)*: Geheim.

JUNGE: Bitte?

GRIECHE *(lacht)*: Geheim, hab ich gesagt.

JUNGE: Wieso geheim? Ein Pass ist doch kein Geheimnis?

GRIECHE *(traurig)*: Nein, du hast Recht.

JUNGE: Dann kannst du es auch erzählen.

GRIECHE: *Entáxi*. Zur Erinnerung.

JUNGE: Zur Erinnerung?

GRIECHE: Ja klar. *(Steigt von der Leiter herunter und fischt den Pass heraus.)* Das hier *war* ich. Der Pass, der ist gestorben. Und das hier, ah, das hier *bin* ich. *(Sucht unter dem Kissen auf der Matratze, findet einen weiteren Ausweis, diesmal von einem anderen Wappen geziert.)* Wenn du willst, du jetzt kannst trommelommeln.

JUNGE: Du bist ein richtiger Svensson geworden?

SCHWEDE *(sagt nichts, sagt schließlich)*: Waschecht.

JUNGE *(begutachtet das eingestempelte Datum in dem alten Dokument und sieht, dass es etwa einen Monat zurückliegt)*: Heißt das, du bist kein Gastarbeiter mehr?

SCHWEDE *(lächelt immer noch)*: Man kann über seinen Schatten springen?

JUNGE: Ich glaube, ich verstehe.

GRIECHE: Wenn das so ist, ich nichts brauche sagen.

COUNTDOWN. Als Jannis und Agneta sich im Spätherbst 1968 in der neuen Wohnung eingerichtet hatten, kauften sie einen Adventskerzenständer und begannen zu zählen. Noch waren es ein paar Wochen bis Weihnachten, aber das Kind konnte jederzeit kommen. Zum ersten Mal waren sie allein und zusammen – ohne die Freunde und Verwandten in Balslöv, ohne Agnetas Eltern und ohne Frau Granqvist, die gegen Ende ihres Aufenthalts begonnen hatte, sich merkwürdig zu verhalten.

»Ich glaube, sie ist vor Neid geplatzt.«

»Geplatzt? Frau Greta nicht Ballon.«

»Stell dich nicht dümmer, als du bist. Ich meine: Sie war eifersüchtig.«

»Ballon nicht süchtig sein kann, Agneta.«

Eine Saftfabrik gab es an ihrem neuen Wohnort allerdings nicht, so dass Jannis in Harald Olssons Buchdruckerei Papierbögen sortierte und von einer Karriere als Sportlehrer und Historiker träumte. Agneta bat um eine Beurlaubung von den Seminaren, bis das Kind nicht mehr gestillt werden musste, und hoffte, dass sie als frisch vermähltes Paar keine Probleme mit der Wohnung bekommen würden, weil bislang keiner von ihnen offiziell als Student eingeschrieben war. Sie träumte von gestärkten Schößen und selbstsicheren Bewegungen, von präzisen Informationen in lebensbedrohlichen Situationen und jenem rätselhaften, aber noblen Lächeln, das ihre einzige Reaktion auf die Dankbarkeit der Patienten sein würde. Unter gar keinen Umständen wollte sie die Hausfrau werden, die ihr Mann, wie sie befürchtete, von ihr erwartete. Zwischen Gitterbett und Herd hin und her latschen, um Taschengeld betteln, Hemden, Unterhemden, Unterhosen bügeln? Nicht mit Agneta Georgiadis-Thunell. Wenn ihr Mann ein neues Auto haben wollte, musste er die Kosten übernehmen, sie gedachte dafür einen Teil der Miete zu übernehmen, und in die Haushaltskasse würde jeder von ihnen den gleichen Betrag einzahlen. Weitere Kinder in angemessenen zeitlichen Abständen kamen nicht in Frage. Letzteres sprach sie nie aus, weil sie inzwischen wie eine Lady schwieg. Aber bei ihrem letzten Besuch in der Mütterberatungsstelle hatte sie sich nach Methoden erkundigt, die sicherer waren als Gummis.

Das Luciafest kam und ging.

Das Jesuskind kam und ging. Oder was immer es tun mochte.

Es kamen Kinder, die an die Tür klopften. Aber nicht wieder gingen. Dann aber doch gingen, als die hochschwangere Frau den essbaren Christbaumschmuck vom Baum nahm und ihnen in die Hände drückte.

Auf der Rückseite eines alten Rezeptblocks von Doktor Florinos richtete Jannis eine Tabelle ein. In die eine Ecke zeichnete er ein geflügeltes Rad. Neben die letzten Tage schrieb er, »ein bisschen Dienstag«, »viel Dienstag« und »nur Dienstag«. Den 24. Dezember, für den die Niederkunft phantastischerweise ausgerechnet war, verbrachten sie mit Datteln, Nüssen und Weihnachtsgeschenken im Bett. Am Kopfende stand die fertig gepackte Tasche. Danach wusste er jedoch nicht mehr, was er noch schreiben sollte. Der

25. wurde mit einem »Dienstag?« versehen, der 26. und 27. mit »?-Tag«. Der 28. blieb ohne Angabe. In welcher Zeitrechnung befanden sie sich, wenn der alte Kalender keine Gültigkeit mehr hatte, der neue aber noch nicht in Kraft getreten war? Ließen sich diese Tage überhaupt zählen? »Was ist, wenn er nicht kommt?«, fragte er am Sonntag, den 29. »Keine Sorge. Das Kind tritt wie eine komplette Fußballmannschaft. Woher willst du übrigens wissen, dass es ein Er wird?« »Weiß ich nicht«, antwortete Jannis, »spüre ich hier«. Er griff sich an die Stelle, an der eine pochende Blume begonnen hatte, nach innen zu wachsen.

Am 30. rief Doktor Florinos an und erklärte, es sei nicht weiter ungewöhnlich, dass es bei Erstgebärenden etwas länger dauerte. Bisher sei sie gerade einmal eine Woche über die Zeit, es gebe also keinen Grund zur Sorge. Der Doktor vergewisserte sich, dass sie die Nummer der Entbindungsstation hatten, und bat sie, sich zu melden, wenn am neunten Tag immer noch nichts passiert war. Danach erkundigte sich Jannis mindestens einmal in der Stunde, wie Agneta sich fühlte, ob das Kind immer noch Tore schoss und was er tun konnte, um das Training zu erleichtern, was sie wenig und leicht und zudem gereizt und mit einem immer festeren Dutt im Nacken schlafen ließ. Am letzten Morgen des Jahres hielt sie ein Glas unter den Wasserhahn in der haselnussbraunen Küche. Sie dachte: Wenn nicht jetzt, dann nie.

Hinterher erklärte Jannis, der Wasserhahn habe Jannoula herausgelockt. Das gebogene Küchenutensil, einer Flöte nicht unähnlich, musste eine Melodie gespielt haben, der sie nicht hatte widerstehen können – etwas über Silber und Sehnsucht und sagenhafte Zusammenhänge. Agneta war davon weniger überzeugt. Allerdings waren sich beide – auch hinterher, in der schwarzen Zeit, die folgen sollte – einig, dass sie ihr Glas in die Spüle fallen ließ, das Fruchtwasser abgehen spürte und ein gellendes »Oh-nee-ein…« ausstieß. Zehn Minuten später saßen die beiden in einem Taxi, das durch die schneegepflügten Straßen der Stadt raste, kurz darauf wurde Agneta zügig in den Kreißsaal geführt. Eine freund-

liche, aber resolute Hebamme in roten, geblümten Holzschuhen
zeigte Jannis das Wartezimmer, wo er Illustrierte von vorn bis hinten durchblätterte, ohne ein Wort zu verstehen.

Nachdem er einen Vormittag mit mehr Mücken verbracht hatte,
als er für möglich gehalten hätte, erblickte er schließlich das Ergebnis, zu dem ein Stich führen kann. Kurz vor Mittag hielt die Hebamme ein griesgrämiges Wesen mit schwarzen Augenbrauen und
weißen Flecken im Gesicht hoch. Der neue Mensch hinter der großen Fensterscheibe mit den Handabdrücken früherer Väter sah
Jannis mit asiatischen Augen unverwandt an. Hinter durchsichtigen Wimpern blitzten die Pupillen wie schwarze Juwelen, Äonen
von Zeit wirbelten in ihren sagenhaften Tiefen. Jannis spürte, dass
sich sein Herz unter dünner, rosiger Haut in Schnee verwandelte.
Obwohl die 3,3 Kilo Mensch, auf die er gewartet hatte wie auf
nichts anderes in seinem Leben, in ein Handtuch gewickelt waren,
sah er doch, dass es sich um ein Mädchen handelte. Und dass Jannoula mit einem Grübchen im Kinn auf die Welt gekommen war.

EINE ZEIT OHNE ECKEN UND KANTEN. In den nun folgenden
Wochen – einer Zeit ohne Ecken und Kanten – befand Jannis sich
in einem Glücksrausch. Schlaflos und selig saß er mit dem Kind auf
der Couch, während seine Frau sich wusch oder Schlaf nachholte.
Die zarten Händchen mit ihren langen Fischschuppennägeln
schlossen sich gierig um seinen kleinen Finger, die Füße, die er an
seine Lippen führte, waren kleine Wunder aus Falten. Mal studierte er die dunklen Haare, die ständig feucht zu sein schienen,
mal folgte er dem Flaum, der den Hals entlang wanderte und sich
so zwischen den Schulterblättern verteilte, dass er schwor, in einem früheren Stadium der Evolution müsse es sich dabei um Flügel gehandelt haben. Zwischendurch versuchte er sich – ein wenig
unkonzentriert – in *Schwedisch für Ausländer* zu vertiefen. Agneta
hatte ihm Roséns Buch zu Weihnachten geschenkt, weil sie es leid
war, Regeln zu erklären, derer sie sich sicher gewesen war, bis ihr

Gatte sie zum vierten Mal danach fragte. Jannoula bestärkte ihn in seiner Auffassung, dass es Menschen nur im Plural gab, aber wenn sie gegessen und ein Bäuerchen gemacht hatte, verlor er jegliches Interesse an Genus und Numerus. Während die Tochter ihn mit Augen ansah, die so offen waren, dass weitaus mehr als nur Grammatik in ihnen Platz fand, fühlte er sich verwirrt und erfüllt von allem Ungesagten. Er wusste, dass sich der Nullpunkt verschoben hatte. Der Rest war Nationalismus.

In diesen Momenten mit seiner Tochter wurde Jannis' Gehirn sicher von vielen interessanten Gedanken heimgesucht. *Gidáki mou*, stellen wir uns vor, dass er dachte, nicht einmal Despina würde ihren Augen trauen, wenn sie dich sähe. Aber ich weiß, sie wäre der gleichen Meinung wie ich: Zwischen allem, was da drinnen vorgeht, in deinem großen kleinen Universum, gibt es keine Mücken. Noch lange nicht. Ich hoffe, du kriegst keine Angst, wenn sie kommen. Mücken gehören zum Leben, auch wenn sie stechen. Ob schwedische oder griechische spielt dabei nun wirklich keine Rolle.

Oder er dachte: Gestern Nacht, als du immer weiter geschrien hast und ich versucht habe, dich zu trösten, wusste ich nicht, was ich noch tun sollte – nur, dass ich dich weiter hätte trösten können, bis ich graue Haare bekommen hätte und du erwachsen gewesen wärst. Jannoula, die Welt kann nichts erfinden, was ich nicht für dich tun würde. Ich werde dir jetzt ein Geheimnis verraten: Du bist all das Beste in mir, ja, sehr viel mehr ich selbst, als ich es jemals werde sein können. Dich gibt es jetzt… Warte. Sieben Wochen, zwei Tage und ein paar Stunden. Aber schon heute kann ich nicht mehr ohne dich leben. Wenn du verschwinden würdest – tss, hör mir zu, ich werde phantastisch –, müsste ich ein anderer werden. Aber du hast andere Pläne, nicht wahr? Möchtest du vielleicht Astronautin werden? Oder Taucherin? Es würde mich jedenfalls nicht wundern, wenn du etwas hoch oben oder tief unten werden würdest. Aber was immer es sein mag, ich weiß, dass du uns stolz machen wirst. Ich weiß es einfach.

349

Oder er dachte: Schläfst du gut nach der ganzen Schreierei? Es scheint so. Darf ich dich trotzdem etwas fragen? Ich frage mich so sehr, ob es sich anders anfühlt, auf Schwedisch statt auf Griechisch getröstet zu werden. Ich hoffe nicht! Als deine Mama übernahm, schlief ich mit dem Kissen auf dem Kopf ein. Ich träumte, dass ich mich in einem großen Saal mit vielen Menschen befand. Der Parkettboden glänzte, die Kronleuchter funkelten. Als würden der Herr Doktor und seine Frau ein Fest feiern, aber myriadenmal größer. Alle fielen sich gegenseitig ins Wort. Die femininen Substantive trugen Perücken und hielten sich Masken vors Gesicht, die auf Stielen saßen. Die maskulinen trugen knielange Hosen und hielten die Hände hinter dem Rücken verschränkt. Nur ich war still. Plötzlich verstummte der Saal. Die Gläser klirrten, während die Menschen zurücktraten. Ich landete am äußersten Ende, am Rande des Traums. Ein Mann blieb allein mitten im Raum zurück. Als es vollkommen still geworden war, begann er merkwürdige Bewegungen zu machen, vor allem mit seinen Händen und Füßen. Er grub mit einem unsichtbaren Spaten. Er lief mit ausgreifenden Schritten Schlittschuh. Er spielte Krocket. Anfangs dachte ich, das wäre lustig und überraschend und lachte wie alle anderen auch, aber dann kamen mir die Verben bekannt vor, und am Ende begriff ich, der Mann spielte mich. Obwohl er alles richtig machte, empfand ich es jedoch nicht so. Das war nicht meine Freude oder meine Verwunderung, nicht mein Verlust oder Schmerz. Der Genitiv war falsch! Für einen Moment kam es mir vor, als hätte er sich in die falsche Person verirrt. Ich versuchte ihm zu erklären, wenn das die Darstellung eines Georgiadis sein sollte, war er zu tief gedrungen, ohne zu klären, wo er sich befand. Es war jedoch, als spräche ich unter Wasser. Es kamen keine Worte, nur idiotische Blasen. Ich versuchte voranzukommen, doch auch das ging nicht. Alles war wie Seegras. Ganz gleich, was ich auch anstellte, es wollte mir einfach nicht gelingen, dem Mann zu zeigen, dass er nicht tun durfte, was er da tat. Dann wurde mir bewusst, warum ich das Gefühl hatte, unter Wasser zu sprechen. Ich war in der falschen Sprache gefangen.

Oder Jannis dachte: Ich denke nicht, dass wir noch hier sein werden, wenn dein Kopf groß genug für Mücken ist. Sanitärporzellan in allen Ehren, aber du willst doch bestimmt Papas Kastanienbaum von innen sehen? In ein paar Jahren sitzen die Obristen auf den Inseln. Dann werden wir uns ein neues Auto kaufen und hinunterfahren. Ich habe deiner Mama versprochen, ihr Potamiá und das Badehaus zu zeigen. Vielleicht will sie auch Maja treffen? Ich denke, dass Mama eine Stelle beim Doktor in Neochóri bekommen könnte. Und die Schule dort ist gut, das verspreche ich dir. Wenn du Fragen hast, die deine Lehrer nicht beantworten wollen, kannst du immer zu mir kommen. In Griechenland tun sie sich noch immer ein bisschen schwer mit dem Thema Blumen und Bienen. Übrigens… Sollte man vielleicht Herrn D. importieren und damit Geld verdienen? Nein, ich glaube nicht, dass ich auf die Art reich werden möchte. Ein paar Griechen mehr stören doch keinen. Ich bin mir ziemlich sicher, dass unsere Ersparnisse trotzdem reichen werden, um Tsoulas das Feld wieder abzukaufen. Dann werde ich ein richtiges Haus bauen mit Porzellan aus Bromölla und geometrischen Tapeten. Anfangs wird es unser Sommerhaus sein, und dann sehen wir weiter. Mama und ich müssen uns nur erst über die praktischen Dinge einigen. Nein, Liebes, es geht nicht um Herrn D.! Aber man weiß nie. Vielleicht bekommt Maja ja noch mehr Kusinen, ehe wir hinfahren?

Mag sein, dass Jannis sich unbeholfen vorkam, wenn er nach solchen Gedankengängen auf Schwedisch fortfuhr. Aber er ahnte, dass die zukünftige Fünf- oder Siebenjährige seine Bemühungen zu schätzen wissen würde, und es gab, wie gesagt, nichts, was er nicht für sie getan hätte. Deshalb fuhr er fort, seine Träume in Worte zu kleiden, die mit der Zeit zu immer eigentümlicheren Gebilden wurden. Nach einer Weile hatte er sich in derart kühnen Sätzen verheddert, mit Unterholz und allem, dass er weder vor noch zurück konnte. Er bekam keine Ordnung mehr in die Bezüge, die plötzlich mehr Arme entwickelt zu haben schienen, aber ohne Beine waren, und merkte, dass die Hoffnungen, die wie zerknitterte Regenbogen geschimmert hatten, sich in einer Welt aus nadellosen Bäumen und grauem Gras verloren. Kurzum: Als der Schnee schließlich liegen blieb, hatte er keine andere Wahl, als sich vor und zurück zu wiegen und sich mit seinem Kind im Arm in weißen Gedanken zu verlieren.

Bei einer dieser Gelegenheiten kam seine Frau ins Zimmer. Sie hat uns persönlich davon erzählt – auch, dass sie ihren Bademantel anhatte. Vermutlich spielte etwas Sprödes und Freundliches, aber bestimmt auch Stoisches um ihre Lippen. Während Jannis in die Augen des Kindes versunken summte – »Du bist ich, ich bin du« – hob sie die Spielsachen und Lehrbücher auf, die rund um die Couch verstreut lagen. Dann stellte sie das Keramikgefäß auf das Tablett und wollte schon in die Küche gehen, als sie ihren Mann murmeln hörte: »Subjekt, Objekt... Was spielt das für eine Rolle?«

HIER UND DA. An einem Frühlingstag, als es an anderen Orten noch Winter war, geschah das Unmögliche: Vater Lakis gelang es, Vasso zu überreden, die Nische hinter dem Altar zu besuchen. Dort war ausreichend Platz für einen Aktenschrank, ein paar Stühle und einen Schreibtisch. Mitten zwischen den Schalen mit getrockneten Sonnenblumenkernen thronte seit zwei Wochen eine Kathedrale aus Bakelit. Nach langjährigen Verhandlungen mit der Synode hatte der Geistliche die Anschaffung eines Telefons durchgesetzt. Ohne Stefanopoulos' Apparat wäre ihm dies wohl nie gelungen, aber als der Metropolit in der Provinzhauptstadt hörte, dass man nur eine Leitung vom Kaffeehaus zur Kirche ziehen musste, hatte er nachgegeben. Im Übrigen würde der Apparat den Kontakt mit dem unbequemen Glaubensbruder erleichtern, dem nicht nur der Metropolit ein schnelles, schmerzfreies Ableben wünschte, gelobt sei der einzige Gott.

Vasso, die nach ihrer Kindheit bei Frau Poulias an den Allmächtigen glaubte wie andere an den Teufel, sträubte sich lachend. Sie benahm sich, als wäre sie wieder siebzehn und würde zum ersten Mal umworben. Dieser schwarze Koloss war nichts für sie. Er sah zwar aus wie eine Kirche, aber wenn er nun ihre Stimme für immer behielt? Vor lauter Lachen tränten ihre Augen, als sie sich schließlich doch erweichen ließ. Obwohl sie mit Glühbirnen vertraut war und Despinas elektrische Heizdecke bedienen konnte wie ein Ingenieur, war es das erste Mal, dass sie telefonieren würde. Eine Minute verstrich, dann schrillte der Apparat. Auf der Rückseite des Dings saß ein Auswuchs von der Größe eines Eishockeypucks. Vasso glaubte, da hinein sprechen zu müssen, aber Vater Lakis presste ihr den Hörer ans Ohr und griff selbst nach dem Puck. Die Telefonistin vergewisserte sich, dass das Gespräch angenommen wurde, und verband. »*Manoúla*, bist du es?« Die Stimme, die sich herauslöste, war leise und ein wenig verzerrt, aber deutlich zu erkennen. Die Mutter blickte auf. Wie konnte in diesem Hörer Platz für ihren Sohn sein? Schleunigst legte sie auf und bekreuzigte sich. Großer Gott, Teufelswerk. Sie gedachte ihre Spucke zu sparen.

Viele Kilometer nördlich musste Jannis die Telefonistin bitten, ihn nochmals zu verbinden. Während er wartete, hörte er seinen eigenen Atem hallen und sich verflüchtigen. Schließlich meldete sich seine Mutter. Sie sprach seinen Namen ganz ohne Zwischentöne aus. Der Priester, der groß, stumm und verschwitzt neben ihr saß, ermunterte sie weiterzusprechen. Sein rechtes Knie zitterte mechanisch, als würde er sicherheitshalber Morsezeichen senden. Leider wurde es auf Grund der schlechten Leitungen ein verworrenes Gespräch.

»Wie geht es …«

»*Mána*, seid ihr«

»… dem Kind?«

»… gesund?«

»Isst sie …«

»Und *jiajiá* …«

»… auch ordentlich, *mátia mou*?«

»… geht es gut?«

»Ja, obwohl deine Großmutter…«

»Mm, viel. Aber es kommt vor, dass sie…«

»…sich übergibt.«

»…sich übergibt.«

»Sich übergibt?

»Sich übergibt?«

»Weißt du…«

»Siehst du…«

»Agneta möchte eine Ausbildung zur…«

»sie ist…«

»Krankenschwester machen.«

»Was…«

»Hast du gesagt?«

»…hast du jetzt gesagt?«

»Jetzt?«

Trotz der saumseligen Worte begriff Jannis, dass sich der Zustand seiner Großmutter verschlechtert hatte. Sie aß kaum noch, war unfähig zu verdauen, was sie zu sich nahm, und verbrachte ihre Tage im Bett, als böte es ihr Schutz vor der Pflicht zu leben. Als er schließlich auflegte, atmete er tief durch. Er war nicht mehr stolz auf das, was er bekommen hatte, sondern traurig über das, was er langsam, aber sicher verlor. Und schämte sich, weil Vasso sich nicht mehr über seine eigene Freude freute, als er selbst es tat. Es kam ihm vor, als wäre eine demente Wolke die Leitungen entlang gezogen und in seinen Kopf gesperrt worden. Nach einer Weile gelang es ihm, ein Streichholz zwischen die Zähne zu pressen. Unmittelbar darauf biss er sich in die Wange. Schließlich wankte er zu Agneta hinein, die gerade Jannoula stillte. Was nicht so gut klappte. Die Brüste schmerzten, und sie befürchtete eine Milchstauung. Wortlos nahm er ihr das Kind ab und trat ans Fenster. Die Tochter weinte, aber ihr Vater hörte sie nicht. Seine Gedanken waren bei der Großmutter und dem boshaften Abstand von einem Telefon zum anderen, den er nicht gelten lassen wollte. Er spürte, dass in seinem Kopf etwas Krankes geschah, schmutzigem Spül-

wasser gleich, das in einen Abfluss wirbelt, und erkannte, er war
kurz davor, ohnmächtig zu werden.

»Du spinnst ja wohl«, schrie Agneta. »Das kannst du doch nicht
machen!«

DIE KATASTROPHE. Wir sollten sein Verhalten erklären. Es hängt
mit der Katastrophe zusamen, zu der Jannis einige Monate zuvor
interviewt worden war.

Der Grund dafür, dass er Áno Potamiá schließlich verlassen
hatte, war ja weder die Pokerpartie noch ein Mangel an Arbeit gewesen, sondern die Tatsache, dass der Himmel Diarrhöe bekommen hatte. Ein paar Wochen bevor er in den Bus mit seinen Bü-
scheln aus getrocknetem Lehm auf den Rädern stieg, hatten die
Tiere begonnen, überall Kot zu hinterlassen. »Dreck, Dreck, Dreck«,
erklärte er dem Apotheker in Neochóri, als dieser einen Plastikkanister mit Desinfektionsmittel füllte. »Die Engel haben ihre Därme
entleert. Es gibt keine Stelle mehr, die noch sauber ist. Wie sollen
die Leute jetzt baden?« Jannis ahnte, dass die Krankheit der Tiere
mit den Würmern im Futter zusammenhing. Besonders schlimm
stank es rund um die Wasserrinne an der Südseite des Badehauses,
gleich neben dem Hühnerhof. Vasso half ihm, die Rinne und die
Wanne zu scheuern, in der ein Huhn ängstlich mit den Flügeln
schlagend in einem unwahrscheinlichen Morast umherstolperte,
ehe es abrutschte, wo der Kot am dicksten lag, und einen schmutzigen Tod fand. Sie mussten das Hühnerhaus abreißen, und als sie
auch zwischen den Zypressen sauber gemacht hatten, warf Jannis
die Überreste sowie die toten Tiere in eine Felsspalte und schüttete
Petroleum darüber. Mutlos sah er fetten Rauch aufsteigen. Er erinnerte an die siechen Wurzeln, die sich ein Leben vorher in den
Himmel geschlängelt hatten.

Nur Maja überlebte, aus Vergesslichkeit oder unklarer Gnade.
Schwach und unsicher stakste sie zwischen den geschrubbten Steinen, zog es meistens jedoch vor, an der Tür zu liegen, voller Scham

über die Infektion oder darüber, sie überlebt zu haben. Jannis kochte Milch mit Roggenmehl auf, mischte Medikamente darunter und fütterte die Ziege mehrmals täglich mit einem Löffel. Manchmal musste er ihr das Maul zuhalten, damit sie schluckte. *»Bésame, bésame mucho«*, lullte er gedankenlos. Auch Despina übergab sich und hatte Probleme mit dem Stuhlgang. Als sie ihren Enkel vor dem Fenster singen hörte, rief sie jedoch: »Endlich Kultur! Lauter!«, woraufhin er die Stimme erhob und für Ziege und Großmutter sang, als wäre der Dezemberabend in Wahrheit warm und weich und voller Verheißungen.

Das war die Welt, die Jannis verließ, nachdem er getan hatte, was in seiner Macht stand, um sie zu retten. Das war die Welt, die in seinen Augen die beste von allen war, obwohl ihr das meiste fehlte. Und das war die Welt, zu der er zurückkehren wollte, sobald er seine Mutter und Maja stolz gemacht hatte. Dennoch beschloss er an jenem Morgen, sein Heimatdorf zu verlassen und den Bus nach Thessaloniki zu besteigen. Bis dahin hatte er das Gefühl gehabt, es sich jeden Moment anders überlegen zu können. Bevor er zum Marktplatz ging, besuchte er ein letztes Mal das Badehaus. Die Tür schlug mit einem ermatteten Laut zu. Beim Anblick des Beckens, das im Zwielicht schimmerte, überkam ihn eine Ohnmacht, die ihn allerdings nicht lähmte, sondern eher seine Entschlossenheit weckte. Grimmig griff er nach dem Kanister mit Petroleum, schüttelte die letzten Tropfen heraus und riss ein Streichholz an. Für wenige Sekunden tanzte die Flamme, dann fiel sie in die Wanne – und das Himmelsgewölbe loderte auf.

ZUKUNFTSPLÄNE. Winter, Schneeschmelze. Frühling.

Während das Familienleben seinen von Mahlzeiten und Schlaf bestimmten Rhythmus fand, während Jannoula wuchs und schrie und ihr Vater zwischen sieben und halb fünf Papierbögen sortierte, begann Agneta, an die Zukunft zu denken. Ihre Zukunft. Ohne ein Wort darüber zu verlieren, hatte sie sich für die Ausbildung zur Krankenschwester eingeschrieben und sah einen ebenso anstrengenden wie lehrreichen Herbst vor sich, den sie gemeinsam mit konzentrierten Studenten andächtig in Hörsälen verbringen würde. Sie sah einen Ehemann, der die Stundenzahl reduzierte und sich, abhängig von ihrem Stundenplan, entweder vor- oder nachmittags seinem Kind widmete, und sie sah neue Bekanntschaften mit genauso jungen und motivierten Frauen vorher, von denen viele alleinstehend und manche sicher auch Mütter waren. Sie staunte, wie leicht es ihr fiel, sich ein solches von modernen Lebensformen geprägtes Dasein auszumalen. Obwohl sie ihre Tochter vergötterte, wollte sie nicht werden wie ihre eigene Mutter.

Noch ahnte der neue Schwede, den sie geheiratet hatte, nichts von diesen Plänen. Aber da Jannoula im Stile kleiner Menschen schlief – als hätte sie noch nicht gelernt, wie das ging, weshalb sie drei oder zehn Mal in der Nacht aufwachen musste – schliefen ihre Eltern nicht mehr in einem Bett. Oder auch nur in einem Zimmer. In seinen Nächten auf der Couch verschränkte Jannis wie üblich die Hände im Nacken und sann über die Insekten nach, die in der Dunkelheit sirrten. Er fragte sich, woher sie kamen. Vielleicht aus der Zukunft, bestimmt nicht aus der Vergangenheit. Eine solche Mücke war etwa die Frage, wie er an einen Gymnasialabschluss kommen sollte, damit er eine Ausbildung machen und seine Familie ernähren konnte, eine andere, warum es seiner Frau so schwer fiel, die Milch zu produzieren, die ihre Tochter benötigte. Sie hatte doch alles, was man dazu brauchte? Wehmütig fragte er sich, warum es so viele Nächte dauerte, bis er erneut seinen Schenkel auf Agnetas legen durfte, und etwas weniger wehmütig überlegte er, wann die Zeit reif sein würde, Herrn D. ein weiteres Mal zu pieksen. Mehrfach hatte er Agneta darauf hingewiesen, dass die Eheleute die Gunst der Stunde nutzen könnten, wenn Jannoula ausnahmsweise einmal ohne Koliken schlief, mit halb offenem Mund und hauchdünnen Lidern. Doch seit die Milch zu kurzen Schwüngen glanzloser Flüssigkeit versiegt war – das dürfte im April oder Mai gewesen sein – wirkte Agneta verzagt, und wenn er sie an die ehelichen Freuden erinnerte, starrte sie ihn nur an, als hätte er ihr etwas Kriminelles vorgeschlagen. Schließlich verständigte sich das Paar darauf, sich einmal in der Woche auf der Couch zu treffen »und die Sache hinter sich zu bringen«, wie seine Frau es ausdrückte.

Jannis hatte in seinem Leben Schlimmeres erlebt, und verglichen mit der Freude, die ihn jedesmal überwältigte, wenn er sich in den Augen seiner Tochter verlor, erschienen ihm diese Schwierigkeiten nicht der Rede wert oder doch zumindest nur vorübergehend. Dennoch schlug in seiner Brust, in der es nur wenige Monate vorher ganz anders ausgesehen hatte, die Traurigkeit Wurzeln und diese verzweigten sich mit erstaunlicher Gier. Um mit den neuen Umständen zurecht zu kommen, konzentrierte er seine immer noch beachtlichen Kräfte auf drei Dinge: (1) Jannoula; (2) gymnastische Übungen, die er am frühen Morgen und spätabends durchführte, nur in Unterhosen, aber nicht mehr im Beisein von Agneta (die sich bloß samstags vergewissern konnte, dass sein Bauch nach wie vor ein Waschbrett war, sich allerdings dafür entschied, ihre Handflächen auf den pyjamabekleideten Schultern ihres Mannes zu plazieren und folglich auch weiterhin nichts von den Wulsten nördlich des Hüftbeins ahnte); sowie (3) die Sache mit dem Abschlusszeugnis.

Letztgenannte Mücke konnte mit überraschender Selbstverständlichkeit aus dem Weg geräumt werden. Als Jannis an einem Maimorgen in die Druckerei kam, wartete sein Vorarbeiter mit einem Paar Arbeitshandschuhe auf ihn, die von der letzten Benutzung noch lauwarm waren. Er sollte das Lager der Firma aufräumen. Bei Harald Olsson wurden alte Formulare und Restauflagen nicht unnötig weggeworfen. Auch wenn einem keiner zu erklären vermochte, wozu das Material noch gut sein sollte, konnte man eben nie wissen. Aber nun hatte man Feuchtigkeitsschäden entdeckt und selbst der verantwortungsbewusste Bernt Engberg begriff, dass die meisten Sachen makuliert werden mussten. Jannis verbrachte eine Woche damit, Brauchbares von Unbrauchbarem zu trennen. Er trug hunderte Kilo übel riechendes Papier zu dem eigens dafür aufgestellten Container, baute anschließend ein paar schiefe Regale zusammen, stellte die trockenen Kartons hinein und putzte. Am Donnerstag war alles sauber bis auf die Abstellkammer, die er gemieden hatte, weil darin einige größere, mit einer zähen Flüssigkeit gefüllte Tonnen standen und er nicht wusste, was er damit anfangen sollte. Als ein Kollege ihm half, die Tonnen hinauszurollen, entdeckten sie in einer Ecke zwei übrig gebliebene Kartons. Sie hatten Schimmelflecken und die Etiketten hatten sich gelöst. Eigentlich wollte der Gastarbeiter die Kartons ungeöffnet entsorgen, aber als er den zweiten anhob, blieb der Boden am Estrich kleben und etwa zwanzig identische Drucksachen fielen ihm auf die Erde. Als er sie hinaustrug, sah er, dass ihm der Name des Autors bekannt war. Er schlug ein Exemplar der Schrift auf. Er leckte sich die Lippen. Er versank in Trance.

Nach der Arbeit begab er sich zur Familie Florinos. Lily bat ihn, im Wohnzimmer zu warten, während sie mit den Kindern zu tun hatte. Sie war wieder schwanger. Im vierten Monat. Der Gast erklärte, selbst in dieser frühen Phase der anderen Umstände sei es wichtig, keine schweren Gegenstände zu tragen. »Ich bin doch kein Gegenstand!«, protestierte Theo mit Windpocken bis weit in den Haaransatz. Lily seufzte und ließ sich in einen Sessel fallen. Jannis bot an, das Kind ins Bett zu bringen. Als Manolis kurz nach sieben heimkehrte, stolperte sein Landsmann aus dem Kinderzimmer, in dem er eingeschlafen war, und zeigte – genüsslich gähnend – was er in der Druckerei gefunden hatte. »Ópa«, sagte der Doktor und löste den schmalen Krawattenknoten. »*Kindheit in Balslöv.*« Er blätterte in Jan Olléns Gedichtsammlung, als handelte es sich um einen Touristenprospekt für ein fremdes Land, dann lachte er. »Sieh mal, er hat sogar das Motto von Goethe ins Griechische übersetzt. Nicht schlecht. Ich wusste, dass er ein Genie war.«

Beim Abendessen erzählte Doktor Florinos von den Brüdern Ollén. Jan habe bereits in jungen Jahren angedeutet, dass aus ihm einmal etwas Großes werden würde. »Nur schade, dass er sich nach dem, was mit seinem Vater passiert ist, in seinem eigenen Kopf verirrt hat.«Jannis hakte nach, und der Doktor erläuterte, dass der alte Ollén kurz nach dem schwarzen Freitag an der Börse mit seinen Söhnen auf den Rövaren hinausgeschwommen war und Selbstmord begangen hatte. Der ältere, damals dreizehnjährige Sohn hatte sich losgerissen und es geschafft, sich mit seinem kleinen Bruder ans Ufer zu retten. Der Vater war erst zwei Tage später aufgequollen an Land gespült worden. »Seither benahm Jan sich seltsam. Ein Studium kam für ihn nie in Frage.« Der Gast saß mit einer Scheibe Brot in der Hand am Tisch. Es kam ihm vor, als wäre sein Gehirn plötzlich eine Nummer zu groß für seinen Kopf. Er dachte an seinen Besuch in der Villa Natur zurück und redete sich ein, dass Dreck-Janne trotz seiner schiffbrüchigen Kindheit glücklich gewesen war. Dann reifte eine Idee in ihm. Am nächsten Tag ging er in seiner Mittagspause ins Büro. Als er in den schmalen Holzschubladen mit ihren dunklen Schätzen wühlte, bekam er schwarze Finger, fand am Ende aber, wonach er suchte: Die Typen, die man benutzt hatte, um das Motto zu Jan Olléns Gedichtsammlung auf Griechisch zu setzen. Es handelte sich um eine alte Olympia mit abgegriffenen Ecken, die auch Konsonanten aspiriert aussehen ließ. Weil Freitag war, klingelte die Glocke – die wegen ihrer Farbe »rote Klara« genannt wurde – schon um halb vier. Die Druckerpressen verloren an Schwung, und als die Platten gewaschen und die Zylinder geputzt waren, schaltete der Vorarbeiter je zwei Neonröhren auf einmal aus. Nur die Karte des Griechen steckte noch rechts von der Stechuhr, was Engberg veranlasste, im Lager nachzusehen. Er fand seinen Kollegen in dem Container auf dem Hof, wo er stampfend das Material zusammenpresste. Jannis wischte sich Spinnweben aus dem Gesicht und sagte, er wolle mit der Abstellkammer fertig werden, bevor er nach Hause gehe. Der Vorarbeiter zuckte mit den Schultern. In der Hand hielt er einen Henkelmann. »Hauptsache, du schließt hinter dir ab.«

Sobald Jannis allein war, ging er wieder ins Büro und zog die Holzschublade mit ihren Schätzen heraus. Anschließend arbeiteten er und die Olympia bis zehn Uhr. Im Bus nach Hause trommelten die Finger auf dem Umschlag in seinem Schoß. Jannis' Zufriedenheit war für den Fahrer, der ihn verstohlen musterte, unübersehbar. Nachdem es ihm gelungen war, Agneta und Jannoula im gestreiften Licht der Jalousien im Schlafzimmer auszumachen, tapste er in die Küche. Er wollte, er musste seine Freude bändigen. Gründlich spülte er das Keramikgefäß aus, das seine Frau stehen gelassen hatte, und bestrich zwei Scheiben Brot mit Butter. Er kochte Tee, nahm die Zuckerdose vom Kräuterregal und verrührte ein paar Löffel in einer Tasse. Dann schob er die alten Zeitungen zur Seite und wischte die Krümel in seine Hand. Jede dieser Bewegungen zähmte seine Freude ein wenig. Aber am Ende gab es kein Halten mehr. Als Agneta ihren Mann kurz vor Mitternacht am Küchentisch sitzend vorfand, hatte er ein Dokument vor sich und einen seligen Ausdruck im Gesicht. »Ich glaube«, sagte er, während sie den Muttermilchersatz erwärmte, »ich glaube, im Herbst ich fange an zu studieren«.

ERSTE HILFE IM NEUGRIECHISCHEN. Weil bald vieles geschehen wird, sparen wir uns die Streitgespräche, die an der Tagesordnung waren, als Agneta entdeckte, dass Jannis ein Abgangszeugnis besaß und im Herbst ebenfalls studieren wollte. Es reicht aus, wenn wir sagen, in beiden reifte der Verdacht, dass sie sich mehr liebten, wenn sie getrennt waren, denn wenn sie zusammen waren, warteten sie anscheinend bloß darauf, verletzt sein zu dürfen. (Ein typisches Beispiel: Als Agneta darauf hinwies, wie anstrengend ein acht Monate altes Wesen war, vor allem, wenn man zehn Mal am Tag Brei erwärmen und Windeln wechseln musste, erwiderte Jannis, dass man für die Liebe niemals zu müde sein könne. »Dann bin ich also nicht gut genug, ist es das, was du mir sagen willst?« »Ich nicht meine das. Aber wie du schaffst zu studieren, wenn du nicht einmal schaffst zu lieben?« Etc.)

Stattdessen folgt an dieser Stelle ein Auszug aus einem 36-seitigen Handout mit dem Titel *Erste Hilfe im Neugriechischen*, das Jannis austeilen sollte, als er in seinem späteren Leben anfing, Kurse an der Volkshochschule zu geben. Darin werden eine Reihe von Beobachtungen gemacht, die belegen, dass die Studien, die er ohne fremde Hilfe betrieb, während die Tochter in seinen Armen schlief, erfolgreich gewesen waren. Wir schlagen die Schrift in der Mitte auf und übertragen die Sätze der Einfachheit halber aus dem Griechischen:

»Im vorigen Kapitel haben wir gesehen, dass Subjekt und Objekt den Platz tauschen können. In diesem werden wir lernen, Fragen, Behauptungen und Aufforderungen zu identifizieren. Warnung: Im Griechischen folgen den Fragen nicht immer Fragezeichen, den Aufforderungen nicht immer Ausrufezeichen. Die Prosodie kann tückisch sein! Außerdem enthalten drei Punkte mehr als nur Schweigen. Hier ein Beispiel mit Kommentaren:

›Beschreibe, was du tust!‹

›Den Himmel ansehen?‹ (Beachten Sie, wie der Satz endet. Die Melodie enthüllt jedoch, dass es sich um eine Feststellung handelt. Das Fragezeichen wird folglich rhetorisch benutzt – etwa: ›Lass mich in Ruhe. Siehst du nicht, dass ich denke?‹)

›Sag, was du empfindest...‹ (Ein Schweigen voller Forderungen.)

›Ein großes Loch? Eine Welt, die die Luft anhält? Zikaden, die man nicht hört? Ein surrender Baumstamm? Ein lächelnder Vater?‹ (Nicht alle Fragen sind Fragen. Welche sind es nicht?)

›Sieh dir die Substantive an, die du liebst. Rieche an ihnen. Sie werden verschwinden.‹ (Nun hat der Fragende gemerkt, dass seine Aufforderungen stören. Aber nur weil er die Stimme senkt und einen Punkt macht, verschwindet die Forderung nicht...)

›Will ich, dass sie verschwinden!‹ (Ausruf oder nicht? Schwer zu sagen. Argumentiere!)

›Sie müssen verschwinden. Sonst können sie nicht erzählt werden.‹

›Zu lieben heißt zu erzählen?‹

›Du musst erzählen‹ (Wähle selbst das passende Satzzeichen.)«

EIN ÜBERSPRUNGENES KAPITEL. Wir versprachen, zu dem Kapitel zu kommen, das wir eine Reihe von Karteikarten zuvor ausgelassen haben. Jetzt ist es soweit. Jetzt ist es Zeit für Efi Kezdoglous Abschied.

»Was willst du mich denn sagen hören? Dass andere an Gott glaubten, wie ich an Jannis glaubte? Ich liebte ihn von dem Moment an, in dem er in die Klasse kam, aber nicht wusste, wohin mit sich. Ich liebte ihn für seine Schuhe, die klapperten, als er sich neben dich setzte. Ich liebte ihn dafür, dass er deinen ausgestreckten Ellbogen ansah und nicht begriff, warum du so viel Platz zum Schreiben brauchtest. Ich liebte ihn für die Dinge, die er erzählte, wenn wir zu Mittag aßen. Ich liebte ihn für die Dinge, die er nicht erzählte. Ich liebte ihn wegen seiner abgekauten Fingernägel. Ich liebte ihn, weil er immer so ruhig atmete. Ich liebte ihn, als er anfing, mit der rechten Hand zu zeichnen, damit du mit deinem riesigen Arm genügend Platz hattest – einen anderen Grund gab es doch nicht dafür, dass er Herrn Nehemas gehorchte und wenigstens so lange Rechtshänder wurde, wie er in die Schule ging. Ich liebte ihn, als er aufstand und Lekkas ansah, als könnte er sich nicht entscheiden, ob dieser ein Mensch war oder nicht. Ich liebte ihn, als er sich auf den Gepäckträger setzte und winkte, obwohl die Jungen in der Klasse über seinen Vater lachten. Ich liebte ihn, als *jiajiá* mich mitnahm, als sie seine Mutter besuchte. Ich liebte ihn, als er mich bat, das Ohr an die Decken der Apokalypse zu drücken. Ich liebte ihn, als ihr euch darüber strittet, was es heißt, ein Grieche zu sein. Ich liebte ihn, als er sagte: ›Ich bin einfach.‹ Ich liebte ihn dafür, dass er dir folgte, obwohl du behauptetest: ›Und ich bin kompliziert. Gehe hin in Frieden.‹ Ich liebte ihn, weil er nicht nachgab, sondern an deinem Hemdsärmel zog und erklärte: ›Das sagst du nur, weil du nicht an Wunder glaubst.‹ Ich liebte ihn mit Haut und Haaren. Ich liebte ihn von oben bis unten. Ich liebte ihn von innen nach außen. Ich liebte ihn zärtlich. Ich liebte ihn innig. Ich liebte ihn schläfrig und schleppend. Ich liebte ihn, als würde ich niemals satt werden. Ich liebte ihn wegen seiner Augen, die so schwarz waren, dass die Pupillen aussahen, als leckten sie Tinte. Ich liebte ihn wegen seiner Füße. Ich liebte ihn, als er den Hang hinunter fiel und sein Kopf in meinem Schoß lag. Ich liebte ihn, als er zu singen versuchte wie ich, ohne zu begreifen, dass es kein Griechisch war. Ich liebte ihn, weil er nicht wusste, was er sagte, als er Emilio Tuero nachahmte. Ich liebte ihn, als er erklärte, Makedonien sei zwar Mist, aber das einzige, was wir hätten, und deshalb müssten wir es lieben. Ich liebte ihn für seine Haare, die wie Rosshaar waren, und für seine Wange, die so glatt war wie ein Brotlaib, als er sich auf meinen Bauch legte. Ich liebte ihn dafür, dass er still lag, ohne zu scherzen. Ich liebte ihn für diese Grübchen, die so groß waren wie Regentropfen. Ich liebte ihn für den abgeschlagenen Flaschenhals, den er über meinen Finger streifte und dafür, dass er sagte, es sei ihm egal, was Herr Nehemas dazu sagen würde – oder Vater Lakis. Ich liebte ihn, weil er nicht lachte, als er das sagte. Ich liebte ihn, obwohl er mich nach der ersten Operation nicht besuchte. Ich liebte ihn für den Seitenscheitel und die neue Welle in der Stirn, die er hatte, als wir uns wiedersahen. Ich liebte ihn für das Unterhemd, das ich durch sein Hemd sehen konnte. Ich liebte ihn dafür, dass er angefangen hatte, nach Rasierwasser und Oregano zu riechen. Ich liebte ihn, weil er sich weigerte, die Grenze zwischen dem Wirklichen und dem Möglichen zu akzeptieren. Ich liebte ihn, weil er nicht begriff, dass er in einen Kampf mit der Wirklichkeit verwickelt war und sich ständig verraten fühlte, weil die Umstände nicht seinen Träumen entsprachen. Ich liebte ihn dafür, dass er den Kopf schüttelte, als ich ihn darauf hinwies und er sagte: ›Wart's ab…‹ Ich liebte ihn, weil seine Stimme dunkel wurde wie ein Erröten, wenn er von seinen Plänen für die Wasserversorgung erzählte. Ich liebte ihn, als er gestand, dass er nicht mehr grub, aber ratlos war, weil er glaubte, das Kind zu verraten, das er einmal gewesen war. Ich liebte ihn, weil seine Leidenschaft immer mehr gab, als sie nahm. Ich liebte ihn, als wir auf den Steinen über den Fluss hüpften und beide gleichzeitig erkannten, wie wir auf dem Rückweg gehen mussten. Ich liebte ihn, als wir die

Spuren so langsam trocknen sahen, dass ich überzeugt war, sie würden noch hundert Jahre brauchen. Ich liebte ihn, als er sich vor eines der Schaufenster auf der Schattenseite der Dorfstraße stellte und fragte: ›Findest du mich schön?‹, ehe wir zum Pfirsichhain hinaus gingen. Ich liebte ihn, als ich verneinte und er weiter fragte: ›Warum nicht?‹ Ich liebte ihn, als ich erklärte, es gebe hundert andere Jungs, die schön seien und er könne nicht sein, was hundert andere Jungs waren. Ich liebte ihn, als er sich damit nicht zufrieden geben wollte, sondern nachhakte: ›Dann findest du mich also hässlich?‹ Ich liebte ihn, als ich nochmals verneinte und er wissen wollte: ›Was bin ich dann? Nicht-hässlich?‹ Ich liebte ihn, als ich erklärte, ja, genau das sei er, er sei nicht-hässlich, er sei so unglaublich nicht-hässlich, wie ein Junge nur sein könne. Ich liebte ihn dafür, dass mehr als nur seine Ohren rot anliefen, als er das hörte. Ich liebte ihn, als wir uns in den Straßengraben setzten und plötzlich nicht mehr saßen, sondern lagen. Ich liebte ihn, weil er mehr Hände hatte, als ein Mensch in Wahrheit haben kann. Ich liebte ihn, als ich ihn von mir schob und ihn fragte, ob er ein Tintenfisch sei. Ich liebte ihn, als ich die Lust in seinen Augen sah, er sich aber dennoch aufsetzte und vergeblich versuchte, mein Kleid glatt zu streichen. Ich liebte ihn trotz seines seltsamen Verhaltens nach der zweiten Operation. Ich liebte ihn, obwohl er mich auch da nicht besuchte. Ich liebte ihn, obwohl er sagte, er habe keine Zeit, auch als du ihn gebeten hattest, dich nach Thessaloniki zu begleiten. Ich liebte ihn, als Tsoulas anfing, mich zu besuchen. Ich liebte ihn, als Tsoulas tat, was ich nicht wollte, ihn aber trotzdem zu tun bat. Ich liebte ihn dafür, dass er durchdrehte, als er uns zusammen in dem Straßencafé sah. Ich liebte ihn, obwohl er nicht kapierte, dass er bleiben und Tsoulas gehen sollte. Ich liebte ihn, weil ich wusste, dass er nicht wusste, was er tun sollte. Ich liebte ihn an jenem Abend, an dem er dir anvertraute, dass er das Feld der Familie verspielt hatte. Ich liebte ihn für seine Hilflosigkeit, als er gestand, dass er es an Tsoulas verloren hatte. Ich liebte ihn, weil er es wagte, dich um Geld zu bitten, und weil du mich fragtest, was du tun solltest. Ich liebte ihn, als du mir erzähltest, dass er den Hühnern hinterherlief und ihnen Kieselsteine auf den Rücken legte, damit sie auch als Bauherren zählten. Ich liebte ihn, weil er wie ein Kind war. Ich liebte ihn, weil er wie ein Mann war. Ich liebte ihn, als du meintest, dass er mir immer noch zum Nordpol folgen könne und er antwortete, wenn er nicht weiter reisen müsse, werde er sich die Sache überlegen. Ich liebte ihn, weil ich wusste, dass er meine Postkarten nicht beantworten würde. Ich liebte ihn, als wir ihn auf der Bahnhofsbank in Bromölla entdeckten und ich dem einzigen Menschen, den es wirklich interessierte, zeigte, wie gut ich gehen konnte. Ich liebte ihn für seine Jacke, die bei jeder Bewegung knirschte, und weil er fragte, ob es wahr sei, dass die Geldscheine an den Bäumen wachsen. Ich liebte ihn sogar für das Streichholz, auf dem er immer kaute, weil er glaubte, er ähnele damit Mastroianni. Ich liebte ihn, weil er viel nicht-hässlicher war als Mastroianni. Ich liebte ihn, weil er trotz Pomade und Waschbrett nicht so an sich selbst interessiert war wie andere Griechen. Ich liebte ihn, weil er immer den Weg nach unten suchte, wie das Wasser, zu Stellen, an denen die Grenzen undeutlich sind. Ich liebte ihn, weil ich von seiner Stimme nicht genug bekommen konnte. Ich liebte ihn, weil es keinen anderen Menschen gab, neben dem ich lieber ging oder lag. Ich liebte ihn, als wir in der Küche saßen und er meinte, es sei möglich, die Schneeflocken zu zählen, wenn man es wirklich wollte. Ich liebte ihn, weil er manchmal von einem Gewitter erfüllt zu sein schien, das nicht heraus fand. Ich liebte ihn, als er Fahrstunden nahm und erzählte, dass ihm im Auto nicht mehr schlecht wurde. Ich liebte ihn, als er erklärte, dies komme daher, dass das Lenkrad zu seinem verlängerten Arm geworden sei. Ich liebte ihn, als er behauptete, es würde mein Bein stärken, wenn ich Gas geben und bremsen lernte. Ich liebte ihn an jenem Abend, an dem du fort warst und ich ihm endlich erzählte, was ich Tsoulas zu tun gebeten hatte. Ich liebte ihn, obwohl er am nächsten Tag nach Kristianstad fuhr. Ich liebte ihn, als er aus Balslöv anrief und erzählte, dass man tatsächlich auch an einem anderen Ort als Makedonien glücklich sein könne und ich es ausprobieren solle. Ich liebte ihn, als wir ihn besuchten und er die rote Kugel durch die ersten Tore schlug und noch voller Zuversicht war. Ich liebte ihn, weil du ihm immer einen Schritt voraus warst, während er immer einen Schritt hinterherhinkte. Ich liebte ihn für all die neuen Redensarten, die er sammelte; ›das klappt ja wie am Schnürchen‹, ›toi, toi, toi‹, ›man kann nicht über seinen eigenen Schatten springen‹… Ich liebte ihn, weil er kein Kohlrübenpüree mochte. Ich liebte ihn, weil er nie tat, als würde er es nicht bemerken, wenn man ärgerlich oder traurig war. Ich liebte ihn, als er erklärte, zuweilen fühle er sich schwerelos, anonym, ganz ohne Gepäck. Ich liebte ihn, als Großmutter starb und er sagte, manchmal müsse es sich anfühlen dürfen, als wäre der Bauch voller Blumen und alter Schuhe und plumper Trauer. Ich liebte ihn, als er nach Tollarp zog. Ich liebte ihn, obwohl er nach Tollarp zog. Ich liebte ihn bis zu dem Moment, von dem ich mir immer noch wünschen würde, er wäre niemals gekommen. Aber ich liebte ihn nicht, weil er mich liebte.«

20. JULI? Es wurde Sommer, nichts wurde besser. Jannis begriff nicht, was mit der Biene passiert war, die ihn nur anderthalb Jahre zuvor so schmerzlich schön gestochen hatte. Die Tage waren warm und hell, die Luft hätte von frischestem Summen erfüllt sein sollen. Stattdessen wurde sie bloß schwül und schwer.

»Hier, schau mal«, sagte er nach etwa der Hälfte der Industrieferien. Das exakte Datum ist unsicher, aber wir wissen, dass er sich an Agneta wandte, die in dem Licht, das zur Wohnungstür hereinfiel, stehen geblieben war. Sie war einkaufen gewesen, Staubpartikel umschwebten das Haar. Ihr Mann hob die Tochter hoch, die nach seinen Zeigefingern fasste, als wären sie die Griffe eines Fahrrads. Jannoula trug einen gestrickten Strampelanzug, ihre Haare waren schwarz und voller Schorf. Als er sich vorwärts bewegte, stieß sie laute Töne aus. Die krummen Beine traten in der

Luft. Sie sah aus wie eine Miniastronautin. »Ein großer Schritt für die Menschheit«, sagte ihr Vater. »Sie sollte schlafen«, sagte die Mutter.

DREI SEKUNDEN. Glaubt man den Lehrbüchern von Doktor Florinos benötigt ein Mensch drei Sekunden, um eingehende Informationen so zu verarbeiten, dass der Körper angemessen reagieren kann. Wir wissen nicht, ob das stimmt, aber es folgt ein Beispiel eine Woche, nachdem Jannoula ihre ersten, verfrühten Schritte gemacht hat.

»Sieh dir das mal an.« Agneta warf die Broschüre, in der sie gelesen hatte, auf den Couchtisch. »Ich glaube, Jane sollte keinen Muttermilchersatz mehr bekommen. Jedenfalls nicht aus dem Keramikbecher von den Florinos.« Sie saß mit ausgestreckten Beinen auf der Couch. Sie war müde, vielleicht auch traurig und schien Kopfschmerzen zu haben. Jannis, der seinen Brief an den vereidigten Übersetzer beendet hatte, klebte gerade den Umschlag zu, in dem seine neuen Zeugnisse lagen. Dann hob er das Handtuch an, das vor dem Kinderwagen hing. Dahinter schlief seine Tochter mit offenem Mund und hastigen Herzschlägen. Er sog den Geruch von Rosinen, verdünntem Essig, Meersalz ein. Mit dem Duft seiner Tochter in der Lunge schob er behutsam Agnetas Füße zur Seite und setzte sich neben sie. Er war ahnungslos und einigermaßen glücklich. Dann sah er, dass seine Frau eine Schrift der staatlichen Lebensmittelkontrolle gelesen hatte. NEUE BLEIVERGIFTUNG DURCH GRIECHISCHE KERAMIKGLASUR lautete die Überschrift. Er griff nach der Drucksache, legte eine Hand auf das Schienbein seiner Gattin und dachte an Herrn D. in der Kommodenschublade. Dann begann er zu lesen.

»Zum dritten Mal in weniger als zwei Jahren ist es in unserem Land zu einem Fall von schwerer Bleivergiftung gekommen. Bei sämtlichen Erkrankungen haben die Betroffenen Saft in Keramikgefäßen aufbewahrt, die sie in Griechenland gekauft hatten. Auch bei Personen im Umfeld konnten erhöhte Bleiwerte im Blut nachgewiesen werden. Blei kann zu Blutmangel führen und das Nervensystem schädigen. Am empfindlichsten reagieren Föten und Kleinkinder. ›Wir warnen davor, Keramik unbekannter Qualität für Lebensmittel zu benutzen. Dies kann auch für Keramik gelten, die an anderen Orten als Athen gekauft wurde‹, erklärt die Toxikologin Kerstin Pettersson. Das betreffende Gefäß wurde während einer Urlaubsreise im letzten Sommer erworben. Bei einer Probeanalyse wurden 800 mg Blei pro Liter 4-prozentiger Essigsäure freigesetzt. Gefäße, die mehr als 4 mg pro Liter freisetzen, dürfen nicht in den Handel gelangen. Bleivergiftungen führen zu diffusen Symptomen wie Müdigkeit, Verstopfung, Appetitlosigkeit, gefolgt von Diarrhöe und Kopfschmerzen. Blei schädigt die roten Blutkörperchen und führt zu Blutarmut. Blei kann zudem das Nervensystem angreifen. Es wirkt besonders schädlich, wenn das Gehirn noch in der Entwicklung ist. Die staatliche Lebensmittelkontrollstelle fordert die Tourismusbranche auf, ihre Kunden über die Risiken beim Kauf von Souvenirs aus Keramik aufzuklären. Man wird sich darüber hinaus mit den zuständigen griechischen Behörden in Verbindung setzen.«

Es verstrichen drei Sekunden, dann stolperte Jannis zur Toilette. Agneta hörte Laute, die sie nicht identifizieren konnte. »Was ist denn nun wieder los?«, murmelte sie, als die Geräusche fünf Minuten später noch nicht aufgehört hatten. Widerwillig stand sie von der Couch auf. Sie hatte darauf gezählt, dass ihr Mann das Abendessen zubereiten würde, statt sich wie ein pubertierender Jugendlicher zu benehmen. Aber er öffnete ihr nicht, sondern schloss die Tür von innen ab.

UNGESUNDES WISSEN. Als es Herbst wurde, war es nicht leicht, Pazifist zu bleiben. In My Lai wurden Schädel gebrochen, in Springfield, Massachusetts, Beine, auf Jaros Finger und Zehen. Und überall Seelen. In einer Küche in Lund wurde ein Keramikgefäß an einer nussbraunen Wand zerschlagen. Unter Tränen wurden Gespräche mit Freundinnen geführt und ein nächtlicher Pakt geschmiedet: Der eine Part behielt die Wohnung, der andere seine neue Liebe…

Aber wir greifen den Ereignissen voraus. Im Moment befinden wir uns im Spätsommer 1969. Noch tragen die Bäume grüne Blätter und rote Transparente und es ist kein Unglück geschehen. Außer in Áno Potamiá. Und dort lässt sich das Katastrophengebiet auf den Hang unterhalb der Tabakpflanzungen des Weinhändlers eingrenzen. Die Zypressen nadeln, die Bambusblätter sind grau. Unter dem Bastdach, das zwischen den Bäumen gespannt ist, im Zimmer neben der Küche, leidet Despina Georgiadis an den Folgen einer unbehandelten Bleivergiftung. Es lässt sich nur schwer sagen, was der Blutarmut und was der Verkalkung geschuldet ist, was Nervenschäden sind und was gute alte, ehrenwerte Demenz. Als Vasso mit einer heißen Bouillon und gekochtem Reis auf einem Tablett zu ihr hineingeht, ist es jedenfalls unmöglich, nicht das Echo von Jannis' Würgen in vielen Kilometern Entfernung zu vernehmen. Als die alte Frau ihre Schwiegertochter wahrnimmt, die ausnahmsweise mit einem langen, beigen Hemd bekleidet ist, legt sie sich auf die Seite und übergibt sich trocken in einen Eimer. »Raus aus meinem Land«, murmelt sie. Die Kleidung hat sie offenbar veranlasst zu glauben, die Besucherin wäre ein türkischer Soldat in Sommeruniform. Lustlose Fliegen schwirrten durch die Luft. Vasso ging auf den Hof hinaus, wo sie das Essen in Majas Napf gab. Sie wusste, dass ihre Schwiegermutter nicht mehr lange leben würde, war aber trotzdem verletzt. Seit Jannis' Abreise hatte Despina sie so behandelt, als wäre sie weder Fürsorge noch Mühe wert. Als wäre das einzige, was sie von den Tieren unterschied, diese Nebensächlichkeit: dass sie sprechen konnte.

In diese wenig erbaulichen Gedanken versunken fand Vater Lakis sie. Jannis' Mutter saß mit Kastanien im Rockschoß im Haus. Er gab sich alle Mühe, sie zu erweichen, aber sie wollte ihn nicht noch einmal zu seinem Telefon begleiten. »Nehmen Sie die da drinnen mit«, sagte sie. »Ihr boshaftes Mundwerk muss dringend gelüftet werden.« So kam es, dass Despina Georgiadis, 94 Jahre alt und 51 Kilo schwer, an einem Augusttag das Bett verließ. Es dauerte eine ganze Weile, zur Kirche hinaufzugehen. Der Anstieg war steil, die Glieder verschlissen. Obwohl der Geistliche seine nicht zu unterschätzenden Überredungskünste einsetzte, blieb sie mehrmals stehen wie eine Kuh und weigerte sich, auch nur einen Meter weiterzugehen. Sie drehte den Kopf, schaute sich um, als würde sie Erinnerungen wiederkäuen, und erklärte schließlich, sie sei sich nicht sicher, ob das wirklich der beste Weg sei. Kam man nicht schneller zur Bäckerei, wenn man die Abkürzung zwischen den Bäumen nahm? Ansonsten müssten sie sich vor dem Hügel da hinten hüten, denn dort wurden den Armeniern die Zungen abgeschnitten. Despina war mittlerweile so ausgezehrt, dass das Abendlicht durch sie hindurch schien. Ihre Schultern waren breiter als ihre Hüften und die Haare zu einem Dutt zusammengeschnürt, dessen Gewicht sie als einziges davon abzuhalten schien, nach vorn zu fallen. Sie roch nach ranziger Niveacreme.

Schließlich saß sie dann doch in der Nische hinter dem Altar. Sie hielt den Hörer mit beiden Händen und als die Stimme ihres Enkelkindes ertönte, war der Priester überrascht zu sehen, wie sie den Redeschwall an ihr Ohr presste. Jannis sprach lauter als nötig, und Despina brummte ermunternd, als verstünde sie ihn, noch ehe er dazu gekommen war, ihr zu sagen, was er wollte, und als wünschte sie, er würde schneller zur Sache kommen. Gleichzeitig schweifte ihr Blick argwöhnisch umher, und irgendwann fragte sie den Geistlichen: »Ist das wirklich das einzige, das wir haben? Was sollen wir nur tun, wenn sie kommen?« Es blieb unklar, worauf sie sich bezog, möglicherweise hielt sie den Hörer für ein Nudelholz. Zweitausend Kilometer weiter nördlich spürte ihr Enkel, dass die Großmutter seinem Griff entglitt. Er sprach lauter und sagte, sie könne tun, was sie wolle, aber sie müsse ihm versprechen, das Badehaus nicht mehr zu benutzen. »Hörst du, *jiajiá*? Niemand darf das Himmelreich besuchen!« Er atmete stoßweise, als wäre etwas aus seinem Magen auf dem Weg nach oben.

»Keiner, habe ich gesagt…«

»Wo…«

»…darf jemals…«

»…sind die Türken…«

»…in seine Nähe…«

»…denn nun…«

»…kommen.«

»…eigentlich?«

Obwohl Despina nicht begriff, warum Jannis so aufgewühlt war, und vielleicht nicht einmal, dass er es war, der da im Hörer schrie und strampelte, versprach sie zu tun, was der Geistliche ihr erklärte, als sie aufgelegt hatte. Insgeheim dachte Vater Lakis, dass sie ohnehin fast nie aß, kaum etwas trank und am liebten zwischen ihren Erinnerungen, so bleich und fadenscheinig wie Laken, dahinsiechte. Gleichwohl war er bedrückt. Er hatte geglaubt, das Gespräch würde die Smyrniotin zu neuem Leben erwecken – wie ein Kaleidoskop, das nur geschüttelt werden musste, um schöne, vernünftige Muster zu zeigen. Doch stattdessen hatte sich ihr Gehirn in gebrochenes Licht aufgelöst. »Das Himmelreich?«, sagte sie. »Für so etwas bin ich zu alt.«

SPARTA. Nach einigen Herbsttagen bekam Agneta einen Vorgeschmack davon, wie schnell sich das Leben eines Menschen verändern kann, wenn er weiß, dass man ihn sieht. Nennen wir das Datum: Es war der 29. August (ein roter Tag, wenn auch nicht in Jannis' Kalender). Nach dem Mittagessen ließ sie sich die Haare in einem der Salons frisieren, die nach dem Sommer eröffnet hatten, und ging anschließend zur Buchhandlung Gleerups, wo sie den Kinderwagen schaukelte, während sie mit dem Zeigefinger über die Lehrbücher in den Regalen strich. Nachdem sie gefunden hatte, wonach sie suchte, blätterte sie noch in Reportagen und Büchern zu politischen Themen, die auf den Tischen auslagen, Schriften mit sachlichen Titeln und grobkörnigen Fotos auf dem Umschlag.

Und als die Jugendlichen in Batikhemden, die vor dem Buchladen Geld sammelten, sie um eine Spende baten, presste sie eine Fünfundzwanzigöre-Münze in die Büchse. Danach führte sie ihr Weg zur Markthalle, wo eine Verkäuferin den Muttermilchersatz für Jane erwärmte, die aufgewacht war und Agneta vollkommen reglos, mit großen, bodenlosen Augen ansah.

Mittlerweile war es halb zwei. Sie spazierte durch die Stadt und wartete darauf, dass Jannis ausstempeln und sich mit ihr an der großen Bushaltestelle treffen würde. Als sie zum Botanischen Garten kam, gingen, in ein Gespräch vertieft, zwei ausländische Studenten mit Goldzähnen und allem an ihr vorbei. Die Männer sprachen Griechisch. Ohne dass Agneta einen Grund dafür hätte nennen können, beschloss sie, den beiden zu folgen. Sie hatte noch etwas Zeit. Der Kinderwagen federte, und sie verspürte eine ungeahnte Heiterkeit bei dem Gedanken, nicht zu wissen, worauf sie sich einließ. Es war nicht weiter schwer, mit den Männern Schritt zu halten, denn die beiden bewegten sich eher in ihren Gedanken als auf dem Bürgersteig. Der größere hatte eine Hand in der Tasche und gestikulierte mit der freien, der andere hielt seine Finger auf dem Rücken, wo sie mit einer *kombolój* spielten. Falls die Männer noch keine Akademiker waren, vermutete Agneta, würden sie es bald sein. Sie betrachtete das Lehrbuch für Krankenschwestern, das neben den Füßen ihrer Tochter lag, und fühlte eine angenehme Verbundenheit.

Unwissend um das Gespann, das ihnen folgte, flanierten die Griechen durch stille Eigenheimsiedlungen, in denen Wassersprenger hinter schattenspendenden Hecken ihr methodisches Tschick-Tschack hören ließen, bis zu dem neuen Wohnviertel aus robustem Backstein, das noch im Bau befindlich war und den Namen Sparta bekommen hatte. Agneta wusste nicht, warum die Universitätsverwaltung ausländische Bezeichnungen bevorzugte. Mehrere der alten Gebäude im Stadtzentrum, die von den Studenten besetzt worden waren und an denen abblätternde Plakate noch Raubvögel mit Bomben unter den Schwingen erkennen ließen, trugen lateinische Namen. Vielleicht waren die Namen für die neuen Siedlungen ein Weg, sich mit einem Land zu solidarisieren, das die Geburt der Demokratie gesehen hatte, nun aber von Panzerketten überrollt wurde. Sie war sich nicht sicher, ob die Anfänge der Volksherrschaft wirklich aus Sparta stammten, wusste aber, dass Delphi der Ort war, an dem sich der Nabel der Welt befand, denn das hatte Jannis ihr erzählt, als er das Schweineschwänzchen küsste, das aus ihrem Achtmonatsbauch ragte.

Hatten sie sich damals zum letzten Mal ohne Hintergedanken, ohne Vorbehalte, verschwitzt und glücklich geliebt? Darüber lachend, wie schwierig es war, trotz des riesigen Hügels zwischen ihnen Kontakt zu bekommen, hatte Agneta sich auf alle Viere gestellt, mit den Hüften gewackelt und während die Wange errötete, die nicht im Kissen lag, geflüstert: »Deck mich wie eine Sau, mein Schweinehirte.« Sie hatte sich selig und schwer und vollkommen grenzenlos gefühlt, als Jannis gekeucht hatte: »Warum soll ich dich zudecken, Agneta *mou*?« Stöhnend und lachend hatte sie die Knie noch etwas mehr gespreizt, während ihr Bauch auf der Decke unter ihr ruhte und zwei warme Hände auf ihren Lenden plaziert waren. Und jetzt? Wie waren diese struppigen Zweige und abgrundtiefen Wasser zwischen sie geraten? Warum war es so schwer, das Schweigen zu brechen, das immer erbärmlicher wurde? Wenn Jannis etwas Nettes oder Verrücktes sagte, wich sie innerlich einen Schritt zurück und verschränkte die Arme, fühlte sich auf unerklärliche Weise gekränkt oder erwartete eine Bemerkung, die unmöglich kommen konnte, das wusste sie genau. Sie hatte das Gefühl, dagegen machtlos zu sein. Plötzlich reizte sie alles, was sie früher schön und wild oder in seiner Unschuld reizend gefunden hatte: Seine aufrichtige Verwunderung darüber, dass sie keine weiteren Kinder zur Welt bringen und ihn nicht allein für den Unterhalt der Familie sorgen lassen wollte, seine Unfähigkeit, etwas anderes zu wollen, als es ihr recht zu machen, während er gleichzeitig nicht aufhörte, über die Ziege oder seine Großmutter zu sprechen und auch nicht sehen konnte, was seine Frau im Leben wirklich brauchte; dass er keine Ahnung hatte, was die Leute hinter seinem Rücken über ihn erzählten, wobei sie auch noch glaubten, auf ihre Verschwiegenheit zählen zu können (und das konnten sie, was Agneta wiederum noch trauriger machte); sein übertriebener und wirklich ziemlich kindischer Traum von einem Studium, den ihm sicher der Doktor eingegeben hatte, der aber nun einmal aus einer ganz anderen, von Lackschuhen und gemangelten Servietten bevölkerten Welt stammte; das ewige Streichholz und die dünnen Strümpfe, die immer rochen, obwohl sie die Paare heimlich wusch. Agneta Georgiadis-Thunell schämte sich für ihre Kleinlichkeit, aber wenn sie an ihre Ehe dachte, verhärtete sich etwas in ihr. Hauptsache, es endete nicht wie mit Bengt, wenn auch auf Griechisch.

Noch wagte sie es nicht, dem unverstellten Menschen, der sie irgendwo zwischen allem Gerümpel und aller Verwirrung in ihrem Inneren immer noch war, das traurigste Geheimnis zuzuflüstern, aber sie ahnte, dass ihre Ehe auf schlampige Weise zustande gekommen war. Und dass sie auf dem besten Weg war, ihr zu entwachsen. Ohne es sich eingestehen zu können, bereitete sie sich schon auf eine Zeit mit Tagen vor, die so sein würden wie dieser 29. August, jedoch in anderen als Jannis' Kalendern.

»Darf ich mal sehen?« Der Mann, der sich über den Kinderwagen beugte, war klein. Er hatte einen buschigen Schnäuzer und hielt die Hände immer noch auf dem Rücken. Die Bernsteine klimperten zwischen den Fingern, während sich sein Kopf vor und zurück bewegte, als suchte er in dem Wagen nach etwas. Als er aufblickte, erklärte er, unübersehbar stolz auf die Vokabel: »Schönheitsschlaf!« Aus seinem Mund klang es wie eine Weltsensation. Ein Goldzahn blitzte auf. Der Mann schob ein mit erstarrten Zementtropfen bedecktes Metallgitter zur Seite, damit Agneta ihren Kinderwagen auf dem staubigen Weg wenden konnte. Sein Freund schwieg verlegen. Auch er hatte einen olivfarbenen Teint, war aber einen lockigen Kopf größer. Er hatte eine ungewöhnlich ranke, nahezu prinzenhafte Körperhaltung und trug weiße Holzschuhe.

Zwischen seinen dicken Fingern glühte eine Zigarette. Seine großen Augen sahen Agneta mit einer Glut an, als hätten sie ein Leben
lang darauf gewartet, ihr zu begegnen. (Das ist wahr.) Plötzlich
wurde sie nervös. Irgendwo in ihrem oben erwähnten Inneren, in
jener namenlosen Region, zu der nur sie den Weg gefunden hatte,
erwachten fremde Gefühle. Etwas sehr Wertvolles, etwas sehr Er-
freuliches begann, sich aus den Fugen zu lösen. Später sollte Agneta vom »rötesten Tag in meinem Leben« sprechen und erklären,
nicht einmal ein Supergrieche hätte gegen solche Umwälzungen
etwas ausrichten können, aber noch wunderte sie sich nur über
diese Hitze und Nervosität und war sich in einem anderen, nüch-
terneren Teil ihrer selbst gleichzeitig bewusst, dass Jannis an der
Bushaltestelle wartete.

»Mein Freund hier«, erläuterte der Mann mit dem Schnäuzer,
»ist Hermodsabiturient aus Bromölla. Wenn die Häuser fertig sind,
er zieht nach Sparta. Obwohl schon jetzt er hält einen Vortrag.
Über die Gastarbeiter von heute. Das Fräulein vielleicht ist lüstern
zu kommen?« Der Mann ohne Schnäuzer, der soeben etwas erlebte, was man als Revolution betrachten könnte, räusperte sich.
»Lust. Wenn sie Lust hat…« Aber sein Kollege hörte ihn nicht.
Stattdessen suchte er in seinen Jacketttaschen und gab Agneta einen Handzettel, den sie ungelesen in die Tasche zu Janes Füßen
legte. Sie konnte nicht erklären, warum sie den Kinderwagen auf
dem Rückweg so kraftvoll, fast aufgekratzt schob. Aber sie ahnte,
warum sie beschloss, nicht zur Bushaltestelle, sondern geradewegs
nach Hause zu gehen: Sie wollte mit diesen Umwälzungen noch
einen Moment allein sein. Zum ersten Mal hatte sie das Gefühl,
wirklich gesehen zu werden.

Oh, Jannis Georgiadis.

MEINE AUGEN. »*Mátia mou*«, sagte Jannis eines Morgens im September. Er stand im Wohnzimmer am Fenster, die Sonne machte
den Himmel in diesem Augenblick leicht wie eine Feder. Ein Da-

ckel lief – oder wie man das nennen soll – über die Straße und verschwand auf der Baustelle. Agneta schlief noch. Er hob seine Tochter hoch wie eine Trophäe aus Haut und klitzekleinen Organen. Ihre Augen waren wie stehendes Wasser, schimmernd von Licht und Algen. In den Winkeln sah man getrocknetes Sekret, das er entfernte, indem er die Zungenspitze dagegen presste.

»*Mátia mou*«, wiederholte Jannis, der den Tag schon immer gern mit Sand in den Augen begonnen hatte. Kaum wach und mit einer schmerzlichen Herrlichkeit auf dem Bauch, dachte er über die Bilder nach, die flink und flutschig wie Silberfische durch sein Bewusstsein huschten. Er mochte die Träume, die sich mit ungerufenen Erinnerungen vermischten, in denen er siebzehn oder fünf Jahre oder so alt wie am Vorabend war. Auf der Bettkante sitzend, erinnerte er sich an Äußerungen aus Gesprächen, die er zwei Wochen zuvor geführt hatte, oder an die komplizierten Bewässerungsanordnungen, die er als Kind erstellt hatte. Er erinnerte sich an Dinge, die er den Bauern versprochen hatte, für die er arbeitete, oder wie er den Hang am Friedhof hinunter getaumelt und mit dem Knie gegen den Grabstein seines Vaters gestoßen war. Er erinnerte sich an den Nebel, der morgens wie Rauch über dem Tal gelegen hatte, und als er nach der Wunde an der Innenseite seiner Wange tastete, erkannte er, dass die Erinnerungen immer schon den Geschmack von Eisen gehabt hatten. Trotzdem waren diese einsamen Minuten, in denen das Gehirn ohne sein Zutun die Reste der Nacht zu inventarisieren schien, kein Ritual. Dazu kam es viel zu häufig vor, dass er sich anzog, ohne an irgendetwas zu denken. Aber wäre es ein Ritual gewesen, dann wäre es Jannis' Morgengebet gewesen, eine stille Vergewisserung, dass er in der Welt existierte.

»*Mátia mou*«, sagte er und erkannte weder zum ersten noch zum letzten Mal, dass er nicht allein auf der Welt war. Auch wenn er sich wünschte, ebenso sehr zu Agneta und Jannoula zu gehören, konnte er nicht entscheiden, ob es wirklich so war. Mittlerweile setzte er sich in so verschwenderischer Weise in anderen Menschen fort, dass er sich zuweilen mit dem Gedanken überraschte, dass dies ewig weitergehen würde. Es war eine ebenso selbstverständliche wie wundersame Einsicht: Er würde für den Rest seines Lebens niemals allein sein. Was immer er sagte und tat, was immer er erlebte oder zu tun unterließ, würde er mit Frau und Tochter teilen. (Oh Jannis.) Und als diese Gewissheit durch ihn fiel wie lauer Sommerregen, erkannte er, dass er im Grunde niemals nur er selbst gewesen war, sich aber häufig so gefühlt hatte. Trotz der Jahre auf den Feldern, als man vor Einbruch der Dämmerung kaum ein Dutzend Worte miteinander wechselte, trotz Wintermonaten, die so eisig waren, dass die Kälte niemals aus dem Körper wich, trotz der Wochen, in denen in der Schule nur Efi mit ihm sprach, und trotz der untätigen Tage hinter dem verschmierten Abteilfenster auf dem Weg durch Europa, trotz all dieser einsamen Zeit war er immer von älteren wie jüngeren, bekannten und unbekannten Menschen erfüllt gewesen. So hatte er es vor Agneta und Jannoula empfunden. Jetzt war es anders. Jetzt war er deutlicher als je zuvor auf andere verteilt.

»*Mátia mou*«, sagte Jannis deshalb und wiederholte einen Gedanken, mit dem er nicht alleine stand: »Du bist alles Beste in mir. Ich glaube wirklich, dass du mehr ich bist, als ich es selbst jemals sein könnte.« Er nahm die Hand seiner Tochter und versuchte, sie sich in den Mund zu stecken. Die Finger spreizten sich, die Zunge wurde weggedrückt. Er dachte, dass der Mittelpunkt in seinem Leben nicht mehr Áno Potamiá hieß, nicht Lund und auch nicht Eden. Der Mittelpunkt war dieses anspruchslose Wesen, diese kaum mehr als faustgroße Sonne, die in ihm und außerhalb von ihm war und ihn in eine dazugehörige Milchstraße verwandelte.

»*Mátia mou*«, fuhr er fort, als er entdeckte, dass die Vertiefung zwischen Schlüsselbein und Hals wie gemacht war für das Gesicht seiner Tochter, eine Form aus Leere, die sechsundzwanzig Jahre darauf gewartet hatte, gefüllt zu werden. Er ließ sie dort ruhen, während Speichel aus ihrem Mund sickerte. Äonen vergingen. Als er von Neuem nach seiner Tochter griff und sie hochhielt, ahnte er, dass sie keine Plattfüße bekommen würde, die Füße ihres Vaters sie jedoch an Böschungen mit Hühnerdreck und Tabakblättern erinnern würden, die sie zwar nie unter ihren eigenen Fußsohlen gespürt hatte, die aber trotzdem auch zu ihr gehörten. Er ahnte, dass das Grübchen in ihrem Kinn sie an ihrem Großvater vorbeiführen würde, dem sie nie begegnet war, von dem sie aber wusste, dass er eine Ader aus Rost hatte, die sich die Nase hinab und in den Gaumen schlängelte, zu Männern in Unterhemden mit Mehl an den Händen, und er ahnte, dasselbe Grübchen würde sie vorwärts tragen zu Wesen, die noch nicht geboren waren, aber irgendwann ihre Finger darauf pressen würden. Er ahnte, dass seine Tochter bereits Orte enthielt, an denen die Zukunft nur darauf wartete, sich zu ereignen – eine Kniebeuge? ein Knöchel? zusammengewachsene Augenbrauen? – und er wurde von dem Gedanken überwältigt, dass solche unbekannten Orte mit hohen Anteilen an Lust und Schmerz auf den wichtigsten Quadratmetern Haut in dieser Welt Platz fanden. Plötzlich schauderte Jannis. Wie lange würde er in diesen 7,5 Kilo Jannoula andauern? Oder in den 53 Kilo Agneta? Er schüttelte den Kopf, er lachte. Er war ja phantastisch! Wie sollte der Teil von ihm, der in ihnen war, enden können?

»*Mátia mou?*«, Erstaunt musterte er die Augen seiner Tochter: »Deine Juwelen sind ja grün geworden.«

EINE HANDVOLL EREIGNISSE, AUS DENEN DAS DASEIN BESTEHT, VIELLEICHT AUCH MEHR. Jannis wäre der erste, der bestätigen würde, dass das Leben selbst und seine Geschichte nicht immer den gleichen Verlauf nehmen. Was nicht weiter schlimm ist: So gestaltet ein Mensch das Dasein für sich verständlicher, nicht zuletzt in Zeiten, in denen es sich neu oder umstritten anfühlt. Unter den Ereignissen, die das Leben während seines dritten Herbsts im Ausland verwirrten, wählen wir eine Handvoll, vielleicht auch mehr aus. Da er nicht wusste, was Ursache und was Wirkung war, sollte er später in der Reihenfolge an sie denken, in der sie hier wiedergegeben werden. Wir erzählen uns ja das Leben nicht immer in der Reihenfolge, in der wir es erlebt haben. Sicherheitshalber haben wir die Ereignisse deshalb chronologisch nummeriert. Auf die Art kann jeder, falls es nötig sein sollte, die richtige Abfolge wiederherstellen.

(2) Einige Wochen nach Semesterbeginn stritten sich die Eheleute. Wir haben versprochen, diesen Ehekrächen, die sich mit der Zeit häuften, keine Beachtung zu schenken, aber für diesen müssen wir eine Ausnahme machen. Wie es losgegangen war, wusste Jannis nicht zu sagen. Müdigkeit, Spannungen, aufgebrauchtes Vertrauen ... Er nahm an, dass es die üblichen Gründe waren. Nach einem halben Abend, den sich beide anders vorgestellt hatten, stöhnte Agneta und sagte etwas, was die Unterhaltung kippen ließ: »Kannst du nicht wie ein Mensch sprechen?« Die Spitze war ungerecht. Ihr Mann hatte bloß angeregt, dass sie ein wenig öfter zu Hause bleiben und tun sollte, was griechische Frauen zu tun pflegten. Was vielleicht nicht gerade wenig war. Als sie wissen wollte, ob sie richtig gehört habe, setzte er zu einer Erklärung an, vertauschte jedoch leider die Satzteile und behauptete, Mütter seien abhängig von ihren Kindern. Oder so ähnlich. Agneta fasste sich an den Kopf. Sie hatte es geahnt, er war wie alle anderen Gastarbeiter auch. Subjekt, Objekt, spielte das etwa keine Rolle? Sie sollte am besten den Mund halten und nur unaufhörlich Milch und jede Menge Lämmer produzieren. Eventuell zwischendurch blöken. Aber ansonsten zufrieden sein mit ihrem Los. Von wegen. Nicht mit ihr.

»Agneta, du wolltest heiraten einen Gastarbeiter. Jetzt du hast einen Gastarbeiter. Jetzt du nicht bist zufrieden?« Bei jedem Satz schlug Jannis sich mit den flachen Händen immer fester auf seine Schenkel. Er versuchte, sich selbst davon zu überzeugen, dass tatsächlich geschah, was geschah. »Mein Gott«, stöhnte seine Frau, »du kapierst aber auch gar nichts.« Sie drehte sich um. Im Schlafzimmer wachte gerade ihre Tochter auf. »Und jetzt weckst du Jane.« »Jannoula.« »Jane.« »Jannoula.« Ihr Gatte verstaute seine Fäuste in den Achselhöhlen. Die Oberarmmuskeln schwollen an. In diesem Moment gab es nichts Sanftes mehr an ihm. Das Kind begann zu

schreien. Agneta stand auf. »Was du tust?« »Was ich tue? Ich küm-
mere mich um meine Tochter.« *Unsere* Tochter. Sie auch ist meine
Tochter.« Als Jannis versuchte, sich an ihr vorbei durch die Tür zu
zwängen, hob er aus irgendeinem Grund die Hand. Vielleicht
wollte er sich auf den Türpfosten stützen, aber falls es so war, griff
er ins Leere. Seine Frau duckte sich und schob sich vor ihn, rutschte
auf dem Teppich aus, schlug mit dem Kinn auf, rappelte sich aber
wieder hoch und knallte die Tür zu.

Als unser … was? Held? hörte, dass sich der Schlüssel im Schloss
drehte, blitzte es in einem unbenutzten Teil seines Gehirns. Ra-
send schnell breiteten sich Schmerz und Schwärze hinter seinem
Stirnbein aus. Wattebauschgroße Schneeflocken trieben umher.
Sie waren glühend heiß. Sie schmolzen nicht. Sie quälten ihn.
»Sie auch ist meine Tochter, du hörst?« (Wir geben wieder, wie es
klang, was er sagte.) »Es nicht gibt Sinn, sich anders zu kümmern
um sie.« (Jannis' Schwedisch wurde wirklich schlechter, wenn er
erregt war.) Er zerrte an der Klinke. Er ging im Wohnzimmer auf
und ab. Er klopfte an die Schlafzimmertür. Er hatte das Gefühl,
von etwas wesentlich Wichtigerem als dem Paradies ausgeschlossen zu werden. Er hob eine Decke vom Boden auf, schaffte es aber
nicht, sie zusammenzufalten, und warf sie auf die Couch. Es ärgerte ihn, dass der Stoff so weich und kraftlos auf den Fußboden
rutschte. Er ging in die Küche. Das böse Blut donnerte weiter in
seinem Kopf. Als ihm das Keramikgefäß ins Auge fiel, das Anton
ihm überreicht hatte, wischte er es zusammen mit Pfeffermühle
und Zuckerdose vom Kräuterregal. Der Raum explodierte in einer
Wolke aus Zucker und glasierten Scherben. Im Schlafzimmer
schrie seine Tochter inzwischen lauter denn je. Agneta sang aus
vollem Hals, als müsse sie sowohl eine Sirene als auch einen Sturm
übertönen. »Es waaren einmaal in einem feeernen Laand! Ein
Schweinehiiirt, ein coooler Tyyp!«, Jannis rutschte aus und verlor
das Gleichgewicht, kalte Schauer schossen durch seinen Ellbogen.
Agneta öffnete die Tür. »Du kannst machen, was du willst. Reiß
von mir aus das ganze Haus ab, wenn es dir Spaß macht. Aber an

mich kommst du nicht ran.« Erneut zog sie die Tür zu. Und schloss
ab. Als Jannis aus der Küche stolperte, entdeckte er Jannoula. Sie
saß im Wohnzimmer alleine auf dem Teppich. Ein kleiner weinen-
der Buddha.

(3) Am nächsten Morgen stand Agneta früh auf. Sie schlich sich
an ihrem Mann vorbei, der auf der Couch schnarchte, sie betrachtete ihre Tochter, die mit der Wange an seinem Schlüsselbein lag.
Es interessierte sie nicht im Geringsten, dass sie verabredungsge-
mäß zu Haue bleiben sollte, damit er zwischen sieben und halb
fünf Papierbögen sortieren konnte. Nachdem sie sich die Auto-
schlüssel von der Hutablage im Flur genommen hatte, schloss sie
hinter sich die Tür. Sie fuhr nach Tollarp, wo sie vor dem ICA parkte
und darauf wartete, dass der Laden öffnete. Das Schaufenster war
mit grauem, perlendem Tau bedeckt. Ein Zeitungsbote radelte mit
schwarzen Händen und leeren Fahrradtaschen vorbei. »Oh, nein«,
war alles, was Berit sagte, als Agneta die Scheibe herabkurbelte und
Berit das geschwollene Kinn ihrer Freundin sah.

Der rote Saab kehrte erst am nächsten Abend nach Delphi zurück. Nachdem Agneta eingeparkt hatte, blieb sie noch eine Weile
im Auto sitzen. Die Schwellung war einem prächtigen blauen Fleck
gewichen. Sie blickte zu den Fenstern im zweiten Stock hoch. Zum
ersten Mal fühlte sie sich einsam und verlassen. Ihre Augen blin-
zelten, als wollte sie etwas loswerden, die Lippen zitterten. Ich habe
mich da hinausgeworfen, dachte sie und wischte die Teile der Wangen trocken, die nicht schmerzten. Das Fenster zersplitterte, die
Luft rauschte an meinen Ohren. Ich fiel, ich fiel. Ich falle immer
noch. Ein Mann rief nach seinem Hund, der zwischen den Brettern auf der anderen Straßenseite herauslugte und einen Kopf mit
Waschlappenohren schüttelte. Während der Mann mit der Leine
in der Hand schräg die Straße überquerte, ging Agneta noch einmal ihr Gespräch mit Berit durch. Sie würde Jannis eine zweite
Chance geben. Man musste an das Kind denken. Aber wenn sich
sein Verhalten wiederholte, war Schluss. Auf Liebe konnte man nur
hoffen, alles andere war Vergewaltigung. Die Straßenlaternen gin-

gen an. Sie berührte ihr Kinn und erkannte, dass sie wieder anfangen wollte, richtig zu rauchen. Nein, das stimmt nicht, dachte sie, als sie die Schachtel heraussuchte, die Berit ihr geschenkt hatte. Es sind keine Fenster zu Bruch gegangen. Es fiel kein Körper auf die Erde. Aber so fühle ich mich. Wie etwas, was getötet werden kann.

(4) Agneta grummelte, wachte jedoch nicht auf, als Jannis sich mit einhändigen, aber dennoch irgendwie athletischen Bewegungen aus dem Bett schwang. Sein wunder Ellbogen war rostrot. Jannoula schlief mit weggestrampelter Decke und ihrem Schnuller unter dem Kinn. Sie war so klein, so unbeschwert. Er deckte sie wieder zu und atmete den warmen Duft ein. Reines Parfum. Als er sich rasiert hatte, suchte er nach einem gebügelten Hemd, fand keins und nahm das am wenigsten zerknitterte. Während er die Reste des Hackbratens vom Vortag aß, hörte er die Toilettenspülung. Agneta sah abgezehrt und müde aus, als sie in die Küche kam und einen Topf mit Wasser auf den Herd stellte. Sie war barfuß, sie war schön, sie blieb stumm. Zwischen ihnen gab es etwas Unförmiges, das nicht fortgehen würde. Sie erinnerten an Magneten, bei denen die falschen Pole einander zugewandt waren. Er aß methodisch, ertrug die Stille jedoch schließlich nicht mehr, weshalb er den Teller in die Spüle stellte und versuchte, den beweglichen Arm um seine Frau zu legen. Dabei entdeckte er, dass sie zitterte. Augenblicklich verwandelte er sich in einen Haufen feuchter Blätter. »*Mátia mou…*« Weiter kam er nicht. Agneta wandte sich von ihm ab, seine Hand glitt auf ihre Hüfte hinunter, und der Schmerz schoss durch den anderen Arm, als gehörten Ehefrau und Pein zusammen. »Bin ich eine schlechte Mutter?« Schluchzend machte sie einen Schritt von ihm weg. »Sag mir, Jannis. Bin ich das?« Die ganze Zeit wandte sie ihr Gesicht ab, als gäbe es darin etwas, was er nicht sehen durfte. »Sssch, nicht du das sagen…« Er wollte sie streicheln, reichte jedoch nur an ihre Haare heran. Sie roch nach Schlaf und wilder Beute.

Schwer zu sagen, wie lange das Paar so stand, eng zusammen

und trotzdem weit voneinander entfernt. Aber das Wasser war verkocht, als Jannoula anfing zu quengeln. Dann putzte Jannis sich die Zähne und ging zur Druckerei. Der eine Arm hing herab wie ein Stück Fleisch.

(1) Jannis hatte manchmal den Eindruck, dass es in Agneta etwas gab, was sich von Schwellungen und Wunden angezogen fühlte, vermochte jedoch nicht zu sagen, ob das bloß Zufall war. Es kam vor, dass sie beinahe zärtlich über die Blutergüsse eines Eishockeyspielers sprach, andächtig über einem blauen Fleck verharrte. Nicht der Schmerz selbst war verlockend, so viel begriff er, sondern der Zustand danach. Schenkte er ihr vielleicht Geborgenheit? Eine Woche, nachdem sie mit Jannoula aus dem Krankenhaus heimgekehrt war, hatte sie vor dem Spiegel gestanden und ihre Tränensäcke betrachtet. Vorsichtig hatte sie die Hautpartien berührt. Sie waren grau, fast pflaumenlila. Man sah den Schlafmangel, das Glück, die Erschöpfung. Als sie sich nach dem Kamm streckte, lächelte das Spiegelbild auf eine Art, die nicht zu einer Mutter passte. Unter dem nur locker geschlossenen Bademantel lugte eine Brust heraus. Zwangsläufig musste er an ihre Brustwarzen denken, die groß und empfindlich waren und abwechselnd nach Blut und Süße schmeckten, als sie ihn ein paar Nächte später bat, sie zu berühren, obwohl sie schmerzten. Es gefiel ihm nicht, es kam ihm falsch vor, aber sie meinte, sie wolle nicht die ganze Zeit Mutter sein. Jannis, der es nicht besser wusste, fragte sich, ob die Freunde seiner Frau deshalb meist Sportler gewesen waren. Dieser Hang zu Schwellungen. Diese Zärtlichkeit.

Der Gedanke kam ihm erneut in den Sinn, als er nach Hause kam, nachdem er eine Stunde vergeblich an einer verlassenen Bushaltestelle gewartet hatte und Agneta mit einem hochgelegten Fuß auf der Couch antraf. Sie erzählte, dass sie mit dem Fuß umgeknickt war und deshalb nicht wie verabredet an der Haltestelle auf ihn hatte warten können. Es lag etwas Abwesendes in ihren Worten, als wären sie gar nicht für ihn bestimmt gewesen. Als er behutsam mit den Händen ihr Bein unter Wade und Ferse anhob, um sich zu vergewissern, dass nichts gebrochen war, stöhnte sie lustvoll. Jannoula lag auf einer Decke auf dem Fußboden. Während er mit dem Kind spielte, zog seine Frau das Knie an die Brust und streckte das Bein anschließend wieder, vor und zurück. Sie lächelte in sich gekehrt. In diesem Augenblick wusste er, dass er die Frau auf der Couch nicht kannte. Sie schien ihr Umknicken als eine Auszeichnung zu betrachten. Auf unerklärliche Weise kündigte ihr Verhalten eine Bedrohung an. Er dachte: Wie viel Gleichgewicht erträgt eine Waage?

(5) »Weißt du was…« Agneta wühlte auf der Suche nach den Schlüsseln in ihrer Handtasche. »Vor ein paar Tagen habe ich das hier bekommen.« Sie reichte ihrem Mann einen zusammengefalteten Zettel. »Möchtest du hingehen?« Jannis stellte den Besen weg, faltete das Blatt auseinander, begann zu lesen. Als ihm ins Auge fiel, wer den Vortrag halten sollte, schüttelte er den Kopf. Ein anderes Mal vielleicht. »Also nicht«, sagte seine Frau. »Macht es dir etwas aus, wenn ich gehe?«

Und schließlich (6). Die Liebe? An einem Septemberabend war Jannis mit seiner Tochter allein zu Hause. Es regnete. Er dachte:

Für mich ist sie immer etwas in der Zukunft gewesen.

In der Zukunft?

Vielleicht das zweite Stück eines abgebrochenen Mandelzweigs.

Mandelzweigs?

Der Tod?

Der Tod?

Der Tod ließ mich erwachsen werden.

Erwachsen?

Der Wille, mehr zu sein als man selbst.

Man selbst?

Undenkbar ohne das Zicklein.

Das Zicklein?

Das Mädchen in meinen Armen. Sie ist alles.

Alles?

Brei, Licht und Magenkrämpfe. Nullpunkt. Schnee unter schup-

piger Haut. Astronautin in gestrickten Strampelanzügen. Pinkeln-
der Engel. Kräftiges Gras.

Gras?

Möglicherweise der Grund, warum ich mein Heimatdorf verließ.

Heimatdorf?

Dem Himmel so nah, dass man sich die Stirn blutig schlug.

Blutig?

Sind das nicht alle?

Das?

Weiß nicht. Ein Kloß im Hals? Ein Steinchen im Schuh? Verspä-
tete Tränen?

Tränen?

Eine andere Art Regen.

Regen?

Das Ungezügelte.

Das Ungezügelte?

Zufälle.

Zufälle?

Woraus ich gemacht bin, wenn ich nur ich selbst bin.

DER SCHWEDISCHE HERAKLES. An jenem Abend, an dem Jannis mit Jannoula zu Hause blieb, stieg Agneta mit einem abenteuerlichen Herzen unter dem Popelinmantel in den Bus. Es kam darauf
an, nicht zu viel zu denken, redete sie sich ein, nur etwas zu wagen. Als sie eine Viertelstunde später ausstieg, las sie die Adresse auf
dem Handzettel nach und spazierte durch den finsteren Park am
Dom. Kies knirschte, Regen blieb in den Baumwipfeln hängen
oder prasselte sanft auf die Erde herab. Auf einmal näherte sich ihr
eine klappernde Fahrradlampe. Sie wich aus, eine Pfütze wurde in
der Mitte gespalten – und dann sah sie nur noch das Rücklicht, das
mal hierhin, mal dorthin schwang, ehe es von der Dunkelheit verschluckt wurde. Obwohl es bereits Herbst geworden war, hing et-

386

was Verheißungsvolles in der Luft. Während sie dachte, dass etwas enden musste, damit etwas anderes beginnen konnte, fühlte sie sich für einen Moment namenlos. Als sie das große Gebäude betrat, wusste sie zunächst nicht, wohin. Am Ende half ihr eine Kellnerin. Das Café, in dem die Frau arbeitete, war riesig, dampfte von nikotingefärbter Feuchtigkeit und hieß Athenäum. Sachlich rollte die Bedienung Zeitungen zusammen und zeigte auf eine Tür. Die Drucksachen kamen übrigens aus dem Ausland und wurden um Holzstücke gewickelt wie disziplinierte Regenschirme. Bevor Agneta die Tür aufschob, schüttelte sie den Regen ab. Die Tropfen fielen von ihr wie fette Perlen. Wenige Minuten später saß sie in einem Raum mit riesigen Bogenfenstern in der hintersten Reihe. Sie presste die Füße zusammen, ihre Nylonstrümpfe waren feucht. Es war das erste Mal, dass sie eine Veranstaltung dieser Art besuchte, und sie hatte nur eine vage Ahnung, was es hieß, eine Studentin zu sein. An der Tür tropften Regenschirme in verschiedenen Farben. Jemand hatte einen bolivianischen Poncho dazugehängt. Ein kleiner Mann stellte klebrige Schüsseln auf die Tische, danach verteilte er etwas willkürlich Gabeln und Servietten. Er begrüßte jeden Besucher mit einem sanften Händedruck. Als er zu Agneta kam, hellte seine Miene sich auf und er stellte sich als Charalambos Tsipouris vor, Ortsvorsitzender im Schwedischen Komitee für die Demokratie Griechenlands. Er hatte einen undefinierbaren Gesichtsausdruck, als stünde er ständig kurz davor, etwas Wichtiges zu sagen, was er dann jedoch stets wieder vergaß. Sein Atem roch wie bräunlich verfärbte Äpfel. Fünf Minuten später lächelte er siebzehn Zuhörer an, die darauf warteten zu trocknen. Ein Student, der auf der Toilette gewesen war, schob sich wieder in den Raum. Er nahm das Stirnband ab, strich seine Haare hinter die Ohren und setzte es erneut auf. Dann fiel sein Blick auf das Gebäck und er grinste. »Mehr kommen wohl nicht.« Tsipouris sprach ein klares, erstaunlich gutes Schwedisch. Er wandte sich dem Vortragenden des Abends zu. Als er ihn vorstellte, kaute er auf seinem Schnäuzer.

Währenddessen schweifte der Blick des Redners von Zuhörer zu

Zuhörer. Als er zu Agneta kam, war es, als schlösse sich ein Kreis aus feiner Elektrizität. Der Mann senkte den Blick. Seine Haare waren frisch geschnitten, die Wimpern sehr lang. Darauf wartend, dass sich der Vorsitzende setzte, nestelte er an einer Prince Denmark herum. Nur Agneta schien zu merken, dass er verlegen war. Sie hätte sich schon sehr irren müssen, wenn sie nicht der Grund für diese Schüchternheit gewesen wäre. Nach zwei Zügen ließ der Redner die Zigarette im Aschenbecher ruhen. Als der Vorsitzende hüstelte, rückte er die Karteikarten vor sich gerade und sagte:»Guten Abend. Es freut mich, vor einem so handverlesenen Publikum sprechen zu dürfen.« Agneta, die ahnte, dass sich seine Worte an sie richteten, streckte sich.»In einer Zeit, in der die Demokratie bedroht wird, ist auch die Vergangenheit bedroht. Wem gehört die Geschichte? Wer hat das Recht, sie zu schreiben? Glaubt man den Obristen, sind sie Helden, die das Vaterland aus den Händen der Kommunisten gerettet haben.«

Zugegeben, die Einleitung war tastend. Der Vortragende trank einen Schluck Wasser. Es kam aus der Leitung in der Toilette, und Agneta sollte später erfahren, dass es nach lauwarmem Rost schmeckte.»Aber«, fuhr er fort,»lehrt uns die Vergangenheit nicht, dass keiner absichtlich zum Helden wird? Als Lambrakis in England gegen Atomwaffen protestierte oder allein mit einem Transparent von Marathon nach Athen marschierte, tat er das nicht, um gefeiert zu werden. Wichtig war die Sache, nicht die Person. Die Umstände machten ihn zum Helden. Wir können mit Fug und Recht annehmen, wenn Lambrakis die Wahl gehabt hätte, wäre es ihm lieber gewesen, nicht zu sterben und kein Held zu werden.«

Der Mann schaute sich um. Ein letzter Zug, Kunstpause, toter Däne.»Die griechische Geschichte kennt viele Helden. Heute Abend möchte ich über einen Typus sprechen, von dem niemand redet. Ich denke an den namenlosen, den übergangenen, den nie gepriesenen Helden – mit einem Wort: an den Gastarbeiter. Sie fragen sich vielleicht, welche Bedeutung eine Person hat, die ihr Heimatland verlässt, ohne es aufzugeben? Lassen Sie mich mit einem

Zitat beginnen.« Er führte aus, vor hundertfünfzig Jahren habe der schwedische Romantiker P. D. A. Atterbom eine Reise in umgekehrter Richtung, nach Südeuropa, unternommen. »Wie immer ist das Verhältnis von Dichtung und Wahrheit bei diesem Poeten schwer zu bestimmen…« Der Redner lächelte still. »Gestatten Sie mir, die Szene zu skizzieren. An den duftenden Himmelsbergen versammeln sich die Heiligen. Man trinkt und entsinnt sich großer vergangener Tage. Außerhalb des Zirkels streut jedoch ein Jüngling umher. Er lauscht, tritt aber nicht näher – ›keiner kennt seinen Namen und sein Begehr‹. Schließlich erhebt einer der Heiligen die Stimme. Wie sich zeigt, ist es der Ahnherr der schwedischen Literatur persönlich. ›Kündet nun endlich Meister Stiernhielm‹« (der Name wurde mit einem genüsslichen Lispeln ausgesprochen):

»Ein Landsmann dieser Träumer ist, von Thules Bergen;
Weit zog er durch die Welt zu Abenteuern.
Ein Fremder daheim, ein Fremder fernab,
Ein Fremder noch hier im Paradies.«

Man merkte, dass der Vorleser mit dem Zitat zufrieden war, vielleicht aber noch mehr damit, nun die volle, verblüffte Aufmerksamkeit seiner Zuhörer zu genießen. Er rückte sein Manuskript zurecht. »Die meisten von Ihnen kennen Stiernhielms berühmten Protagonisten. Ja? Nein? Aha. Nicht. Jedenfalls hege ich den Verdacht, dass in diesem Zitat von ihm die Rede ist. Hier streut er umher, eine erfundene Figur, zwischen realen Personen – in einem anderen Gedicht! Das nenne ich einen einheimischen Ausländer.« Erneut lächelte der Mann, diesmal jedoch etwas weniger schüchtern. Als er nach einer neuen Karte griff, entdeckte er, dass die verwirrten Mienen nicht weniger geworden waren. »Ah, verstehe, Sie fragen sich, was mit denen hier ist?« Er hielt den Stapel Karteikarten hoch. »Nichts Besonderes. Ich benutze sie nur, um nicht zu vergessen, dass jede Geschichte eine Konstruktion ist. Ereignisse sind nicht beliebig, stimmt's? Aber sie können immer in einer anderen Reihenfolge erzählt werden. Die Aufgabe des Historikers besteht darin, die zu finden, die am meisten aussagt...«

Während sich der Mann in methodologische Fragen vertiefte, machte Agneta sich Gedanken über ihn. Er schien nicht alt zu sein, vielleicht fünf oder sechs Jahre älter als sie selbst. Dennoch wirkten seine Gesichtszüge so ernst und so verspielt, dass sie, von der gelehrten Atmosphäre ermuntert, zu verstehen glaubte, dass wahres Wissen niemals tadelte oder vereinfachte. Erleichterung, Verblüffung, Scharfsinnigkeit, all das sprach aus dem Gesicht des Mannes. Und Möglichkeiten, sagenhafte Möglichkeiten. Bei diesem Gedanken begann der Muskel hinter ihren Rippen sich seltsam zu verhalten, als wechselten gerade wichtige Dinge den Platz. Zum ersten Mal, seit sie sich selbst kannte, fuhr ihr ein Schauer über den Rücken, und danach eine Ahnung, die als Gänsehaut ausschlug. Die Ahnung bestand aus zwei Teilen: (1) Es war möglich, sich auf einen Stuhl zu stellen und mit der absoluten Sicherheit nach hinten fallen zu lassen, dass einen jemand auffing; (2) Ein Leben ohne dieses irre Fallen und ohne diese wirre Gewissheit konnte niemals ein vollständiges Leben sein. Fragen Sie uns nicht, wie sie dies erkannte. Es war einfach so. Vielleicht kann Heldenmut auf mehrere Schultern verteilt werden.

Als hätte der Vortragende Agnetas Gedanken gelesen, erklärte er nun: »Ein Held muss bereit sein, alles zu verlieren, was er besitzt. Tatsächlich macht ihn erst diese Bereitschaft zum Helden. Fortan wird der Abschied seine Disziplin werden – und in diesem Punkt lehrt er die Historiker etwas Wesentliches. Das Werk, das Herr Tsipouris mich aus der Perspektive einer jüngeren Generation vorzustellen gebeten hat« – kurzes Nicken in Richtung des Gastgebers in der ersten Reihe – »und dessen zwölfter Band in wenigen Wochen erscheinen wird, besteht aus einem fortlaufenden Verzeichnis über das Schicksal von Menschen, die von der Geschichte vertrieben wurden. Der Vorsatz einer solchen Enzyklopädie ist löblich, wenn auch nicht unumstritten. Oder richtiger: Die Gehilfinnen Clios haben von Anfang an die Mittel diskutiert. Bedarf es der

Dichtung, um das Leben verständlich zu machen? Oder soll sich der Historiker darauf beschränken, Fakten zu sammeln und zu ordnen?«

Agneta wusste, dass der Mann sein Abitur bei Hermods Fernlehrinstitut gemacht hatte, aber nicht, dass er in den Siebzigerjahren promovieren würde. Sie wusste, dass er sie ansah, als würden sie sich schon kennen, aber nicht, dass er Schriften zu Themen wie »Patriotismus ohne Vaterland« und »Die Vollendung der eigenen Person mit Worten: ein hoffnungsloses Unterfangen« verfassen sollte. Oder dass er gerne lange schlief. Bleistifte spitzte. Ohne Strümpfe in den Schuhen ging. Ungern telefonierte. Gerne Spaziergänge machte. Oder während der unvorhersehbaren Zahl von Jahren, die sie gemeinsam in einer Wohnung hinter dem Botanischen Garten verbringen würden, sein Wohnheimzimmer in Sparta behielt – »ein strenges Exil von meinem verschwenderischen Leben mit dir«, wie er sagen sollte, als er viel später das Glas abstellte, das er an ihre Lippen gehalten hatte, damit sie ihr bitteres Medikament schluckte. Sie wusste nicht, dass er vieles bereuen würde, jedoch nie, dass er sich nach dem Vortrag, bevor sie sich ihren Schal umband, dafür entschuldigen würde, wie schwer es ihm gefallen war, den Blick von der Offenbarung des Abends zu nehmen. »Signómi, aber ich bezweifle, dass man sich an Ihnen satt sehen kann.« Oder dass er sich, als er bemerkte, wie sie an ihrem Trauring schraubte, erkundigte, ob sie sich nicht »trotz aller Verpflichtungen« auf eine Tasse Kaffee verabreden könnten. Während Agneta angesichts dieser Schamlosigkeit errötete, fühlte sie sich trotzdem machtlos. Es spielte keine Rolle, wie abgedroschen die Phrasen waren, dachte sie und tastete nach den Zigaretten in ihrer Handtasche, wie oft er sie ausgesprochen oder wie selten sie die Worte gehört hatte. Sie erkannte, dass sie in Anspruch genommen werden wollte, sie wollte nach hinten fallen.

»Lassen Sie mich abschließend«, sagte der Mann, während die Zuhörer eindösten, »ein lebendes Beispiel für diese Disziplin des Abschieds geben.« Aber ehe er seinen Fall in Haut und Haare, und vielleicht auch Herz oder jedenfalls Muskeln kleiden konnte, verlor sie ihn erneut aus den Ohren. Denn nun war es nicht mehr die Ahnung, die Agneta beschäftigte, sondern der Schauer. Und dieser war wie die feine Elektrizität, die sie zu Beginn seiner Ansprache gespürt hatte. Er war Fischflossen und Magnesiumfeuer, er war knisternder Staub. Er bewegte sich in ihrem Inneren wie ein selbständiges Wesen, halb Spuk, halb Wirklichkeit, wie ein Inkubus, der durch die Nervenbahnen flog und Synapse auf Synapse anzündete – und ehe sie sich versah, ehe sie sich wieder zu konzentrieren vermochte und die schläfrigen Zuhörer abschließend Beifall klatschten, war sie entflammt. Unwiderstehlich und, wie sich zeigen sollte, für den Rest ihres Lebens.

Hier machen wir eine verlegene Pause. Um Jahrhunderte des Schweigens einzulassen. Kriege und Scheidungen. Und ausgediente Kalender.

»Meine Damen und Herren« – plötzlich erhob der Mann seine Stimme, und Agneta erkannte, dass sie in Gedanken woanders gewesen war – »ich frage mich, ob nicht die Literatur die Geschichte rehabilitieren kann. Denken Sie nur an all die Griechen, die ihr Heimatland verlassen haben. Zwingen die neuen Umstände sie nicht, sich selbst neu zu erfinden? Warum sollte dieser Einfallsreichtum kein Teil ihrer Biografie sein? Oder der Historiker nicht von ihnen lernen können?« Er sah auf die Uhr. »*Óch*, ich habe viel zu lange geredet.« Der Vorsitzende nickte nobel. »Bedaure. Ich werde bei anderer Gelegenheit über die Perspektive der jüngeren Generation referieren. Ehe ich schließe, möchte ich nur noch Abschied nehmen von jener Gestalt, die ich vorhin flüchtig erwähnte. Lässt sich das machen, Herr Tsipouris?« Liebenswertes Lächeln in der ersten Reihe. »Der Heilige winkt und lockt ihn mit Gesängen, aber ›er schüttelt bloß den Kopf, / Seufzet schwer, und eilet davon‹. So ist er, der unbekannte Grieche, über den ich sprechen wollte – weder hier noch dort zu Hause, ein Wanderer und Migrant, ein zäher Träumer. Nach ein paar Jahren verrät allein die Wortstellung noch seine Fremdheit. Als wäre aus der Unordnung eine neue Ordnung erwachsen. Es wird Zeit, dass wir die Ohren spitzen. Obwohl der Gastarbeiter selbst es vielleicht als Letzter erkennt, so sehr ist er damit beschäftigt, seine Existenz zu sichern, lässt die fremde Syntax uns verstehen, was es bedeuten mag, ›im Besonderen‹ zu existieren.« Der Redner signalisierte Anführungszeichen in der Luft, während das Publikum überhastet in die Hände klatschte und seine abschließenden Worte übertönte.

Die siebzehn Gäste hatten zwar nicht viel von dem Gesagten verstanden, aber beim Hinausgehen meinten einige der Auslandsgriechen, es sei ein gutes Gefühl zu wissen, dass es die Gehilfinnen Clios gab, die ihr Schicksal im Auge behielten. Nur Agneta blieb sitzen, da sie ahnte, dass nichts geendet, alles erst begonnen hatte. Sie dachte noch immer über die letzten Worte nach. »Oder um mein Beispiel zu zitieren: ›Hier gibt es niemanden, der sich an uns erinnert. Niemanden, niemanden…‹ Ich hoffe, dass ich in diesem Punkt zeigen konnte, dass auch ein schwedischer Herakles sich gelegentlich irrt.« Als der Redner zwischen den aufstehenden Gästen ihrem Blick zu begegnen suchte, wusste sie, dass sie gesehen worden war.

APOKALYPSE. Müssen wir den idiotischen Konventionen folgen und erzählen, was geschah, als Jannis eines Tages Ende September schon nach der Mittagspause heimging? Wir haben ehrlich gesagt keine… *Entáxi, entáxi.* Es war ein windiger Montag. Na gut, ein Freitag. Er hatte immer noch Schmerzen in dem Ellbogen, den er noch eine Weile in einer Mitella würde tragen müssen. Er vermisste seine Tochter. Er fühlte sich wie nasse Wäsche auf der Leine. Vielleicht hätte er anrufen und Bescheid sagen sollen, dass er nach Hause kommen wollte – oder wenigstens fragen können, ob er auf dem Heimweg noch etwas einkaufen sollte. Stattdessen nahm er, das Kinn in der Jacke begraben, den Bus. Vor ihm saß eine ältere Dame mit Lockenwicklern. Der Kragen ihrer Bluse war geblümt, die Bluse ebenfalls. Es würde sein dritter Winter in dem neuen

Land werden, und er fragte sich, wem er erzählen konnte, dass ihm das Gackern der Hühner und die Rufe von den Feldern fehlten. In Schweden vermisste ihn niemand. Dachte er. Denken wir uns. Dann hielt er inne. Dummes Zeug. Natürlich würden Agneta und Jannoula ihn vermissen, wenn er nach Áno Potamiá zurückkehrte. Also... Also gab es zwei Heimatorte in seinem Leben. Wie Krocketstäbe. Er lächelte müde. Wie hatte Dreck-Janne es genannt? »Opposition.«

Hieß dies, dass Orte kein Gedächtnis hatten und einzig ihre Bewohner vermissen und trauern konnten? Jannis fiel es schwer, das zu glauben. Nur weil das Feld, das er verspielt hatte, nicht mehr seiner Familie gehörte, vergaß es doch nicht seine Hacke? Und auch wenn jetzt bloß ein Mensch in Karamellas Bett schlief, verriet die Füllung in der Matratze doch viele Körper. Oder dieser verdammte Tisch aus grünem Filz. Er hatte hunderte Siege und Niederlagen gesehen, seit er, Jannis, begriffen hatte, dass Straßen in zwei Richtungen führten. Irgendwann würde ein Archäologe all diese Plätze und Gegenstände entdecken – lange nachdem es Menschen gab, die sie vermissten – und selbst wenn vieles rätselhaft bleiben oder falsch gedeutet werden sollte, erzählten sie doch eine Geschichte. Es gab Dinge, die für alle Zeit verloren gegangen waren, und es gab Verlorenes, das darauf beharrte, weiter zu existieren. Das Leben bestand aus Verlusten letzterer Sorte. Sie allein sorgten dafür, dass es verständlich blieb.

Als er aufschloss, stand Agneta mit einem Handtuch um die Haare mitten im Wohnzimmer. Ansonsten war sie nackt. Ihre Wangen waren rosig, die Atemzüge leicht. Die Eheleute sahen sich an. Beide waren wie gelähmt. Schließlich stammelte seine Frau, es sei vielleicht keine so gute Idee, dass Jannis ausgerechnet jetzt nach Hause komme. Er klärte sie darüber auf, dass er in dieser Wohnung lebte. Sie versuchte ihn zu bewegen, sich die Sache noch einmal zu überlegen. Er meinte, dass ihm der Arm wehtue und er sich ausruhen wolle, am liebsten bis zum Jüngsten Tag. Sie sagte, der Jüngste Tag könne sicher warten. Er gab einer anderen Auffassung den Vorzug, streiten konnten sie sich später. Erst als er seine Jacke aufhängte, erkannte er, dass sich eine dritte Person in der Wohnung aufhielt. Er wandte sich um, er sah an der Schulter seiner Frau vorbei, er…

»*Jiá sou, Janni.*«

SCHLUSS DES INTERVIEWS MIT DER LIEBSTEN.

DIE KREBSKRANKE: Damit endete ein Leben…

DER ZUHÖRER: Mm.

DIE KREBSKRANKE: Und nun endet das, was damals begann.

DER ZUHÖRER: Mm.

DIE KREBSKRANKE: Wir hatten eine gute Zeit zusammen, nicht wahr?

DER ZUHÖRER: Mm.

DIE KREBSKRANKE: Du bist der erste Mann, den ich selbst gewählt habe. Und mein letzter Grieche. *(Lächelt.)* Ich bereue nichts, hörst du? Als ich dir im Athenäum zuhörte, kam es mir vor, als würde sich die Welt ordnen. Auch wenn du ein bisschen forsch warst *(sanftes Lachen)*, war es ein phantastisches Gefühl, gesehen zu werden. O, Kostas, o mein neuer Kontinent. *(Schluchzer.)*

DER ZUHÖRER: Mm.

DIE KREBSKRANKE: Ich bereue vieles, aber nichts so sehr, dass ich es ungeschehen machen möchte. *(Schnupft.)* Halt mich fest. (DER ZUHÖRER *legt den Arm um* DIE KREBSKRANKE. *Sie liegen regungslos in dem Krankenhausbett mit der gelben Tagesdecke. Da die Matratze in einem sanitären Plastiküberzug steckt, knarrt sie, wenn sie atmen.)* Versprichst du mir, mich nicht falsch zu verstehen?

DER ZUHÖRER: Mm.

DIE KREBSKRANKE: Ich liebe nur dich. *(Legt den Kopf bequemer.)* Aber ich mochte ihn sehr, verstehst du?

DER ZUHÖRER: Mm.

DIE KREBSKRANKE: Und es tat mir von Herzen weh, ihn so traurig zu sehen. Er war wie Rauch, als er da im Flur stand. Es gab nirgendwo eine Mitte. Ich weiß nicht, was passiert wäre, wenn es Jane nicht gegeben hätte. *(Erneute Pause.)* Ich habe das nie jemandem gesagt, aber nur aus diesem Grund ließ ich zu, dass er sie mitnahm. Wegen dieses Rauchs, weißt du?

DER ZUHÖRER: Mm.

DIE KREBSKRANKE: Ich war doch nur ein Mädchen. Dreiundzwanzig Jahre alt! Hätte es die Scheidung nicht gegeben, wäre ich untergegangen. Früher oder später. Das weiß ich einfach. Und was wäre ich dann für eine Mutter gewesen?

Langes Schweigen.

DER ZUHÖRER: Mm.

DIE KREBSKRANKE: Aber als er zugab, dass er ein Loch in das Kondom gestochen hatte, habe ich einen Tobsuchtsanfall bekommen. Ich wusste nicht, wohin mit mir. Riss Gardinen herunter, schmiss Teller, schrie, bis mir die Luft wegblieb. Das war wirklich der Gipfel. Ich hätte ihn umbringen können …

DER ZUHÖRER: Mm.

Noch längeres Schweigen.

DIE KREBSKRANKE: Ich möchte, dass du erzählst, warum alles kam, wie es kam. Versprichst du mir das? Wenn ich … wenn ich nicht … Du weißt, was ich meine. Wenn ich nicht mehr bin, wie ich jetzt bin. Kannst du mir bitte versprechen, dass du dann erzählst, warum alles kam, wie es kam? Ich glaube, sonst ertrage ich es nicht zu verschwinden. Warte … Weinst du?

DER ZUHÖRER: M-… Un-un.

VIELE JAHRE ZUVOR. »Hör auf zu fragen, Jannis. Ich kann nichts dazu sagen. Bitte. Hör auf.«

DIESE JÄMMERLICHE SACHE. Die Wochen, die in Delphi auf die Apokalypse folgten, waren ein Nebel aus Vorwürfen und Kopfschmerzen. Irgendwann rief Jannis Efi an, aber als sie sich meldete – »Hallo? Wer ist da? Sagen Sie was … Jetzt sagen Sie doch et-was …« – erkannte er, was er da tat, und legte auf. Daraufhin be-schloss er, das Geschehene nur Doktor Florinos gegenüber zu erwähnen. Mit Hinweis auf dessen Schweigepflicht. Wenn er nicht arbeitete oder sich um Jannoula kümmerte, wenn er nicht im städ-tischen Hallenbad Bahnen mit einer Zielstrebigkeit schwamm, die ihm selber Angst machte, wenn er nicht trank und auch nicht die Kraft hatte, sich mit Agneta zu streiten oder auch nur an Jannoula zu denken – dann irrte er durch die Stadt. Er ging, bis die Schuhe nass und fremd wurden, bis das Geschlecht in seiner Hose so schutzlos wurde wie eine kalte Feige, bis sich sein Gesicht in eine Maske aus Knochen und unfreiwilligen Tränen verwandelt hatte. Die Grübchen, die man auf seinen Wangen sah, standen nicht für Glück. Er ging an langhaarigen Jugendlichen vorbei, die in Trep-penaufgängen rauchten, er ging an Studentinnen vorbei, die ihre Bücher an die Brust pressten wie Ikonen, er ging an Männern mit Mützen vorbei, die mit einem Fuß auf dem Bürgersteig und der Aktentasche am Lenker auf Fahrrädern balancierten, während sie mit anderen Männern sprachen. Er ging, die Fäuste in seine Jacken-taschen geschoben, den Reißverschluss bis zum Hals zugezogen, die Haare wirr. Er ging, um zu vergessen oder sich zu erinnern, um sich selbst zu verlassen oder zu sich zu finden – er konnte nicht sa-gen was von beidem, und so lange er unfähig war zu entscheiden, was zutraf, beabsichtigte er, immer weiter zu gehen.

Viel unsortiertes Material bewegte sich durch seinen Kopf, ein Teil verklumpte sicherlich und wollte nicht verschwinden. Ich kann ohne sie nicht leben, mag er gedacht haben. Und: Ich muss ohne sie leben. Welch eigentümliche Kraft von allem ausgeht, was sie nicht sagt. Sie ist wie ein schwarzes Loch, ein bösartiger Ma-gnet. Ich werde von ihm angezogen, obwohl ich weiß, dass ich mir nur wehtue. Und: Menschen sind wie Wasser, sie fließen zusam-men. Natürlich bilden sich manchmal Wirbel und Wellen. Aber es ist nicht vorgesehen, dass sie auseinanderfließen. Pause. Was soll es für einen Sinn haben, dass sie auseinanderfließen? Und: Sie sagt,

397

dass sie gerade eine Revolution erlebt, als verschöben sich Kontinente, und dass sie nicht weiß, was sie will. Dass sie noch jung ist und Raum zum Atmen braucht. Aber alles, was sie tut, wendet sie von mir ab. Mein Herz ist ein Karussell geworden. Und: Der Abend, an dem wir bei Frau Greta die Treppe hochgingen und sie ihren Finger in meine Faust schob… Es deutete doch nichts darauf hin, dass der Aufstieg enden würde, nur weil wir die oberste Treppenstufe erreichten? Und: Wer braucht denn ein abenteuerliches Herz? Ich wünschte mir, meins wäre aus Stein. *Tragikós*, das bin ich, mit Haaren in den Ohren und stinkendem Atem. (Möglicherweise spielte Jannis auf *trágos* an, was im Griechischen »Ziege« bedeutet. Anm. d. Verf.) Verdammter Mist, ich bin wieder reif für Vater Lakis' Mülltonne. Und: Wie konnte ich nur so dämlich sein, ihr von Herrn D. zu erzählen! Und: Was habe ich hier zu suchen? Unter all diesen Heiligen und Studenten? Er hat mir das Land weggenommen. Er… Nein, ich habe nicht vor, seinen Namen auszusprechen. Damit würde ich mir nur den Mund schmutzig machen. Und: Es gibt bloß ein Wesen, für das ich leben kann, und das ist nicht Agneta. Wasser, wer zum Teufel braucht Wasser? Schwimmweste, Mücken, Zicklein. Mehr braucht kein Mensch. Und: Bin ich hier, bin ich dort? Im Moment bin ich nirgendwo. Und: Warum habe ich nie die drei Worte ausgesprochen? Hätte ihr Herz es sich dann vielleicht anders überlegt? Es muss einen Grund geben. Das darf ich nicht vergessen, es muss einen Grund dafür geben, dass ich nie die drei Worte zu ihr sagte. Und: Bin ich nur ein tönend Erz? Und: Trommelommeln? Und: Nimm mir diese *chilopítes* ab und gieß sie in einen anderen Topf.

Als er eines Abends die Tür aufschloss, hörte er Agneta leise Jannoula vorsingen. Unfähig, sich zu bewegen, setzte er sich in die Küche. Seit dem letzten Wutanfall seiner Frau herrschte Funkstille zwischen ihnen. So lange der eine nichts sagte, verließ der andere nicht die Wohnung. Als das Mädchen eingeschlafen war, kam seine Frau zu ihm. Sie verknotete den Gürtel zu ihrem Mantel. »Ich denke, es wird das Beste sein, wenn ich nicht hier bleibe.«

DAS NICHT REICHT? Das letzte Gespräch vor der Tragödie war kurz. Nach ein paar schlaflosen Nächten und einem nichtssagenden Tag in der Druckerei rief Jannis Lily Florinos an, die auf Jannoula aufpasste, und teilte ihr mit, dass er eine halbe Stunde später kommen würde. Anschließend wählte er die Nummer, die er vom ahnungslosen Vorsitzenden des Schwedischen Komitees für die Demokratie Griechenlands bekommen hatte. Als Agneta den Hörer gereicht bekommen hatte, wurden folgende Worte gewechselt:

»Was willst du?«

»Ich lebe… Das nicht reicht?«

DER ZWISCHENFALL IN LUND. »Jannis, kannst du bitte mal mitkommen?« Bernt Engberg hatte den unteren Teil seiner Krawatte in die Brusttasche gestopft, die klobige Brille blitzte. Jetzt schob der Vorarbeiter die Brille mit einem Daumen hoch. Jannis zählte einen weiteren Stapel mit zusammengefalteten Papierbögen ab, warf das aufgeweichte Streichholz weg und ging hinterher.

Mittlerweile waren neun Wochen und drei Tage vergangen, seit er zu früh nach Hause gekommen war. Sowie vier Stunden und einige Minuten. Er hätte schwören können, dass es in diesem Zeitraum nicht einen einzigen Dienstag gegeben hatte. Sein Herz war ein blauer Fleck, sein Hirn ein Friedhof. Wenn Jannoula nicht gewesen wäre, hätte er sich ins Innere seiner rußigen Nichtigkeit zurückgezogen und wäre verschwunden. Aber die Tochter brauchte ihn, und wenn weder ihre Mutter noch die Familie Florinos sich um sie kümmerte, verbrachten sie alle Zeit zusammen. Jannis wusste nicht, was seine Frau trieb, wenn das Mädchen mit flatternden Lidern neben ihm schlief oder mit ihren perfekten Fingern nach seiner Nase und seinen Haaren griff. Er nahm an, dass sie zu Vorlesungen ging, er nahm an, dass sie sich irgendwo aufhielt, wo sie offenbar auf der Suche war, um sich selbst zu finden. Er nahm an, dass sie die neue Liebe erprobte, die anscheinend so anders war, dass sie sich mit nichts in der alten Welt vergleichen ließ. Aber als

Berit anrief, begriff er, dass Agneta zumindest zeitweise bei ihrer Freundin in Tollarp wohnte. Wenn sie die Tochter ablieferte oder abholte, war sie stets auf zerbrechliche Art freundlich. Obwohl sie den Tränen nahe war, wollte sie nie über etwas anderes als Alltagsfragen reden. Drohte das Gespräch eine andere Wendung zu nehmen, unterbrach sie ihn:»Wir müssen warten. Bitte, stell mir keine Fragen. Wir müssen… Dann werden wir weitersehen.« In dem darauffolgenden Schweigen lagen sowohl eine Drohung als auch ein Flehen. Was immer er tat, es gab etwas, an das er nicht herankam, und er bezweifelte, dass es jemals anders sein würde. Verletzlichkeit konnte mächtiger sein als ein Panzer. Warum, dachte er, wenn er wieder allein war, warum helfe ich ihr, wenn es stets auf meine Kosten geschieht?

»Schau mal«, sagte der Vorarbeiter und stieg auf die Rampe zur großen Presse hinauf. Der stahlglänzende Zylinder glich einer Rolle Toilettenpapier für Riesen. Ringsum arbeiteten die kleineren Druckerpressen schnell und koordiniert. Ihr regelmäßiges, gleichsam vollendetes Hämmern ließ in Jannis kurzzeitig Frieden einkehren. Engberg befeuchtete zwei Finger, dann hielt er zur Neonröhre gewandt einen Probedruck hoch. Das Licht löste die Buchstaben auf, weshalb er zu einem Tisch ging, sich am Kopf kratzte und sagte:»Britt-Marie behauptet, dass sie sich bei den Akzenten unsicher ist. Ich kann den Auftraggeber nicht erreichen, und wir müssen heute damit durch sein, sonst werden die Weihnachtsprospekte nicht rechtzeitig fertig. Könntest du… Ja, du weißt schon?«

In Erwartung einer Antwort zog er einen Fuß aus dem Holzschuh.»Das wird eine Weile dauern«, war alles, was Jannis sagte, als er den Probedruck gemustert hatte.»Aha. Ich hab mir gleich gedacht, dass es nicht so leicht sein würde.« Der Vorarbeiter bat ihn, sorgfältig zu arbeiten.»Wir können es uns nicht leisten, Makulatur zu drucken. Du kannst dich zu Britt-Marie setzen.«

Als Jannis das Büro betrat, war Fräulein Sävlunds Gesicht streng wie ein Geometriekasten. Gegenwärtig ging sie die Texte der Weihnachtskataloge durch und schien wie üblich Angst zu haben, etwas falsch zu machen. Während der Vorarbeiter die übrigen Probedrucke holte, verteilte Jannis sein Gewicht auf dem Stuhl. Er saß unbequem. Er verlagerte das Gewicht. Als es nicht besser wurde, dachte er, dass es Dinge gab, die man vorhersehen, und Dinge, die man nicht planen konnte. Als Engberg ihm alle Probedrucke übergeben hatte, steckte er sich ein neues Streichholz in den Mund und begann zu lesen.

Es war nicht das erste Mal, dass er ein Exemplar der *Enzyklopädie* vor Augen hatte. Doch nun empfand er eine Ehrfurcht, die um vieles größer war als der Respekt, der ihn ein Jahr zuvor in Kezdoglous Wohnzimmer erfüllt hatte. Immerhin hatte man ihn diesmal gebeten, in den Text einzugreifen und wenn nötig zu ändern, zu streichen, zu verschieben. Jannis war kein Mensch, der so etwas gern tat. Als er seine Schürze auszog, um besser zu sitzen, hatte es im Gegenteil den Anschein, als wollte er gleich auch noch seine Schuhe ausziehen, bevor er die Reise in die Schicksale seiner Landsleute antrat. Aber er bewegte sich nicht wie zur Probe, unsicher, als würde er stören, sondern wie in einem Kinderzimmer oder einer Kirche. Er empfand sehr intensiv, dass er sich in einer Ordnung befand, die zu stören ihm nicht zukam. Unter diesen Buchstaben, die sowohl jung als auch uralt und von diakritischen Zeichen umgeben waren, die, wie er lächelnd dachte, einer ganz bestimmten Insektenart ähnelten, in ihrer Mitte fühlte er sich zum ersten Mal seit vielen dienstaglosen Wochen wieder zu Hause. Binnen kürzester Zeit geschah denn auch Erstaunliches: Während er seine verstreuten Landsleute begleitete, einige von ihnen waren noch Kinder, schien ihm, als blieben sie stehen, drehten sich um und begännen, ihn zu lesen. In diesem Augenblick kam Jannis ein Gedanke, der ihn nie wieder loslassen sollte: Vererbtes mochte wichtig sein, aber wesentlich wichtiger war, wie man seine Erinnerungen mit anderen teilte.

Da war das Mädchen, das im Winter 1949 ohne Eltern und Gepäck nach Timisoara kam, wo ihm von Nonnen geholfen wurde, bis es fünfzehn Jahre später verunglückte, als es mit Bibel und *ba-*

nitza in den Händen einen der neuen Boulevards überquerte. Da gab es den Wirtschaftsprüfer, der an Bord eines Öltankers aus Patras floh und starb, als das marode Schiff vor Alexandria sank. Er war selbst schuld gewesen, denn trotz wiederholter Aufforderungen hatte er den breiten Gürtel unter seinem Hemd nicht ablegen wollen. Die Besatzungsmitglieder sahen ihn wie einen Feldstein untergehen, als sie zu den Rettungsbooten schwammen. Erst hinterher begriffen sie, dass der Mann Gold um seine Taille getragen haben musste. Da gab es jenen Karten spielenden Gastarbeiter in Frankfurt-Bornheim, der Frau und drei Kinder mit einer Plastiktüte im Schlaf erstickte und sich anschließend durch das Gaumensegel erschoss. Als die Polizei die Wohnungstür aufbrach, fanden die Beamten das Kündigungsschreiben ordentlich auf dem Küchentisch neben seiner Armbanduhr, einer Halskette mit Kreuz und einem halbvollen Bierglas. Niemand würde ihn jemals verstehen. Da gab es den Studenten an der Technischen Hochschule von Athen, der gerade ein obskures mathematisches Problem gelöst hatte, als er wegen innerer Blutungen im Zug von Brüssel nach Namur starb. Da war die Lehrerin in Cholmogory, die von einem riesigen Eiszapfen getötet wurde, der von einem der Kräne im Hafen herabfiel und ihren Schädel spaltete. »Was zum Teufel hatte sie da zu suchen?«, fragte ein nicht näher identifizierter Igor P. Da war der Seidenraupenzüchter, der mit seiner Schwester aus einem Dorf am Schwarzen Meer geflohen war und ein glückliches, aber kompliziertes Leben als Restaurantbesitzer in Detroit führte, ehe er an einem Blutgerinnsel im Gehirn starb und letzte unverständliche Worte in Form von Speichelblasen über seine Lippen kamen. Da gab es etwa dreißig lange und kurze und ereignislose und erschütternde und bittere und traurige und schweigsame Leben von Voll-, Halb- und Viertelgriechen, die nur eins gemeinsam hatten: dass sie im Ausland verbracht wurden. Und, nun ja, dass die Personen Voll-, Halb- etc. Landsleute waren.

Und dann gab es da einen 20 x 25 x 12 Zentimeter großen Kasten aus unbehandeltem Kiefernholz. Als Bernt Engberg ihn vor Jannis abstellte, erkannte dieser den Kasten aus Bromölla wieder. Der Vorarbeiter strich mit den Fingern über den Inhalt. »Ich glaube nicht, dass der hier dazugehört, aber könntest du sicherheitshalber einen Blick darauf werfen?« Als er mit den Probedrucken verschwunden war, sagte Jannis nur: »Tss…« Sein Bauch rumorte, doch statt etwas zu essen, öffnete er den Kasten und ging die ersten Karteikarten durch.

Als er mit der Lektüre begann, war es kurz nach eins. Wir nehmen an, dass ihn der Text sowohl erstaunte als auch verwirrte. Jedenfalls kann es nicht lange gedauert haben, bis er erkannte, dass es sich um ein Supplement zur *Enzyklopädie* handelte. Er versäumte zwar das Mittagessen, spürte seinen Hunger aber wahrscheinlich nicht mehr. Eine der Neonröhren an der Decke produzierte ein knisterndes Geräusch, das wie ein Lötkolben klang. Auch das fiel ihm nicht auf. In regelmäßigen Abständen öffnete der Vorarbeiter die Tür, um sich zu erkundigen, wie er mit seiner Arbeit vorankam. Jedesmal brummte der Grieche nur: »Wahnsinn, Wahnsinn.«

Gegen halb drei gelangte Jannis zu einigen kritischen Passagen, so dass er bedächtig, unter Umständen sogar quälend langsam las, wobei sein Finger Wort für Wort den Zeilen folgte. Britt-Marie Sävlund fand, dass es aussah, als hätte er Angst, das Gleichgewicht zu verlieren, sagte aber nichts, als der Vorarbeiter wieder einmal den Kopf zur Tür hereinsteckte, ohne eine Antwort zu bekommen. Jannis erinnerte sich an seinen letzten Besuch bei den Freunden und daran, dass Kostas mit einer Hand auf der Kiste dagestanden hatte, während er selbst mit glasigen Augen im Manuskript der Gehilfinnen Clios geblättert hatte. Mit jeder neuen Seite wurde das Wasser tiefer und am Ende verlor er den Halt unter den Füßen. Er stapfte in Geheimnissen herum, die eigentlich jedes Menschen Privatsache bleiben sollten. Er fiel durch Jahrzehnte und Träume. Er tastete blind und bekam Gespenster zu fassen.

Mittlerweile verstand Jannis, warum man einen Artikel über jene Frau schrieb, die vor sehr langer Zeit in einer Wolke aus Kunsteis in einem Zirkus aufgetreten war. Er konnte verstehen, dass sie ein Kind mit einem Schlittschuh laufenden Seraphen oder auch einem früheren Schwertschlucker bekommen hatte, das in die Obhut einer Wahrsagerin gegeben wurde – auch wenn es verrückt war, dass selbiges Kind, seine eigene Mutter, einen Brief unter dem Namen dieser Wahrsagerin bekommen haben sollte. Er verstand es sogar, wenn die Gehilfinnen nicht unerwähnt lassen wollten, dass besagte Frau, der es nie wirklich gelungen war zu lernen, wie man eine Mutter war, einen Sohn hatte, der als Eishockeyspieler beim Tollarp IK Karriere gemacht hatte. Als er jedoch Kezdoglous seltsames Supplement las, begriff er nicht, warum der Freund es nötig gefunden hatte, seine, Jannis' Reise in ein Land am Rande Europas als mögliches Beispiel für »historische Ironie« anzuführen. Als Jannis den Bericht las, verspürte er kein Glück mehr. Er hatte das Gefühl, sich tief in sich selbst zu befinden, da, wo man als Mensch nicht fertig ist, und erkennen zu müssen, dass er nicht allein war. Eine unsichtbare Hand lockerte gerade namenlose Organe. Er spürte, dass sich die Oberschenkel anspannten, aber von fremden Bewegungen, er spürte, wie die Ahnen aus seinem Waschbrett gezogen wurden, das sich in einen Teppich aus Gelee verwandelte. Seine Fäuste öffneten und schlossen sich unfreiwillig, die Nackenmuskeln gaben nach, seine Beine, geformt aus Gips, wurden zerbröselt. Er atmete schnell und schwer, als bekäme er keine Luft. Er atmete leicht oder gar nicht, als hätte er mehr als genug bekommen. Jemand zog ihm soeben Haut und Haare ab. Jemand kleidete ihn in Worte, die ihn nackt machten. Am Ende fühlte er sich wie eine gehäutete Marionette.

Nach einem Zeitraum, den wir nicht näher kontrolliert haben, ihm kam er vor wie eine Lebensspanne, blickte Britt-Marie Sävlund auf, um zu schauen, wie lange ihr Arbeitstag noch dauern würde. Statt der Wanduhr entdeckte sie ein namenloses Wesen, das aufstand, zurückfiel und wieder aufstand, diesmal mit der Hand auf dem Stuhlkissen. Der Mann gab sich selbst ein paar Ohrfeigen, er hustete. Dann packte er sich in den Schritt, hob die gesamte Herrlichkeit an und stolperte zu den Druckerpressen hinaus, die nach jeder vollendeten Drehung einen angenehm schleppenden Laut machten. Als die Tür ins Schloss fiel, kehrte alles zur guten alten Stille zurück. Bald würde die rote Glocke klingeln und verkünden, dass es halb vier war.

»Wasserschaden! Makulatur!«, rief das Wesen Bernt Engberg zu, der wegen des Lärms nichts hören konnte. Die Gestalt presst ihren Mund an sein Ohr: »Nichts zum Aufbewahren, ich meine.« Der Vorarbeiter nickte zufrieden. Jetzt würden sie die Weihnachtskataloge rechtzeitig fertig bekommen. Als er den Druckern das Signal gab, die letzte Platte einzusetzen, sah er das Wesen mit ungelenken Bewegungen in Richtung Hof verschwinden. Dort muss der Mann den Holzkasten ausgeschüttelt haben wie andere den Kopf schütteln. Der Inhalt dürfte wie ein kollabiertes Kartenhaus zur Erde gefallen sein. Das Wesen ging in die Hocke, schob die Karten zu einem Haufen zusammen und dachte, dass sie einem Scheiterhaufen glichen. Dann muss es das Streichholz aus dem Mund genommen und angerissen haben.

Eine Pause.

Noch eine.

Dann schrillte die rote Klara.

Als Agneta zwei Tage später nach einem Behältnis suchte, in das sie einzelne Ohrringe, Sicherheitsnadeln und zusammengerollte Geschenkbänder legen konnte, freute sie sich über den leeren Kasten, den ihr Mann auf die Hutablage im Flur gestellt hatte. Agneta packte ihn ein und überlegte, dass ihr neuer Freund sicher Verwendung für ihn haben würde. Dann fuhr der Umzugswagen los.

DAS GEGENTEIL VON MÜCKEN. Wir blättern zwei Wochen weiter. Jannis steht bei der Familie Florinos in der Küche. Er ist soeben aus Bromölla zurückgekehrt. Seine Bewegungen wirken befreit, als befände er sich jenseits eines Entschlusses. »Kontrolle«, sagt er nachdenklich. Mit einer Hand stützt er sich auf die Spüle, in der anderen hält er... Nein, wir werden später darauf zurückkommen, was er in der anderen Hand hält. Am Tisch sitzt ein ehemaliger Lehrer und grübelt über seine Hausaufgabe für den nächsten Tag nach. Er sieht Jannis an. Er hört tatsächlich zu. »Kontrolle?«, wiederholt der Grieche, diesmal mit einem deutlichen Fragezeichen. Er hat die gleichen geäderten Unterarme und die muskulöse Schulterpartie wie damals, als er vor fast einem ganzen Karteikasten in Kristianstad in der Chirurgie saß. Auch die Stimme hat ihren dumpfen Klang wiederbekommen. Während der ersten Wochen alleine mit Jannoula war sie rostig und rissig gewesen, jetzt enthielt sie blühende Unwetter. Er verlagert das Gewicht. Die Fußsohlen sind breit und dunkel, gleichsam auf den Boden gegossen. Als Anton die Strümpfe sieht, muss er zwangsläufig an den Schwefelkopf eines Streichholzes denken.

Wird es nicht langsam Zeit zu beschreiben, was Jannis in der Hand hält? Nein. Erst müssen wir erwähnen, dass nach dem Brand auf einem Hinterhof in Lund, der übrigens zur Folge hatte, dass Harald Olsson als Entschädigung für ein verloren gegangenes Manuskript den letzten Teil der *Enzyklopädie* gratis drucken sowie seinen einzigen Gastarbeiter entlassen musste, ein Entschluss reifte. Jannis wusste nicht, was ihn erwartete, wenn er heimkehrte. Vielleicht Schulterzucken, vielleicht Jaros. Aber in seiner Brusttasche lag der neue Pass, den er nicht »ausländisch« nennen konnte, ohne ins Grübeln zu geraten. Und es fragte sich, ob die Geheimpolizei schwedische Bürger bestrafen durfte, die ihr Vaterland besuchten. Konnten sie ihn ins Visier nehmen? Die Gespräche mit Doktor Florinos hatten keine Klarheit gebracht. Im Grunde wusste es keiner so genau. Im Gegensatz zum Doktor sowie gewissen anderen Personen, die man mit Sicherheit auf die Inseln schicken würde, war Jannis von der Wehrpflicht befreit gewesen. Wenn er mit seiner Tochter anreiste, konnten die Behörden ihm doch nichts tun, ohne diplomatische Verwicklungen zu riskieren, oder? Der Doktor war sich da nicht so sicher. Geheimpolizisten blieben Geheimpolizisten. Aber er merkte, dass sein Landsmann sich entschieden hatte, und als er erfuhr, dass der neue Bürgermeister im Dorf ein alter Freund war, gab er sich geschlagen. Angesichts eines solchen Beschützers würde wohl nichts passieren. Widerwillig wünschte er Jannis eine gute Reise.

Es fällt uns schwer, beim Schreiben dieser Zeilen keine Tränen zu vergießen. Sollen wir uns nicht lieber dem zuwenden, was der ehemalige Kellergrieche in der Hand hielt? Nein, so schnell verrinnt die Zeit nicht. Es folgt ein kurzer Gedankenaustausch:

EHEMALIGER SCHÜLER: Wie du meinst Kontrolle?

EHEMALIGER LEHRER: Meine Lehrerin möchte, dass wir kontrollieren, ob die Sätze stimmen.

EHEMALIGER SCHÜLER: Dann ich kann helfen. Ich habe Rosén gelesen.

EHEMALIGER LEHRER *(bereitwillig)*: Bitte sehr.

EHEMALIGER SCHÜLER: *(studiert die Aufgabe)*: Einfach. Schau. *(Hält die Hand hoch und erklärt eine Eigenheit der Grammatik.)* Aber vergiss nicht: Keiner Kontrolle hat über Leben von anderen. Nicht einmal Kontrolle hat über sein eigenes.

EHEMALIGER LEHRER: Ich glaube nicht, dass die Obristen das interessiert. Willst du wirklich hinfahren?

EHEMALIGER SCHÜLER: Mars *mou*, wenn Jannis nicht fährt, er noch weniger Kontrolle hat.

EHEMALIGER LEHRER: Ich heiße nicht Mars.

EHEMALIGER SCHÜLER: Du siehst, was ich meine.

Während Jannis den Gegenstand in seiner Hand drehte, beschrieb er, wie er sich die Reise mit einer Fähre, auf endlosen deutschen Autobahnen, über Grenzen und schließlich auf gewundenen, immer schmaleren Straßen in die Berge vorstellte. Er erklärte, dass er vor jeder Kurve hupen musste, damit es keinen Unfall gab. »Die Apokalypse, er immer schlug mit dem Stock auf den Esel.« Nein, er hatte nicht vor, nach Wasser zu bohren, wenn er ankam, er hatte nicht vor, Felder zu bewässern. Er hatte zwar einiges an aktueller Literatur zum Thema eingepackt. »Aber das wahre Wunder, das liegt hier.« Er versuchte sich auf die Gesäßtasche zu schlagen, in der zusammengefaltet die Zeichnungen lagen.

Ja, ja, dachte Anton, verwundert darüber, dass Auslandsgriechen nie wie normale Menschen sein konnten. Dann erzählte Jannis, dass er die alte Badewanne herausreißen und eine schwedische aus gepresstem Blech mit emaillierter Oberfläche installieren wollte. Den Rest beabsichtigte er mit Kacheln und Sanitärporzellan zu gestalten. Kein Blei, so weit das Auge reichte. Wenn er fertig war, würde er zum Marktplatz gehen und bei Stefanopoulos einen *skéto* bestellen. Wenn jemand Fragen stellte, gedachte er der fraglichen Person in die Augen zu sehen und langsam und genüsslich zu antworten: »Für Jannoula ist das Beste gerade gut genug.«

Jetzt reicht es aber bald.

Gleich. Ehe wir die Küche der Familie Florinos verlassen, müssen wir ergänzen, dass im Kofferraum des Saabs zudem ein Waschbecken und ein Toilettensitz aus den Ifö-Werken lagen, wodurch die Federung schlechter funktionierte als gewöhnlich. Anton zog das Lehrbuch näher heran, mit dessen Hilfe er zu identifizieren versucht hatte, auf welche Sätze das gewünschte grammatische Verhältnis zutraf, woraufhin Jannis sie mit einem Häkchen versehen hatte. Jetzt wird es jedoch Zeit, den Blick auf das zu richten, was unser Freund an diesem datumlosen Tag, so viele Träume und Albträume, nachdem er sein Heimatdorf verlassen hatte, in der Hand hielt.

Aber. Was. Wenn wir den Unterarm hochwandern, sehen wir, dass die Finger glänzen. Der Eiswürfel, mit dem Jannis eine unvollendete Handlung in der Vergangenheit illustriert hat, ist geschmolzen. Auch gut: Anton verschwand gerade in seinem Zimmer. Der Grieche, der nicht nur Grieche war, trocknete sich an einem Handtuch ab, las sich die Hausaufgabe nochmals durch und überlegte, ob er etwas übersehen hatte.

Kurz darauf kehrte das Kind mit einer Kugel in der Hand zurück. Jannis lachte. »Kontrolle, ja. Die rollt nicht mehr. Du meinst es so?« Er klopfte auf das Holz, toi, toi, toi, korrigierte sich und klopfte sich an die Stirn. »Griechen, sie brauchen immer Glück.«

EIN DONNERSTAG MIT MEHR FREITAG DARIN ALS IN JE-
DEM ANDEREN DONNERSTAG SONSTWO UND JEMALS. An
einem Novembertag bereitete Jannis seine Rückkehr vor – zu was,
wusste er nicht so genau. Er hatte Windeln, Brei und Pürees, Äpfel,
Saft und Knäckebrot gekauft. Sogar an schwedische Streichhölzer
hatte er gedacht. Jetzt vergewisserte er sich, dass sämtliche Dokumente in Ordnung waren, packte den Koffer mit Kinderkleidung
und den Koffer mit Geschenken um, schaffte es, alles neben den
wellpappverkleideten Badezimmermöbeln zu verstauen – und
fuhr zu Familie Florinos, um sich zu verabschieden. Nach Kaffee
und Wermut trug er die Matratzen hinaus, die Lily ihm geschenkt
hatte, und richtete auf der Rückbank eine stoßsichere Oase ein. Die
Kinder halfen ihm. Als der Doktor aus dem Haus trat, öffnete er die
Vordertür und bewunderte die Rückbank, die binnen einer Stunde
eine Nummer kleiner geworden war. »Du könntest rohe Eier trans-
portieren, ohne dass etwas passieren würde.« Seine Frau zog die
Laken glatt und meinte, das Interieur sehe aus wie die Innenseite
eines Kissenüberzugs. Von der Decke baumelte ein Mobile mit rosa
Elefanten und grünen Affen herab, an den Vordersitzen waren aus
Touristenbroschüren ausgeschnittene Bilder befestigt – ein weißer
Turm, ein Kloster, etwas glitzerndes Meer. Der Außenländer war
auf das Armaturenbrett montiert worden wie die Galionsfigur
an einem Schiff, der Zukunft den Rücken zukehrend. Im Hand-
schuhfach lagen Pässe unterschiedlicher Art. Jetzt fehlte nur noch
der *Große Europa Autoatlas*, den Jannis sich von Doktor Florinos
leihen zu dürfen hoffte. »Hier«, sagte Manolis und drückte ihm
das Kartenwerk in die Hand. »Du musst immerhin den Weg bis
Seite 144–145 finden.« Er schluckte etwas Wehmut herunter. »Und
wieder zurück.«

Am Nachmittag erwachte Jannis zu den Klängen des Transistorradios. Er war ungeduldig, er fühlte sich stark, er kratzte sich im
Brusthaar. Was er vorhatte, war reiner Wahnsinn. Kein Mensch
sollte mit einem zehn Monate alten Kind auf der Rückbank alleine
quer durch Europa reisen. Aber jetzt war es zu spät, es sich noch

einmal anders zu überlegen. Sein Brustkorb schäumte vor später Herbstsonne und Erwartung. Er spürte einen verdienten Triumph in den Gliedern. Während er die Arme streckte und eine Grimasse schnitt, sah er vor sich, wie seine Tochter aufwachen und er an den Straßenrand fahren würde, damit er sie mit dem Brei aus der Thermoskanne füttern konnte, während die Autos in einem Schleier aus Diesel und Chrom vorbeiwischten. Er sah vor sich, wie er das Fenster herunterkurbeln und Grenzpolizisten in schlecht sitzenden Uniformen die schwedischen Papiere überreichen würde, wie sie auf der Rückbank oder in billigen Pensionen übernachten und nach ein paar monotonen Tagen die gewundenen Straßen hinauffahren würden, so wie der Eisverkäufer es immer getan hatte, bis sie in eine Wolke aus Staub und Piniennadeln gehüllt ins Dorf rollten. Er sah die Kinder vor sich, die in Turnschuhen neben dem Wagen herliefen, pfiffen und auf das Dach schlugen. Er sah die älteren Dorfbewohner ihre Augen mit einer Hand beschirmen und blinzeln, ehe sie seiner Tochter durch das herabgekurbelte Fenster in die Wange kniffen. Und er sah seine Mutter mit Maja auf der Böschung stehen, noch argwöhnisch, während sie zu verstehen versuchte, wer da mit einem Zicklein auf dem Arm näher kam.

Eine halbe Stunde später verließ der Saab Lund. Am nächsten Morgen war er bereits in Travemünde. Danach folgte eine graue Perlenkette aus Tankstellen und Parkplätzen, die immer tiefer durch Europa führten. Wenn Jannoula nicht schlief, was sie die meiste Zeit tat, weil der summende Asphalt sie in einen Zustand prähistorischer Geborgenheit versetzte, hielten sie an, aßen und spielten auf der Rückbank. Mittlerweile roch das Auto nach säuerlichen Äpfeln und Windeln. Einmal breitete Jannis eine Decke auf einer feuchten Rasenfläche hinter einer Raststätte aus, wo ein paar Kinderschaukeln sich steif und stoisch bewegten und die Lastwagen tiefe Seufzer von sich gaben, ehe die Fahrer herunter sprangen und die Tür zuschlugen, ohne sie abzuschließen. Während die Fugen in der Autobahn im Blut weiterpochten und Jannoula auf Jannis umherkrabbelte wie eine Astronautin, schlummerte er einige dringend benötigte Minuten. Und am dritten Tag, nach einer mückenlosen Nacht in einer Pension in Spielfeld, überquerten sie die jugoslawische Grenze. Im selben Moment begann es zu regnen.

Ab und zu hielt Jannis an, um den Kinderwagen zu kontrollieren, den er, in eine grau gesprenkelte Plane gehüllt, auf dem Autodach festgezurrt hatte. Wenn er die Spanngummis testete, spritzte es von Schmutzwasser und toten Insekten. Es dauerte jedesmal eine Stunde, bis sein Hemd wieder trocken war. Er roch nicht mehr nach Rasierwasser und Babynahrung. Manchmal schaltete er das Radio ein und lauschte knisternder Musik, die von staatstragenden Reden und unverständlichen Verkehrsmeldungen unterbrochen wurde. Der Regen wollte einfach nicht aufhören. In einer trommelnden Metallhülle eingeschlossen bewegten sie sich auf der rechten Spur, zwischen Bussen und Lastwagen, die trotz der Schlaglöcher im Asphalt würdig und unerschütterlich in einer langen, stinkenden Karawane fuhren. Linkerhand schwärmten PKWs vorbei wie Fliegen, in die Spuren hinein und wieder heraus – ein paar leise und effektive Wagen aus Deutschland, unzählige einheimische mit hysterischen Umdrehungszahlen und Plastikkarosserien. Es klatschte um die Reifen, und die Rücklichter der vor ihm fahrenden lösten sich umgehend in dem Wasser auf, das über die Scheibe trieb. Ein flinkes Wedeln mit dem Scheibenwischer machte die Herkunft der Fahrzeuge deutlich, bevor sie sich wieder in fließende Formen verwandelten. Einmal entdeckte er ein schwedisches Nummernschild.

Jannis dachte: Jugoslawien ist ein sterbenslangweiliges Land. Er dachte auch: Ich wette, sobald wir dieses sterbenslangweilige Land verlassen, hört es auf zu regnen.

Ihm tat immer noch der Arm weh, so dass er meistens nur mit der Poljot-geschmückten Hand auf dem Lenkrad fuhr. Er hatte damit gerechnet, eine Nacht in Kauders *patrída* zu verbringen, bevor er die griechische Grenze erreichte. Aber angesichts einer Geschwindigkeit von siebzig Kilometern in der Stunde und eines Dauerregens, der eher stärker als schwächer zu werden schien, war

411

er sich nicht mehr so sicher. Obwohl er die Bäume und Häuser in dem Dunst aus grauen und braunen Farben rechts von der Straße näherkommen und wieder verschwinden sehen konnte, wo übrigens auch eigentümliche Blechrohre verliefen und manchmal Bögen über der Straße bildeten, hatte er das Gefühl, nicht von der Stelle zu kommen. Niemals hätte er gedacht, dass ein Land aus so vielen toten Äckern und stinkenden Fabriken bestehen konnte. Südlich von Maribor vermengte sich seine Vorfreude, die ihn seit den klaren, kühlen Farben am Fährhafen in Norddeutschland getragen und ihn veranlasst hatte, am ersten Tag achtzehn Stunden zu fahren, weil seine Tochter ohnehin schlief, und die sie nach der zeitweise noch üppigen Vegetation in Österreich in dieses Reich aus petrochemischer Industrie und Braunkohlenfeuerung geführt hatte – südlich von Maribor vermengte sich seine Vorfreude daher mit Reizbarkeit. Die Hose scheuerte, er hatte die Äpfel und die Knäckebrotscheiben mit ranziger Butter gründlich satt, er trommelte ungeduldig mit den Fingern auf dem klebrigen Lenker. Er konnte sich nicht einmal mehr aufraffen, sich die Freude seiner Großmutter vorzustellen, wenn er ihr von dem neuen Badehaus erzählen würde – zumindest nicht so, wie sie es verdient hätte.

Südlich von Maribor, sagten wir. Das ist eine halbe Stunde nördlich jener Tragödie, die wir in mehr als hundert Tableaus vor uns hergeschoben haben, der wir jetzt jedoch nicht mehr ausweichen können. (Eine Wand aus Karteikarten bietet wenig Schutz gegen mehrere Tonnen heranschießendes Blech.) Jannis stöhnte, als er die linke Hand auf das Lenkrad legte und mit der anderen in der Lederjacke auf dem Sitz neben sich kramte. Schließlich fand er das letzte Streichholz und warf im Rückspiegel ein Auge auf seine Tochter. Sie blickte mit großen, vollkommen grünen Augen starr an die Decke – als hätte sie dort ein Loch entdeckt und als sparte das ganze Dasein seine Spucke. Etwas in ihrem Gesicht ließ ihn an Agneta denken, und er wurde von zärtlichen Gefühlen überwältigt. Er wollte, dass seine Frau glücklich wurde, auch wenn er dabei der Leidtragende war. Vielleicht würde sie es sich anders überlegen, vielleicht auch nicht. Wer wusste das schon? Langsam ahnte er jedoch, dass dies nie geschehen würde. Plötzlich verstand er nur zu gut, wie Efi zumute gewesen sein musste, als er ihre Fragen nicht mehr beantworten, die Leere in ihren Augen nicht mehr ausfüllen konnte. Und warum sie beabsichtigte, mit einem Griechen von den Ifö-Werken zusammenzuziehen. Erst jetzt erkannte er, wie absurd seine Wünsche gewesen waren, und dass Agneta Recht hatte, als sie meinte, es gebe kein Gesetz, das Männern den Vortritt garantiere. Warum sollte sie keine Ausbildung zur Krankenschwester machen, wenn das ihr Wunsch war? Warum sollte sie nicht das Leben führen dürfen, von dem sie träumte? Was konnte sie dafür, dass das kleine Tier bei ihr etwas anderes wollte als bei ihm?

»Ich werde deine Mama niemals kennen«, sagte Jannis so laut zu seiner Tochter im Rückspiegel, dass er von seiner eigenen Stimme überrascht wurde. »Und sie wird mich niemals kennen – obwohl ich wollte, dass sie mich durchweht wie Flaumhärchen die Sommernacht. Es ist etwas gestorben, *mátia mou*. Es gibt ein Leben mit deiner Mama, das, unsichtbar und fremd, nur in mir weitergeht und von dem sie niemals etwas hören wird. Nur ich kenne den Verlust. Er lässt sich nicht erzählen.« Er schüttelte den Kopf. »Ich bin kein studierter Kopf wie Kezdoglou. Ich bin einfach, ich bin kompliziert. Ich bin Grieche.« Er lachte. »Eventuell mit ein bisschen Schlittschuhen oder Apokalypse in mir, aber trotzdem.« Bei dem Gedanken an den Artikel über Karamella packte er das Lenkrad fester. »Ich kann mein Leben nicht in Einzelteile zerlegen. Wie soll das gehen? Alles hängt zusammen. Vielleicht begreifst du ja, wie man es anstellt, wenn du groß bist. Das ist dann deine Sache. Aber ich hoffe, du machst weiter, wie du angefangen hast. Ich hoffe, du ähnelst keinem anderen und wirst deshalb wie wir alle.« Erneut betrachtete er seine Tochter. »Oh je, hör dir mal deinen Papa an. Ich klinge schon wie eine *jiajiá*.«

Wir stellen uns vor, dass Jannis sich vorlehnte, um mit seinen Augen den strömenden Regen zu durchdringen, in dem gelbe und rote Lampen blinkten und verschwanden wie Plastikkäfer. »Weißt du, was die letzten Worte meiner *mána* vor meiner Abreise waren? ›*Mátia mou*‹, sagte sie, ›Wasser ist nicht alles im Leben. Es gibt auch noch Tränen.‹« Er rieb mit dem Ärmel über die beschlagene Windschutzscheibe. »Wenn das so ist, weint der Himmel jetzt wirklich tüchtig.« Wieder hatte er einen Kloß im Hals. »Wenn sie das nicht selber schafft«, sagte er mit belegter Stimme, »werde ich ihr wohl helfen müssen.« Er suchte den Blick seiner Tochter im Rückspiegel. »Wie eine Mutter zu sein, meine ich.« Während Jannis mit seiner Zunge kämpfte, oder was immer es war, verirrten sie sich in die farblosen Vororte von Zagreb. Erst als er die Bürgersteige und Ampeln sah, erkannte er, dass er sich verfahren hatte. Er stöhnte »Mein Gott« (auf Schwedisch), er schaltete herunter und bog ab. Anschließend fuhr und bremste, bremste und fuhr er durch endlose Wohnviertel, bis er schließlich eine ausgeschilderte Auffahrt entdeckte – »E70« – und wieder Gas geben konnte. Das Streichholz war so zerkaut, dass er die rissigen Späne ausspuckte. Einige landeten auf seinem Hemd, andere auf dem Tachometer. Er wischte sich die Mundwinkel trocken. Er war durstig. Er gähnte. Es war höchste Zeit, Halt zu machen. Laut der Uhr am Armaturenbrett war es zwanzig nach vier am Donnerstagnachmittag.

Mittlerweile hatte der Saab die Mietskasernen mit ihrer ewig nassen Wäsche auf farbblätternden Balkonen hinter sich gelassen. Plötzlich glitzerte die Novembersonne im Dunst zwischen den Fabriken – vielleicht war es aber auch nur eine der Flammen, die aus den länglich schmalen Röhren schlugen, in welche die Gasleitungen, die parallel zum Straßengraben verliefen, von Zeit zu Zeit mündeten, nachdem sie auf die andere Straßenseite geleitet worden waren. Anfangs waren diese Bögen Jannis geheimnisvoll erschienen, nachdem er so oft in der Landschaft unter ihnen hindurch gefahren war, hatte er sie jedoch gründlich satt. In der Kurve vor ihm, noch außer Sichtweite, machte in diesem Moment ein schmutziggelber Transporter Anstalten, einen marineblauen Lastwagen zu überholen, dessen Plane den Fahrer irritierte, weil immer wieder Sand herauswirbelte und gegen seine Windschutzscheibe klatschte. Unser Held bereute, dass er in Kauders Heimatstadt keine Pause eingelegt hatte. Er hätte gerne ein Restaurant besucht, für Jannoula ein Gläschen Brei erwärmt und eine anständige Mahlzeit zu sich genommen – vielleicht sogar versucht, Kauders im Telefonbuch zu finden. Während er über den hartnäckigen Schmerz in seinem Arm stöhnte, suchte er mit der anderen Hand nach einem neuen Streichholz. Es gab keins in der linken Jackentasche, keins in der rechten. Er dachte, sobald sie zur Autobahn zurückgefunden hatten, würde es wohl eine Tankstelle geben. Als er die Hand in die Innentasche steckte, trat er aus Versehen nicht auf die Bremse, sondern aufs Gaspedal. Das Auto machte einen Satz, seine Tochter wachte auf. Gleichzeitig überholte der Transporter den Lastwagen. Die Sonne funkelte in den doppelten Gasleitungen über der Straße, die Fahrzeuge befanden sich hundertdreißig Meter voneinander entfernt. Bald waren es neunzig. Dann siebzig.

Drei Sekunden verstrichen. (Tzack-Tzack.)

Als der Lieferwagen vor dem wild hupenden LKW einschwenkte und beide in einer Wolke aus wutentbrannt schreiendem Blech an dem Saab vorbeidonnerten, zog Jannis nach rechts. Wegen des angeschlagenen Arms lenkte er schlechter als sonst. Die schweren Gegenstände im Kofferraum taten das ihre dazu. Der Ausländer rutschte mit schräg gestellten Rädern über den nassen Asphalt, die Gasleitungen rückten immer näher. Einen schwebenden Augenblick lang dachte er an spiegelblankes Eis und grüne Augen, an saftiges Gras und bunte Holzkugeln. Dann wurde alles dunkel.

Danach war die Zeit für die letzte Heldentat gekommen.

STATT EINES EPILOGS. Nachdem wir diese leblosen Karteikarten durchgeblättert haben, scheuen wir uns zu tun, was wir tun müssen, so lange noch Zeit ist. Aber. Wir müssen. Die Details nennen:

256 Zentimeter, 74,5 Kilo.

Zweieinhalb Quadratmeter Haut.

Vier Augen: zwei grüne, zwei schwarze. Alle olivenförmig.

Heldenkinne, zwei.

Vier Lachgrübchen, allesamt unsichtbar.

Zweiunddreißig Zähne, verteilt auf einen Mund.

Zwei Münder.

Ein Wort. »*Jannoúla*.« Nein, nicht einmal das. Ein halbes: »*Jann-*«.
(Wir lassen das Wort in dieser Weise offen, mit seiner Andeutung einer Handlung, die unvollendet bleiben wird, obwohl sie geendet hat.)

Zwanzig Finger, zwanzig Zehen, mehrere Knochenbrüche.

Zwei Spatzen.

Aber nur ein Paar gebrochene Flügel.